# Kapitel 1

War sie falsch abgebogen? Alma wurde es jetzt doch ein bisschen mulmig. In diesem Viertel von Wien war sie noch nie gewesen. Sie hielt sich fast ausschließlich im 1. Bezirk auf, dem Zentrum, das von der Ringstraße umschlossen wurde. Dort, innerhalb der ehemaligen Befestigungsanlage, befanden sich die großen Palais, die Oper, das Burgtheater, die noblen Geschäfte und glänzenden Caféhäuser, in denen die künstlerische Boheme der Stadt, ihre Freundinnen und die Freunde ihrer Eltern wohnten und verkehrten. Unwillig schüttelte sie den Kopf. Bloß nicht an die Eltern denken! Ihre Mutter Anna Sofie Moll war früher Sängerin gewesen und konnte sich einfach nicht entscheiden, ob sie noch Künstlerin war oder im Gegenteil alles tat, um möglichst kleinbürgerlich zu wirken. Und ihr Stiefvater Carl Moll war ein Perpendikel, der sich einbildete, über ihre Erziehung bestimmen zu dürfen. Als ihr Vater noch lebte, war alles besser gewesen. Aber Emil Schindler war gestorben, als Alma dreizehn war. Kurz darauf hatte Anna Carl Moll geheiratet. Er war Maler wie ihr Vater, aber bei Weitem nicht so begabt, und Alma empfand ihn immer noch als einen Eindringling in ihrem Leben.

Noch einmal schüttelte Alma den Gedanken an ihre Eltern ab und konzentrierte sich auf ihr Vorhaben. Sie war auf dem Weg zu Gustav Klimt. In den letzten Wochen hatte er sie immer wieder angefleht, sich von ihm malen zu lassen. Sie hatte lange gezögert, schließlich

war sein Ruf nicht der beste. Und dann hatte sie auch noch eine Ausrede für ihre Mutter erfinden müssen, denn die hätte niemals erlaubt, dass sie allein in sein Atelier ging. Aber heute hatte alles geklappt. Sie hatte ihre Freundin Else Lanner eingeweiht, die ihr ein Alibi gab. Ihre Mutter glaubte, sie würden zusammen einen harmlosen Besuch bei Elses Tante machen.

Alma eilte weiter. Die Häuser in der Josefstädter Straße im 7. Bezirk, an denen sie vorüberging, waren eher einfache, mehrstöckige Gebäude, dazu gedacht, möglichst vielen Menschen ein Dach über dem Kopf zu bieten. Pilaster, von Karyatiden gestützte Balkone und Beletagen suchte man hier vergebens. Alma hielt sich im Schatten der großen Bäume, die den Fußweg von der Straße abgrenzten. Ein Arbeiter in einer weiten, an den Knien geflickten Hose kam ihr entgegen und starrte sie unverblümt an. Alma packte ihren Maulwurfmuff fester und marschierte an ihm vorbei. Hier musste es doch irgendwo sein! Endlich, da war die Hausnummer 21. Hatte Klimt nicht 21 gesagt? Oder doch 23? Nein, jetzt aber genug. Es war die 21! Alma spürte ein Kribbeln im Bauch, als sie sich gegen das schwere Tor stemmte, um es aufzustoßen. Krachend fiel es hinter ihr wieder ins Schloss, und sie stand im Dämmerlicht eines Hausdurchgangs. Rechts und links führten ausgetretene Stiegen zu den Etagen hinauf. Sie brauchte ein paar Wimpernschläge, um wieder etwas zu erkennen. Am Ende des Durchgangs trat sie auf einen Innenhof hinaus und sah direkt vor sich das weiße, lang gestreckte Gebäude, das Klimt ihr beschrieben hatte: sein Atelier.

Der eingeschossige Bau mit dem niedrigen Schindeldach sah aus wie ein Gartenpavillon. Unschlüssig blieb sie vor der Doppeltür, deren obere Hälfte verglast war, stehen, und versuchte, ins Innere zu sehen. Sollte sie einfach klopfen? Schließlich waren sie verabredet.

Ja, dachte sie voller Stolz, ich habe eine Verabredung mit dem Malergenie Gustav Klimt. Halb Wien riss sich darum, von ihm porträtiert zu werden. Tatsächlich halb Wien, denn es waren die Frauen, die davon träumten, in seinen großformatigen Bildern in voller Schönheit und mit Goldlack bedeckt für die Ewigkeit abgebildet zu werden. Die andere Hälfte von Wien, die Männer dieser Frauen, bezahlten ein Vermögen dafür. Eines der letzten Modelle war die Industriellengattin Sonja Knips gewesen, die nur ein paar Jahre älter als Alma war. In einem rosa Tüllkleid hatte Klimt sie gemalt, mit Augen, die einen aufzufressen schienen. Die Knips war einer der Stars der Wiener Boheme. Nicht nur, weil sie berühmt für ihren exzentrischen Lebensstil war. In Wien wurde gemunkelt, dass Klimt die Schönheit der Frauen nicht nur auf seinen Bildern feierte, man sagte ihm auch nach, dass es während der Sitzungen zu intimen Handlungen kommen sollte. Auf dem Gemälde hielt die Knips ein rotes Notizbuch in der rechten Hand. Böse Zungen waren der Ansicht, sie würde in diesem Notizbuch ein Foto von Klimt aufbewahren. Alma versuchte sich die Situation vorzustellen: Ein Mann und eine Frau, wenig bekleidet, die Blicke des Mannes gleiten über den Körper der Frau, die sich als Verführerin präsentiert ... Ja, der Klimt hatte etwas, dem sich die Frauen reihenweise hingaben, auch wenn ihre Mutter ihn abfällig einen Weiberhelden nannte.

Bei diesen Gedanken kamen ihr doch Zweifel. War es tatsächlich eine gute Idee, allein in Klimts Atelier zu gehen und ihm Modell zu sitzen? Wenn ihre Mutter das wüsste, sie würde sie umbringen. Der einzige Mann, zu dem sie allein, ohne Anstandsdame, gehen durfte, war Josef Labor, ihr Klavierlehrer. Weil Labor alt und blind war.

Aber Klimt wollte *sie*, Alma Schindler, malen. Und zwar ohne dass irgendwer ihn dafür bezahlte!

Plötzlich wurde die Tür von innen aufgerissen.»Da sind Sie ja endlich!«

Alma zuckte zusammen. Jetzt war es zu spät, um kehrtzumachen. Klimt trug wie üblich einen seiner Kittel, die grau und ungebügelt an ihm herunterhingen. Und darunter sollte er nichts tragen, keine Unterwäsche! Bei dem Gedanken wurde Alma gleich wieder ungemütlich.

»Wollen Sie nicht hereinkommen?«, fragte er und entließ die Katze, die sich schnurrend in seine Armbeuge schmiegte, auf den Boden.

»Sehr gern.« Jetzt konnte und wollte Alma nicht mehr zurück.

Er hielt ihr die Tür auf und ließ ihr den Vortritt.

Im Inneren des Ateliers war es kühl. Dennoch zog Alma den Mantel aus und nahm ihren Hut mit der kleinen Krempe ab. Sie strich sich mit der Hand über den Nacken und fühlte eine feuchte Haarsträhne. Klimt beobachtete ihre Geste genau. Sie tat, als bemerkte sie es nicht.

Im Vorraum stand ein dunkler Bücherschrank. An der Stirnseite führte eine Tür in den eigentlichen Arbeitsraum, links davon hing ein großformatiges Bild einer Frau, die sich selbst umarmte. Alma schluckte. Die Frau war nackt und sah den Betrachter auf eine einladende Weise an. Wer mochte sie sein? Bestimmt keine Frau der Wiener Gesellschaft, ihr Ruf wäre ruiniert, wenn jemand sie so sehen würde. Oder vielleicht doch, und das Bild hing genau aus diesem Grund hier und nicht in einem Salon?

»Gefällt Ihnen das Gemälde?«, fragte Klimt.

»Sehr«, sagte Alma, hob das Kinn und ging an dem Bild vorbei.

Der angrenzende Raum hatte auf der zum Garten liegenden Seite große Fenster, die jetzt halb mit Gardinen verdeckt waren, um das

Sonnenlicht auszusperren. Mitten im Raum standen zwei große Staffeleien, auf ihnen noch unfertige Bilder. Weitere Gemälde in den verschiedensten Stadien des Entstehungsprozesses lehnten an den Wänden. Durch einen Spalt zwischen den weißen Vorhängen konnte Alma in den Garten sehen. Niedrige Büsche, Obstbäume, die einen Schnitt vertragen könnten, die ersten bunten Krokusse in Gelb und Lila. Der Garten war ein Abbild von Klimt, ein bisschen unordentlich, zum Widerspruch reizend, faszinierend. Auch im Atelier standen funktionale Möbel aus schönen Materialien, an denen jedes Detail durchdacht war. Sie glaubte in ihnen Stücke von Josef Hoffmann und Koloman Moser zu erkennen. Besonders ein hüfthoher Utensilienschrank mit Schubladen in unterschiedlichen Größen auf allen vier Seiten fiel ihr auf, weil er handwerkliche Perfektion zeigte. Einige Laden standen offen, und Alma sah, dass sie Pinsel und Farbtuben enthielten.

»Ein wunderschönes Möbel, perfekt, um alles bei der Hand zu haben«, sagte sie und fuhr mit ihrer Hand über die Oberfläche.

»Ja, Hoffmann hat ihn für mich entworfen.«

Klimt, Josef Hoffmann und Kolo Moser gehörten zu den Freunden ihres Stiefvaters Carl Moll. Aber Alma verstand nicht, was diese außergewöhnlichen Männer ausgerechnet mit ihrem Stiefvater verband, für den Alma nur Verachtung übrighatte. Dagegen für Klimt … zwar war er viele Jahre älter als sie, er könnte sogar ihr Vater sein. Aber er war so anders als alle anderen Männer, die sie kannte. Nicht so glatt und wohlerzogen. Klimt redete wie ein Bierkutscher. Mindestens hundert Frauen sollte er gehabt haben und derzeit ein Verhältnis mit seiner Schwägerin pflegen. Und dann wurde gemunkelt, er habe diese schlimme Krankheit … Alma fand das alles abstoßend und anziehend zugleich. Und ausgerechnet jetzt durchzuckte sie

9

wieder der Gedanke, wie es wohl wäre, Klimts hunderterste Geliebte zu sein.

Alma lief ein wohliger Schauer über den Rücken, wenn sie daran dachte, dass sie hier ganz allein mit einem stadtbekannten Verführer war. Sie wusste, dass sie damit eine Grenze überschritt und mit dem Feuer spielte. Das machte es ja gerade so abenteuerlich! Sie betrachtete die Bilder von wunderschönen Frauen in aufreizenden Posen, die hier hingen. Bald würde sie zu ihnen gehören. Vielleicht dürfte auch ihr Bild nicht öffentlich gezeigt werden, sondern würde hier im Atelier hängen, wo nur er es sehen könnte …

Hinter ihr räusperte sich Klimt, und Alma zuckte zusammen. Sie war in ihren Gedanken sehr weit abgeschweift.

»Alma, ich bin so froh, dass Sie endlich gekommen sind.«

Er kam auf sie zu und nahm ihre Hände in seine. Sein Haar wurde an der Stirn bereits schütter, an den Schläfen umspielte es ihn lockig wie ein Heiligenschein. Und dabei war er alles andere als ein Heiliger. Wider Willen musste Alma bei dem Gedanken kichern.

»Ich weiß schon genau, wie ich Sie malen will. Als Hintergrund auf jeden Fall der Garten, um Ihre Natürlichkeit zu betonen …«

Komisch, auf Klimts Frauenbildern sieht man doch nie einen Hintergrund, dachte Alma. Höchstens mal eine einzelne Blüte, meistens aber Gold. Aber immerhin tat er professionell, und ihre Nervosität legte sich.

» … aber ich möchte zuerst ein paar Skizzen machen, für die Proportionen.« Er richtete die eine der Staffeleien aus und ließ sie vor dem Fenster posieren. Sie sollte sich so hinstellen, dass er sie im Profil sah. »Heben Sie die Arme«, sagte er. »So, als würden Sie Ihr Haar richten.«

Alma nahm die Arme hoch und erhaschte dabei einen Blick auf

ihr Spiegelbild in der verglasten Schranktür. Sie sah ihre schmale, in das Korsett geschnürte Taille und die üppige Brust darüber. Als sie wieder zu Klimt sah, entdeckte sie Bewunderung in seinem Blick. Ich gefalle ihm, dachte Alma glücklich. Viele Männer hatten ihr schon gesagt, dass sie schön sei, es hatte ja sogar nach einem Ball in der Zeitung gestanden: Sie sei das schönste Mädchen von Wien. Neben ihrem Aussehen wurden in dem Artikel ihr Charme und ihre Bildung gepriesen. Ihre Mutter hatte ihr die Sätze vorgelesen, und Alma hatte die Genugtuung in ihrer Stimme gehört. Schon als Kinder hatte Anna Alma und ihre Schwester Gretl dazu erzogen, zu gefallen. Bisher hatte Alma Komplimente eher gleichgültig hingenommen, aber bei Klimt war das etwas ganz anderes.

Ein Ärmel ihrer hellen Bluse rutschte über den Ellenbogen hinauf, die Frühlingssonne wärmte ihre Haut. Sie schloss die Augen, um die Wärme noch intensiver im Gesicht zu spüren. Draußen sangen die ersten Drosseln des Jahres im alten Obstbaum. Plötzlich hatte sich etwas in der Stimmung um sie herum verändert. Sie öffnete verwirrt die Augen und sah zu Klimt hinüber, der sie anstarrte. »Nein, nicht so! Weicher! Warten Sie!« Seine Stimme hatte sich verändert. Sie klang gepresst. Er kam auf sie zu und führte ihre Hände über den Kopf, die Ellenbogen leicht gerundet. »Schon besser, aber immer noch nicht so, wie ich es brauche. Ziehen Sie die Bluse aus.«

Alma zögerte. Sie sah sich um. Konnte jemand von den umliegenden Häusern hereinsehen? Nein, die Bäume verdeckten sie. Mit zitternden Fingern öffnete sie die Knöpfe ihrer Bluse. Schließlich ging es hier um Kunst. Sie hatte schon viele Bilder gesehen, auf denen Frauen nur im Unterkleid dastanden. Erneut hob sie die Arme.

Klimt kniff die Augen zusammen und fixierte sie, er stand ganz nah bei ihr, sie konnte seinen Atem an ihrem Schlüsselbein spüren.

Mit einer überraschend zarten Geste nahm er ihre Hände in seine und brachte sie in eine andere Position. Dann riss er sie plötzlich in seine Arme und küsste sie. Seine Hände wanderten über ihren Oberkörper, umfassten ihre Brüste, fuhren an ihrem Rücken entlang. Zu überrascht, um reagieren zu können, überließ sich Alma einen Augenblick lang dieser Umarmung und dem unbekannten, aufregenden Gefühl, das sie in ihr auslöste. Als seine Hände sich auf ihren Po legten, löste sie sich aus ihrer Erstarrung. Das ging alles viel zu schnell! Mit einem Schnauben machte sie sich los, griff nach ihrer Bluse und lief zur Tür.

»Alma«, rief Klimt ihr nach. »Alma, ich bitte Sie. Kommen Sie zurück. Das wird nicht wieder geschehen.«

Sie warf ihm einen Blick über die Schulter zu. »Ich muss nachdenken. Auf Wiedersehen.«

Auf der Straße atmete sie ein paarmal tief durch und eilte zur nächsten Station der Stadtbahn. Während der Fahrt rief sie sich immer wieder Klimts Berührungen in Erinnerung, Röte legte sich über ihr Gesicht. Da, wo Klimts Hände gewesen waren, brannte ihre Haut. Dieses prickelnde Gefühl mochte sie, aber Klimt war ihr zu drängend gewesen. So hatte sie es nicht gewollt.

Zu Hause angekommen, zog sie sich gleich in ihr Zimmer zurück. Ein Gespräch mit ihrer Mutter hätte sie jetzt nicht ertragen. Womöglich hätte sie ihr ihre Verwirrung angesehen.

Den Rest des Nachmittags verträumte sie an ihrem kleinen Schreibtisch, war aber nicht fähig, auch nur einen klaren Gedanken zu fassen. Wie lange hatte sie auf einen Kuss von Klimt gewartet, und am Anfang war auch alles schön gewesen. Aber dann war etwas anderes hinzugekommen. Etwas, das sie nicht beherrschte. Seuf-

zend stellte sie fest, dass es richtig gewesen war, zu gehen. Dennoch stellte sie sich immer wieder die Szene in seinem Atelier vor. Die Bilder, aber vor allem dieses wunderbare Gefühl, das sein Kuss in ihr hervorgerufen hatte, gingen ihr nicht aus dem Kopf. Als wäre ihre gesamte Energie in diese Sache geflossen. Ob sie zum Klavier gehen sollte, um ein paar Takte zu spielen? Die Musik hatte ihr immer schon geholfen, zu sich zu finden, aber sie ahnte, dass das heute völlig nutzlos sein würde. Wäre sie ein Mann, würde es ihr vielleicht gelingen, den Aufruhr, der in ihr herrschte, in Noten oder in ein Gedicht zu fassen. Männer konnten das. Männer konnten den Po einer Frau berühren und gleichzeitig ein Lied komponieren oder ein Bild entwerfen. Klimts schönste Porträts waren die von Frauen, in die er unglücklich verliebt war. Ihr Stiefvater malte seine kraftvollsten Bilder, wenn er sich mit ihrer Mutter gestritten hatte. Männer konnten kreativ sein, auch wenn sie verliebt waren. Den Frauen blieb nur das Gefühl. Das war es, was Frauen daran hinderte, Genies zu sein, dachte Alma, auch wenn sie es noch so sehr wollten.

CRLO

Als ihre Mutter einige Stunden später an ihre Tür klopfte, weil Alma sie am Klavier begleiten sollte, war sie beinahe dankbar, obwohl sie sich sonst davor zu drücken versuchte. Aber es war immer noch besser, für ihre Mutter ein paar Schubert-Lieder zu spielen, als hier weiterhin in sinnlosen Grübeleien zu versinken. Jetzt hatte sie lange genug über Klimt nachgedacht. Und anstatt ernsthaft zu arbeiten oder zu komponieren, hatte sie den kompletten Nachmittag vertrödelt.

»Ich komme gleich«, antwortete sie und suchte nach den Noten, die zwischen den anderen auf dem Klavier lagen.

Ob sie gelernt hätte, ihre Gefühle besser im Griff zu haben, wenn sie eine öffentliche Schule besucht hätte? Ihr Unterricht hatte immer nur darin bestanden, dass sie stundenlang bei ihrem Vater im Atelier saß und ihm beim Malen zusah. Emil Schindler war ein bekannter Landschaftsmaler gewesen. Hans Makart, der in seinem pompösen Stil beinahe die gesamte Ringstraße eingerichtet hatte und für seine legendären Atelierfeste, auf denen die Damen originale Renaissance-Kostüme trugen und Franz Liszt musizierte, berühmt war, hatte sein Talent erkannt und ihn protegiert, und so wurde er erfolgreich.

Während ihr Vater an der Staffelei stand, sang er mit wunderschöner Stimme oder er erzählte Alma den Inhalt von Büchern. Vor Almas Augen entstanden auf der Leinwand detailgetreue, elegische Landschaften, die von traurigen oder lustigen Geschichten und Gesängen begleitet wurden. Von Kindesbeinen an waren für Alma diese Stunden voller Harmonie und Geborgenheit mit Musik verbunden. Die Lieder ihres Vaters, dieses Zusammenspiel von Farben, Worten und Tönen, legten den Grundstein für ihre Liebe zur Musik.

Als Alma sechs war, kaufte ihr Vater ein großes Haus mit Park vor den Toren von Wien, wo die Familie fortan die Sommer verbrachte. Das kleine Barockschloss Plankenberg lag zwischen Neulengbach und Tulln. In der überbordenden Natur erfuhr Almas kindliche Seele weitere Anregungen. Ihre Liebe zu langen Wanderungen und verträumten Spaziergängen hatte hier ihren Ursprung. Von Wien aus fuhr Alma mit ihren Eltern und Gretl eine knappe Stunde mit dem Zug, die letzten Kilometer legten sie in einer Kutsche zurück. Als das dreigeschossige Haus zum ersten Mal vor ihnen auftauchte, riss Alma die Augen auf, weil es so groß war. Emil Schindler hatte ihr erzählt, dass es zwölf Zimmer hatte, viel mehr als die Wohnung

in Wien. Aber es war nicht das Gebäude, das Almas Entzücken erregte. Sie hatte nur Augen für den Park, der das Schloss umgab. Sie packte Gretls Arm und wies sie darauf hin. Alles war verwildert, hier war nichts gestutzt und geharkt, wie sie es aus den öffentlichen Gärten in Wien kannte. Hundertjährige Linden, Nussbäume und Platanen bildeten Alleen. Überall gab es Nischen und dicht bewachsene Jasminlauben. Jetzt, im späten Frühjahr, explodierte die Natur geradezu. Wie viel Spaß musste es machen, hier mit Gretl Verstecken zu spielen!

Am selben Tag noch entdeckte sie, halb verborgen hinter dichtem Grün, aus dem es verheißungsvoll raschelte und duftete, ein prächtiges barockes Kellerportal. Almas Neugier war sofort geweckt. Gemeinsam mit ihrer Schwester erkundete sie den nachtdunklen, nach Moder riechenden Raum, in dem vergessene Kartoffeln keimten und Flaschen mit Höllenlärm über den Boden rollten. Dabei entstand in ihrem Kopf ganz von allein eine Geschichte von einer Prinzessin, die hier schon seit Jahrhunderten eingekerkert war und die sie jetzt retten würden. Der Garten bot immer neue Möglichkeiten für Versteckspiele und Expeditionen, und mehr als einmal mussten die Mädchen sich durch grünes Dickicht aus Winden und Efeu zwängen. Alma und Gretl verschwanden für Stunden in dem Gelände.

Auch das Innere des Hauses bot tausend Möglichkeiten, um sich in fremde Welten zu träumen. So gab es in der Mitte des großen Stiegenhauses eine Art Altar in einer finsteren Nische. Dort standen goldene Barockleuchter und eine hölzerne Figur, die sie mit ihrem leidenden Blick verfolgte.

»Die hat mal hier gewohnt«, erzählte Alma Gretl, als sie zum ersten Mal davor stehen blieben.

Gretl fasste nach ihrer Hand. »Wie meinst du das?«

»Sie war die Tochter des ersten Besitzers, und als ihr Vater wieder geheiratet hat, hat die Stiefmutter, die sie hasste, sie in diese Holzfigur verwandelt.«

Gretl erschauerte und wollte mehr wissen, und Alma spann ihre Geschichte immer weiter, so lange, bis sie selbst daran glaubte und es mit der Angst zu tun bekam. Seitdem hielten die Mädchen immer die Luft an, wenn sie die Treppe nahmen.

»Hier wohnen Gespenster«, flüsterte Gretl am ersten Abend vor dem Einschlafen. Alma hätte gern die große Schwester gegeben, die vor nichts Angst hatte, aber sie hatte die Schatten auch schon bemerkt, die ihnen in der Dämmerung folgten. Ebenso wie das leise Knacken der Holzdielen, wenn sie durch das Zimmer huschten. In diesem Augenblick schlug die große Uhr, die auf der Höhe des Dachstuhls in der Fassade des Frontgiebels angebracht war, mit einem blechernen Klang, als würde jemand einen leeren Zinkeimer auf einen Steinfußboden fallen lassen. Alma stieß einen Schrei aus.

»Wir hätten nicht in den Keller im Wald gehen sollen. Ich nehme an, da haben wir sie aufgeschreckt«, sagte sie, als sie sich wieder einigermaßen gefasst hatte.

Gretl nickte. »Wir hätten auf Mama hören sollen. Sie hat uns doch verboten, dorthin zu gehen.«

Aber auf die Verbote ihrer Mutter zu hören, war das Letzte, worauf Alma Lust hatte.

Das Verhältnis zu ihrer Mutter war schon immer angespannt gewesen, Alma und sie hatten oft Streit, ihren Vater dagegen liebte Alma abgöttisch. Nicht nur weil er sie vor der oft sprunghaften und ungerechten Mutter beschützte, sondern weil er mit ihr seine Liebe zur Musik und zur Kunst teilte. Er verlieh ihrer Seele Flügel und stärkte ihre Phantasie.

»Alma! Du bist nicht bei der Sache! Jetzt bitte den *Erlkönig*.« Die Stimme ihrer Mutter riss sie aus ihren Gedanken.

»Entschuldige, Mama«, sagte Alma.

Sie nickte ihrer Mutter für den Einsatz zu. Die Noten des *Erlkönigs* hatte sie schon Hunderte Male gespielt, sie waren keine Herausforderung mehr für sie, und so betrachtete sie lieber das Gemälde ihres Vaters, das gegenüber an der Wand hing. Es zeigte ein Mittelmeergestade mit hohen Zypressen. Das Bild war auf der mehrmonatigen Reise durch Dalmatien und Griechenland entstanden, wo Emil Schindler im Auftrag des Kronprinzen Rudolf Ansichten der Küstenstädte malen sollte. Auf der Reise hatte er als Honorar für ein Bild ein Pianino erhalten, das er Alma schenkte. »Für dich, meine Große, für dich und deine Musik.« Damals war sie neun gewesen. Mit dem Klavier hatte eine Leidenschaft begonnen, die seitdem ihr Leben bestimmte. Alma nahm regelmäßig Klavierstunden und studierte auch Komposition. Noch einmal sah sie auf das Bild und seufzte. Sie vermisste ihren Vater mehr als jeden anderen Menschen. Sein früher Tod war eine Katastrophe gewesen. Sie hatten damals zum ersten Mal Urlaub an der See gemacht und waren auf die Insel Sylt gefahren. Alma war fasziniert von dieser Landschaft, vor allem von den fast weißen Dünen, die im Sonnenlicht glänzten. Die Farben im Norden waren fast monochrom: Das Weiß des Sandes, darüber der blaue Himmel und sonst nichts. Sie und Gretl bauten Sandburgen und sammelten Muscheln. Es sollte ein unbeschwerter Urlaub sein, doch dann war das Unglück über sie hereingebrochen. Die Schwestern saßen im Speiseraum der Pension und aßen Milchreis mit Kirschen, als das Dienstmädchen mit rot geweinten Augen hereinkam.

»Ihr müsst sofort mitkommen. Es ist etwas passiert!«

Alma stand auf. Sie griff nach der Hand ihrer Schwester. Ohne zu ahnen, woher, wusste sie, dass ihr Vater gestorben war.

Vor ihrem Zimmer kam Carl Moll, der mit nach Sylt gefahren war, ihnen entgegen: »Kinder, ihr müsst jetzt sehr tapfer sein. Ihr habt keinen Vater mehr.«

Alma wollte in das Zimmer hineingehen, wollte ihren Vater umarmen, ihn noch einmal sehen, aber Carl Moll verwehrte ihnen den Zutritt. Und mit einem Mal begriff sie, dass ihre behütete Kindheit vorüber war. Ihr geliebter Vater, ihr Beschützer, der Mann, mit dem sie die innigsten Stunden verbracht hatte und der sie uneingeschränkt liebte, war nicht mehr da.

Wie so oft, wenn sie an ihren Vater dachte, kamen Alma auch jetzt die Tränen. Sie gab sich keine Mühe, sie zu verbergen. Ihre Mutter sah sie überrascht an. Sollte sie doch glauben, die Musik bringe sie zum Weinen.

Damals war ihre Mutter unfähig gewesen, Alma und Gretl zu trösten. Sie reisten sofort ab, jedoch konnte Emil Schindlers Leichnam nur heimlich in einer Klavierkiste nach Wien gebracht werden, denn in Hamburg wütete die Cholera, und sie hätten niemals einen Toten durch die Stadt bringen dürfen. Als Tage später ihr Vater auf dem riesigen Wiener Zentralfriedhof beigesetzt wurde, war Alma immer noch wie versteinert. Auf dem Weg nach Hause sah sie, wie Carl Moll die Hand ihrer Mutter nahm. Sie wusste nicht, was das zu bedeuten hatte, aber es verstörte sie. Alma zog sich zurück und wurde aufsässig, besonders gegenüber Carl Moll, der seine Beziehung zu ihrer Mutter nicht länger verheimlichte. Eines Sonntags weigerte sie sich, gemeinsam mit ihm zum Grab ihres Vaters zu gehen, weil sie den Anblick von Carl nicht ertrug, wie er andachtsvoll dort stand, wo er doch nichts zu suchen hatte. Es kam

zum Eklat. Moll drehte sich zu ihr herum und verpasste ihr eine schallende Ohrfeige. Alma hielt sich die schmerzende Wange und starrte ihn hasserfüllt an. Hilfe suchend drehte sie sich zu ihrer Mutter um, die sie jedoch nur mit einem kühlen Blick bedachte: »Geh mir aus den Augen.«

Alma stürzte aus dem Zimmer. Noch nie in ihrem Leben hatte sie sich so einsam und verletzt gefühlt. Wie konnte ihre Mutter ihr so etwas antun? Wie sollte sie weiter mit ihr und Moll unter einem Dach leben?

Wenig später hörte sie die Wohnungstür ins Schloss fallen. Ihre Familie war ohne sie gegangen. Almas Blick glitt durch das Zimmer. Am liebsten hätte sie aus lauter Wut und Verzweiflung etwas kaputt gemacht. Aber dann zog sie etwas ans Klavier, und sie hämmerte ihre Wut in die Tasten. Augenblicklich spürte sie, wie es ihr besser ging. Sie erzählte dem Instrument von ihrer Verlassenheit und ihrer Trauer, und das Klavier hörte ihr zu und schien sie zu verstehen. Es war wie eine Offenbarung.

Als ihre Mutter Stunden später nach ihr sah, saß sie immer noch am Klavier. Statt Wut und Verzweiflung war da nur noch Trauer, aber auch so etwas wie Trost. Voller Erstaunen und Glück stellte Alma fest, dass sie in diesen einsamen Stunden mit der Musik zur Ruhe gekommen war. Am Klavier hatte sie sich in eine bessere Welt geträumt. Sie hatte ihre Bestimmung gefunden. Von nun an suchte und fand sie Trost in der Musik. Sie nahm Unterricht bei Adele Radnitzky-Mandlick, einer renommierten Lehrerin und Professorin am Konservatorium, die mit ihr Schumann, Schubert und vor allem Wagner, den Alma bald für einen Gott hielt, einstudierte. Sie übte täglich stundenlang und konnte rasch sicher vom Blatt spielen. Wenn sie Klavier spielte, träumte sie sich in andere, bessere Welten.

# Kapitel 2

Zwei Wochen nachdem sie Klimt in seinem Atelier besucht hatte, war einer dieser schönen Tage, die es nur in Wien gab, wenn es schon im Februar urplötzlich frühlingshaft warm wurde. Alma kam von der Klavierstunde nach Hause. Sie war froh, den Mantel ausziehen zu können, der ihr zu warm geworden war. Aus dem Arbeitszimmer ihres Stiefvaters hörte sie erregte Stimmen. Das Haus in der Theresianumgasse war ein beliebter Treffpunkt moderner Maler und Künstler, Literaten, Musiker und Architekten. In Molls Arbeitszimmer, zwischen den antiken Möbeln, war vor zwei Jahren die Wiener Secession gegründet worden, dessen Vizepräsident er war. Und in diesen Tagen schmiedeten die Herren Pläne zur Gründung einer Künstlerkolonie vor den Toren Wiens. Endlich konnte ihre Mutter ihr Talent als Gastgeberin ausleben, an der Seite des umtriebigen Carl Moll, den sie im Gründungsjahr der Secession geheiratet hatte. Alma hatte ihrer Mutter diesen Verrat noch nicht verziehen. Sie seufzte, als sie an ihren Vater dachte, diesen großherzigen Mann voller Charakter. Kein Vergleich zu diesem gschaftlhuberischen Kleinbürger, der jetzt das Sagen im Haus hatte. Am meisten störte es sie, dass man in diesem Haus nie mehr ungestört sein konnte. Alma hätte sich jetzt gerne gleich wieder ans Klavier gesetzt. Sie hatte eine Melodie im Kopf, die sie spielen und niederschreiben wollte, aber das konnte sie nur, wenn sie allein war. Sie brauchte absolute Ruhe

dafür, aber die Besucher ihres Vaters lärmten und lachten. Außerdem konnte man im Arbeitszimmer alles hören. Alma seufzte noch einmal. Sie legte ihre Noten neben der Garderobe ab und betrachtete ihre leuchtend blauen Augen und die dunkle Haarmähne im Spiegel. Sie hatte ihr Haar am Morgen locker am Hinterkopf zusammengenommen, so dass es in einer weichen Welle ihr Gesicht umspielte. Den Rest hatte sie zu Schnecken gedreht, die sie am Hinterkopf zu einem Knoten legte, eine der Sängerinnen in der Oper hatte diese neue Frisur getragen. Sie drehte sich vor dem Spiegel hin und her und dachte, dass sie für offen getragenes Haar mit ihren neunzehn Jahren inzwischen zu alt war.

»Alma, du bist schon zurück? Setz dich zu uns.« Ihre Mutter kam mit einem Tablett voller Erfrischungen aus der Küche. »Klimt ist auch da. Es geht um die nächste Ausstellung der Secession.«

Alma zuckte zusammen. Klimt war hier! Seit sie vor zwei Wochen derart kindisch – sie war in der Zwischenzeit zu dem Schluss gekommen, dass ihr Verhalten wenig erwachsen gewesen war – aus seinem Atelier geflüchtet war, hatte sie ihn nicht mehr gesehen, aber umso mehr an ihn gedacht. Sie musste sich erst sammeln, bevor sie ihn begrüßte. »Ich komme gleich«, sagte sie hastig. »Ich mach mich nur schnell frisch.«

Mit raschen Schritten ging sie den Flur entlang in das Zimmer, das sie mit ihrer Schwester teilte. Zum Glück war Gretl nicht da. Alma musste nachdenken. Wie sollte sie Klimt gegenübertreten? Sie ließ sich auf ihr Bett fallen, ihre Gedanken flogen zu ihrem ersten Treffen. Es war auf der Eröffnungsausstellung der Secession vor einem Jahr gewesen. Alma war mit Gretl und ihrer Mutter hingegangen, Carl wartete dort bereits auf sie, und neben ihm hatte Klimt gestanden. Alma hatte ihn sofort an seiner ungewöhnlichen Klei-

dung erkannt. Er hatte so männlich neben ihrem Stiefvater ausgesehen. Als der sie vorgestellt hatte, hatte Alma in Klimts Augen etwas aufblitzen sehen, etwas Wildes, Gefährliches. Klimt war offensichtlich keiner dieser Männer, die einer Frau nach dem Mund redeten oder nichtssagende Komplimente säuselten. Das zog sie sofort an.

»Sie sind schön, Alma«, hatte er zu ihr gesagt und dabei ihren Kopf in seine beiden Hände genommen und ihn nach rechts und links gedreht, um ihr Gesicht besser betrachten zu können. Noch nie hatte ein Mann sie so angefasst. Er hatte sie nicht gefragt, seine Hände hatten nach Ölfarbe gerochen, sie hatte seine Körperlichkeit direkt vor sich gespürt. In diesem Augenblick hatte sie sich in ihn verliebt.

Nach der Ausstellung hatten ihre Mutter und Carl ein Souper gegeben, und sie hatte in ihrer Aufregung seinen Namen falsch auf eine Tischkarte geschrieben, Klimpt. Er hatte die Karte mit einem vielsagenden Lächeln in seine Jackentasche gesteckt. Von da an suchte er ihre Nähe. Immer wieder ertappte sie ihn dabei, wie er sie nachdenklich anstarrte.

Ob er sie als Modell für seine Bilder oder als Frau betrachtete? Wenn sie wusste, dass er ins Haus kam, machte sie sich besonders hübsch, und er bemühte sich darum, unter vier Augen mit ihr zu reden. In der Folgezeit war ihr Verhältnis immer enger geworden, Klimt nahm sie mit in Museen, wo sie stundenlang über die ausgestellten Bilder und Kunst diskutierten. Er erklärte ihr seine eigenen Werke, zeigte ihr sogar Skizzen und Vorstudien und fragte sie nach ihrer Meinung. Alma fühlte sich wohl in Klimts Gesellschaft, ihre Gespräche erinnerten sie an die glücklichen Stunden im Atelier ihres Vaters. Schon damals hatte sie ein geübtes Auge für Bildkompositionen entwickelt, und durch ihre Lektüre wusste sie, was gemeint

war, wenn auf den Gemälden Szenen aus der Mythologie dargestellt waren. Bald hatte Alma nur noch Augen für Klimts Bilder. Und sie träumte davon, von ihm so gesehen zu werden wie die Damen der Wiener Gesellschaft oder die Frauen der Sagenwelt, die er in wahren Räuschen von Gold und Schönheit zeigte.

Zu den Gesprächen über Kunst kam schnell noch etwas anderes: eine zufällige Berührung mit der Hand, ein Blick oder ein Seufzer, ein Kompliment. Bei der Erinnerung daran huschte ein Lächeln über ihre Lippen. Zwischen ihr und Klimt war etwas Besonderes entstanden. Sie war sich sicher, dass jede kleine Geste ein Zeichen seiner ernsthaften Liebe war. Wie sehr hatte sie sich die ganze Zeit danach gesehnt, dass er sie küsste!

Vor einigen Wochen dann hatten sie wieder einmal alle im Atelier ihres Stiefvaters gesessen und sich die Köpfe heißgeredet. Wie immer hatte Klimt es so eingerichtet, dass er neben ihr saß, und sie nicht aus den Augen gelassen. Alma hatte von einem besonders hartnäckigen Verehrer erzählt, den sie bei einem Tanzvergnügen am Vorabend kaum wieder loswerden konnte. Plötzlich bemerkte sie Klimts Blick, der sie zu verzehren schien. Sie zog die Ärmel ihrer Bluse, die sie bis zu den Ellenbogen hinaufgeschoben hatte, wieder herunter, aber dann überlegte sie es sich anders und schob sie wie zufällig wieder hinauf, um die wunderbare zarte Rundung ihrer Unterarme zur Geltung zu bringen. Ihrer Mutter blieb all das nicht verborgen. Sie machte Alma Vorwürfe. »Pass auf, die Leute machen Bemerkungen über den Klimt und dich.« Alma fand diese Warnungen eher schmeichelhaft. Dass ihre Mutter dagegen war, machte Klimt für sie nur noch interessanter. Und dann hatte er sie angefleht, zu ihm in sein Atelier zu kommen, allein. Und sie war hingegangen und hatte sich von seinem Drängen in die Flucht schlagen lassen wie ein Backfisch!

Puh! Und nun lag sie hier auf ihrem Bett und wusste nicht, was sie ihm sagen sollte.

»Alma«, rief ihre Mutter. »Wo bleibst du denn?«

»Ich komme.« Alma stand auf. Sie sah noch einmal in den Spiegel, dann ging sie den Flur entlang, hob das Kinn und setzte ein Lächeln auf, bevor sie das Arbeitszimmer ihres Stiefvaters betrat. Sie fing den Blick ihrer Mutter auf, die unmerklich nickte. Anna hatte in den letzten Jahren nicht mit Ratschlägen und Anweisungen gespart, wie Alma sich zu geben hatte. Als ihre Schönheit immer offener zutage trat, setzte sie ihre ältere Tochter ins rechte Licht und schmückte sich mit ihr. Alma sollte bezaubern. So ein Auftritt in einem Zimmer gehörte zu ihren leichteren Übungen. Auch wenn sie nervös war, so wie jetzt. Wider Willen war sie ihrer Mutter dafür dankbar.

Carl Moll saß wie üblich in einem der großen Pfauensessel. Kolo Moser war da, der gut aussehende Alfred Roller, Josef Hoffmann und einer seiner Schüler und Max Burckhard. Olbrich war auch anwesend, der Architekt des neuen Secessionsgebäudes, das im November eröffnet worden war. Die Männer trugen schwarze Anzüge und Krawatten. Sie saßen in den tiefen Ledersesseln, die Beine übereinandergeschlagen, die Zigarette in der Hand. Zwischen ihnen, auf einem Schemel, hockte, mit dem Rücken zu ihr, Klimt. Alma starrte ihn an, allein der Anblick seiner Schenkel machte sie nervös. Er trug heute einen Anzug, der allerdings zu groß und zudem verknittert war.

Als sie das Zimmer betreten hatte, war Max Burckhard, der ehemalige Direktor des Wiener Burgtheaters, aufgesprungen, um sie zu begrüßen. Nach dem Tod ihres Vaters war er so etwas wie ein väterlicher Lehrer für sie gewesen und hatte ihr die Literatur nahege-

bracht. Eines Tages hatte es an der Tür geklingelt, und ein Bote hatte zwei große Körbe mit Büchern geliefert, die sie lesen sollte. Nietzsche und Schnitzler waren dabei. Alma hatte sich in die Lektüre gestürzt, auch wenn sie am Anfang nicht alles verstand. Damals hatte sie damit begonnen, einzelne Sätze, die ihr besonders gefielen, in ein Heft zu schreiben, und mit der Zeit bekam sie ein sicheres Gefühl dafür, welche Texte sie mochte und welche nicht. Von den Büchern war es nur ein Schritt zur Dramatik: Max Burckhard schenkte ihr auch Theaterkarten und besprach mit ihr die Stücke. Theater- und Opernbesuche waren zu einer lieb gewonnenen Gewohnheit für sie geworden, während der Saison verging kaum eine Woche, in der sie nicht mindestens ein Stück sah.

»Alma«, rief Max Burckhard jetzt und kam ihr mit ausgebreiteten Armen entgegen. Auch in seinem Blick las sie in der letzten Zeit mehr als nur freundschaftliche Gefühle. Strahlend begrüßte sie ihn und die übrigen Gäste. Als Letzter drehte sich betont langsam Klimt um. Alma spürte, wie sie rot wurde, als er sie mit einem intensiven Blick ansah. Er beugte sich über ihre Hand, und sie sah seine angespannten Kiefermuskeln. Mit angehaltenem Atem wartete sie darauf, dass er irgendetwas sagen würde, aber ohne ein weiteres Wort wandte er sich wieder Kolo Moser zu. Mit klopfendem Herzen setzte sie sich auf ein Sofa neben Burckhard.

Die Männer führten ihr lautstarkes Gespräch über die nächste Ausstellung der Secession fort, die im nächsten Monat eröffnen sollte. In den zwei Jahren ihres Bestehens hatte die Wiener Secession den Kunstbetrieb umgekrempelt und sich mit dem Bau des Secessionsgebäudes am Karlsplatz ein eigenes Haus geschaffen, über das in Wien viel gespottet und geschimpft wurde. »Krauthappel« oder »assyrische Bedürfnisanstalt« nannten sie es. Das Gebäude wie auch

die moderne Kunst, die dort gezeigt wurde, war vielen einfach zu fremd. Und jetzt sollte Klimt dort seine *Nuda Veritas* ausstellen, eine absolute Provokation. Klimt hatte das Bild mitgebracht. Er stand auf und hielt es hoch, damit alle es sehen konnten. Es zeigte eine stehende nackte Frau mit roten Haaren von vorn. Rot waren auch ihre Schamhaare. Klimt hatte darauf verzichtet, sie irgendwie zu verdecken. Und als wäre das alles noch nicht genug, hatte das Bild eine Inschrift: *Kannst du nicht allen gefallen durch deine That und dein Kunstwerk, mach es wenigen recht. Vielen gefallen ist schlimm. Schiller.*

»Das wird die Leute verstören«, sagte Klimt.

»Aufrütteln soll es sie!«, rief Roller.

»Wenn wir Pech haben, wird es verboten«, sagte Moll.

»Dann hätte das Bild die Aufmerksamkeit, die es verdient!«, polterte Klimt.

Alma suchte Klimts Blick, aber er war zu sehr in das Gespräch vertieft, als dass er es bemerkte. Burckhard sah sie fragend an, Eifersucht blitzte in seinen Augen auf.

Nach einer Weile hielt Alma Klimts Missachtung nicht mehr aus. Möglich, dass sie es sich mit ihm verdorben hatte, aber das war kein Grund, derart unhöflich zu sein. Wenigstens ein Lächeln hätte er ihr doch schenken können! Erschrocken merkte sie, dass ihr die Tränen in die Augen traten, und stand schnell auf. Das fehlte noch, dass sie hier anfing zu weinen! Den strafenden Blick ihrer Mutter ignorierte sie.

Im Hausflur lehnte sie sich an die Wand.

»Alma, ich habe da etwas für Sie.«

Sie hielt den Atem an. Sie hatte nicht bemerkt, dass Klimt ihr gefolgt war. Rasch wischte sie sich über die Augen und drehte sich zu ihm um. Er überreichte ihr einen Fächer, den er bemalt hatte. Alma

sah viel dunkles Rot und Violett, wie Mohnblumen und Hornveilchen. Lächelnd sah sie zu ihm hoch. Sein Haar stand ihm wild um den Kopf, der Bart war struppig. Wie konnte ein Mann in einem derart unvorteilhaften Aufzug nur so anziehend sein?

»Dass Sie daran gedacht haben«, rief sie aus. Sie hatte ihn ein paar Wochen zuvor gebeten, einen Fächer, den sie von einem Verehrer bekommen hatte, zu bemalen, und Klimt hatte gesagt, dass er auf keinen Fall den Fächer eines anderen bemalen wolle, sondern ihr einen eigenen schenken werde.

»Und wegen neulich ...«, begann er.

»Ach, das war ein Missverständnis, mehr nicht. Ich habe mich dumm benommen.« Sie warf Klimt einen langen Blick unter ihren dichten Wimpern zu und hörte ihn schwer atmen. Sie spürte, wie ihr warm wurde.

Er kam auf sie zu und nahm sie in die Arme. Er war vorsichtig, zärtlich. Sie spürte seine Lippen auf ihren und dazwischen das Kitzeln seines Bartes. Diesmal wehrte sie sich nicht. Seine Küsse wurden fordernder, er presste sie an sich, zwischen Almas Schenkeln pulsierte das Blut, ein berauschendes Gefühl. Ohne weiter darüber nachzudenken, öffnete sie ihre Lippen, Klimt stöhnte auf.

»Alma? Wo bleibst du denn?«

Sie fuhren auseinander, als sie Almas Mutter hörten, die den Flur betrat.

»Bin schon da«, rief sie und ließ Klimt einfach stehen.

Abends in ihrem Bett fand sie keinen Schlaf. Sie fuhr sich mit der Fingerspitze über die Lippen, um Klimts Kuss noch einmal nachzuempfinden. Wie sehnlich wünschte sie sich mehr davon. Dieses Gefühl war himmlisch! Seine Hände auf ihren Hüften hatten sich so gut angefühlt. Sie konnte es nicht erwarten, ihn wiederzusehen.

# KAPITEL 3

*Abscheulicher, wo gehst du hin?* Alma summte die Arie aus dem *Fidelio*, den sie am Vorabend in der Oper gesehen hatte. Lilli Lehmann hatte so schön gesungen, Gretl und sie hatten sich angesehen und mussten sich zusammennehmen, um nicht vor Rührung zu weinen. Alma war immer noch ganz hingerissen von der Schönheit der Musik. Schon den ganzen Morgen sang sie die Arie vor sich hin. *Komm, oh, komm ...* Sie wollte es vor Gretl nicht zugeben, aber ihre Gefühle für Klimt ließen sie die Melodie noch einmal mit ganz anderen Ohren hören. Sie konnte nur noch an ihn denken, und sie fieberte der nächsten Gelegenheit entgegen, bei der sie mit ihm unter vier Augen sein konnte.

Für ihre Mutter war so ein Opernbesuch ein willkommener Anlass, dass ihre Töchter von den heiratsfähigen Männern und deren Müttern gesehen wurden. Almas Interesse galt der Musik. Wenn das Orchester zu spielen begann, vergaß sie alles um sie herum. Natürlich war sie mit ihren neunzehn Jahren in einem Alter, in dem einige ihrer Freundinnen bereits verlobt oder verheiratet waren, und sie hatte auch selbst schon Heiratsanträge bekommen, allerdings ohne sie ernst genommen zu haben. Ja, wenn Gustav Klimt sie fragen würde! Sie störte es nicht, dass er deutlich älter war als sie. Er hatte Erfahrung, dagegen waren die Torheiten der Jüngeren doch einfach lächerlich! Sie machten ihr Geschenke und Eifersuchtsszenen,

schrieben ihr Gedichte. Natürlich genoss auch sie es, zu tanzen und zu flirten. Und wenn die jungen Männer dann noch gescheit über Kunst reden konnten, machte ihr die Sache erst recht Spaß. Was sie nicht leiden konnte, waren Dummköpfe und fade Langweiler. Was hatte sie mit jemandem zu reden, der weder Hofmannsthal noch Schnitzler gelesen hatte und an dem die Theatersaison ungesehen vorübergegangen war?

Gestern nach der Oper waren sie noch auf ein Tanzvergnügen bei Lanners, der Familie ihrer besten Freundin Else, gegangen. Weil sie durch die Musik so aufgewühlt war, hatte sie mehr Champagner als üblich getrunken und jeden Walzer getanzt. Auf der Kommode in ihrem Zimmer lagen die Blumenbouquets, die sie erhalten hatte. Sie zählte sie durch, zwanzig, einundzwanzig ... Die Tanzkarten ihrer Schwester lagen daneben, es waren nicht einmal halb so viele.

Immer noch den *Fidelio* summend, ging sie ins Esszimmer und freute sich, dass alle anderen schon fertig waren mit dem Frühstück. So konnte sie sich ungestört der neuen Ausgabe der *Ver sacrum* widmen, die auf dem Tisch lag. Ver sacrum, heiliger Frühling, nannte sich die Zeitschrift, die die Secession herausgab. Alma zog das Blatt zu sich heran, während sie in eine Brioche biss. Das Titelblatt hatte wie so oft Alfred Roller gestaltet. Sie erkannte die Ornamente, die die Schrift umrankten. Beim Blättern stieß sie auf ein Brustbild einer Dame der Gesellschaft in einem weißen Pelzcape, porträtiert von Klimt. Alma seufzte. Klimt hatte sie immer noch nicht gemalt, und das war zum Teil ihre eigene Schuld. Dabei würde sie sich so fesch auf einem Bild machen. Wenn sie das nächste Mal zu ihm ging, würde alles gut gehen, nahm sie sich vor. Allerdings würde es schwierig werden, ihn noch einmal allein in seinem Atelier aufzusuchen, denn ihre Mutter witterte etwas und war misstrauisch.

Sie blätterte weiter. Hinten im Heft wurde die neue Ausstellung der Secession angezeigt. Darüber wusste Alma ja schon bestens Bescheid. Eine Abbildung zeigte das Secessionsgebäude. Für Alma war es eines der schönsten Gebäude von Wien, weil es so klar und schlicht war. Aber jedes einzelne Dekorationsstück war von überwältigender Schönheit. Während der Bauphase waren die Wiener Arbeiter und Handwerker zu spät zur Arbeit gekommen, weil sie an der Baustelle stehen blieben, um zu schauen. So etwas hatten sie noch nicht gesehen: klare Linien, blendendes Weiß und Grün, keine Schnörkel, bis auf die bronzene Doppeltür und die sechs in Stein gehauenen Eulen in der Fassade. Und über allem die meterhohe Kugel aus Lorbeerzweigen, die sich golden auf dem Dach erhob und die die Wiener mit einem Kohlkopf verglichen. Alma beeindruckte das abfällige Gerede der Leute nicht. Sie besuchte jede Ausstellung mehrfach, und der Besucherandrang bewies, dass die Künstler der Secession absolute Könner waren.

Nachdem sie sich noch eine zweite Brioche genommen hatte, setzte sie sich ans Klavier. Eigentlich sollte sie eine besonders schwere Schumann-Etüde üben, was ihr Adele Radnitzky-Mandlick aufgegeben hatte, aber dann suchte sie die *Fidelio*-Noten heraus, und am Ende blieb sie doch wieder bei ihrem geliebten Wagner hängen. Ach, diese Musik war einfach erhebend, dramatisch, göttlich! Und sie passte so gut zu ihrer momentanen Stimmung. Wenn sie doch auch so etwas schaffen könnte!

Gretl platzte geräuschvoll ins Zimmer. »Jetzt langt es aber mal. Ich muss auch üben. Du hast das Klavier schon lange genug belegt«, rief sie wütend. Alma sah auf die Uhr, die neben dem Klavier an der Wand hing, es war tatsächlich schon drei Uhr nachmittags. Sie nahm die Hände aber nicht von der Tastatur und sah Gretl kühl an.

»Ich werde meinen Platz nicht räumen. Mir geht gerade etwas im Kopf herum, und das muss ich aufschreiben. Hör mal, es ist die Melodie zu einem Gedicht von Heine:

*Nicht lange täuschte mich das Glück*
*Das du mir zugelogen.*
*Dein Bild ist wie ein falscher Traum*
*Mir durch das Herz gezogen.*

*Der Morgen kam, die Sonne schien,*
*Der Nebel ist zerronnen.*
*Geendigt hatten wir schon längst*
*Eh' wir noch kaum begonnen.*«

Die Melodie dazu war auf einmal in ihrem Kopf gewesen. So etwas passierte ihr häufig, wenn sie nur lange genug am Klavier sitzen blieb. Irgendwann stellten sich ihre eigenen Melodien ein, und dies waren die Momente, die ihr die liebsten waren und die sie herbeisehnte. Sie konnte jetzt nicht aufstehen, ohne sie einige Male gespielt und aufgeschrieben zu haben. Alma sang sich die ersten Zeilen des Liedes leise vor, bis ihre Schwester türenschlagend das Zimmer verließ. Am späten Nachmittag hatte sie die Komposition fertig. Sie ging damit zu Gretl, die in ihrem Zimmer auf dem Sofa lag und las.

»Deshalb musste ich am Klavier bleiben«, sagte sie und hielt ihr das Blatt hin. Dann sang sie ihr das kleine Lied vor.

Gretl ließ sich besänftigen. »Wo du nur immer die Texte herhast, die so auf deinen Zustand passen. An wen hast du denn dabei gedacht? Doch wohl an Klimt?«

Alma schlug mit dem Blatt nach ihr. Aber sie war froh, dass ihre Schwester wieder gut mit ihr war. Zumindest dachte sie das. Denn als die Klavierlehrerin am nächsten Tag zur Stunde zu Gretl kam, hörte sie durch die geschlossene Tür, wie ihre Schwester sich unter Tränen bitter beklagte. Als dann auch noch ihre Mutter mit ihr zankte, bei der Gretl sich über sie beschwert hatte, konnte auch Alma ihre Tränen nicht mehr zurückhalten. Einfach niemand verstand sie!

# Kapitel 4

Einige Tage später bat ihre Mutter Alma und Margarethe, sich zu ihr zu setzen, sie habe ihnen etwas zu sagen. Sie hatte dabei diesen seltsamen Gesichtsausdruck, den Alma überhaupt nicht mochte, etwas zwischen überheblich und kleinmädchenhaft.

»Habt ihr nichts bemerkt? Ihr werdet in nicht allzu langer Zeit einen Bruder oder eine Schwester bekommen.« Bei diesen Worten strich sie sich über den Bauch, der sich tatsächlich leicht rundete. Mit einem aufmunternden Lächeln blickte sie ihre Töchter an, offensichtlich erwartete sie, dass Alma und Gretl sich mit ihr freuen würden.

Aber Alma freute sich nicht, ihr traten Tränen der Wut in die Augen. »Was sagst du da?« Sie starrte ihre Mutter mit offenem Mund an. Ihre Mutter war doch schon vierzig Jahre alt, viel zu alt, um ein Kind zu bekommen. »Du kriegst ein Kind von Moll?« Sie spie diese Worte geradezu aus. Sie wartete darauf, dass Gretl etwas sagte, aber sie zeigte wie üblich keine Reaktion. Gretl ließ immer alles über sich ergehen. Das machte Alma noch wütender. Wollte ihre Schwester denn nicht begreifen, was das bedeutete? Sie und Gretl würden keine Rolle mehr in der Familie spielen. Alle Liebe, alle Aufmerksamkeit würde auf dieses neue Kind gerichtet sein. Sie waren abgeschrieben, nun hatten sie auch keine Mutter mehr. Wollte sie sie loswerden? Freute sich ihre Mutter deswegen so über ihre zahlreichen

Verehrer, weil sie hoffte, ihre Töchter möglichst schnell zu verheiraten, damit sie aus dem Haus wären, um mehr Zeit für das neue Baby zu haben? Alma bekam einen regelrechten Weinkrampf, sie konnte sich nicht wieder beruhigen.

Ihre Mutter stand auf und wies mit dem Finger zur Tür. »Geh mir aus den Augen«, sagte sie mit einer Stimme wie aus Glas.

In den folgenden Tagen war Alma nervös und schlechter Laune. Mehr als je zuvor sehnte sie sich nach Klimt. Aber ihre Mutter ließ sie nicht aus den Augen, sondern betraute sie mit lauter kleinen Aufgaben. In zwei Wochen würden sie für einige Zeit nach Italien reisen, und vorher gab es tausend Dinge zu erledigen, in erster Linie Anproben. Anna Sofie brauchte Schwangerschaftskleider, und sie bestand darauf, dass Alma und Gretl sie zu den Anproben begleiteten. Alma freute sich sehr auf die Reise, aber bevor sie für einige Wochen Wien den Rücken kehrte, musste sie wissen, was mit ihr und Klimt war.

Heute Abend würde sich vielleicht eine Gelegenheit ergeben. Hugo und Mie Henneberg wollten sie an diesem Abend auf eine Gesellschaft im Camera-Club, einer Vereinigung von Amateur-Fotografen, mitnehmen. Die Hennebergs waren Freunde der Familie. Hugo Henneberg war Fotograf und ein Förderer der Secession. Seine Frau Marie wurde von Alma und Gretl zärtlich Tante Mie genannt. Ach, warum konnte ihre Mutter nicht sein wie Tante Mie! Sie war so verständnisvoll, hatte immer ein offenes Ohr für sie und schenkte ihr Theaterkarten oder schöne Accessoires, die immer der neusten Mode entsprachen. Alma war selig, dass sie endlich für ein paar Stunden den Fängen ihrer Mutter entfliehen konnte, mit der sie den ganzen Nachmittag bei Wilhelm Jungmann und Neffe gegenüber der Hofoper Spitzen für einen Hut ausgesucht hatte.

Kaum hatte sie den festlich geschmückten Raum betreten, als sie Klimt entdeckte. Er stand im Kreis einiger Herren, stach aber durch seinen nachlässigen Aufzug deutlich heraus. Außerdem war er größer als die anderen.

Almas Herz schlug heftig.

»Entschuldige mich einen Augenblick«, sagte sie zu Tante Mie und ging kurz entschlossen auf ihn zu.

»Alma«, rief er laut, als er sie erblickte.

Sie setzten sich in eine Fensternische, die ihnen ein wenig Privatheit gab, Alma hatte so sehr auf eine Gelegenheit zur Aussprache gewartet, dass sie jede Vorsicht vergaß.

»Ich fahre bald nach Italien und werde einige Wochen fort sein«, begann sie. »Ich dachte nur, weil wir uns dann nicht sehen können.«

Klimt sah sie fragend an.

»Ich … ich wollte fragen, wie es um uns steht? Und was ist das eigentlich mit Ihrer Schwägerin?«, fragte sie. »Stimmt es, dass Sie ein Verhältnis haben?« Sie neigte den Kopf und sah ihn aus großen Augen an.

Klimt zog die Mundwinkel nach unten. »Soso, Sie denken ans Heiraten. Ich hatte geglaubt, dass Sie anders sind als die anderen jungen Mädel.«

Alma wurde rot und wusste nicht weiter. »Aber ich dachte … Ich weiß, dass ich Sie glücklich machen werde.«

Klimt sah sie mit unübersehbarem Spott an. »Ach du meine Güte. Weil ich Sie ein paarmal angesehen und Ihre Hand gehalten habe? Ein Kuss, und schon ist man verheiratet? Alma, ich hätte Sie nicht für so naiv gehalten. Was glauben Sie denn, wie viele Frauen mir Avancen machen? Ich will mich aber nicht binden. Ich bin Künstler. Ich werde niemals heiraten!«

»Aber ich habe geglaubt, Sie lieben mich!«, rief sie aus. Als sie sein amüsiertes Lächeln sah, wäre sie vor Scham am liebsten im Boden versunken. Wie hatte sie sich nur so in ihm täuschen können? »Natürlich liebe ich Sie, ja, aber so, wie man ein schönes Bild liebt. Schließlich bin ich Künstler. Aber ich will Sie nicht mit in meinen Dreck hinunterziehen. Das verdienen Sie nicht. Und das würde Ihnen auch nicht liegen. Sie sollen glücklich werden, mit einem anderen, der kommen wird. Ich kann Ihnen nichts bieten.«

Almas Wangen glühten vor Empörung. Wie konnte er es wagen, so mit ihr zu reden? Erst machte er ihr Hoffnungen, und jetzt ließ er sie so kaltblütig fallen? Und was sollte das heißen, er könne ihr nichts bieten? Sie suchte nach einer scharfen Erwiderung, aber ihr fiel nichts ein. Ihre Lippen zitterten vor Wut und Enttäuschung, als sie aufstand und ohne ein Wort des Abschieds ging. Sie musste Tante Mie finden, keine Sekunde würde sie es hier länger aushalten.

In der Nacht, während sie sich schlaflos im Bett wälzte, bekam sie eine andere Sicht auf die Dinge. Klimt wollte ihr nicht schaden, weil er sie liebte. Wie hatte er gesagt? Er wollte sie nicht in seinen Dreck hinunterziehen, in dem er drohte zu ersticken. Dafür war ihm Alma zu schade. Je länger sie darüber nachdachte, je mehr kam sie zu dem Schluss, dass Klimt sie nicht heiraten wollte, um sie nicht unglücklich zu machen. Auch wenn das bedeutete, dass er sich selbst unglücklich machte, weil er auf ihre Liebe verzichtete.

So herum hörte sich das alles schon viel besser an. Alma schniefte und drehte sich auf die andere Seite. Jetzt würde sie erst mal nach Italien fahren. Pah! Dann würde Klimt schon merken, wie öde es ohne sie in Wien war. Hoffentlich.

~

36

Eine Woche später, Anfang März, fuhren sie los. Venedig, Florenz, Neapel und Pompeji, der Vesuv, Capri und schließlich Rom, dann wieder Florenz, Lucca, Venedig und die anderen Städte des Nordens; Michelangelo, Botticelli, Raffael, die Sixtinische Kapelle, eine Papstmesse ...

Fast zwei Monate würden sie unterwegs sein und erst im Mai nach Wien zurückkehren. Carl Moll hatte ihnen eine klassische Bildungsreise versprochen. Alma hatte keine Ahnung, woher er das Geld dafür nahm, es war ihr auch egal. Sie freute sich einfach unbändig. Endlich kam sie mal aus Wien und Österreich heraus! Endlich konnte sie die Kunstschätze Italiens mit eigenen Augen sehen. Und dass Tante Mie und Onkel Hugo sich ihnen zeitweilig anschließen würden, machte ihr Glück perfekt.

Alma saugte Italien vom ersten Tag in sich auf. Sie fühlte sich auf den Spuren ihres geliebten Goethe, den sie immer bei sich trug. Mit Klimt hatte sie über den *Faust* gesprochen und konnte ihn inzwischen fast auswendig. Mit der Lektüre in der Tasche fühlte sie sich Klimt nahe, obwohl es ihr sogar zeitweise gelang, ihn über all den neuen Erfahrungen zu vergessen.

Manchmal wusste sie nicht, wohin sie zuerst schauen sollte. Schönheit und Perfektion an jeder Ecke. Wenn sie nicht in den Museen war, dann ließ sie sich von der Landschaft verzaubern. Sogar die Friedhöfe mit den alten Steinen und geharkten Wegen hatten ihren unbekannten, magischen Reiz. Und vor der Würde eines uralten Olivenbaums, in dessen ausgehöhltem Stamm drei Personen Platz hatten, kamen ihr die Tränen. Die Gärten der Villa Hadrian mit ihren ansteigenden Terrassen, den Hainen und Wasserbecken, den aufgereihten Zypressen und den noch intakten Mosaiken ka-

men ihr vor wie ein Märchenland. An einem Nachmittag, als sie hier spazierten, kam ein kräftiger Wind auf, und unzählige Samen der Pusteblumen, die hier zu Tausenden auf den Wiesen wuchsen, tanzten in Wolken um sie herum. »Sieh nur, die Elfen«, rief Gretl. Alma wusste genau, was sie meinte, als Elfen hatten sie die zarten Gebilde immer in Plankenberg bezeichnet und versucht, sie einzufangen. Es war einfach zauberhaft! Sie fühlte sich in eine glückliche Kindheit zurückversetzt. Solange sie in Rom waren, kam Alma so oft wie möglich hierher, bis sie jeden einzelnen der mit giftgrünem Moos durchsetzten Wege kannte.

Vor dem Schlafengehen saßen sie und Gretl in ihrem Zimmer beisammen, das so ganz anders war als ihr Zimmer in Wien. Der große Raum war auch tagsüber dämmrig, nur wenige Möbel standen hier, der alte Boden knarrte unter ihren Schritten, die Fensterläden waren wegen der Hitze geschlossen, es roch ein wenig muffig. Auf das riesige Bett gekuschelt, versuchten sie, die Erlebnisse des Tages, ihr Staunen, die Bewunderung, ihr Glück in Worte zu fassen und ihrem Tagebuch anzuvertrauen, aber oft quoll ihr Herz vor Begeisterung einfach über, und sie träumten vor sich hin. Italien, seine Landschaften und seine Menschen, würde für immer in Erinnerung bleiben. In ihrer Begeisterung für die absolute Schönheit der italienischen Kunst fanden die beiden Schwestern zueinander wie schon lange nicht mehr. Ihre Euphorie ließ sie zuweilen tänzeln wie junge Pferde.

Weil Alma ihr übervolles Herz irgendwo ausschütten musste, setzte sie sich ans Klavier, sobald sie die Möglichkeit dazu hatte. Nach einem wunderbaren verträumten Tag fielen ihr die Melodien, die ihre schwärmerische Stimmung und ihre Sehnsucht nach Klimt ausdrückten, einfach so zu. Sie schrieb in diesen Wochen viele Lie-

der, mit manchen wurde sie nicht ganz fertig, weil sie abreisen musste, aber sie hatte die Themen im Kopf. Nach ihrer Rückkehr nach Wien würde sie sie ausarbeiten. Darauf freute sie sich jetzt schon.

An diesem Tag wartete schon wieder eine neue Stadt darauf, entdeckt zu werden. Venedig! Alma und Gretl spazierten, versehen mit allerlei Ermahnungen ihrer Mutter, allein über die Plätze und bestaunten die Kanäle und die prunkvollen Palazzi. Anna war wegen ihrer fortschreitenden Schwangerschaft einfach auf der Terrasse ihres Hotels sitzen geblieben und wartete ungeduldig, bis sie zurück waren. Die Schwestern vermissten ihre strenge Mutter nicht, die jede ihrer Regungen, jedes Wort auf die Goldwaage legte. Sie erlaubten sich Blickkontakte mit feurigen Italienern, kauften giftgrüne Pistazieneiscreme bei einem Straßenhändler und wagten sich in Gassen, in die ihre Mutter mit Sicherheit nie einen Fuß gesetzt hätte.

Am Nachmittag standen sie auf der Seufzerbrücke. Unter ihnen fuhren die Gondeln hindurch. Als sie von zwei Herren eingeladen wurden mitzufahren, willigten sie ein.

»Lass das bloß Mama nicht wissen«, flüsterte Alma Gretl zu, als sie zum Wasser hinuntergingen.

»Spinnst du?«, fragte Gretl und nahm die Hand des einen Mannes, der ihr ins Boot half.

Die beiden Herren stellten sich als Brüder aus Deutschland vor, Oskar und Willi Schulz. Es wurde sehr fidel. Sie ließen sich durch die Kanäle fahren, tranken Champagner und kicherten. Als sie sich zwei Stunden später verabschiedeten, nannte Gretl ihnen den Namen des Hotels, in dem sie wohnten. Abends kam dann Oskar Schulz, ein Ingenieur, in ihr Hotel und bat um ein Gespräch mit Anna und Carl Moll. Alma wurde dazugerufen und musste erfah-

ren, dass er in aller Form um ihre Hand angehalten hatte. Anna war fuchsteufelswild, und Gretl und Alma schworen Stein und Bein, dass sie ihm keinen Grund gegeben hatten, anzunehmen, dass Alma ihn heiraten würde.

Die beiden kicherten, als sie ins Bett gingen. Das war gerade noch mal gut gegangen! Und dann kam wieder eine dieser italienischen Nächte. Die Düfte, die durch das Fenster in ihr Zimmer strömten, die laue Nachtluft und die Sterne am samtblauen Himmel trugen Alma erst spät in ihre Träume davon. Sie war so von dem Zauber Italiens gefangen, dass sie sich gegen den Schlaf wehrte, und als er dann doch kam, fing sie an schlafzuwandeln, als könnte sie immer noch keine Ruhe finden. Carl Moll fand sie eines Nachts auf dem Flur und führte sie zurück in ihr Bett, und von da an mussten die Läden vor ihrem Fenster zu ihrem großen Verdruss geschlossen bleiben.

Am nächsten Tag ging es nach Florenz. Von den Künstlern, die in den Uffizien ausgestellt wurden, liebte sie Botticelli am meisten. An seiner *Anbetung der Heiligen Drei Könige* konnte sie sich nicht sattsehen. Vor einer Ruine standen etwa zwanzig Männer und beteten. Die Gestalt am rechten Bildrand, die sie mit einem merkwürdigen Ausdruck ansah, spöttisch und arrogant, zog ihren Blick auf sich.

»Das ist der Künstler selbst«, sagte ihr Stiefvater.

Alma nickte und starrte weiter auf das Bild. »Geht ruhig schon weiter, ich komme dann nach«, sagte sie.

»Wir sehen uns noch einmal den *David* an. Willst du nicht mitkommen?«

Alma schüttelte den Kopf. Michelangelos *David* ließ sie kalt. Er war zu perfekt, er sprach nicht zu ihr wie dieser Mann mit dem seltsamen Blick auf dem Bild, von dem sie sich einfach nicht losreißen konnte.

Dann fiel es ihr ein. So hatte Klimt sie an ihrem letzten Abend an-

gesehen, als er ihr gesagt hatte, dass er sie nicht heiraten konnte. Alma atmete einige Male tief ein und aus. Klimt. Jetzt hatte er sich schon wieder in ihren Kopf geschlichen. Ein paarmal waren Postkarten aus Wien gekommen, auf denen er mit anderen unterschrieben hatte. Als gebe es keine besondere Beziehung zwischen ihnen. Andererseits konnte er ihr ja auch schlecht direkt schreiben, das hätte ihre Mutter mitbekommen. Wahrscheinlich hatte er Sehnsucht nach ihr. Und was tat sie? Unternahm mit einem anderen Mann eine Bootstour, der ihr dann auch noch einen Heiratsantrag machte.

Unter dem prüfenden Blick des Künstlers auf dem Gemälde, der sie ansah wie Gustav Klimt, schämte sie sich für dieses Verhalten. Konnte sie denn keinem Mann treu sein? Musste sie derart flatterhaft agieren, heute den, morgen den lieben? Klimt hatte schon recht gehabt, als er ihr vor der Abreise gesagt hatte, er könne nicht an die Ernsthaftigkeit ihrer Liebe glauben. Obwohl, dass ausgerechnet er so etwas sagte, der mindestens an drei Seiten festgebandelt war, empfand sie schon als ein wenig ungerecht. Aber Klimt war eben ein Künstler, und Künstler wurden mit anderen Maßstäben gemessen als normale Menschen.

Nachdenklich löste sie sich endlich von dem Gemälde. Von nun an würde sie ernsthafter sein. Keine Flirts mehr! Mit diesem Vorsatz im Herzen machte sie sich auf die Suche nach ihrer Familie.

Zwei Tage später unternahm Alma eine Radtour mit Max Burckhard, der auf dem letzten Teil der Reise zu ihnen gestoßen war. Sie waren am Arno entlanggefahren und hatten sogar eine Rennfahrt unternommen. Erhitzt und übermütig kamen sie zurück ins Hotel. Alma hatte sich lachend bei Burckhard untergehakt.

»Und ich war doch schneller als Sie«, rief sie.

»Aber nur, weil ich diesen Leuten ausweichen musste. Sonst hätte ich Sie geschlagen.«

»Gut, dann gebe ich Ihnen morgen die Chance einer Revanche ...«

Sie lachte ihn aus, dann gefror ihr das Lachen auf den Lippen. Neben ihrem Stiefvater, der in der Lobby des Hotels saß, entdeckte sie keinen anderen als Klimt. Sofort ließ sie Burckhards Arm los. Mit klopfendem Herzen ging sie auf die beiden zu. Klimt erhob sich, um sie zu begrüßen. Kühl wandte er sich dann an Burckhard. Wie Rivalen standen sich die Männer gegenüber. Carl Moll schien davon nichts zu bemerken, sondern plauderte fröhlich drauflos. »Klimt wusste am Bahnhof nicht weiter. Wir haben uns verpasst, und er konnte niemanden fragen und hätte aus lauter Schüchternheit fast den nächsten Zug zurück nach Wien genommen.«

»Das wäre aber überaus bedauerlich gewesen«, sagte Alma.

Klimt antwortete mit einem Brummen und setzte sich, ohne sie noch einmal anzuschauen, in den Sessel.

Verwirrt ging Alma auf ihr Zimmer. Er war offensichtlich böse auf sie. Aber warum? Weil sie den Tag mit Burckhard verbracht hatte? Wenn das alles doch bloß nicht so kompliziert wäre!

Am folgenden Morgen taute Klimt auf. Er suchte ihre Nähe, und während einer gemeinsamen Kutschfahrt über den Arno brachte er sein Knie an ihres. In einem ungestörten Moment zog er die Tischkarte, auf der sie seinen Namen falsch geschrieben hatte, aus seiner Brieftasche. »Ich trage sie immer bei mir«, sagte er. »Und ich Ihren Fächer«, gab Alma zurück. Bei einem Besuch in einer Kirche gingen sie hinter dem Altar herum, als er sie unmerklich an sich zog und ihr ins Ohr flüsterte: »Na, hinter dem Altar stünden wir ja schon. Es sei denn, Sie ziehen jetzt den Burckhard vor.«

Alma war glücklich und verunsichert zugleich. Klimt war so schwer einzuschätzen. Ob er seine neuerlichen Avancen ironisch meinte? Andererseits hatte er sie, als sie zurück im Hotel waren, plötzlich in eine Nische zwischen zwei Wäscheschränken gezogen und geküsst, leidenschaftlich und besitzergreifend. Alma erwiderte seinen Kuss, doch dann hörte sie plötzlich Schritte. Noch ganz atemlos machte sie sich los. Auf einmal stand Burckhard vor ihr. Sein Blick verriet, dass er verstanden hatte, was vor sich ging. Er sah Klimt an, als wolle er ihn schlagen.

Alma machte auf dem Absatz kehrt und wollte auf ihr Zimmer eilen. Dabei stolperte sie über die erste Treppenstufe. Beide Männer stürzten auf sie zu, um ihr zu helfen.

»Lasst mich in Ruhe, alle beide«, rief sie und rannte weiter.

Das alles wächst mir über den Kopf, dachte sie, während sie die Treppe hinaufhastete. In was für eine Situation habe ich mich gebracht? In ihrer Eifersucht werden sie noch alles verraten. Mit flinken Bewegungen richtete sie ihr Haar, das Klimt ganz durcheinandergebracht hatte. Seine Berührungen und Küsse brannten auf ihrem Körper. Aber er durfte nicht so eifersüchtig sein. Sie war schließlich nicht sein Eigentum. O Gott, wenn nur ihre Mutter nichts von alldem mitbekam!

»Wie siehst du denn aus?«, fragte Gretl, die träge auf ihrem Bett lag, als Alma, immer noch außer Atem, ins Zimmer kam und die Tür hinter sich ins Schloss warf.

»Wie denn?«, gab Alma zurück.

»Als wäre jemand hinter dir her.«

Alma musste trotz der verfahrenen Lage kichern. »Da hast du recht«, sagte sie.

»Klimt oder Burckhard?«, fragte Gretl.

»Merkt man das?«

Jetzt lachte ihre Schwester. »Ob man das merkt? Als würdet ihr alle drei Schilder vor dem Kopf haben: *Achtung, Gehirn außer Betrieb wegen Liebesränke.* Du musst unbedingt vorsichtiger sein. Wenn Mama das mitkriegt, bist du erledigt.«

Alma stöhnte. Immerhin würde Max Burckhard am nächsten Morgen abreisen, das würde die Situation ein wenig entspannen.

CRID

Zwei Tage später fuhren sie von Florenz aus wieder nach Venedig, es sollte ihre letzte Station sein. Alma raste beinahe vor Nervosität. Klimt war mit ihrem Stiefvater auf irgendeiner Wanderung, und Anna Moll hatte darauf bestanden, dass Alma und Gretl den ganzen Abend mit ihr in ihrem Zimmer verbrachten und ihr vorlasen. Fieberhaft überlegte sie, wie sie ungestört mit ihm sprechen könnte.

Gegen Mitternacht entließ ihre Mutter sie endlich und wünschte ihnen eine gute Nacht. Als Alma und Gretl in ihr Zimmer kamen, entdeckte Alma ein Billett von Klimt. Er hatte es unter der Tür durchgeschoben. Alma riss den Umschlag auf.

»Er lädt mich für morgen Vormittag auf eine Gondelfahrt ein«, jubelte sie. »Und sieh nur!« Sie zeigte Gretl die kleine Tuschezeichnung, mit der Klimt das Blatt geschmückt hatte, ein zartes Porträt von Alma mit offenem Haar.

»Weiß Mama davon?«, fragte Gretl.

Alma presste das Blatt Papier an sich. Sie war viel zu glücklich, um sich darüber Gedanken zu machen. »Wir sagen einfach, wir seien beide eingeladen. Du verlässt mit uns das Hotel, und dann treffen wir uns später hier wieder ...«

»Und was soll ich dann ganz allein in Venedig?«, fragte Gretl.

»Das musst du für mich tun. Wir setzen dich an einer Eisdiele ab und kommen dich später wieder abholen. Bitte, Gretl! Ich muss einfach mit ihm reden.« Sie umarmte ihre Schwester und gab ihr einen Kuss. »Einverstanden?«

Gretl zögerte noch. »Und du willst allein mit ihm ...? Du weißt, wie er ist. Er wird die Situation ausnutzen.«

Alma schenkte ihrer Schwester ein übermütiges Lächeln. »Das will ich doch hoffen. Und im Übrigen weiß ich genau, wie weit ich gehen kann und will.« Sie stellte sich vor, wie es wäre, Küsse in der Gondel zu tauschen, das musste traumhaft sein. Vor Aufregung fand sie lange keinen Schlaf.

Am nächsten Morgen kamen sie auf dem Weg in den Frühstücksraum an Klimts Zimmer vorbei. Die Tür stand offen, und Alma klopfte. Drinnen war ein Mädchen dabei, das Bett abzuziehen. Klimts Sachen waren verschwunden. »Wo ist denn der Herr Klimt?«, fragte sie, aber das Zimmermädchen verstand sie nicht. »Che?«, fragte es immer wieder. Alma winkte ab. Sie hatte plötzlich ein mulmiges Gefühl.

Etwas verspätet kam sie in den Frühstücksraum, ihre Eltern und Gretl saßen bereits vor süßen Teilchen und Kaffee. Ihre Mutter sah ihr mit gerunzelter Stirn entgegen.

Alma goss sich dickflüssige Schokolade aus einem silbernen Kännchen in ihre Tasse. Dann hielt sie es nicht mehr aus. »Wo ist denn der Klimt?«, fragte sie. »Er hat Gretl und mich zu einer Fahrt in der Gondel auf dem Canal Grande eingeladen. Ich möchte so gern die Sängerschiffe sehen.« Sie gab sich Mühe, möglichst unbefangen zu klingen, aber jeder konnte sehen, dass ihre Hände an der

Kakaotasse zitterten. Anna Moll antwortete nicht. Alma sah zu ihrer Schwester hinüber, ob die wusste, was los war, aber Gretl zuckte ratlos die Schultern.

»Mama?«

Anna Moll setzte sich in ihrem Stuhl zurück. Ihre Schwangerschaft zeichnete sich deutlich unter ihrem Kleid ab, Alma war der Anblick peinlich. »Ich habe in deinem Tagebuch gelesen«, begann ihre Mutter. »Ich weiß alles.«

Mit einem klirrenden Geräusch setzte Alma die Tasse auf der Untertasse ab. Einige Tropfen Kakao spritzten auf das weiße Tischtuch. Ihre Finger ballten sich zu Fäusten, die Wangen brannten vor Scham. Ihre Mutter hatte ihr Tagebuch gelesen? O Gott, dann wusste sie von jedem einzelnen Kuss, den sie mit Klimt getauscht hatte, von jeder Berührung. Sie hatte ihre Liebesschwüre gelesen. Und womöglich auch ihre Schwärmerei für Burckhard? Wie konnte sie nur? Das war so unendlich erniedrigend! In blinder Wut starrte sie ihre Mutter an, sie brachte keinen Ton heraus.

Anna wandte den Blick ab, als sie sagte: »Carl hat Klimt heute Morgen ins Gebet genommen.«

Moll räusperte sich. »Ich bin außer mir, das kannst du mir glauben. Immerhin ist Klimt mein Freund. Uns so zu hintergehen!«

»Dieser Mann ist viel zu alt für dich, und sein Ruf ist denkbar schlecht. Außerdem hat er hohe Schulden. Carl meint, er muss für einige Bastarde zahlen. Klimt ist ein einziger Skandal!«

»Klimt ist ein Genie! Wir lieben uns!«, rief Alma.

»Papperlapapp! Klimt liebt viele Frauen, am meisten aber seine Schwägerin. Betrügt den eigenen Bruder!«

»Das ist nicht wahr«, rief Alma.

»Ich habe ihre Briefe gesehen, er trägt sie sogar hier bei sich«, erwiderte Carl Moll mit schneidender Stimme.

Das verschlug Alma die Sprache. Er trug die Briefe einer anderen bei sich? Und verzierte ihre Briefe womöglich auch mit Zeichnungen?

Carl Moll warf ihr einen traurigen Blick zu. »Auf jeden Fall hatte er nichts Besseres zu tun, als zu versprechen, sich dir nie wieder zu nähern. Er ist übrigens bereits abgereist. Und zwar auf seinen eigenen Wunsch.«

»Er ist weg?« Alma war fassungslos.

»Ich nehme an, er hat sich nicht von dir verabschiedet?« Moll lehnte sich über den Tisch, so als wollte er seine Hand tröstend auf ihre legen.

Doch Alma sah ihn hasserfüllt an.

Er lehnte sich wieder zurück. »Alma, mach uns keine Schande«, sagte er leise. »Glaub mir, es ist das Beste so.«

»Ich hasse euch«, schrie sie.

Es gelang ihr irgendwie, in ihr Zimmer zu kommen. Schluchzend warf sie sich auf ihr Bett. In ohnmächtiger Wut hieb sie mit den Fäusten auf das Kopfkissen ein, bis sie ganz erschöpft war. Dann blieb sie bebend vor Scham einfach liegen. Wie sollte sie mit dieser Demütigung leben? Ihre Mutter hatte sie verraten und war in ihre intimsten Gedanken eingedrungen. Sie würde ihr nie wieder vertrauen können. Und sie hatte ihre Liebe verloren. Klimt hatte ihr doch durch sein Verhalten gezeigt, dass er sie liebte, und jetzt hatte er sich als feiger Schwächling erwiesen! Bei der ersten Gelegenheit hatte er sie im Stich gelassen. Der Gedanke ließ sie erneut in Schluchzen ausbrechen. Es war ungeheuerlich: Die Freundschaft zu Moll war Klimt wichtiger als ihre Liebe. Oder seine Liebe war nicht

groß genug gewesen. Er hatte sie verraten. Sie hasste ihn und würde nie wieder ein Wort mit ihm wechseln! »Ich werde mich nie wieder verlieben«, murmelte sie unter Tränen.

Die restlichen beiden Tage bis zu ihrer Abreise verbrachte sie meistens in ihrem Zimmer. In ihr Tagebuch machte sie hinter Klimts Namen ein großes Totenkreuz.

# Kapitel 5

Alma knallte die Tür zu ihrem Zimmer derart heftig zu, dass die Wände wackelten. Aber irgendwo musste ihre Wut doch hin. Ihre Mutter behandelte sie wie ein kleines Mädchen! Seit ihrer Rückkehr nach Wien ließ sie sie keinen Schritt mehr allein machen, aus Angst, sie würde sich heimlich mit Klimt verabreden. Alma war empört. Glaubte ihre Mutter denn tatsächlich, sie würde ihn noch jemals treffen, nach dem, was er ihr angetan hatte? Am liebsten würde sie ihn niemals wiedersehen!

Tante Mie war ihre Rettung. Sie war die Einzige, die Verständnis für sie aufbrachte. Sie lud sie gemeinsam mit Gretl und den Lanner-Schwestern zu einem Tag im Prater ein, Alma fuhr Riesenrad und gruselte sich in der Geisterbahn, sie hörte dem Orchester zu und ließ sich zu Liebesäpfeln und Champagner einladen. Nach drei Gläsern, die sie hinunterstürzte, fühlte sie sich schon besser. Sie war fest entschlossen, sich zu amüsieren, obwohl die Wunde, die Klimt gerissen hatte, noch schwärte.

Als sie ihn drei Wochen nach ihrer Rückkehr in der Secession wiedersah, war sie vorbereitet. Sie konnte davon ausgehen, dass er dort sein würde. Den Gedanken, einfach nicht hinzugehen, um die Begegnung zu vermeiden, verbot ihr ihr Stolz. Sie fühlte sich inzwischen einigermaßen gefestigt. Dennoch machte ihr Herz einen Riesensatz, als er plötzlich vor ihr stand. Aber dann nahm sie sich zu-

sammen, hob das Kinn und wünschte ihm im Vorübergehen kühl einen guten Tag, mehr nicht. Als sei er ein flüchtiger Bekannter. Sie war froh, dass sie so viel Haltung gezeigt hatte.

Als sie wieder zu Hause war, brach ihr Unglück jedoch wieder über ihr zusammen. Wie hatten seine Augen geleuchtet, als er sie entdeckt hatte! Und dann sein flehender Blick, als sie ihm nicht weiter Beachtung schenkte. Ihn zu sehen, hatte sie wieder bis ins Herz getroffen. Sie nahm ihr Tagebuch, das sie neuerdings in der hölzernen Verkleidung des Heizungskörpers versteckte, damit niemand es fand, und begann zu schreiben. Der Füller flog nur so über das Papier und füllte die Seiten mit ihren Gedanken. Aber nichts schien ihre Gefühle hinreichend zu beschreiben. Ihr Liebeskummer, ihr Schmerz, das Gefühl der Demütigung, ihre aufkeimende Wut und der Stolz, weil sie sich nicht unterkriegen lassen wollte, ließen sich so schwer in Worte fassen. Sie suchte nach dem passenden Ausdruck, und dann hatte er sich schon wieder verflüchtigt, bevor sie ihn zu Papier gebracht hatte. In ihrer Not schrieb sie Gustav Klimt einen Brief, in dem sie sich von ihm verabschiedete, allerdings wusste sie, dass sie ihn nicht abschicken würde. In diesem Augenblick überkam sie einmal mehr das unbedingte Verlangen, sich ans Klavier zu setzen. Nur ein paar Sekunden schwebten ihre Hände über der Tastatur, dann begann sie zu spielen, erst langsam, suchend, dann fanden ihre Finger von selbst die Tasten. Sie hatte diesmal nicht das Bedürfnis, das, was sie spielte, schriftlich festzuhalten. Sie sagte durch das Instrument, was sie bedrückte, und befreite sich auf diese Weise von ihrem Kummer. Nach einer Weile klappte sie den Deckel zu. Ein zaghaftes Lächeln erschien auf ihrem Gesicht.

Langsam kehrte Alma ins Leben zurück. Sie fuhr mit ihrer Mut-

ter und Gretl nach Goisern aufs Land, und das Leben inmitten der ursprünglichen Natur besänftigte sie. Sie wanderte viel, ruderte mit Gretl über den See und machte anstrengende Fahrradtouren. Wenn es regnete, las oder stickte sie. Oft begleiteten sie junge Männer, die für ein paar Tage aus Wien zu ihnen stießen. Eher widerwillig ließ sie sich von ihnen den Hof machen und Parfum schenken. Nach Klimt waren ihr die Männer egal.

Der einzige Weg, der sie aus ihrer Traurigkeit herausführte, war auch hier in Goisern die Musik. Zum Glück stand ein schöner Bösendorf-Flügel in einem etwas abgelegenen Zimmer der Pension. Sooft sie konnte, zog sie sich dorthin zurück. Die Musik lenkte sie ab und sie half ihr immer wieder, sich über ihre Gefühle klar zu werden und ihnen Form zu verleihen.

Diesmal jedoch nahm sie sich die Zeit, ihre Kompositionen aufzuschreiben und richtig zu bearbeiten. Über Stunden saß sie am Flügel, vergaß alles um sich herum, und die Konzentration gab ihr ihr inneres Gleichgewicht zurück, schenkte ihr Befriedigung, und manchmal hätte sie jubeln können, wenn ihr ein Stück richtig gut gelang. Sie nahm sich vertraute Gedichte vor, die ihre Stimmung wiedergaben, und setzte sie in Töne um. Vierzeiler von Körner oder Dehmel. In der Pension gab es einen Bücherschrank, in den ehemalige Gäste Bücher eingestellt hatten. Hier entdeckte sie einen Band mit Versen von Rilke. Sie erfuhr von seiner unglücklichen Verliebtheit zu verschiedenen Frauen und tauchte in die Gedichte ein, in denen er seine Gefühle in Reime gegossen hatte. Sie waren eine Offenbarung für sie. Rilke hatte die richtigen Worte gefunden, Alma suchte nach den passenden Melodien. Nur unwillig unterbrach sie ihre Arbeit, wenn Gretl oder ihre Mutter sie zum Abendessen riefen oder weil sie einen Ausflug machen wollten. Neben ihrem Liebes-

kummer schenkte ihr die Natur Inspiration. Nach einem Spaziergang mit ihrer Mutter über eine Frühlingswiese im Gebirge übertrug sie den atemberaubenden Duft und die sinnbetörenden Farben, das Nebeneinander von einer lila Wiese von Glockenblumen und einer Mohnwiese, in die weiße Margeritenwolken getupft waren, in Töne. Wenn sie Stunden später vom Klavier wieder aufstand, dann wunderte sie sich, wie viel Zeit vergangen war. Und sie fühlte sich besser, gestärkt, mit dem Gefühl, etwas erschaffen zu haben, das schön und sinnvoll war. In diesen Stunden kam sie über Klimt hinweg.

Alma spielte ihre Lieder zuerst Gretl vor. Ihre Schwester war ihre erste Zuhörerin und Bewunderin, bevor sie ihre Kompositionen auf den abendlichen Gesellschaften einem größeren Publikum vorführte. Die Komplimente, die sie dafür auch von berufener Seite bekam, beflügelten sie und bestärkten sie in ihrem Tun.

»Liebeskummer macht kreativ«, sagte sie zu Gretl, die sie verwundert fragte, woher sie das alles nahm. »Und mir ist in den letzten Wochen klar geworden, dass die Musik mir mehr Gutes tut als die Liebe. Wenn ich mich zwischen beiden entscheiden müsste, dann für die Musik.«

»Ist das dein Ernst?«, fragte Gretl.

»Mein heiliger Ernst. Ich werde eines Tages eine große Komponistin sein und eine Symphonie schreiben, die die Welt noch nicht gehört hat.«

Vielleicht hatte ihr Stiefvater ein Einsehen, weil Hugo und Tante Mie Henneberg sie so herzlich einluden, vielleicht hatte ihre Mutter Mitleid mit ihrem Liebeskummer oder erkannte, wie wichtig die Musik für Alma war: In diesem Jahr erlaubten ihre Eltern Alma und

Gretl zum ersten Mal, zu den Festspielen nach Bayreuth zu fahren. Alma fieberte fast vor Aufregung, als sie mit ihrer Schwester und den Hennebergs den Zug nach München bestieg. Dort würden sie nach Bayreuth umsteigen. Sie war Tante Mie so dankbar, die sie auch oft in ihre Loge in die Wiener Oper einluden. Am 30. Juli ging es los, Alma plapperte die ganze Zeit, bis Tante Mie sie müde ansah:

»Geh, Alma, lass uns jetzt ein bisschen ausruhen!«

Am frühen Nachmittag kamen sie in Bayreuth an, ein ödes Nest. Haus Wahnfried gefiel ihr auch nicht. Das war ihr alles zu schwer, zu getragen. Sie stellte sich Wagner anders vor.

»Da guck ich mir lieber die Mode der Frauen an«, flüsterte sie Gretl zu. Dazu hatten sie vor der Vorstellung, als die Gäste ins Festspielhaus strebten, reichlich Gelegenheit. Die meisten Frauen trugen cremeweiße, bodenlange Kleider, die mit Rüschen, Spitzenbesatz oder Strass und Perlen geschmückt waren. Die Silhouetten waren durchweg sehr schmal durch die in der Taille eng geschnürten Mieder. Im Haar und am Dekolleté blitzten Diamanten und Rubine. Dazu Hüte und Schirme und Täschchen aus Brokat und Samt. Eine Frau fiel ihr besonders auf. Sie trug ein kompliziert in mehreren Lagen um den Körper gewickeltes Kleid aus durchsichtigem, mit feinsten Stichen besticktem Stoff. Das Kleid schien nur von einem breiten Stoffgürtel in Form gehalten zu werden. Beim zweiten Hinsehen erkannte sie, dass die Frau Japanerin war. Alma überlegte noch, ob sie das Kleid schnell skizzieren sollte, um es in Wien nachmachen zu lassen, da ertönte das zweite Klingeln. Schnell begaben sie sich in den Musiksaal, die Bänke wurden heruntergeklappt, und dann ... erklang die Musik. Der erste Ton fuhr Alma eiskalt in die Knochen. Sie spürte die Töne körperlich, sie durch-

fuhren sie und erleuchteten sie, während ihr das Herz im Halse schlug. Nach dem Ende blieb sie wie betäubt sitzen. Die Zuschauer versuchten an ihr vorbeizukommen, aber sie rührte sich nicht. Tante Mie musste sie am Arm ziehen, bis sie aus ihrer Erstarrung wieder aufwachte. Am ersten Tag sahen sie den *Parsifal*, am Tag darauf die *Meistersinger*, ein Erlebnis, das womöglich noch prägender, noch überwältigender war. Tränenüberströmt saß Alma im Publikum und kümmerte sich nicht darum, dass die Umstehenden sie neugierig oder mitleidig musterten. Alma war in ihrem musikalischen Himmel. Wenn sie doch nur annähernd etwas so Großes schaffen könnte! Sie ging im Kopf die Partitur durch, die sie auswendig kannte, und summte leise einzelne Tonfolgen, die sie in ihrem Kopf als Motive für eigene Lieder veränderte.

Sie war so gefangen in der Musik, dass sie das Missgeschick, das ihnen auf der Rückfahrt passierte, gar nicht richtig wahrnahm. Ihre Zugfahrkarte blieb trotz hektischer Suche unauffindbar, und sie mussten sich mit dem Schaffner herumschlagen und am Ende einen erhöhten Preis zahlen.

Als sie aus Bayreuth zurück in Goisern waren, war ihre Mutter nicht mehr da. Sie war nach Wien zurückgefahren, um sich auf die Geburt vorzubereiten. Alma und ihre Schwester blieben unter der Aufsicht ihrer Großmutter, Mama Moll aus Hamburg, mit der sie aber nicht richtig warm wurden.

Ein paar Tage später kam ganz früh morgens ein Telegramm aus Wien: ihre Halbschwester Maria war geboren.

Als Alma die Nachricht las, rannte sie aus dem Haus. Sie war unendlich dankbar, dass ihre Mutter die Geburt überstanden hatte und das Baby gesund war. Aber sie fühlte gleichzeitig Wut und Trauer.

Heute war der Todestag ihres geliebten Vaters. Niemand außer ihr dachte an Emil Schindler, den Mann, zu dem sie ein so inniges Verhältnis gehabt hatte. Alma vermisste ihren Vater immer noch jeden Tag. Und ihre Stiefschwester hatte den Vater gleich bei ihrer Geburt von seinem Platz verdrängt. Außerdem: Was würde mit ihr selbst und Gretl werden? Alma fühlte sich schon jetzt fremd in ihrer eigenen Familie. Es war doch davon auszugehen, dass Moll sein eigenes, leibliches Kind ihr und Gretl vorziehen würde. Und wenn Gretl bald das Haus verließ, dann wäre sie ganz allein mit ihrer Mutter und ihrem Stiefvater. Gretl war nämlich in den Maler Wilhelm Legler verliebt. Legler war auch oft in Goisern dabei, und die beiden warfen sich Blicke zu, aber wenn Gretl es ihrer Schwester nicht erzählt hätte, Alma wäre nie auf die Idee gekommen.

»Wenn du in ihn verliebt bist, warum zeigst du es ihm dann nicht? Warum bist du so wenig nett zu ihm? Er kann einem ja direkt leidtun. Du kümmerst dich kaum um ihn. Warum ziehst du dir nicht ein schönes Kleid an und machst dir die Haare hübsch für ihn?«

»Ich kann das nicht«, gab Gretl bockig zur Antwort. »Und wozu soll das auch gut sein. Er mag mich doch auch so.«

Alma seufzte. Margarethe war ganz anders als sie. Ihr fehlte jeder Liebreiz, jede Anmut. Es schien ihr egal zu sein, wie sie auf andere Menschen wirkte. Oft hatte sie einen mürrischen Gesichtsausdruck. Wenn man sie ansprach, konnte es passieren, dass sie entgegen allen Regeln der Höflichkeit abweisend oder gar nicht reagierte. Auch äußerlich glichen sie sich kaum: Wenn sie nebeneinander vor dem Spiegel standen, dann war der Unterschied unverkennbar. Gretl war grobschlächtig, mit dunklem, leicht olivfarbenem Teint, ihr Gesicht war runder, die Augenlider hingen immer ein wenig und

gaben ihr einen melancholischen Ausdruck. Manchmal fragte sich Alma kopfschüttelnd, ob sie überhaupt ihre Schwester war.

Aber wenn Gretl sie jetzt auch noch im Stich ließ, was sollte dann aus ihr, Alma, werden? Sie würde ihre einzige Verbündete verlieren. Und im Haus würde sich alles um die neugeborene Schwester drehen.

In ihrer Erregung war Alma schnell bergan gegangen, und als sie den kleinen Hügel erreichte, von dem aus man einen schönen Blick auf den Ort hatte, ließ sie sich auf die Aussichtsbank fallen, die dort stand. Schwer atmend saß sie dort, mit Tränen in den Augen. Sie hatte Angst vor ihrer Zukunft. Würde die Wohnung in der Theresianumgasse noch ihr Zuhause sein? Würde sie noch Klavier spielen dürfen, wenn das Baby da war?

Vielleicht ist Gretl klüger, als alle annehmen, weil sie heiratet, dachte sie. Obwohl da irgendetwas nicht stimmt. Ich glaube nicht, dass sie den Legler wirklich liebt. Aber vielleicht muss man auch nicht lieben, um zu heiraten. Als Ehefrau würde Gretl jedenfalls tun und lassen können, was sie wollte, und wäre der Kontrolle durch ihre Mutter entkommen.

Ihren zwanzigsten Geburtstag am 31. August feierte Alma noch in Goisern. Er markierte das Ende des Sommeraufenthaltes auf dem Land. Alma war immer noch in düsterer Stimmung, obwohl sie mit Geschenken und Glückwünschen überhäuft wurde. Am meisten Freude machten ihr jedoch die Lieder, die sie hier in Goisern geschrieben hatte. Die besten hatte sie sorgfältig kopiert und die Titelseiten in der Art mit Blumengirlanden verziert, die sie bei Alfred Roller und den anderen Künstlern der Secession studiert hatte. Einige Tage später fuhren sie zurück nach Wien. Der Alltag würde sie

wieder in ihren Griff nehmen. Aber Wien würde sich verändert haben, jetzt, wo es nicht mehr die Hoffnung gab, Klimt zu sehen und in seinen Armen zu liegen. Und in ihrer Familie würde fortan ihre Stiefschwester Maria die wichtigste Person sein. Ihre Mutter würde sich um das Baby kümmern. Vielleicht würde sie dadurch aber auch gewisse Freiheiten finden. Gab es auch etwas, auf das sie sich freute? Ja, der Klavierunterricht würde weitergehen. Und sie würde weiter komponieren.

# Kapitel 6

Alma wachte auf und stöhnte. Sie war erst gegen sechs Uhr morgens nach Hause gekommen und hatte Kopfschmerzen. Am liebsten hätte sie sich umgedreht und weitergeschlafen, aber ein Blick auf die Uhr sagte ihr, dass es Zeit war, aufzustehen. Es war schon nach zehn. Um zwölf hatte sie einen Termin zur Anprobe bei Frau Toresti. Ihre Lieblingsschneiderin war um diese Jahreszeit, kurz vor der Ballsaison, ausgebucht, und sie schätzte es nicht, wenn die Kundschaft Termine nicht einhielt. In diesem Jahr würde es eine besonders ausgefallene Silvesternacht geben, schließlich stand das neue Jahrhundert bevor, und dazu brauchte es natürlich auch ein besonderes Kleid. Alma stand schwerfällig auf. Sie goss sich ein Glas Wasser aus der Karaffe ein und stürzte es hinunter.

»Haben wir es gestern mal wieder ein bisserl übertrieben?«, fragte sie sich selbst mit einem Blick in den Spiegel. Ihr Dirndl, das sie bei dem gestrigen Hausball bei den Hardys getragen hatte, lag unordentlich über den Stuhl geworfen, rundherum verstreut lagen mindestens zwanzig kleine Bouquets, die sie von ihren Tanzpartnern bekommen hatte. Eines war schöner als das andere: Veilchen, Mimosen, Buschröschen, dazwischen waren blütenweiße Daunenfedern und sogar eine Straußenfeder gebunden. Auch wenn sie jetzt schon ein bisschen zu welken begannen, verströmten sie noch einen angenehmen Duft. Der Gedanke an den gestrigen Abend ließ sie ihr

Kopfweh vergessen. Sie fand ihr Carnet unter ihren Sachen und blätterte die Seiten durch, um sich zu erinnern, wem sie welchen Tanz geschenkt hatte. Die Tanzkarten lagen in einem Einband aus gehämmertem Messing, den Josef Hoffmann gearbeitet und mit ihrem Monogramm verziert hatte. An zierlichen Lederschlaufen hing der Bleistift. Ihr Blick glitt über die Namen ihrer Tanzpartner. Durchweg junge, gut aussehende Männer aus guten Familien, die ihr die schönsten Komplimente gemacht hatten. Und mit einem der Herren hatte sie sich ganz nett über Nietzsche unterhalten. Der war auch schon ein wenig älter gewesen. Sie fand reifere Männer immer noch interessanter, die hatten einfach mehr zu sagen und waren über die Klatschgeschichten, wer sich mit wem verlobt habe, wer wem einen Liebesbrief geschrieben habe und so weiter, schon hinaus. Sie schlug das Ball-Carnet wieder zu. Niemand war dabei gewesen, der sie wirklich gereizt hätte.

Eine halbe Stunde später war sie angezogen und hatte sich in der Küche einen Kaffee geben lassen. Mehr brachte sie nicht herunter.

»Ich geh nach der Anprobe gleich zu Labor«, rief sie ihrer Mutter zu, die mit dem Baby im Frühstückszimmer saß.

»Kommst du nicht zum Mittagessen nach Hause?«, rief Anna Moll.

»Dafür reicht die Zeit nicht. Ich gehe in ein Caféhaus.«

»Mit wem denn?«

Alma gab keine Antwort und schlüpfte schnell aus der Tür, bevor ihre Mutter den Vorschlag machen konnte, sich irgendwo mit ihr zu treffen. Sie war froh, diesen Tag für sich zu haben. Nicht einmal ihre Schwester kam als Aufpasserin mit. Gretl ging in diesen Wochen ihre eigenen Wege. Kurz nach der Rückkehr aus Goisern hatte sie sich offiziell mit Wilhelm Legler verlobt, im nächsten Sommer

sollte die Hochzeit sein. Schon jetzt war sie ausschließlich mit Vorbereitungen beschäftigt und machte sich wichtig. Manchmal war Alma deswegen böse mit ihr. Auch sie ließ sie im Stich.

Aus Langeweile und weil ihr der Zuspruch durch Gretl fehlte, blieb Alma gar nichts anderes übrig, als sich von den jungen Männern den Hof machen zu lassen. Als Else Lanner sie fragte, ob es ihr nicht unangenehm sei, dass ihre kleine Schwester vor ihr heiratete, hielt Alma ihr ihre Tanzkarte hin und wies auf die Männer, die um sie herumscharwenzelten. »Wenn es darum ginge, einen zum Heiraten zu finden, da hätte ich an jedem Finger einen. Das ist es aber nicht, was ich will. Ich will etwas werden im Leben, etwas Großes, und dazu gehört ein großer Mann.«

»So wie der Klimt?«, fragte Else.

»Der hätte schon gepasst«, sagte sie düster. Die bittere Erfahrung, dass Gustav Klimt sie einfach so abgelegt hatte, ging ihr immer noch nach. Aber es tat nicht mehr so weh, wenn sie an ihn dachte.

»In diesem Kleid wird das Fräulein aber Staat machen«, sagte Frau Toresti lispelnd zu ihr, denn zwischen ihre Lippen hatte sie die Stecknadeln geklemmt.

»Die Taille noch ein wenig enger«, sagte Alma und zog den Bauch ein. Wie gut, dass sie heute Morgen noch nichts gefrühstückt hatte.

»So, jetzt hier noch mal …«, die Schneiderin nahm eine weitere Nadel aus dem Mund und steckte sie fest. »Gut so. Nächste Woche ist das Kleid fertig.« Sie trat einen Schritt zurück und machte eine Bewegung, dass Alma sich um sich selbst drehen sollte. »Also, diese Farbe steht Ihnen wirklich ausgezeichnet.«

Das fand Alma auch. Der dunkle Lilaton ließ das Blau ihrer Augen hervortreten und brachte ihr Haar zum Glänzen. Sie würde ihre

Mutter bitten, auch noch ein passendes Samtjäckchen beim Taubenrauch zu spendieren, dem besten Bekleidungsgeschäft von Wien, wo man fertige Stücke kaufen konnte. So eines, wie ihre Freundin Melitta Lanner, Elses Schwester, es kürzlich getragen hatte, knapp bis zur Taille gehend und die Brust hebend ...

Als sie wieder unten vor dem Haus der Schneiderin stand, fühlte sie sich schon viel besser. Jetzt hatte sie Appetit und kaufte bei einem alten Mann an der Ecke heiße Maroni. Sie schmeckten köstlich, leicht verbrannt, so wie Alma sie am liebsten mochte. Sie schlenderte in Richtung Schwarzenbergplatz und von dort weiter zur Oper, ließ sich aber Zeit. Wenn sie bei Labor zu spät kam, machte das nichts. Seit fünf Jahren war der blinde Josef Labor ihr Kontrapunktlehrer, und er fraß ihr aus der Hand. Sie würde ein Unwohlsein vorschieben, und er würde ihr glauben und Mitleid haben und ihr einen Tee anbieten. Sie hatte gerade die Ringstraße erreicht, als sie die letzten beiden Maroni aus der Tüte nahm und es zu schneien begann. Alma hob das Gesicht in den Himmel und lächelte selig. Noch ein Grund mehr, spazieren zu gehen. Sie liebte Wien im Schnee. Die ersten, noch winzigen Flocken wirbelten um sie herum und legten sich als weißer Schleier auf das Pflaster und auf ihren dunklen Mantel. Eine traf ihre Nasenspitze und war angenehm kühl. Alma wurde übermütig. Sie streckte die Zunge heraus und versuchte die Flocken aufzufangen. Das hatten sie und Gretl als Kinder immer getan, wenn sie mit ihrem Vater eine Schlittenpartie gemacht hatten und die Hänge des Belvedere hinuntergesaust waren. Alma drehte sich um, ob schon irgendwo die ersten Schlittenfahrer zu sehen waren, aber dafür lag der Schnee wirklich noch nicht hoch genug. In Gedanken an ihre Kindheit ging sie weiter. Als die Hofoper in Sicht kam, war der Schneefall dichter geworden. Die

Pferde vor den Kutschen hatten weiße Flecken, bevor die Flocken auf ihren dampfenden Leibern schmolzen. Die Kutscher hatten schon ihre ledernen Capes übergeworfen, um sich vor der Nässe zu schützen. Alma störten die fallenden Flocken nicht. Sie würden ihren Mantel durchnässen, aber das war ihr egal. Dafür liebte sie diesen besonderen Zauber viel zu sehr, den Wien in den ersten Wintertagen hatte: Alles war so feierlich still, wie schlummernd unter der blendend weißen Schneedecke. Laute Geräusche, das Gebrüll der Dienstmänner, das Kreischen der Tram, alles war gedämpft und wie in Zeitlupe. Alma spürte die eiskalten Flocken auf ihren Wangen und wischte sich eine Schneeflocke aus den Wimpern.

Es waren nicht viele Passanten unterwegs, aber jetzt zeigten sich die ersten Kinder, die ihre Schlitten hinter sich herzogen. Wahrscheinlich wollten sie in den Burggarten. Ein einzelner Mann kam ihr entgegen. Alma erkannte ihn sofort. Das war Gustav Mahler, der Direktor der Wiener Hofoper! Sie kannte ihn von vielen Aufführungen in der Oper. Jedes Mal, wenn er das Dirigentenpult betrat, schlug ihr Herz höher. Er machte aus jeder Oper ein Fest. Und jetzt kam er direkt auf sie zu, mit schnellen Schritten, tief in Gedanken versunken. Alma blieb wie angewurzelt mitten auf dem Trottoir stehen. Mahler näherte sich ihr, bis er fast mit ihr zusammenstieß. Dann machte er einen raschen Schritt zur Seite und ging einfach weiter. Als wäre sie ein Laternenpfahl. Hatte er sie überhaupt bemerkt? Verblüfft sah Alma ihm nach. Sein Gang hatte etwas Unregelmäßiges, Stolperndes. Und warum trug er den Hut nicht auf dem Kopf, sondern in der Hand? Sein dunkles Haar war schon ganz weiß vom Schnee. Er sah aus, als würde er mit einem imaginären Menschen reden, der neben ihm ging. Er gestikulierte mit den Armen. Oder dachte er sich womöglich gerade eine Melodie aus? Denn

Mahler war nicht nur der Direktor der Hofoper, sondern auch Komponist. Aber seine Symphonien gefielen Alma nicht so, sie bevorzugte den genialen Dirigenten. Aber er schien jemanden zu brauchen, der auf ihn aufpasste. Gerade stieß er die Hand, die den Hut hielt, von sich, als würde er jemanden schubsen wollen. Auch am Dirigentenpult gebärdete er sich manchmal wie ein Verrückter. Er zuckte mit den Armen, machte große Bewegungen, sprach die Texte stumm, aber unübersehbar mit. Bei einer *Tristan*-Aufführung vor einiger Zeit wäre er fast vom Pult gefallen, so sehr hatte er sich in der Führung seines Orchesters echauffiert. Alma stand immer noch an ihrem Fleck und hielt Maulaffen feil, bis Mahler hinter einer Hausecke verschwunden war.

Dann erst setzte sie ihren Weg fort. Ihre Kopfschmerzen waren vergessen, und sie war auf einmal bester Laune. Kein Wunder, heute war ja auch ihr Glückstag. Es hatte zum ersten Mal in diesem Jahr geschneit, und sie hatte Gustav Mahler gesehen.

Als sie eine Viertelstunde später wie jeden Dienstag bei Labor in der Rosengasse läutete, sprudelte sie über vor Freude über ihre unverhoffte Begegnung mit Mahler. Sie hatte nicht die Spur eines schlechten Gewissens und überrumpelte ihren Lehrer damit ganz einfach. Josef Labor war mehr ein väterlicher Freund als ein strenger Pädagoge. Sein Unterricht war sprunghaft und kein bisschen systematisch aufgebaut. Sie machte bei Labor schon seit längerem keine Fortschritte mehr. Er hatte ihr alles gezeigt, was er konnte. Oft spielten sie, was Alma vorschlug, auch ihre eigenen Lieder trug sie ihm vor. Den neuen Tendenzen in der Kunst, insbesondere den Malern der Secession, stand er allerdings distanziert gegenüber. Klimt, dessen Bilder und Kunstverständnis Alma ihm in allen Einzelheiten

beschrieben hatte, lehnte er rundweg ab. Aber das waren die einzigen Misshelligkeiten zwischen ihnen.

»Also ist Gustav Mahler der Grund für Ihre Verspätung?«, fragte Josef Labor mit einem nachsichtigen Lächeln, während sie ihren Mantel auszog. Er hatte den Blick dabei genau auf ihre Augen gerichtet, obwohl er die ja gar nicht sehen konnte. Alma hatte es aufgegeben, sich zu fragen, wie er das machte.

»Na ja, und es schneit. Ich musste zu Fuß gehen. Ach, Wien im Schnee ist ja so schön!«

»Sind Sie deshalb so durchnässt?«

Alma sah an ihrem Mantel herunter. Die letzten Schneeflocken schmolzen auf dem Stoff. Woher wusste er das?

»Also gut, dann machen wir uns aber jetzt rasch an die Arbeit.«

»Ich muss aber pünktlich gehen. Heute Abend ist Oper. Da seh ich den Mahler schon wieder. Er dirigiert den *Tristan*!«

Das war noch etwas, was dem Winter in Wien etwas Besonderes verlieh: Drei- oder viermal in der Woche ging Alma ins Theater oder in die Oper. Sie sah sich alles an, die Wagner-Opern waren ihr immer die liebsten, und von denen der *Tristan*, und wenn dann noch der Winkelmann oder der Erik Schmedes den Tristan sangen, dann vergaß sie alles um sich herum. Alma ging aber ebenso gern in die Volkstheater und sah Stücke der modernen Dramatiker. Max Burckhard schenkte ihr nach wie vor Karten für sein ehemaliges Haus. Und Alma hielt mit ihrem Urteil über die Stücke nicht hinter dem Berg. Dazu war meistens Gelegenheit, wenn sie in den Pausen oder hinterher in einer größeren Gruppe in ein Wirtshaus gingen, Champagner tranken und sich amüsierten. Ihre Mutter mochte es natürlich nicht, wenn Alma ihre Meinung sagte, das gehörte sich nicht für ein Mädchen aus gutem Hause, aber Alma tat es trotzdem.

Sie hatte fast alle modernen Stücke gelesen, einige sogar mehrfach. In ihrem Zimmer hatte sie inzwischen eine beachtliche Bibliothek in den Regalen stehen. Mit den Opern war es ähnlich. Von ihren Lieblingsopern besorgte sie sich den Klavierauszug, um sie regelrecht zu studieren. Ihren Wagner kannte sie auswendig und spielte ihn sehr gut vom Blatt. Und durch ihren Vater und dann noch mal durch Klimt war sie mit der Malerei vertraut geworden. Wer konnte besser als ein begnadeter Maler von einem Bild, einem Motiv, einer Perspektive oder Farbwahl sprechen? Alma fielen all diese Sachen zu, in Gesellschaft sagte sie kluge Dinge, und obwohl sie eine Frau und noch so jung war, hörte man ihr zu und vertraute ihrem Urteil.

Ihren größten Ehrgeiz legte sie aber in der Musik an den Tag.

»Eines Tages werde ich eine Symphonie oder eine Oper komponieren«, sagte sie zu Labor.

»Dazu, meine Liebe, fehlt Ihnen die Gewissenhaftigkeit«, hielt er ihr vor. »Mein liebes Fräulein Alma, Sie vergeuden Ihre schöpferische Kraft in den vielen Zerstreuungen. Ihre Umgebung ist Ihnen schädlich. Das üppige Leben. Sie sollten arm sein, verdienen müssen. Und dann die Secession, der schädliche Einfluss dieser jungen, unreifen Künstler auf Sie. Und heute kommen Sie schon wieder zu spät. So wird das nichts.«

Alma senkte schuldbewusst den Blick. Sie ahnte, dass er recht hatte. Sie merkte es ja selbst, wenn sie zu spät ins Bett gekommen war, zu viel Champagner getrunken hatte, wenn ihr die Komplimente zu vieler Männer im Kopf herumschwirrten. Dann brachte sie nichts zustande. Oder lag es daran, dass sie eine Frau war? Alle Genies, die sie bewunderte, waren Männer. Goethe, Nietzsche, Wagner, Klimt. Woran lag das nur?

Dennoch bemühte sie sich, las und musizierte und versuchte

auch Schwieriges zu verstehen. Sie hätte es niemals anders gewollt. Nie würde sie Kochrezepte abschreiben und der Köchin am Herd über die Schulter sehen, wie ihre Schwester es in letzter Zeit immer wieder tat, um sich auf ihre Ehe vorzubereiten. Das war doch reine Verschwendung. Dafür gab es doch Köchinnen.

»Ich weiß ja, Professor. Ich bin ein flatterhaftes Wesen.« Sie warf ihm einen koketten Blick zu, leicht von unten, der ihre Augen blitzen ließ. Aber Labor konnte ihn ja nicht bemerken.

»Lassen Sie uns anfangen.«

# Kapitel 7

»Hab ich's doch gewusst!« Alma schleuderte das Buch, in dem sie gelesen hatte, in die Ecke des Zimmers.

Gerade war Carl Moll zu ihnen gekommen und hatte ihnen mitgeteilt, dass sie ihr Zimmer räumen sollten.

»Das Baby soll hier schlafen, und wir müssen ausziehen!« Alma war zutiefst empört. Dass Gretl mal wieder regungslos dasaß, machte sie nur noch wütender.

»Ist dir eigentlich immer alles egal? Berührt dich überhaupt etwas?«, fuhr sie ihre Schwester an. »Ich habe dir doch gleich gesagt, dass wir beide abgeschrieben sind, sobald das Baby da ist. Und jetzt ist es so weit.«

Gretl zuckte nur mit den Schultern. »Ich zieh ja ohnehin bald aus, wenn ich heirate. Dann hast du wenigstens ein Zimmer für dich.«

»Ach, du verstehst gar nichts, du dumme Gans«, rief Alma und stürmte aus dem Raum.

Noch am selben Tag fing sie an, ihre Sachen in das neue Zimmer zu räumen. Es war nicht so groß und nicht so hell wie das alte und ging nicht zum Garten, sondern zur Straße. Als ob dieses Haus nicht groß genug wäre! Gretl half natürlich nicht mit, weil sie irgendetwas für ihre Hochzeit zu erledigen hatte, und so schleppte Alma allein Bücherkartons, Hutschachteln und Kleider über den Flur. Sie fühlte sich flau und hatte das Gefühl, eine Erkältung zu bekommen. Am

Vortag war sie ohne Unterrock ausgegangen, um schlanker zu wirken, und das rächte sich jetzt. Ach, es war alles so entsetzlich trostlos! Ein Karton mit Büchern rutschte ihr aus den Händen und polterte auf die Dielen. »Jetzt pass doch auf!«, fuhr ihre Mutter sie an. »Maria schläft!« Alma hatte inzwischen Tränen in den Augen, so sehr war sie frustriert. Das Allerschlimmste war jedoch, dass sie nur noch zu den Zeiten ans Klavier durfte, wenn ihre kleine Schwester mit der Kinderfrau spazieren ging oder gerade nicht schlief. Was nicht oft der Fall war. Sie fühlte sich fremd in ihrem eigenen Zuhause.

Sie hob die heruntergefallenen Bücher auf und legte sie wahllos auf einen der neuen Regalböden. Für heute hatte sie genug. Wenigstens stand am Abend noch die Ausstellungseröffnung in der Secession an, da würde sie sich ablenken können. Als sie die neue Bluse anzog, die ihre Mutter ihr spendiert hatte, stieg ihre Laune ein wenig. Gretl hatte eine ähnliche Bluse bekommen. Aber mir steht sie besser, dachte Alma böse. Sie zerrte an ihrem Korsett, damit die Knöpfe zugingen. Eigentlich schade, dass sie den dicken Wintermantel drüberziehen musste, aber draußen war es novemberlich kalt und ungemütlich.

Eingehakt zwischen ihrer Mutter und Gretl, als wären sie Freundinnen, überquerte sie den baumbestandenen Karlsplatz und stand nur ein paar Minuten später vor der Secession.

»Das ist für mich das schönste Haus von ganz Wien«, sagte Alma laut und deutlich zu Gretl. Ihre Mutter verstand den Wink und verdrehte die Augen. Ihre Eltern ließen nämlich vor den Toren der Stadt ein Haus bauen, in das sie bald ziehen würden. Alma hatte absolut keine Lust dazu. Davon abgesehen gefiel ihr das Secessionsgebäude tatsächlich. Alma stieg die große Treppe hinauf, berührte die Eidechse, die sich den Türstock hinunterwand, und betrat das

68

strahlend weiße Gebäude, das so schlicht und doch so großartig war. Heilig und keusch, so hatte Joseph Maria Olbrich, der Architekt und Freund ihres Stiefvaters, es genannt. Über dem Portal, das sie gerade durchschritten, stand das Motto der Wiener Secession in golden schimmernden Lettern:»Der Zeit ihre Kunst, der Kunst ihre Freiheit.«

Die Ausstellung, die am heutigen Abend eröffnet wurde, zeigte Zeichnungen von Künstlern aus Berlin, Paris, London und München. Schon der Vorraum war voller Menschen. Weil die Zeichnungen klein und einfarbig waren, musste man nahe an sie herangehen. Aber überall drängten sich die Besucher. Alma sah sich um, ob Klimt auch da war. Sie hatte sich angewöhnt, ihm möglichst kühl und gleichgültig zu begegnen. So wie Anna Karenina, die zu Beginn ihrer Liebe zum Grafen Wronski widerstand. Das Buch lag bei ihr auf dem Nachtkasten, und die Figur der tragisch liebenden Frau imponierte ihr sehr. Sie registrierte die scharfen Blicke ihrer Mutter. Anna Sofie rechnete natürlich auch damit, dass Klimt kommen würde, und sie versuchte jede Begegnung zu verhindern. Alma konnte Klimt aber nicht entdecken, stattdessen stand plötzlich Burckhard neben ihr und verwickelte sie in ein Gespräch über das neueste Stück von Arthur Schnitzler. Und da kam leider auch der entsetzliche Doktor Krasny auf sie zu, der sie schon seit Goisern umlagerte und ihr schmierige Avancen machte. Er sei ein Mann, der Glück geben könne, wenn man ihn nur ließe und so weiter. Ministerial-Vizesekretär im Eisenbahnministerium war er, der Titel allein war schon lächerlich! Wer wollte denn Frau Ministerial-Vizesekretär sein? Was bildete der sich nur ein? Ihre Mutter schien ihn ganz entzückend zu finden und lächelte ihn die ganze Zeit an.

»Frau Moll«, schwärmte er jetzt, und sein Doppelkinn schwab-

belte vor Aufregung hin und her. »Was für ein Glück, Sie und Ihre entzückenden Töchter hier anzutreffen.« Er beugte sich über die Hand von Anna, und Alma konnte seine unreine, fahle Haut und die langen Finger mit den ungepflegten Nägeln sehen. Dieser Mann verursachte ihr geradezu Übelkeit. Jetzt wandte er sich ihr zu. Alma fand ihn nicht nur abstoßend, sondern auch langweilig. Sie ließ sich die Hand küssen, dann drehte sie sich einfach um und sprach weiter mit Burckhard. Die wütenden Blicke ihrer Mutter ignorierte sie.

လ

Im Dezember fiel dann endlich der erste richtige Schnee, der auch liegen blieb. Alma und Gretl gingen auf die Eisbahn im Prater. Alma ging das Herz auf, als sie die schneebedeckten Äste sah, die in der Sonne glitzerten, und die Eiszapfen, die von den Dachrinnen des Unterstands bis fast auf den Boden reichten. Die Oberfläche des Eises war in der Sonne geschmolzen und spiegelglatt. Sie flogen nur so dahin.

Eine Marschkapelle spielte flotte Musik, und Alma drehte Pirouetten und tanzte Walzerschritte mit Gretl, bis sie beide ganz außer Atem waren. Die Bewegung in der klaren Luft gefiel sogar Gretl, die sich selten ausgelassen freute und richtig übermütig wurde. Sie drehten sich immer schneller und fielen schließlich hin und lachten sich halb tot, als gleich mehrere Männer auf sie zustürzten und die Gelegenheit nutzten, ihnen aufzuhelfen und sie auf den Schreck zu einem heißen Wein einzuladen.

Und dann war der letzte Abend des alten Jahrhunderts da. Bereits am Nachmittag kam Besuch ins Haus, Gretls Verlobter Wilhelm Legler und Max Burckhard. Anna war mit den Vorbereitungen

noch nicht ganz fertig geworden, und alle mussten mithelfen, eine große 1900 aus Glanzbuchstaben mühevoll und unter Gefahren im Wohnzimmer anzubringen. Zweimal wurde die Girlande wieder abgenommen, weil sie nicht am richtigen Platz hing, bis Anna endlich zufrieden war. Dann gab es Krapfen und den ersten Champagner. Als es dunkel wurde, waren alle ausgelassen und bester Laune. »Musik!«, rief jemand, und Alma setzte sich ans Klavier und spielte Walzer, und ihre Mutter tanzte am Arm von Carl Moll durch die Diele, wo man die Teppiche zurückgeschlagen hatte. Dann löste Gretl Alma am Klavier ab, und Alma trank mit den anderen Champagner. Um Mitternacht gingen sie auf die Straße hinunter, um das Feuerwerk über dem Schloss Belvedere zu bewundern. Alma sah sich nach jemandem um, mit dem sie auf das neue Jahr anstoßen konnte. Gretl stand mit Wilhelm etwas abseits, ihre Mutter prostete Carl Moll zu. Und mit wem sollte sie anstoßen? Sie hatte gehofft, dass Olbrich da wäre, aber er hatte sich schon früh verabschiedet. Alma sah noch einmal in den bunten Himmel, dann zog sie sich in ihr Zimmer zurück. Sie wollte allein sein, um nachzudenken. Was hatte das vergangene Jahr ihr gebracht? Eine große Liebe und dann eine bittere Enttäuschung. Und sie glaubte nicht daran, dass sie im neuen Jahr einen Mann treffen würde, den sie lieben könnte. Aber da war ja zum Glück die Musik! Sie nahm die Mappe mit ihren Liedern aus dem Schrank und blätterte sie durch. Das kommende Jahr würde keine Liebe bringen. Aber was war mit der Musik? Hier war sie frei und unabhängig, niemand konnte ihr das Musizieren nehmen. Die Liebe zur Musik konnte nicht enttäuscht werden. Vielleicht sollte sie sich einen neuen Lehrer suchen, der ihr das Komponieren von der Pike auf beibrachte? Warum war sie nicht eher auf diese Idee gekommen?

# KAPITEL 8

Im Februar ging sie mit Gretl zu einem Sonntagskonzert in die Gesellschaft der Musikfreunde. Der junge Alexander von Zemlinsky, Chefdirigent am Carlstheater, der gerade mit der Uraufführung seiner ersten Oper in der Hofoper einen beachtlichen Erfolg errungen hatte, brachte eines seiner Werke zur Aufführung. Alma hatte dabei einen Hintergedanken. Ihren Plan, sich einen neuen Musiklehrer zu suchen, einen wirklich guten, der ihr mehr beibringen konnte als der alte Labor, hatte sie nicht aufgegeben. Vielleicht war dieser Zemlinsky der richtige? Man sagte ihm großes Talent nach, aber er war noch nicht so berühmt oder unnahbar wie der große Gustav Mahler.

Als sie jetzt den jungen Dirigenten sah, wie er das Pult betrat, blieb ihr der Mund offen stehen. Noch niemals hatte sie einen derart hässlichen Menschen gesehen! Alexander von Zemlinsky hatte ein fliehendes Kinn, hervorstehende Augen, und er wäre selbst für eine Frau klein gewesen. Dazu dirigierte er auf eine ekstatische Weise, was Alma noch nie gemocht hatte. Seine Haare flogen rhythmisch bald in die Stirn, bald in den Nacken. Er ruderte mit den Armen wie ein Verrückter, um das Orchester anzutreiben. Und als der letzte Ton verklungen war, zog er ein riesiges Taschentuch aus der Hose und wischte sich damit den Schweiß ab, der ihm in dicken Tropfen über das Gesicht lief.

»Um Gottes willen! Dieser Mensch ist die reinste Karikatur«, flüsterte Gretl ihr zu.

Alma schüttelte heftig den Kopf. »Da steckt mehr dahinter«, gab sie zurück. »Seine Musik ist sehr originell, und sie hat etwas Wagnerisches an sich.«

Und damit hatte Zemlinsky schon fast bei ihr gewonnen. Sie war neugierig geworden. Wagner war immer noch ihr Gott, und seit sie in Bayreuth gewesen war, war er noch mehr in ihrer Achtung gestiegen. Zu Weihnachten hatte sie weitere Klavierauszüge der Wagner-Opern geschenkt bekommen, seitdem spielte sie ihn stundenlang. Sie donnerte die Musik geradezu herunter, immer und immer wieder, bis ihre Mutter oder ihre Schwester es nicht mehr aushielten und sie baten, endlich aufzuhören. Auch Labor ermahnte sie, nicht so viel Wagner zu spielen, sie werde sich daran ihr Klavierspiel verderben. Ganz abgesehen davon, dass das Instrument alle paar Tage nachgestimmt werden musste.

Und nun kam dieser Dirigent, der etwas von der Leidenschaft und Intensität ihres Idols hatte. Und der sich durch sein Äußeres aus der Menge heraushob. Er war auf eine eigentümliche Art hässlich. Nicht so wie Krasny. Zemlinsky glich sein Aussehen durch Selbstbewusstsein und Können aus.

»Ich finde ihn besonders, ich würde ihn gern kennenlernen. Er hat etwas an sich ...«

»Pass bloß auf«, mahnte Gretl.

»Pft«, machte Alma. »Du hast gut reden. Du heiratest bald.«

Obwohl sie ihre kleine Schwester darum beneidete, dass sie bald das Elternhaus verlassen und ihr eigenes Leben beginnen würde, wollte sie dennoch nicht mit ihr tauschen. Gretls Verlobter Wilhelm Legler war ein Schüler ihres Stiefvaters. Aber er war kein Genie wie

Klimt. Alma mochte ihn, weil er bald zur Familie gehörte, aber sonst hätte sie ihn wohl wenig beachtet. Wenn er keinen Pinsel in der Hand hielt, bewegte er sich auf eine linkische, bisweilen ungeschickte Art, und sein Backenbart war immer ungleich geschnitten, was ihm ein schiefes Aussehen gab. Aber er hatte Gretl hingebungsvoll und ausdauernd den Hof gemacht und verhielt sich sehr fürsorglich ihr gegenüber. Weil Alma sich manchmal Sorgen um ihre kleine Schwester machte, die das Leben mitunter so schwernahm und sich alles gefallen ließ, war sie ganz froh, dass Wilhelm sich um sie kümmern würde. Das war wohl das, was sie sich von ihrer Ehe versprechen konnte, Leidenschaft hatte Alma zwischen ihrer Schwester und deren Verlobten noch nie bemerkt. Gretl war nach wie vor eher gleichgültig ihm gegenüber, was Alma beunruhigte. Sie widmete sich den Vorbereitungen und den zukünftigen Pflichten einer Ehefrau, alles jedoch ohne Herzblut. Und dabei würde sie mit Legler den Rest ihres Lebens verbringen, in guten wie in schlechten Zeiten. Sie würde ihm Kinder schenken und mit ihm alt werden. Da mussten doch mehr Gefühle im Spiel sein, oder etwa nicht? Ihre eigene Ehe stellte sich Alma jedenfalls ganz anders vor.

Die Gelegenheit, Alexander von Zemlinsky näher kennenzulernen, kam schon zwei Wochen später auf einem Diner bei dem Freund ihrer Eltern, dem Chemiker und Fotografen Friedrich Spitzer, der seine neue Wohnung am Ring einweihte. Die Einrichtung stammte von Olbrich, der die Secession gebaut hatte, deshalb brannte Alma darauf, hinzugehen. Das helle Schlafzimmer fand sie ein bisschen jungfräulich und kicherte bei dem Gedanken, die Strenge der geometrischen Muster auf den Fußböden dagegen gefiel ihr. Begeistert war sie von dem Klavier, das hinter einem Paravent stand. Es war

mit einer halbrunden Holzkonstruktion verkleidet und wurde von zwei Laternen beleuchtet, die fast ein wenig theatralisch wirkten.

Als Alma Alexander von Zemlinsky unter den Gästen entdeckte, fixierte sie ihn und ging quer durch den Raum auf ihn zu. Plötzlich spürte sie die Blicke aller Anwesenden auf sich. Zemlinsky sah sie fragend an. Nun konnte sie beim besten Willen nicht mehr zurück, und da sie wusste, dass alle ihre Schönheit bewunderten, gab sie ihrem Gang noch ein bisschen mehr Schwung. Ihr zitronengelbes Seidenkleid mit den Spitzen wiegte weich um ihre Knöchel, ihr dunkles Haar war zu einem Nackenknoten geschlagen und leuchtete auf dem hellen Stoff. Unter den gebannten Blicken der Umstehenden blieb sie vor Zemlinsky stehen.

»Denken Sie nur, ich bin eines von jenen unmodernen Geschöpfen, die Ihre Oper noch nicht gehört haben«, sagte sie mit einem kecken Augenaufschlag.

»Oh, dann sollten Sie sich beeilen. Ich glaube nicht, dass sie sich noch lange im Repertoire hält«, gab er mit einem Lächeln zurück.

Alma lachte ihr perlendes Lachen. Die Unterhaltung fing ja vielversprechend an! Sie mochte Männer, die über sich selbst lachen konnten.

Beim Essen war er zufällig ihr Tischherr. Zu ihrer Rechten nahm ein Doktor Fuchs Platz. Alma hob die Augenbrauen. Dieser Fuchs war ihr zu altmodisch. Er beklagte sich bei ihr über die moderne Möblierung bei Spitzers und lobte dafür das überladene türkische Rauchzimmer, das überhaupt nicht nach Almas Geschmack war. Also unterhielt sie sich fast ausschließlich mit Zemlinsky. Er war geistreich und hatte Humor. Sie fühlte sich wunderbar unterhalten. Beim Dessert fingen sie an, über anwesende und nicht anwesende Gäste zu lästern, bis Zemlinsky sagte:

»Der erste Mensch, über den wir beide heute Abend nicht schlecht sprechen – dem weihen wir ein Glas Punsch.« Dabei lächelte er über seinem fliehenden Kinn.

»Oh, dann lassen Sie uns über Mahler reden«, schlug Alma vor.

Als er den Namen Mahler hörte, mischte sich ihr Tischnachbar empört ein:

»Das ist doch ein Schuft! Wie der die Oper führt! Und Jude ist er außerdem!«

Zemlinsky sah ihn so lange durchdringend an, bis Fuchs den Blick abwendete. Dann sagte er mit düsterer Stimme zu Alma: »Ich habe ihm eine Komposition von mir geschickt und ihn um sein Urteil gebeten. Er antwortet mir nicht. Aber ich bewundere ihn trotzdem. Lassen Sie uns auf Gustav Mahler anstoßen!«

Dann wechselten sie das Thema und stellten fest, dass für beide Wagner der Größte war. Und *Tristan* sein größtes Werk. Alma fühlte sich durch seine Zugewandtheit ermutigt und erzählte ihm von ihren eigenen Kompositionen. Er war ehrlich interessiert und fragte sie aus. Und er sagte, er würde sie gern einmal spielen hören.

Als sie spät in der Nacht nach Hause ging, hatte Alma sich blendend amüsiert und Alexander von Zemlinsky war in ihren Augen fast gut aussehend geworden.


»Ich will beim Zemlinsky Unterricht nehmen«, verkündete sie einige Tage später beim Frühstück. »Er nimmt meine Musik ernst. Ich habe ihm meine Lieder vorgespielt, er hat einige Fehler zu bemängeln, aber sie gefallen ihm. Er sagt, ich habe Talent zum Komponieren. Und Einfälle, und ich müsse gefördert werden.«

»Das mit dem Talent stimmt schon«, pflichtete Gretl ihr bei. »Wie du immer deine Stimmungen in Musik bringen kannst. Zemlinsky

hat aber auch gesagt, dass dir der notwendige Ernst fehlt«, fügte sie hinzu.

»Der wird dann schon noch kommen, wenn ich jede Woche etwas abliefern muss«, gab Alma giftig zurück.

»Und hast du ihm deshalb dein Foto geschenkt?«, fragte Gretl später, als sie allein waren.

»Ach, das war doch nur so. Ich hatte Ernst Lanner eines versprochen, und der Zemlinsky hat das mitbekommen und auch um eines gebeten.« Alma sagte das möglichst leichthin, aber Gretl hatte schon verstanden, dass ihr das Foto für Zemlinsky wichtiger war. »Danke, dass du mir vorhin geholfen hast. Wenn du nicht eingegriffen hättest, hätte Mama vielleicht Nein gesagt. Aber der Zemlinsky hat Genie. Von ihm kann ich etwas lernen.«

Ihre Schwester nickte. »Ich finde wirklich, dass aus dir eine Komponistin werden könnte. Die Lieder, die du mir im letzten Sommer in Goisern vorgespielt hast, haben mir sehr gefallen.« Sie machte eine kleine Pause. »Leihst du mir für heute Abend deinen feschen lila Hut? Ich gehe mit Wilhelm in den Prater. Er kommt gleich und holt mich ab.«

»Ach, daher weht der Wind«, sagte Alma und warf mit einem Kissen nach ihr.

# Kapitel 9

Im August kamen sie aus dem Urlaub in den Bergen zurück. Die Wochen waren mit Ausflügen, Bootsfahrten, Wanderungen, Musizieren, Besuchen und Gegenbesuchen heiter vorübergegangen. Und doch war Alma oft das Herz schwer gewesen, denn es waren die letzten Ferien mit Gretl.

Anfang September dann heiratete sie Wilhelm Legler. Während der Zeremonie vor dem Altar wirkte Gretl unbeteiligt, eine glückliche Braut sah ganz anders aus. Alma war unendlich traurig, weil sie ahnte, dass ihre Schwester mit Wilhelm keine erfüllte Ehe führen würde. Sie warf ihrer Mutter bitterböse Blicke zu, weil die diese Hochzeit zugelassen hatte und sich auch noch zu freuen schien. Und sie gab sich selbst auch einen Teil der Schuld, weil sie Gretl nicht von diesem Schritt abgehalten hatte. In diesem Augenblick streifte Wilhelm ihrer Schwester den Ring über. Gretl sah ihn in diesem wichtigen Augenblick nicht an, und als der Pfarrer zu Wilhelm sagte, er dürfe seine Braut jetzt küssen, und er ihr den Schleier vom Gesicht nahm, zuckte Gretl zusammen, als würde ihr erst jetzt bewusst, wo sie sich befand. Ihre Mutter seufzte vor Rührung, und Alma stellte mit Beklemmung fest, dass sie von nun an allein mit der kleinen Maria und ihren Eltern sein würde. Wer würde sie von nun an lieben? Mit wem könnte sie ihre Sorgen teilen? Gretl ging am Arm ihres Mannes den Mittelgang der Kirche hinunter, und hin-

ter ihr formierten sich die Hochzeitsgäste zu Paaren. Alma ging allein. Mit schweren Schritten folgte sie ihrer Schwester. Ich habe alles verloren, dachte sie. Erst meinen Vater, dann Klimt und jetzt Gretl. Und Mama hat Maria. Sie fühlte, wie Tränen in ihr aufstiegen. Vor der Kirche versammelten sich die Gäste für das offizielle Foto.

»Wo ist denn die Schwester der Braut?«, rief der Fotograf ungeduldig, »die muss doch mit aufs Bild.«

Jemand schubste sie nach vorn. Alma stellte sich neben Gretl und setzte ein Lachen auf. Sie gab die fesche, verführerische Alma Schindler, wie es von ihr erwartet wurde, obwohl es in ihrem Inneren trostlos aussah.

ඟ

Einige Tage später erreichte sie ein Brief: Gretl schrieb ihr von ihrer Hochzeitsnacht. *Wie mit Messern* sei es gewesen, und Alma hatte diesen Schmerz körperlich mitgelitten und ihre Schwester unendlich bedauert. Gleichzeitig war sie unruhig. Ob es immer so war? So hatte sie es sich nie vorgestellt. Die Sache ließ ihr keine Ruhe, und daher beschloss sie eines Nachmittags während eines Spaziergangs, ihre Freundin Louise zu fragen, die bereits verheiratet war. Louise starrte sie überrascht an und sagte dann, es sei so, wie wenn Hunde sich auf der Straße begatteten. Alma sah Krasny vor sich, wie er sein weißes Hinterteil auf ihr auf und ab bewegte, und es schüttelte sie. Dann erinnerte sie sich, dass Gretl Hellmann sogar gesagt hatte, es würde Blut fließen. Ein Kuss war wohl das Nobelste, was zwischen Mann und Frau passieren sollte. Ein Kuss bedeutete Hingabe und Liebe. Alles andere war wider die Natur.

Andererseits, wie kam es dann, dass sie manchmal nachts von

Klimt träumte und dann mit einem pochenden Gefühl zwischen den Schenkeln erwachte? Musste sie sich dafür schämen? Und warum kamen ihr diese Fragen ausgerechnet dann wieder in den Sinn, als Max Burckhard da war, um sie zu besuchen? Sie waren allein im Esszimmer, während die anderen noch im Garten waren. Alma wusste nicht, was über sie kam, als sie Burckhard mit ihrem Alma-Blick ansah, von dem sie wusste, dass er die Männer schwachmachte. In Burckhards Augen blitzte es. Er machte einen Schritt auf sie zu und nahm sie in die Arme. Mit seinen Lippen berührte er ihren Mund. Alma ließ sich darauf ein, sie lehnte sich sogar leicht gegen ihn. Und dann passierte etwas Furchtbares: Er berührte mit seiner Zunge ihre Lippen und versuchte, sie zu teilen und in ihren Mund einzudringen. Entsetzt prallte Alma zurück und stieß ihn von sich.

»Max, was erlauben Sie sich!«, rief sie.

Er lachte sie aus. »Aber Alma. Was glauben Sie denn, was ein Kuss ist?«

Alma wollte sich auf dem Absatz umdrehen, doch er hielt sie am Ellenbogen fest. Ganz dicht brachte er sein Gesicht vor ihres und sagte: »Alma, Sie sind inzwischen zu alt, um die demi-vierge zu geben. Sie tun so, als wüssten Sie über diese Dinge Bescheid und seien erfahren, aber im Grunde wissen Sie gar nichts und fürchten sich.«

Alma machte sich los und verließ fluchtartig den Raum. Burckhard sollte auf keinen Fall ihre Tränen sehen. Was war sie nur für eine dumme Gans. Sie hatte geglaubt, Burckhard wie alle anderen Verehrer an der langen Leine führen zu können, aber er hatte ihr gerade eben gezeigt, dass Männer eine Frau verletzen konnten. Sie fühlte sich gedemütigt und schwor sich, ihm ab jetzt aus dem Weg zu gehen. Mit zitternden Knien rannte sie in ihr Zimmer und hörte

ihn sagen, er wisse auch nicht, was Alma plötzlich habe, aber so seien die Frauen nun mal.

»Burckhard ist für mich gestorben«, stieß sie hervor. »Außerdem finde ich den Alexander von Zemlinsky viel fescher.«

In ihrer hilflosen Wut setzte sie sich ans Klavier, um einen Ausdruck für ihre Gefühle zu finden. Aber immer wieder zögerten ihre Finger über den Tasten. Sie war nicht mit sich zufrieden. Ihre Gefühle waren stärker als ihr Verstand und hinderten sie daran, etwas von Wert zu schaffen. Mal stimmten die Kontrapunkte nicht, mal waren es die Oberstimmen.

»Du bist eine dumme Dilettantin!«, schimpfte sie mit sich selbst.

Umso mehr fieberte sie dem Unterricht bei Zemlinsky entgegen. Im Prinzip hatten sie vereinbart, dass sie nach dem Sommer bei ihm Unterricht nehmen würde. Sie hatte ihm ihre Lieder geschickt, auch ihr Lieblingslied *In meines Vaters Garten*, fein säuberlich abgeschrieben in einer grünen Mappe verpackt, auf die sie sehr stolz war. Zemlinsky hatte sie sich angesehen und sie auf die vielen Fehler hingewiesen, die in der Notierung und der Instrumentierung vorhanden waren. Alma war nicht beleidigt, im Gegenteil: Deshalb wollte sie ja bei ihm lernen, weil er so viel wusste und ihr etwas beibringen konnte. Auf die Schmeicheleien der anderen, die ihr gefallen wollten, konnte sie verzichten.

Aber Zemlinsky versetzte sie ein ums andere Mal und machte sie wütend. Dann schickte er vollendete kleine Entschuldigungsbriefchen, er habe zu arbeiten, er sei untröstlich, *Nur nicht böse sein …* Zur nächsten Stunde kam er dann eine halbe Stunde zu spät, oder er musste früher gehen. Er stellte Almas Geduld auf eine harte Probe.

Nun hatten sie vereinbart, dass Alma zu einer Stunde zu ihm kommen sollte. Diesen Besuch bei Zemlinsky musste jedoch sie absagen. Bereits am Vortag merkte sie an einer leichten Migräne, besonders aber an ihrer abgrundtiefen schlechten Laune, dass ihre unreinen Tage bald kommen würden. Davor war sie immer unausstehlich, zankte mit allen, die ihr nahe kamen. Nicht einmal der prächtigste Ball Wiens konnte sie davor bewahren. Und Radfahren hatte ihr der Arzt an diesen Tagen auch verboten, und dabei tat ihr Bewegung dann immer besonders gut. Alma fühlte sich elend und zornig, sie haderte mit ihrem Schicksal als Frau. In was für demütigende Situationen brachte einen das Frausein! Und es war ja nicht nur das Körperliche. Frauen waren gefühlsbetonter als Männer, deshalb fiel es ihnen nicht so leicht, große Werke zu schaffen oder gar Genies zu sein. Wie viele Frauen gab es denn, die wirklich bedeutende Musikerinnen oder Malerinnen waren? Oder war das alles nur Gerede der Männer, um Frauen kleinzuhalten? Sie selbst hatte doch auch schon Derartiges zu hören bekommen. Ihr war nicht entgangen, dass Labor ihre Arbeit nicht so ernst nahm wie die seiner männlichen Schüler, weil er überzeugt war, kunstschaffende Frauen könnten höchstens mittelmäßig sein. Ob das nun stimmte oder nicht: Das monatliche Unwohlsein konnte keine Frau leugnen. Als sie ihre Monatsblutung erst ein paar Mal gehabt hatte und sich noch nicht so auskannte, hatte sie einmal ein weißes Kleid getragen, und als sie vom Caféhausstuhl aufgestanden war, hatte Gretl sie hektisch wieder auf den Stuhl gezogen, weil sie ihr Kleid beschmutzt hatte. Mit Gretls Hilfe war es ihr gelungen, das Missgeschick zu verbergen und unbeschadet nach Hause zu kommen, aber sie hatte sich dennoch geschämt. Und das Kleid war ruiniert gewesen. Warum hatten die Männer nicht mit diesem Unwohlsein zu kämpfen, das regelmäßig

alle vier Wochen ihr Leben zur Hölle machte? Und warum war der einzige Ausweg daraus, schwanger zu werden? Eine Schwangerschaft war ja auch kein Zuckerschlecken. Ihre Mutter war schon in Italien oft müde und zerschlagen gewesen, da hatte man ihren Bauch noch gar nicht richtig gesehen. Und die Wochen kurz vor der Geburt waren ihr sehr schwer geworden. Ihre Schönheit war von ihr abgefallen, sie war unförmig gewesen, mit dicken Fußknöcheln und geröteter Gesichtshaut. Und dann erst die Geburt! Alma und Gretl waren ja noch in Goisern gewesen, aber sie hatte später gehört, über wie viele Stunden sich das hingezogen hatte. Ihre Mutter fing gerade erst wieder an, zu Kräften zu kommen. Und wahrscheinlich hatte sie schon wieder ihre Tage, denn die setzten ja einige Wochen nach der Geburt wieder ein. Bis alles wieder von vorn losging.

Nur ein Gutes hatten diese unreinen Tage: Dann war Alma immer richtig gut im Komponieren. Sie glaubte, es lag daran, dass mit dem Blut alle Hemmnisse, alles Zögern aus ihr herausgespült wurde und die Gefühle klar und rein zu Tage traten. An diesen Tagen überkam sie manchmal, trotz allen Unwohlseins, die Hoffnung, sie würde doch etwas Großes schaffen, eine gute Oper schreiben. Sie würde die erste Frau sein, der das gelang!

Wenn man sie nur ließe! War es denn nicht so, dass man den Frauen neben der Fähigkeit auch die Erlaubnis absprach, Großes zu schaffen? Ihre Mutter allen voran. Wenn sie sich in ihre Musik verlor und nichts mehr sah und hörte, dann kam ihre Mutter in ihr Zimmer gestürmt und schimpfte mit ihr: »Es gehört sich nicht für eine Frau, sich derart für etwas zu begeistern. Was macht das denn für einen Eindruck! Das hat ja schon etwas Krankhaftes.« Und sie trat ans Klavier heran und schlug den Deckel zu. Alma konnte gerade noch die Hände wegziehen.

83

Alma blieb zitternd am Klavier sitzen und schickte Anna hasserfüllte Blicke hinterher. Wenn es nach ihrer Mutter ging, dann durften Frauen sich höchstens für ihre Familie begeistern. Auf keinen Fall für etwas, das außerhalb der Familie lag, wie Musik oder das Theater. Aber warum durften Männer das? Männer galten als Genies, wenn sie in einen Schaffensrausch gerieten und die Welt um sich herum vergaßen. Wenn Frauen das taten, dann wurden sie als krank, als Hysterikerinnen abgestempelt. Das war alles so ungerecht!

Alma nahm sich immer wieder vor, ernsthaft zu arbeiten, doch kaum hatte sie diesen Entschluss gefasst, kam ihr wieder ein Vergnügen dazwischen, eine durchtanzte Nacht, ein Ausflug auf dem Rad, ein Theaterbesuch mit anschließendem Souper, bei dem sie zu viel Champagner trank und am nächsten Morgen zu verkatert war, um zu arbeiten. Die schönsten Tage waren die, an denen sie vormittags mit dem Rad fuhr oder kegelte, am Wochenende kam auch ein Spaziergang im Prater dazu. Dann Klavierspiel oder Komposition, ein Besuch im Schneideratelier oder bei Taubenrauch, Mittagessen mit Freunden, eine Stunde mit einem Buch, dann wieder Musik, abends Theater und danach Einkehren in einer Weinstube oder auf eine Gesellschaft gehen.

# Kapitel 10

Alma stand unten auf der Straße vor dem Haus von Alexander von Zemlinsky und sah auf die Uhr. Es war ein paar Minuten vor der verabredeten Zeit. Trotzdem läutete sie. Sie hatte die letzten Wochen genutzt, um intensiv zu üben, und jetzt war sie begierig, endlich ihre erste Stunde bei Zemlinsky zu haben. Er öffnete ihr selbst und stand plötzlich dicht vor ihr. Sie widerstand dem Impuls, erschrocken zurückzuweichen. Wie konnte ein Mann nur so wenig attraktiv sein? Außerdem war er ein gutes Stück kleiner als sie. In ihrer Verlegenheit wusste sie nicht, wohin sie blicken sollte. Er gab ihr die Hand, und eine Wolke seines Geruchs umfing sie. Ein unangenehmer Duft, irgendwie muffig. Unwillkürlich sah sie an seiner Garderobe herunter, aber sein Hemd war blütenweiß und gebügelt, der Anzug saß perfekt.

Er ging vor ihr her und führte sie in sein Musikzimmer.

»Das hier scheint auch Ihre Bibliothek zu sein«, sagte Alma und wies auf die Bücherregale, die ringsherum an den Wänden aufgereiht waren. Sie erkannte diverse Komponistenbiographien, die Weimarer Klassiker und Nietzsche, aber auch die modernen Wiener und Berliner Dramatiker und Schriftsteller wie Hauptmann, Altenberg und Schnitzler. Die Bücher standen zum Teil in zwei Reihen hintereinander. Zwei Regale waren für Noten und Partituren reserviert. So etwas gefiel Alma. Sie mochte belesene Männer. Den größ-

ten Teil des Raumes nahmen aber ein Bösendorfer Flügel und ein weißes Stutzklavier ein. Auf einem Tisch lagen weitere Partituren wild durcheinander. An der einzigen freien Wand hingen Porträts von Brahms und von Wagner, und auf dem Schreibtisch stand ihr eigenes Foto in einem schlichten, aber kostbaren Rahmen.

»Oh«, sagte sie. »Da befinde ich mich ja in guter Gesellschaft.«

Als er nicht reagierte, studierte sie die Partituren auf dem Klavier. Zum Teil waren sie aufgeschlagen und mit zahllosen Notizen bekritzelt. So etwas kannte Alma bisher nicht. Für sie waren gedruckte Partituren sakrosankt, sie ging immer sehr sorgfältig damit um.

Zemlinsky lachte, als sie ihm das erzählte.

»Ach was! Das sind Arbeitsgeräte. Ich muss mir doch Notizen machen, wenn ich diese Noten dirigieren soll. Sie denken sich doch auch etwas dabei, wenn Sie ein Stück hören. Sie mögen eine Aufführung einer Oper lieber als eine andere.«

»Ja, aber sicher.«

»Na, sehen Sie, und damit das so ist, schreibe ich auf, was Sie sich denken sollen.«

Sie mochte die Bestimmtheit seiner Worte.

»Spielen Sie mir etwas aus dem *Tristan* vor?«, fragte sie, neigte den Kopf und lächelte ihn von der Seite her an.

Zu ihrer größten Verblüffung lehnte er rundheraus ab. Normalerweise rissen sich die Männer darum, ihr einen Wunsch zu erfüllen. Im Verlauf der folgenden Stunde war Zemlinsky nicht immer höflich, manchmal sogar rüde zu ihr. Er ließ sie Etüden spielen und machte Anmerkungen. Als er ihre Hand nahm, um die Haltung auf den Tasten zu korrigieren, fuhr sie zusammen und versuchte zu flirten. Aber er reagierte nicht. Stattdessen arbeitete er ernsthaft mit ihr. Logisch und klar ging er mit ihr einige Beethovensonaten für

Klavier durch. Er forderte sie auf, die klassischen Vorbilder genau zu studieren, sie dann aber in die Moderne und in allgemeine Prinzipien zu transferieren. Als Aufgabe für die nächste Stunde sollte sie aus einzelnen Mustern und Sätzen von Beethoven eigene kleine Sätze machen.

Sein Verhalten verunsicherte Alma. Zemlinsky ging mit ihr um, als sei ihm völlig egal, was sie von ihm hielt, und als sei er gegenüber ihrem Charisma völlig immun. Er hatte sogar die Frechheit, ihr auf den Kopf zuzusagen, dass ihr Kokettieren bei ihm nicht verfangen würde: »Wissen Sie, Fräulein, Sie sind manchmal nachgerade fade. Ich bin nicht einer Ihrer Herrchen«, sagte er.

Alma stockte kurz der Atem, dann hob sie das Kinn und nahm den Fehdehandschuh mit einem Lächeln auf. So langsam begann seine Schroffheit sie zu reizen.

Die neunte Ausstellung der Secession im Januar brachte die Gemälde von Giovanni Segantini, der im vergangenen Jahr gestorben war, nach Wien. Alma freute sich auf die Bilder des Gebirgsmalers. Die Bergwelt Österreichs mochte sie ja und kannte sie auch. Aber auch auf die Skulpturen von Max Klinger war sie neugierig. Die Büsten dieses Rodin aus Paris, von dem alle sprachen, kannte sie bisher noch nicht. Alma hatte sich mit besonderer Sorgfalt zurechtgemacht und trug ihren lila Federhut zu einem weißen Kleid. Leider war es in den Sälen so voll, dass ihre Garderobe nicht zur Geltung kam. Und die Kunstwerke konnte sie auch nicht genießen, weil die Leute dicht gedrängt davorstanden. Deshalb ging sie gleich am nächsten Vormittag wieder hin, in der Hoffnung, dass sie mehr Ruhe haben würde.

Auf dem Trottoir vor dem Gebäude standen ein halbes Dutzend

Männer und stritten lautstark. Als Alma näher kam, hörte sie, wie einer sagte:

»Haben Sie denn nicht gesehen, wie der sich gibt? Dieses jüdische Gefuchtel mit den Armen!«

»Und muss er so laut sprechen? Als würde seine Meinung auch nur irgendjemanden interessieren.«

Die Männer bemerkten sie und machten Platz, um sie vorbeizulassen. Als sie an ihnen vorbei war, gingen die Beleidigungen weiter.

»Diese Menschen gehören nicht hierher. Sie sind anders. Wenn sie sich wenigstens still verhalten würden.«

»Ganz im Gegenteil. Überall drängen sie sich nach vorne.«

»Wenn ich den Namen Freud schon höre!«

Alma schüttelte den Kopf und ging die Stufen hinauf. Wie immer berührte sie mit der Rechten die Eidechse aus Stein, die sich am Türrahmen hinunterschlängelte. Die meisten Menschen sahen sie gar nicht, dabei war sie einen guten Meter lang. Aber Alma liebte dieses Tier und streichelte es immer am Kopf. Sie dachte über das eben Gehörte nach. Ach ja, die Juden. Sie musste nur mit offenen Ohren in der Tram sitzen, dann bekam sie zu hören, was die Wiener über die Juden dachten. Kein Erfolg im Beruf, ein anderer wird vorgezogen? Der Jude ist schuld. Das Brot ist schon wieder teurer geworden? Die vielen jüdischen Einwanderer aus dem Osten verderben die Preise. Es gibt zu wenige Wohnungen in der Stadt? Kein Wunder, wenn die Juden sich alle unter den Nagel reißen und Wuchermieten verlangen. Und wenn über jemanden gesprochen wurde, den man nicht kannte, war die erste Frage: »Ist er Jude?« Erst in der zweiten Frage ging es darum, ob er ein guter Arzt oder Universitätsprofessor oder Sänger war. Alma hielt es in dieser Frage mit dem Wiener Bürgermeister Karl Lueger. »Wer a Jud is, bestimm ich«, sagte er immer. In

der *Reichspost* konnte man das jeden Tag nachlesen. Und wenn jemand wie der Karl Kraus in seiner *Fackel* den Antisemitismus ins Lächerliche zog und widerlegte, dann hieß es nur: Der Kraus ist doch selber Jude.

Alma hatte jetzt das Gebäude betreten und sah sich in den Fluren um, wer die Männer draußen so in Rage versetzt haben mochte. Wahrscheinlich war es die Secession an sich. Viele ihrer Mitglieder waren Juden, und weil die Secession modern war und viele abschreckte, setzte man beides gleich.

Diese dumpfen Vereinfachungen waren Alma jedoch zuwider. Sie beleidigten ihre Intelligenz. Nicht alle Juden waren gleich. Und die Maler der Secession, von denen viele ihre Freunde waren, hatten gewiss nichts gemein mit dem lärmenden Volk, von dem sie sich im Sommer auf dem Land manchmal gestört gefühlt hatte.

Auch Zemlinsky war Jude, aber er war ein Genie. Gustav Mahler war ein konvertierter Jude, sonst hätte man ihn nie zum Hofoperndirektor gemacht. Und von diesem Doktor Freud hörte man ganz Erstaunliches. Auch einige ihrer Freundinnen stammten aus jüdischen Familien, und das war Alma schnuppe. Außerdem wollte sie sich jetzt auf *Die Liebesgöttin* von Segantini konzentrieren, vor der außer ihr glücklicherweise niemand stand.

⁂

Dieser Zemlinsky konnte einem wirklich auf die Nerven gehen! Sie hatte gearbeitet wie ein Pferd, um gut auf die Unterrichtsstunden vorbereitet zu sein. Sie hatte die Beethovensonaten rauf und runter gespielt, um ihrer Struktur auf die Spur zu kommen, und hatte eigene Sätze komponiert, genau wie er es verlangt hatte. Und nun ver-

spätete er sich. Alma wartete jetzt schon fast eine Stunde mit wachsender Ungeduld auf ihn. Sie sah auf die Uhr. So, jetzt war es zu spät. Maria würde gleich mit der Kinderfrau wieder da sein, und sie selbst musste sich ankleiden, denn sie war zu einem Diner mit Tanz eingeladen.

Kurz bevor sie aufbrechen wollte, erschien er endlich, gut gelaunt und sich keiner Schuld bewusst betrat er den Raum. Alma sagte ihm, dass er umsonst gekommen sei, für die Stunde sei es zu spät.

»Entweder Sie komponieren oder Sie gehen in Gesellschaften – eines von beiden. Wählen Sie aber lieber das, was Ihnen näherliegt – gehen Sie in Gesellschaften.« Er sagte das in einem ungewohnt scharfen Ton.

Alma biss sich auf die Lippen. »Ganz wie Sie meinen, lieber Zemlinsky. Dann werde ich mich mal amüsieren gehen. Ohne Sie!«

»Das können Sie auch besser als komponieren.« Damit war er aus der Tür, und Alma ballte vor Wut die Fäuste.

Was bildete er sich ein? So ein hässlicher Mann! Und dennoch war sie gern mit ihm zusammen, und das nicht nur, weil er ein phantastischer Klavierlehrer war, der sie und ihr Können endlich ernst nahm. Sie mochte ihn einfach, und sie fand es über die Maßen anziehend, dass er ihr nicht zu Füßen lag wie die anderen. Je schroffer er wurde, umso mehr fühlte sie sich von ihm angezogen. Er weckte ihren Eroberungswillen.

Wie immer, wenn sie nicht weiterwusste, versuchte Alma ihre Stimmung in ein Lied zu fassen. In dem Einspänner, der sie zu den Lanners brachte, spielte sie mit den Fingern in der Luft eine Melodie und summte leise dazu. Aber ihr Kopf war leer. Sie war immer noch aufgebracht. Während des Essens bei Lanners war sie einsilbig. Es wurde zu viel über Klimts Bild *Hygieia* gesprochen, das

einen Skandal verursacht hatte. Eine nackte Schwangere zu zeigen!

»Das versammelte Israel mochte das Bild natürlich«, sagte jemand, und die jüdischen Gäste am Tisch senkten den Blick. Danach wurde getanzt, aber Alma wies die meisten Tänzer ab. Sie wäre besser zu Hause geblieben und hätte die Stunde bei Zemlinsky genommen.

Später im Bett fand sie keinen Schlaf. Ach, es war alles so ein Durcheinander! Zemlinsky machte sie unruhig. Da war mehr zwischen ihnen als nur das Klavierspiel. Sonst hätte er sie nicht so leicht aus der Fassung bringen können. Alma war froh, dass ihre Schwester am nächsten Tag mit ihrem Mann zu Besuch kommen wollte. Vielleicht wüsste Gretl Rat, immerhin war sie ja jetzt eine verheiratete Frau.

Aber zu ihrer Bestürzung fing Gretl sofort an zu weinen, als Alma ihr von ihren komischen Gefühlen für Alexander von Zemlinsky erzählte.

»Ich fühle mich krank, gedemütigt, zurückgewiesen«, begann sie.

»Aber warum denn? Der Wilhelm liebt dich doch!«

»Er … ich …« Gretl suchte nach Worten, dann platzte sie heraus: »Er verschafft mir keine Befriedigung, ich meine, abends im Bett. Er macht mich sinnlich, aber dann zieht er sich zurück, manchmal ganz abrupt, und ich sehne mich so nach ihm und versuche ihn an mich zu ziehen. Aber dann wird er wütend und sagt, er will keine Kinder.« Sie schlug die Hände vor das Gesicht.

»Du meinst, er verschafft dir kein Vergnügen? Das ist eine Beleidigung!«

»Ich kann dann nicht schlafen, ich fühle mich so leer, wie benutzt. Er sagt, er tut es mir zuliebe, weil er nicht will, dass ich schwanger

werde. Aber ich glaube ihm nicht. Er dreht sich dann einfach auf seine Seite des Bettes und beginnt zu schnarchen, und ich liege wach, und mein ganzer Körper sehnt sich danach, berührt zu werden. Ach, Alma, es ist so demütigend.«

# Kapitel 11

Ich will endlich wissen, was mit dieser Sache gemeint ist, dachte Alma an diesem Sonnabend, als Zemlinsky gemeldet wurde. Ich bin schließlich über zwanzig Jahre alt, meine kleine Schwester und alle meine Freundinnen sind schon verheiratet.

Er betrat den Raum, er war sehr elegant angezogen, sein perfekt geschnittener Anzug ließ ihn größer wirken. Alma verlor ihn nicht aus den Augen und provozierte ihn mit Augenaufschlägen. Er setzte sich neben sie auf die Klavierbank und legte seine Hände auf die Tasten. Alma nahm allen Mut zusammen und legte ihre Hand auf seine. Zemlinsky fuhr herum, sah sie an und nahm ihre Hände in seine und küsste sie wieder und wieder. Dann legte er seinen Kopf auf die Hände, und Alma legte ihren Kopf gegen seinen. Erst küsste er sie zärtlich auf die Wange, immer wieder, und dann wandte sie ihr Gesicht ihm zu, und ihre Lippen fanden sich.

Es war, als hätte jemand eine Schleuse geöffnet. Alexander presste seine Lippen auf ihre, umfasste ihren Nacken, um sie enger an sich zu ziehen. Seine Küsse wurden immer wilder, heftiger. Er sog an ihrer Unterlippe, liebkoste sie mit der Zunge. Er hörte nicht auf, und am Ende küssten sie sich so heftig, dass ihre Zähne aufeinanderschlugen.

Als er sich abrupt von ihr löste, weil vor der Tür jemand vorbeiging, war Alma außer Atem und überwältigt. So war das also! Da-

von hatten Gretl und Louise gesprochen. Sie wollte mehr, unbedingt.

Die Gelegenheit bot sich bei ihrer nächsten Stunde bei ihm, wo sie keine Störung befürchten mussten. Sie küssten sich so leidenschaftlich, dass sie von der Klavierbank rutschten und sich auf dem Fußboden wiederfanden. Alexander lag halb auf ihr, und Alma fühlte seinen Körper, der sich zwischen ihre Beine schob. Sie schnappte nach Luft. Die Fenster waren geöffnet, die warme Frühlingsluft strömte ins Zimmer.

»Warte«, sagte sie und zog ihre Jacke aus. Darunter trug sie eine leicht transparente Bluse.

Alexander machte das rasend. Er sah sie an und warf sich auf sie, bedeckte ihr Gesicht und ihr Dekolleté mit Küssen.

Alma wusste nicht, wie ihr geschah. Noch nie hatte sie derartige Wonnen verspürt.

»Du bist die sinnlichste Frau, die ich je in den Armen halten durfte«, stöhnte er an ihrem Ohr. Er rollte sich herum, so dass Alma auf ihm zu liegen kam. Ihre Frisur löste sich, er griff in ihr Haar und zog sie zu sich herab, um sie wieder zu küssen. Alma spürte die Erhebung in seiner Hose und fing unbewusst an, sich daran zu reiben, was ihm ein Stöhnen entrang. Sie glaubte zu vergehen, als sie seine Hand spürte, die sich unter ihren Unterrock und in ihr Innerstes schob. Seine Bewegungen waren anfangs spielerisch, zärtlich, wurden dann aber ungestümer und schneller, bis Alma mit einem Stöhnen über ihm zusammensackte.

Als sie später zu Hause ihrer Mutter unter die prüfenden Augen trat, hatte sie sich wieder unter Kontrolle. Aber sie hatte beschlossen, dass sie auf diese Lust nicht mehr verzichten wollte.

☙❧

Im Mai zog Alma mit ihren Eltern um in ein elegantes Haus auf der Hohen Warte. So wurde ein bisher unbebauter Hügel im Norden Wiens in der Nähe des Observatoriums genannt, wo eine Art Künstlerkolonie entstand. Carl Moll hatte sich von keinem Geringeren als dem Secessions-Architekten Josef Hoffmann eine Doppelhaushälfte in der Steinfeldgasse 8 an der Ecke zur Wollergasse errichten lassen. In der anderen Hälfte wohnte sein Freund, der Maler Koloman Moser. Die Hennebergs und die Spitzers hatten hier ebenfalls Grundstücke gekauft. Man war unter sich.

Alma wollte aber nicht umziehen. Auf der Hohen Warte sagten sich doch Fuchs und Hase Gute Nacht. Hier fuhr ja nicht mal die Elektrische! Und die Straße stieg ziemlich steil an. Das würde ihre täglichen Besorgungen in Wien noch komplizierter machen, als sie es ohnehin schon waren. Ihre Eltern hatten natürlich dafür gesorgt, dass ihre Freunde auch hier wohnten! »Ich komme mir vor, als sei ich nach St. Helena verbannt«, sagte sie ärgerlich zu Else Lanner. Die Villa war allerdings schön, das musste sie zugeben. Obwohl es ein Doppelhaus war, waren beide Hälften durch nicht symmetrisch angeordnete runde Erker, große Balkone und Terrassen sehr verschieden. Von außen strahlte das Haus in Weiß mit blauen Fenstern und Holzelementen. Nach hinten lag ein großer Garten, in dem bereits Spalierobst in langen Reihen angepflanzt war und die geplanten Laubengänge zu erahnen waren. Das Innere war in der klaren Sachlichkeit der Wiener Werkstätten gehalten. Auch hier gab es hohe Treppenhäuser, Galerien, gerade Linien, dazwischen geschwungene Elemente und Blumenornamente. An edlen Materialien wurde nicht gespart. Es gab Samt an den Wänden, Orientteppiche auf dem blanken Parkett, japanische Vasen auf den Tischen und große Kunst an den Wänden. Das Schönste war, dass Alma ein großes Zimmer

für sich allein hatte. Es gefiel ihr, es schwebte über dem Garten und war in Weiß und Hellgrün gehalten, ein großes Bücherregal war das sichtbarste Möbelstück. Über dem Bett hing ein Baldachin aus Organza, unter dessen Schutz sie sich sicher und unbeobachtet fühlte. Alma freute sich darauf, hier endlich allein sein und ihren Träumereien nachhängen zu können. Hierher konnte sie sich vor den vielen Besuchern, die ständig im Haus waren, zurückziehen. Aber ein neues, eigenes Zimmer änderte nichts an der Tatsache, dass sie beinahe auf dem Land wohnten und dass die Secession, die Ringstraße und die anderen Zerstreuungen Wiens nicht mehr vor der Haustür lagen. Alma fühlte sich wie im Exil.

Wenn sie jetzt in die Stadt wollte, dann musste sie erst zur Haltestelle der Tram, die ein gutes Stück unterhalb der Hohen Warte lag. Die Straßenbahn fuhr in die Stadt hinunter. Alma konnte es kaum erwarten, bis sie eine gute halbe Stunde später die Endhaltestelle am Schottentor erreichte. Dort stieg sie in die Ringbahn um. Während der Fahrt auf dem Ring stieg Almas Laune noch einmal. Hier war das Wien, das sie liebte. Auf den Straßen drängten sich Fuhrwerke und Straßenbahnen. Dazwischen überquerten gut gekleidete Menschen die Straße, Händler gestikulierten vor ihren Handkarren, die Pferdeäpfelsammler waren auch unterwegs. Und dann folgte ein Besuch im Caféhaus oder bei der Modistin oder eine Premiere in der Oper.

# Kapitel 12

Es war ein eiskalter, nasser Novemberabend. Alma war zum allerersten Mal bei Berta Zuckerkandl eingeladen. Sie bewunderte die kluge, selbstständige Frau, die als Journalistin und Übersetzerin arbeitete und die Entstehung der Secession vorangetrieben hatte, schon lange. Ihren Mann, einen Anatomieprofessor, hatte sie dazu gebracht, ihr eine Villa zu kaufen, wo sie ihren berühmten Salon abhielt. *Tout* Wien und viele berühmte Gäste aus dem Ausland gaben sich hier die Klinke in die Hand: Politiker, Künstler aller Richtungen, Wissenschaftler, Johann Strauss, Klimt und Schnitzler, Max Reinhardt und der französische Politiker Georges Clemenceau, dessen Bruder mit Bertas Schwester verheiratet war. Berta machte sich ein Vergnügen daraus, ganz verschiedene Menschen zusammenzubringen und darauf zu hoffen, dass sich vergnügliche, manchmal legendäre Abende entwickelten.

Und nun endlich war auch Alma eingeladen. Sie hoffte, an diesem Abend Alexander zu sehen. Irgendetwas sagte ihr, dass Berta mit ihrem untrüglichen Instinkt bemerkt hatte, dass Alma und Alexander mehr verband als die Beziehung zwischen dem Klavierlehrer und seiner Schülerin und dass sie sie deshalb beide gebeten hatte zu kommen. Jeder in Wien wusste doch von Bertas Leidenschaft für die Kuppelei. Sie hatte schon viele Ehen gestiftet – und bestimmt auch die eine oder andere zerstört.

Alma hatte sich besonders verführerisch zurechtgemacht. Sie hatte sich das Haar hochgesteckt, aber ein bisschen nachlässig, und eine einzelne Strähne mit einem Perlenkamm locker am Hinterkopf fixiert. Ihre Frisur würde sich im Laufe des Abends lösen, und sie könnte sie dann mit einem koketten Lächeln und einer beiläufigen Armbewegung, die ihren Hals präsentierte, wieder hochstecken. Zemlinsky hatte ihr mehr als einmal in seiner Leidenschaft die Frisur zerzaust, er würde den Wink verstehen.

Anna Moll hingegen schnalzte unwillig mit der Zunge, als Alma sich von ihr verabschiedete.

»Ich geh doch nur zu Berta Zuckerkandl. Die wird schon auf mich aufpassen«, sagte Alma. »Außerdem ist es ja nicht weit.« Das stimmte. Das Haus der Zuckerkandls lag in Döbling im 19. Bezirk, gar nicht weit entfernt von der Hohen Warte, nur ein Stück den Berg hinunter.

»Na, dann hat es ja doch etwas Gutes, dass wir hierhergezogen sind«, sagte Carl Moll mit einem Zwinkern.

Vor dem Haus wartete bereits ein Einspänner. Alma war froh über die Kutsche, denn hier oben war es manchmal einsam in den dunklen Straßen, außerdem regnete es. Während der Fahrt zupfte sie nervös an ihren Handschuhen herum. Vielleicht ergab sich sogar die Gelegenheit, dass sie kurz mit Alexander allein sein konnte?

Fünfzehn Minuten später betrat Alma das Haus in der Nußwaldgasse. Die Hausherrin kam ihr mit ausgestreckten Armen entgegen.

»Mein liebes Fräulein Schindler, endlich kommen Sie einmal. Sie sehen phantastisch aus!«

Das konnte man von Berta Zuckerkandl auch sagen. Sie hatte ein Gesicht, das trotz aller Zartheit ein wenig herbe wirkte. Ihr fehlte die rundliche Weichheit, die die Männer an Alma so anziehend fanden.

Aber Bertas Haarpracht, die sie wie ein dunkler Glorienschein umgab, zog alle Aufmerksamkeit auf sich. Sie ließ sich ihre üppig bestickten Brokatkleider in Paris von ihrem Freund, dem Modeschöpfer Paul Poiret, machen und trug die aufwendigsten Hüte von Wien. Manchmal zog sie aber auch die Reformkleider vor, die Koloman Moser für sie entwarf. In jedem Fall war sie eine auffallende Erscheinung.

Jetzt beugte sie sich vertrauensselig zu Alma: »Ich habe heute einen besonderen Gast. Ich bin sicher, Sie werden erfreut sein.«

Alma hielt den Atem an. Alexander! Also hatte ihr Gefühl sie nicht getrogen. Sie überprüfte mit der Hand den Sitz ihres Haars.

Berta wedelte mit den Händen. »Sie erraten eh nicht, um wen es sich handelt. Der Mann meidet sonst Gesellschaften wie die Pest, ist auch viel zu beschäftigt. Ich bin sicher, Sie werden sich eine Menge mit ihm zu erzählen haben.«

»Jetzt spannen Sie mich doch nicht so auf die Folter«, sagte Alma möglichst unschuldig. Obwohl sie auch ein wenig verwirrt war. Sprach Berta wirklich von Alexander? Der war alles andere als ein Menschenfeind.

Berta zwinkerte ihr zu. »Sie werden schon sehen. Kommen Sie, die anderen sind schon da.« Sie ging voraus und öffnete die hohen Flügeltüren zu ihrem Salon. Ein großer Tisch war gedeckt, Kerzen in silbernen Kandelabern verbreiteten ein weiches Licht, der Duft von vielen Rosen lag süßlich in der Luft. Sie lagen kreuz und quer auf der Tafel und standen in hohen Vasen ringsherum auf den Fenstersimsen und Anrichten.

Vier Herren und eine Frau saßen am Tisch. Die Männer erhoben sich und machten eine Verbeugung. Alma sah zu ihrem freudigen Erschrecken Klimt und Burckhard. Ihnen gegenüber saß Emil Zu-

ckerkandl, und neben ihm saß Gustav Mahler. Auf der anderen Seite Mahlers Schwester Justine, die ihm den Haushalt führte. Alma kannte sie aus der Oper. Nur Alexander war nicht da.

»Oh, ich ...«, begann Alma, wusste dann aber nicht weiter. Sie war so enttäuscht, dass sie einen Moment brauchte, um zu realisieren, dass sie Gustav Mahler gegenübersitzen würde. Ihrem Idol!

»Herr von Zemlinsky musste leider absagen. Er hat heute Abend ein Orchesterkonzert im Musikverein«, sagte Berta, als hätte sie Almas Frage erraten. »Bitte, setzen Sie sich doch, hier.« Sie führte Alma an den freien Platz am Tisch zwischen Klimt und Burckhard und flüsterte ihr zu, so dass alle es hören konnten: »Ja, sehen Sie? Damit hätten Sie nicht gerechnet. Habe ich Ihnen zu viel versprochen? Wann hat man denn schon mal den Operndirektor bei Tisch?« Sie interpretierte Almas Verwirrung falsch.

Alma nahm zwischen Klimt und Burckhard Platz, was ihr ein nervöses Kichern entlockte. Klimt gab sich kühl, Burckhard machte ihr ein Kompliment, das auf ihre Vertrautheit schließen ließ, und hielt ihre Hand einen Moment zu lang fest. Mahler bemerkte das und schürzte leicht die Lippen. Alma sah ihn an. Sie war ihm noch nie so nahe gewesen. Seine dunklen Augen hinter den Brillengläsern lächelten amüsiert. Sie mochte spontan die Linien, die sich von der Nase zum Mund zogen. Er hatte ein schönes, charaktervolles Gesicht.

Alma wurde bewusst, dass sie Mahler anstarrte. Sie räusperte sich, um Zeit zu gewinnen. Für einen Augenblick verlor sie die Fassung. Alexander war nicht da. Im Gegensatz zu ihr wussten offensichtlich alle Anwesenden, dass sie kommen würde, sie hatte aber keine Ahnung gehabt, wem sie hier begegnen würde. Klimt! Er hatte Zeit genug gehabt, sich unter Kontrolle zu bringen und sie derart unterkühlt zu begrüßen. Und Burckhard tat ja geradezu, als seien sie

verlobt oder sonst was. Mahler saß einfach da und lächelte sie an. Alma setzte sich auf und nahm die Schultern zurück. Bitte sehr, das konnten sie haben. Sie würde sich diesen Abend nicht verderben lassen, nur weil Alexander sie ein weiteres Mal versetzte. Und mit Klimt und Burckhard würde sie schon fertig werden. Ein Dienstmädchen schenkte aus einer Magnumflasche Champagner ein, und Alma trank ihr Glas in einem Zug aus und ließ es sich gleich wieder füllen. Sie bemerkte, wie Mahler sie durch seine Brillengläser fragend ansah. Er hat wirklich wunderschöne Augen, dachte sie. Sie überlegte, was sie zu ihm sagen könnte, aber ihr fiel nichts ein. Er schüchterte sie ein. Burckhard prostete ihr zu, und sie musste ihm antworten. Mit leisem Bedauern nahm sie ihren Blick von Mahler und wandte sich Max zu. In ihrem Rücken spürte sie Klimts Atem. Sie ahnte, dass er vor Eifersucht platzte.

Während der Mahlzeit sprudelte sie nur so über vor Charme und Witz, ließ hier und da eine kluge Bemerkung fallen und gab ihrem jeweiligen Gesprächspartner das Gefühl, allein auf der Welt zu sein. Nur mit Mahler wagte sie nicht zu reden. Sie trank noch mehr Champagner, der ihr langsam zu Kopf stieg. Sie aß Austern dazu, weil die so gut zum Champagner schmeckten, auf das Spanferkel verzichtete sie, nahm aber Artischocken und sprach dem Nachtisch zu. Es gab geschlagene Sahne in Tässchen aus dunkler Schokolade, dazu hauchfeine Cigarettes Russes. Ihr fiel auf, dass Mahler so gut wie nichts aß. Er nahm sich nur zwei Äpfel von dem silbernen Tafelaufsatz. Aber den ganzen Abend über knibbelte er die Etiketten der Flaschen ab, die vor ihm auf dem Tisch standen. Er hatte schon ein kleines Häufchen Papierschnipsel vor sich liegen. Ab und zu fuhr er mit der Spitze des Zeigefingers mitten hindurch und teilte es, dann schob er alles wieder zusammen.

»Wenn Sie nur Obst essen, dann nehmen Sie doch wenigstens von der Ananasbowle«, sagte Alma endlich zu ihm. War das eine dumme Bemerkung gewesen? Sie musste unbedingt aufhören, so viel Champagner zu trinken. Sie wollte sich auf keinen Fall vor Gustav Mahler blamieren.

»Wenn Sie sie empfehlen«, sagte Mahler mit einem Lächeln. Dabei ignorierte er, was seine Schwester zu ihm sagte: »Gustav, du verträgst doch keine Ananas!«, und ließ sich von Alma ein geschliffenes Bowleglas mit einem winzigen Henkel füllen.

Nach dem Essen lehnten sich alle satt und entspannt zurück. Das Mädchen brachte Aschenbecher aus feinem Porzellan, auf denen berühmte Femmes fatales zu sehen waren: Carmen, die Loreley, Zolas Nana und Lilith. Sie räkelten sich sinnlich und forderten mit ihren lasziven Blicken heraus. »Bald wird man wohl auch dein Konterfei auf derartigen Dingen finden. Du bist die Verführung pur«, wisperte ihr Max ins Ohr. »Und du hast zu viel getrunken«, gab Alma zurück. Die anderen wurden aufmerksam und wollten wissen, was sie da zu tuscheln hatten. Alma fing Mahlers fragenden Blick auf. Burckhard rettete die Situation. »Ich habe Fräulein Schindler gebeten, uns doch etwas auf dem Klavier vorzuspielen.« Zu anderen Gelegenheiten spielte sie gern auf Gesellschaften, besonders gern vierhändig mit einem feschen Mann. Aber an diesem Abend wollte sie nicht. Mahlers unverwandte Blicke auf ihr machten sie nervös, da konnte sie noch so sehr mit Klimt, der seine Reserviertheit inzwischen aufgegeben hatte, und Burckhard flirten. Sie lehnte vehement ab.

»Gustav Mahler ist hier, da werde ich mich nicht blamieren.«

Immer wenn sie zu Mahler hinübersah, sah er sie an, nachdenklich und voll warmen Interesses.

Das Gespräch am Tisch wurde lebhafter, alle sprachen den Getränken zu. Dann fingen die Männer an, sich über ein Ballett zu ereifern, das Alexander von Zemlinsky aufführen wollte. Die Vorlage war von Hofmannsthal. *Der Triumph der Zeit.* Das Stück war in einem Heft der *Insel* veröffentlicht worden, und die interessierte Öffentlichkeit wusste, dass Zemlinsky die Musik dazu schrieb, sich aber mit Hofmannsthal über die Dramaturgie des 3. Aktes nicht einig werden konnte.

»Dekadent, nichts sonst!«, rief Mahler.

»Ich weiß gar nicht, was uns ein Ballett überhaupt sagen soll«, ergänzte Klimt, der zu viel Champagner getrunken hatte, schlechte Laune bekam und Lust hatte, auf irgendetwas oder – jemanden zu schimpfen.

Plötzlich sprang Mahler von seinem Stuhl und rannte durch den Raum wie ein Verrückter. »Nicht aufführbar! Punktum!« Dabei hüpfte er wütend auf und ab, als würde er eine Art Veitstanz aufführen.

»Gustav«, mahnte Justine. Sie versuchte ihn am Arm festzuhalten und wieder auf seinen Stuhl zu ziehen, aber er schüttelte sie mit einer ungeduldigen Bewegung ab und marschierte um den Tisch herum. Als er hinter Almas Stuhl vorüberging, spürte sie seine ungeheure Vitalität.

»Vielleicht gehen wir alle ins Musikzimmer«, schlug Emil Zuckerkandl vor, der den ganzen Abend über schweigsam gewesen war. »Ein bisschen Bewegung scheint uns jetzt gutzutun. Es wird sich schon jemand finden, der für uns musiziert.«

Alle erhoben sich, schoben die Stühle zurück und warfen ihre gestärkten Servietten auf den Tisch. Alma wollte den anderen folgen, doch Mahler hielt sie am Ellenbogen zurück. Er blickte sie an, sagte jedoch nichts.

»Ich kann Ihnen Zemlinskys Ideen sehr wohl erklären. Sie haben sie ja nicht einmal richtig gelesen!«, sagte Alma schließlich.

Mahler drehte sich zu ihr herum und sah sie fragend an. Sie standen nah voreinander. »Zemlinsky?«

»Sie haben doch eine Komposition bei sich liegen, die er Ihnen geschickt hat.«

Mahler nickte überrascht. »Woher wissen Sie …?«

»Sie haben nicht das Recht, ein Werk, noch dazu von einem Künstler wie Zemlinsky, einfach ein Jahr lang liegen zu lassen. Antworten hätten Sie müssen!«, rief Alma.

Er kam noch ein Stück näher an sie heran. Sie konnte das Blitzen in seinen Brillengläsern sehen. »Das Ballett ist miserabel. Sie studieren doch Musik. Wie können Sie für so einen Schmarren eintreten?«

»Erstens ist es kein Schmarren, und zweitens kann man auch höflich sein, wenn ein Werk schlecht sein sollte!«

»Dann erklären Sie es mir!«

»Wenn Sie mir die *Die Braut von Korea* erklären – *das* ist eines der dümmsten Ballette, die jemals gegeben wurden!«

Mahler starrte sie verblüfft an, dann breitete sich ein Lächeln in seinem Gesicht aus. Das Lächeln veränderte ihn und gab seinem Gesicht etwas Aristokratisches. Er ist ein schöner Mann, dachte Alma.

Berta kam zurück, um zu sehen, wo sie denn blieben. Den letzten Satz hatte sie gehört. »*Die Braut von Korea?*«, fragte sie. »Da muss ich Fräulein Schindler recht geben. Ich habe noch niemanden getroffen, der dieses Stück verstanden hat, so was von verworren.«

Mahler nagte an seiner Lippe. Es war ihm anzusehen, dass er heftig mit sich rang. Dann streckte er seine Hand aus. »Lassen Sie uns

Frieden schließen.« Dabei lächelte er wieder schüchtern, aber zugleich unglaublich einnehmend.

Alma blickte auf seine ausgestreckte Hand und registrierte die abgekauten Nägel. Für einen Augenblick hatte sie Angst, sich an seiner nervösen Art, als stünde er unter Strom, zu verbrennen. Dann ergriff sie sie. Sie fühlte Mahlers Hände, Klavierspielerhände, zart und zugleich kräftig. Die Haut war kühl und angenehm, obwohl er sich gerade aufgeregt hatte.

Einträchtig folgten sie den anderen ins Musikzimmer, wo Justine am Klavier saß und auf sie wartete. Alma und Mahler setzten sich etwas abseits auf ein Canapé, das von üppigen Grünpflanzen umstanden war.

Burckhard war sofort eifersüchtig: »Na, Alma, da scheinen Sie ja eine Eroberung gemacht zu haben. Ich habe es Ihnen ja gesagt.« Er lachte, aber es klang leicht gequält.

Kurz darauf verabschiedeten sich Mahler und seine Schwester. An der Tür drehte er sich noch einmal um.

»Wollen Sie nicht morgen früh zu mir in die Oper kommen? Wir haben Generalprobe. Ich zeige Ihnen gern alles. Vielleicht in Begleitung von Frau Zuckerkandl?«

Alma sah in seinem Gesicht die leise Angst, dass sie absagen könnte. Aber dazu hatte sie viel zu große Lust, die Oper einmal hinter den Kulissen kennenzulernen. Mehr noch freute sie sich jedoch darauf, Zeit mit Mahler zu verbringen.

»Mit dem größten Vergnügen«, sagte sie.

# Kapitel 13

Es war Punkt zehn Uhr in der Früh, als Alma mit Berta Zuckerkandl die Mitteltreppe der Oper hinaufstieg. Alma hoffte, Mahler würde sie in der prächtigen Kronprinzenloge erwarten, wo die Türgriffe aus Elfenbein waren. Aber sie waren die Marmortreppe kaum halb hinaufgestiegen, da kam er ihnen entgegengeeilt. Leichtfüßig und elegant nahm er die Stufen.

»Ich habe die ganze Nacht kein Auge zugetan«, gestand er, während er Alma aus dem Mantel half. Dabei konnte Alma feststellen, was ihr schon am Abend zuvor aufgefallen war: Er war einige Zentimeter kleiner als sie. Sie war froh, ihren flachen Hut aus weichem Samt zu tragen. Gustav Mahler schien der Größenunterschied überhaupt nicht zu stören. Er strahlte sie an, und Alma registrierte den warmen Glanz seiner Augen. In seinem Gesicht sah sie ganz offen die Freude, sie zu sehen, und das machte ihn ungemein anziehend.

Mahler behielt Almas Mantel über dem Arm. Um Bertas Mantel kümmerte er sich nicht, was sie mit einem Hochziehen der Augenbrauen zur Kenntnis nahm.

»Und Sie?«

»Wie ich geschlafen habe? Ganz ausgezeichnet«, gab sie kokett zurück, obwohl das nicht stimmte. Sie hatte noch lange wach gelegen und über Gustav Mahler nachgedacht. »Und jetzt möchte ich alles sehen. Die Bühne und was dahinter ist.«

Sie nahmen den Gang, der an den Logen vorbei führte und gingen dann durch die letzte Loge auf die Bühne.

»Wir sind mitten in den letzten Vorbereitungen zur Generalprobe von *Hoffmanns Erzählungen*«, erklärte Mahler.

Bühnenarbeiter, Sänger und Musiker wuselten durcheinander. Es waren so viele, viel mehr, als Alma erwartet hatte.

Mahler zeigte Alma und Berta die verschiedenen Vorhänge und die Böden, dabei mussten sie ständig Leuten ausweichen: Die ersten Musiker nahmen im Orchestergraben Platz und stimmten ihre Instrumente, Sängerinnen sangen sich ein und übten Schritte und Bewegungen.

»So eine Bühne ist ja viel größer, als man sich das vom Zuschauerraum aus vorstellt«, sagte Berta Zuckerkandl.

»Die Bühne ist nur der kleinste Teil des Hauses, das können Sie mir glauben«, erklärte Mahler.

Das stimmte. Wenn man auf der Bühne stand, dann konnte man rechts und links die Seitenräume sehen, wo die Schauspieler auf ihren Auftritt warteten und die Garderobieren letzte Hand anlegten.

»Und jetzt die Katakomben«, sagte Alma, als sie alles gesehen und auch einen Gang durch den Orchestergraben und den Zuschauerraum gemacht hatten. Das kannten sie und Berta natürlich alles schon von den vielen Aufführungen, die sie in diesem Haus gesehen hatten, dennoch wirkten die rot gepolsterten Sitzreihen viel größer, wenn keine Zuschauer da waren.

Mahler sah sie verblüfft an, dann ging ein Lächeln über sein Gesicht. Wie schon am Vorabend nahm Alma die unglaubliche Wandlungsfähigkeit seines Gesichts wahr, in dessen Zügen sich ohne Probleme ablesen ließ, was er gerade dachte. Dieser Mann kann

sich nicht verstellen, will es wohl auch gar nicht, dafür ist sein Charakter zu gut, dachte sie bei sich.

»Sie gehen den Dingen gern auf den Grund«, sagte er. »Ich hatte gestern Abend bereits den Eindruck, dass Sie eine wissbegierige und ernsthafte Person sind.«

»Wenn Sie sich da nur nicht täuschen. Ich bin ganz einfach neugierig.«

»Mir ist das zu gruselig. Ich warte dann hier«, rief Berta. »Ich mache mir ein paar Notizen, vielleicht entsteht ein Artikel daraus. Soweit ich weiß, hat noch niemand über eine Generalprobe geschrieben. Das wäre doch mal interessant.« Sie suchte sich einen Platz in der ersten Zuschauerreihe und ließ sich in den Sitz fallen.

Gustav Mahler reichte Alma die Hand und zog sie über eine kleine Treppe wieder auf die Bühne. Alma folgte ihm in den rückwärtigen Teil, wobei sie Mühe hatte, mit seinem Tempo mitzuhalten. Ein Bühnenarbeiter sprach ihn an, wollte etwas wissen, Mahler scheuchte ihn mit den Armen davon. Ganz hinten öffnete er eine Tür, die Alma bisher entgangen war. Sie stiegen eine enge eiserne Treppe hinunter und waren in einer anderen Welt. Hier war es still, ein eigenartiger Geruch umgab sie. Vor ihnen lagen dunkle Gänge, von denen weiträumige Gewölbekeller abzweigten. In einige dieser Seitenverliese warfen sie einen Blick. Hier verstaubten alte Kostüme, die an langen Stangen in zwei Reihen übereinander von der Decke hingen. Alma fuhr mit der Hand an den Säumen entlang und musste niesen, als der Staub in dicken Flocken aufstieg. Es raschelte und knisterte.

In einem anderen Raum stand Schuhwerk in allen Formen und Stilen. Unzählige Schachteln türmten sich zu schwankenden Stapeln. Alma nahm an, dass sie weitere Schuhe und Stiefel enthielten.

Teile von Kulissen, eine ägyptische Pyramide, ein Haremsbad, Treppenaufgänge, die ins Nichts führten, Kutschen aus Pappmaché, Kandelaber, die drachenförmigen Wasserspeier von Notre-Dame de Paris ... Sie wusste gar nicht, wohin sie zuerst schauen sollte. In einem anderen Raum fanden sie unzählige Monde und Sonnen, rot und golden angemalt, große und kleine. Daneben die Schattenrisse von Bäumen und Gebirgen.

»Oh, wir sind in der Zooabteilung gelandet«, rief Mahler aus und hob ein Schaf an, das einen Pelz aus echter Wolle trug.

An einigen Dekorationsstücken hingen Zettel, die auf den Titel der Oper hinwiesen, für die sie gemacht waren.

Mahler stieß mit dem Fuß gegen eine Kanone. »Das ist alles alter Krempel, den niemand mehr braucht. Der Ballast der Vergangenheit. Hier sollte mal jemand ausmisten«, schimpfte er.

»Aber das ist doch sehr stimmungsvoll! Sehen Sie nur, hier!« Alma hob ein Schwert in die Höhe. Es sah groß und schwer wie für einen Riesen aus, war aber aus Pappe. »Ich töte jetzt den Drachen«, rief sie und ließ das Schwert über ihrem Kopf kreisen. In diesem Augenblick ertönte irgendwo weit über ihnen ein Paukenschlag aus dem Orchestergraben, dann folgte der schrille Klang einer Oboe. Die Töne klangen hier unten seltsam gedämpft und verzerrt. Alma ließ das Schwert wieder sinken. »Stimmt es, dass es unter der Oper Geheimgänge gibt, die zu den Nachbargebäuden führen?«

»Sie meinen, ins Sacher?«

»Zum Beispiel. Vom Sacher wird doch gesagt, es sei die Kantine der Oper.«

»Ich glaube, die gibt es. Ich habe aber bisher immer den oberirdischen Weg genommen. Hier unten ist es mir zu staubig.« Wie zur Bestätigung musste er niesen. Er zog ein Taschentuch aus der Hose,

das in der Dunkelheit leuchtete, und putzte sich die Nase. »Kennen Sie denn auch das Gerücht, dass die kaiserliche Familie im Bedarfsfall, bei einem Attentat zum Beispiel, die Oper durch geheime Fluchttunnel verlassen kann?«

»Tatsächlich?« Alma drehte sich um, als wollte sie diesen geheimnisvollen Tunnel entdecken.

»In Wien hat es Keller, die vier Stockwerke tief sind. Tiefer, als die Häuser darüber hoch sind.«

»Das würde ja bedeuten, dass Wien unterirdisch größer ist als über der Erde«, sagte Alma.

»In Wiens Unterwelt gibt es wohl nichts, was es nicht gibt. Kennen Sie das Beatrixbad im 3. Bezirk?«

»Ein Schwimmbad? Im Keller?«

»Schwimmen Sie gern?«, fragte Mahler unvermittelt.

»Ich liebe es. Ich mag jede Art von Bewegung. Besonders aber Radfahren. Und Sie sollten mich mal beim Eislaufen sehen. Und Kegeln! Iih!« Alma sprang zur Seite, weil etwas ihre Wange streifte.

Mahler trat dicht vor sie hin und strich leicht über ihr Gesicht. »Nur eine Spinnwebe«, sagte er. »Wollen wir umkehren?«

Trotz der Dunkelheit sah sie, dass er lächelte.

»Auf keinen Fall, bevor ich alles gesehen habe.«

Über ihnen polterte und hallte es auf einmal furchtbar laut. »Was ist das?«, rief Alma erschrocken. Es hörte sich an, als würde das Geräusch direkt über ihren Köpfen entstehen.

»Das wird ein Fiaker sein, der über die Katzenköpfe rattert. Wir müssen dicht unter dem Straßenpflaster sein.« Mahler musste schreien, damit sie ihn verstand.

Sie nahmen weitere enge, dunkle Gänge, öffneten Türen und mussten vor anderen, die verschlossen waren, umdrehen. Dabei beweg-

110

ten sie sich rasch, und Alma fiel wieder Mahlers schneller, ein wenig hüpfender Gang auf. Als wäre er immer in Eile. Sie kamen zu einem weiteren Treppenabgang, wo es noch tiefer hinabging. Inzwischen hatte Alma jegliche Orientierung verloren. Ab und zu streifte sie ein kalter Luftzug. Mahler erklärte ihr, er würde von den Lüftungsschächten kommen, die auf gewundenen, geheimnisvollen Wegen ans Tageslicht führten. Sie waren in einem dunklen Gang angekommen, der breit genug für eine Kutsche war. Auf einmal hörten sie Schritte. Sie blieben stehen, um zu lauschen.

Es war nicht auszumachen, aus welcher Richtung die Schritte kamen, aber sie näherten sich rasch. Wer immer es auch war, er gab sich keine Mühe, leise zu sein. Dann sahen sie den riesigen Schatten einer Gestalt an der Mauer, der ihnen entgegenkam. Alma hielt die Luft an. Dann hatte der Mann sie erreicht, aber sie konnten sein Gesicht nicht sehen, denn er hielt eine Lampe hoch über den Kopf und blendete sie.

»Was tun Sie hier unten?«, herrschte er sie an. Dicht vor ihnen blieb er stehen. Die Lampe beleuchtete ein blasses Gesicht mit einer ungeheuer großen Nase.

Alma sah mit Entsetzen, dass er eine Axt in der anderen Hand trug. Sie griff nach Mahlers Arm.

»Sind Sie das, Oberreuther?«, fragte Mahler. »Immer mit der Ruhe!«

»Ach, der Herr Direktor. Das müssen S' mir doch sagen. Was meinen Sie, wie oft hier Leute hereinspazieren, die rein gar nichts hier zu suchen haben.«

»Nehmen Sie mal die Lampe runter, oder nein, leuchten Sie uns doch gleich den Weg zurück. Mein Gott, ist das finster hier unten.« Zu Alma, die geräuschvoll ausatmete, sagte er: »Das ist der Herr

Oberreuther. Er ist unser Faktotum. Sie kennen den *Barbier von Sevilla*?«

»Gewiss. Aber was hat der damit zu tun?«

Mahler lächelte sie auf eine ganz besondere Art an, die sie im Dämmerlicht nicht genau deuten konnte. »Nun ja, der Barbier nennt sich doch auch Faktotum. Und er spielt Amor. Wer weiß, was unser guter Oberreuther hier unten so alles treibt. Nicht wahr, Oberreuther?«

Der Mann brummte etwas wie »Wenn der Herr Direktor meinen ...« und ging vor ihnen her.

Mahler sagte leise: »Ich glaube, er lebt hier unten.«

Oberreuther führte sie kreuz und quer durch die Gänge, bis sie an den Fuß einer Treppe kamen. Von hier aus ging es eine eiserne Wendeltreppe nach oben. Er ging vor ihnen her und stieß eine Tür auf, und sie fanden sich hinter der Bühne wieder, aber jetzt waren sie auf der linken Seite, und vorhin hatten sie eine Treppe auf der gegenüberliegenden Seite genommen.

Als Alma und Mahler wieder ans Tageslicht kamen, waren sie mit Staub und Spinnweben bedeckt. Eine Kostümschneiderin kam mit einer Kleiderbürste angelaufen. Mahler griff Alma ins Haar, um sie von einem Staubfaden zu befreien.

»Hat es Ihnen gefallen?«

»Sehr sogar.«

»Ich habe gehört, Sie komponieren. Bringen Sie mir Ihre Lieder?«

Alma legte den Kopf schief. »Wenn Sie wollen, gern.«

»Herr Direktor Mahler, ich brauche hier mal eine Entscheidung.«

Ein Mann in einem Kittel kam auf sie zu.

»Gustav, wo warst du denn? Du musst unbedingt mit der Josefine reden, schau dir an, wie sie meine Haare ruiniert hat. Dieses Mäd-

chen ist zu nichts zu gebrauchen.« Die Stimme gehörte zu einer der Sängerinnen, die sich über ihre Garderobiere beschwerte.

»Herr Direktor, wir müssen jetzt mit der Probe beginnen ...«

Von allen Seiten wurde Mahler mit Fragen bestürmt.

Er wandte sich zu Alma herum. »Sie sehen«, sagte er und hob die Schultern. »Dann treffe ich Sie bald wieder? Wegen der Lieder?«

Alma nickte.

Er wollte sich abwenden.

»Herr Direktor?«

Er drehte sich wieder zu ihr herum, seine schönen Augen leuchteten erwartungsvoll.

»Mein Mantel.«

»Ihr Mantel?«

»Sie tragen ihn immer noch über dem Arm. Ich fürchte, er hat auch Staub abbekommen.«

# Kapitel 14

Alma hätte liebend gern der Generalprobe beigewohnt. Aber Berta Zuckerkandl stand der Sinn nach Süßem.

»Ich habe jetzt fast eine geschlagene Stunde auf Sie gewartet. Jetzt sind Sie mir einen Besuch im Sacher schuldig.«

Sie nahmen den Hinterausgang der Oper und gingen untergehakt hinüber in das berühmte Caféhaus, das auf der Rückseite des Gebäudes lag. Auf dem Weg erzählte Alma von ihrem Streifzug durch die Keller und dass es auch einen unterirdischen Weg von der Oper dorthin gab.

»Na danke. Da ruiniert man sich ja das Kleid!«

Alma lachte. Die Garderobiere hatte tatsächlich Mühe gehabt, Almas Kleid von Staub und Spinnweben zu befreien.

Sie betraten das Sacher, und Berta ignorierte mit einem kühlen Blick den Kellner, der sie in den rückwärtigen Damensalon führen wollte.

»Dort gibt es für meinen Geschmack zu viel Gold und Weißlack. Aber was noch viel wichtiger ist: Dort kriegt man nichts mit!«, sagte sie und steuerte ganz selbstverständlich einen der begehrten Tische in der kleinen Vorhalle an, von wo aus man den besten Blick hatte, selbst aber nicht im Mittelpunkt stand. Alle, die in den großen Speisesaal oder in einen der anderen Salons wollten, mussten hier durch. Der Saal war durch die Überdachung des Innenhofs entstanden,

denn die Patronin des Sacher hatte im Lauf der Jahre die umliegenden Häuser aufgekauft und sie dem Hotel einverleibt.

Berta hatte sich für einen Tisch entschieden, und sie setzten sich. Um sie herum herrschte das leise Klirren der Gabeln auf den Tellern und das Murmeln der Gäste. Alma lehnte sich zurück und fragte sich, wie man diese beruhigende, gleichzeitig beiläufig geschäftige Atmosphäre wohl am besten in Musik verwandeln könnte. Mahler würde das ohne Probleme hinbekommen. Ob er jetzt auch gerade an sie dachte?

»Fräulein Schindler?«

Berta sah sie fragend an und wies auf den Kellner, der auf die Bestellung wartete. »Für Sie auch ein Stück Sachertorte?«

»Gern. Mit Schlagobers.«

Sie bestellten die Torte, für die das Hotel berühmt war, und dazu eine heiße Schokolade. Berta wurde von vielen Gästen begrüßt, beinahe jeder hier kannte sie. Einige grüßten auch Alma, und die, die sie nicht kannten, bedachten sie mit neugierigen Blicken. Sie fragten sich, wer diese blühende Schönheit war, die neben der bekannten Salonière und Kunstkritikerin saß.

»Nun sagen Sie schon, Fräulein Schindler!«, insistierte Berta, nachdem der Kellner ihre Bestellung vor ihnen abgestellt hatte. Die Serviette war perfekt gefaltet, die silberne Kuchengabel war auf Hochglanz poliert und lag millimetergenau an ihrem Platz.

»Was denn?«, fragte Alma unschuldig.

»Na, der Mahler! Tun Sie doch nicht so, als hätten Sie nicht gerade an ihn gedacht! Das ist schon ein Bild von einem Mann, finden Sie nicht? Ich habe Sie extra allein in den Keller hinuntersteigen lassen, damit Sie sich ein bisschen beschnuppern können. Der würde zu gern hier mit uns sitzen, das hab ich ihm angesehen.«

115

Das stimmte. Mahler hatte ihre Gesellschaft offensichtlich genossen. Wie traurig er eben ausgesehen hatte, als sie gegangen war! Allerdings fand sie ihn nicht ganz so gut aussehend wie Berta. Zumindest nicht im klassischen Sinn. Und für einen gestandenen Mann war er ein bisschen zu schmächtig. Aber das störte sie nicht, denn er glich diese kleinen Fehler durch seine Lebendigkeit aus. Und bei einem Genie musste man über Äußerlichkeiten hinwegsehen. Seine hohe Stirn und die blitzenden Augen gefielen ihr sogar richtig gut. Und sein Blick konnte Eisberge schmelzen lassen. »Ja, er ist ein sehr einnehmender Mann. Aber die Pflicht geht natürlich vor.«

»Und wie war Ihre kleine Expedition in die Katakomben der Oper?«

Bevor Alma antworten konnte, drang von draußen ein ohrenbetäubendes Quietschen herein. Die Straßenbahn der Linie 63, die rund um die Oper führte und vor einigen Wochen elektrifiziert worden war, hielt direkt vor dem Eingang des Sacher. Das Kreischen der eisernen Räder in den Schienen konnte einen wirklich taub werden lassen und brachte jedes Gespräch zum Erliegen. Das ganze Haus vibrierte, die Kuchengabel auf Almas Teller verrutschte. Sie sprach erst weiter, als die Bahn um die Ecke verschwunden war.

»Da unten war es ganz schön schummrig. Allein wollte ich dort nicht herumlaufen. Ich weiß nicht, ob ich den Weg nach oben wiederfinden würde. Aber was da alles zu sehen ist! Mahler meint allerdings, das sei nur alter Plunder.« Alma stach vorsichtig die Spitze der Torte ab. Die glänzende Schokoladendecke platzte dabei mit einem verführerischen kleinen Knacken. Sie führte das Stück in den Mund und ließ die Schokolade an ihrem Gaumen schmelzen. Gleich danach schmeckte sie die Marillenkonfitüre. Sie schloss ge-

nießerisch die Augen. Süßem hatte sie noch nie widerstehen können, und so ein Stück Sachertorte war etwas ganz Besonderes.

»Der Mahler will halt die Oper modernisieren«, sagte Berta. »Die Musik soll im Vordergrund stehen und die Sänger, nicht die Dekoration. Und er hat die besten Sänger an die Oper verpflichtet. Die Gutheil-Schoder, die Kurz und die von Mildenburg ...«

»Und den Erik Schmedes!« Alma wollte sich gerade über die gesanglichen Qualitäten des Tenors auslassen, den sie auch wegen seiner Statur anschwärmte, als Anna Sacher, die Patronin des Hotels, an ihren Tisch trat. Natürlich wusste Alma, wer sie war, jeder in Wien kannte sie, aber sie hatte noch nie mit ihr gesprochen. Fast wäre ihr der Mund offen stehen geblieben. Auf dem Arm hatte Anna Sacher nämlich eine ihrer unvermeidlichen Bulldoggen, die schwer an einem mit Strass besetzten Halsband trug. In der anderen Hand hielt sie eine dicke qualmende Zigarre.

»Berta, ich habe dich lange nicht mehr bei uns gesehen. Wie geht es dir? Ist alles zu eurer Zufriedenheit? Lasst euch nur nicht durch diesen entsetzlichen Lärm stören«, sagte sie mit einer Handbewegung zur Straße hin. »Ich bin darüber in Verhandlungen mit dem Bürgermeister. Dummerweise habe ich mich mit dem Lueger angelegt, er sich übrigens auch mit mir, er hat doch die Frechheit besessen, das Sacher als ›Zuflucht der Überflüssigen‹ zu bezeichnen ... Na ja, wie dem auch sei, auf jeden Fall hat er die Haltestelle der Tram direkt vor mein Hotel platziert. Aber darüber wird noch zu reden sein.« Sie nahm einen langen Zug aus ihrer Zigarre, bevor sie weitersprach. »Wen hast du uns denn da mitgebracht?« Dabei warf sie einen langen Blick auf Alma.

Berta war aufgestanden und küsste Anna Sacher auf die Wange. »Meine Liebe, darf ich dir Alma Schindler vorstellen.«

»Das schönste Mädchen von Wien, wie man hört. Lassen Sie sich ansehen!«

Alma erhob sich ebenfalls. Sie war es gewohnt, dass man sie manchmal geradezu unverhohlen anstarrte, aber in diesem Moment fühlte sie sich doch ein wenig unbehaglich. Anna Sachers Blick glitt über ihr Gesicht, das hochgesteckte Haar und nahm dann die schmale Taille unter der üppigen Brust wahr. Alma entsprach in allem perfekt dem Schönheitsideal, das in den Modejournalen propagiert wurde. Anna Sacher nickte anerkennend, dann nahm sie einen Zug aus ihrer Zigarre, pustete den Rauch nach oben und streckte beide Arme seitlich aus. Alma überlegte noch, was das zu bedeuten haben mochte, aber da kam einer der Kellner wie aus dem Nichts und nahm seiner Chefin den Hund und die Zigarre ab.

»Das ist also das Fräulein Schindler. Stimmt, was die Leut' sagen. Eine schöne Eroberung hast du da gemacht, Berta. Diese Augen!« Sie machte Anstalten, sich zu ihnen an den Tisch zu setzen, aber dann entdeckte sie den Baron Rothschild, der gerade die Halle betrat. »Oh, den Gast muss ich begrüßen. Beehren Sie uns bald wieder, mein Fräulein.« Damit gab sie Alma die Hand, küsste Berta zum Abschied auf die Wange und nahm den Hund und die Zigarre von dem wartenden Kellner wieder an sich.

Alma ließ sich wieder in ihren Sessel fallen und sah Anna Sacher nach, die mit festem Schritt die Hotelhalle durchquerte. Dort hinten lagen irgendwo die berühmten Separees, wo man unter sich und ungestört war. Dort wurde Politik gemacht, häufiger aber noch trafen sich dort Herren der Gesellschaft mit ihren Geliebten. Auch der Kronprinz, so wurde hinter vorgehaltener Hand geflüstert. Ob der Baron Rothschild auch dorthin unterwegs war? Man munkelte, dass von den Separees ein geheimer Gang hinüber in die Anproberäume

von Wilhelm Jungmann & Neffe führte, dem königlichen Hofschneider. Dort konnte ein Paar unauffällig vom Hotel auf die Straße gelangen, ohne sich zu kompromittieren. Das war möglich, weil das Sacher im Laufe seines Bestehens Räume in den Nachbargebäuden hinzugemietet oder -gekauft hatte, um das Hotel zu vergrößern. Und um die einzelnen Gebäude miteinander zu verbinden, gab es unzählige Durchgänge und Stiegen. Noch interessanter als diese pikanten Details fand Alma allerdings Anna Sacher selbst. Sie war schon eine beeindruckende Frau, eine Unternehmerin, die ihr Hotel seit dem Tod ihres Mannes allein führte und *tout* Wien und wichtige Persönlichkeiten aus aller Welt beherbergte. Sie machte das sehr geschickt, sorgte dafür, dass bestimmte Personen sich nicht begegneten, oder führte sie im Gegenteil zusammen. Sie rauchte in der Öffentlichkeit Zigarre, kannte Gott und die Welt, und jetzt legte sie sich mit dem Bürgermeister von Wien an …

»… aber dass er einen nicht mehr in den Saal lässt, wenn die Vorstellung begonnen hat, das ist schon ein starkes Stück!«

Alma wandte sich schuldbewusst wieder Berta zu, die sich immer noch über die Veränderungen ausließ, die Gustav Mahler im Wiener Opernbetrieb durchgesetzt hatte.

»Das kann man schon verstehen, dass einige Herrschaften nicht gut auf ihn zu sprechen sind.«

»Er hat Wiens Oper zu einem der besten Häuser der Welt gemacht! Ich bin jedes Mal ganz ergriffen, wenn er zum Pult eilt: Mit schnellen Schritten, und sein Haar weht hinter ihm her, sozusagen. Man spürt seine Konzentration. Und dann ist es für eine Sekunde mucksmäuschenstill, das Publikum im Saal hält die Luft an, und dann kommt der erste Ton …«

Die beiden Frauen sprachen über die Aufführungen, die sie im

letzten Jahr gesehen hatten, Berta war überrascht, wie viele Opern Alma kannte. Viele davon hatte sie sogar mehrfach gesehen, mit unterschiedlichen Dirigenten und Sängern. Sie erzählte kenntnisreich davon, warum sie eine Aufführung besser fand als die andere und warum Wagner ihr Lieblingskomponist war.

»Und dass der Mahler beim *Siegfried* alle Striche aufgemacht, alle Kürzungen rückgängig gemacht hat, das rechne ich ihm hoch an. So ein Werk darf man doch nicht nach Belieben kürzen, bloß damit das Publikum rechtzeitig zum Soupieren kommt!«

Berta nickte und nahm das letzte Stück Sachertorte von ihrem Teller und führte es zum Mund. Sie kaute schweigend, dann sagte sie: »Fräulein Schindler, Sie sind eine bemerkenswerte Person, schön und charmant, dabei kenntnisreich, eine wahre Inspiration. Ihre Eltern haben wahrlich alles richtig gemacht. Es ist ein Vergnügen, mit Ihnen zu plaudern. Wäre ich ein Mann, käme Ihrerseits noch eine gehörige Portion Koketterie hinzu, dessen bin ich mir sicher. Sie müssen an jedem Finger mindestens einen Verehrer haben.« Sie legte ihre Hand mit dem elfenbeinfarbenen Handschuh auf Almas Unterarm. »Sie haben eine große Zukunft vor sich. Mit dem richtigen Mann an Ihrer Seite können sie Berge versetzen. Ich weiß, dass Wien Ihnen jetzt schon zu Füßen liegt, aber Sie können noch weiter hinauf.«

»Ich will einen Mann, den ich bewundern kann und den ich liebe«, rief Alma.

Berta wies mit dem Zeigefinger auf sie: »Bewundern, das trifft es ganz ausgezeichnet! Diese Art, wie Sie den Kopf leicht schief legen, um noch besser zuhören zu können, das ist mir gestern Abend schon aufgefallen.«

Alma überfiel eine irrwitzige Lust zu lachen. Sie versuchte sich zu

beherrschen, dann gab sie es auf und brach in schallendes Gelächter aus.

Berta sah sie konsterniert an. »Habe ich etwas Falsches gesagt? Habe ich Schlagobers an der Wange?«

Alma beruhigte sich nur mit Mühe. Sie überlegte kurz, ob sie ihr Geheimnis preisgeben sollte. Dann tat sie es einfach. »Wissen Sie, warum ich das tue? Ich hatte als Kind die Masern, und seitdem bin ich auf dem linken Ohr fast taub. Ich lege den Kopf schief, damit ich besser hören kann, was mein Gegenüber sagt.«

Jetzt war es an Berta, vor Lachen fast zu platzen. »Also das ... So eine Geschichte hätte ich nicht für möglich gehalten. Sie sind mir vielleicht eine!«

»Sie sagen es doch nicht weiter?«

Berta schüttelte energisch den Kopf. »Wir Frauen müssen zusammenhalten und unsere kleinen Geheimnisse vor der Welt bewahren.« Sie lächelte. »Ich bin zuversichtlich, dass Sie genau den Mann für sich gewinnen werden, den Sie haben wollen. Aber ich möchte nicht als Letzte erfahren, wer es ist! Der Mahler könnte schon passen.«

»Aber er ist schon über vierzig«, wandte Alma ein.

Berta lächelte. »Sie sind zu jung, um sich das vorstellen zu können, aber glauben Sie mir, Reife kann bei einem Mann von Vorteil sein. Natürlich hat jugendliche Frische etwas für sich«, sie sah Alma dabei mit hochgezogenen Brauen an und erkannte, dass sie beide an Leidenschaft dachten. »Aber Erfahrung, eine Stellung im Leben, ein Eheleben in ruhigem Fahrwasser, das alles kann durchaus Vorteile haben. Ich spreche aus Erfahrung, mein Emil ist fünfzehn Jahre älter als ich, und ich war auch noch jung, als ich ihn geheiratet habe. Ältere Männer sind häufig von einer wohltuenden Gelassenheit. Sie

legen nicht alles auf die Goldwaage und haben oft Verständnis dafür, dass ihre jungen Frauen ab und zu über die Stränge schlagen.«

Alma sah sie erstaunt an. Berta redete ungewöhnlich offen mit ihr. Das hörte sich ja fast so an, als würde sie andeuten, dass kleine Seitensprünge in einer Ehe zwischen einer jungen Frau und einem älteren Mann verzeihlich waren. »Ich glaube, ich verstehe nicht ganz«, sagte sie.

»Das ist eine Sache des Austarierens, meine Liebe. Wie groß die kleinen Freiheiten sind, die eine Frau sich nimmt, das will sehr gut überlegt sein. Die Ehe an sich darf dadurch nicht in Gefahr gebracht werden oder Schaden nehmen. Im besten Falle profitieren beide davon. Ich kenne natürlich die Gerüchte über Sie und Alexander von Zemlinsky ...«

Alma wurde bleich. Mein Gott, wenn das ihrer Mutter zu Ohren kommen würde!

»... mit ihm würden Sie sich wohl auf ziemliche Turbulenzen einstellen müssen. Das hat seine Reize, unbestritten, ermüdet aber auch schnell. Vor allem, wenn man nicht weiß, wo diese Fahrt endet.« Sie nahm Almas Hand in ihre. »Ich bitte Sie, mich jederzeit wieder zu besuchen. Wann immer Sie wollen. Und jetzt lassen Sie uns unsere neue Freundschaft mit einem Glas Champagner begießen. Kellner!«

# Kapitel 15

Als Alma einige Tage später in die Oper ging, entdeckte sie zu ihrem Schrecken Gustav Mahler in der Direktionsloge über dem Orchestergraben. Wiederholt sah er zu ihr herunter. Alma machte das nervös, und sie konnte sich nicht richtig auf den *Orpheus* konzentrieren, den sie aber ohnehin langweilig fand. Sie wagte es, den Blick zu heben und zu Mahler hinaufzusehen. Ihre Mutter stieß sie heftig in die Seite und zischte:

»Was schaut der denn immer so?«

Als er in der Pause allerdings zu ihnen kam und sich vorstellen ließ, war Anna Moll wieder versöhnt. Und als er sie auf einen Tee in sein Büro bat und sie in die Kronprinzenloge einlud, war sie entzückt. Sie traute sich sogar, ihn auf die Hohe Warte einzuladen, allerdings ohne jede Hoffnung, dass er zusagen würde. Mahler nahm grundsätzlich keine Einladungen an und ging so gut wie nie aus. Einen größeren Eigenbrötler als ihn gab es in ganz Wien nicht. Dass er zu Berta Zuckerkandl gegangen war, galt schon als kleine Sensation. Als Mahler jedoch sagte, er würde gern kommen, glaubte Anna sich verhört zu haben.

Am nächsten Morgen lag Alma noch im Bett, als das Dienstmädchen ihr einen Brief brachte. Ihr Name stand in einer kräftigen Schrift darauf, die ihr allerdings unbekannt war. Alma drehte das blassblaue Kuvert in der Hand, aber da stand kein Absender. Neugierig öffnete

sie den Umschlag. Sie fand vier Strophen eines Gedichts. Besonders folgende Zeilen erregten ihre Phantasie:

*Das kam so über Nacht -*
*ich habe sie durchwacht -*
*dass ich, wenn's klopft im Augenblick*
*die Augen nach der Türe schick'!*

Alma ließ das Blatt sinken. Hatte Mahler nicht gesagt, er habe in der Nacht nach ihrer ersten Begegnung bei Berta Zuckerkandl kein Auge zugetan? Alma las das Billett noch einmal, sie führte es sogar an ihre Nase, um festzustellen, ob es womöglich parfümiert war. Es roch ganz leicht nach Apfel. Auf einmal war sie sicher, dass es von Gustav Mahler kam. Er war ein Mann der Musik, der seine Gefühle am besten über Noten oder über ein so reizendes Adagietto wie dieses ausdrücken konnte. Sie presste das Gedicht an ihr Herz. Dort gehörte es hin. Sie atmete tief ein und sah sein beeindruckendes, charaktervolles Gesicht wieder vor sich. Es erfüllte sie mit Stolz, dass ein so großer Mann sich für sie interessierte. Aber da war noch mehr. Wenn sie an die Blicke aus seinen blauen Augen dachte, dann wurde ihr warm. Ich bin dabei, mich in ihn zu verlieben, dachte sie, und der Gedanke machte sie glücklich.

Am selben Tag schickte Mahler Karten zur Premiere von *Hoffmanns Erzählungen*. Während der Vorstellung drehte er sich wiederholt auf dem Pult nach ihr um, so dass die Umsitzenden schon anfingen zu tuscheln.

*Das kam so über Nacht, ich habe sie durchwacht ...* Immer wieder sang Alma sich die Verse vor. Sie hatte sich in den Kopf gesetzt, sie

in Töne zu fassen. Gustav Mahler hatte ihr diese Zeilen geschrieben, sie waren nur für sie, Alma. Und sie hatte ihm doch erzählt, dass sie komponierte. Was konnten seine Verse also anderes sein als die Aufforderung, sie zu vertonen? Und würde sie ihm damit nicht eine Freude machen? Gustav Mahler traute ihr zu, seine Arbeit sozusagen fortzuführen, so dass eine intime Zusammenarbeit entstand, von der nur sie beide wussten und die nur für sie beide Bedeutung hatte. Das war ein berauschender Gedanke!

*Dass ich, wenn's klopft im Augenblick, die Augen nach der Türe schick'* ... Sie stand auf und machte ein paar Tanzschritte in Richtung Tür, dabei sang sie die Melodie. Sie war hübsch geworden, leicht und eine Spur frivol. Meine Güte, ich bin so glücklich, ich weiß gar nicht, wohin, dachte sie. Dann hastete sie zurück zum Klavier, weil ihr noch etwas Besseres eingefallen war. Schnell radierte sie die Noten aus und schrieb sie neu.

Sie summte die Melodie immer noch vor sich hin. Gustav Mahler war ein Genie. Von ihm und mit ihm würde sie noch viel mehr lernen können als von Alexander.

Bei dem Gedanken an Alexander sank ihre Hochstimmung allerdings. Tat sie ihm unrecht, wenn sie an Gustav Mahler dachte? Dabei sehnte sich ihr ganzer Körper nach seinen Berührungen. Alexander hatte ein Feuer in ihr entfacht, das sie weder löschen konnte noch wollte. Er hatte ihre Sinnlichkeit geweckt. Immer wieder dachte sie an seine Berührungen, und in ihrem Bauch zog sich alles zusammen. In der Brust fühlte sie ein Ziehen, wie eine Gänsehaut. Alexander stahl sich beinahe jede Nacht in ihre Träume. Voller Begehren wachte sie auf und fand nur schwer wieder in den Schlaf. An Gustav Mahler dachte sie mit ganz anderen Gefühlen, aber auch er kreiste ständig in ihren Gedanken. An ihm mochte sie seine Reife, sie ahnte,

dass sie bei ihm zur Ruhe kommen und dass er ihrem Leben einen ganz neuen Sinn geben würde. Sein Genie zog sie unwiderstehlich an, außerdem fand sie ihn liebenswert und faszinierend. Und er war ein schöner Mann, den sie gern ansah, während Zemlinsky sie in seiner Hässlichkeit manchmal erschreckte.

Meine Güte, war sie etwa eine dieser Frauen zwischen zwei Männern? Diese Überlegung ließ sie nervös kichern. Sie rief sich die vielen Bücher und Opern ins Gedächtnis, in denen es um eine Frau zwischen zwei Männern ging: *Der fliegende Holländer, Krieg und Frieden*, die Romane von Jane Austen … Meistens gingen diese Geschichten nicht gut aus. Aber ihr fiel kein Stoff ein, der ihr aktuelles Leben beschrieb. Sie stand zwischen Zemlinsky und Mahler, die aber viel zu unterschiedlich waren, um Vergleiche zu ziehen. Voller Unruhe stand Alma wieder vom Klavier auf und begann in ihrem Zimmer auf und ab zu gehen. Sie wusste nicht weiter.

Sie zuckte zusammen, als Elisabeth, das Dienstmädchen, in heller Aufregung in ihr Zimmer stürzte:

»Stellen Sie sich vor, der Herr Operndirektor ist da! Und er will zu Ihnen!«

Alma schlug die Hände vor den Mund. »Was? Er steht unten?«

Das Mädchen nickte.

»Na gut, dann lass ihn herein. Sag ihm, in zwei Minuten.«

O Gott, er ist da, dachte sie, als Elisabeth gegangen war. Wie kann das sein, dass dieser Mann so genau weiß, wann ich ihn brauche? Dass ich an ihn denke? Ist das ein weiteres Zeichen für eine besondere innere Beziehung zwischen uns, genau wie das Gedicht? Alma atmete ein paarmal tief ein und aus und gab sich Mühe, gelassen zu wirken, obwohl sie es nicht war. Sie sah sich hektisch in ihrem Zimmer um. Auf dem Klavier lag der Brief mit dem Gedicht, rund-

herum lagen Zettel mit Noten verstreut, und vor dem Bücherschrank stapelten sich die Bände auf dem Fußboden. Sie hatte die Ordnung noch einmal verändert und sie fast alle aus den Regalen genommen. Jetzt war es zu spät, um aufzuräumen. Sie fuhr sich mit der Hand durch das Haar, da stand er auch schon in der Tür.

»Ich dachte mir, dass Sie lesen«, sagte er zur Begrüßung. »Und Ihre Bibliothek ist größer als meine!« Er begutachtete ihre Bücher. »Sogar Nietzsche. Glauben Sie, dass das eine richtige Wahl ist?«

»Das kann ich Ihnen sagen, wenn ich ihn ausgelesen habe.«

Mahler sah sie lange an, ohne etwas zu sagen. Alma wurde schon unbehaglich, da platzte ihre Mutter ins Zimmer. Mit ausgebreiteten Armen ging sie auf Mahler zu.

»Der Herr Mahler, was für eine Ehre. Bitte machen Sie mir die Freude und bleiben zum Abendessen. Es gibt Backhähnchen, und der Burckhard wird auch kommen.«

»Nun, ich mag beide nicht so gern, aber ich bleibe trotzdem«, sagte Mahler, hatte dabei aber nur Augen für Alma. »Ich muss dann nur meine Schwester antelefonieren und ihr Bescheid sagen, damit sie nicht umsonst mit dem Essen wartet.«

»Oh, ich bedaure, wir haben noch kein Telefon im Haus«, sagte Anna. »Sie müssten sich nach Döbling hinunterbemühen, dort in der Post können sie telefonieren.«

»Das mache ich.« Gustav Mahler wandte sich an Alma. »Würden Sie mich begleiten?«

Alma nickte.

Draußen war es kalt. Es hatte begonnen heftig zu schneien, der Schnee knirschte unter ihren Füßen.

Das ist ein weiteres Zeichen, dachte Alma, während sie neben ihm herging. In der einsetzenden Dämmerung leuchtete der Schnee

mattweiß, stellenweise funkelte er. Mahler und Schnee, die beiden gehören offensichtlich zusammen, dachte sie in Erinnerung an ihre erste Begegnung vor zwei Jahren, als sie ihn an der Oper gesehen hatte. Sie sah unauffällig zu ihm hinüber. Er ging neben ihr, leicht vornübergebeugt, die Hände auf dem Rücken verschränkt, mit ausgreifenden Schritten. Nur wenige Menschen waren auf der Straße. Aber ihnen beiden machte das Schneegestöber nichts aus. Ab und zu wischte sie sich ein paar Flocken aus dem Gesicht.

Warum sagt er nichts, dachte sie. Und dann dachte sie, dass es ganz schön war, schweigend neben ihm herzugehen. Plötzlich blieb er stehen, um seine Schuhbänder, die sich gelöst hatten, neu zu binden. Alma hielt inne und wartete, bis er weiterging. Keine hundert Meter weiter waren sie schon wieder offen. Als er sich zum dritten Mal bückte, hielt sie ihn am Arm fest.

»Warten Sie«, sagte sie und ging auf die Knie, um sie richtig fest zu binden. »Sie müssen einen doppelten Knoten machen, so.« Die Schnürsenkel waren feucht und schon halb steifgefroren. Sie erhob sich und steckte ihre kalten Hände wieder in den Muff aus Maulwurfsfell. Auf einmal war ihr ihre Geste unangenehm. War sie zu weit gegangen? Vor einem Mann zu knien und ihm die Schuhe zu binden? Doch Mahler betrachtete seine perfekt geschnürten Schuhe und lächelte sie strahlend an. Das Eis zwischen ihnen war gebrochen.

»Ich gehe sonst immer zum Essen nach Hause«, begann er. »Nur Ihretwegen breche ich mit meinen jahrelangen Gewohnheiten.«

»Sie waren aber neulich auch bei der Berta Zuckerkandl.«

»Aber doch nur, weil ich wusste, dass Sie dort sein würden! Ich wollte mich persönlich von Ihrer mädchenhaften Schönheit überzeugen, von der alle reden. Und noch mehr hat mich der nervöse, herbe Ton interessiert, den Sie bisweilen in Gesprächen annehmen sollen.«

128

»Das sagt man in Wien über mich?« Alma sah ihn mit großen Augen an. Zu anderen Gelegenheiten hätte sie mit einer reizenden kleinen Frechheit geantwortet und die Situation dadurch entschärft. Aber der Augenblick war zu bedeutsam. Sie spürte, wie ernst Mahler war, wie offen er mit ihr sprach. Das berührte sie sehr. Noch nie hatte ein Mann so mit ihr gesprochen, so rückhaltlos und so abseits von romantischen Albernheiten.

»Ich habe sehr viel über Sie nachgedacht«, sagte er. »Sie beunruhigen mich. Sie machen mich nervös. Sie lenken mich von meiner Kunst ab. Und das Schlimmste: Ich nehme es Ihnen nicht übel.«

»Das Schlimmste?«

»Das Schönste.« Er sah sie mit einer Ehrlichkeit an, die sie entwaffnete.

Er ging sehr schnell bergab, und seine Entschlossenheit gefiel Alma. Sie stapften nebeneinander durch den Schnee und freuten sich an der durch die Straßenlaternen erleuchteten Szenerie. Auf einmal sagte er: »Alma, es ist nicht so einfach, einen Menschen wie mich zu heiraten. Ich brauche meine Freiheit ohne jede Einschränkung. Sonst kann ich nicht arbeiten. Zu komponieren ist mir das Wichtigste im Leben. Dem ordnet sich alles andere unter. Und ich weiß nicht, wie lange man mich noch an der Oper sein lässt. Gut möglich, dass ich bald ohne Arbeit bin. Meine berufliche Zukunft ist eher ungewiss.«

Alma blieb abrupt stehen. Ihre Brust hob und senkte sich heftig, das sah man sogar durch den dicken Wintermantel. Mahler sah es auch und starrte sie an.

»War das ein Heiratsantrag?«, fragte sie.

Er sah sie verdutzt an. »Ich weiß es nicht, ich habe noch nie einen gemacht. Ich glaube schon.«

Er hakte sie unter und zog sie halb mit sich, was Alma ganz recht war, denn sein Antrag hatte sie völlig durcheinandergebracht. Sie hatte Mühe, einen Fuß vor den anderen zu setzen. In ihrem Kopf rasten die Gedanken. Gustav Mahler hat mir gerade einen Antrag gemacht. Das war so unmöglich wie wunderbar, das war jenseits ... Bis sie das Postamt erreichten, sagte sie kein Wort. Als Mahler dann den Hörer in der Hand hatte, wusste er seine Telefonnummer nicht. Er sah Alma ratlos an. Endlich erwachte sie aus ihrer Erstarrung.

»Wissen Sie denn die Nummer der Oper?«

Gustav Mahler rief dort an, und als jemand abnahm, fragte er Alma: »Und was jetzt?«

»Bitten Sie sie, Ihrer Schwester die Nachricht weiterzugeben.«

Das tat er und legte auf. Dann wandte er sich zu ihr herum. »Ich brauche Sie, das sehen Sie doch. Heiraten Sie mich, Alma.«

Wie unbeholfen er ist, dachte Alma mit Rührung, als sie den Berg zur Hohen Warte wieder hinaufstiegen. Jetzt kamen sie nicht so schnell voran, es lag noch mehr Schnee auf den Wegen, sie mussten aufpassen, um nicht zu rutschen. Wenn sie an eine unebene Stelle kamen, nahm Gustav fürsorglich ihren Arm. Er bekommt seine Schuhbänder nicht richtig zu und kennt seine eigene Telefonnummer nicht. Und dass er seine Schwester anruft! Er ist doch ein erwachsener Mann. Wahrscheinlich will er sie nicht beunruhigen. Sie blieb einen Schritt zurück, um ihn zu beobachten.

Er bemerkte, dass sie nicht mehr neben ihm war, und wartete auf sie.

»So eine Nacht im Schnee ist etwas Wunderschönes. Sie haben recht, wir sollten uns die Zeit nehmen, diese Magie zu würdigen.« Er blieb stehen, genau unter dem Lichtkegel einer Laterne, und hob sein schönes Gesicht in den Himmel, aus dem es wieder schneite.

Alma stellte sich neben ihn und tat es ihm gleich. Sie genoss die kühlen Schneeflocken auf ihren erhitzten Wangen. Für einen Moment standen sie mit geschlossenen Augen nebeneinander und fühlten den Zauber dieser Winternacht. Alma lehnte sich ganz leicht an seine Schulter. Es fühlte sich gut an.

»Alma?«

Sie öffnete die Augen und sah ihn an. Er lächelte und wandte sich zu ihr herum.

»Alma«, sagte er noch einmal. Dann nahm er sie in seine Arme und küsste sie, als hätte er den ganzen Abend nur darauf gewartet.

# Kapitel 16

Nachdem Mahler gegangen war, fand Alma keinen Schlaf. Es hatte aufgehört zu schneien, und der Mond ging hinter den hohen Bäumen des nahen Waldes auf und schien ihr ins Gesicht, und so sehr sie den Mond mochte, heute störte er sie mit seiner Helligkeit. Sie war aufgewühlt durch die Begegnung mit ihm. Seine Küsse hatten ihr gefallen, sie waren zärtlich und ernsthaft gewesen. Und zwischen den Küssen hatte er davon gesprochen, dass sie so schnell wie möglich heiraten sollten. Mit ihm zusammen zu sein war ganz anders als alle Begegnungen, die sie vorher mit Männern hatte. Es lag ein beinahe heiliger Ernst in allem, was er tat und wie er sie behandelte. Das gefiel ihr sehr. Sie drehte sich auf die andere Seite herum, aber das Zimmer war durch den Mondschein, der durch den Schnee reflektiert wurde, taghell, viel zu hell, um zu schlafen. Sie seufzte und setzte sich auf. Der Abend in Italien fiel ihr ein, als sie in einer Mondnacht wie dieser geschlafwandelt war. Damals war sie in Klimt verliebt gewesen. Meine Güte, war das schon zwei Jahre her? Gerade jetzt war sie in einer ähnlich nervösen Spannung. Aber sie wollte auf keinen Fall, dass das noch einmal passierte. Da stand sie lieber auf. Ihr Geist war so klar wie lange nicht mehr, sie fühlte sich stark und mit dem ganzen Universum verbunden. Sie hatte Gustav Mahler noch keine Antwort gegeben, obwohl sie sich im Grunde schon entschieden hatte. Trotzdem wollte sie sich vergewissern.

Auf nackten Füßen ging sie durch ihr Zimmer und achtete darauf, kein Geräusch zu machen. Sie nahm die letzten Bände ihrer Tagebücher aus der Schublade, einfache Hefte mit einem blauen Einband und liniertem Papier, die sie in der Papierwarenhandlung Mayr & Fessler kaufte. Vor vier Jahren hatte sie das erste Heft begonnen. Damals hatte sie noch nicht gewusst, dass sie Heft um Heft vollschreiben würde. Jedes hatte eine fortlaufende Nummer, und inzwischen war sie bei Heft vierundzwanzig angelangt. Ihre große, kräftige Schrift drückte durch den Einband hindurch. Sie schob die Mousselinegardine zur Seite und setzte sich auf die Fensterbank. Der Dreiviertelmond stand knapp über den Wipfeln der Bäume. Er war riesengroß und leuchtete silbern auf den Schneeflächen. »Überwältigend schön«, flüsterte sie. Er schien so hell, dass sie die Schrift in ihren Heften entziffern konnte. Sie suchte bestimmte Einträge und hielt inne, um sie zu lesen. Hier zum Beispiel: *Ich habe ihm geschrieben, dass ich noch genauso fühle wie am ersten Abend. – Es ist aber nicht wahr – ich habe gelogen.* Das hatte sie erst vor ein paar Monaten über Alexander von Zemlinsky geschrieben. Über ihren Alexander. Sie nahm einen Stift und unterstrich das *Ich habe gelogen*. Und hier, ihre Einträge während der Ferien in St. Gilgen. Dort hatte sie immer wieder notiert, sie würde Alexander überhaupt nicht vermissen und nicht an ihn denken. Wie konnte sie solche Dinge über Alexander schreiben, den sie doch glaubte zu lieben? Sie schämte sich für ihre Gedanken.

Sie blätterte weiter, und es wurde noch schlimmer. Max Burckhard war nach St. Gilgen gekommen, sie hatte sich mehrfach von ihm küssen lassen, er hatte sie sogar auf seinen Schoß gezogen, ihre Knie und ihre Oberschenkel unter ihrem Rock gestreichelt. Sie hatte sich damals gewünscht, seine Hände würden weiter ihre

Schenkel hinaufwandern … Ihre Einträge beschämten und verunsicherten sie. Wie konnte sie derartige Dinge denken und aufschreiben? Alles stand schwarz auf weiß da. Sie überflog einen weitere Zeile: *Heute im Schwips ertappte ich mich dabei, wie ich mit meinen Augen lüstern seine Schenkel entlang kroch.* Oh, Gott. Hatte sie das wirklich geschrieben? Das war schändlich! Niemand durfte das jemals lesen! Das waren Beweise für ihre … ja, was? Ihre Liederlichkeit? Ihr jugendliches Ungestüm? Ihre unbefriedigte Situation als Frau?

Woher kam dieses Unentschiedene, dieses Wanken? Warum war sie sich ihrer Gefühle denn nicht sicher? Und vor allem: Woher kam nur diese Sinnlichkeit? Nur ihre Erziehung und die Angst vor den Folgen hielten sie davon ab, sich einem Mann ganz hinzugeben. Und wenn sie ehrlich mit sich war, und das war sie in ihrem Tagebuch, dann war es ihr egal, ob es Burckhard oder Zemlinsky war. Wie konnte sie so etwas denken und dann auch noch aufschreiben? Als wäre sie eine Straßenhündin! Beinahe wütend schlug sie das Heft zu.

Sie sah in die Nacht hinaus, wo der Mond kurzzeitig hinter schnell ziehenden Wolken verschwunden war. Hatten ihre Stimmungen, der unvorhersehbare Wechsel zwischen lichten und Schattentagen, etwas mit dem Himmelskörper zu tun? Ihre unreinen Tage fielen mit dem Vollmond zusammen. Hing ihre Mondsucht mit ihren Befindlichkeiten zusammen? Konnte sie als Entschuldigung dienen für etwas, das im Grunde unentschuldbar war?

Ein paar Zimmer weiter wachte die kleine Maria auf. Alma hörte, wie ihre Mutter sie mit leiser Stimme wieder in den Schlaf sang. Die Vertrautheit zwischen ihrer Mutter und ihrer kleinen Schwester machte sie wehmütig. Sie hatte von ihrer Mutter nie solche zärtliche

Zuwendung erhalten. Sie wünschte sich jemanden, der ihr das geben könnte. Das und eine Sicherheit in ihren Gefühlen.

Der Mond kam wieder hinter den Wolken hervor. Sie dachte an die Stunden mit Gustav Mahler. Der Abend mit ihm, der Spaziergang durch den Schnee, in dem sie ihre Verbundenheit gespürt hatten, und der lange Kuss unter der Straßenlaterne ließen sie hoffen, er könnte der Mann sein, dem all das gelingen könnte. Der das Gute in ihr wecken könnte. Schon bei Tisch hatte sie sich als eine andere gefühlt. Burckhard war ihr auf einmal völlig gleichgültig. Er hatte neben Mahler gesessen und ihr Blicke zugeworfen, aber er berührte ihr Herz nicht mehr. Wäre Zemlinsky da gewesen, es hätte genauso in ihr ausgesehen. Ihre Flatterhaftigkeit, das Schwanken in ihren Gefühlen war bei Gustav Mahler wie weggeblasen. Mit Mahler war alles anders. Bei ihm fühlte sie sich sicher. Und mit ihm wurde es ernst!

»Gustav Mahler ist der Richtige für mich. Er wird dem Chaos meiner Gefühle ein Ende machen und meinem Leben endlich eine Richtung geben«, flüsterte sie. »Und außerdem bewundere ich ihn.«

Ihm schien es ja auch ernst zu sein. Er hatte ihr doch gestanden, dass er für sie seine jahrelangen Gewohnheiten ablegte. Er ging auf Gesellschaften, er hatte Berta Zuckerkandls Salon besucht, nur um sie, Alma, kennenzulernen. Und dann war er zu ihr ins Haus gekommen und sogar zum Abendessen geblieben. Dass er an dem Brathendl nur herumgepickert hatte, spielte dabei keine Rolle. Er hatte seine Schwester versetzt. Er ließ es zu, dass sie, Alma, ihn von seiner Musik ablenkte. Er hatte ihr einen Heiratsantrag gemacht, auch wenn der ein wenig unkonventionell gewesen war. Und noch etwas war ihr aufgefallen: Bei Berta hatte sie ihn darauf aufmerksam gemacht, wie schade sie es finde, dass er seine Nägel bis auf die Haut

abkaute. Heute war ihr aufgefallen, dass sie schon ein wenig nachgewachsen waren. Er schien doch wirklich alles zu tun, um ihr zu gefallen.

Alma nahm den Stift noch einmal zur Hand und schrieb auf die erste Seite ihres vierundzwanzigsten Heftes MAHLER und setzte drei Ausrufezeichen dahinter.

Dann ging sie endlich ins Bett. Sie war mit sich ins Reine gekommen. Mit einem Lächeln schlief sie ein.

# KAPITEL 17

Von nun an wartete Alma täglich auf Gustav. Er kam meistens zu Fuß den Hügel hinaufgelaufen, weil er in seiner Ungeduld nicht auf die Straßenbahn warten wollte. Sie wusste aber nie, ob er die Zeit finden würde oder nicht. Wenn er dann vor ihr stand, war ihr Tag gerettet. Oft kam er nur für ein paar Minuten vorbei, dann musste er schon wieder gehen, um seinen vielfältigen Pflichten nachzukommen. Für sie gab er seinen strengen Tagesablauf auf. Alma fürchtete schon, dass ihn das alles zu viel Kraft kosten würde, aber er antwortete, seine aufkeimende Liebe würde ihm neue Kräfte verleihen und ihn seine Müdigkeit vergessen lassen. »Du bist wie ein Jungbrunnen für mich«, sagte er und küsste sie stürmisch zum Abschied, weil er schon wieder gehen musste. Immer wieder machte er den Weg zwischen seiner Wohnung in der Stadt und der Hohen Warte. Seine Schwester Justine gab es bald auf, mit dem Essen auf ihn zu warten.

An einem schönen Wintertag, ungefähr eine Woche nach ihrem abendlichen Spaziergang im Schnee, hielt Alma ihre Ungeduld nicht mehr aus. Sie nahm die Straßenbahn und fuhr in die Oper. Dort gelang es ihr, unbemerkt vor das Direktionsbüro zu gelangen, denn sie wollte nicht riskieren, dass die Leute tratschten. Sie drückte die Klinke herunter, es war nicht abgeschlossen. Rasch schlüpfte sie in den Raum und sah sich um. Sie wollte jedes Detail in sich auf-

nehmen, mit dem Gustav sich umgab, um ihm näher zu sein. An den Wänden hingen Porträts von Komponisten, auf einem Sockel stand eine Wagnerbüste aus Bronze. Sie wagte nicht, sich an seinen Schreibtisch zu setzen, obwohl sie es gern getan hätte. Aber sie berührte einige der Dinge, die dort lagen: einen Brieföffner aus Messing und eine schwere Schneekugel, die die Wiener Oper zeigte. Dann setzte sie sich in einen Besuchersessel und wartete. Endlich kam Gustav. Als er sie sah, strahlte er vor Freude und warf sich vor ihr auf die Knie. »Alma, du bist ein Engel«, rief er.

So machten sie es ab jetzt häufiger. Der Hausmeister Oberreuther wurde ihr Verbündeter und ließ Alma heimlich ein. In Gustavs Büro stand ein Klavier, und hier spielten sie oft vierhändig. Alma liebte diese Stunden, in denen sie ihn ganz für sich hatte, über alles. Dass Gustav jeden ihrer noch so kleinen Fehler sofort erkannte, störte sie nicht, im Gegenteil, sie wollte ja von ihm lernen.

»Ich schenke dir all diese Sechzehntelnoten. Ich schenke dir das ganze Stück! Und wenn ich es nicht schon getan hätte, dann würde ich dich jetzt um deine Hand bitten!« Er klang richtig ausgelassen und belebt. Lachend wandte er sich ihr zu, nahm ihr Gesicht in beide Hände und küsste sie.

Alma war selig. In Gustav fand sie endlich die beiden großen Leidenschaften ihres Lebens vereint: Die Liebe und die Musik. Die Stunden der Musik mit Mahler erfüllten sie und machten sie glücklich wie selten etwas in ihrem Leben. Sie wollte doch nur für die Musik und durch die Musik leben, und wie sollte das besser gehen als an der Seite eines musikalischen Genies? Sogar ihren Wagner, den sie in- und auswendig zu kennen glaubte, brachte er ihr näher und erklärte ihr Finessen der Partitur, die ihr bisher entgangen waren. Und wenn sie genug von der Musik hatten, dann küssten sie

sich und machten Pläne für ihre gemeinsame Zukunft. Manchmal kamen Alma die Tränen, wenn sie an das Glück dachte, das ihr da widerfuhr.

Am 8. Dezember, einen Monat nach ihrem Kennenlernen, dirigierte Mahler Mozarts *Zauberflöte*. Er hatte für Alma und ihre Mutter Plätze reserviert und schrieb ihr vorher, er würde nur für sie dirigieren.

Überhaupt seine Briefe: Auch wenn er in Wien war, sozusagen vor ihrer Haustür, schrieb er ihr lange und zärtliche Zeilen. Auch dafür nahm er sich die Zeit. Es schien ihm eine innere Notwendigkeit zu sein, ihr seine Gedanken mitzuteilen, brieflich die gemeinsame Zukunft auszumalen. Der Moment, wo er sich hinsetzte, um ihr zu schreiben und ihr so nahe zu sein, sei der schönste des ganzen Tages, schrieb er. Schon bald ging er zu der vertrauten Anrede »Liebste Almschi« über. Niemand hatte sie bisher so genannt, und es rührte sie.

Er bewunderte ihre Schönheit, ihr ganz besonderes Gesicht, ihre Grazie und ihren Charme. Er küsste sie, wann immer sie allein waren, und sagte ihr, wie sehr er ihren Geruch liebte. Er schickte ihr Schokolade in großen Mengen, weil er wusste, dass sie für ihr Leben gern Süßes aß. Als er von ihrer Vorliebe für Mozartkugeln erfuhr, ließ er am nächsten Tag eine ganze Kiste der süßen Köstlichkeiten liefern. Es mussten Hunderte sein! Gemeinsam unternahmen sie lange Spaziergänge, die eher etwas von Wanderungen oder Wettläufen hatten. Er war entzückt, weil auch sie die kräftige Bewegung liebte. Mehr als einmal ertappte sie ihn dabei, wie sein Blick voller Begehren über ihre Figur glitt, die schlanke Taille, die Brüste, die langen Beine. Manchmal blieb er absichtlich ein paar Schritte zurück, um sich an der Beweglichkeit ihres Körpers zu erfreuen. »Du hast die

Grazie einer Tänzerin«, murmelte er, als sie ihn dabei beobachtete.
»Ich sehe dich so gern an.«

Für Alma war Wien die Welt, die sie kannte. Und ihre ganze Welt
war Wien.

Gustav war allerdings zwanzig Jahre älter und gehörte einer anderen Generation an, er hatte Wien ganz anders kennengelernt und
die großen Veränderungen, die in der Stadt passiert waren, hautnah
miterlebt. Gustavs Wien war ein völlig anderes als das von Alma.
Das lag nicht nur daran, dass er Jude war. 1875 war er als Fünfzehn-
jähriger in die Stadt gekommen, um am Konservatorium Musik zu
studieren. Hier hatte er seine entscheidenden Jahre verbracht. Zwei
Jahre bevor er in die Hauptstadt gekommen war, hatte Wien die
Weltausstellung und in der Folge den Börsenkrach von 1873 erlebt.
Alte Reichtümer schmolzen zusammen, besonders die kleinen
Leute verloren ihr bisschen Vermögen.

»Da warst du noch nicht einmal geboren«, sagte er oft zu Alma,
wenn er ihr aus seinem Leben erzählte.

Zu seinen Jugendzeiten war das Leben in Wien noch überschau-
bar gewesen. Die jahrhundertealte, strikte Trennung der Gesellschaft
in die alles bestimmende Gesellschaft des Hofes und alle anderen
gab es inzwischen nicht mehr. Dass die Welt, wie sie gewesen war,
sich in Auflösung befand, dafür war der Bau der Ringstraße, die an
die Stelle der geschleiften Befestigungsmauer gesetzt wurde, das all-
fällige Symbol. Über Jahre und Jahrzehnte konnte die Stadt einem
vorkommen wie eine einzige Baustelle. Auf dem Ring entstanden in
den zwei Jahrzehnten nach 1860 die Oper und das Burgtheater, daneben Häuser von einer Pracht und Eleganz, die sich mit den adligen
Schlössern und Gütern messen konnten. In diese Stadtpalais, die wie

die Schlösser einen Namen trugen, zogen die aufstrebenden bürgerlichen Industriellen ein, die liberalen Großbürger, die es früher gar nicht gegeben hatte. Die Rothschilds, die Ephrussis, die Wittgensteins und wie sie alle hießen. Ihre Interessen waren nicht die des Hofes und beileibe nicht die der kleinen Leute. Sie wollten mitreden, und ihr Geld gab ihnen die Macht dazu. Sie waren kunstinteressiert, sie finanzierten Theater und Bühnen, nicht zuletzt die Secession. Weil es eine Schicht wie die ihre bisher nicht gegeben hatte, hatten sie alle Freiheiten, sich eine Welt zu schaffen, die sie wollten. Die, die diesen neuen Reichtum nicht mochten, sprachen abfällig davon, dass die Häuser der Ringstraße mehr aus Gips als aus Stein bestanden. Mehr Schein waren als Sein … Der moderne Architekt Adolf Loos schrieb in *Ver sacrum* sogar von einem Potemkinschen Ring, wo die Renaissance- oder Barockfassaden aufgenagelt und aus Kunststoff seien. Das stimmte. Wenn man an eine der Marmorwände klopfte, dann klang es hohl. Der Ring galt als Symbol für die Auflösung des alten k. u. k. Österreich. Vor der Kulisse des Rings wuchs die neue Generation heran, die sich ihre eigenen Götzen schuf: das Ich, das Innen, die Seele, die Stimmung, die oft Weltschmerz war.

Gustav war einer der vielen, die über die Landstraßen und die Züge aus allen Teilen des Reichs, aus den Kronländern, aus Böhmen, Ungarn, Galizien, der Bukowina, aus Triest, Sarajevo, Ljubljana nach Wien gekommen waren und die Stadt zu einem Schmelztiegel gemacht hatten. Und er profitierte vom Kunstsinn der aufstrebenden Bürger.

Seit dem Bau der Ringstraße hatten viele neue Erfindungen Wien verändert: die Tram, die mit ihrem Krach vielen Wienern Angst machte und die Pferdekutschen doch nicht verdrängte, die Werbebanner, die Dampfloks, Autos, Telefone, Elektrizität, das Reisen.

»Wien ist ein riesiges Experiment, nur weiß keiner, was es beweisen soll«, war einer der Lieblingssprüche von Carl Moll.

☙❧

Wenn sie nicht Klavier spielten, machten Alma und Gustav es sich zur Gewohnheit, gemeinsam die Zeitungen zu lesen. Sie saßen sich auf einem Sofa gegenüber, die Beine hochgelegt und ineinander verschlungen. Natürlich waren zuerst die Berichte über Opern- und Theaterpremieren dran. Das war in ganz Wien so, die Kunst war wichtiger als die Politik. In den Salons und den Caféhäusern wurde lieber über die letzte Premiere gestritten als über die neueste Gesetzesvorlage. Und wenn die Wiener die Zeitung aufschlugen, dann galt ihr erster Blick dem Theaterprogramm, nicht den politischen Nachrichten.

Gustav hatte natürlich ein besonderes Interesse an den Nachrichten über die Oper. Die las immer er vor. Und wenn er plötzlich mitten in einem Artikel verstummte, dann wusste Alma, dass er auf einen antisemitischen Kommentar gestoßen war. Bevor Gustav zum Direktor der Hofoper ernannt wurde, hatte er Katholik werden müssen, denn einem Juden wäre dieser Posten niemals anvertraut worden. Dennoch galt er vielen nach wie vor als Jude. Wer ihm Böses wollte, vergaß nicht, darauf hinzuweisen. In Wien war der Antisemitismus überall präsent. In einer Stadt, in der sogar der Bürgermeister die Wahl mit seinen judenfeindlichen Sprüchen gewonnen hatte.

Im Anschluss lasen sie die Nachrichten über die kaiserliche Familie. Seit die über alles geliebte Kaiserin Sissi bei einem Attentat gestorben war, gab es allerdings nicht mehr ganz so viel Rührseliges zu berichten.

Gustav lachte über Almas Vorliebe für die vermischten Nachrichten, in denen Klatsch und Tratsch aus der Stadt genüsslich kommentiert wurden. Hier wurden die Leser in Kenntnis gesetzt, wenn es im Prater ein neues Amüsement gab. Hier standen aber auch pikante Geschichten, die oft nur Gerüchte waren, aus den Separees des Hotel Sacher. Und natürlich die Nachrichten über Verbrechen. Die Stadt war ein Moloch. In der Unterwelt mit ihren Kellern und Gängen trieben sich seit jeher dunkle Gestalten herum. Es ging der fatale Aberglaube, Verkehr mit ganz jungen Mädchen und Jungfrauen würde Heilung gegen die Franzosenkrankheit bringen, die Wiens Männer fest im Griff hatte. So war Wien die Hauptstadt des Mädchenhandels geworden. Immer wieder konnte man von armen Dingern lesen, die mit falschen Versprechungen aus den entlegenen Ecken des Reiches gelockt oder einfach entführt und dann als erotische Sklavinnen in Bordelle in den Orient und nach Südamerika verkauft wurden.

»Gib es zu, als du mich in den Keller der Oper gelockt hast, da hast du gehofft, auf dunkle Gestalten zu stoßen«, sagte Gustav.

Alma schlug lachend mit der Zeitung nach ihm. Dann wurde sie wieder ernst. »Nein«, sagte sie, »diese Mädchen tun mir leid.«

# Kapitel 18

Sie kannten sich gerade einen Monat, als ihre erste Trennung bevorstand.

»Ich muss nach Berlin und Dresden«, sagte Gustav und nahm ihre Hände in seine. Er war nur für eine Stunde auf die Hohe Warte gekommen, um ihr die Nachricht zu überbringen. »Daran wirst du dich gewöhnen müssen. Ich bin oft auf Konzertreisen. Ich muss meine eigenen Werke aufführen. Niemand versteht meine Musik so gut wie ich. Du weißt, dass meine eigentliche Berufung die des Komponisten ist. Ich will, dass meine Symphonien gespielt werden.«

In Berlin sollte er seine 4. Symphonie dirigieren, in Dresden mit dem Dirigenten Ernst von Schuch die 2. Symphonie einspielen.

Zwei Wochen lang würde Gustav weg sein. Alma fürchtete sich vor der Trennung. Sie hatte sich schon so daran gewöhnt, ihn täglich zu sehen. Zusammen hatten sie ihre kleinen Rituale gefunden, ihre heimlichen Besuche in der Oper, das Klavierspiel, die Spaziergänge, die Zeitungslektüre, die sie sehr mochte und die ihr Leben bereicherten. Natürlich verstand sie seine Sehnsucht danach, zu komponieren. Schließlich träumte sie selbst davon. Aber sie fand ihn als Dirigenten einfach viel besser.

»Komm doch einfach mit«, schlug er vor und nahm dabei ihr Gesicht in seine Hände. »Begleite mich.« Aber das war unmöglich, solange sie noch nicht verheiratet waren. Nicht einmal zum Zug

brachte Alma ihn, denn ihre Verbindung war in Wien noch ein Geheimnis. Dabei sollte es vorerst auch bleiben.

Am Vorabend seiner Reise verabschiedeten sie sich. »Ich schreibe dir täglich, du wirst schon sehen. Es wird sein, als wärst du bei mir.« Er küsste ihre Fingerspitzen. »Versprich mir, dass du mir auch schreibst. Ich habe noch keinen Brief von dir erhalten.«

»Das stimmt nicht«, widersprach Alma.

»Ich meine keine kleinen Notizen, wo man sich verabredet. Ich will richtige, lange Briefe von dir. Ich will alles von dir wissen, deinen Tagesablauf, was du gegessen und wen du gesehen hast, einfach alles!«

Sie versprach es.

Schon am ersten Tag, als er weg war, überfiel Alma eine zehrende Unruhe. Sie vermisste Gustav und konnte sich auf nichts konzentrieren. Ihre Gefühle hatten sie fest im Griff, und ans Komponieren war nicht zu denken. Wie machte Gustav das, fragte sie sich. Wie schaffte er es, seiner Arbeit nachzugehen, obwohl er liebte? Seufzend stand sie vom Klavier auf, auf dem sie herumgeklimpert hatte, mit den Gedanken ganz woanders, und wanderte in ihrem Zimmer auf und ab und dachte an Gustav, der im Zug nach Berlin saß. Wieder und wieder nahm sie sein Foto zur Hand und träumte vor sich hin. Als der Postbote ihr einen Brief von ihm brachte, den er noch auf dem Bahnhof geschrieben hatte, war Alma den Tränen nahe. Gustav schrieb ihr einen liebevollen Gruß und schlug ihr vor, sich in den nächsten Tagen mit seiner Schwester Justi zu treffen. Am Schluss versicherte er sie seiner Liebe.

Alma küsste das Blatt. Ach, sie vermisste ihn so sehr! Gustav Mahler hatte ihr Herz im Sturm erobert. Sie setzte sich wieder ans Klavier und nahm die Noten zu seinen Liedern hervor. Ihre Hände

schwebten über den Tasten, aber sie fing nicht an zu spielen. In ihrem Kopf herrschte ein zu großes Durcheinander.

Beinahe war sie froh, als Felix Muhr ihr gemeldet wurde, ein hartnäckiger Verehrer, ein Architekt, der bereits mehrfach um ihre Hand angehalten hatte. Sie hatte ihre Eltern im Verdacht, dass sie ihn ermutigten. Sie hielten ihn für eine gute Partie, aber Alma fand gar nichts an ihm anziehend. Sie unterhielten sich, und plötzlich fiel er vor ihr auf die Knie.

»Heiraten Sie mich«, flehte er. »Wenn Sie mich wieder abweisen, bringe ich mich um!«

Alma wusste sich nicht anders zu erwehren, als ihm von ihrer Liebe zu Gustav Mahler zu berichten.

»Ich bin bereits vergeben. Mein Herz ist nicht mehr frei.« In dem Moment, als sie es gesagt hatte, wurde ihr bewusst, dass sie einen Fehler begangen hatte.

Muhr wurde aschfahl. »Aber Mahler ist krank, unheilbar krank, wissen Sie das denn nicht?«, rief er aus. »Ein Arzt hat es mir erzählt. Merken Sie denn nicht, wie seine Kräfte sichtlich verfallen?«

Als er gegangen war, blieb Alma ratlos zurück. Gustav krank? Unheilbar? Davon hatte sie nichts bemerkt. Dann konnte es doch nur die Schwindsucht sein, oder?.

In dieser Nacht tat sie kein Auge zu. Was Muhr gesagt hatte, quälte sie. Würde es etwas an ihren Gefühlen zu Gustav ändern, wenn er ernstlich krank wäre? Alma hing ihren Gedanken nach und versuchte sich Klarheit zu verschaffen. Sie war an einem entscheidenden Punkt in ihrem Leben, vielleicht dem allerwichtigsten, denn sie war dabei, ihre Zukunft mit der eines Mannes zu verbinden. An der Seite Gustav Mahlers und als Frau des Hofoperndirektors wäre ihr

bisheriges sorgloses Jungmädchenleben vorüber. Wollte sie das? Hatte sie sich ihre Zukunft so vorgestellt? Ja, für Gustav Mahler war sie bereit, ihr Leben zu ändern. Wenn er das konnte, dann konnte sie das auch!

Zum Ersten würde sie sich mit Gustavs Musik beschäftigen, angefangen mit seinen Liedern. Er hatte ihr die Noten gegeben, und sie spielte sie immer wieder und studierte sie, bis sie eine Idee davon bekam, was er meinte. Ihre anfängliche Skepsis wandelte sich in Verständnis und Bewunderung.

Aber was war mit Alexander? Sie hatte regelrecht Angst vor der nächsten Begegnung mit ihm, sie kannte seine Impulsivität. Die hatte sie ja so anziehend gefunden. Aber sie musste endlich reinen Tisch machen. Er schien ohnehin etwas zu ahnen, denn er hatte die letzten Stunden immer kurzfristig abgesagt. Am zweiten Tag nach Gustavs Abreise nahm Alma ihren Mut zusammen und klingelte an seiner Tür. Er öffnete, und sie sah Freude in seinem Gesicht aufleuchten. Ohne ein Wort zu sagen, griff er nach ihrer Hand und zog sie in den Flur. Dort umarmte er sie heftig. Alma fühlte sofort Lust in sich aufsteigen. Alexander verstand es wie kein anderer, ungestüme Leidenschaft in ihr zu entfachen. Aber das durfte sie nicht mehr tun! Genau diese Frivolität wollte sie doch mit Gustav hinter sich lassen! Alexander presste seinen Unterleib an sie. Alma entfuhr ein Stöhnen. Bevor sie sich vergaß, machte sie sich los.

»Lass das«, sagte sie unwillig.

Er wich zurück. »Was ist los?«

»Ich kann das nicht mehr. Du bist mein Musiklehrer, mehr nicht.«

Er lachte. »Und ich dachte, du fandest diese andere Seite unserer Klavierstunden auch nicht ohne. Mir hat sie jedenfalls gefallen.«

»Mir ja auch«, sagte sie leise. Sie ging ins Musikzimmer voraus, er

folgte ihr. Alma suchte nach ihrem Foto, das beim letzten Mal noch auf dem Klavier gestanden hatte. Es war nicht mehr da.

Er war ihrem Blick gefolgt. »Aber?«

»Ich werde heiraten.«

Wieder lachte er, ein böses Lachen diesmal. »Wer ist es?«

»Gustav Mahler.«

Alexander ließ sich in einen Sessel fallen. Er war aschfahl.

»Alexander, bitte. Wir können doch Freunde bleiben.«

Er hob den Blick, und in seinen hervorquellenden Augen las sie Schmerz und Verachtung. »So, das glaubst du also. Dass wir Freunde bleiben können. Für wen hältst du dich eigentlich? Wahrscheinlich soll ich dir auch weiterhin Unterricht geben?«

Alma antwortete nicht.

Er schnaubte. »Das glaubst du tatsächlich. Nicht zu fassen! Deine Wankelmütigkeit ist abscheulich.« Jetzt wurde seine Stimme lauter. Er stand auf und kam auf sie zu. In seiner Erregung wurden seine Augen noch größer, er zappelte vor ihr. Alma wich zurück. »Alma Schindler, du bist ein Scheusal. Du trampelst auf den Gefühlen deiner Mitmenschen herum und merkst es noch nicht einmal.«

Alma zuckte zusammen. Der Hieb hatte gesessen. Es stimmte, sie hatte ihn hässlich genannt und ihm sogar aus einer Laune heraus eine Stelle in ihrem Tagebuch gezeigt, in der sie sich über sein Aussehen lustig gemacht hatte.

»Alexander, bitte«, begann sie. »Mit Mahler ist das etwas anderes.«

Aber er schnitt ihr das Wort ab. »Weißt du, wie wirkliche Hässlichkeit aussieht? Sie kommt aus dem Inneren eines Menschen. Wenn es danach geht, bist du viel hässlicher als ich. Ich glaube, du gehst jetzt besser.«

Alma stürzte aus der Wohnung und die Treppe hinunter. Erst als sie in ihrem Zimmer war, erlaubte sie sich zu weinen.

Der erste Schritt, ihre Verbindung öffentlich zu machen, war getan. Jetzt hoffte sie, dass es mit Gustavs Schwester Justine besser laufen würde. Gustav wollte, dass sie sich mit ihr traf. Er hatte noch andere Geschwister, aber Justi war diejenige, zu der er die engste Beziehung hatte. Schließlich führte sie ihm über Jahre den Haushalt. Sie hatten sich für den Nachmittag im Sacher verabredet. Als sie dann vor Torte und Kakao saßen und plauderten, hatte Alma das Gefühl, dass Justi sie nicht unvoreingenommen betrachtete. Vielleicht hatte sie Angst, von ihrem Platz an Gustavs Seite verdrängt zu werden.

*Sie beobachtet mit Argusaugen*, schrieb sie Gustav nach dem Treffen. Auch ihre Gefühle für Alexander schilderte sie in diesem Brief. Sie wollte keine Geheimnisse vor ihm haben.

Justi behauptete, sie würde in der Oper mit Männern flirten, schrieb er zurück. Alma wurde flammend rot, als sie das las. Darauf ging Gustav aber nicht ein, er schrieb lediglich, dass sie grausam zu Zemlinsky gewesen sei.

Alma atmete auf, als sie das las. Er schien ihr weder die Sache mit Alexander übel zu nehmen, noch glaubte er den Unterstellungen seiner Schwester. Sie las weiter:

*Gib Dir Mühe und schreibe deutlich – trenne die Buchstaben mehr voneinander und zeichne die Konsonanten deutlicher. Versuch es einmal in Kurrentschrift.*

Alma setzte sich sofort hin, um ihm zu antworten. Die ersten Zeilen schrieb sie noch deutlich, aber dann kreisten die Gedanken in ihrem Kopf immer schneller, und sie musste sich beeilen, damit sie

auf dem Weg zum Papier nicht verloren gingen. Da musste Gustav sich eben Mühe geben beim Entziffern.

Sie trug den Brief eigenhändig zur Post. Ihr Herz quoll einfach über vor lauter Liebe zu ihm, sie brauchte Bewegung und frische Luft. Ich werde die Muse des großen Gustav Mahler sein, dachte sie im Rhythmus ihrer Schritte. Ich werde ihn zu seinen schönsten Werken inspirieren und mich in ihnen wiederfinden. Vielleicht widmet er mir eine Symphonie? Das machen Künstler doch: sie widmen ihre Werke den Frauen, die sie dazu angeregt haben. Ihren anderen Aufgaben, nämlich ihm das Haus zu führen, von ihm fernzuhalten, was ihn störte, fühlte sie sich gewachsen. Und sie würde auf Gustavs Gesundheit achten. Sie würde eine würdige Nachfolgerin für Justine werden, und gleichzeitig würde sie Gustav viel mehr geben, als es einer Schwester möglich war.

Sie war bereit, all das zu tun. Sie würde es so einrichten, dass ihr dennoch genügend Zeit bleiben würde, um ihre eigene Musik voranzutreiben. Auch wenn seine Musik immer an erster Stelle kommen würde: Die Musik wäre die Macht, die außer ihnen und über ihnen beiden stehen würde und das Bindeglied zwischen ihnen wäre. So hatte es Gustav in einem seiner Briefe erklärt. Sie würde durch die Ehe mit Gustav Mahler lernen, selbst große Musik zu komponieren, wovon sie immer geträumt hatte.

Während Gustav auf Reisen war, bekam sie jeden Tag Briefe von ihm, oft sogar mehr als einen am Tag. Voller Ungeduld wartete sie täglich auf den Postboten und ging dem Hauspersonal auf die Nerven, weil sie immer wieder nachfragte. An manchen Tagen ging sie dem Briefträger entgegen, weil sie es gar nicht mehr aushalten konnte.

Sie wollte ohne diese Zeilen nicht mehr sein. Wenn ein Brief ankam, dann veranstaltete sie so etwas wie eine kleine Zeremonie. Sie zog sich in ihr Zimmer zurück, um allein zu sein. Sie setzte sich in ihren Lesesessel und nahm den Brieföffner zur Hand. Ganz langsam öffnete sie den Umschlag, um die Vorfreude noch ein bisschen länger auszukosten. Dann begann sie zu lesen. Gustavs Briefe waren voller zärtlicher Romantik und ungestümer Liebe. Und dabei war doch seine Ausdrucksform die Musik! Sie mochte sich gar nicht vorstellen, wie es erst wäre, wenn er für sie komponieren und ihr seine Musik widmen würde. Meistens begannen die Briefe damit, wie sehr Mahler sich freue, beim Schreiben der Zeilen endlich mit ihr allein sein zu können. Er beschrieb ihr, wie warm ihm ums Herz sei nur bei dem Gedanken, sie sitze in ihrem Zimmer und lese seine Zeilen. Am 14. Dezember schrieb er ihr aus Berlin, er würde zum ersten Mal in seinem Leben lieben. Mit vierzig Jahren! Alma las diese Zeilen immer wieder. Es drängte sie, der ganzen Welt davon zu erzählen, so glücklich war sie.

»Du wirst mit Mahler nicht glücklich werden«, sagte Max Burckhard zu ihr. Sie hatten sich nach einem Konzert getroffen, und er hatte sie so lange bedrängt, ihm zu sagen, warum sie sich so rarmache, bis sie ihm von Gustav erzählte. »Er wird dich bekämpfen, er wird dich kleinmachen. Das ist kein Mann, der eine Frau neben sich duldet, die nicht ausschließlich nach seinen Wünschen lebt. Du bist zu unabhängig für ihn.«

Alma lachte ihn aus und dachte an Mahlers Liebesbriefe. »Du bist ja nur eifersüchtig!«

Neben Gustav sah Max Burckhard plötzlich wie ein alter Mann aus. Die Wangen wurden schon leicht schwammig, und sie mochte

auf einmal auch nicht mehr das streng in der Mitte gescheitelte Haar, das die Geheimratsecken nur halb verdeckte. Alma fühlte immer noch große Dankbarkeit gegenüber diesem Mann, der ihr die Literatur nahegebracht hatte. Aber sie war erleichtert, festzustellen, dass er sie überhaupt nicht mehr reizte.

Burckhard war nicht der Einzige, der sie vor Mahler warnte. Jeder, der von ihrer Verbindung erfuhr, riet ihr ab. Mahler sei zu alt, habe Schulden, seine Stellung an der Oper sei alles andere als sicher. Dazu kamen Gerüchte über andere Frauen und über seine angeblichen Krankheiten. Und dass er getaufter Jude sei, bekam sie natürlich auch zu hören.

Sogar ihre Mutter kam zu ihr, um mit ihr über all das zu sprechen.

»Bist du sicher, dass du ihn willst?«, fragte sie, nachdem sie noch einmal alles durchgesprochen hatten.

Alma nickte. Ja, sie wollte Gustav Mahler.

# KAPITEL 19

*Mein liebstes Almschi! Heute, meine geliebte Alma, setze ich mich mit etwas schwerem Herzen zu einem Briefe. Denn ich weiß, ich muss Dir heute wehtun, und doch kann ich nicht anders. Denn ich muss Dir alles sagen, was Dein gestriger Brief in mir aufgeregt hat; da er gerade jene Seite unseres Verhältnisses betrifft, die für alle Zukunft, als die Grundlage unserer Beziehungen, geklärt und durchgesprochen sein muss, wenn wir glücklich sein sollen.*

Alma ließ das Blatt sinken und atmete tief ein und aus. Was wollte Gustav ihr sagen? Und wieso wollte er ihr wehtun? Schon als Elisabeth ihr den Brief im Laufschritt gebracht hatte, weil inzwischen alle im Haus wussten, wie sehr sie auf die Post von Gustav Mahler wartete, hatte sie ein merkwürdiges Gefühl beschlichen. Das Kuvert war ungewöhnlich dick. Als sie es öffnete, fielen ihr zwanzig eng beschriebene Seiten in den Schoß. Gustavs Schrift war nicht so deutlich und leserlich wie sonst. Er schien in großer Eile oder Pein geschrieben zu haben. Was hatte das zu bedeuten? Die ersten Zeilen ließen nichts Gutes ahnen.

Plötzlich sackte sie in sich zusammen und schluchzte laut auf. Wollte Gustav sie verlassen? Was sonst konnte er meinen?

Mit vor den Mund gepressten Fäusten las sie weiter. Gustav hielt ihr vor, noch keine Individualität, keine persönliche Reife zu haben.

*Was Du mir bist, meine Alma, was Du mir vielleicht sein, werden*

*könntest – das Höchste, Liebste meines Lebens, der treue, tapfere Ge-*
*fährte, der mich versteht und fördert, meine Burg, die uneinnehmbar*
*gegen innere und äußere Feinde, mein Frieden, mein Himmel, in den*
*ich immer wieder untertauchen, mich selbst wiederfinden, mich neu*
*aufbauen kann, mit einem Wort: MEIN WEIB.*

Auf den folgenden Seiten legte er ihr dar, wie sie sich von anderen, von Burckhard und Zemlinsky, mit Ideen und Meinungen ma-
nipulieren ließe, wie sie Nietzsche und Maeterlinck falsch verstanden habe, wie sie sich von Komplimenten habe vom Weg abbringen
lassen. Dann kam er zum Kernpunkt dessen, was er sagen wollte:

*Du schreibst* – dir *und* meiner Musik – *verzeih, aber auch das muss*
*sein! Darüber, meine Alma, müssen wir uns ganz klar sein, und zwar*
*sofort, bevor wir uns noch sehen! Und da muss ich leider von dir an-*
*fangen, und zwar bin ich in die eigentümliche Lage versetzt, in einem*
*gewissen Sinne, meine Musik der deinen gegenüberzustellen, sie, die*
*du eigentlich nicht kennst und jedenfalls noch nicht verstehst, gegen*
*dich zu verteidigen und ins rechte Licht stellen zu müssen. Nicht wahr,*
*Alma, du wirst mich nicht für eitel halten, und glaub mir, in meinem*
*Leben geschieht es das erste Mal, dass ich von ihr zu jemandem rede,*
*der nicht das richtige Verhältnis zu ihr hat. Ist es dir möglich, von nun*
*an meine Musik als die deine anzusehen? Ich will hier zunächst noch*
*nicht im Speziellen von »deiner« Musik – auf die komme ich noch zu-*
*rück – reden. Aber im Allgemeinen! Wie stellst du dir so ein komponie-*
*rendes Ehepaar vor? Hast du eine Ahnung, wie lächerlich und später*
*herabziehend vor uns selbst so ein eigentümliches Rivalitätsverhältnis*
*werden muss? Wie ist es, wenn du gerade in »Stimmung« bist und*
*aber für mich das Haus oder was ich gerade brauche besorgen, wenn*
*du mir, wie du schreibst, die Kleinigkeiten des Lebens abnehmen sollst.*
*Missverstehe mich nicht! Glaube nicht, dass ich mir das Verhältnis*

*zweier Gatten in diesem philiströsen Sinne denke, der das Weib als eine Art Zeitvertreib, daneben aber doch wieder als die Haushälterin des Gatten ansieht. Nicht wahr, das mutest du mir nicht zu, dass ich so fühle und denke. Aber dass du so werden musst, »wie ich es brauche«, wenn wir glücklich werden sollen, ein Eheweib und nicht mein Kollege – das ist sicher! Bedeutet dies für dich einen Abbruch deines Lebens, und glaubst du auf einen dir unentbehrlichen Höhepunkt des Seins verzichten zu müssen, wenn du deine Musik ganz aufgibst, um die Meine zu besitzen und auch zu sein?*

Nachdem sie so weit gelesen hatte, schluchzte Alma noch einmal laut auf. Erst jetzt fiel ihr auf, dass sie schon die ganze Zeit weinte. Der Ärmel ihrer Bluse war feucht, weil sie sich wiederholt die Tränen aus dem Gesicht gewischt hatte. Was um Himmels willen schrieb Gustav da? Was verlangte er von ihr? Sie las den letzten Absatz noch einmal, weil sie glaubte, ihn nicht verstanden zu haben. Doch, sie hatte richtig gelesen: Er verlangte von ihr, ihre Musik aufzugeben und sich ausschließlich der seinen zu widmen. Aber warum denn nur? Sie machte doch gerade Fortschritte beim Komponieren. Sie hatte bei Alexander so viel gelernt. Ihre Kompositionen wurden gelobt, es steckten so viel Arbeit, so viele Emotionen in ihnen. Und was das Wichtigste war: Sie war einfach glücklich beim Komponieren. Es war das, was sie in ihrem Leben tun wollte. Und ihren Traum, einmal etwas ganz Großes zu komponieren, den hatte sie doch immer noch! Wie sollte sie das alles aufgeben? Er ließ ihr ja noch nicht einmal Zeit zum Nachdenken. Er verlangte von ihr, sich sofort zu entscheiden, bevor er in zwei Tagen zurückkam. Er ließ ihr zwar die Wahl, aber ihre Entscheidung sollte sofort und unwiderruflich erfolgen, noch bevor sie sich das nächste Mal sahen. Was mochte da noch kommen? Sie hatte den Brief gerade zur Hälfte gelesen. Und

bereits jetzt glaubte sie, zerrissen zu werden. Wie konnte er so etwas von ihr verlangen? Das war ja, als würde er sie fragen, ob sie lieber ertrinken oder verbrennen würde! Das war grausam!

In den nächsten Absätzen wiederholte er noch einmal, wie wichtig ihm ihr Verzicht sei und dass ihre Entscheidung postwendend erfolgen müsse. Dann setzte er ihr auseinander, worin die Bedeutung seiner Arbeit lag, die die Welt reicher mache und zu der es keine Alternative gebe, weshalb er die Niederschrift des Briefes auch unterbrechen müsse, denn das Dresdener Orchester mit dreihundert Mann warte für die Probe auf ihn.

Einige Stunden später, nach der Probe, schrieb er weiter: Ihre einzige Aufgabe sei es fortan, ihn glücklich zu machen. Natürlich müsse auch sie glücklich sein, und er werde alles daransetzen, dass sie es sei, damit sie ihrer Aufgabe gerecht werden könne, aber seine Rolle sei die des Komponisten, die ihre die des *verstehenden Kameraden* und des *liebenden Gefährten*.

*Almschi, ich bitte dich, lies meinen Brief genau. Zu einer Liebelei darf es zwischen uns nicht kommen. Ehe wir uns wieder sprechen, muss es zwischen uns klar sein, du musst wissen, was ich von dir verlange, erwarte, und was ich dir bieten kann – was du mir sein musst. »Abtun« musst du … alle Oberfläche, alle Konvention, alle Eitelkeit und Verblendung – du musst dich mir bedingungslos zu eigen geben – die Gestaltung deines zukünftigen Lebens in allen Einzelheiten innerlich von meinen Bedürfnissen abhängig machen und nichts dafür wünschen als meine Liebe!*

Auf den letzten Seiten entschuldigte er sich bei ihr, dass er ihr diesen Kummer bereite, wiederholte aber, dass sie sich jetzt entscheiden müsse. Sie solle sich prüfen und ehrlich sein. *Viel lieber jetzt noch eine Trennung zwischen uns als einen Selbstirrtum weitergeführt.*

Aber wo stand denn, dass er sie liebte? Atemlos las sie die letzten Zeilen, und Erleichterung überkam sie. Er nannte sie *Geliebte, Teure, Liebe* und küsste sie *vielmal innigst*. Unterschrieben war der Brief mit *Dein Gustav*.

Alma starrte auf die Blätter, las einzelne Sätze noch einmal, drehte die Seiten um, ob sie dort eine Anmerkung finden würde, die dies alles als einen seiner Scherze entlarven würde, die er häufiger in seinen Briefen machte. Aber sie wusste, dass Gustav jedes Wort bitterernst meinte.

Nie wieder komponieren! Nie wieder das Glück spüren, das sie dabei überkam. Jede Hoffnung auf ein großes Werk aufgeben. Da konnte er ja gleich von ihr verlangen zu sterben. Wofür hatte sie denn in den letzten Monaten so hart gearbeitet, so viel gelernt? Alma bemerkte, wie sie zitterte. Die Blätter in ihrer Hand raschelten. Sie ließ sie auf den Tisch fallen, als würden sie brennen. Sie nahm die Mappe mit ihren Liedern, die sie so hegte, aus der Schublade, und schon wieder stiegen ihr die Tränen in die Augen. Gustav hatte sie ja noch nicht einmal angesehen. Sollte sie sie etwa ins Feuer werfen? Sollten sie vergessen werden? Nein, es war ausgeschlossen, dass sie darauf verzichtete. Sie legte die Mappe zurück an ihren Platz. Wenn Gustav auf einer sofortigen Antwort bestand, dann würde sie ihm abschreiben und die Verbindung lösen. Das war die einzige Möglichkeit.

Aber das würde bedeuten, dass sie ihre Liebe verriet. Dass sie den Mann verließ, den sie wirklich und ernsthaft liebte, nach dem sie sich sehnte und der ihr Leben reich machte. Bei der Vorstellung wurde ihr Herz ganz kalt und hart, sie hatte Mühe zu atmen. Nein, sie konnte nicht mehr ohne Gustav leben. Das durfte nicht geschehen! Dieser Spaziergang im Schnee, auf dem er ihr seinen

Heiratsantrag gemacht hatte, war einer der schönsten, der ernsthaftesten Momente ihres Lebens gewesen. Wenn sie mit Gustav zusammen war, dann fühlte sie sich ganz. Wie konnte sie das aufgeben?

Sie ging erregt im Zimmer auf und ab, bis sie es nicht mehr aushielt. Mit fliegenden Bewegungen zog sie sich an und verließ das Haus, obwohl das Wetter allzu garstig war. Aber sie brauchte Luft! Beim Gehen konnte sie immer noch am besten nachdenken. Sie rannte förmlich den Weg nach Döbling hinunter, den sie so oft in den letzten Wochen mit Gustav gegangen war. Es war schon dunkel, und niemand sah, dass sie weinte. Es hatte getaut, und der Schnee hatte sich in schmutzigen Haufen am Wegrand gesammelt. Die Straßen waren rutschig, und fast wäre sie hingefallen. Sie fing sich und rannte weiter.

»Was soll ich tun?«, rief sie gegen den Wind. »Was verlangst du von mir?« Immer wieder rief sie diese Worte. Als sie nach zwei Stunden wieder nach Hause kam, durchfroren und völlig erschöpft, hatte sie keine Antworten auf ihre Fragen gefunden.

Ihre Mutter machte sich Sorgen. »Wo warst du denn? Und wie siehst du aus?«

Alma sah in den Spiegel. Sie war durchnässt und zerzaust, ihre Augen waren rot geweint.

»Was ist geschehen?«, insistierte ihre Mutter.

»Gustav hat mir geschrieben.« Almas Stimme klang rau und heiser, weil sie gegen den Wind angeschrien hatte. Sie zog den Brief, den sie auf dem Herzen getragen hatte, aus der Jacke und reichte ihn ihrer Mutter. Dann ging sie in ihr Zimmer hinauf und legte sich ins Bett. Sie zitterte am ganzen Körper.

Kurz darauf kam Anna Moll an ihr Bett. Sie hielt Gustavs Brief in die Höhe. »Was fällt ihm ein? So etwas von dir zu verlangen! Darauf darfst du nicht eingehen. Ich werde ihm sofort schreiben und ihm verbieten, jemals wieder unser Haus zu betreten.«

»Nein, das wirst du nicht tun.«

»Was?« Ihre Mutter sah sie fassungslos an.

»Das wirst du nicht tun. Ich verbiete es dir!«

Alma wusste selbst nicht, warum sie das sagte. Während ihre Mutter gesprochen hatte, je vehementer sie ihr Gustav auszureden versuchte, desto mehr bekam die Vorstellung, Gustav zuliebe auf ihre Musik zu verzichten, etwas Reizvolles. Sie würde so viel dafür bekommen. Ein Leben an der Seite des Mannes, den sie liebte. Und die Musik wäre ja immer noch da, auch wenn es seine wäre. Wie wäre es, wenn seine Musik ab sofort die ihre wäre? Sie würde nur leben, um ihn glücklich zu machen. Sie wäre die Frau an seiner Seite, die Muse, ohne die er nicht sein könnte. Sie würden eine Einheit bilden, eine Art Festung, die niemand einnehmen könnte. Das war eine durchaus verlockende Vorstellung.

»Wie kannst du es wagen, so mit mir zu reden? Ich verbiete dir, dein Leben an diesen Mann zu vergeuden, der dich nur ausnutzen will!«

Alma starrte ihre Mutter in blinder Wut an. Was hatte Anna ihr denn schon groß mitgegeben? Wann hatte sie je etwas wirklich Großes für sie getan, für sie verzichtet? Seit die kleine Marie auf der Welt war, hatte sie kaum noch Augen für ihre älteste Tochter. Und wenn, dann um sie zu maßregeln, ihr Vorschriften zu machen und sich in ihr Leben einzumischen. Warum? Bestimmt nicht, weil ihr Almas Wohl am Herzen lag. Wann würde sie endlich dieses Haus verlassen können?

»Ich bin müde«, sagte sie. »Bitte lass mich schlafen.«

Ihre körperliche und geistige Erschöpfung ließ sie Schlaf finden.

Am nächsten Morgen war Gustavs Brief das Erste, woran sie nach dem Aufwachen denken musste. Er lag auf dem Nachtschrank neben ihrem Bett. Ihre Mutter musste ihn am Vorabend dorthin gelegt haben. Alma las ihn ein weiteres Mal. Sie hatte geglaubt, ihn in allen Einzelheiten verstanden zu haben, dennoch standen bei dieser Lektüre andere Dinge im Vordergrund.

»Wie er darum ringt, dass ich ihn wirklich verstehe«, flüsterte sie. »Als hätte er ein Musikstück geschrieben und wünschte sich, ich würde seine Aussage als Künstler verstehen. Und ist es nicht nobel, dass er eine oberflächliche Liebelei ablehnt? Gustav geht es um eine tiefe Verbindung, die auch den Geist einschließt. Er will eine Art Gleichklang in unserer Ehe. Und er will auch mich glücklich machen. Er fragt mich, ob das gehen kann, ob ich das mittragen will. Denn er ist sich keineswegs sicher, dass das gelingen kann. Wenn es gelingen soll, dann müssen wir beide es tragen. Und dann könnte etwas ganz Großes entstehen. Etwas, das die Welt noch nicht gesehen hat.«

Sie stand auf und zog ihren Morgenmantel über, denn es war über Nacht kalt im Zimmer geworden und der Ofen war noch nicht geheizt. Ihr Blick fiel auf Gustavs Fotografie. Sie studierte die hohe Stirn, die klassische Nase und den kühlen, leicht melancholischen Blick, und in diesem Augenblick spürte sie nur ihre Liebe zu ihm. Die Liebe, die das Allerwichtigste war und die alles andere nebensächlich machte. Die Liebe, neben der ihre Musik verblasste.

Noch einmal nahm sie ihre Tagebücher hervor. In den letzten

Band hatte sie Mahlers Briefe gelegt. Es waren inzwischen schon so viele geworden. Den Brief aus Dresden legte sie dazu.

Ein warmes Gefühl durchströmte sie, und plötzlich wusste sie, dass sie gern auf alles verzichten würde, aus Liebe zu ihm und um ihn glücklich zu machen. Sie selbst würde sich dabei erhöhen und erheben. Seine Musik war es, die zählte, nicht ihre. In diesem Augenblick war sie sich absolut sicher. Sie würde für Mahler leben. Sie war durchdrungen von diesem starken Gefühl, es war da, ganz klar und eindeutig.

Sie hatte ihre Entscheidung getroffen.

Sie setzte sich an ihren Schreibtisch und schrieb ihm, dass sie einverstanden sei und sich auf das Leben mit ihm freue.

*Das ist alles, was ich will. Ich war mir einer Sache selten so sicher. Ich will dir alles geben. Meine Seele gehört dir. In Deinen Händen bin ich Wachs. Bitte komm, so schnell du kannst. Mein Herz vibriert vor Erwartung, Deine Alma*

# Kapitel 20

Am Tag darauf, dem Samstag vor Weihnachten, kam Gustav zurück. Er hatte Alma geschrieben, dass er vom Bahnhof aus direkt in die Oper müsse, wo er vom Oberhofmeister erwartet wurde, aber sobald er sich losmachen könne, würde er zu ihr auf die Hohe Warte kommen.

Alma stand am Fenster ganz oben im Treppenhaus, weil sie von hier aus am besten die Straße einsehen konnte. Ihr gelang es kaum, ihre Ungeduld zu zügeln. Hier oben war nicht geheizt, und sie hätte sich gern eine Jacke geholt, aber sie wollte auf keinen Fall den Moment verpassen, in dem Gustav in ihr Blickfeld treten würde. Sie ahnte, dass er den Weg von Döbling zu Fuß machen würde, denn sie kannte seine Ungeduld. Immer wieder beugte sie sich vor, um die Straße besser einsehen zu können. Sie presste ihre heiße Stirn an die kühle Scheibe. Sie fühlte sich, als würde sie Fieber haben. Sie zitterte vor Nervosität. Und wenn er nicht käme? Wenn er glaubte, sie würde sein Ansinnen ablehnen? Wenn er ihren Brief nicht bekommen hatte?

Als er endlich um die Ecke bog, entfuhr ihr ein Schluchzen der Erleichterung. Da war er, mit raschen Schritten, ohne auf die Straßenglätte zu achten, schritt er auf das Haus zu. Wie sie es sich gedacht hatte. Augenblicklich wurde sie ruhiger. Sie atmete tief ein und aus. Es erfüllte sie mit Zuversicht und Rührung, dass sie ihn

schon so gut kannte. Den Hut trug er wie üblich in der Hand. Er hob den Blick und sah zum Haus hinauf. Alma winkte und klopfte an die Scheibe. Er bemerkte sie, und sie konnte sehen, wie ein Lächeln sein Gesicht überzog. Sie flog die Stiegen hinunter und öffnete die Haustür gerade in dem Moment, als er den Klopfer betätigen wollte.

»Alma!«, rief er und nahm sie in seine Arme.

Sie nahm seinen Geruch wahr, den sie vermisst hatte, schon so vertraut, auch wenn er irgendwie ungewöhnlich war. Und sie spürte seine Wärme und legte die Arme um ihn.

»Komm herein. Es ist kalt.«

»Gleich.« Er küsste sie lange und innig. Dann sah er sie an. »Danke«, sagte er.

Alma wusste, wofür der Dank war. Für ihre Zustimmung. Für ihre gemeinsame Zukunft.

Bisher hatte noch niemand im Haus bemerkt, dass er da war. Alma legte den Finger auf die Lippen und zog ihn hinter sich her die Treppe hinauf in ihr Zimmer.

Sobald sie allein waren, nahm er sie in die Arme und küsste sie wieder. »Meine Almschi!«, stöhnte er, die Lippen an ihrem Hals.

Anna Moll trennte sie, als sie an die Zimmertür klopfte. »Sie sind schon da!«, sagte sie und breitete die Arme aus, um ihren zukünftigen Schwiegersohn zu begrüßen.

Sie mussten wohl oder übel mit in den blauen Salon gehen, wo Anna und Carl Moll mit Mahler über die Hochzeit reden wollten.

»Dann sind wir jetzt wohl verlobt«, sagte Mahler beim Abschied zu Alma.

Zu Weihnachten schenkte er ihr eine goldene Nadel mit einem kleinen Saphir, für Alma das schönste Geschenk. Und er versprach

ihr, dass dies das letzte Weihnachtsfest sei, das sie getrennt voneinander verbringen würden.

Am 27. Dezember stand die Nachricht von ihrer Verlobung in allen
Wiener Zeitungen. Gustav war wütend. Irgendjemand hatte ge-
plaudert, er hatte das Geheimnis noch ein bisschen bewahren wollen, weil er nicht wusste, wie man in der Oper und am Hof reagieren
würde.

Und tatsächlich, die Wiener Gesellschaft stand kopf. Alma erhielt
von allen Seiten Glückwünsche, Telegramme, Geschenke und Blumen. Ständig kamen Boten mit neuen Sendungen. Der Strom wollte
gar nicht abreißen.

Ihre Mutter erschien schon wieder mit einem Arm voller Karten
und Zeitungen in ihrem Zimmer. »Sieh nur, es steht in allen Blättern. Und was sie alles über dich schreiben: Wie geistreich du bist,
wie schön. Von deinem musikalischen Talent ist die Rede …« Sie
verstummte und sah Alma an. Beide dachten dasselbe. Anna las
hastig weiter: »Und dass du so jung bist. Hier stellt so ein Journalist
die Frage, ob es recht sei, wenn der Herbst sich an den Frühling
binde. Als wenn es nicht viele glückliche Ehepaare gäbe, wo der
Mann älter ist.« Anna Moll war bester Laune. Sie hatte ihre Vorbehalte gegen Mahler abgelegt. Und Gustav war wirklich reizend und
herzlich zu ihr. Ein wenig von dem Glanz strahlte auch auf sie ab.

Am nächsten Abend saß sie neben Alma zum ersten Mal in der Direktionsloge. Alle Operngläser waren auf Alma gerichtet, die kerzengerade dasaß und die Huldigungen und die Neugierde stoisch ertrug.

»Wird das so bleiben?«, flüsterte sie ihrer Mutter zu. »Dass ich
ständig beobachtet werde?«

»Ach, Kind. Es gibt Schlimmeres«, gab Anna zurück. »Und es kommt schließlich darauf an, wer einen beobachtet.«

Ihre Freundin Flora Zierer, verheiratete Berl, kam vorbei.

»Es ist also wahr. Du heiratest Gustav Mahler.« Sie warf einen Blick auf die vielen Bouquets und Briefe, die beinahe jeden freien Fleck in Almas Zimmer belegten. Alma bewunderte Floras Hermelinmantel, unter dem ein kostbares Brokatkleid hervorkam, als sie ihn achtlos auf ihr Bett gleiten ließ, weil kein Stuhl frei war.

»Du hast es aus der Zeitung?«

»Das ist doch jetzt egal. Ganz Wien spricht von nichts anderem. Meine Güte, Alma! Du musst aber auch immer alles anders machen als die anderen. Hätte es nicht ein ganz normaler Mann sein dürfen?«

Alma stellte fest, dass ihre Freundin sie wegen Gustav beneidete. Das war aber auch kein Wunder. Niemals würde sie eine Ehe führen wie Flora! Sie war die Tochter eines Bankiers und hatte den mächtigsten Kohlehändler von Wien, Oskar Berl, geheiratet. Alma hatte den Verdacht, dass die Ehe arrangiert worden war. Ein Bankhaus und der Kohlemagnat von Wien, wenn das keine gewinnbringende Verbindung war! Flora wohnte in einem bombastischen Palais am Schottenring. Aber wenn Alma sich Floras Leben betrachtete, dann war sie heilfroh, dass ihr so etwas erspart blieb. Die Ehe war konventionell. Floras Mann war zwar einer der reichsten Männer der Stadt, aber er war ein Langweiler, wie er im Buche stand. Und das Palais am Schottenring fand Alma protzig und nichtssagend, zu pompös. Das Musikzimmer quoll über und sah aus wie ein Museum, die Wohnräume waren aufdringlich lila, überall Stores und Überwürfe. Der k. u. k. Glaswarenhändler J. & L. Lobmeyr in der Kärntner Straße

hatte ein eigenes Porzellan mit Wappen für sie entworfen. Da hatte sich jemand mit viel Geld und wenig Geschmack ausgetobt. Allerdings hielt Berl sich für einen tollen Hecht. Er ließ Flora ihre kleinen Freiheiten und kaufte ihr jedes Jahr ein imposantes Schmuckstück bei Kolping & Söhne und auch sonst alles, was sie haben wollte. Aber wenn Alma auch nur zwei Sätze mit ihm wechseln musste, konnte sie ihr Gähnen kaum unterdrücken. Der Mann hatte keine Ideen, er war ein grundsolider Kaufmann, der nur seine Kohle im Kopf hatte. Seine Loge in der Oper betrat er fast nie.

»Seid ihr beide … leidenschaftlich miteinander?«, fragte Alma vorsichtig. Sie musste an das Geständnis ihrer Schwester denken, die sich so bitter über die mangelnde Leidenschaft von Wilhelm beklagt hatte und die sich auch noch schuldig daran fühlte.

Flora legte die Glückwunschkarte des Oberhofmeisters zurück in die silberne Schale und drehte sich lachend um. »Ich bitte dich, Alma, Leidenschaft! Was erwartest du denn? Schließlich ist er mein Mann.«

Alma war nach diesem Gespräch noch ratloser als vorher.

Was war das nur für ein Mysterium mit der körperlichen Liebe? Alma war sich sicher, dass es mit Gustav wunderschön werden würde, schöner noch als mit Alexander, weil sie mit ihm endlich bis zum Äußersten gehen würde – allerdings ohne genau zu wissen, wie sich das anfühlen würde. Als er an diesem Abend kam, lachte er über das Durcheinander in ihrem Zimmer.

»Hier sieht es aus wie in einem Blumengeschäft«, sagte er. »Kein Platz zum Sitzen.«

Also setzte er sich kurzerhand auf das Bett, den einzigen freien Platz, und klopfte mit der flachen Hand neben sich. »Komm«, sagte er sanft.

Dann umarmte er sie, und Alma überließ sich seinen Zärtlichkeiten. Seine Küsse schmeckten gut, und als er ihre Brust mit einer Hand umfasste, seufzte sie auf. Sie mochte seinen immer noch fast jugendlichen, schlanken Körper und die glatte Haut. Sie ließen sich auf die Matratze sinken, und er liebkoste ihren Hals und das Dekolleté.

»Komm morgen zu mir nach Hause«, flüsterte er schwer atmend. »Justi ist nicht da.«

Alma wusste, was das bedeutete, und es war ihr recht.

Als sie am nächsten Tag in der Auenbruggergasse ankam, öffnete er ihr die Tür und machte ihr ein Zeichen. Er hatte ein Gespräch am Telefon. Alma ging in Gustavs Zimmer umher. Es war ein schönes Gefühl, hier zu sein, in seinem Reich, sein Bett zu sehen, sein Klavier, seine Noten. Sie berührte einzelne Gegenstände und fuhr sich dabei zufällig mit dem Zeigefinger über die Oberlippe. Die kleine Geste ließ Begehren in ihr aufsteigen. Sie hörte nicht, dass Gustav den Raum betrat, aber auf einmal umschlang er sie und drehte sie zu sich herum. Alma stöhnte auf. Sie zitterte vor Erwartung, als er ihre Bluse aufknöpfte. Sie war sich ganz sicher, dass es richtig war, was sie tat. Jetzt waren sie offiziell verlobt, sie würden bald heiraten, und sie wünschte es sich so sehr, sich endlich mit einem Mann ganz zu vereinen. Sie berührte die glatte Haut seiner Brust und küsste ihn. Er presste sie an sich, und sie spürte seine Männlichkeit, die gegen ihren Schoß drängte. Dann nahm er sie hoch und trug sie zum Sofa hinüber, wo er sie voller Zärtlichkeit niederlegte. Alma wagte kaum zu atmen, als er sich auf sie legte. Sie war bereit für das, was kommen würde, sie fieberte ihm entgegen und umklammerte ihn. Doch plötzlich spürte sie, dass seine Erregung in sich zusammenfiel. Mah-

ler ließ sich auf sie fallen, er legte seinen Kopf auf ihre Brust und war untröstlich.

»Verzeih mir«, sagte er immer wieder. »Ich weiß nicht, was passiert ist. Verzeih mir.«

Alma lag immer noch unter ihm, sie spürte sein Gewicht plötzlich schwer auf ihrem Körper. Sie wurde sich ihrer Nacktheit bewusst, und das war ihr auf einmal peinlich. Vor allem hatte sie keine Ahnung, was da eben geschehen war. Sie wusste, dass es nicht zum entscheidenden Teil des Liebesaktes gekommen war, aber warum?

»Ist es meine Schuld?«, wagte sie zu fragen.

Endlich löste sich Gustav von ihr. Er ließ sich auf den Boden vor dem Sofa gleiten, hielt sie aber weiter umschlungen. »Aber nein, Almschi«, sagte er. »Das darfst du nicht glauben. Du bist die schönste Frau für mich, du bist geradezu das Sinnbild einer verführerischen Frau.«

Alma fühlte sich ein wenig beruhigt, aber gleichzeitig spürte sie eine unglaubliche Frustration. Das Pochen zwischen ihren Beinen wollte nicht aufhören, obwohl sie mit ihm fühlte. Was wäre, wenn es ihm nicht gelingen würde, sie zu befriedigen? Wenn sie auf diesen Teil ihrer Ehe mit Gustav verzichten müsste? Die Aussicht war ein Schock für sie. Sie konnte nicht anders, sie fing an zu weinen und konnte sich nicht wieder beruhigen.

Gustav war untröstlich. »Beim nächsten Mal wird es besser, das verspreche ich dir.«

Zwei Tage später verführte Gustav sie nach allen Regeln der Kunst. Er war verspielt, zärtlich, dann wieder leidenschaftlich und versetzte Alma in einen Taumel der Lust. Sie schlief danach erschöpft für einige Minuten in seinen Armen ein, und als er sie durch Küsse weckte, wusste sie, dass sie die glücklichste Frau auf der Welt war.

Damit waren auch ihre letzten Zweifel ausgeräumt. Sie schrieb in ihr Tagebuch nur zwei Worte: *Wonne* und *Glück* und einen Tag später:*Wonne über Wonne.*

Und eine Woche darauf schloss sie ihre Tagebuchseiten. Sie hatte mit ihrem Tagebuch eine Art Dialog geführt, um sich über gewisse Dinge klar zu werden, um sich zu befragen. Es war ihr nur nebenbei darum gegangen, Ereignisse zu notieren, wie Opernbesuche oder Reisen. Davon zeugten Theater- und Opernzettel, Zeichnungen, Ansichtskarten, einige Fotos und getrocknete Blumen, die sie zwischen die Seiten gelegt hatte und die die Hefte dick aufpolsterten. Aber jetzt gab es keine Unsicherheiten mehr in ihrem Leben. Ihre Geschicke waren ab sofort mit Gustav Mahler verbunden.

Sie strich zärtlich über den dicken Stapel der Hefte, band sie mit einer blauen Schleife zusammen und legte sie ganz unten in ihren Schreibtisch.

# KAPITEL 21

Gleich im neuen Jahr hatte Gustav seine Freunde eingeladen.
»Ich möchte, dass sie dich kennenlernen. Schließlich wirst du bald meine Frau sein.«
»Glaubst du, sie werden mich mögen?«, fragte Alma.
Er sah sie überrascht an. »Aber warum denn nicht, Almschi?«
Aber Alma dachte an ihre eigenen Freunde, die nicht nachließen, ihr die Beziehung zu Gustav ausreden zu wollen. Mit den immer gleichen Argumenten: Er sei zu alt und krank, habe Schulden und so weiter. Was, wenn seine Freunde sie für zu jung, zu unerfahren, ihm nicht gewachsen halten würden? Oder etwas anderes an ihr auszusetzen hätten?

Doch Gustav wies ihre Befürchtungen zurück. Jetzt, wo ihre Verlobung öffentlich war, gab es keinen Grund, ein Treffen länger hinauszuschieben.

Alma sah dem Abend zwiespältig entgegen. Sie zog ein strenges Kleid ohne jeden Schmuck an, um älter zu wirken, und kämmte sich das Haar aus dem Gesicht.

»Also gut«, sagte sie mit einem letzten Blick in den Spiegel zu sich selbst. »Auf in den Kampf. Bisher habe ich noch jeden mit meinem Charme um den Finger gewickelt. Es wäre doch gelacht, wenn mir das nicht auch heute Abend gelingen sollte. Und schließlich ist Gustav an meiner Seite.«

Alma spürte die Feindseligkeit der anderen sofort, als sie mit ihren Eltern das Esszimmer in Gustavs Wohnung betrat. Gustav sprang auf und begrüßte Carl und Anna, dann nahm er ihren Arm und führte sie zum Tisch. Ihr strahlendes Lächeln erstarb ihr auf den Lippen, als sie in die abweisenden Mienen der Anwesenden sah. Allen voran Gustavs Freund Siegfried Lipiner. Gustav kannte ihn aus seinen allerersten Jahren in Wien, sie waren also quasi Jugendfreunde, und diesen Status wollte Lipiner sich nicht nehmen lassen, das machte er sofort deutlich. Er bekam kaum die Zähne auseinander, als er sich widerwillig erhob, um sie zu begrüßen, und starrte sie aus kalten, eng beieinanderstehenden Augen an. Neben ihm saß seine Frau, die ihr einen schlaffen Händedruck gewährte. Seine Geliebte, die Opernsängerin Anna von Mildenburg, hatte er ebenfalls mitgebracht. Als würde das nicht reichen, war auch noch seine Exfrau mit ihrem neuen Mann anwesend. Sie erhoben sich halb von ihren Plätzen, um Alma zu begrüßen. Ihr aufgesetztes Lächeln zeigte ein Mindestmaß an Höflichkeit, aber ihre Mienen blieben kalt und unbarmherzig. Justine betrat das Zimmer mit einem Tablett, auf dem Gläser standen. Alma hoffte auch bei ihr vergebens auf ein freundliches Wort. Eigentlich müsste Justine ihr doch dankbar sein, weil in Zukunft sie sich um Gustav kümmern würde. Gleich nach Gustavs Verlobung mit Alma hatte Justi nämlich ihre Liebe zu dem Violinisten und Konzertmeister Arnold Rosé gestanden. Die beiden wollten sobald wie möglich heiraten. Justine stellte das Tablett auf den Tisch und nickte Alma kühl zu. Arnold war der Einzige, der ein warmes Lächeln für sie hatte.

Gustav bemerkte von alldem nichts. Er war einfach nur glücklich und stolz, Alma an seiner Seite zu haben. Beim Essen ging es ziemlich lebhaft um die Verhaftung einer Hehlerbande, die schon seit

Jahren in Wien ihr Unwesen mit Einbrüchen getrieben und die man nun endlich gefasst hatte. Alma, die sonst immer eine spritzige Wortführerin war, blieb stumm. Die abschätzigen Blicke der anderen, die nur darauf zu warten schienen, sie endlich bloßzustellen, brannten auf ihren Wangen. Bei anderen Gelegenheiten hätte sie sie mit einem schnippischen Kommentar in die Schranken gewiesen, aber dies hier waren Gustavs Freunde.

Sie waren noch nicht beim Dessert angekommen, als Lipiner anfing, ihr Fragen zu stellen und ganz offen ihr Wissen zu prüfen. Die anderen hakten nach. Alma hatte den Verdacht, sie hätten das vorher abgesprochen. Sie fragten nach Komponisten und Dichtern. Wenn sie nicht richtig antwortete, erntete sie entgeisterte Blicke unter hochgezogenen Brauen. Sie plusterten sich auf und machten völlig ungeniert deutlich, dass sie Alma für eine unwissende Gans hielten, die ihr bisschen Bildung irgendwo aufgeschnappt hatte, aber keine ernst zu nehmende Gesprächspartnerin war. Besonders Lipiner tat sich dabei hervor. Er hatte die Frechheit, sie »Mädchen« zu nennen. Aber Alma durchschaute ihn. Dieser Mensch prahlte mit seiner Bildung und Belesenheit, aber zu einem eigenen Gedanken schien er ihr kaum fähig zu sein. Er war ein Zitateklopfer und Phrasendrescher ohne jeden eigenen Einfall. Irgendwann ließ Alma ihre Zurückhaltung fallen. Alles wollte sie sich auch nicht gefallen lassen. Sie spürte eine unbändige Lust, es ihm heimzuzahlen.

»Stimmt es eigentlich, was man sagt, nämlich dass Brahms Sie für einen verlogenen polnischen Hund hält?« Sie legte mädchenhafte Unschuld in ihre Stimme und neigte leicht den Kopf. Sie spielte genau die naive, ein wenig dummdreiste Unbedarftheit, die man von ihr erwartete.

Lipiner blieb der Mund offen stehen. Mahler gluckste.

Anna von Mildenburg versuchte ihrem Geliebten beizustehen und die peinliche Situation zu entschärfen. »Wie stehen Sie denn eigentlich zur Musik unseres Hofoperndirektors?«, fragte sie in gespielter Fröhlichkeit.

Alma sah der Opernsängerin und ehemaligen Geliebten Mahlers in die Augen. Jetzt war auch schon alles egal. »Ich kenne nur wenig, und was ich kenne, gefällt mir nicht. Den Zemlinsky mag ich lieber.«

Sie hätte sich ebenso gut nackt ausziehen können. Oder behaupten, sie plane ein Attentat auf den Kronprinzen. Die Blicke wurden eisig, Lipiner schlug sogar mit der Hand auf den Tisch und sah sich triumphierend um. Da sah man es ja, dass dieses junge Ding von nichts eine Ahnung hatte! Und impertinent war sie noch dazu! Anna Sofie schnappte nach Luft und warf ihr einen hasserfüllten Blick zu. Es war ihr anzusehen, dass sie sich für ihre Tochter schämte.

Alma suchte Gustavs Blick. Hatte sie es womöglich übertrieben? Aber zu ihrer Erleichterung lachte er, nahm sie am Arm und ging mit ihr in ein Nebenzimmer. Ihnen folgte das hysterische Getuschel der anderen.

»Was für Idioten«, sagte er. »Und ich dachte, das wären meine Freunde.«

»Ich habe ihre Falschheit einfach nicht mehr ausgehalten. Was nehmen diese Leute sich heraus? Als wärst du nicht in der Lage, dir eine Frau zu suchen. Du bist mir nicht böse?«, fragte sie.

»Nein, Alma. Solche Freunde brauche ich nicht.«

Aber ihre Mutter war empört über ihr Verhalten. Auf dem Rückweg in der Kutsche machte sie Alma bittere Vorwürfe.

»Du hast dich unmöglich benommen. Als hätte ich dich nie erzogen! Wie konntest du nur derart frech und vorlaut sein!«

»Ich war frech und vorlaut? Und was ist mit Lipiner, der mit sei-

ner Frau, mit seiner Exfrau und mit seiner Geliebten dort war? Und wie sie mich alle angeschaut haben. Als wäre ich ein Stück Vieh auf dem Markt! Jede meiner Bewegungen haben sie taxiert und darauf gewartet, dass ich aus der Flasche trinke oder den Finger in der Nase habe. Ekelhaft!«

»Du hast gesagt, du würdest Mahlers Musik nicht kennen und nicht mögen«, mischt sich Carl Moll ein, der ebenso erbost war wie seine Frau.

»Aber wenn es doch stimmt! Ich brauche einfach noch Zeit, um mir Gustavs Musik wirklich zu eigen zu machen. Mit seinen Liedern ist es mir auch so ergangen. Ich habe sie immer wieder und wieder gespielt, bis sie sich mir erschlossen haben. Und habt ihr nicht gesehen, wie er gelacht hat, als ich das gesagt habe? Er versteht, wie ich das meine. Er versteht mich überhaupt!«

»Pah«, machte ihre Mutter.

»Mama, begreif das doch. Dort waren doch nur alte Männer, die ihm nach dem Mund reden …«

»Alma! Mäßige dich! Du hast dich und uns unmöglich gemacht. Wenn das in Wien die Runde macht …«

»Aber es ist wahr. Er hat es mir selbst gesagt, als wir kurz aus dem Zimmer gegangen sind, um allein zu sein. Scheußlich fand er euer Benehmen, genau das hat er gesagt. Und dann haben wir darüber gelacht, dass ihr im Nebenzimmer meinen Untergang beschlossen habt. Versteht ihr denn nicht, dass er keine Lust mehr hat auf diese Menschen um ihn herum, die ihm nach dem Mund reden, die seine Kreativität lähmen, weil sie ihn immer nur bestätigen. Er braucht aber Widerspruch, um sich daran zu reiben. Und da ist noch etwas: Die haben alle Angst, dass ich ihnen ihren Mahler, wie sie ihn kennen und von ihm profitieren, wegnehme. Allen voran Lipiner, der

174

ihn für sich haben will, obwohl er selbst drei Frauen hat! Und die von Mildenburg? Ist eifersüchtig, weil er nicht mehr sie liebt, sondern mich! Und dann Justine. Jetzt bin ich da, um mich um Gustav zu kümmern. Er braucht sie nicht mehr, und … Sie soll doch dankbar sein. Sonst hätte sie ihren Arnold nie heiraten können.«

»Alma, das reicht jetzt wirklich!«, brüllte ihr Stiefvater.

»Noch ein Wort, und du bekommst eine Ohrfeige!«, rief ihre Mutter.

Alma warf sich zurück in das Polster und biss sich auf die Lippen. Manchmal hasste sie ihre Mutter aus tiefstem Herzen. Sie war einundzwanzig, eine verlobte Frau, und ihre Mutter drohte ihr Ohrfeigen an. Das war lächerlich und demütigend! Wahrscheinlich machte sie sich Sorgen, dass Gustav seine Verlobung lösen und sie weiterhin im Elternhaus bleiben würde. Wenn sie wüsste, wie sehr sie sich irrte!

Während der restlichen Fahrt ließ sie den Abend Revue passieren. Gustavs Freunde hatten ihr zu verstehen gegeben, dass sie sie nicht in ihrer Mitte wollten. Gut, damit würde sie leben können. Und Lipiner würde niemals ein Freund werden, auch darauf konnte sie verzichten.

Wichtig war einzig, dass Gustav auf ihrer Seite war, und das hatte er ihr heute Abend bewiesen. Sie hatte noch im Ohr, was er in Justines Zimmer zu ihr gesagt hatte: Für ihn war ihr frischer, unverstellter Blick auf die Musik oder die Literatur oder gleich die Welt ein Labsal, ein Jungbrunnen, der seine Phantasie anregte. Er *wollte*, dass sie ihm widersprach, seine fest gefügten Meinungen endlich ins Wanken brachte, damit etwas Neues entstehen konnte. Gleich bei ihrem ersten Treffen, als sie mit ihm über das Zemlinsky-Ballett gestritten hatte, hatte ihm das gefallen. Die anderen würden das schon

noch verstehen. Es zumindest akzeptieren müssen. Und wenn nicht, dann war es ihr ohnehin gleich.

Wichtig war, was Gustav gesagt hatte. »Alma, ich fühle, dass ich mit dir neue Wege in der Musik gehen werde. Ich brauche dich dafür, Alma.«

Seine Worte hatten sie mit unbändigem Stolz erfüllt und ihr ein weiteres Mal bewiesen, dass ihre Entscheidung, ihn heiraten zu wollen, richtig war.

# KAPITEL 22

Alma spazierte am rechten Ufer der Newa entlang. Sie genoss die phantastische Aussicht auf den Winterpalast und die Eremitage, die in der Frühlingssonne glänzten. Die hellen Fassaden warfen das Sonnenlicht zurück und blendeten sie, so dass sie die Augen zukneifen musste. Am Morgen war es neblig gewesen, und nachdem die Sonne den Nebel vertrieben hatte, war jeder einzelne, noch so kleine Ast der entlaubten Bäume mit Schneekristallen überzogen, die vor dem stahlblauen Himmel glitzerten. Der Fluss war noch dick zugefroren, obwohl es schon März war. Man hatte sogar Tramwayschienen über das Eis gelegt. Die Petersburger kamen in Scharen zum Schlittschuhlaufen hierher. Alma konnte sich nicht sattsehen an der Eleganz der schönen Frauen mit dicken Nerzkappen auf dem Kopf, die in Gruppen über das Eis flogen. Auch in Wien konnte der Winter traumhaft schöne Tage hervorbringen, aber diese durchsonnten Spätwintertage in Russland hatten einen ganz zauberhaften Reiz. »Das ist wie ein russisches Märchen«, flüsterte sie vor sich hin und legte die Hand über die Augen, um noch einmal die Szenerie zu bestaunen.

Sie konnte nicht anders: Sie machte einen kleinen Hüpfer. Sie war so glücklich, und dieses Glück musste irgendwie aus ihr heraus. Seit drei Tagen war sie hier, mit Gustav. Sie war jetzt eine verheiratete Frau, die Frau von Gustav Mahler, eine junge Frau auf Hochzeits-

reise. Endlich war sie unabhängig, sie durfte tun und lassen, was sie wollte, ohne dass ihre Mutter ihr ständig Vorschriften machte. Gustav trug sie auf Händen. Und sie verliebte sich jeden Tag noch ein Stückchen mehr in ihn und konnte es kaum erwarten, sich abends, wenn er seine Konzertproben hinter sich hatte, in seine Arme zu werfen.

Die Idee zu der Reise hatten sie, als Gustav für drei Konzerte nach Sankt Petersburg eingeladen wurde. Er sollte Haydn, Schubert und Wagner geben.

Anfangs war Alma ein wenig enttäuscht gewesen, dass ihre Hochzeitsreise mit einer Konzertreise verbunden werden sollte, aber Gustav hatte ihr die Stadt in so glühenden Farben beschrieben, dass sie sich gefreut hatte.

»Komm mit, Sankt Petersburg ist phantastisch, du wirst die Stadt lieben!«, sagte er. Und so waren sie zwei Tage nach der schlichten Zeremonie in der riesigen Karlskirche, bei der sie nur zu viert gewesen waren, nur Gustav und sie und Justine und Carl Moll als Trauzeugen, aufgebrochen.

Die Anreise war allerdings für Gustav ein Martyrium gewesen. In dem völlig überhitzten Zugabteil bekam er eine furchtbare Migräne und verbrachte die Reise auf und ab gehend im Gang. Sobald der Zug hielt, stieg er aus, ohne Hut und Überzieher, um der mörderischen Luft drinnen für ein paar Minuten zu entkommen. Für Alma war es das erste Mal, dass sie ihn derart leidend sah. Sie hätte ihm gern geholfen, konnte aber nur hilflos zusehen. Bei der Ankunft waren sie beide erkältet. Alma fühlte sich flau im Magen, besonders am Morgen. Zu einem Frühstück beim Botschafter von Österreich musste Gustav allein gehen, weil ihr richtig übel war. Aber die frische, klare Luft in Sankt Petersburg sorgte dafür, dass es ihr im Laufe des Tages besser ging.

Und Gustav hatte recht behalten: Alma verlor ihr Herz auf der Stelle an die Stadt. Wenn er Proben hatte, dann spazierte sie durch die belebten Straßen, weil sie das Wetter viel zu schön fand, um den Tag in einem Konzertsaal zu verbringen. Ein entfernter Verwandter von Gustav lebte hier, und er begleitete sie an den ersten beiden Tagen durch die Stadt. Aber dann flanierte sie allein, sie ließ sich treiben, entdeckte immer wieder neue Dinge, die ganz anders waren als alles, was sie kannte, und an denen sie sich nicht sattsehen konnte. Manchmal glaubte sie sich auf einer der Prachtstraßen in Wien, auch hier herrschte ein Gewirr von Kutschen und Menschen. Aber dann fiel ihr Blick auf die Zwiebeltürme oder die fremde Schrift an den Gebäuden, die sie nicht lesen konnte, und sie wusste, dass Wien ganz weit weg war. Sie sah seltsam gekleidete Menschen, die aus entlegenen Gegenden dieses Riesenreiches kamen. Sie trugen bunte Mäntel und seltsame Kopfbedeckungen, ihre Haut war dunkel, die Augen hatten eine andere Form. Auch in Wien lebten viele Völker zusammen, aber hier war es doch etwas ganz anderes.

Sankt Petersburg hatte aber auch seine dunklen Seiten, die unübersehbar waren: lange Schlangen vor vielen Geschäften, Bettler, die vor den Kirchen lagen, Alte, deren Kleidung viel zu dünn für die Kälte war.

Gleich in der ersten Woche besuchte sie die Fabergé-Ausstellung. So wurde eine Ausstellung mit Kunstobjekten genannt, deren Attraktion neunzehn der berühmten, unbezahlbaren Eier aus dem Besitz der Zarenfamilie waren, die im Palast des Fürsten von Dervis am Englischen Ufer der Newa gezeigt wurde. Die Rokoko-Pracht des Gebäudes war womöglich noch opulenter als in den schönsten Palästen auf dem Wiener Ring. Das Treppenhaus war nur dazu da, Besucher einzuschüchtern. Und der Raum, in dem die Fabergé-Eier

ausgestellt waren, war mit Gold verkleidet. Und dieses Gold war echt, keine Augenwischerei wie in einigen Palais auf dem Wiener Ring. Fünf Meter hohe Decken, die Wände mit Stoff und edelsten Hölzern verkleidet. Davor gläserne Vitrinen, in denen die Schmuckstücke präsentiert wurden. Aber auch die Verkaufsräume von Fabergé im Zentrum der Stadt verdienten einen Besuch. In dem Geschäft waren flache Glasvitrinen in U-Form angeordnet, an denen die Kunden von beiden Seiten vorüberflanierten. Bequeme Sofas luden zum Verweilen ein. Hier gab es allerlei Schmuck und Dekorationsartikel zu kaufen: Tischgeschirr, Zigarettenetuis, Puderdöschen und Bonbonieren.

Alma hatte aus der Zeitung erfahren, dass Béatrice Ephrussi de Rothschild, die Verbindungen zu einer der reichsten Wiener Familien hatte, ein Ei als Verlobungsgeschenk für die Verlobte ihres Bruders in Auftrag gegeben hatte. Das brachte sie auf eine Idee.

In einer der Vitrinen entdeckte sie ein Paar Manschettenknöpfe in Form von ägyptischen Skarabäen. Der Preis war beachtlich, aber auch nicht unerschwinglich.

»Packen Sie mir die bitte ein«, sagte sie zu einer der Verkäuferinnen, bevor sie es sich anders überlegen konnte.

»Sind die für Ihren Mann?«, fragte die Frau.

»Ja«, gab Alma zurück, »für meinen Mann.«

Stolz trug sie ihr Päckchen nach Hause.

»Diese ganze Pracht ist zwar schön anzusehen, aber auch ein wenig verstaubt, findest du nicht? Wer will denn schon in einem Museum wohnen«, sagte sie später im Hotel zu Gustav. Sie hatte ihm die Ausstellung und vor allem das Palais in allen Einzelheiten beschrieben. »Mir gefällt die Schlichtheit der Moderne besser, so wie die Secession malt oder wie Josef Hoffmann seine Häuser baut.«

Gustav lächelte. »Höre ich da so etwas wie ein Lob auf deine Eltern heraus?«

»Geschmack haben sie, das muss man ihnen lassen.«

»Vermisst du deine Mutter?«

»Um Gottes willen, nein!« Sie setzte sich auf Gustavs Schoß und zerzauste ihm das Haar. »Ich habe übrigens etwas für dich. Als nachträgliches Hochzeitsgeschenk.« Sie zog das aufwendig verschnürte Päckchen von Fabergé hervor und gab es ihm.

Gustav packte es aus und war vor Freude außer sich. »So etwas Schönes. Und von dir! Ich werde sie sofort tragen. Heute Abend noch.«

»Was machen wir denn heute Abend? Du hast doch keine Aufführung.«

»Ich habe Karten für das Bolschoi Ballett. Wir müssen uns beeilen, wenn wir rechtzeitig dort sein wollen.«

Alma musste die Vorstellung vorzeitig verlassen, weil ihr wieder übel war. Sie presste die Hand vor den Mund und flehte Gustav an, schnell zu machen, als er ihren Mantel bei der Garderobiere verlangte.

Die Frau kam um den Tresen herum und reichte ihr den schweren Pelz. Sie sprach nur ein paar Brocken Deutsch, aber ihre Handbewegung war eindeutig. Sie formte mit den Armen einen Halbkreis vor ihrem Bauch und lächelte.

Alma riss die Augen auf. »Sie meinen, ich bin schwanger?«, fragte sie die Frau und zeigte auf ihren Bauch.

Die Frau nickte, aber dann verschattete sich ihr Blick. »Aufpassen, sonst kaputt«, sagte sie mit einem starken Akzent. Dann verschwand sie wieder hinter ihrem Tresen.

»Was hat sie gesagt?«, fragte Gustav.

»Dass ich ... wir werden ein Kind haben!« Alma hatte Mühe, die Worte zu formen. Sie kamen ihr zu unwirklich vor. So schnell nach der Hochzeit sollte sie schon schwanger sein? Sie hatten bisher in ihrer kurzen Ehe nicht einmal die Zeit gefunden, darüber zu reden, ob er Kinder wollte. Wie würde er die Nachricht aufnehmen?

Gustav sah sie ungläubig an, dann ging ein Strahlen über sein Gesicht. »Alma, wir werden ein Kind haben! Oh, ich danke dir, ich danke dir. Du machst mich zum glücklichsten Mann auf der Welt.« Er nahm sie in die Arme und küsste sie. Es war ihm egal, dass die Garderobenfrau sie sehen konnte.

Alma überließ sich ihrem Glück. Sie fühlte sich allmächtig. Sie hatte alles, was sie wollte. Und jetzt würde sie sogar ein Kind bekommen.

Eng umschlungen saßen sie in der Kutsche, die sie zurück ins Hotel brachte. Almas Übelkeit war vorüber. Der Kutscher hatte gegen die beißende Kälte ein Fell über ihre Beine und heiße Ziegelsteine unter ihre Füße gelegt. Sie hielten sich unter der Decke an den Händen. Sie sprachen nicht, sondern genossen die Fahrt durch die stille, dunkle Stadt und hingen ihren Gedanken nach.

Als Alma später im Bett lag, gesättigt von Gustavs Zärtlichkeiten, kamen ihr die warnenden Worte der Frau im Theater wieder in Erinnerung. Sie schob sie weg. Die Frau hatte doch gar nicht richtig Deutsch gekonnt. Wahrscheinlich hatte sie etwas ganz anderes sagen wollen, oder Alma hatte sie falsch verstanden.

Sobald sie wusste, woher ihr Unwohlsein kam, empfand Alma es nicht mehr als ganz so störend. Sie unternahm weiter ihre Spaziergänge durch die Stadt, manchmal begleitet von Gustav, der sich rührend um sie sorgte. Zumindest meistens. Wenn er seine Musik

im Kopf hatte, dann vergaß er sie manchmal. Wenn sie sich in Erinnerung brachte, war er schuldbewusst und versprach, sich zu bessern. Sie konnte ihm nie lange böse sein.

Nach seinen Konzerten, die die Russen sehr mochten und frenetisch beklatschten, wurde sie im Vestibül einigen Gästen vorgestellt, russischen Adligen, die perfekt Französisch sprachen und für die die Welt der Garderobenfrau oder der Bettler auf der Straße nicht existierte.

Bei Gustavs letztem Konzert am 27. März saß Alma nicht im Zuschauerraum, weil sie fürchtete, dass ihr während der Vorstellung wieder übel werden könnte. Den ganzen Nachmittag fühlte sie sich schon unwohl. Man erlaubte ihr, sich hinter dem Orchester an den Bühnenrand zu stellen, von wo aus sie einen ganz neuen Blick auf Mahler hatte, während er dirigierte. Sonst sah man als Zuschauer den Dirigenten ja immer nur von hinten. Jetzt sah sie ihn aus der Perspektive der Musiker. Seine Stimme war wegen der Erkältung immer noch angegriffen, und er konnte nur leise sprechen. Und dennoch – oder gerade deshalb – hatte er das Orchester von Anfang an im Griff. Die Musiker hingen an seinen Lippen und seinem Taktstock. Mahler stand kerzengerade in seinem maßgeschneiderten Smoking, voller Anspannung und Konzentration, und sein schönes Gesicht mit dem markanten Kinn leuchtete. Bei den leisen Tönen schloss er die Augen und gab sich ganz hin. Und als die Sängerin im Finale von Tristans Liebestod die berühmten Zeilen *Ertrinken – Versinken – unbewusst – höchste Lust* sang, warf er Alma einen tiefen Blick zu, bevor er sich wieder auf das Orchester konzentrierte. Alma stiegen die Tränen in die Augen. Ja, genau das bedeuteten diese Worte! Sie hatte den *Tristan* schon oft gehört, aber jetzt, unter Gustavs Dirigat, erschloss sich ihr die ganze Dramatik der Szene. Ein Zittern

durchlief ihren Körper, die Musik versetzte ihr Innerstes in feine Schwingungen. Sie erbebte leicht, und ein Bühnenarbeiter schob ihr vorsorglich einen Stuhl hin. Alma setzte sich, während im Saal der Beifall aufflammte und Mahler sich wieder und wieder verbeugte.

»Danke«, formte sie mit den Lippen, als er wieder zu ihr herübersah.

»Ich danke dir«, gab er stumm zurück.

An diesem Abend wurde ihr endgültig klar, was für ein Genie ihr Mann war. Was sie bisher geahnt hatte, wurde jetzt Gewissheit. Nur Mahler konnte eine Musik, eine Arie, so durchdringen und dirigieren, dass sie das Herz der Zuhörer berührte und ihr Leben bereicherte. Das war seine Aufgabe in der Welt, und sie, Alma, würde ihm dabei helfen. Aus diesem Grund würde sie auf ihre eigene Musik verzichten, mit Freuden.

Als der Beifall zu Ende war und die Zuhörer den Saal verließen, kam er zu ihr, um zu fragen, wie es ihr gefallen habe. Als er sah, dass sie immer noch Tränen in den Augen hatte, verstand er auch ohne Worte und zog sie an sich.

# Kapitel 23

»Grüß Gott, Frau Hofoperndirektor!« Der Hausmeister kam gleichzeitig mit ihr vor der Haustür in der Auenbruggergasse an. Er lupfte seine Kappe und deutete eine Verbeugung an, was wegen seines Buckels merkwürdig aussah. »Gell, das ist ein furchtbares Wetter draußen. Darf ich der Frau Hofoperndirektor behilflich sein?« Mit diesen Worten hielt er ihr die Tür auf.

»Herzlichen Dank, Herr Wollek.« Draußen herrschte wirklich scheußliches Wetter. Auf dem Weg vom Karlsplatz nach Hause war sie ganz nass geworden, obwohl sie so rasch wie möglich gelaufen war. Alma schüttelte das Wasser aus dem Schirm. Zu ihren Füßen bildete sich eine kleine Lache.

»Lassen S' nur, das wisch ich gleich weg«, sagte Wollek rasch.

Alma bedankte sich flüchtig, wie es sich für eine Frau ihrer Position, die Ehefrau des viel beschäftigten Direktors der Wiener Hofoper, gehörte. Sie konnte gerade noch verhindern, dass sie anfing zu kichern. Diese Anrede war ihr immer noch fremd.

Nachdem sie mit Gustav aus Sankt Petersburg zurückgekommen war, war sie in seine Wohnung in diesem Haus in der Auenbruggergasse im 3. Wiener Bezirk gezogen. Das großbürgerliche Haus, erbaut von dem berühmten Architekten Otto Wagner, der ein paar Häuser weiter wohnte, stand fast an der Ecke zum Rennweg, der am Belvedere entlangführte. Sie und Gustav bewohnten drei größere

und drei kleinere Zimmer im vierten Stock. Alma ging durch die großzügige, helle Eingangshalle mit dem Fußbodenmosaik, an deren Ende die beiden Stiegenhäuser lagen. Wollek war ihr vorausgegangen und hielt ihr die Tür zum rechten Treppenhaus auf.

Alma nickte ihm zu, dann eilte sie die flachen Marmorstufen hinauf. Sie wollte so schnell wie möglich die durchnässten Schuhe ausziehen und nahm sich nicht wie sonst die Zeit, sich an der schönen Wendeltreppe zu erfreuen. Wie ein Schneckenhaus schraubte sie sich in einem Turm aufwärts. Die Fenster zwischen den Stockwerken gaben den Blick auf den Innenhof frei. Die Marmorstufen, dreiunddreißig pro Stockwerk, Alma zählte sie immer im Kopf mit, darüber das geschmiedete Geländer mit dem hölzernen Handlauf, der so weich der Hand schmeichelte, wenn man ihn berührte, all das kam Almas Sinn für Schönheit und Ästhetik entgegen. Heute allerdings war ihr kalt, und außerdem wurden die vielen Stufen mit der fortschreitenden Schwangerschaft beschwerlich. Wie sie den Aufstieg mit einem Kind bewerkstelligen sollte, darüber mochte Alma noch nicht nachdenken. Sie würde auf jeden Fall bei der Wahl der Kinderfrau darauf achten, dass sie jung und kräftig war. Sie nahm die letzten Stufen und erreichte ein wenig außer Atem die Wohnung. Die zweiflügelige Tür glänzte in honigfarbenem Holz und war mit einem aufwendig geschnitzten Rahmen versehen. Die Supraporte zeigte blank polierte Blüten und Ähren. Auf dem Boden war auch hier das kleine schwarz-weiße Mosaik aus der Eingangshalle verlegt.

Alma läutete, und Poldi öffnete ihr.

»Guten Tag, Frau Hofoperndirektor. Ein ganz scheußliches Wetter haben wir heuer.«

Schon wieder diese Anrede! Alma übergab ihr den Mantel.

»Ist mein Mann schon zurück?«, fragte sie.

»Der Herr Hofoperndirektor hat gerade angeläutet. Er wird in einer Viertelstunde zum Essen eintreffen.«

»Sehr schön. Dann bereiten Sie alles vor. Ich komme gleich.«

Alma ging hinüber in ihr Schlafzimmer, um den Hut abzulegen und endlich die Schuhe auszuziehen. Ihr Zimmer lag ganz am linken Ende des langen Flurs. Insgesamt fünf Wohnräume lagen gegenüber der Eingangstür. Gustavs Schlafzimmer befand sich ganz rechts, dann kamen sein Arbeitszimmer, dann das Esszimmer und das Wohnzimmer, der größte Raum in der Wohnung.

»Wieso ist es eigentlich so weit wie möglich entfernt von deinem?«, hatte sie ihn gefragt, nachdem sie das Zimmer eingerichtet hatten. Sie wusste nicht recht, was sie davon halten sollte. Alle Paare, die sie kannte, hatten selbstverständlich getrennte Schlafzimmer, aber meistens lagen sie doch nebeneinander oder hatten sogar eine Verbindungstür. War dies früher Justis Zimmer gewesen? Aber Justi war seine Schwester, und sie war Gustavs Frau! Offensichtlich musste auch er sich in seine neue Rolle als Ehemann erst einfinden.

Gustav hatte sie beruhigt: »Ich stehe morgens vor dir auf und will dich nicht stören. Aber sei gewiss, dass ich dich oft in deinem Zimmer besuchen werde.«

Gegenüber den Wohnräumen befanden sich ein Kinderzimmer, die Küche, ein Bad und ein WC. Und gleich rechts vom Eingang, gegenüber von Gustavs Schlafzimmer, lag eine Kammer für das Dienstmädchen. Poldi war ein paar Jahre älter als Alma. Trotzdem war Alma ihre Dienstherrin.

Alma hatte nicht viel mitgebracht, als sie hier eingezogen war. Einige Gemälde ihres geliebten Vaters Emil Schindler und eine kleine Winterlandschaft von Hans Makart, den Fächer, den Klimt für sie bemalt hatte, ihre Bücher und Kleider.

Ihr gefiel es hier. Sie wohnte wieder mitten in der Stadt, die Ringstraße und die Kärntnerstraße mit ihren Geschäften, die Oper und die Secession, die Karlskirche und der Naschmarkt, all das lag in kürzester Entfernung von der Auenbruggergasse. Ein Nachteil war der fehlende Garten. Sie hatte nicht mehr wie auf der Hohen Warte die Möglichkeit, sich mit einem Buch hinauszusetzen. Zum Glück lag der Park des Belvedere praktisch vor der Haustür, das tröstete sie.

Sie durchquerte den langen Flur und warf einen Blick in Gustavs Arbeitszimmer, ob dort alles in Ordnung war. Auf dem Klavier lag die Partitur, an der er gerade arbeitete, seine Post lag zu einem ordentlichen Haufen gestapelt auf dem kleinen Tisch, wo sie hingehörte.

Sie hörte eilige Schritte im Treppenhaus. Das war Gustav.

Rasch ging sie zur Tür, um ihm zu öffnen, damit er nicht warten musste.

»Guten Tag, mein Lieber«, sagte sie. »Ich hoffe, du hattest einen guten Vormittag?«

Nachdem sie eingezogen war, machte sich Alma mit Feuereifer daran, den Haushalt zu organisieren. Sie hatte sich auch früher schon, wenn ihre Mutter zu Besuch bei ihren Verwandten in Hamburg gewesen war, um diese Dinge gekümmert. Es machte ihr einen Heidenspaß, mit der Köchin, die täglich kam, die Einkäufe und den Speiseplan für die Woche zu besprechen. Sie kontrollierte, ob Poldi alles ordentlich sauber machte und die Wäsche frisch gebügelt war. Wobei das mit den Dienstboten so eine Sache war. Gustav befand sich in einem ständigen Konflikt mit ihnen. Er legte Wert darauf, dass sie ihre Arbeit im Haushalt absolut lautlos verrichteten, was

natürlich nicht immer möglich war. Erwischte er sie dabei, wie sie sangen oder pfiffen oder mit Töpfen klapperten, konnte er sehr beleidigend werden, was dazu führte, dass sie nur für kurze Zeit blieben. Alma übernahm auch hier das Regiment und versuchte, sie mit kleinen Vertraulichkeiten für sich zu gewinnen, damit sie sie beim nächsten Zusammenstoß mit Mahler besänftigen konnte. Sie bestellte Anzüge für Gustav in London und sorgte dafür, dass er auch sonst alles hatte und es ihm an nichts fehlte.

Als die ersten Rechnungen und Zahlungserinnerungen ins Haus flatterten, dachte Alma sich noch nichts dabei.

»Hier, sieh nur. Heute waren es drei Mahnungen. Und die Handwerkerrechnungen für den Bau des Hauses in Maiernigg trudeln fast täglich ein.« Alma schob Gustav den Packen nach dem Mittagessen über den Tisch.

Er seufzte. »Darum hat sich immer Justi gekümmert. Ich fürchte, meine Schwester konnte nicht mit Geld umgehen. Und ich auch nicht. Ich habe ehrlich gesagt den Überblick verloren. Kannst du das nicht in die Hand nehmen?«

Das tat Alma und kam schnell darauf, dass Mahler – und damit auch sie – fünfzigtausend Goldkronen Schulden hatte, ein kleines Vermögen. Die Summe entsprach dem Zweifachen seines üppigen Jahresgehalts als Operndirektor.

Als sie herausfand, dass Mahler sich ausgerechnet bei seiner Schwester Justi Geld für den Hausbau des Feriendomizils in Maiernigg am Wörthersee geliehen hatte, war sie fassungslos. »Du hast deine Schwester jahrelang unterstützt, und dann hat sie so viel Geld, dass sie dir etwas leihen kann? Sie hat dich ordentlich übers Ohr gehauen! Und dabei tut sie immer so, als habe sie sich für dich aufgeopfert! Sie ist hinterhältig!« Alma hatte Justi immer noch nicht ihre

böswillige Tratscherei vergessen, sie, Alma, würde in der Oper mit fremden Männern anbändeln.

Gustav schüttelte nur betrübt den Kopf. Diese Dinge interessierten ihn nicht. »Ich dachte immer, meine Musik sei mein Kapital.« Alma war fest entschlossen, ihre Finanzen zu ordnen. Neben seinem Gehalt bezog Mahler Honorare aus den Gastdirigaten. Sie rechnete und kam zu dem Schluss, dass sie die Schulden in den nächsten vier Jahren abbezahlen konnten, wenn sie sich einschränkten. Die größten Summen gingen für den Bau des Sommerhauses in Maiernigg weg. Daneben mussten sie Mahlers Geschwister ausbezahlen, die er schon die ganzen letzten Jahre unterstützt hatte. Gustav verdiente zwar viel Geld, aber er hatte bisher eindeutig über seine Verhältnisse gelebt. Deshalb nahm er ja auch so viele Konzerte außerhalb von Wien an, um zusätzliche Einnahmen zu haben. Außerdem verkaufte er Druckrechte für seine Musikstücke an Verlage und erhielt dafür hohe Honorare.

Das wiederum gefiel den Wienern und der Operndirektion nicht. Auch die großen Erfolge, die Mahler endlich mit seinen eigenen Werken feierte und die seinen Ruhm als Komponisten festigten, änderten daran nichts. Dazu kamen Streitigkeiten mit einzelnen Orchestermitgliedern, die seine Art zu dirigieren nicht mochten und gegen ihn intrigierten.

Wenn er nach Hause kam, erzählte er die neuesten Geschichten aus der Oper, den üblen Klatsch, der über ihn verbreitet wurde, die neuesten Anwürfe einer Sängerin, deren Stimme er nicht für gut befand und die er deshalb nicht besetzt hatte. Alma gelang es meistens, ihn zu besänftigen. Und im Grunde war Gustav ja auch überzeugt, dass es richtig war, was er tat.

Alma wusste, jeder in Wien wusste, dass Gustav Mahler keine

Lust auf Gesellschaften hatte. Nach der Oper noch irgendwo soupieren? Er blieb ja meistens nicht einmal bis zum Ende, wenn er nicht selbst dirigierte. Was im Übrigen dazu führte, dass Alma in den folgenden Jahren die meisten Opern nicht zu Ende sah. Mahler erzählte ihr den Rest der Handlung auf dem Heimweg.

»Ich möchte am Samstag ein Essen geben. Ich dachte an meine Schwester und ihren Mann, sie sind gerade in Wien, an Flora Berl, und vielleicht beehrt uns der Schmedes und ...«

»Ich will keine Gesellschaft«, unterbrach Gustav sie. »Denk an den letzten Abend bei mir, als ich dich meinen Freunden vorstellen wollte.«

»Aber jetzt laden wir doch echte Freunde ein!«

»Ich will nicht. Ich habe keine Lust, mich unter Menschen zu begeben. Zwangloses Gerede ist doch die reinste Zeitverschwendung.«

»Aber Gustav. Ich möchte meine Freunde sehen. Du bist den ganzen Tag unter Menschen. Aber ich langweile mich. Bald werde ich zu unbeweglich sein, um ein Fest zu feiern.« Sie strich sich über den Bauch, der sich beachtlich gewölbt hatte.

»Wir wollten doch ohnehin sparen, und so ein Souper ist kostspielig.«

»Vor unserer Hochzeit bin ich mehrmals in der Woche ausgegangen, in die Oper, ins Theater, in Ausstellungen, zu Einladungen, ich vermisse das gesellschaftliche Leben.« Sie dachte auch an die Blicke der Männer und ihre Komplimente, von denen sie früher gezehrt hatte. Und nun saß sie abends allein zu Hause und wartete auf Gustav. Und wenn sie ihn überreden konnte, doch einmal auszugehen, dann war er der Star, um den sich alle rissen, mit dem jeder ein Wort wechseln wollte. Oder, noch schlimmer, er führte seine schlechte Laune spazieren. Alma warf ihm vor, er würde allen die

Stimmung verderben, weil er sich aufführte, als liege eine Leiche unter dem Tisch.

Aber Gustav ließ sich nicht umstimmen. »Ich will keine Gäste. Nicht an diesem Samstag.«

Alma warf ihre Serviette auf den Tisch und stand auf. Ihr Blick fiel auf das Klavier. Normalerweise hätte sie sich an das Instrument gesetzt und so lange gespielt, bis ihre Wut verflogen wäre. Aber Gustav mochte es nicht, wenn sie abends spielte, dann brauchte er das Instrument.

# Kapitel 24

Unruhig wanderte Alma durch die Wohnung. Sie trat ans Fenster und sah hinaus. Von hier oben konnte sie die Straße am Belvederepark nicht einsehen, die Gustav für gewöhnlich nahm. Seit vier Monaten war sie jetzt seine Frau. Unten eilten die Menschen vorbei. Die meisten waren allein, um diese Uhrzeit waren es wohl Beamte auf dem Weg in ihre Büros und Ministerien. Einige Paare waren dabei, die Frauen eingehakt bei ihren Männern, die sich ihnen zuwandten, um ihnen etwas zu sagen, und die fürsorglich auswichen, wenn ihnen jemand auf dem Trottoir entgegenkam. An der langsamen, lässigen Art, wie sie gingen, konnte man ahnen, dass sie auf dem Weg ins Caféhaus waren oder vielleicht in den Park, um das schöne Wetter zu genießen. Das Grün der Bäume wogte über die Mauern des Belvedere. Alma hatte Sehnsucht nach der Natur, sie wollte die milde Luft auf ihrer Haut spüren.

Würde sie diese Frauen fragen, sie würden Alma bestimmt um ihre Ehe mit Gustav beneiden. Die schönste Frau von Wien hatte das bewunderte Musikgenie geheiratet. Eine glänzende Partie! Eine Verbindung, die die Wiener Gesellschaft zum Träumen brachte. Gustav Mahler war vielleicht nicht so reich wie die Besitzer der großen Ringstraßenpalais, aber ihm lag die Musikwelt zu Füßen. Und Alma kam aus den Kreisen der künstlerischen Avantgarde, sie war belesen und zur Liebe wie geschaffen. Zu ihren Freunden gehörten

die interessantesten Menschen der Wiener Gesellschaft: Dichter, Musiker, Künstler. Alles schien perfekt.

Und doch war es genau andersherum! Alma hatte einigen Grund, diese Frauen zu beneiden! Denn Gustav käme niemals auf die Idee, mit ihr so etwas wie einen harmlosen Spaziergang zu machen oder sie ins Caféhaus auszuführen, mochte das Wetter noch so schön sein. Mit ihm gab es nur die kurzen, hastigen Ausflüge in den benachbarten Park, zu denen er sie meistens nach dem Mittagessen aufforderte. Viermal um das Belvedere, und mit seinen Gedanken war er nicht bei ihr, sondern ganz woanders. In seinem Kopf hatte er eine Melodie, eine Tonfolge, an die dachte er, während er in seinem linkischen, hüpfenden Gang vor ihr herhastete. Sie hatte noch nie jemanden getroffen, der so schnell ging. Oft ging ihr regelrecht die Puste aus, wenn sie ihm folgte. Immerhin war sie schwanger. Aber er nahm darauf keine Rücksicht, es wäre ihm gar nicht in den Sinn gekommen. Gustav konnte sehr egoistisch sein, aber er meinte es nicht böse. Wenn sie ihn atemlos bat, langsamer zu gehen, dann war er ehrlich zerknirscht. Und vergaß es sofort wieder und stürmte weiter. Sein Umhang oder der weite Mantel wehte dann förmlich hinter ihm her. Warum konnte er nicht neben ihr gehen, ihren Arm halten, ihr sagen, wie schön sie in diesem Sommerlicht aussah, sich mit ihr auf eine Bank setzen, die er vorher mit einem blütenweißen Taschentuch abgewischt hatte?

Weil er nur seine Musik im Kopf hatte. Seine Musik und seine Arbeit, obwohl beides dasselbe war. Sie war oft enttäuscht, wenn sie von ihren rasenden Spaziergängen zurückkamen. Aber wenn Gustav sich dann ans Klavier setzte und die Melodie spielte, die ihm dabei durch den Kopf gegangen war, dann wusste sie, wofür sie verzichtete.

Als Gustav noch vor ihrer Verlobung aus Dresden zurückgekom-

men war, nach dem alles entscheidenden Brief, in dem er sie gefragt hatte, ob sie seine Bedingungen für eine Ehe akzeptieren könne, da hatte sie auch auf ihn gewartet. Sie hatte oben im Treppenhaus ihres Elternhauses auf der Hohen Warte gestanden. Damals war sie vor Liebe und Hoffnung außer sich gewesen.

Inzwischen wartete sie jeden Tag darauf, dass Gustav aus der Oper zum Mittagessen kam. Aber nicht mit liebender Ungeduld, sondern weil alles auf dem Tisch stehen musste, wenn er die Wohnung betrat.

Ihre Gedanken wanderten zurück in ihre Jungmädchenzeit. Ach, wenn sie an die vielen Bouquets dachte, die sie nach einer durchtanzten Nacht von ihren Verehrern erhalten hatte. Manchmal konnte man kaum atmen, so schwer war der Duft der vielen Blumen, die ihre Mutter ihr ins Zimmer stellte. Alma las dann die Karten, in denen von Liebe und Verzückung, von Verehrung und Anbetung die Rede war. Manchmal behielt sie eine der Karten, die meisten warf sie weg. Die Männer, die sie geschickt hatten, interessierten sie nicht. Bis Gustav Klimt gekommen war. Der war kein Mann für derartige Spielereien gewesen. Klimt war direkt gewesen, fast brutal ehrlich mit ihr. Ihm folgte Zemlinsky. Wenn sie an die heißen Umarmungen, die Küsse und seine Hände auf ihrer Haut dachte, wurde ihr immer noch warm. Er hatte es verstanden, in ihr die Leidenschaft zu wecken. Und daneben die vielen anderen, Burckhard, Krasny oder Muhr, die sie begehrten, die sie heiraten wollten.

Niemand konnte sagen, wie ihre Ehe ausgesehen hätte, hätte sie einen von diesen genommen. Es war auch müßig, sich darüber den Kopf zu zerbrechen, denn jetzt war sie Gustavs Frau und ihr Alltag richtete sich ganz nach seinen Bedürfnissen. Genau wie sie es ihm versprochen hatte.

Alma wandte sich vom Fenster ab und trat an das Klavier heran.

»Frau Mahler, das Essen wäre dann angerichtet.« Die Stimme von Poldi riss sie aus ihren Gedanken.

»Ist gut. Aber ich sehe meinen Mann noch nicht.« Alma trat wieder ans Fenster, und da kam er. Er trug seinen Hut ausnahmsweise auf dem Kopf, und von hier oben konnte sie sein Gesicht nicht sehen, aber sie erkannte ihn an seinem Gang.

Sie eilte in den Flur hinaus und stellte sich vor den Spiegel, um ihr Aussehen zu überprüfen. Du bist eine schöne Frau, dachte sie zufrieden, und ihre Laune hellte sich auf. Kein Wunder, dass dir die Männer Wiens zu Füßen liegen. Neuerdings erregten ihre Roben Aufsehen. Kein Geringerer als Kolo Moser hatte ihr Schwangerschaftskleider entworfen, die wirklich außergewöhnlich waren. Gerade weil sie alles andere als zurückhaltend waren. Die Stoffe waren groß gemustert, oft geometrisch, zuweilen kombinierten sie sogar Karos auf den Ärmeln und Blüten auf dem Rock. Wenn Alma sich damit zeigte, dann erntete sie Bewunderung, Raunen, Empörung. Ihr machte das Spaß. Sie war eine Frau der Wiener Gesellschaft, jeder kannte sie, sie durfte auffallen. Und ihre Schönheit ließ sie in diesen Kleidern noch mehr leuchten.

Sie ging ins Esszimmer hinüber. Poldi hatte die Suppenterrine bereits auf den Tisch gestellt, und Alma füllte ihren und Gustavs Teller. Dann ging sie an die Tür, um zu öffnen. Gustav bestand darauf, dass sie an der offenen Tür auf ihn wartete und dass die Suppe heiß, aber nicht zu heiß auf dem Tisch stand, wenn er von der Arbeit kam. Er hatte keine Zeit zu verlieren.

Sie hörte seine raschen Schritte auf der Treppe. Dann stand er vor ihr. »Mein Lieber«, begrüßte sie ihn.

Sie nahm ihm die Tasche und den Mantel ab und folgte ihm ins

Esszimmer. Bevor er sich setzte, warf er einen raschen Blick in alle Zimmer, er stieß die Türen vor sich auf, so dass sie manchmal an die Wand dahinter stießen, sah nach, ob alles in Ordnung war, ließ die Türen laut wieder zufallen und setzte sich endlich ihr gegenüber an den Tisch.

Sie seufzte, als sie seine gedrückte Stimmung bemerkte. »Ist etwas vorgefallen?«, fragte sie.

Alma hatte akzeptiert, dass Gustavs Tagesablauf minutiös durchgeplant war. Jetzt verstand sie erst, was es ihn gekostet haben musste, sie in ihrer Verlobungszeit so oft zu besuchen. Er hasste Zeitverschwendung und Ablenkung. Morgens stand er früh auf und arbeitete zwei Stunden zu Hause. Dann ging er in die Oper. Mittags kam er zum Essen nach Hause. Sein Kanzleidiener Carl Hassinger rief an, wenn er die Oper verließ, und fünfzehn Minuten später sah Alma ihn unten auf der Straße. Während er die Treppen in den vierten Stock hinauflief, trug sie das Essen auf und wartete dann in der geöffneten Tür. Während des Essens wurde selten gesprochen, denn er war in Gedanken bei seiner Arbeit. Danach folgte der rasende Spaziergang im Park des Belvedere, dann kehrte Mahler in die Oper zurück. Abends dirigierte er entweder selbst oder sah sich die Aufführung an, während er arbeitete. Zu Hause aß er noch eine Kleinigkeit, die Alma für ihn zubereitete, und dann kam die erste Stunde des Tages, in der Alma ihn für sich hatte. Sie machten es sich auf dem Sofa bequem und redeten, oder Alma las ihm vor. In dieser Stunde waren sie sich nahe, waren sie ganz für sich. Aber reichte eine Stunde am Tag aus? Das fragte sie sich manchmal. Dann waren da wieder diese Momente, in denen er sie mit charmanten Einfällen voller Humor überraschte. In solchen Momenten verliebte sie sich von Neuem in ihn.

An einem der letzten Abende hatte Gustav sie in ihrem Wohnzimmer zum Tanz aufgefordert. Sie kamen gerade aus Lehárs Operette *Die lustige Witwe*, und Gustav war vergnügt und wollte mit ihr einen Walzer daraus tanzen, was wegen ihres schwellenden Leibes gar nicht so einfach war. Er umfasste sie und musste sich dabei vorbeugen, um ihren Bauch zu überwinden. Alma sah ihr Bild im Spiegel, als sie daran vorbeitanzten, und beide brachen in Lachen aus. Sie sangen gemeinsam die Melodie, kamen aber an einer Stelle nicht weiter. Am folgenden Tag, als sie nach dem Essen zu ihrem täglichen Spaziergang aufbrachen, zog Gustav sie am Park vorbei. »Wohin willst du?«, fragte sie. »Wirst du schon sehen«, gab er zurück. Sie landeten in der Musikalienhandlung Doblinger. Gustav verwickelte den Inhaber, der unheimlich stolz darauf war, den Hofoperndirektor vor sich zu haben, in ein Gespräch, während Alma die Noten der *Lustigen Witwe* aus dem Regal heraussuchte und die fehlende Stelle las. Danach verließen sie das Geschäft, und auf der Straße sang Alma ihm die Melodie vor, an die sie sich am Vorabend nicht hatten erinnern können, damit sie sie nicht wieder vergaßen. Natürlich hätten sie die Noten auch kaufen können.

»Ich habe heute keine Zeit für unseren Spaziergang«, sagte Gustav und legte den Löffel auf die Seite.

»Warum denn nicht?«

»Fürst Montenuevo hat sich angesagt.« Der Fürst war der Vertreter des Hofes und Gustavs direkter Vorgesetzter.

»Worum geht es?«

Gustav hob die Augenbrauen. »Ach, eine unendlich langweilige Sache. Der Ballettdirektor macht einen Skandal, und Montenuevo will vermitteln und mich zur Mäßigung rufen, wie üblich. Und ich werde ihm wie üblich darlegen, dass wir solche Skandale brauchen,

damit sich endlich etwas ändert. Und dann werden wir freundlich auseinandergehen.«

Alma musste lachen. Gustav produzierte tatsächlich ständig irgendwelchen Ärger an der Oper, weil er Schlendrian verabscheute. Er verdonnerte die Musiker, die Sänger und alle anderen zu Extraproben, was diese regelmäßig in Rage versetzte.

»Und was wirst du heute anfangen?«

»Ich bin später mit Else Lanner verabredet. Mach dir keine Sorgen um mich.«

# Kapitel 25

Endlich war es Juli! Alma konnte es kaum erwarten, Wien zu verlassen. Zum ersten Mal fuhren sie und Gustav in ihr Sommerhaus an den Wörthersee. Fast volle zwei Monate würde sie Gustav für sich haben.

Jeder, der es sich leisten konnte, verließ die Stadt, in der es im Sommer mörderisch heiß werden konnte. Gustav hatte Alma so viel von dem Haus in Maiernigg erzählt, das nach seinen Plänen gebaut worden war, von der schönen Lage direkt am See, von der Ruhe. Alma war gespannt, es endlich mit eigenen Augen zu sehen.

Sie nahmen erst den Zug nach Klagenfurt, dann fuhren sie auf dem Lendkanal, der die Stadt mit dem Wörthersee verband, die vier Kilometer lange Strecke bis an den See nach Maria Loretto. Dort erwartete sie der Hausmeister Anton mit dem hauseigenen Boot, um sie zur Villa Mahler überzusetzen. Allein die Anfahrt war schön und abenteuerlich, nicht zuletzt wegen des vielen Gepäcks, das sie für die kommenden zwei Monate bei sich hatten.

»Da ist es«, rief Gustav, als die Villa in den Blick kam. Sie erhob sich weiß und schmal über den See, im Hintergrund war alles sattgrün von Bäumen. Alma war von dem Gebäude sofort begeistert. Es lag fernab von den Nachbarhäusern, was Gustavs Bedürfnis nach absoluter Ruhe entgegenkam. Oberhalb des Hauses zog sich ein ver-

wilderter Wald den Hügel hinauf. »Und da oben liegt mein Komponierhäuschen, man kann es von hier aus nicht sehen, weil es so gut versteckt ist.«

Alma war von dem Erker fasziniert, der im unteren Stockwerk eine halb offene Loggia mit gemauerten Bögen und eine Etage höher eine Terrasse mit einer steinernen Brüstung bildete.

»Ich dachte mir, dass sie dir gefällt. Die Loggia im Erdgeschoss ist als verglaste Veranda angelegt, damit du auch bei kühlem Wetter den Blick auf den See genießen kannst. Und die obere Terrasse geht von deinem Schlafzimmer und dem Wohnzimmer ab.«

Im ersten Stock befand sich, durch einen weiten Dachvorsprung einigermaßen geschützt, noch ein kleiner Balkon. »Und wer wohnt dort?«, fragte Alma. »Von ganz oben ist der Blick sicher noch schöner.«

»Das ist mein Reich«, sagte Gustav.

»Ich habe das Ruderboot auf Vordermann gebracht«, unterbrach Anton ihre Gedanken. »Obwohl, ich weiß ja nicht, bei dem Zustand der gnädigen Frau …« Er sah auf Almas runden Bauch.

Zehn Minuten später legten sie an dem Steg an, der zum Haus gehörte. Gustav hatte hier einen Streifen Sand aufschütten lassen, um einen Strandweg zu schaffen. »Das war eine Idee von Natalie«, sagte er, und an seinem Blick erkannte sie, dass er seine Bemerkung bereute. Die Bratschistin Natalie Bauer-Lechner war eine Jugendfreundin von Gustav. Sie hatten bis zu seiner Hochzeit als so etwas wie Verlobte gegolten. Den letzten Sommer hatte sie hier in Maiernigg verbracht und dabei die Anfänge der 5. Symphonie mitbekommen. Alma konnte nicht verhindern, dass sie eine leise Eifersucht verspürte. Was soll's, dachte sie dann. Geheiratet hat er ja schließlich nicht sie, sondern mich. Und seit ihrer Verlobung hatte Natalie sich völlig aus Mahlers Leben zurückgezogen.

Während der Bootsmann das Gepäck ins Haus trug, machte Alma mit Gustav eine Besichtigung.

»Ich komme mir vor wie früher in Plankenberg«, sagte sie, nachdem sie durch die Zimmer gelaufen waren. Besonders das Treppenhaus hatte es ihr angetan, wie so oft. Sie liebte schöne Treppen. Diese war eine großzügige und helle Podesttreppe, auf den Holzstufen lag ein roter Läufer, der mit geschmiedeten Stangen auf den Stufen gehalten wurde. Auf dem unteren Podest ließ ein dreiflügeliges Fenster aus buntem Bleiglas diffuses Licht ins Haus. Alma stieg die Treppe hinauf und lauschte auf das leise knarrende Geräusch, das das Holz unter ihren Füßen machte. Durch das bunte Fenster konnte sie das Grün der Bäume ahnen. Die Stimmung war fast wie in einer kleinen Kirche.

»Ach, Gustav, ich freue mich auf endlose Tage ohne Verpflichtungen und dazu die herrliche Umgebung.« Sie nahm seinen Arm. Sie sah sich schon im Grünen faulenzen und lesen, auf langen Spaziergängen und Bootsfahrten mit Gustav. Sie freute sich auf die Zweisamkeit mit ihm, die nur ab und zu durch den Besuch von ihren Freunden aus Wien unterbrochen werden würde.

»Ich brauche aber meine Zeit zum Arbeiten«, gab Gustav zu bedenken, als sie ihm von ihren Plänen für die kommenden Wochen vorschwärmte.

Alma lächelte und schüttelte den Kopf. Natürlich würde er arbeiten. Aber doch nicht jeden Tag. Hier war doch Sommer, hier waren die Ferien. Er würde schon sehen.

»Komm, jetzt sehen wir uns die Küche an«, sagte sie. »Mal sehen, ob Antons Frau, wie heißt sie noch?, schon etwas gekocht hat. Ich bin hungrig.«

Am nächsten Morgen, als Alma erwachte und Gustavs Bett leer fand, machte sie sich keine Gedanken. Gut gelaunt sprang sie aus dem Bett und machte sich auf die Suche nach ihm. Dann hörte sie die Musik, die aus dem kleinen Komponierhäuschen oberhalb des Hauses kam. Sie zog sich rasch an und folgte dem Klang auf einem schmalen Weg durch den Nadelwald, der fast völlig von niedrigen Sträuchern überwuchert war. Über ihr sangen die Vögel. Sie verstand, warum Gustav hier komponierte, denn die Geräusche der Natur, besonders des Waldes, hatten ihn schon immer inspiriert. Unvermittelt fand sie sich vor dem schlichten Häuschen wieder, das auf einer kleinen, sonnengesprenkelten Lichtung stand. Die Sträucher und Setzlinge waren auch hier schon auf dem Vormarsch, deshalb war das kleine Haus gut versteckt. Bis auf die hölzernen Läden hatte es keine Verzierungen. Auf Zehenspitzen ging sie zur offenen Tür und sah hinein. Wie sie sich gedacht hatte: ein einfacher Raum mit einem Klavier, einem Tisch und einem Stuhl und einem schmalen Sofa darin. Gustav saß am Klavier und notierte etwas. Sein Haar war zerzaust, seine Kleidung war abgetragen, eine ausgebeulte Hose und ein grobes weißes Hemd. So kannte sie ihn gar nicht.

»Guten Morgen, mein Lieber. Wie schön hast du es hier, so romantisch. Das Haus sieht aus wie ein Hexenhäuschen. Fast hätte ich es nicht gefunden.« Sie trat hinter ihn und legte ihm die Arme um den Leib.

Doch Gustav wehrte ihre Zärtlichkeit ab. »Gleich«, sagte er. »Nur noch diese ...« Er sprach den Satz nicht zu Ende und notierte Noten auf das Blatt vor ihm.

Alma wartete einen Moment, aber er wandte sich ihr nicht zu. Er hat schon wieder vergessen, dass ich da bin, dachte sie. So leise, wie sie konnte, verließ sie das kleine Haus.

Gustav kam erst einige Stunden später zurück. »Tut mir leid«, begann er. »Aber ich musste mein kleines Refugium erst wieder in Besitz nehmen. Ich habe mich schon die ganze Zeit darauf gefreut. Endlich kann ich wieder komponieren. Ich habe dir doch erklärt, dass ich nur diese beiden Monate im Sommer Zeit dafür habe. In Wien habe ich zu viele andere Verpflichtungen.«

»Ich verstehe dich ja«, gab Alma zurück. Es war ja auch nichts dabei, wenn er sich ab und zu ein paar Stunden für seine Arbeit nahm.

»Alma, ich will nicht nur Dirigent sein. Ich bin Komponist! Ich will meine eigene Musik spielen. Nach dem Erfolg der 3. Symphonie in Krefeld will man mich im nächsten Jahr nach Basel einladen. Das ist die Gelegenheit für mich. In diesem Sommer will ich meine Fünfte abschließen. Ich werde jeden Tag arbeiten. Aber am späten Nachmittag bin ich ganz bestimmt für dich da. Ich will doch auch, dass wir schöne Dinge unternehmen.«

Alma fühlte, wie bittere Enttäuschung über ihr zusammenschlug. Sie hatte sich die ganzen letzten Wochen damit getröstet, dass sie hier in Maiernigg anders zusammenleben würden. Sie freute sich darauf, mit Gustav die Tage zu verbringen, in den Tag hinein zu leben, die Natur zu genießen. Jetzt verstand sie, dass sie auch hier die meiste Zeit allein sein würde. Auch hier in Maiernigg würde es nur um Gustavs Musik gehen.

Ich war auch mal eine Komponistin, dachte Alma müde. Sie sah an sich herunter und strich über ihren Bauch, weil sie eine leichte Kindsbewegung spürte, wie das Flattern eines Flügels. »Oh«, sagte sie.

Gustav sah auf und verstand. Er legte seine Hände auf ihren Bauch. »Unser Kind«, sagte er. »Ich kann es kaum erwarten.«

Vielleicht würde ja das Kind etwas an Gustavs Arbeitswut ändern.

Zwei Tage später kam Alma schon früh in die Küche hinunter. Antons Frau Hilde war dabei, das Frühstückstablett für Gustav vorzubereiten.

»Lassen Sie nur, ich bringe meinem Mann heute das Frühstück«, sagte sie. »Er ist schon in seinem Häuschen, nicht wahr? Ich werde ihn überraschen.«

Hilde nickte, sah aber verlegen zu Boden.

»Was ist?«, fragte Alma.

Sie räusperte sich. »Sie müssen wissen, Ihr Mann ... Er will nicht gestört werden. Ich muss immer ganz leise sein, damit er mich nicht bemerkt, und ihm das Tablett vor die Tür stellen und ganz schnell wieder gehen.«

»Also gut«, sagte Alma. »Dann bringen Sie es ihm.«

Sie war empört, und als Gustav am Nachmittag kam, machte sie ihm Vorwürfe.

»Du benimmst dich wie ein Pascha. Die arme Frau. Du tyrannisierst alle, die um dich herum sind. Und dabei lieben wir dich!«

»Ich muss hier arbeiten. Ich habe nur diese Zeit. Dabei bleibt es«, entgegnete er kühl.

Um sich zu beschäftigen, machte Alma sich daran, die Einrichtung des Hauses zu verändern, die noch allzu sehr die Handschrift von Justi zeigte. Sie entrümpelte, riss Verzierungen ab und entfernte Spitzendecken und hässlichen Nippes. Aber bald war sie auch damit fertig und hatte nichts mehr zu tun.

»So geht das nicht. Diese Leute machen mich wahnsinnig. Du musst jetzt für Ruhe sorgen. Man sollte den Kühen die Glocken abneh-

men. Und die verdammten Hunde sollen aufhören zu bellen. Zumindest während ich arbeite!« Mahler stand wütend vor ihr. »Da hörst du es!«

Tatsächlich bellte ein Hund im Nachbargarten.

»Aber es ist ihr Schäferhund. Du hat gewusst, dass diese Person nebenan einzieht, und du hast nichts dagegen getan!« Alma platzte fast vor Wut.

»Aber Anna hat mich doch erst auf dieses Grundstück aufmerksam gemacht. Sie war zuerst hier. Und ich kann ihr doch nicht verbieten, sich ein Haus zu bauen, wo immer sie will«, gab er zurück.

»Österreich ist groß, auch der Wörthersee ist groß, und sie zieht ausgerechnet nebenan ein? Deine ehemalige Geliebte, die sich immer noch nicht damit abgefunden hat, dass du mich geheiratet hast und nicht sie?« Alma stampfte mit dem Fuß auf.

»Kann es sein, dass du eifersüchtig bist?« Er warf ihr ein Lächeln zu, das spitzbübisch sein sollte, Alma aber nur noch mehr erboste.

Anna, das war Anna von Mildenburg, die berühmte Sängerin an der Oper, mit der Gustav ein langjähriges Verhältnis gehabt hatte, als er noch Kapellmeister in Hamburg gewesen war. Sie behandelte Alma von oben herab, genau wie an jenem Abend in Wien, als Gustav Alma seinen Freunden vorgestellt hatte.

»Sie und ihr blöder Schäferhund! Sie erzählt überall herum, dass sie ihn aus lauter Güte vor dem Abdecker gerettet hat. Mir kommen die Tränen. Hoffentlich bellt er den lieben langen Tag, extra für dich!«

Noch am selben Nachmittag hatte die Mildenburg die Frechheit, einen Besuch zu machen. Den Hund hatte sie bei sich. Gustav hatte Mühe, seinen Ekel vor dem räudigen Tier zu verbergen. Dennoch spielte er den charmanten Gastgeber.

Alma schäumte vor Wut. Gewöhnlich war Gustav auch gegenüber Gästen von geradezu beleidigender Unhöflichkeit, wenn sie ihn bei der Arbeit störten. Alma war immer auf der Hut, um ihn zu besänftigen. Und ausgerechnet bei der Mildenburg spielte er den Charmeur! Womöglich bat er sie auch noch zu singen!

Ein Gewitter kündigte sich an, und Alma hoffte, sie würde endlich gehen, doch Anna von Mildenburg bestand darauf, dem Unwetter von der Terrasse aus beizuwohnen. Bebend vor Zorn musste Alma erleben, wie sie dort stand, lachend, neben Gustav, und der Sturm zauste an ihrem Haar. Alma ging nicht mit hinaus, sie hatte Angst vor herumfliegenden Ästen. Immerhin war sie schwanger.

»Hat deine kleine Frau etwa Angst?«, rief die Sängerin so laut, dass Alma es hören konnte.


Am nächsten Tag stand sie plötzlich unangemeldet vor Alma, die im Garten im Schatten der Bäume saß.

»Wo ist denn Gustav«, fragte sie scheinheilig. »Ich finde ja, er lässt uns Frauen zu oft allein. Das war schon so, als ich ihn ... gekannt habe.« Sie machte eine vielsagende Geste.

Alma reichte es jetzt.

»Gustav arbeitet. Und ich unterstütze ihn dabei.«

»Ach, wie denn?«

»Nun, zum Beispiel halte ich ihm Besuch vom Leib, der ihn beim Komponieren stört. Auf Wiedersehen.« Damit stand sie auf und ging ins Haus.

# Kapitel 26

Ein paar Tage später, es ging schon in den Spätnachmittag, die Tageszeit, die Alma am liebsten hatte, weil das Licht so besonders wurde und die Landschaft sich mit den Düften und der Wärme des Tages vollgesogen hatte, stand Gustav plötzlich vor ihr. Er trug einen Strauß wilder Kamille in den Händen, den er ihr hinstreckte. Die winzigen Blüten waren ganz warm von der Sonne und kitzelten Alma in der Nase.

»Komm, wir gehen den Berg hinauf«, sagte er.

Der Weg stieg anfangs sanft an und schlängelte sich durch eine Wiese voller Wildkräuter und -blumen. Mit leuchtenden Augen erzählte Gustav ihr, woran er arbeitete. Ab und zu blieb er stehen und sang ihr eine Melodie vor. Er arbeitete schon das zweite Jahr an der 5. Symphonie. Ein Werk, das ungewohnte Töne und Elemente enthielt und sich weit von einer klassischen Symphonie entfernte. Auch von seinen früheren Arbeiten. Zudem hatte er für diese Symphonie keinen Text zugrunde gelegt wie für seine früheren Werke, die auf den Liedern aus *Des Knaben Wunderhorn* beruhten. Der Trauermarsch in der Ouvertüre hatte allerdings Anklänge an einen ungarischen Soldatenmarsch. Gustav hatte ihr in einer ihrer ersten Diskussionen über Musik schon erklärt, wie wichtig die einfachen Motive von Volksliedern oder Märschen, die die Militärkapellen in seiner Kindheit in den Straßen gespielt hatten, für seine musikali-

sche Entwicklung gewesen seien. »Diese Musik war immer um mich, sie ist um uns alle herum und prägt uns. Wir erkennen sie wieder und entwickeln sie weiter. Das schafft Vertrauen und Sicherheit.«

»Und Erinnerung«, fügte Alma hinzu.

»Und Erinnerung«, wiederholte er. »Hör zu: Das ist das Thema des ersten Satzes ...«, er sang es ihr vor. »Und hier ...«, er sang eine andere Melodie, »... das ist der Kontrapunkt. An dieser Stelle setzen die Bläser ein ...« Er hob die Arme und marschierte im Takt um sie herum, um ihr seine Idee zu verdeutlichen. Alma spürte die Unruhe, das stürmisch Bewegte, die Orchestertutti, einige Dissonanzen. Dazwischen gab es aber auch Momente der Ruhe, kleine Walzermelodien und dann, als Höhepunkt, das Adagietto im vierten Satz. Gustav verlangsamte seinen Schritt, denn die Töne vertrugen sich nicht mit schnellen Bewegungen. Die Melodie schwebte und war von geradezu zerbrechlicher Intimität.

»Welche Instrumente?«, fragte sie.

»Nur Harfe und Streicher.«

Alma nickte. »Das ist unsere Liebe«, sagte sie leise, als Gustav das Thema weiter entfaltete, das sich in Wellen steigerte bis zum Finale. Gustav hatte ihre Bemerkung nicht gehört, und sie war sich nicht sicher, ob ihre Beobachtung richtig war. Sie hoffte es. »Wie geht es weiter?«, fragte sie atemlos.

Gustav schlug sich mit den Händen an die Stirn. »Wenn ich das wüsste! Ich spiele mit mehreren Möglichkeiten. Diese Symphonie beschreibt nicht ein Leben vom Anfang bis zum Ende, sondern eher Stationen oder Situationen eines menschlichen Lebens, die nicht in einer bestimmten Abfolge kommen müssen.«

»Das werden viele Hörer nicht verstehen wollen.«

Mahler nickte. »Ich fürchte, niemand kapiert meine Fünfte. Am Ende wird alles ruhelos, beinahe hektisch, die Musik überschlägt sich. Ich möchte, dass alles wie in einem Taumel endet, das ganze Orchester ist dabei. Es soll niemanden auf den Stühlen halten.«

»Ist es ein gutes Ende?«, fragte Alma beunruhigt.

Gustav sah sie überrascht an. »Selbstverständlich. Hast du das nicht gehört? Dann muss ich es anders machen. Das Ende soll nichts als taumelnder Jubel und überbordende Lebensfreude sein.«

Inzwischen waren sie schon eine gute Stunde gegangen und ein ganzes Stück den Hügel hinaufmarschiert. Erste Gesteinsbrocken erhoben sich aus dem grünen Gras. Das Gelände wurde felsig und stieg steil an. Die Hitze flirrte um sie herum.

Gustav rannte vor ihr her. Seine Beine nahmen die Unruhe, das Schnelle, etwas Gehetzte der Musik an, die er in seinem Kopf bewegte. Er stürmte geradezu vorwärts. Dann wieder hielt er inne, aber die Füße zuckten wild, er stampfte einige Male auf, dass die ausgetrocknete Erde unter ihm aufstob.

»Gustav! Was tust du?«, rief sie. »Dein Totatscheln macht mir Angst.«

Abrupt hielt er inne, hatte aber sichtlich Mühe, seine Füße still zu halten. Schließlich schlang er ein Bein um das andere, um sie fast mit Gewalt am Zucken zu hindern.

»Gustav? Was ist?«

»Es ist die Musik«, gab er zurück. »Sie packt mich.«

Alma bezweifelte, dass es nur die Musik war. Sie hatte ihn schon ein paarmal dabei gesehen, wie er seine Füße nicht unter Kontrolle hatte. Sie würde ihn später fragen, was das zu bedeuten hatte. Jetzt hatte sie Mühe, ihm zu folgen. Konnte dieser Mann denn nichts in

normalem Tempo machen? Musste er in allen Dingen übertreiben, ohne Pause? Woher nahm er die Energie dafür?

Sie blieb schwer atmend stehen und hielt sich den Bauch. »Gustav«, rief sie. Aber er hörte sie nicht. Also eilte sie ihm hinterher.

Völlig außer Atem erreichten sie die Spitze des Berges. Sie war erleichtert, weil es von hier aus nicht mehr weiterging, nur noch zurück. Sie trat neben ihn und vergaß augenblicklich ihre Müdigkeit. Vor ihr lag eine herrliche Aussicht. Gustav suchte ihre Hand, und sie standen schweigend nebeneinander und erfreuten sich an dem grandiosen Blick über den See. Hinter dem gegenüberliegenden Felsmassiv ging gerade die Sonne unter und schickte Gottesfinger auf das Wasser. Gustav drückte ihre Hand.

»Alma, sieh nur«, sagte er mit bewegter Stimme.

Sie lehnte sich an seine Schulter. Eine tiefe Zufriedenheit erfüllte sie.

»Alma, ich bin dir so dankbar. Ich habe noch nie so leicht gearbeitet wie mit dir an meiner Seite. Manchmal, mitten in der Arbeit, halte ich inne, nur um mir darüber klar zu werden, dass du auf mich wartest, wenn ich mein Komponierhäuschen verlasse. Ich bin in einem Taumel zwischen Kreativität und dem Wunsch, bei dir zu sein. Ich arbeite so schnell, wie ich kann, weil ich mich nach dir sehne, und gleichzeitig *kann* ich nur arbeiten, wenn ich weiß, dass du da bist. Alma, ich bin nichts ohne dich. Du darfst mich nie verlassen.«

Seine Sätze trafen sie direkt ins Herz. Das waren genau die Worte, auf die sie so gewartet hatte. Die Worte, die ihr einen Grund dafür gaben, das ständige Alleinsein auszuhalten. Gustav brauchte sie, um zu arbeiten, um zu komponieren. Er war ein Künstler, und die

waren nun mal anders als andere Männer. Künstler mussten egoistisch sein, um ihr Werk zu schaffen. Und Gustav war in seinem Egoismus vollkommen naiv, wie ein Kind war er unfähig, zu sehen, was er damit den Menschen, die er liebte, antat. Er wäre erschrocken, wenn nicht entsetzt, gewesen, würde er es erfahren. Er brauchte sie an seiner Seite, eine Gefährtin, eine Geliebte, eine Ehefrau, ohne die er die Kraft nicht aufbringen könnte. Und als seine Gefährtin war sie Teil dieses Werks.

Diese plötzliche Einsicht überwältigte sie ausgerechnet hier unter freiem Himmel. Vielleicht brauchte es die körperliche Erschöpfung, um sie zu finden. Alma war in diesem Augenblick über die Maßen glücklich. Sie hatte ihren Platz in der Welt gefunden. Neben Gustav. Sie wollte nie wieder einen anderen Platz haben.

Ein Schluchzen schüttelte sie, ohne dass sie es kommen fühlte. Sie drehte sich zu Gustav herum und warf sich in seine Arme. Er spürte ihre Leidenschaft und ließ sich davon anstecken. Sie ließen sich ins Gras sinken und liebten sich in der untergehenden Sonne.

Hand in Hand machten sie sich dann an den Abstieg. Als sie das Haus erreichten, spürte Alma ein Ziehen in ihrem Bauch, als würde das Kind sich beschweren, dass es so durchgerüttelt worden war.

Alma wollte sich davon nicht beunruhigen lassen. Sie war immer noch randvoll mit Glück. Dieser Nachmittag hatte etwas Entscheidendes zwischen ihr und Gustav verändert. Er hatte ihr ganz deutlich gezeigt, dass sie ein Paar waren, das füreinander geschaffen war. Und dass sie nur gemeinsam die Welt verändern konnten.

»Ich muss mich immer an diesen Tag erinnern«, flüsterte sie vor sich hin. »Ich darf ihn nie vergessen, auch wenn es mal schlechte Zeiten geben sollte.«

# Kapitel 27

Im August wurde die Hitze selbst hier in den Bergen drückend. Sie legte sich wie ein feuchtes Laken über den See und kroch die Ufer hinauf, bis sie die Terrasse der Villa Mahler erreichte, auf der Alma auf einer Chaiselongue lag und vergebens versuchte, sich auf ihr Buch zu konzentrieren. Der neueste Zola-Roman mit seinen düsteren Paris-Schilderungen vermochte sie nicht zu fesseln. Sie klappte das Buch zu und setzte sich schwerfällig auf, um über den See zu blicken. Nur wenige Boote tummelten sich dort unten, die Segel hingen schlaff am Mast herunter. Solange es so heiß war, verschoben sie und Gustav ihre Ruderpartien in den späten Abend oder die Nacht, wenn es etwas abkühlte. Diese Partien im Mondschein waren etwas Besonderes. Sie waren dann meist ganz allein auf dem stillen See, der leise plätscherte, wenn ein Fisch aufsprang. Gustav summte ihr vor, was er am Tag geschrieben hatte. »Gefällt es dir?«, fragte er. Meistens tat es das. Und wenn sie etwas nicht verstand, erklärte er es ihr geduldig. Sie wartete den ganzen Tag auf diese Momente, in denen Gustav mit der Arbeit aufhörte und zu ihr kam. Und wieder war es die Musik, die sie miteinander verband.

Nach ihrer Bergwanderung, als Gustav ihr seine Fünfte auseinandergesetzt und sie erkannt hatte, wie groß ihr Anteil an ihrer Entstehung war, stellte sich eine Art Arbeitsteilung zwischen ihnen ein. Anfangs hatte Alma eher aus einer Laune heraus die Seiten der Par-

titur kopiert, die Gustav am Tag zuvor eilig niedergeschrieben hatte, mit vielen Korrekturen, Streichungen und Kommentaren. Sie wollte ihm einfach einen Gefallen tun. Am nächsten Tag konnte er mit dieser sauberen Fassung weiterarbeiten und war begeistert. Er bedankte sich überschwänglich bei ihr. Daraufhin gewöhnte sie sich an, alles zu kopieren und ins Reine zu schreiben, was er tagsüber komponierte. Manchmal schrieb Mahler die Stimmen nicht einmal mehr aus, das erledigte Alma für ihn, die das Stück inzwischen fast so gut kannte wie er und genau wusste, was er im Kopf oder im Ohr hatte.

Diese Zusammenarbeit machte ihr große Freude, und, was noch wichtiger war, sie gab ihr ein wenig von der Selbstsicherheit zurück. Seit ich verheiratet bin, ist mein Leben ganz schön klein geworden, dachte sie. Ich gehe kaum aus, ich treffe keine Freunde, es gibt ja nicht einmal mehr Männer um mich herum. Und seit ich schwanger bin, fühle ich mich manchmal geradezu nutzlos. Jetzt aber kann ich mir in Erinnerung rufen, was Gustav mir vor einigen Tagen dort oben auf dem Berg gesagt hat.

Alma stöhnte. In der nachmittäglichen Hitze kam sie sich vor wie ein Elefant. Allein die Vorstellung, sich in ein Boot zu hieven, ohne es zum Kentern zu bringen, war ihr ein Graus. Sie lüftete ihren Mousseline-Rock in der Hoffnung, ein wenig Abkühlung für ihre Beine zu bekommen.

Am Morgen waren ihre Mutter und Carl Moll zurück nach Wien gefahren. Sie waren zu Besuch gekommen, es waren harmonische Tage gewesen. Anna hatte die kleine Maria in Wien gelassen, wofür Alma ihr dankbar war. Sie hatten sich sogar ein wenig ausgesöhnt und gemeinsam musiziert. Ihre Schwangerschaft brachte sie ihrer Mutter näher, Anna hatte sich um Alma gekümmert und sie um-

sorgt. Als sie zu viert eine Wanderung unternahmen, war sie sehr besorgt gewesen.

»Was mutet er dir zu? Du bist schwanger, und er scheucht dich durch die Gegend. Wir sind sogar über Zäune geklettert. Du musst Rücksicht auf deinen Zustand nehmen. Was bildet Gustav sich nur ein?«

»Mama, er sieht solche Sachen einfach nicht. Er meint es nicht böse. Schimpf nicht mit ihm.«

Aber Anna hatte ihrem Schwiegersohn ins Gewissen geredet und ihn darauf aufmerksam gemacht, dass er sein ungeborenes Kind gefährde, wenn er Alma nicht schone. Gustav war ehrlich zerknirscht gewesen.

Alma goss sich noch ein Glas Wasser ein, die Eiswürfel darin waren längst geschmolzen, aber als sie das Glas an die Wange legte, kühlte es doch ein wenig. Sie sah an sich herunter. Ihre Knöchel waren leicht angeschwollen, ihr Busen, der immer schon üppig gewesen war, war noch runder geworden. Sie seufzte. Ich muss aufpassen, dass ich nicht gleich im ersten Jahr meiner Ehe zur Matrone werde, dachte sie, und lachte grimmig.

Und dann fing sie unvermittelt an zu weinen. O Gott, das wurde ja langsam zur Gewohnheit! Was war nur mit ihr los? Sie war zwischen bedingungsloser Liebe zu Gustav und abgrundtiefer Traurigkeit hin und her gerissen. Sie hatte noch nie so viel geweint wie in diesem Sommer. Sie schob ihre Gefühlsausbrüche auf die Schwangerschaft. Man wusste ja, dass schwangere Frauen nahe am Wasser gebaut haben. Aber das konnte nicht der einzige Grund sein. Sie hatte sich so auf die Ferien hier in Maiernigg gefreut, auf eine Zweisamkeit mit Gustav, für die sie in Wien nie Zeit fanden. Aber statt die Tage mit ihm zu verbringen, ihn noch besser kennenzulernen,

sich gemeinsam auf ihr Kind zu freuen und Zukunftspläne zu schmieden, war sie auch hier meistens allein. Inzwischen hatte sie alle Bücher gelesen, die sie aus Wien mitgebracht hatte. Das Haus hatte sie neu gestaltet, und sie kannte jeden Spazierweg in der näheren Umgebung. Sie mochte sich nicht ans Klavier setzen, denn Gustav hatte ihr zu verstehen gegeben, dass ihn ihr Klavierspiel, das bis in sein Häuschen im Wald drang, beim Komponieren störe. Ja, was sollte sie denn noch tun? Gustav hatte kaum Zeit für sie, und wenn er nicht komponierte, dann schwamm, wanderte oder ruderte er. Er brauchte diese Art der körperlichen Ertüchtigung als Ausgleich, um den Kopf wieder für seine Musik freizubekommen. Außerdem kämpfte er damit gegen seine körperlichen Gebrechen an. Er hatte ihr gebeichtet, dass er gesundheitliche Probleme hatte, die wohl auch zu seinem peinlichen Versagen bei ihrem ersten Liebesversuch geführt hatten. Alma hatte selbst mit Professor Hochenegg gesprochen, der ihn im Jahr vor der Hochzeit zweimal wegen blutender Hämorrhoiden operiert hatte. Natürlich wollte sie, dass Gustav gesund war, und sie schmiegte sich gern an seinen durchtrainierten, straffen Körper. Bei den sportlichen Ausflügen waren sie sich bisher immer sehr nahe gewesen. Auch sie war jemand, die sich gern bewegte und keine Angst vor körperlicher Anstrengung hatte. Aber ihre fortschreitende Schwangerschaft ließ solche Aktivitäten nicht mehr zu, und seitdem ihre Mutter Gustav ins Gewissen geredet hatte, schwamm er allein im See und unternahm einsame Wanderungen.

Ach, es war alles verhext! Sie hatte sich so auf den Besuch von Gretl und Wilhelm gefreut, die sich in Maiernigg angesagt hatten. Mit ihrer Schwester konnte sie freier reden als mit ihrer Mutter, zumal Gretl endlich auch ein Kind erwartete. Aber Gretl ging es nicht

gut, das hatte ihre Mutter berichtet. Deshalb hatte sie ihren Besuch kurzfristig abgesagt.

Alma ging davon aus, dass Gretls Unpässlichkeit mit ihrer Schwangerschaft zu tun hatte. Als sie aber den ausweichenden Blick ihrer Mutter sah, wurde sie misstrauisch. »Was ist los?«, fragte sie. Anna sah zu Boden. »Ich fürchte, es ist schlimmer als die Schwangerschaft. Sie ist ... es ist wohl eine Art Geistesschwäche. Du weißt, wie labil sie ist, immer so düster ...«

Mit Schrecken dachte Alma an die Zeit vor Gretls Hochzeit. Damals war Gretl so verwirrt gewesen. Sie hatte Wilhelms Verliebtheit über sich ergehen lassen. Sie war nie so richtig froh gewesen. Noch etwas kam ihr in den Sinn, das ihr Angst machte und über das sie noch nie mit jemandem gesprochen hatte. Aber als Gretl ungefähr siebzehn gewesen war, hatte sie Alma gestanden, dass sie mit dem Gedanken spielte, sich etwas anzutun. Sie hatte sich sogar eine Pistole besorgt. Alma war damals in Panik geraten. Sie hatte das ganze Haus abgesucht und die Waffe schließlich in einem Versteck in ihrem Zimmer gefunden und weggeworfen. Gretl war immer schon anders gewesen als Alma, stiller, grüblerischer. Schon als Kind hatte sie sich unvermittelt aus dem Spiel herausgezogen und in eine Ecke verkrochen. Sie war dann nicht mehr ansprechbar gewesen. Die Gruselgeschichten, die Alma sich ausgedacht hatte, hatten Gretl zuweilen in Todesangst versetzt, so dass Alma ein schlechtes Gewissen bekam. Was Alma in den Schoß fiel, dafür musste Gretl sich sehr anstrengen. Für sie schien das Leben eher eine Bürde zu sein, selten war es leicht und voller Versprechen. Aber das war doch eine Sache, eine andere war das, was ihre Mutter da gerade andeutete.

»Aber Mama, was sagst du denn da? Du meinst, Gretl sei ...«, auch sie sträubte sich, das Wort auszusprechen, »... geisteskrank?«

Ihre Mutter zerknüllte ein Spitzentaschentuch in den Händen. »Wir müssen abwarten und hoffen. Wilhelm hat, so scheint's, einen sehr guten Arzt gefunden. Einen Spezialisten auf dem Gebiet. Er hat eine Klinik in Baden.«

»Aber Gretl erwartet ein Kind!«

»Wie gesagt, wir müssen abwarten.«

Bei dem Gedanken an ihre Schwester kamen Alma schon wieder die Tränen. Stand es so schlimm um Gretl, dass sie einen Arzt brauchte? Gab es etwas, das sie, Alma, tun konnte? Wie dankbar war sie, als Gustav mit großen Schritten um die Ecke kam und ihre düsteren Gedanken vertrieb.

»Meine Almschi. Ich habe gedacht, ich mache heute etwas früher Schluss, weil doch deine Mutter nicht mehr da ist und du dich vielleicht einsam fühlst.« Er beugte sich über sie und küsste sie.

»O Gustav.« Alma fühlte eine Welle von Liebe und Dankbarkeit und umschlang ihn mit den Armen. Für einen Augenblick genossen beide das schöne Gefühl, einander ganz nah zu sein.

Dann zog Gustav sich einen Stuhl heran und setzte sich ihr gegenüber. »Hör zu«, sagte er. »Nein, ich muss es spielen.« Er stand wieder auf und ging ins Haus, wo das Klavier stand.

*Liebst du um Schönheit,*
*O nicht mich liebe!*
*Liebe die Sonne,*
*Sie trägt ein goldnes Haar!*

In der zweiten Strophe ging es um die Jugend. Wenn die Angesungene die Jugend liebe, dann solle sie doch den Frühling wählen, nicht

ihn. Und dann ging es um Reichtum, für den eine Meerjungfrau mit Perlen besser geeignet sei als er. Dann kam die vierte, die letzte Strophe:

> *Liebst du um Liebe,*
> *O ja, mich liebe!*
> *Liebe mich immer,*
> *Dich lieb' ich immerdar.*

Sie begann im gleichen musikalischen Muster wie die ersten drei Strophen, aber dann hatte Mahler die Wörter *Liebe* und *immer* rhythmisch verlängert und betont und damit die Aussage des Textes durch die Musik verstärkt: Liebe verschenkte sich nur um ihrer selbst willen, nicht für Reichtum oder Schönheit.

Alma fühlte sich von den Worten und der Musik wie getragen. Sie spürte ihren dicken Leib nicht, als sie sich von der Chaiselongue erhob und neben ihren Mann trat. Sie kannte diese Worte. Sie stammten von Friedrich Rückert, aber wie bei so vielen Versen ergab sich der Sinn erst durch die Musik, die Gustav für sie gefunden hatte. Sie sah das Blatt mit seiner Schrift, das auf dem Notenständer lag, und fand die Stelle, an der er gerade war. Er machte Platz auf der Klavierbank, und sie glitt neben ihn und übernahm die Bassnoten.

Die Musik erfüllte den Raum. Ihre Hände glitten über die Tastatur, kamen sich nahe, entfernten sich wieder voneinander, berührten sich mit den Spitzen der kleinen Finger. Ihre Unterarme überkreuzten sich zuweilen. Sie spielten das Lied noch einmal, dann noch einmal.

Alma wusste, dass unten auf dem See die Menschen in ihren Booten verharrten, um der zauberhaften Melodie zu lauschen. Das taten sie oft, wenn im Haus ein Konzert gegeben wurde. Aber dieses Lied

wollte sie nicht teilen, denn es war nur für sie. Nach dem letzten Ton nahm Gustav ihre Hände in seine.

»Ich schenke es dir, meine Alma. Ich weiß, dass ich zu wenig Zeit für dich habe, dass ich dich vernachlässige. Und dass ich dir auf der anderen Seite zu viel zumute. Deine Mutter hat mir ordentlich den Kopf gewaschen. Verzeih mir. Und nimm dieses Lied als Liebeserklärung. Du weißt, ich habe nur die Musik, um mich auszudrücken.«

Er sah sie abwartend an.

Alma kämpfte schon wieder mit den Tränen, aber diesmal waren es Tränen des Glücks. Sie sah auf das Blatt, auf das Gustav als Widmung geschrieben hatte: *Privatissimum an dich.*

Sie neigte sich ihm zu und lehnte den Kopf an seine Schulter. Hinter ihr, über dem See, ging die Sonne gerade unter und ließ ihr Haar flammendrot aufleuchten.

»Mein Gott, Alma, wenn du wüsstest, wie schön du gerade bist«, flüsterte Gustav.

Alma nickte. Andere Männer mochten ihren Frauen Schmuck oder Häuser schenken, so wie die Männer von Berta Zuckerkandl oder Flora Berl. Alma wollte von ihrem Mann nur seine himmlische Musik geschenkt bekommen. Diese Musik, die nie vergehen würde, die die ganze Welt hören und sich an ihr erfreuen konnte, die er aber nur für sie erdacht hatte.

»Danke, Gustav«, flüsterte sie. »Ich liebe dich.«

# Kapitel 28

Alma hatte nicht einmal mehr die Kraft zu schreien. Als die nächste Wehe in ihren Körper schnitt, wimmerte sie nur noch.

Als die Geburt sich andeutete, hatte sie noch aus dem Fenster auf die Auenbruggergasse hinuntergesehen und in den Wehenpausen dem Trommeln der Regentropfen auf den Scheiben gelauscht. Doch jetzt, nach Stunden um Stunden zermürbender Schmerzen, wollte sie nur noch, dass alles endlich vorüber war. Sie sah das besorgte Gesicht des Arztes, der mit der Hebamme flüsterte. Sie sah Gustav, der an ihr Bett trat und ihre Hand nahm. Sie schob ihn weg. Sie hatte nicht die Kraft, ihn zu trösten. Und sie gab ihm die Schuld an diesem Martyrium. Der Arzt hatte gesagt, das Kind liege falsch herum. Ob Alma sich während der Schwangerschaft angestrengt habe?

»Angestrengt?«, keuchte sie. »Sie meinen, Berge hinaufkraxeln und unter Hecken hindurchkriechen?«

Aber das war schon vor einigen Stunden gewesen. Für Sarkasmus fehlte ihr schon lange die Kraft. Sie fühlte eine neue Wehe kommen, und Angst schnürte ihr die Kehle zu. Angst vor den Schmerzen und mittlerweile auch Angst davor, die Geburt ihres ersten Kindes nicht zu überleben. Und was war überhaupt mit ihrem Kind? Wie würde es diese Tortur überstehen? Und dann konnte sie keinen Gedanken mehr fassen, denn der Schmerz überrollte sie. Sie bäumte sich auf, um ihm zu entkommen. Sie fühlte das warme Blut, das zwischen

ihren Beinen aus ihrem Körper rann. Die Hebamme hatte wohl schon ein Dutzend Mal die Laken gewechselt. Alma stieß einen Schrei aus, zu dem sie sich nie für fähig gehalten hätte. Ihre ganze Verzweiflung, ihre Angst und auch ihre Wut lagen in diesem Schrei. Sie spürte etwas, das ihren Körper verließ und ihn dabei auseinanderriss. Dann überrollte sie eine Ohnmacht.

Als sie zu sich kam, saß Gustav an ihrem Bett. Er hatte Tränen in den Augen. »O Gott, Alma. Es ist überstanden. Wir haben eine kleine Tochter. Und sie hat der Welt als Erstes ihr Hinterteil gezeigt, den Körperteil, den sie verdient.«

Die Hebamme näherte sich und legte Alma das Kind in die Arme. »Ihr Mann hat recht, es war eine Steißgeburt. Sie waren sehr tapfer. Herzlichen Glückwunsch. Wie soll die kleine Prinzessin denn heißen?«

»Ist sie gesund?«, fragte Alma.

Die Hebamme nickte. »Sie ist gesund und schön.«

»Sie soll Putzi heißen. Sieh doch, wie putzig sie ist«, rief Gustav.

Damit hatte die kleine Maria schon einen Spitznamen.

Warum empfanden andere Mütter Stolz und Glück, wenn sie ihre Kinder ansahen? Und warum konnte sie das nicht? Alma starrte auf Maria in ihrem Bettchen. Dieses Kind hätte sie fast umgebracht, und jetzt nahm es ihr den Mann. Gustav verbrachte mehr Zeit mit Maria als mit ihr. Jeden Morgen holte er sie in sein Arbeitszimmer, und die beiden blieben unter sich, und sie, Alma, blieb außen vor. Aber am Tag von Marias Geburt hatte er abends in der Oper dirigiert, während sie beinahe gestorben war! Alma spürte nagende Eifersucht und schämte sich gleich darauf.

Als sie Gustav vor zwei Wochen das erste Mal nach der Geburt

abends in die Oper begleitet hatte, hatte sie das nur ihm zuliebe getan, denn sie war immer noch schwach nach der Entbindung, und sie fand sich unansehnlich, aus dem Leim gegangen und blass. Gustav hatte den ganzen Abend mit den Sängerinnen an der Oper poussiert. Er ließ sie aus seinem Glas trinken, er war aufmerksam und machte Witze, er sprühte vor Charme. Er benahm sich wie ein eitler Geck, und Alma saß daneben, noch unförmig nach der Geburt, und musste alles mit ansehen. Von dem Champagner wurde ihr übel, und ihre geschwollene Brust schmerzte. Und als sie dann zu Hause waren, da war er plötzlich erschöpft gewesen und hatte nur noch seine Ruhe gewollt. Da war nichts mehr mit Charme gewesen! Solche Szenen kannte sie schon. Für andere gab er sich Mühe, zu Hause ließ er sich gehen. Wenn er an solchen Tagen an ihre Schlafzimmertür klopfte, schickte sie ihn weg.

Alma verstand sich selbst nicht mehr. Und sie mochte sich in diesen Wochen überhaupt nicht leiden. Wenn sie in den Spiegel sah, dann war dort eine Frau mit einem verbitterten, hässlichen Zug um den Mund. Wieder und wieder rief sie sich den Nachmittag mit Gustav auf dem Berg in Erinnerung. Sie versuchte, diese Gefühle wieder zu spüren, aber sie waren nur flüchtig. Was war denn nur los mit ihr? Wo war ihre Lebenslust geblieben, ihre Art, alles leicht und von der schönen Seite zu nehmen?

»Das geht vielen Frauen so«, versuchte Flora Berl sie zu beruhigen, die im Januar, als Maria zwei Monate alt war, einen Besuch machte. Sie war über Almas Aussehen erschrocken und ließ nicht locker, bis Alma endlich alles sagte.

»Sieht man das schon auf den ersten Blick?«, fragte Alma, und dann ließ sie die Fassade fallen und erzählte zum ersten Mal alles, was sie bedrückte.

Flora konnte sie trösten: »Erst freut man sich von Herzen auf sein Kind, und wenn es dann da ist, dann kann man nichts damit anfangen. Ich glaube, der Doktor Freud hat sogar einen Namen dafür gefunden. Und bitte glaub mir, das geht vorüber. Bei mir war es ähnlich. Ich habe mich widerwärtig gefühlt und mich geschämt.«

»Und wie lange hat dieser Zustand angehalten?«, fragte Alma.

»Ach, ich weiß nicht mehr genau. Irgendwann war es einfach vorbei, ohne dass ich es richtig gemerkt habe. Ich gebe dir den Rat, dir nicht zu viele Schuldgefühle zu machen.«

Als sie gegangen war, fühlte Alma sich unendlich erleichtert. Ich bin nicht die Einzige, die nicht die richtige Liebe für ihr Kind empfinden kann, dachte sie. Und Professor Freud, der Seelenarzt, der in der Berggasse seine Praxis hatte und zu dem viele Wiener gingen, auch einige von Almas Bekannten und Freunden, hatte sogar einen Namen dafür. Seufzend trat sie an die Wiege heran, in der Maria schlief. Der zarte Mund war leicht geöffnet, sie seufzte im Schlaf und ballte ihre winzige Hand zu einer Faust. Alma beugte sich über sie und roch ihren Duft. Sie roch sauber und nach Unschuld. Alma schöpfte Hoffnung. Sie wollte doch nur, dass sie eine glückliche Familie waren. Gustav war voller Stolz und Liebe für die kleine Maria, und ihr würde das auch gelingen.

Als der Frühling kam, ging es Alma tatsächlich besser. Sie erholte sich zunehmend von den Strapazen der Schwangerschaft und der Geburt. Sie ging wieder mehr aus dem Haus, die Sonne und die frische Luft taten ihr gut.

In ihrem Zimmer standen jetzt ab und zu wie früher Blumengestecke. Sie stammten von dem Komponisten Gustave Charpentier, dessen Oper *Louise* Gustav gerade inszenierte. Charpentier war wie ein Wirbelwind. Er war zu den Proben nach Wien gekommen und

fand vieles an der Inszenierung unpassend. Gustav war alles andere als gekränkt. Immer begierig, Neues zu lernen, hörte er sich an, wie der Komponist sein Stück umgesetzt sehen wollte. Der Verführer bekam eine rote Glühbirne unter den Frack genäht, die seinen Herzschlag zeigte. Die Ballerina trug jetzt ein kurzes Ballettröckchen und tanzte in einem lila Lichtkegel, der die Szenerie auf dem Pariser Montmartre zeigen sollte. Die Oper bekam so etwas Leichtes, Spielerisches, und sie wurde ein Erfolg. Auch im privaten Umgang war Charpentier ein Gewinn. Mit ihm war es nie langweilig. Er hatte schlechte Manieren, war kumpelhaft und voller Humor. Seine Loge in der Oper nutzte er für Treffen mit halbseidenen Damen. Das hielt ihn nicht davon ab, Alma in allen Ehren den Hof zu machen. *Für Madame Mahler, die anmutige Muse von Wien*, stand auf den Schleifen.

Alma und Gustav vermissten ihn, als er nach der Premiere wieder abreiste.


Ihre schönsten Zeiten hatten Gustav und Alma, wenn sie ihn auf seinen Konzertreisen begleitete.

»Komm mit mir, Almschi«, bat er regelmäßig. »Ich will nicht ohne dich sein. Ich fühl mich so allein ohne dich.«

»Und du lässt regelmäßig deinen Hut irgendwo liegen«, sagte sie lachend. Das stimmte. Gustav war für seine Schusseligkeit bekannt. Er war meistens so in Gedanken versunken, dass ihm die alltäglichen Dinge schwerfielen. Er verlief sich und vergaß ständig irgendwo Sachen. Alma konnte zu fast jeder Stadt, in der sie gewesen waren, eine Anekdote erzählen, wie sie in aller Eile noch einmal zurücklaufen mussten, um einen Hut zu holen, bevor der Zug ging, oder wo freundliche Menschen ihm seine Habseligkeiten hinterher-

trugen. Er vergaß Verabredungen und manchmal auch Namen. Im letzten Sommer, als sie alle bei Carl Moll im Garten gesessen hatten, hatte er sich eine Zigarette angezündet und dann mit ihr den Kaffee umgerührt, den Anna Moll ihm hingestellt hatte.

»Na also, da hast du es. Du musst mit. Ohne dich ist es fad! Und ich komme unter die Räder.«

Das war wörtlich zu nehmen, denn Gustav war oft so in Gedanken, dass er die Straße überquerte, ohne auf die Tram oder Fuhrwerke zu achten. Mehr als einmal war er nur knapp einem Zusammenstoß entgangen.

Alma tat ihm den Gefallen, so oft es möglich war. In den ersten Monaten nach Marias Geburt war das schwierig, weil sie die Kleine nicht allein lassen wollte, und sie mitzunehmen war manchmal kompliziert. Aber auch Alma liebte diese Reisen mit Gustav. Sie wohnten in schönen Hotels oder waren in Privathäusern untergebracht. Sie fühlten sich dann immer, als seien sie in den Flitterwochen. Beide gaben sich Mühe, diese Tage zu ganz besonderen zu machen. Natürlich musste Gustav arbeiten, aber meistens hatte er vormittags Probe, dann aßen sie gemeinsam zu Mittag und machten einen Ausflug, und abends dirigierte er, und Alma saß im Publikum.

Sie machten sich über die Marotten ihrer Gastgeber lustig, lachten gemeinsam und waren unbeschwert, weil Gustav nicht mit dem täglichen Ärger der Wiener Oper belastet war. Auf diesen Reisen machten sie viele Bekanntschaften, einige von ihnen wurden zu lebenslangen guten Freunden.

Aber auf jede Reise konnte Alma ihn nicht begleiten. Nach Marias Geburt war sie einige Wochen ernstlich krank, und der Arzt verbot ihr, aus dem Haus zu gehen. Manchmal ging es auch aus finanziellen Gründen nicht, denn die Bahnfahrten und Hotels waren

teuer, und nicht immer konnte Gustav heraushandeln, dass auch die Kosten für seine Frau, das Kind und eine Amme bezahlt wurden. Alma vermisste Gustav dann sehr. »Trennung macht sehend«, sagte sie zu Flora. Ein Lichtblick waren nach wie vor seine Briefe. Er schrieb fast täglich, manchmal mehrfach, und wie während ihrer Verlobungszeit fragte sie sich, wann er die Zeit dazu fand. Die erste Nachricht schrieb er meistens schon auf dem Bahnhof in Wien oder spätestens im Zug. Über diese Briefe blieben sie in Verbindung, er erzählte ihr in allen Einzelheiten von den Proben, wen er getroffen, über wen er sich geärgert hatte. Oft musste Alma bei der Lektüre lachen, denn so ernst Gustav oft war, in seinen Briefen pflegte er einen köstlichen Humor, in dem er sich meistens selbst auf die Schippe nahm. Ein leiser Tadel schwang auch oft mit. Er schimpfte mit ihr, weil sie nicht oft genug schrieb, und ihre Schrift konnte er immer noch nicht entziffern.

Wenn Gustav nicht in Wien war, hatte Alma Zeit für andere Beschäftigungen. Natürlich hatte sie genug Arbeit mit Maria, obwohl die mit ihrem Kindermädchen Fanni sehr glücklich war. So vertraut war sie ihr, dass sie manchmal sogar weinte, wenn Alma sie auf den Arm nehmen wollte.

☙❧

1903 schloss Gustav einen Vertrag mit dem Leipziger Verlagshaus für den Druck der 5. Symphonie. In der Post lag ein Scheck über die erste Hälfte des Honorars, immerhin zehntausend Goldkronen.

»Dann kannst du doch mit mir nach Basel kommen«, sagte er. »Bitte komme mit.«

Mahler sollte im Juni beim Tonkünstlerfest im Basler Münster seine 2. Symphonie dirigieren, eine Einladung, die ihn sehr freute,

zumal auch Richard Strauss eingeladen war, seine Werke vorzustellen.

»Ich habe kein Kleid«, gab Alma zurück.

»Dann kauf dir eins. Kauf dir gleich zwei!«

Zum ersten Mal war Alma dabei, als Gustav eine seiner Symphonien aufführte. Sie spürte seine Anspannung. Er aß am Abend vorher kaum etwas, nur den obligatorischen Apfel. Dann zog er sich zurück und ging zum hundertsten Mal die Partitur durch. Er hatte die Symphonie vorher noch nicht oft gespielt. Als sie vor Konzertbeginn in das Basler Münster kam, wurde auch Alma durch die schiere Größe des Kirchenbaus eingeschüchtert. Diese riesige Halle sollte Gustav mit seiner Musik füllen! Dann setzten die ersten Töne ein, und Alma gab sich den Klängen hin. Als die Musik verklungen war und Gustav sich zum Publikum herumdrehte, setzten Begeisterungsstürme ein. Die Zuhörer rasten, sie standen auf, klatschten und trampelten mit den Füßen. Alma war von dieser Reaktion überrascht. Auch ihr hatte es gefallen, aber diesen geradezu frenetischen Jubel sah sie mit Befremden. So sehr sie Gustav für seine Dirigate und seine Interpretation anderer Komponisten bewunderte, so schwer tat sie sich nach wie vor mit seinen Symphonien. Jetzt drängten die Zuhörer zur Bühne, um Gustav persönlich zu gratulieren, und schließlich musste er sich durch einen Hinterausgang vor seinen Anhängern in Sicherheit bringen.

Ein paar Tage später kam er sehr niedergeschlagen nach Hause. »Hast du gehört? Hugo Wolf ist tot.«

Alma nahm ihn stumm in die Arme, um ihn zu trösten. Sie hatte die Nachricht in der Zeitung gelesen und war gleichfalls erschüttert.

Hugo Wolf war der nach Mahler vielleicht genialste Komponist

Wiens gewesen. Mahler kannte ihn aus seinen ersten Wiener Jahren, als sie beide Mitglieder im Debattierclub Pernerstorfer Kreis und enge Freunde gewesen waren. Wolf und Gustav waren sich auch musikalisch sehr ähnlich. Aber Wolf hatte keinen Erfolg gehabt. Vor einigen Jahren waren bei ihm die Auswirkungen einer Syphiliserkrankung deutlich geworden. Sein Geist verwirrte sich, und er gab sich als Hofoperndirektor aus. Seine letzten Lebensjahre hatte er in einer Irrenanstalt verbracht.

»Er war genauso alt wie ich. Und jetzt ist er schon tot«, sagte Gustav nachdenklich und legte die Zeitung wieder zusammen.

Alma sagte nichts. Sie beunruhigte, was da von der geistigen Verwirrung Wolfs zu lesen war. Sie musste dabei an ihre Schwester denken und bekam es mit der Angst zu tun.

ᕗᣘᕕ

Im Juli und August waren sie in Maiernigg. Alma nahm das Haus und die Umgebung gern wieder in ihren Besitz. Diesmal war die kleine Maria dabei. Gustav war durch die anstrengenden Konzertreisen am Ende seiner Kräfte. In den ersten Wochen am Wörthersee litt er unter Migräne und musste sich erst wieder erholen. Alma kümmerte sich rund um die Uhr um ihn, sorgte dafür, dass er gut schlief und aß. Als es ihm besser ging, stieg die Lust zum Komponieren in ihm auf, und er verschwand über Stunden in seinem Refugium. Alma nahm es hin. Immerhin hatte sie jetzt die kleine Maria um sich, um die sie sich kümmerte und die sie auf Trab hielt. Nach zwei Monaten fuhr Gustav zurück nach Wien, weil am 18. August, am Geburtstag von Kaiser Franz Joseph, die Opernsaison begann. Alma blieb noch und genoss den Spätsommer. Etwas war anders,

wenn Gustav nicht da war. Sie nahm sich Zeit für sich, sie verbrachte die Tage nach ihrem Geschmack, ohne sich nach Gustav zu richten oder auf ihn zu warten. Sie unternahm lange, einsame Wanderungen, auf denen sie viel nachdachte. Wenn sie zurück im Haus war, spielte sie mit ihrer Tochter, die ihr immer mehr ans Herz wuchs. Maria konnte inzwischen sitzen und machte erste Krabbelversuche. Sie quietschte vor Freude, wenn sie Alma erblickte, und streckte die Ärmchen nach ihr aus. Alma fütterte sie mit selbst gemachtem Kompott und musste lachen, wenn sie das Gesicht verzog. Anfang September fuhr auch Alma erholt und guter Dinge nach Wien zurück. Nach der relativen Einsamkeit in Maiernigg freute sie sich auf die Oper und das Theater und darauf, ihre Freundinnen wiederzusehen.

Noch auf etwas anderes freute sie sich: Sie war wieder schwanger. Als sie es Gustav sagte, war er überglücklich.

»Damit machst du mir das schönste Geschenk, das ich mir wünschen kann«, sagte er. »Ich will dir auch etwas schenken.«

Er widmete ihr die 5. Symphonie mit folgendem Wortlaut: *Meinem lieben Almscherl, der teuren und tapferen Begleiterin auf allen meinen Wegen.*

Hatte sie davon nicht geträumt? Dass ihr Mann ihr eines seiner Kunstwerke widmete?

# Kapitel 29

»Ich gebe ja zu, dass die Position als Frau Hofoperndirektor nicht immer ganz leicht ist.« Berta Zuckerkandl führte einen silbernen Teelöffel steif geschlagener Sahne an den Mund und leckte sich genießerisch die Lippen. »Aber«, sagte sie dann und beugte sich vor, um ihren Worten Nachdruck zu verleihen, »sie ist auch nicht zu verachten und bietet gewisse Vorteile.« Dabei spielte sie mit den schwarzen Perlen, die ihr in zwei langen Schnüren bis fast auf die Taille reichten und bei jeder Bewegung leise und äußerst elegant aufeinander klackten. Alma waren die Perlen sofort aufgefallen, und sie hatte Berta gleich bei der Begrüßung ein Kompliment dafür gemacht.

»Ach, meine Liebe, wenn man nicht mehr so jung und bezaubernd schön ist wie Sie, dann muss man eben ein wenig nachhelfen«, hatte Berta mit einem bezaubernden Lächeln geantwortet, das ihre Worte Lügen strafte. Sie drehte die Perlen zu einem kleinen Knoten und ließ sie wieder fallen. Wieder machten sie dieses verheißungsvolle Geräusch.

»Ich will mich ja auch nicht beschweren«, sagte Alma zögerlich, »aber Gustav hat so wenig Zeit für mich.«

»Erinnern Sie sich an unser Gespräch vor Ihrer Hochzeit? Damals haben wir auch hier im Sacher gesessen.«

»Ja, natürlich erinnere ich mich«, sagte Alma.

»Ich habe Ihnen damals geraten, sich eine Art Ausgleich zu suchen. Lieben Sie ihn denn?«

Alma war dieses Gespräch inzwischen unangenehm, weil es
einen zu persönlichen Charakter bekam. Berta hatte sie angerufen
und sie um ein »ganz zwangloses« Treffen gebeten. Gewöhnlich sahen sie sich in ihrem Salon in Döbling, gemeinsam mit Gustav und
vielen anderen Menschen. Das war während ihrer Ehe drei- oder
viermal vorgekommen. Aber heute hatte Berta um ein Tête-à-Tête
gebeten. Je weiter das Gespräch voranschritt, umso mehr drängte
sich Alma der Verdacht auf, ihre Mutter könnte dahinterstecken.
Berta hatte das Sacher vorgeschlagen, was Alma ganz recht gewesen
war, denn sie würde nach dem Treffen mit Gustav gemeinsam nach
Hause fahren. »Natürlich liebe ich meinen Mann. Ich bewundere
ihn.«

Berta bemerkte, dass Alma ungehalten wurde. »Sehen Sie, ich
fühle mich ein wenig verantwortlich für Ihr Glück. Immerhin bin
ich nicht ganz unbeteiligt daran, dass Sie und Gustav verheiratet
sind … Ich habe gehört, dass Sie früher eine passable Musikerin
waren.«

»Ich habe sogar selbst komponiert, und es gab Leute, die mich für
talentiert hielten.«

»Nun, so ein Talent verliert sich ja nicht.«

Alma schüttelte den Kopf. »Das wohl nicht. Aber man muss es
pflegen.«

»Und das tun Sie nicht?«

Alma senkte den Blick. Darüber wollte sie nicht reden. Das
Thema tat zu weh. »Gustav ist mit Abstand der bessere Komponist
von uns beiden. Und in einer Ehe reicht einer vielleicht aus.« Sie
sagte das gegen ihre innere Überzeugung, aber dennoch mit Stärke

in der Stimme, denn sie wollte nicht länger darüber reden. Doch Berta ließ nicht locker.

»Alma, Sie sind nicht die einzige Frau, die mit einem Genie verheiratet ist. Dafür müssen wir einen Preis bezahlen.«

»Ich frage mich, wie die anderen das machen. Wie die das aushalten.«

»Nun, sehen Sie sich doch um. Es gibt die Stillen, die komplett hinter ihren Männern verschwinden. Einige halten das aus, andere werden neurotisch und gehen zu Doktor Freud … «

Das stimmt, dachte Alma. Ihre Schwester zum Beispiel oder Melitta Lanner, die von ihrem Mann zu Freud geschickt wurde.

»… es gibt aber auch andere, die sich auflehnen. Das bringt einem ganz schnell einen schlechten Ruf ein. Als allerletztes Mittel bleibt ja auch die Scheidung.«

»Ich will mich nicht scheiden lassen, wo denken Sie hin?«, entfuhr es Alma. »Ich liebe meinen Mann«, fügte sie mit Nachdruck hinzu.

»Das wäre auch die schlechteste Lösung.«

Alma fragte sich immer noch, was Berta eigentlich von ihr wollte. Sie rutschte auf ihrem Stuhl hin und her. Am liebsten wäre sie aufgestanden und gegangen. Könnte sie nicht ihre fortgeschrittene Schwangerschaft vorschieben und sagen, ihr sei übel? Aber das wäre denn doch zu offensichtlich gewesen. Es gab ohnehin schon Leute in Wien, die sie für überspannt hielten. Anna von Mildenburg war inzwischen zu ihrer Intimfeindin geworden und redete schlecht über sie. »Ich weiß nicht recht, was …«

Berta legte ihr die Hand auf den Unterarm. »Lassen wir es gut sein. Ich biete Ihnen lediglich an, zu mir zu kommen, falls Sie etwas bedrückt.«

Auf dem Heimweg war Alma ungewöhnlich still. Das Gespräch mit Berta ging ihr nicht aus dem Kopf. Sollte das eine Warnung gewesen sein? Aber wovor? Sie ließ sich doch nichts zuschulden kommen und war Gustav eine loyale Ehefrau. Oder meinte Berta im Gegenteil, sie sollte auf sich selbst aufpassen? Alma war demnächst Mutter von zwei Kindern. Ihr Mann leitete die Wiener Oper und machte sich gerade einen Namen als genialer Komponist. Als Gustavs Frau war sie der Fuchtel ihrer Mutter entkommen. Gustav liebte sie abgöttisch und wollte, dass sie glücklich war. Nachdem der größte Teil des Schuldenbergs abgetragen war, lebte sie ein behagliches Leben ohne finanzielle Sorgen. Sie besaßen ein Sommerhaus am Wörthersee, Dienstboten sorgten für ihr Wohl. Dennoch fragte sich Alma manchmal, wie andere Künstlerehen funktionierten und wie andere Frauen lebten.

So wie ihre Mutter wollte sie jedenfalls nicht sein. Anna Moll war schon in zweiter Ehe mit einem Maler verheiratet. Beide Ehemänner waren Künstler und hatten etwas Bohemienhaftes an sich, was Gustav komplett abging. Anna gab sich den Anschein, ganz nach dem Willen ihrer Männer zu leben. Sie legte sehr großen Wert darauf, nach außen das Bild der treu sorgenden Ehefrau abzugeben, und sie verlangte das auch von Alma. Aber Alma spürte, dass ihre Mutter dabei nicht aufrichtig war. Im Grunde tat sie nur das, was sie wollte, und zuweilen schikanierte sie den armen Carl ganz ordentlich. Die Frauen von Gustavs Freunden und Kollegen waren eher das Gegenteil. Sie kuschten vor ihren Männern und schienen absolut keine eigenen Interessen zu haben außer dem, ihrem Mann zu dienen.

Plötzlich lachte sie laut auf, und Gustav fragte, was sie denn so amüsiere.

»Ich muss gerade an Pauline denken.«

Gustav stöhnte theatralisch. »Was für eine unmögliche Person!«, sagte er.

»Weißt du noch die Geschichte mit dem Ring?«

Über Pauline Strauss, die Frau von Richard, zerriss sich ganz Wien das Maul. Gustav nahm oft Strauss-Opern ins Programm, daher kannten sie sich, sie waren sogar so etwas wie Freunde geworden. Kurz nachdem Alma und Gustav geheiratet hatten, waren Richard und Pauline nach Wien gekommen. Pauline hatte Alma ein Billett mit der Bitte geschickt, sie doch zu besuchen. Als sie im Hotel ankam, fand sie Pauline im Bett liegend vor, obwohl es kurz vor dem Auftritt war. Pauline war eine sehr gute Sopranistin und sollte an diesem Abend Strauss-Lieder singen.

»Sollten Sie nicht aufstehen?«, wagte Alma zu fragen. »Das Konzert ...«

»Warten S' nur ab«, war die kryptische Antwort.

Kurz darauf erschien ihr Mann ziemlich abgehetzt mit einem Schmucketui, das er ihr hinhielt. »Da hab i' den Ring, und jetzt stehst auf, Pauksl?« Er atmete schwer.

Alma sah ungläubig zu, wie Pauline sich erhob und für den Auftritt fertig machte, als sei nichts gewesen.

Alma wurde noch häufiger Zeugin solcher dramatischen Szenen. Pauline war nun mal so. Wenn ihr Richard sie geärgert hatte, dann musste er ihr etwas schenken, um sie zu versöhnen.

Abends saßen sie in der Vorstellung, der Zuschauerraum war beinahe leer, und Alma erzählte Gustav im Flüsterton, was sich am Nachmittag zugetragen hatte.

»Das wird aber ein teures Konzert für ihn«, gab er mit einem Lachen zurück.

Nach dem Liederabend luden Alma und Gustav das Ehepaar Strauss und einige andere zu sich nach Hause ein. Strauss schien es nichts auszumachen, dass so wenig Publikum im Saal gewesen war, er machte Bemerkungen über die Dummheit der Leute. Alma mochte ihn sehr für seine Unbekümmertheit. Pauline hingegen schimpfte lautstark, und zwar über ihren Mann, der einen derartigen Schmarren aufführte. Sie gab sich nicht die geringste Mühe, ihre Stimme zu senken.

Richard und Gustav waren bald in ein angeregtes Gespräch über Beethoven vertieft. Die beiden sprachen gern miteinander, gerade weil sie in vielen Dingen verschiedener Meinung waren. Aber Pauline redete ständig dazwischen und störte. Schließlich standen die beiden auf, um in Gustavs Arbeitszimmer weiterzureden. Pauline war beleidigt, legte den Kopf auf den Tisch und begann zu weinen.

»Ich bin die Frau eines verkannten Genies, und niemand von euch weiß, was das bedeutet! Immer ohne Geld, und er arbeitet nur oder geht ins Wirtshaus, um Karten zu spielen.« Sie schluchzte. Ihr neuer Ring blitzte im Lichte der Kerzen.

Alma wusste sich nicht anders zu helfen, als die beiden Männer zu bitten, wieder zurückzukommen.

Sofort hellte sich Paulines Stimmung wieder auf. Aber es interessierte sie nach wie vor nicht, worüber die beiden redeten. Sie wollte von Alma wissen, wo es in Wien den besten Friseur gab. »Und Blusen? Die lasse ich mir doch am besten bei Jungmann und Neffe schneidern, nicht wahr?«

Ihr Benehmen war manchmal einfach skandalös, sie war launisch und sagte immer, was sie dachte, ohne Rücksicht. Cosima Wagner hatte Strauss mit ihrer Tochter Eva verheiraten wollen, aber Richard hatte sich die Sängerin Pauline ausgesucht und nannte sie zärtlich

»Pauksl«. Die putzte ihn dafür gern in der Öffentlichkeit herunter, was er ihr nicht übelnahm. Er brauchte sie an seiner Seite, und sie hatte nicht unbeträchtlichen Anteil an seinem Erfolg.

Pauline war fünfzehn Jahre älter als Alma und gesetzt, von bajuwarischer Derbheit. Sie bevorzugte dunkle Kleidung, ihre Hüte waren manchmal ein bisschen zu groß. Sie wirkte oft missgelaunt, was durch den harten Zug um ihren Mund kommen mochte. Ihre Augen waren fast farblos. Sie war keine schöne Frau, mit Alma konnte sie bei Weitem nicht mithalten.

Pauline hatte etwas Hausfrauenhaftes, eine Pedanterie, die ermüdend war. Und sie setzte ihren Richard ganz schön unter Druck, damit er nicht zu oft Karten spielte und rauchte, sondern arbeitete. Aber die beiden verband etwas, um das Alma sie glühend beneidete: Sie arbeiteten zusammen. Sie traten gemeinsam auf.

Bei ihrem letzten Treffen hatte Pauline Alma erzählt, dass sie eine Tournee durch Amerika machen würden. Sie sagte das auf eine Art, dass Alma glaubte, sie habe diese Tournee organisiert.

»Nach Amerika? Aber das ist ja wunderbar!«

»Das wird sich zeigen, ob die Amerikaner uns mögen. Wenn nicht, dann weiß ich schon, warum.«

Alma war sicher, dass Pauline den Amerikanern schon zeigen würde, wer das Ehepaar Strauss war.

»Wenn wir aus Amerika zurück sind, werde ich die Bühne drangeben«, sagte Pauline beim Abschied.

»Aber warum?«, entfuhr es Alma.

»Ich werde langsam zu alt für die Rollen, die Richard schreibt. Ich werde mich dem Haushalt und der Familie widmen. Und glauben Sie mir: Ein Spaß wird das nicht, wenn ich das Regiment hab.«

Als sie nach ihrem Treffen mit Berta in der Auenbruggergasse an-

kam, war Alma immer noch nicht weiter in ihren Überlegungen. Oder vielleicht doch ein Stückchen: Sie wusste, dass sie nicht wie ihre Mutter oder wie Pauline Strauss werden wollte, sie wollte aber auch nicht krank werden und zum Doktor Freud gehen müssen.

Sie würde ihren eigenen Weg finden müssen.

# Kapitel 30

O Gott, diese furchterregenden Geräusche! Alma hörte Gustavs unregelmäßige Schritte, dazwischen unterdrückte Wutlaute. Da, er spielte wieder etwas, aber es war nicht gut, das hörte Alma. Und Gustav merkte es natürlich noch viel früher als sie. Die Musik verstummte, die Schritte setzten wieder ein.

»Bitte mach, dass ihm etwas einfällt, dass er etwas schaffen kann«, flehte sie. Sie stand vor seiner Zimmertür und lauschte auf das, was drinnen geschah. Sie litt mit Gustav, denn sie wusste, was es bedeutet, wenn Selbstzweifel die Kreativität zum Teufel jagten. Ein Stuhl wurde mit einem lauten Geräusch zurückgeschoben, etwas fiel auf den Holzfußboden. Alma streckte die Hand zur Klinke aus, überlegte es sich dann aber anders. Er hasste es, wenn man ihn bei der Arbeit störte, und wenn er eine Blockade hatte, so wie jetzt gerade, dann vertrug er es noch viel weniger. Irgendwann, nach Stunden, würde er zu ihr kommen, sich vor ihr auf den Fußboden gleiten lassen, und sie nähme seinen Kopf in ihren Schoß und tröstete ihn.

Hinter der Tür hörte sie rhythmisches Klopfen. Das kam von dem Aufstampfen mit dem Fuß, dem Totatscheln, wie sie es nannte. Dann war es richtig arg, dann hatte er sich nicht unter Kontrolle. Wieder dieses Stampfen, lauter noch als eben. Alma zuckte zusammen. Wenn sie ihm doch nur helfen könnte!

Am Morgen hatte ein böser Artikel in der Zeitung gestanden, ein

Verriss seiner letzten Premiere. Und auch ein antisemitischer Seitenhieb durfte natürlich nicht fehlen.

An solchen Tagen konnte Gustav richtiggehend Angst vor einem Arbeitstag am Klavier haben. An anderen Tagen auch, aber an diesen eben besonders. Die Musik vereinnahmte ihn dann mehr, als er wollte. Das konnte jemand, der kein Künstler, kein Musiker war, nicht verstehen. Es lag nicht in Gustavs Entscheidungsfreiheit, ob er sich ans Klavier setzen wollte oder nicht. Er *musste*. Obwohl er fürchtete, nichts oder etwas Mittelmäßiges zu produzieren und damit seinen Feinden recht zu geben. Obwohl er wusste, dass Alma traurig war und sich zurückgesetzt fühlte. Obwohl er Verabredungen versäumte und Versprechen brach.

Alma verstand ihren Mann, weil sie selbst ähnliche Phasen gekannt hatte. Sie war in regelrechte Raserei geraten und musste aufhören zu komponieren, weil sie fürchtete, verrückt zu werden. Ihre stärksten Gefühle, Liebe und Hass, wurden durch die Suche nach Noten verstärkt. Sie war in diesen Momenten manchmal so einsam gewesen, hatte sich verzweifelt nach jemandem gesehnt, den sie lieben konnte, der sie verstand. Sie konnte sich noch gut an solche Tage erinnern. Wie aufgewühlt sie da gewesen war!

Ja, Raserei war das richtige Wort. Eine Raserei, die alles andere vergessen ließ. Wie festgewachsen am Klavier, im Kopf nur Notenwerte und Synkopen, Dur und Moll. Eine Raserei, die manchmal zur Lähmung wurde. An guten Tagen, wenn das Ergebnis gut war, glich sie einer schöpferischen Ekstase. An anderen war sie quälend und führte geradewegs ins Unglück.

Alma wusste all dies. Sie fühlte mit Gustav. Dennoch war sie manchmal zornig auf ihn.

Sie ahnte, dass Gustavs Hand hinter der verschlossenen Tür

schmerzte vom Schreiben. Der Rücken tat ihm weh, weil er seit Stunden gebückt über dem Klavier saß. Er nahm sich immer wieder vor, in regelmäßigen Abständen aufzustehen und umherzugehen. Aber heute war wieder so ein Tag, an dem die Musik Besitz von ihm ergriff. Er konnte nicht so schnell schreiben, wie die Tonfolgen sich in seinem Kopf formten. Er schrieb die Seiten voll, spielte sich vor, was er geschrieben hatte, wiederholte, änderte, schrieb weiter ... Nein, hier musste eine Zäsur her, eine Synkope? Ein Paukenschlag, der die Zuhörer aufwachen ließ. Sie sollten von ihren Sitzen hochschrecken. Und hier, warum eine Oboe, warum kein Fagott? Nein, das hatte Brahms schon mal so ähnlich gemacht ... Er strich aus, was er gerade notiert hatte, mit wilden, wütenden Strichen. Ein Riss entstand auf dem Papier. Er warf den Stift von sich, raufte sich die Haare und beugte sich wieder über sein Klavier, nur um aufzuspringen und in dem kleinen Raum hin und her zu gehen.

Fanni kam mit Maria von einem Spaziergang zurück.

»Bringen Sie sie ins Bett«, sagte Alma. Sie lehnte an der Wand gegenüber von Gustavs Arbeitszimmer und versuchte zu hören, was drinnen vor sich ging.

»Wollen Sie denn nichts essen?«, fragte das Kindermädchen. »Ich kann der Köchin Bescheid sagen.«

Alma schüttelte den Kopf.


Sie hatte das Gefühl, dass Stunden vergangen waren. Sie war eingenickt. Ihr Kopf fiel auf die Knie, sie erwachte und lauschte. Drinnen war es still geworden. Im Flur war es dunkel. Sie stand auf und streckte die verspannten Glieder. Dann öffnete sie vorsichtig die Tür zu Gustavs Zimmer. Er stand am Klavier, die Notenblätter in der Hand, und blätterte sie durch. Es waren viele Blätter. Alma würde

viel Arbeit haben, um sie zu kopieren. Jetzt bemerkte er sie und lächelte gequält.

»Alma«, sagte er.

»Wir waren bei den Zuckerkandls eingeladen. Du hattest mir versprochen, mit mir hinzugehen.«

Sein Blick verschattete sich. »Es tut mir leid, Alma.« Er sah noch einmal auf die Blätter in seiner Hand. »Ich weiß, du hast dich auf den Abend gefreut.«

»Jetzt ist es zu spät.«

Seine Stimme wurde zornig. »Wenn es wenigstens gut wäre. Aber es ist nicht gut. Alles schon da gewesen, kopiert und nachgemacht!« Er zerknüllte die Blätter und warf sie in den Papierkorb.

Alma ging auf ihn zu und nahm ihn in die Arme. Sie waren beide erschöpft und hielten sich aneinander fest.

»Manchmal hasse ich meine Musik«, sagte er leise, »weil sie mich von dir fortreißt. Aber ich kann nicht anders. Sie ist einfach stärker als ich.«

# Kapitel 31

Alma und Gustav kamen gerade aus dem Theater, als die Wehen einsetzten. Es war ein warmer Juniabend 1904, die Theatersaison war fast vorbei, es war eine der letzten Vorstellungen gewesen. Eilig schickte Gustav nach der Hebamme, und während sie auf sie warteten, las er ihr ein philosophisches Traktat von Kant vor, um sie zu beruhigen. Alma versuchte nicht einmal, ihn davon abzubringen. Sie ergab sich in ihr Schicksal. Sie wusste ja, dass er es nur gut meinte.

Am folgenden Mittag wurde ihre zweite Tochter Anna Justina geboren. Gustav hatte auf dem zweiten Vornamen bestanden, aber Alma nahm sich vor, ihre Tochter nicht so zu rufen. Das Verhältnis zu Gustavs Schwester war immer noch sehr reserviert. Alma hatte sich wirklich Mühe gegeben, aber mit Justi war kein Auskommen. Sie hatte doch tatsächlich herumgetratscht, Alma würde nicht zu Gustav passen und außerdem hätte sie ihn nur geheiratet, weil er reich und berühmt sei. Ha, von wegen reich! Gustav hatte Schulden bei seiner Schwester, so sah es doch aus, und ob das alles mit rechten Dingen zuging, wusste der Teufel. Und neulich hatte sie sie sogar in aller Öffentlichkeit, in den Fluren der Oper, beschimpft, sie würde Gustav nicht guttun.

Anna bekam gleich nach der Geburt den Spitznamen Gucki, denn sie sah aus großen Augen in die Welt. Damit hatte sich die Ge-

schichte mit dem Namen ohnehin erledigt, denn alle nannten sie Gucki. Die Geburt strengte Alma wieder sehr an, und danach musste sie zwei Wochen lang das Bett hüten. Sie wollte ihre kleine Tochter unbedingt stillen und zog sich eine Brustentzündung zu, die partout nicht heilen wollte. Doktor Hammerschlag kam fast täglich, und er machte sich Sorgen, weil das Fieber immer wiederkam. Trotzdem bestand Alma darauf, zu stillen. Sie liebte diese intimen Momente mit Anna so sehr, dass sie die Schmerzen in Kauf nahm. Sie war so glücklich, dass die Fremdheit, die sie nach der Geburt gegenüber Maria empfunden hatte, sich nicht wieder einstellte. Sie glaubte, das habe etwas damit zu tun, dass sie diese ganz besonderen Augenblicke mit Gucki teilte, wenn sie sie stillte.

An eine Reise war aber nicht zu denken, und so kamen sie überein, dass Gustav in diesem Jahr allein nach Maiernigg vorausfahren sollte. Sie würde mit den Kindern nachkommen, sobald es ihr besser ging. Wie üblich schrieb er ihr täglich. Er war dabei, im Garten des Hauses einen Kinderspielplatz anzulegen. Alma fand ihre Töchter noch viel zu klein dafür, außerdem hatte sie Angst vor den Schlangen, die es dort gab. Aber Gustav ließ sich nicht von seiner Idee abbringen. Das Vorhaben mit dem Sandplatz für die Kinder gab ihm etwas zu tun, denn, auch das schrieb er nach Wien, nach seiner Ankunft in Maiernigg war er unfähig zu arbeiten und brauchte eine bis zwei Wochen, um seine Erschöpfung abzubauen und nach dem Wiener Arbeitspensum zu sich zu kommen. Sie würde das ja von den vorigen Sommern her kennen, schrieb er. Diesmal sei es genauso, nur dass sie ihm dieses Mal auch noch fehlen würde.

Alma setzte sich immer wieder Termine für die Abreise, musste sie dann aber verschieben, weil sie nicht kräftig genug war. Die Aussicht, mit zwei Kleinkindern und einem Haufen Gepäck stunden-

lang in einem Zugabteil zu sitzen, schreckte sie ab. Sie war so schwach, dass sie sich kaum aufrecht halten konnte. Gustav bot an, nach Wien zurückzukommen, aber sie wollte, dass er in Maiernigg blieb. Sie wusste doch, wie wichtig diese Wochen für ihn waren, die einzigen, die er im ganzen Jahr fürs Komponieren hatte. Und in Wien konnte er ohnehin nichts für sie tun.

Als sie endlich, drei Wochen später als geplant, fahren konnte, war sie immer noch nicht ganz wieder auf den Beinen und hatte Mühe, sich auf dem Land zurechtzufinden. Es kam viel Besuch aus Wien, um den sie sich kümmern musste. Gustav hatte nur wenig Zeit für sie, denn sobald Alma in Maiernigg eintraf, fiel er in einen wahren Schaffensrausch, als hätte er nur auf ihre Anwesenheit gewartet. Er braucht mich eben, um arbeiten zu können, dachte sie und versuchte sich an dem Gedanken aufzurichten. Als liebe Gewohnheit fand sie die Ruderpartien wieder, die sie nur mit Gustav oder gemeinsam mit Gästen unternahm.

Alma war in dem Glauben, Gustav würde an seiner 6. Symphonie arbeiten, doch als er an diesem Abend aus seinem Komponierhäuschen kam, spielte er ihr etwas anderes vor. Traurige Töne erklangen, aus denen Alma so etwas wie Todessehnsucht herauszuhören meinte. Dann sah sie die Texte, zu denen er die Melodie geschrieben hatte. Es waren fünf *Kindertotenlieder*, die Gustavs Lieblingsdichter Friedrich Rückert nach dem Tod von zwei seiner Kinder geschrieben hatte. Der Dichter hatte seinen Schmerz in Worte gefasst, und Gustav hatte ihn musikalisch nachempfunden. Rückert war derselbe Dichter, der auch den Text zu *Liebst du um Schönheit* geschrieben hatte, dem Liebeslied, das Gustav im ersten Jahr für sie komponiert hatte und das er ihr an einem ihrer schönsten Abende geschenkt hatte.

Aber jetzt diese Lieder, die von toten Kindern handelten! Dieses Wühlen im Schmerz! Alma konnte ihr Entsetzen nicht verbergen.

»Um Gottes willen, du malst den Teufel an die Wand! Wie kannst du etwas Derartiges komponieren, wo du gerade wieder Vater geworden bist? Maria spielt fröhlich im Garten, und Anna hast du vor einer halben Stunde auf dem Arm gehabt und geküsst. Wie kannst du da solche Gedanken haben? Ich verstehe dich nicht.«

Er versuchte, die Sache leichtzunehmen. »Aber Almschi. Seit wann bist du denn abergläubisch?«

Sie begehrte auf. »Das hat doch nichts mit Aberglauben zu tun! Ich begreife nicht, wie du gerade in diesem Moment, mit zwei kleinen Kindern, überhaupt daran denken kannst, ein Lied über das Sterben zu schreiben. Kannst du denn von deinen Gefühlen absehen? War das andere Lied dann auch ohne Bedeutung? Was geht in dir vor?« Alma war plötzlich unendlich traurig. Hatte Gustav sein Liebeslied gar nicht so gemeint? Das wäre ja furchtbar!

Gustav nahm ihre Hände in seine. »Aber Alma, es ist doch nur ein Lied. Rückert hat Hunderte Totenlieder geschrieben, nachdem zwei seiner zehn Kinder gestorben waren. Es ist ihm so außergewöhnlich gut gelungen, seine Trauer in Worte zu fassen. Seine Worte sind berührend und tröstlich. Sie machen mein Herz leichter.«

»Genau das meine ich! Er hatte einen Grund, diese Lieder zu schreiben, denn seine Kinder waren gestorben!«

Gustav sah sie mit großen Augen an. »Aber ich habe dabei doch nicht an Putzi und Gucki gedacht, sondern an meine eigenen Geschwister. Du weißt, dass sechs von ihnen im Kindesalter gestorben sind.«

Alma war immer noch erbost, als sie abends im Bett lag. Sie fühlte sich vernichtet. Ständig war sie damit beschäftigt, die Nachbarn um

Ruhe zu bitten. Ihre Kinder durften nicht lachen oder weinen, das Personal schlich auf leisen Sohlen durch das Haus. Und sie selbst durfte weder singen noch Klavier spielen. All das störte Gustav bei der Arbeit. Und dann komponierte er so etwas!

Die Episode mit der Garderobenfrau in Sankt Petersburg kam ihr in den Sinn, die sie nie vergessen konnte, weil sie sie so aufgewühlt hatte. War das auch ein schlechtes Omen gewesen, genau wie die Lieder, die Gustav da komponierte? Versündigten sie sich gerade an ihren Kindern? Sie konnte vor lauter Beunruhigung nicht einschlafen und war froh, als Gucki aufwachte, weil sie Hunger hatte. Sie nahm das kleine Wesen aus seiner Wiege und drückte es fest an sich.

෴

In diesem Herbst fand die Uraufführung der 5. Symphonie in Köln statt. Gustav beschwor Alma, mit ihm zu fahren. Sie wollte das auch unbedingt, denn immerhin hatte sie die ganze Partitur kopiert und war bei der Entstehung in jeder Phase beteiligt gewesen. Und dann war da das Adagietto im vierten Satz, Gustavs Liebeserklärung an sie. Sie wusste noch genau, wie er es ihr auf ihrer Bergwanderung vorgesungen hatte. Aber sie stillte die kleine Gucki noch. Schweren Herzens entschloss sie sich abzustillen. Ihre Mutter riet ihr zur Vorsicht, aber sie hörte nicht auf sie. Wenige Tage später bekam sie eine schmerzhafte Brustentzündung mit hohem Fieber und wurde ernstlich krank. An eine Reise war absolut nicht zu denken. Traurig sah sie zu, wie Gustav seine Koffer für die Reise packte. Sie konnte ihm nicht einmal zur Hand gehen, denn das Fieber hatte sie fest in seinem Griff. Auf ihrem Arm weinte Gucki, die sie nicht länger stillen konnte. Beim Abschied spürte sie seine Trauer. »Vielleicht kannst

du doch noch nachkommen«, sagte er leise, bevor er ging. In den nächsten Tagen bestürmte er sie mit Telegrammen und Briefen, in denen er Vorschläge machte, was sie alles tun könnte, um schneller gesund zu werden, aber sie war zu krank. Am Abend der Uraufführung lag Alma immer noch mit hohem Fieber im Bett und weinte vor Enttäuschung. Jetzt hatte sie beides verloren: Sie stillte nicht mehr, und die Fünfte wurde ohne sie uraufgeführt.

Es tröstete sie nur ein bisschen, dass die Aufführung ein Triumph wurde.

An der Wiener Oper arbeitete Gustav inzwischen mit dem Maler Alfred Roller zusammen, der völlig neue, geradezu revolutionäre Bühnenbilder und Kostüme entwarf und mit Licht spielte. Charpentier hatte ja bereits frischen Wind auf die Bühne gebracht, aber was Alfred Roller machte, war wirklich etwas ganz Neues.

Es war Alma, die Roller mit Gustav bekannt gemacht hatte. Roller gehörte zur Wiener Secession und hatte bereits einige Titelblätter für *Ver sacrum* gestaltet. Vielleicht war dies das erste und wichtigste Geschenk, dass sie Gustav machte: Sie entriss ihn für einige Abende seiner Einsamkeit und machte ihn mit den Malern der Secession bekannt, die sich im Garten ihres Stiefvaters trafen. Diesen Treffen im Haus seiner Schwiegereltern konnte Gustav sich nicht entziehen. Wenn seine Schwiegereltern ihn einluden, dann konnte er nicht absagen. Er und Carl Moll mochten sich, sie waren etwa im selben Alter und verstanden sich gut. Im Kreis von Molls Freunden fühlte Gustav sich wohl. Die Künstler der Wiener Secession waren ihm bald eine Inspiration. Mit ihrem Streben nach Perfektion und ihrem Mut, Altes zu überwinden, gaben sie ihm Kraft für sein eigenes Schaffen. Auch Alma lebte in dieser Runde auf. Hier war sie mit

Menschen zusammen, die dachten wie sie, hier konnte sie über Malerei und Literatur sprechen, und hier war sie immer noch in erster Linie die schöne Alma Schindler, nicht die Ehefrau von Gustav Mahler.

Alma hatte vor Gustav verstanden, wie wichtig es war, Musik auch in Farben, Räume und Licht umzusetzen. Ihr kam dabei die Erfahrung zugute, die sie als Kind mit ihrem Vater gemacht hatte. Deswegen war es ihr auch so wichtig, dass Gustav und Alfred Roller sich kennenlernten und ihre Gedanken austauschten. Sie wusste, dass er an diesem Nachmittag zu Gast bei ihren Eltern sein würde, und sie bat Gustav dazuzukommen. Sie machte die beiden miteinander bekannt, und als Roller von seinen Ideen für das Theater sprach, entspann sich rasch ein angeregtes Gespräch. Auf dem Heimweg war Gustav ganz begeistert von Rollers Plänen.

»Er hatte Entwürfe für ein Bühnenbild von *Tristan und Isolde* dabei. Sie sind fabelhaft, so frisch«, rief er begeistert aus. »Wir werden in der nächsten Zeit zusammenarbeiten, und er wird mir seine Ansichten genauer erläutern. Ich glaube, ich werde sie übernehmen.«

In den nächsten Wochen entstaubte Gustav mit Alfred Rollers Hilfe die Opern-Inszenierung des *Tristan*, statt überflüssigen Dekors ließ er Raum für Emotionen. Die Bühne war nicht mehr mit Kulissen zugestellt, sondern ließ Platz für die Musik. Die ganze Inszenierung sollte die Musik unterstützen, und sie war ihr fortan untergeordnet.

Am Premierenabend war Alma über alle Maßen nervös. Wie würden die Wiener, die ein überaus anspruchsvolles und traditionsbewusstes Publikum waren, diese Neuerungen hinnehmen? Gustav hatte ihnen in seiner Zeit als Operndirektor schon einiges abverlangt. Wer zu spät kam, wurde nicht mehr eingelassen, und Zwischenap-

plaus war verboten. Wenn jemand es wagte, während der Vorführung zu husten oder gar zu reden, dann drehte Gustav sich auf dem Pult um und strafte den Betreffenden mit langen Blicken, aus denen pure Verachtung sprach. Doch als sich an diesem Abend der Vorhang hob, vergaß Alma alle Befürchtungen und war von der ersten Minute an gefangen von dem Geschehen auf der Bühne. Erik Schmedes als Tristan brachte sie zum Weinen, da konnte sie sogar verschmerzen, dass die Mildenburg die Isolde sang. Auf der Bühne war eine Ruine im Mondlicht zu sehen, und das Kleid, das Isolde trug, war von schlichter Schönheit. Das Bühnenbild zeigte gerade so viel, um die Stimmung wiederzugeben, eine Mauer, die im wechselnden Licht der Scheinwerfer immer wieder anders aussah, und ließ der Musik ihren Raum.

Die Sänger waren angehalten, ihre Partien nicht nur zu singen, sondern ihnen auch schauspielerisch Leben einzuhauchen. Das Publikum raste vor Begeisterung.

Am Morgen nach der Premiere kam Gustav zu ihr ins Schlafzimmer und schwenkte die Zeitung. »Hier steht's«, rief er. »Hör zu: ›Die Örtlichkeiten kann man beschreiben, das Licht nicht. Wenn das Zelt sich hebt, wenn der Morgen graut, wenn Isolde ins Licht sinkt – das ist genial. Hier ist etwas von Lichtmusik.‹ Lichtmusik, das trifft es auf den Punkt. Das wird den alten Grantlern das Maul stopfen. Ich mache Roller zum Chef des Ausstattungswesens!«

Alma hatte sich gestreckt und war jetzt auch richtig wach geworden. Das waren wunderbare Neuigkeiten! »Ich habe dir doch gesagt, dass die Aufführung perfekt war. Ihr habt ein Meisterwerk geschaffen, das euch so schnell keiner nachmacht. Ich bin stolz auf dich. Frag Roller gleich, bevor ein anderes Haus dieselbe Idee hat«, schlug sie vor. »Und wenn er dann Ausstatter der Oper ist, dann

wird er sicherlich auch die Katakomben inspizieren. Erinnerst du dich, wie wir dort herumgelaufen sind und wie der Hausmeister uns zu Tode erschreckt hat?«

»Wie könnte ich das vergessen«, sagte er. »Damals hat für mich ein neues Leben begonnen. Ich hatte schon lange nicht mehr damit gerechnet, dass eine Frau mein Herz erobern könnte. Aber da kannte ich dich ja auch noch nicht.« Er trat an ihr Bett heran und küsste sie auf die Schläfen. »Ich muss in die Oper«, sagte er und verschwand.

Alma sah ihm mit einem Lächeln nach. Ihre Intuition war richtig gewesen, als sie Gustav und Alfred Roller zusammengebracht hatte. Da habe ich Schicksal gespielt, fast ein bisschen wie Berta Zuckerkandl, dachte sie zufrieden.

Spätestens jetzt konnte niemand mehr bestreiten, dass die Wiener Oper eine der besten in der Welt war. Wenn man von Oper sprach, dann fielen die Namen Mailand, New York und Wien unter dem Direktor Gustav Mahler. Die Besucher kamen in Scharen und brachten Mehreinnahmen, Gustavs Position festigte sich.

∞

Im Frühjahr 1905 wurde Hans Pfitzners Oper *Die Rose vom Liebesgarten* gegeben. Alma war stolz darauf, denn sie hatte Gustav gedrängt, das Stück ins Programm zu nehmen. Nachdem sie ihm Roller empfohlen hatte, folgte Gustav auch in anderen Angelegenheiten gern ihrem Rat, zumindest hörte er sich ihre Vorschläge immer voller Interesse an, und oft teilte er ihre Meinung.

Hans Pfitzner war ihr sehr dankbar ob ihrer Fürsprache. Er kam während der Proben nach Wien.

An diesem regnerischen und stürmischen Nachmittag im April klingelte es an der Tür. Alma ging selbst öffnen. Sie fragte sich, wer bei diesem Wetter, bei dem man keinen Hund vor die Tür gejagt hätte, einen Besuch machte. Zu ihrer Überraschung stand Pfitzner in einem klatschnassen Mantel vor ihr und zog eine einzelne rote Rose darunter hervor. »Als Dank«, sagte er. »Ich weiß sehr wohl, wem ich zu verdanken habe, dass Mahler meine Oper ins Programm genommen hat.« Alma las Bewunderung und Ergebenheit in seinem Blick, mit einem kleinen Lächeln nahm sie die Blume an. Seit ihrer Hochzeit hatte ihr kein Mann mehr Rosen geschenkt. Sie hatte Pfitzner kaum hereingebeten, als er sie fragte:

»Man hat mir erzählt, Sie würden komponieren. Spielen Sie mir etwas vor?« Mit seinem hageren Gesicht und dem flehenden Ausdruck sieht er aus wie Rilke, schoss es Alma durch den Kopf.

Sie räusperte sich. »Darum hat mich schon lange niemand mehr gebeten, und seit meiner Hochzeit habe ich meine Lieder nicht mehr gespielt.«

»Aber warum denn nicht, liebe Kollegin? Man sagte mir, Sie hätten Talent!«

Ja, warum eigentlich nicht? Sie bewahrte ihre Lieder in der grünen Mappe in ihrem Zimmer auf. Gustavs Noten lagen immer eingeschlossen in einer eisernen Kassette. Andere Leute hatten Geld im Tresor, bei ihnen waren es Partituren. Die Währung in diesem Haushalt und in ihrer Ehe war nun mal die Musik. Aber allein Gustavs Partituren wurden sorgsam eingeschlossen, wie sie mit einem plötzlichen Anflug von Bitterkeit feststellte. In den Sommermonaten nahm sie ihre grüne Mappe immer mit nach Maiernigg. Sie wollte sie einfach bei sich haben, auch wenn sie sie nicht auf-

252

schlug. »Ja, warum denn eigentlich nicht?«, sagte sie zu Pfitzner. »Ich gehe die Noten holen.«

Sie begann mit *Laue Sommernacht* und sang den Text dazu. *Hielten staunend uns im Arme/In der dunklen Nacht.* Noch während sie spielte, wurde ihr die Bedeutung der Worte bewusst. Ein Seitenblick auf Pfitzner, der neben ihr auf der Klavierbank saß und die Noten mitlas, sagte ihr, dass er dabei war, die Situation falsch zu verstehen. Sie richtete diese Worte doch nicht an ihn! Jetzt blieb sein Blick an ihren Lippen hängen, die Partitur schien ihn nicht mehr zu interessieren. Alma fühlte, wie ihr warm wurde.

Dann hob sie das Kinn und sang die letzte Strophe: *War nicht unser ganzes Leben nur ein Tappen, nur ein Suchen ...*

Der letzte Ton verklang. Sie nahm die Hände von den Tasten und legte sie in ihren Schoß.

Pfitzner räusperte sich, dann bat er sie, das Stück noch einmal zu spielen, und dann gleich noch einmal. Er war voll des Lobes für ihr Talent. Jeder Versuch zu flirten war aus seinem Gebaren verschwunden. Er war wieder ganz der Musikkenner, nannte sie Kollegin.

»Es müsste wunderbar sein, mit Ihnen zu arbeiten«, sagte er beim Gehen und ließ seinen intensiven Blick auf ihr ruhen.

Alma schloss die Tür hinter ihm. Ihr Herz klopfte bis in den Hals hinauf. Sie spürte Wehmut und Glück. Ihre Lieder! Wie lange hatte sie die nicht mehr gehört. Und jetzt gefielen sie Hans Pfitzner, einem Komponisten, der sie eine Kollegin genannt hatte!

Sie ging ans Klavier zurück und spielte ein weiteres Mal ihre Lieder, nur für sich und ganz leise. *In meines Vaters Garten blühe, mein Herz, blüh auf.* Und ihr Herz blühte tatsächlich auf. Ihre Lieder gaben ihr innere Ruhe und erfüllten sie mit Stolz und Freude, denn sie waren gelungen. Das war ihr gerade wieder einmal aus berufenem

Munde bestätigt worden. Vielleicht würden sie es doch irgendwann in die Welt hinaus schaffen? Vielleicht würden sie doch irgendwann veröffentlicht und in Konzertsälen gespielt werden? Alma seufzte tief auf. In diesem Moment war alles perfekt. Sie blieb noch eine Minute sitzen, um dieses Glück auszukosten. Dann schloss sie mit einer sachten Bewegung den Klavierdeckel. Gustav würde gleich nach Hause kommen. Sie legte die Mappe wieder in den Schrank, nicht ohne noch einmal zärtlich darüberzustreichen. Diese Lieder waren eine Vergewisserung, dass da neben Gustavs Musik noch ihre eigene war, auch wenn sie in dieser Phase ihres Lebens und ihrer Ehe keine Rolle spielte. Aber sie waren da, sie konnte die Mappe anfassen, aufschlagen, ihre Noten lesen, die Lieder leise vor sich hin summen und sich an ihnen freuen. Sie waren da für den Fall, dass sie sie eines Tages brauchen würde.

Als Gustav hereinkam, schreckte sie auf. Er war wie ein Wirbelwind, wie immer stürmte er durch die Wohnung, riss Türen auf und sah in die Zimmer und schlug sie wieder zu.

»Herr Direktor, Sie sind schon da? Ihre Frau ist in ihrem ...«, das war die Köchin, die vergeblich versuchte, Gustav aufzuhalten.

»Alma? Almschi, wo bist du denn? Gibt es denn nichts zum Nachtmahl? Ich muss gleich wieder in die Vorstellung.«

Ihre Zimmertür wurde ungestüm geöffnet. »Ach, hier bist du. Ich habe dich schon gesucht. Ist etwas nicht in Ordnung?«

Alma stand auf und nahm ihn in die Arme. »Nein, alles ist gut. Ich komme. Was ist denn los?«

»Ich soll nach Berlin. Im November. Oskar Fried soll meine Zweite dirigieren.«

Alma seufzte ergeben. Sie hätte ihm ohnehin nicht erzählen können, was sie gerade erlebt hatte. Womöglich hätte er diesen beson-

deren Moment im Nachhinein durch eine Bemerkung zerstört. Ihre eigenen Bedürfnisse und Hoffnungen mussten wieder einmal zurückstehen, wenn es darum ging, Gustav zu unterstützen. Ein anstehendes Konzert in Berlin versetzte ihn in höchste Nervosität. Überall hatte er Erfolg mit seinen Symphonien. In Städten wie Amsterdam hatte er durch die Bemühungen von Willem Mengelberg, dem Leiter des Concertgebouw, ein treues Publikum. Die Leute strömten in seine Aufführungen. Aber in Berlin fiel er jedes Mal durch. Die Berliner Kritiker brauchten immer ein paar Jahre, um seine Musik zu verstehen. Bei den Premieren wurden seine Konzerte blutrünstig abgeschlachtet, das Feuilleton überbot sich mit negativen Kritiken, die dann in den Zeitungen anderer Städte genüsslich zitiert wurden. Dann besannen sich die Berliner eines Besseren und fingen an, seine älteren Symphonien zu mögen, was sie nicht davon abhielt, die jeweils neueste zu verreißen.

»Komm, mein Lieber. So heiß, wie gekocht wird, wird nicht gegessen. Selbstverständlich fährst du nach Berlin. Du hast dort Gönner und Bewunderer, sonst würden sie dich ja nicht einladen. Und ich fahre mit dir und bin an deiner Seite.«

# Kapitel 32

Als Alma erwachte, fiel ihr sofort die ungewöhnliche Stille draußen auf. Sie sprang aus dem Bett und eilte ans Fenster. Wie sie es sich gedacht hatte! In der Nacht war Schnee gefallen, der erste des Jahres. Eine dicke weiße Schicht lag über allem, auf der Straße und den Dächern und den Bäumen im Belvederepark. Einzelne Flocken wirbelten noch durch die Luft, der Himmel war wolkenverhangen. Die Stadt sah aus wie in Watte gehüllt, alles war gedämpft: Helligkeit und Töne. Ein Fiaker rollte unten fast geräuschlos vorüber und bog dann rechts in Richtung Schwarzenbergpalais ab, die Hufe der Pferde und die Räder hinterließen eine frische Spur im weißen Schnee. Ansonsten war der weiße Überzug auf den Straßen und Trottoirs noch unberührt. Im fahlen Morgenlicht glänzte die Stadt unter ihr. Alma sah lange hinaus. Den ersten frischen Schnee des Jahres hatte sie früher immer begeistert gefeiert. Auch in diesem Jahr rührte sie der Anblick wieder, aber zu tiefer, unbeschwerter Freude hatte sie schon länger keinen Anlass gehabt. Sie fröstelte und schlang die Arme um ihren Körper. Im Zimmer war es kalt, der Ofen war über Nacht ausgegangen. Sie streifte ihren Morgenmantel aus englischer Wolle über und ging nach nebenan ins Kinderzimmer. Ihre beiden Mädchen schliefen noch. Alma berührte zärtlich die rosigen Wangen und zog die Decken fester um ihre Kinder. Putzi seufzte im Schlaf, sie war vor zwei Wochen drei Jahre alt ge-

worden, das Babyhafte war aus ihrem Gesichtchen verschwunden. Gustav hatte ihr zum Geburtstag einen Steiff-Teddy geschenkt, den sie fest umklammert hielt.

Alma verließ das Zimmer auf Zehenspitzen und ging in die Küche, um nachzusehen, ob es schon Kaffee gab. Hier war es gemütlich warm, wie sie erleichtert feststellte.

Poldi sah sie überrascht an. »So früh schon auf?«, fragte sie. »Haben Sie gesehen, es hat geschneit. Da werde ich meine Mutter am Wochenende nicht in den Bergen besuchen können, weil die Straßen unpassierbar sind. Soll ich Ihnen ein Frühstück richten? Der Herr Direktor hat seines schon bekommen.«

Alma schüttelte den Kopf. Sie nahm sich nicht die Zeit, um sich an den Tisch zu setzen. Stattdessen ließ sie sich eine Tasse Kaffee einschenken und nahm sie mit in ihr Schlafzimmer, wo sie sich ankleidete. Sie wollte einen Spaziergang durch die verlassenen winterlichen Straßen machen. Hoffentlich würde sie das aufmuntern.

Zwei Wochen zuvor war Gustav aus Berlin zurückgekehrt, wo Fried wie geplant seine 2. Symphonie aufgeführt hatte. Gustav hatte dort Otto Klemperer getroffen und mit dem Ehepaar Strauss zu Abend gegessen. Dann war er weiter nach Leipzig gefahren, wo er auf einem Welte-Mignon-Reproduktionsklavier einige Lieder und Teile seiner 4. und 5. Symphonie einspielte. Die Firma M. Welte & Söhne hatte Gustav gebeten, sozusagen als Werbeträger, einige Stücke auf dem Klavier zu spielen, wobei sein Spiel mittels Lochstreifen zur späteren Wiedergabe aufgezeichnet wurde. Alma war nicht mitgefahren. Seit der Geschichte mit Pfitzner hatte es Spannungen zwischen Gustav und ihr gegeben. Pfitzner hatte Alma den Hof gemacht. Sie ließ sich das gefallen, weil ihr ein Verehrer guttat, aber die Sache war von ihrer Seite her völlig harmlos. Gustav hatte das Tech-

telmechtel jedoch durchschaut und ihr Vorhaltungen gemacht. Alma war verletzt gewesen, ein Wort hatte das andere gegeben, und schließlich war er allein gefahren.

Keine halbe Stunde später stand sie erleichtert unten auf der Straße. Sie war unbehelligt aus dem Haus geschlüpft. Gustav hatte nicht bemerkt, dass sie schon auf war. Er hätte sie gefragt, wo sie denn um diese Zeit schon hinwolle, und sie aufgehalten, mit ihr Angelegenheiten der Oper durchgesprochen, den nächsten Spielplan, den neuesten Klatsch. Er machte sich Sorgen, denn die Anfeindungen gegen ihn wollten nicht verstummen, im Gegenteil. Die neuesten Anwürfe betrafen die Finanzen. Die Oper habe ein Defizit von zweihunderttausend Kronen, eine ungeheure Summe, weil Gustav nicht richtig gewirtschaftet habe. Die Wiener waren empört. »Typisch jüdisch«, war zu hören und zu lesen. Vor der Oper warteten regelmäßig die Journalisten und bedrängten ihn mit Fragen. Alma gegenüber gab Gustav sich den Anschein, als sei alles in Ordnung, weil er sie nicht beunruhigen wollte. Er hatte sich tatsächlich nichts vorzuwerfen, aber die schlechte Presse nagte an ihm. Er fing an, die Wiener zu hassen, für ihre Missgunst, für ihren Konservatismus, für ihre Judenfeindlichkeit. Er war froh, wenn er auswärtige Konzerte hatte und dem Mief der Stadt wenigstens für ein paar Tage entkommen konnte. Aber sobald er an anderen Häusern spielte, waren die Wiener verärgert, weil er seine Aufgaben an der Oper vernachlässigte. Es war ein Teufelskreis.

Alma verscheuchte diese Gedanken. Mit raschen Schritten ging sie die Auenbruggergasse in Richtung Belvedere hinunter, dort, wo eben noch die Kutsche gefahren war. Keine weiteren Spuren waren im Schnee zu sehen. Zu hören waren nichts als die knarrenden Ge-

räusche, wenn sie den Schnee unter ihren Füßen zertrat. Die Luft war klar wie Glas und kalt. Sie nahm mit beiden Händen Schnee von einem Zaunpfahl, formte einen Schneeball und stellte fest, dass er schön klebte. Das hatten sie als Kinder immer getan, um zu prüfen, ob er gut für eine Schneeballschlacht war. Dann warf sie den Ball in den Rinnstein und steckte die Hände wieder in den Muff, um sie zu wärmen.

Sie überquerte den Rennweg und ging durch das Tor, das in den Park führte. Der Wärter hatte gerade erst aufgeschlossen und legte die Hand zum Gruß an die Mütze. Sie ging an den Buchenhecken vorbei, hinter denen die beiden Pferdebäder lagen, große, wassergefüllte Senken, durch die die Pferde im Sommer getrieben wurden. Dann lag die weite Rasenfläche vor ihr, die zum Schloss hin anstieg und die jetzt vom Schnee glänzte. Der Anblick ließ sie zur Ruhe kommen. Sie genoss die ungewohnte Stille. Gustav wäre jetzt vorangestürmt, redend und gestikulierend, ohne einen Blick für die Schönheit des unberührten Parks zu haben. Mit ihm wäre sie jetzt linksherum gegangen, in Richtung Oberes Belvedereschloss, vorbei an den Kaskadenbrunnen, die jetzt, im Winter, abgestellt waren. Dann würden sie der äußeren Linie des Parks folgen. Drei- oder viermal würden sie die Runde machen, nach dem Mittagessen und in raschen Schritten, denn Gustav hatte immer Angst, sich nach dem Essen nicht wohlzufühlen. Seitdem sie ihn kannte, machte sein Magen ihm zu schaffen.

Alma blieb stehen und atmete tief ein. Dann schlug sie dieselbe Richtung ein, die sie sonst mit Gustav nahm, aber sie ging langsam durch die menschenleere Anlage. Hier war vor ihr noch niemand gewesen, die Schneedecke war weiß und glatt. Sie genoss ihr Alleinsein, diesen Spaziergang, auf dem sie das Tempo bestimmte und ih-

ren Gedanken nachhängen konnte, ohne sich immer auf Gustavs Befindlichkeiten einzustellen.

Etwas in ihrem Leben lief falsch. Sie fühlte sich so leer. Aber warum nur? Eigentlich ging es ihr doch gut. Sie liebte ihre Töchter von Herzen, sie waren ihr großes Glück. Der Mangel an Zuneigung, den sie nach der Geburt von Maria gespürt hatte, hatte sich verflüchtigt. Und sie liebte Gustav. Natürlich gab es ab und zu Reibereien zwischen ihnen, aber bei wem gab es die nicht? Die Sache mit Pfitzner war doch einfach lächerlich gewesen, sie hatte ihnen die Berlinreise verdorben, war aber inzwischen aus der Welt geschafft. Auch hatte sich mittlerweile ihre finanzielle Situation deutlich verbessert, die Schulden waren fast abbezahlt, sie hatten keine Geldsorgen mehr. Alma konnte Anzüge für Gustav in London bestellen und seine Schuhe beim königlichen Hoflieferanten maßfertigen lassen. Sie selbst hatte schöne Kleider im Schrank. Sie reisten viel, sie kannte Paris und Italien. Die Sommer verbrachten sie am Wörthersee, ein Paradies auf Erden. Und dennoch fehlte etwas. Immer häufiger fühlte sich Alma fehl am Platz oder ganz überflüssig. Und sie konnte sich nicht mehr richtig freuen. Früher hätte sie an einem Tag wie diesem, an dem in Wien der erste Schnee fiel, das Märchenhafte wahrgenommen, sie hätte diesen Tag in vollen Zügen genossen. Sie wäre mit ihren Töchtern hinausgegangen und hätte sie mit dem Schlitten gezogen und ihnen den Schnee gezeigt, um auch sie zu verzaubern. Wo war ihre Begeisterungsfähigkeit geblieben? Sie hatte auch früher melancholische Tage gehabt, aber die waren wieder vergangen. Jetzt hatte sie Angst, dass sich die Traurigkeit wie ein zu schweres Laken auf sie legen und nie wieder von ihr genommen werden würde. Wenn sie wenigstens noch ihre Musik hätte! Diese kostbaren Stunden, in denen sie sich in eine andere Welt geflüchtet

hatte, ihren Gefühlen Ausdruck verliehen und sie damit gebannt hatte. Diesen Traum hatte sie begraben müssen, und die Wunde brannte immer noch. Sie war nie ganz verheilt.

Wie sagte Gustav immer?

»Ich bin von einem musikalischen Dämon besessen, der mir Inspiration gibt. Es ist eine Gabe. Ich muss meine Musik zum Wohle der Menschen machen.« Es waren die Worte, die er so ähnlich auch in seinem Brief vor ihrer Verlobung aus Dresden geschrieben hatte. Dieser vermaledeite Brief! Er hatte keinen Deut daran geändert. Und der Erfolg gab ihm recht. An seiner Macht als Operndirektor kam niemand vorbei, er bescherte seinem Publikum wahre Feste für Augen und Ohren. Andere Konzertsäle rissen sich um seine Auftritte als Gastdirigent, und sein Ruf als Komponist festigte sich. Es gab wahre Mahlerianer, die ihm zu seinen Konzerten hinterherreisten. Zu ihnen gehörten keine Geringeren als der französische Mathematiker Paul Painlevé, dem man eine Karriere in der Politik voraussagte, und der Bruder des Politikers Georges Clemenceau. Der Letztere war vor vier Wochen zum französischen Premierminister ernannt worden.

Was wären dagegen ihre Kompositionen! Lediglich ein netter Zeitvertreib, auch das hatte er ihr deutlich zu verstehen gegeben. Alma war die Ehefrau des großen Gustav Mahler. Eine Frau, die dafür lebte, dass ihr Mann seinem künstlerischen Genie nachgehen konnte.

An der Seite dieses Mannes blieb für sie nichts zu tun. Wenn sie wenigstens häufiger ausgehen oder Gäste haben würden! Aber Gustav hielt Gesellschaften nach wie vor für Zeitverschwendung. Irgendetwas trieb ihn vor sich her, als hätte er nie genügend Zeit für seine Arbeit. Er wollte sich durch nichts ablenken lassen. Die meis-

ten Einladungen sagte sie also notgedrungen ab. Die wenigen Anlässe, auf die er sich einließ, waren Soupers nach Premieren. Weil er musste. Und bei solchen Gelegenheiten war Alma immer in Angst, dass irgendetwas ihm nicht recht sein könnte, dass jemand ein falsches Wort sagte, dass das Essen nicht nach seinem Geschmack war. Dann fuhr er auf und wurde beleidigend oder ging ganz einfach nach Hause.

Seitdem sie Pfitzner vorgespielt hatte, erlaubte sie sich ganz selten, wenn sie sicher war, dass in absehbarer Zeit niemand im Haus sein würde, ihre Lieder zu spielen, und sie hoffte, Inspiration für andere Kompositionen zu finden. Aber ihr Kopf war leer. Vielleicht war er auch zu voll, das konnte sie nicht mit Bestimmtheit sagen. Voll mit den Dingen des Alltags, mit den Bedürfnissen Gustavs und der Kinder. Mit den Klagen der Köchin über die Preise auf dem Markt, mit dem letzten Artikel über Gustav, mit den Sorgen um ihre Schwester. Und wenn sie dann glaubte, doch den Anfang einer Melodie im Kopf zu haben, dann hörte sie das Getrappel ihrer Töchter auf der Treppe, die von ihrem Spaziergang mit Fanni zurückkamen. Alma klappte dann den Klavierdeckel zu und legte die Hände vor das Gesicht.

Ein paar Kinder rodelten ihr ausgelassen entgegen. Ihre Schlitten waren schnell, sie johlten und schrien, und Alma machte ihnen Platz. Sie seufzte. Wie gerne würde sie sich auch so leichten Herzens über den ersten Schnee freuen.

Ich bin sechsundzwanzig Jahre alt, und ich frage mich, was in meinem Leben noch kommen wird, dachte sie. Ob überhaupt noch etwas kommen wird. Wenn ich diese fröhlichen Kinder sehe, dann komme ich mir vor wie eine alte Frau.

Und so fühlte sie sich tatsächlich. Es waren nie so richtig schlimme

Beschwerden, aber Unpässlichkeiten, die sie einschränkten: Müdigkeit, Unlust, Kopfweh … An manchen Tagen musste sie sich zwingen, aufzustehen.

Mit einem erneuten Seufzer ließ sie sich auf eine Bank fallen, auf der der Pulverschnee einige Zentimeter hoch lag. Es war ihr egal. Sie hatte den Zipfel eines Gedankens im Kopf und wollte ihn auf keinen Fall verlieren.

Dann wusste sie es und erschrak. Ihre Schwester Gretl! Auch ihr fiel das Leben mitunter schwer, so schwer, dass sie sogar an Selbstmord gedacht hatte. Ihre Mutter hatte angedeutet, dass etwas in ihrem Kopf nicht in Ordnung war und dass sie eventuell eine Krankheit von ihrem Vater geerbt hatte. Und wenn sie, Alma, das auch hatte? Trotz der Kälte pulste die Angst heiß durch ihren Körper.

»Nein«, sagte sie plötzlich laut und entschieden. »Ich bin nicht meine Schwester!«

Aber ihr wurde klar, dass sie etwas unternehmen musste, um ihr seelisches Gleichgewicht wiederzufinden.

# KAPITEL 33

Gustav fuhr gleich Anfang Januar 1907 wieder nach Berlin, er würde dort eine gute Woche proben und am 14. Januar seine 3. Symphonie dirigieren. Von dort aus würde er nach Frankfurt weiterreisen. Weitere Konzerte in Amsterdam hatte er abgesagt, um die Wiener Operndirektion nicht weiter zu verstimmen. Aber er würde fast zwei Wochen weg sein.

Alma fuhr nicht mit, obwohl Gustav sie darum bat. Aber ihrer Mutter ging es nicht gut, und sie hatte beschlossen, sie bei ihren Arztbesuchen zu begleiten. Gemeinsam saßen sie bei Doktor Kovacs im Behandlungszimmer, der ihnen mitteilte, dass er kein organisches Leiden hatte feststellen können.

»Sie sehen aber auch nicht gut aus, meine Gnädigste.« Der Arzt wandte sich an Alma, während ihre Mutter sich in einem Nebenraum wieder anzog. »Liegt das bei Ihnen in der Familie?«

Alma wusste nicht, was sie darauf sagen sollte. Sie hatte nicht auf ihr Unwohlsein geachtet, aber ihr war, als sei die letzte Menstruation schon länger als vier Wochen her. Die Erkenntnis, dass sie vielleicht wieder schwanger sein könnte, überfiel sie hier, in der Praxis von Doktor Kovacs, wie ein Hammerschlag. Konnte das sein? Wollte sie überhaupt noch ein Kind?

Der Arzt sah sie fragend an, und Alma nahm sich zusammen. Sie hatte nicht gehört, was er gesagt hatte.

»Wie bitte?«, fragte sie.

»Haben Sie einmal an einen kräftigenden Kuraufenthalt gedacht?«, wiederholte Doktor Kovacs, als Anna Moll sich wieder zu ihnen gesellte. »Ich meine, Sie beide. Mutter und Tochter. Denken Sie darüber nach. Ein bisschen Bewegung in der frischen Luft, gutes Essen, Wassertreten … Unsere Berge bieten da die schönsten und lohnendsten Ziele. Abgesehen davon wären Sie eine Sensation.«

Alma sah zu ihrer Mutter hinüber und nickte. »Wir werden sehen«, antwortete sie vage.

Als sie zu Hause ankam, wartete schon ein Brief von Gustav auf sie. Das Philharmonische Orchester war zu seiner Erleichterung gut vorbereitet, die Proben verliefen einigermaßen harmonisch. Ein bisschen anstrengend waren die vielen Einladungen, die er abzusagen versuchte. Er erwähnte einen Nachmittag bei Strauss. Sie waren verabredet gewesen, doch als er dort eintraf, habe Pauline ihn mit einem hektischen »Pst! Pst! Er schläft!« empfangen. Eine geschlagene Stunde musste er mit ihr und ihrer Mutter in einem unaufgeräumten Boudoir verbringen und einen wahren Wolkenbruch von Tratsch über die finanziellen und sexuellen Ereignisse der letzten Monate über sich ergehen lassen. Dann fuhr sie unvermittelt auf und zog Gustav hinter sich her in das Schlafzimmer, wo sie ihren Mann harsch anwies, endlich aufzustehen. Alma konnte sich ein Lachen nicht verkneifen, als sie diese Zeilen las. Gustav musste sich vor Peinlichkeit und Ekel geradezu geschüttelt haben! Und dann, so schrieb er weiter, ging die ganze Tratscherei wieder von vorne los. Pauline würde sich nicht ändern, so war sie eben. *Und ihre Mutter sprach ständig von Kaffe, nicht von Kaffee*, hatte Gustav dazugeschrieben, und Alma hörte ihn förmlich stöhnen.

Sie legte den Brief auf den Tisch vor ihr. Pauline Strauss war wirk-

lich eine unmögliche Person. Aber Gustav musste sie in Kauf nehmen, denn Richards Arbeit schätzte er über die Maßen. An diesem Abend würde er in Berlin endlich die *Salomé* sehen, Richards Oper, die er zu gern in Wien aufgeführt hätte, die aber von der Zensur immer wieder abgelehnt wurde mit dem Argument, die Darstellung von sexualpathologischen Vorgängen würde nicht auf eine Hofbühne passen. Alma war gespannt, was er von dem mittlerweile berühmten Schleiertanz der Salomé berichten würde, an dessen Schluss sie den abgeschlagenen Kopf Jochanaans küsste, der auf ihren Befehl hin getötet worden war.

Zwei Tage später dirigierte Gustav dann seine 3. Symphonie. Die Wiener Zeitungen schrieben, dass die Aufführung ein voller Erfolg gewesen sei. Alma schüttelte den Kopf. In den Berliner Zeitungen klang das anders. Dort war auch in einem Artikel über einen möglichen Rücktritt Gustav Mahlers von der Wiener Oper zu lesen. Sie las den Satz noch einmal und erschrak. Gustav hatte in der Tat vor nicht allzu langer Zeit ein Angebot aus New York erhalten. Der Leiter der New Yorker Metropolitan Opera, Heinrich Conried, war an ihn herangetreten. Alles war aber noch sehr vage, und sie hatten noch keine Entscheidung getroffen, dafür war es viel zu früh. Aber woher wusste dieser Journalist davon? Hatte Conried womöglich selbst etwas durchgestochen, um die Dinge zu beschleunigen? Auf jeden Fall war die Sache höchst unangenehm. Sie las weiter, aber zu diesem Thema gab es keine weiteren Details. Stattdessen die bereits sattsam bekannten Vorwürfe über ein Defizit von zweihunderttausend Kronen in der Kasse.

Einen Tag vor seiner Rückkehr hörte Alma, die gerade beim Frühstück saß, wie Poldi ihrer Mutter die Wohnungstür öffnete. Anna

Moll verhielt sich so, als wäre die Wohnung in der Auenbrugger-gasse immer noch das Kinderzimmer ihrer Tochter. Sie tauchte auf, wann es ihr beliebte, und ging davon aus, dass alle sich über ihr Erscheinen freuten. Alma konnte ihr das noch nicht einmal vor-werfen, denn ihre Mutter war tatsächlich oft unverzichtbar, wenn es darum ging, auf die Kinder aufzupassen. Seufzend legte sie ihre Serviette neben den Teller und sah zur Tür, da platzte ihre Mutter auch schon ins Zimmer. Alma fiel einmal mehr auf, wie sehr sie in den letzten Jahren gealtert war. Sie war füllig geworden, das Gesicht verlor die Konturen, das Haar zeigte erste graue Strähnen. Aber wenn sie wollte, sprühte sie immer noch vor Charme und hatte Gustav im Handumdrehen erobert. Trotzdem: Alma fühlte sich manchmal nicht wohl in ihrer Gegenwart. Ihre Mutter erinnerte sie daran, wie sie selbst in einigen Jahren aussehen würde.

»Guten Morgen, Mama«, sagte sie kühl.

Anna Moll machte sich nicht die Mühe einer Antwort. Aufge-bracht schwenkte sie die druckfrische Ausgabe der *Neuen Freien Presse* und ließ sich auf einen Stuhl Alma gegenüber fallen.

»Hast du gelesen, was dieser Schmierfink sich ausgedacht hat? Hier: ›In der ersten Woche probiert er seine neueste Symphonie mit einem unbekannten Orchester; in der zweiten sucht er ein Instrument mit einem völlig neuen Klang; in der dritten ist er durch die Überar-beitung seiner Symphonien gebunden; in der vierten muss er sich ausruhen, um sich von seinen Ferien zu erholen.‹« Sie reichte Alma die Zeitung hinüber und tippte auf die zitierte Passage. Die Texte standen unter Zeichnungen eines dünnen, zappelnden Mahlers auf dem Dirigentenpult, in der Eisenbahn und an seinem Schreibtisch.

Anna Moll war wütend, aber Alma konnte sich ein Schmunzeln nicht verkneifen.

»Mit so etwas kann ich eher umgehen als mit den Vorwürfen, er habe schlecht gewirtschaftet.«

»Pah, das geht doch alles in dieselbe Richtung. Die Stadt will ihn loswerden. Kann er denn nicht ein wenig diplomatischer sein?«

»Er hat schon Konzerte abgesagt. Er hätte nach Frankfurt auch noch in Amsterdam dirigieren sollen.«

»Aber sein Platz ist doch hier, in Wien.«

»Dann müssen die Wiener ihn halt besser bezahlen. Außerdem ist das Dirigieren nicht das, was er will. Er will komponieren. Keine Opern mehr, sondern eigene Symphonien. Deshalb reist er ja herum und führt seine eigenen Werke auf, weil nur er sie richtig versteht.«

Alma überlegte einen Moment, ob sie ihrer Mutter die Neuigkeit anvertrauen sollte, dann ließ sie die Bombe platzen. »Gustav hat ein Angebot aus Amerika.«

Anna Moll blieb der Mund offen stehen. »Aus Amerika? Aber das ist ja wunderbar! Wo denn?«

»New York. Die Metropolitan Opera …«

»Aber das ist ja … Das sind phantastische Neuigkeiten. Weißt du schon Näheres? Ab wann? Wie viel Geld wird er verdienen? Und du und die Kinder? Geht ihr mit? Meine Güte, heißt das, ich werde euch nicht mehr zu Gesicht bekommen? Darauf brauche ich einen Schnaps! Poldi!«

Poldi erschien und schenkte Benediktinerlikör ein. Alma hatte schon seit einiger Zeit Geschmack an dem Kräuterlikör gefunden. Sie bildete sich ein, dass er ihr half und das Leben leichter machte. Eine Flasche stand immer auf der Anrichte im Esszimmer, eine zweite als Reserve in der Küche.

»Es ist alles noch geheim«, sagte Alma, nachdem sie sich zugeprostet hatten. Dass es schon in einer Berliner Zeitung gestanden

hatte, musste ihre Mutter nicht wissen. »Offiziell darf er sich gar nicht um einen anderen Posten bewerben, solange er noch Direktor der Hofoper ist.«

»Von mir erfährt niemand etwas«, versprach Anna. »Aber das ist schon eine Neuigkeit. Du meine Güte, wenn ich mir vorstelle, dass ich meine Enkeltöchter nicht mehr sehen kann ...«

»Bitte, Mama, so weit ist es noch nicht. Bisher hat er noch nicht einmal zugesagt. Und es handelt sich um ein Engagement für ein paar Monate im Jahr. Die Sommer werden wir wie üblich in Maiernigg verbringen. Und ob wir die Kinder nach Amerika mitnehmen oder nicht, das wird sich alles finden.«

# KAPITEL 34

Im Grunde hatte Gustav sich entschieden, das Angebot aus Amerika anzunehmen. »Ich will weg aus Wien«, sagte er zu Alma, als sie nach seiner Ankunft aus Frankfurt abends zusammensaßen. Natürlich hatte auch er die Artikel über ihn gelesen, die ihn zunehmend zermürbten. Außerdem war das Gehalt wirklich verlockend. Er würde in sechs Monaten so viel verdienen, dass er die anderen sechs Monate des Jahres ungestört komponieren könnte. Das war genau das, was er sich immer erträumt hatte.

Bevor er jedoch eine endgültige Entscheidung traf, fuhren sie Ende März erst einmal für zwei Wochen nach Rom, wo er Konzerte geben sollte.

Auf der Fahrt im Zug war Alma ganz zappelig vor Aufregung und Freude. Rom! Sie erzählte Gustav von ihrer ersten Italienreise, als sie sich an der italienischen Kultur und den Landschaften geradezu berauscht hatte. In Rom würde sie ihren Lieblingsort, die Villa Hadrian, besuchen. Wie glücklich war sie dort gewesen, wie jung! Dass sie damals in Leidenschaft für einen anderen Gustav entbrannt war, für Gustav Klimt, erwähnte sie nicht.

In Rom angekommen, nahm die Stadt sie wieder gefangen wie beim ersten Mal. Jetzt, im Frühjahr, war sie womöglich noch bezaubernder als bei ihrem ersten Besuch. Gleich am ersten Tag nahm sie Gustav mit in die Villa Hadrian, und es gelang ihr mühelos, ihn mit

ihrer Begeisterung anzustecken. Sie fand sogar den alten Oliven-
baum mit dem ausgehöhlten Stamm wieder, und sie versuchten,
sich zu zweit hineinzuzwängen, bis ein Wärter sie ausschimpfte. Lachend rannten sie davon und kauften an einem kleinen Stand neben
ihrem Hotel Pistazieneis. Als Alma abends im Bett lag, da war sie
erfüllt von der Stadt. Auch heute wieder fühlte sie sich gesättigt von
der Schönheit, die persönliche Sorgen oder Leid einfach ein Stückchen kleiner machte. Der sorglose Tag mit Gustav hatte ihr gutgetan. Sie rutschte auf seine Seite des Bettes hinüber und schmiegte
den Kopf an seine Schulter.

In den nächsten Tagen wanderte Alma unermüdlich durch die Stadt,
sobald sie Zeit dafür fand. Die Farben der Fassaden, die Zypressen
und Olivenbäume, die römischen Relikte, alles nahm sie wie damals
gefangen. Sie konnte sich einfach nicht sattsehen und lief herum, bis
ihr die Füße wehtaten. Es machte ihr nichts aus, dass sie das allein
tun musste. Abends trafen sie und Gustav sich wieder und speisten
italienische Küche und tranken Rotwein. Er war an diesen Tagen
ganz bei ihr, und sie genossen ihr Zusammensein.

Am dritten Tag führte sie ihr Weg in die Galleria Borghese. Von
diesem Museum hatte sie in Wien gehört. Die Mitglieder der Secession schwärmten davon, und Carl Moll hatte ihr geraten, es unbedingt zu besichtigen. Warum war sie eigentlich damals nicht hier
gewesen, fragte sie sich. Gustav hatte Probe, also ging sie allein.
Gleich im ersten Saal fand sie sich unvermittelt vor einer Skulptur
der Pauline Borghese wieder. Diese Lieblingsschwester Napoleons
hatte genau hundert Jahre zuvor den skandalösen Mut besessen,
nackt für den Bildhauer Antonio Canova zu posieren, obwohl ihr
Mann ihr das verboten hatte. Die Figur aus weißem Carrara-Mar-

mor zeigte Paolina in Lebensgröße unbekleidet, lasziv hingestreckt auf einem Bett. Die Brüste waren völlig nackt, die Scham mit einem Tuch halbherzig bedeckt. Alma war augenblicklich gebannt. Sie stand da und starrte die Figur an, deren Erotik greifbar war. Der Apfel, den sie als Zeichen der Verführung in der Hand hielt, wäre nicht notwendig gewesen. Kein Wunder, dass die Figur »Ruhende Venus« genannt wurde. Alma ging um die Statue herum. Auch die Rückenansicht war reine Verführung, und sie verspürte den verrückten Wunsch, sie zu berühren. Paolina war zum Zeitpunkt des Entstehens ungefähr so alt gewesen wie sie selbst. Auch sie wurde zu ihrer Zeit als schönste Frau der Stadt bewundert. Wieder ging Alma auf die andere Seite und betrachtete den Blick, der selbstbewusst und leicht melancholisch in die Ferne ging.

Alma stand da und wurde zu ihrem Schrecken, in den sich ungläubige Belustigung mischte, von einer Art Wollust übermannt. Sie presste ihre Schenkel zusammen und hob das Kinn. Sie fühlte, dass flammende Röte ihre Wangen überzog. Mein Gott, was passierte hier mit ihr? Sie musste sich unbedingt setzen und suchte eine Bank. Schwer atmend ließ sie sich nieder. Sie kicherte nervös. Was löste diese Figur in ihr aus? Klimt kam ihr in den Sinn, und ihr wurde klar, dass sie an ihre erste Italienreise gedacht hatte, vielmehr an die rauschhafte Sinnlichkeit, die sie damals mit Klimt erfahren hatte. Damals hatte sie sich verzehrt und nicht gewusst, wie sie ihre aufkommende Sinnlichkeit zügeln sollte.

Das hier ist peinlich und absolut unangemessen, dachte sie und schüttelte sich. Ich glaubte, ich hätte derartige Überreaktionen nach der Heirat mit Gustav abgelegt. Sie starrte nach wie vor auf die Figur, und langsam beruhigte sie sich, und das Pochen zwischen ihren Beinen ließ nach. Was war daran eigentlich peinlich, dachte sie dann,

abgesehen davon, dass ihre Gefühle sie in der Öffentlichkeit überfallen hatten? Ich bin schließlich eine verheiratete Frau. Ich habe das Recht auf sexuelle Erfüllung. Ich weiß schließlich, was es anrichten kann, wenn die einer Frau versagt wurde. Schließlich komme ich aus Wien, wo Sigmund Freud praktiziert. Das Gespräch mit ihrer Schwester kam ihr in den Sinn, als Gretl ihr voller Scham gestanden hatte, dass ihr Mann sie nicht befriedigen konnte. Und wie war es denn bei ihr? Gustavs Leidenschaft vom Anfang ihrer Beziehung hatte sich verflüchtigt. Er liebte sie, dessen war sie sich sicher, aber seine körperlichen Bedürfnisse waren andere als noch zu Beginn. Es mochte an seiner vielen Arbeit liegen oder auch an seiner körperlichen Konstitution, die oft nicht die beste war. Und immerhin war er beinahe zwanzig Jahre älter als sie. Vielleicht rächte sich das jetzt.

Alma stieß den Atem aus, den sie unbewusst immer noch angehalten hatte. Die bittere Wahrheit war doch, dass Gustav sie meistens in der Nacht überfiel, wenn sie schon schlief, und sich in einem kurzen, heftigen Akt befriedigte. Er gab ihr nicht die Gelegenheit, selbst in Stimmung zu kommen, er streichelte sie nicht, er zog sie ja nicht einmal richtig aus. Er sah sie nicht an und erlaubte ihr nur selten, ihn zu berühren. Alma träumte aber von stundenlangen Zärtlichkeiten, davon, sich und den anderen gegenseitig zu erforschen, um mit ihm zu verschmelzen, nicht nur körperlich, sondern auch geistig.

Diese Gedanken, an einem öffentlichen Ort, einem Museum mitten in Rom, ließen ihr noch einmal die Schamröte ins Gesicht steigen.

Abrupt stand sie auf und verließ die Ausstellung, obwohl sie bis über den ersten Raum nicht hinausgekommen war.

Als sie im Hotel ankam, war Gustav schon da. Er saß am Schreibtisch und las in einer Partitur.

»Schön, dass du da bist«, begrüßte er sie. »Hattest du einen angenehmen Nachmittag?«

Alma nickte. Sie war immer noch mitgenommen von dem, was ihr da gerade widerfahren war.

»Gustav ...«, sagte sie und schmiegte sich an seinen Rücken.

»Ja?«

»Ich komme gerade aus der Galleria Borghese und habe mir die Skulptur der Paolina als Venus angesehen ...«

»Ja?«, fragte er wieder und drehte sich zu ihr herum.

Alma zog langsam ihre Jacke aus und hob die Arme, um den Hut abzunehmen. Dabei drehte sie sich vor ihm und zeigte ihm ihr Profil. Die meisten Männer machte dieser Anblick schnell unruhig. Zufrieden stellte sie fest, dass Gustav auf seinem Stuhl hin und her rutschte.

Sie legte den Hut auf einen Stuhl, ohne Gustav aus den Augen zu lassen. Mit wiegenden Schritten bewegte sie sich auf ihn zu. Gustav räusperte sich. Alma nahm seine Hände und setzte sich auf seinen Schoß. Seine Arme nahm sie vor ihrem Körper zusammen. Sie beugte sich über ihn und legte ihre Lippen auf seine.

»Alma, ich bitte dich. Ich muss gleich wieder ins Konzerthaus ...«

Er machte sich ziemlich abrupt von ihr los und stützte die Hände auf die Armlehnen, um aufzustehen. Alma rutschte halb von seinem Schoß herunter und musste ebenfalls aufstehen, wenn sie nicht auf dem Fußboden landen wollte.

»Gustav!«, sagte sie. Sie war fassungslos über seine Zurückweisung.

»Es tut mir leid, Alma. Wie ich schon sagte, ich muss los. Ich bin schon zu spät. Bis nachher.«

Er verließ das Zimmer, ohne ihr einen Abschiedskuss zu geben.

Ihr Herz zog sich zusammen; es war ihr bewusst, dass Gustav nirgendwo hinmusste. Er war vor ihr geflohen. Vor ihrem Wunsch nach Zärtlichkeit. Zitternd vor Wut und Scham blieb sie mitten im Zimmer stehen. Dann nahm sie den Hut vom Stuhl und schleuderte ihn von sich.

Bei Gustavs Rückkehr erwähnte sie den Vorfall mit keinem Wort. Zum Abendessen begleitete sie ihn jedoch nicht. In der Nacht kam er in ihr Bett. Er war stürmisch und bedrängte sie, er stieß in sie hinein, dass es wehtat, und stöhnte immer wieder ihren Namen. Das war nicht die Art von Zärtlichkeit, die Alma sich wünschte.

Dennoch nahm sie sich vor, diesen Aufenthalt in Rom, der doch so vielversprechend begonnen hatte, zu nutzen, um sich Gustav wieder näher zu fühlen. Sie zog sich besonders schön an und nahm ihr Haar locker im Nacken zusammen, so wie er es mochte. Sie überredete ihn zu Spaziergängen, bei denen sie seine Hand nahm, und war besonders zuvorkommend. Sie versuchte alles, um eine Art Flitterwochenstimmung zu erzeugen.

Sie reisten weiter nach Triest, und durch ein Versehen verschwand der Koffer mit seinen persönlichen Aufführungsmanuskripten. Gustav war außer sich.

»Ich helfe dir«, sagte Alma. »Wir stellen ein neues Programm zusammen oder stellen das alte um.«

Nebeneinander saßen sie über den Partituren und Programmen und sprachen alles durch. Alma schlug vor, Wagner und Beethoven zu spielen, weil die in Italien jeder mochte. »Außerdem ist mir bei den Proben aufgefallen, dass das Orchester bei Wagner richtig mitgeht.« Während sie das sagte, fiel ihr Blick in den großen Spiegel, der an der Wand gegenüber vom Schreibtisch hing. Sie entdeckte sich darin, und ihr stockte der Atem vor Glück beim Anblick dessen, was

sie sah: Sie selbst Kopf an Kopf mit Gustav, konzentriert arbeitend, eine Einheit.

»Ich danke dir, Almschi. Ohne dich hätte ich das nicht so gut hinbekommen«, sagte er, als alles für die Aufführung vorbereitet war. »Dies heute Abend wird dein Konzert.« Er nahm ihre Hände und küsste sie.

Am Abend bedankte er sich noch auf eine andere Weise bei ihr. Am Schluss des Konzertes erklang die elegische Melodie des Adagiettos aus der 5. Symphonie. Alma saß in der ersten Reihe. Sie erkannte das Stück an den ersten Noten und zuckte vor Freude zusammen. Gustav wandte sich mit einem Lächeln zu ihr herum, und Alma gab seinen Blick mit tränenfeuchten Augen zurück. »Du hast mein Konzert gerettet«, sagte er später zu ihr und nahm sie in die Arme. »Eigentlich hättest du den Beifall entgegennehmen müssen.«

Zu ihrer Enttäuschung musste Gustav ein geplantes weiteres Konzert in Triest absagen, weil sein Vorgesetzter, der Obersthofmeister Fürst Montenuovo, ihm keine Verlängerung seines Urlaubs genehmigte. Alma gab die innige Gemeinschaft mit ihrem Mann nur ungern auf. Sie fürchtete, dass es in Wien wieder anders sein würde. Aber ein Teil von ihr war auch froh, nach Hause zu kommen. Trotz der prallen Schönheit um sie herum fühlte sie sich nicht wohl. Selbst kurze Spaziergänge ermüdeten sie, eine Erfahrung, die ganz neu für sie war und die sie nicht wahrhaben wollte. Der Rauch von Gustavs Zigaretten verursachte ihr Übelkeit, sie schnappte nach Luft. Nicht einmal das berühmte italienische Eis konnte sie mehr locken. Gustav bestellte ihr einen Becher, und sie ließ ihn stehen.

»Es tut mir leid«, sagte sie. »Ich glaube, mein Magen ist nicht in Ordnung.«

Gustav sah sie besorgt an. »Ich mache mir Sorgen. Etwas stimmt doch nicht.«

Alma versuchte ihn zu beruhigen. »Morgen ist es bestimmt besser.«

»Hoffentlich. Morgen ist das letzte Konzert, und übermorgen sitzen wir im Zug nach Wien.«

Doch sie hatte Mühe, die Aufführung bis zum Ende anzuhören. Ein ungewöhnlicher Druck in der Magengegend machte ihr das Sitzen schwer. Auch ein Benediktinerlikör, den sie vorher getrunken hatte, linderte ihre Beschwerden nicht. Sie war dankbar, als sie in ihrem Bett lag. Aber sie konnte nicht schlafen, viel zu viele Gedanken schwirrten in ihrem Kopf; sie begann sich über die Rückreise am nächsten Tag Sorgen zu machen. Das bedeutete Stunden über Stunden in einem engen Zugabteil, ohne die Möglichkeit, sich auszustrecken oder ein paar Schritte zu tun.

Als sie dann im Zug saß, wurde es sogar noch schlimmer, als Alma befürchtet hatte. Die Schmerzen in ihrem Unterleib nahmen immer mehr zu. Sie kauerte auf ihrem Sitz und biss sich auf die Zähne, um nicht laut zu stöhnen. Mit letzter Kraft schaffte sie es bis nach Hause. Sie konnte sich kaum noch auf den Beinen halten. Zum Glück waren die Mädchen schon im Bett, Alma hätte nicht die Kraft gehabt, sie zu begrüßen, und sie wollte ihnen keine Angst machen. Die Schmerzen, die während der stundenlangen Zugfahrt eingesetzt hatten, waren inzwischen krampfartig und unerträglich stark. Gustav brachte sie in ihr Schlafzimmer und ließ sofort nach Doktor Hammerschlag rufen.

Eine neue Welle des Schmerzes überrollte Alma. Sie krümmte sich zusammen, um ihm zu entgehen. Sie legte die Hände auf ihren Leib, der sich ungewöhnlich hart anfühlte.

Gustav kam wieder ins Zimmer.

»Was ist mit dir, Almschi?«, fragte er.

»Ich glaube, ich bekomme ein Kind«, sagte sie.

Als Doktor Hammerschlag eintraf, konnte er die Diagnose nur bestätigen. Alma war schwanger.

»Haben Sie davon gewusst?«, fragte er Alma.

»Doktor Kovacs hat so etwas erwähnt, aber ich habe das nicht ernst genommen. Ich hatte meine Blutung, deshalb habe ich gedacht, alles sei in Ordnung ...«

Eine neue Wehe kam, und Alma fühlte etwas Warmes, das ihr an der Innenseite der Schenkel entlanglief. Sie hob den Kopf und sah, dass ihr Unterkleid rot von Blut war.

»Aber das ist doch viel zu früh. Ich kann doch höchstens im dritten Monat sein«, rief sie voller Entsetzen. »Mein Bauch ist doch noch ganz flach. Das Kind ist viel zu klein.«

»Ich fürchte, Sie haben eine Fehlgeburt. Wenn das Kind ...«, er sah sie rasch an, »... das, was einmal ein Kind werden sollte ... Wenn es nicht von allein kommt, müssen wir Sie in ein Krankenhaus bringen.«

Neuer Schmerz wallte in ihr auf. Nachdem die Wehe vorüber war, untersuchte Doktor Hammerschlag sie. Seine Berührungen ließen Alma vor Schmerzen fast ohnmächtig werden. Plötzlich bekam sie Angst. Dieses Kind in ihrem Bauch schien sie zu zerreißen. Irgendetwas war nicht in Ordnung, die Übelkeit und die Schmerzen der letzten Woche bekamen plötzlich einen furchtbaren, angsteinflößenden Sinn.

»Gustav!«, schrie sie, als die Schmerzen wiederkamen.


An die Nacht im Krankenhaus konnte sie sich später nur noch verschwommen erinnern. Als sie am nächsten Morgen aufwachte, ver-

spürte sie entsetzliche Kopfschmerzen und dann, als die Erinnerung wiederkam, eine unendliche Traurigkeit über dieses verlorene Kind, von dessen Existenz sie erst etwas bemerkt hatte, als es sie schon wieder verlassen wollte. Schuldgefühle plagten sie. Wäre es anders gekommen, wenn sie auf Doktor Kovacs gehört hätte? War sie zu sehr mit sich selbst und mit Gustav beschäftigt gewesen, um auf dieses Kind zu achten, das in ihr heranwuchs? War das der Preis dafür, dass sie in Italien so gern mit Gustav gearbeitet hatte, statt Ehefrau und Mutter zu sein?

Sie war egoistisch gewesen, deshalb konnte sie dieses Kind nicht austragen. Es war alles ihre Schuld. Ein furchtbarer Verdacht kam ihr, den sie aber niemandem gegenüber erwähnte: Lag es daran, dass dieses Kind sich nicht willkommen gefühlt hatte? Denn wenn sie ehrlich war, dann wäre ein drittes Kind ihr im Moment nicht recht gewesen. Sie war so mit sich selbst beschäftigt, sie spielte mit dem Gedanken einer Übersiedelung nach Amerika. Sie war sich nicht sicher, ob sie für ein Kind genügend Kraft gehabt hätte.

Immer wieder bewegte sie diese Gedanken in ihrem Kopf. Irgendwann weinte sie nur noch. Anna kam vorbei, aber sie konnte ihre Tochter nicht trösten. Alma fühlte sich nicht länger als vollwertige Frau.

# Kapitel 35

Ihr Zimmer im dritten Stock des Hotels Quarnero ging zur Ostseite mit Blick auf das Meer. Es war eines der begehrtesten Zimmer des Kurhotels, und Gustav hatte bei der Reservierung dafür gesorgt, dass sie es bekam. Bei Almas Ankunft waren neugierige Blicke auf sie gerichtet. Der Concierge kam eilig hinter seinem Empfangstresen hervor, um einen Diener vor ihr zu machen. Schnell sprach sich herum, dass die berühmte Alma Mahler im Haus war, die Frau des Hofoperndirektors!

Während das Zimmermädchen leise und mit tausendfach geübten Griffen die Schrankkoffer auspackte, stand Alma ein bisschen verloren am Fenster und sah auf die Adria hinaus. Das Zimmer war wirklich schön, das hatte Gustav gut gemacht. Sie hatten gemeinsam schon einige Male die Ostertage hier an der österreichischen Riviera verbracht, waren aber noch nie im Hotel Quarnero abgestiegen, das Alma so gut gefiel. Als Doktor Hammerschlag ihr dringend zu einer Kur geraten hatte, um sich von der Fehlgeburt zu erholen, war ihre Wahl sofort auf Abbazia und dieses Hotel gefallen.

Jenseits der Bucht spiegelte sich die untergehende Sonne in den Bergen und tauchte das Zimmer in rötliches Licht. Alma sah ihr Bild im Fensterglas und war getroffen von ihrer eigenen zerbrechlichen Schönheit. Sie fühlte sich doch gar nicht schön. Aber es war unübersehbar: Ihr Haar flammte um ihr Gesicht, in dem die Augen riesen-

groß waren. Ihr Mund mit den vollen Lippen war fein geschwungen. Weil sie blass war, traten diese weiblichen Attribute deutlich hervor. Sie wandte den Blick ab.

Neben dem Fenster stand das Doppelbett, das für eine Person viel zu breit war. Sie reiste allein, ohne Gustav und ohne Maria und Anna. Sie konnte frei über ihre Tage bestimmen. Zum ersten Mal seit ihrer Hochzeit. Sie wusste selbst noch nicht, ob sie das freute oder nicht. Es war so ungewohnt. Einerseits jubelte sie bei dem Gedanken, andererseits war sie voller Trauer. Nachdem sie das kleine Etwas verloren hatte, das in ihrem Leib herangewachsen war, konnte sie nicht wieder zu Kräften kommen. Die Operation hatte sie sehr geschwächt. Doktor Hammerschlag hatte darauf gedrungen, dass sie sich unter ärztlicher Anleitung erholte.

»Ihre Frau braucht eine Kur«, hatte er Gustav verkündet. »Ein paar Wochen Ruhe und körperliche Ertüchtigung werden ihr guttun. Und zwar so schnell wie möglich. Die Saison beginnt gerade.«

»Aber nur, wenn ich nach Abbazia fahren kann«, hatte Alma gesagt. Sie hatte die leise Hoffnung gehabt, dass die Reise dann nicht stattfinden würde.

Und jetzt war sie hier. Die Südbahn hatte sie innerhalb von zwölf Stunden aus Wien nach Abbazia-Mattuglie gebracht, für den Rest der Strecke nahm sie eine Kutsche.

Das Zimmermädchen war fertig mit dem Auspacken und knickste zum Abschied vor ihr. Alma ging auf die windgeschützte Loggia hinaus. Die grandiose Aussicht munterte sie etwas auf. Hier würde sie herrliche Sonnenbäder nehmen und sich in ein Buch vertiefen können, ohne dass sie selbst gesehen wurde. Vor ihr lag die Adria, rechts und links erstreckte sich die Uferbebauung von Abbazia: die berühmten gelben Villen und Häuser. Unter ihr, jenseits der

schmalen Straße, lag ein Park, der an einer Mauer endete. Von dort führten Treppen zum felsigen Ufer und zum Badestrand des Hotels hinunter. Von ihrem Standort aus konnte Alma das alles überblicken, auch die Palmen, eine der Attraktionen der Stadt, neben der Uferpromenade, die kilometerlang am teils sandigen, teils felsigen Strand rund um die Bucht führte. Auf die Spaziergänge auf dieser Promenade freute Alma sich jetzt schon. Sie hatte sie noch sehr gut von ihren Besuchen mit Gustav in Erinnerung. Das südliche Flair des Ortes um diese frühe Jahreszeit war bezaubernd. Der Frühling begann hier schon einige Wochen früher als in Wien. Der Ort konnte es durchaus mit Nizza oder Cannes aufnehmen, auch was die Liste der illustren Gäste anging. Gekrönte Häupter trafen sich hier, und die berühmte Tänzerin Isadora Duncan hatte sich von den sanften Bewegungen der Palmwedel zu einem ihrer Tänze inspirieren lassen.

Alma lehnte sich mit den Ellenbogen auf die gemauerte Brüstung. Sie zwang sich, die würzige Luft tief einzuatmen. Dieser Ort, dieses Hotel und ihr Zimmer, das alles war wirklich dazu angetan, die Seele zu verwöhnen und zur Ruhe kommen zu lassen. Aber Alma fragte sich ängstlich, ob sie dazu in der Lage war. Sie fühlte sich einfach zu elend. Dafür war etwas zu Traumatisches passiert. Sie konnte von ihrem Standort aus das leise Plätschern der Wellen hören. Wenn sie die Tür offen ließ, würde es sie in ihrem Schlaf begleiten. Ja, diese Vorstellung fand sie schön. Vielleicht konnte sie sich hier ja doch erholen und das Schreckliche hinter sich lassen.

Im Stockwerk unter ihr trat ebenfalls jemand auf den Balkon hinaus. Alma hörte leise Stimmen, dann wurde es wieder still. Auch sie ging wieder ins Zimmer, denn die Abendluft wurde kühl. Der größte Luxus an diesem Zimmer war ein eigenes Badezimmer mit einer

großen Wanne, die mitten im Raum stand. Ich werde jeden Tag ein Bad nehmen, dachte Alma. Noch etwas, auf das ich mich freuen kann. Ich werde mir Mühe geben. Ich möchte gern gesund und fröhlich nach Wien und zu Gustav und den Mädchen zurückkehren.

Am nächsten Morgen wachte sie mit einem Lächeln auf den Lippen auf. Sie brauchte einen Moment, um sich zurechtzufinden. Sie hatte das Zimmermädchen am Vorabend gebeten, die Vorhänge nicht zuzuziehen, deshalb fiel die Sonne hell in ihr Zimmer. Sie reckte sich und stand auf. »Was fange ich denn nun mit meiner Freiheit an?«, fragte sie sich. »Am besten nehme ich erst mal ein Bad.«

Später hatte sie einen Untersuchungstermin beim Badearzt. Das Sprechzimmer war in behagliches Dämmerlicht getaucht, vor den Fenstern hingen Gardinen, die Möbel waren dunkel und schwer. Doktor Belfort-Chariot erhob sich und kam mit ausgestreckter Hand auf sie zu.

»Es ist uns eine Ehre«, sagte er.

Alma lächelte und nahm Platz.

In dem folgenden Gespräch machte sie deutlich, dass sie nicht ernstlich krank sei, sondern lediglich an einem Erschöpfungszustand leide.

»Ich verstehe«, gab Doktor Belfort-Chariot zurück. »Sie sind noch sehr jung, Ihr Gemahl ist bedeutend älter ...«

»Er ist doppelt so alt wie ich.«

»Ja, genau, und er war bereits ein viel beschäftigter Mann, als sie ihn geheiratet haben. Da muss man als Frau ihren Platz finden. Sie haben Kinder?«

»Zwei Mädchen.«

Er nickte. »Und dann dieses Unglück. Sie brauchen Anregung,

sowohl geistiger als auch körperlicher Natur. Dafür bietet unsere Klinik die allerbesten Voraussetzungen. Ich bitte Sie, in den folgenden Wochen nicht ständig an Ihre Kinder und Ihren Mann zu denken. Genießen Sie die Zeit bei uns, kommen Sie auf andere Gedanken, schalten Sie ab. Dann werden Sie auch wieder Kraft für ihr Leben in Wien haben.«

Alma fügte sich in den Alltag des Kurhotels. Sie hielt das für ihre Pflicht. Obwohl es sich manchmal so anfühlte, als wäre sie auf einem anderen Stern gelandet. Alles war auf das Wohlbefinden der Patienten ausgelegt. Am liebsten hätte die Direktion wohl auch Zeitungen verboten, um jegliche Aufregung von ihnen fernzuhalten. Es gab eine eigene Hotelzeitung, aus der die beunruhigenden Nachrichten entfernt worden waren, was dazu führte, dass alle sich in einer Art sportlichem Wettkampf auf die wenigen Exemplare stürzten, die einzelne Gäste sich schicken ließen. Alma hatte schon bald an jeder Hand einen Verehrer, der sich darum riss, ihr die Zeitung zu überlassen. Schon mittags trugen die Damen luftige Kleider, die sie an der Promenade spazieren führten. Die strengen Regeln der Wiener Gesellschaft galten hier nicht. Man kurte ja schließlich, um sich zu erholen. Die Zumutungen der Welt waren hier weit weg, lagen sozusagen hinter den Bergen. Finanzielle Sorgen kannte man hier auch nicht, obwohl man wusste, dass in Wien die Arbeiter gegen die Erhöhung der Brotpreise demonstrierten und dass bei den anstehenden Wahlen, den ersten mit dem allgemeinen Wahlrecht für alle Männer, die Sozialdemokraten wohl Zugewinne machen würden. Im Hotel hielt man sich lieber an Klatsch und Tratsch. Gründe dafür gab es genug: die Garderobe der Frauen, ein unvorsichtiges Techtelmechtel, die Ergebnisse der Sportwettkämpfe, die die Direktion aus-

richtete. Man musste die Gäste schließlich unterhalten, neben Sport mit Tanztees, Walzer- und Marschklängen.

In den folgenden drei Wochen nahm Alma regelmäßig Bäder in geheiztem Meerwasser. Die Wannen standen in nebeneinanderliegenden Kabinen und wurden mit einem Holzbrett zugedeckt, damit das Wasser nicht zu schnell abkühlte. Die Adria war noch zu kalt, nur ganz Wagemutige stürzten sich in die Wellen. Alma gehörte nicht zu ihnen. Sie ging viel wandern und nahm Gymnastikstunden, etwas, was sie noch nie ausprobiert hatte und was ihr sehr gut tat. Sie fühlte, dass ihre Taille wieder schlanker und die Oberschenkel straffer wurden. Dafür genehmigte sie sich am Nachmittag Kuchen in der hauseigenen Konditorei. Mindestens einmal am Tag promenierte sie den blühenden Laubengang hinauf und hinunter, der hinter dem Hotel lag. Von dort führten enge Treppen zwischen Steinmauern hinauf, wo sich die Sonnenwärme speicherte. Agaven und Kakteen wuchsen in Amphoren und verbreiteten einen ganz eigenen Duft. Alma liebte diese versteckten Gänge und hielt sich viel hier auf. Abends wurde ein kulturelles Programm veranstaltet, Liederabende, szenische Lesungen, Vorträge zur Medizingeschichte. Am Wochenende wurde im großen Festsaal mit Blick auf das Meer ein nachmittägliches Tanzvergnügen angeboten. Da viele Gäste allein reisten, war das eine beliebte Möglichkeit für ein unschuldiges Kennenlernen.

Nach der ersten Woche hatte Alma wieder einen Termin bei Doktor Belfort-Chariot, der sich sehr zufrieden mit ihren Fortschritten zeigte. »Sie sehen blendend aus, meine Gnädigste«, bescheinigte er ihr.

»Genauso fühle ich mich auch«, gab Alma zurück. Sie sagte nichts von den Stunden, die sie sich schlaflos im Bett herumwälzte und

sich in trübe Gedanken verlor. Sie stellte sich dann vor, wie es gewesen wäre, wenn ihr Kind leben würde. Und sie dankte Gott, dass sie es noch nicht in ihrem Leib gespürt hatte. Sonst wäre ihr der Abschied noch schwerer gefallen.

»Sie können weitere Kinder bekommen«, sagte der Arzt gerade zu ihr. »Es kommt häufig vor, dass eine Schwangerschaft vorzeitig beendet wird. Lassen Sie den Gedanken zu und vertrauen Sie auf die Zukunft. Sie werden weitere Kinder haben.«

Diese Sätze nahm sie sich zu Herzen, und sie trösteten sie. Ich muss nach vorne sehen und Kraft für meine Familie sammeln, dachte sie, das ist meine Aufgabe. Tagsüber versuchte sie das sorgenfreie Leben und die Bewegung an der frischen Luft zu genießen. Sie hatte sogar wieder mit dem Radfahren angefangen. Vor ihrer Hochzeit mit Gustav war sie eine passionierte Radlerin gewesen, die sich auch von gelegentlichen Stürzen nicht abhalten ließ. Hier, in der hügeligen Landschaft rund um Abbazia, nahm sie diese Passion wieder auf. Nach wenigen Tagen schloss sich ihr ein Mann an, der ebenfalls Kurgast war. Der Mann schoss an einer abschüssigen Strecke an ihr vorbei und verlor dann in der Kurve am Fuß des Abhangs das Gleichgewicht und landete kopfüber in einer angrenzenden Wiese. Als Alma auf gleicher Höhe war, hielt sie an, um ihm zu helfen.

Der Mann sprang wie ein Artist auf die Beine und sagte strahlend zu ihr: »Wunderbar, mein Manöver hat funktioniert!«

»Welches Manöver?«

»Na, mein fingierter Sturz, um Ihre Bekanntschaft zu machen!« Er hob seine Mütze auf, die er verloren hatte, und schwenkte sie enthusiastisch. »Mein Name ist Philippe Painlevé, zu Diensten!«

Seine Offenheit nahm Alma für ihn ein. Er hatte ein junges, noch ganz glattes Gesicht, in dem grüne Augen blitzten.

»Sind Sie mit dem Mathematiker verwandt?«, fragte sie. Paul Painlevé gehörte zu dem Kreis der französischen Bewunderer von Gustav, die, wann immer es möglich war, seine Konzerte besuchten und auch schon einige Male bei ihnen in der Auenbruggergasse zu Gast gewesen waren.

»Leider nein«, entgegnete der junge Mann, während er sich den Staub von seinem Anzug klopfte. »Zumindest stammen wir nicht aus derselben Familie, aber ich bin immerhin Lehrer für Mathematik an einem Gymnasium in Paris.«

Philippe wurde in den folgenden Tagen ihr ständiger Begleiter. Er war nicht so geübt wie Alma und hatte an den ersten Tagen Schwierigkeiten, mit ihrem Tempo mitzuhalten. Alma genoss das Zusammensein mit ihm, das ihr größere Freiheiten erlaubte, als wenn sie als Frau allein unterwegs gewesen wäre. Sie machten gern Pause in einer der schummrigen Tavernen, die am Weg lagen, und setzten ihre Ausflüge dann höchst vergnügt fort. Ihre Touren wechselten zwischen den einigermaßen anstrengenden Anstiegen, dann ließen sie die Räder wieder bergab sausen. Wenn sie ins Hotel zurückkamen, war Alma erhitzt, ihre Frisur hatte sich gelöst, ihre Wangen zeigten wieder Farbe. Ihr gefiel wieder ihr Antlitz im Spiegel. Ihre Augen leuchteten, der Teint war frisch und rosig. Das kam sicher auch daher, dass sie die Flasche Benediktinerlikör nicht anrührte, die sie beim Packen in Wien ganz unten in ihrem Koffer versteckt hatte. Sie hatte kein Bedürfnis danach.

Aber so viel Zeit blieb ihr gar nicht für selbstständige Ausflüge, denn ihr Tag war angefüllt mit Anwendungen und Aktivitäten. Es begann morgens schon vor dem Frühstück mit Gymnastik, dann folgten medizinische Bäder, danach Massagen, dann gab es ein leichtes Mittagessen. Dann war Ruhe verordnet. Alma verbrachte Stun-

cen im Liegegarten. Die Liegeräume hinter Glas, um den Wind abzuhalten, der vom Meer her wehte, waren streng nach Männern und Frauen getrennt. Schließlich lag man hier nur in bequemen Unterkleidern, dafür von den Schwestern fürsorglich in Leinentücher und Wolldecken gehüllt. Ständig gingen sie herum und fragten, ob die Damen etwas brauchten, eine weitere Decke, eine Tasse Tee, eine kleine Erfrischung? Alma lag meistens ganz still da, durch die vorhergehenden Bäder und Massagen köstlich ermattet. Sie las sehr viel, der Stapel der gelesenen Bücher neben ihrem Bett wurde immer höher, und sie holte sich Nachschub in der hauseigenen Bibliothek. Sie fand sogar die Muße, endlich Gustavs geliebten Dostojewski zu lesen. Der Russe war sein erklärter Lieblingsdichter und er hatte Alma die Romane mitgegeben. *»Wie kann man glücklich sein, wenn auch nur ein Geschöpf auf Erden noch leidet.«* Diesen Satz von Dostojewski zitierte Gustav oft, er war sein ständiger Wegbegleiter. Nun lag Alma also hier in einem Sanatorium und las *Schuld und Sühne* und fragte sich, wie ein Mensch so weit kommen konnte wie dieser Raskolnikow, der eine Pfandleiherin umbrachte, weil er glaubte, die moralische Überlegenheit dazu zu besitzen, und dann seiner eigenen Tat nicht gewachsen war. Eine größere Diskrepanz als die zwischen ihrem Leben in dieser behüteten Sanatoriumswelt und der zerstörten Seele Raskolnikows konnte es gar nicht geben, dachte sie gerade. Sie legte den Finger zwischen die Seiten, um darüber nachzudenken, als eine junge, bildhübsche Schwester sich auf leisen Sohlen näherte. Sie hatte sofort die ungeteilte Aufmerksamkeit aller Patientinnen, denn es war Zeit für die Post.

Alle setzten sich auf, nahmen ihre Schlafbrillen ab oder legten ihre Lektüre zur Seite, je nachdem, womit sie gerade beschäftigt waren. Sie warteten darauf, ob für sie heute etwas dabei war.

Vor Alma blieb die junge Schwester stehen und reichte ihr einen Brief von Gustav und einen weiteren von der Direktion des Hotels. Alma nahm sie entgegen, auch den Brieföffner, den sie gleich mitgebracht hatte. Wie üblich schrieb Gustav viel und regelmäßig. Ihm ging es gut, den Mädchen ebenso, ihre Mutter kümmerte sich gemeinsam mit Fanni um die beiden. Die Verhandlungen mit Heinrich Conried, dem Manager der Met, gingen voran. In Wien häuften sich derweil die bösen Presseberichte über ihn. Er hatte einen Artikel beigelegt, in dem er als »Zerstörer des Ensembles« beschimpft wurde. *Ich halte das Gesindel nicht mehr aus*, schloss er seinen Brief.

Alma sah die Reihen der anderen Frauen entlang. Bestimmt hatten einige von ihnen diesen oder auch andere diffamierende Artikel über Gustav gelesen. Und dort drüben lag die Dame, der sie gestern Abend vorgestellt worden war. Mit hochgezogenen Brauen hatte sie zu ihr gesagt hatte: »Ach, die Gattin des Hofoperndirektors? Wir haben unsere Loge zurückgegeben. Das Repertoire Ihres Mannes ist doch zu …« Alma sah ihr an, dass ihr etwas wie »undeutsch« oder »jüdisch« auf der Zunge lag, aber dann sagte sie: »… ungewöhnlich. Und wie er mit den Sängern umspringt.« Alma hatte nur mit den Schultern gezuckt.

Sie nahm das zweite Schreiben zur Hand. Der Direktor des Hotels bat sie darum, zum Vergnügen und auf Wunsch der anderen Hotelgäste an einem der nächsten Abende einen Klavierabend im Festsaal zu geben. Nichts Großes, einfach nur ein paar Stücke, die sie, Alma, sich selbstverständlich aussuchen dürfe. Er komme darauf, weil er und auch andere Gäste sie hätten spielen hören. Das stimmte, sobald Alma Zeit fand, setzte sie sich an den Steinway, der in einem abgelegenen Speisezimmer stand, in dem normalerweise niemand war. Dort improvisierte sie und übersetzte die Trauer um ihr unge-

borenes Kind in Melodien. Aber sie hatte nicht gewusst, dass ihr Spiel bemerkt worden war. Sie nahm den Brief wieder auf. Ob er auf ihr Einverständnis hoffen dürfe? Wenn ja, dann würde er das Ereignis gern in der hoteleigenen Zeitung ankündigen.

»Das dürfen Sie herzlich gern«, murmelte Alma und lehnte sich bequem zurück. »Und ich bin sicher, dass Sie es sich nicht nehmen lassen werden zu erscheinen«, fügte sie mit Blick auf die Dame von gegenüber hinzu.

Der Konzertabend fand einige Tage später statt. Ein wütendes Gewitter ging über Abbazia nieder. Das Donnergrollen war über die Musik hinweg zu hören, und Blitze erleuchteten grell den Saal. Passend dazu spielte Alma Wagner, als Zugabe ein Rückert-Lied. Dafür bat sie Philippe ans Klavier, mit dem sie das vorher abgesprochen hatte. Sie gaben ein sehr schönes Paar ab, und Philippe war ein ziemlich guter Pianist. Am Schluss traten sie Hand in Hand vor das Publikum und verneigten sich. Der Beifall wollte kein Ende nehmen, sie spürte bewundernde Blicke. Philippe konnte seine Begeisterung kaum verhehlen.

»Ich habe noch nie eine Frau wie Sie getroffen«, gestand er ihr später. »Sie sind nicht nur sportlich und furchtlos, sondern auch musikalisch und kreativ. Ich bewundere Sie.«

Alma ließ sich seine Komplimente gern gefallen. Wenn es dem Erfolg meiner Kur dient, dachte sie mit einem Lächeln. Aber sie wies alle Annäherungsversuche eindeutig ab. So weit würde sie es nicht kommen lassen.

Nachdem sie auf ihr Zimmer gegangen war, saß Alma noch lange am geöffneten Fenster, das Gewitter war abgezogen, milde Abendluft wehte zu ihr herein. Ihr Blick wanderte über das Meer, das von

sanftem Mondlicht beschienen wurde. So wie es jetzt ist, ist es in Ordnung, dachte sie. Zum ersten Mal seit langer Zeit bin ich wieder glücklich. Ob es daran liegt, dass ich hier so frei von Verantwortung bin? Ohne Gustav und ihre Töchter fühlte sie sich beinahe wie das junge Mädchen, das sie einst gewesen war. Wie herrlich es war, endlich wieder einmal auf die eigenen Bedürfnisse zu hören, statt sich immerzu nach Gustavs Launen und Stimmungen zu richten. Und welche Freude machte ihr die Musik! Damit meinte sie nicht das Konzert, viel schöner noch waren die traumverlorenen Stunden, die sie allein an dem Steinway verbrachte und ihre Finger über die Tasten fliegen ließ. Wenn sie noch ein wenig mehr Zeit hätte, würde es ihr vielleicht sogar gelingen, den Faden zu ihrer früheren Komponiertätigkeit wieder aufzunehmen und neue Stücke zu erfinden. Sie fühlte, dass sie auf dem Weg dorthin war. Sie brauchte nur noch ein wenig Zeit. Gleich morgen nach dem Frühstück würde sie sich wieder in den leeren Saal begeben, um zu spielen. Dafür würde sie das Meerwasserbad schwänzen. Die Musik tat ihr mindestens ebenso gut wie die Bäder. Voller Vorfreude schlief sie ein.

# Kapitel 36

Zwei Tage später nahm Almas Aufenthalt in Abbazia ein jähes Ende. Aus Wien kam die Nachricht, dass Gucki ernstlich krank war. *Anna Justina an Scharlach erkrankt, komme, wenn du kannst.* Mehr stand nicht in dem Telegramm. Alma geriet in Panik. Sie stürzte in das Direktionsbüro und versuchte, Gustav telefonisch zu erreichen, aber außer Knacken und Rauschen war nichts in der Leitung zu hören. Noch zwei weitere Male meldete sie die Verbindung an, jedoch immer mit demselben frustrierenden Ergebnis. Schließlich musste sie aufgeben, wenn sie den Nachmittagszug erreichen wollte. Das Zimmermädchen hatte inzwischen die Koffer gepackt, sie waren schon am Bahnhof. Sie fand nicht einmal mehr die Zeit, sich zu verabschieden. Sie schrieb ein paar hastige Grüße an Philippe Painlevé, dann war es höchste Zeit, den Zug zu besteigen.

Während der gesamten Fahrt saß sie kerzengerade, wie angewurzelt auf ihrem Sitz, obwohl in ihrem Kopf die Gedanken wie wild rasten. Bitte lass Gucki wieder gesund werden. Bitte lass Gucki wieder gesund werden! Bitte, nicht auch noch Gucki! Diese Sätze geisterten in einer Endlosschleife durch ihren Kopf. Und dann kam ein anderer hinzu: Gustav ist schuld! Hatte er nicht die *Kindertotenlieder* komponiert? Wie konnte er das Schicksal derart herausfordern? Sie hatte ihm deswegen bittere Vorwürfe gemacht, und jetzt hatten sich ihre

bösen Ahnungen bestätigt. Alma rief sich alles in Erinnerung, was sie über die Krankheit wusste. Scharlach war schmerzhaft, ansteckend und konnte gefährlich für Kinder werden. Gucki war doch noch so klein! Was, wenn auch Putzi krank wurde?

In Wien holte Gustav sie am Bahnhof ab. Alma sah ihn, wie er tief in Gedanken versunken dastand, den Hut in der Hand.

»Du musst dir keine Sorgen machen, sie ist schon auf dem Weg der Besserung«, sagte er als Allererstes.

Aber Alma wollte sich nicht beruhigen lassen. Als sie endlich am Bett ihrer kleinen Tochter stand, schlug sie vor Entsetzen die Hände vor den Mund, um nicht laut aufzuschreien. Der Körper war mit nässenden Pusteln übersät, die Zunge war feuerrot, und Anna war schwach und dämmerte vor sich hin. Wenn Gustav meinte, es ging ihr schon besser, wie krank war sie dann gewesen? Sie mochte gar nicht darüber nachdenken.

»Mama«, flüsterte Gucki und versuchte, ihr die kleinen Arme entgegenzustrecken.

Alma hob sie aus dem Bett und barg sie auf ihrem Schoß. Das Kind war fieberheiß. Alma strich ihr das Haar aus der feuchten Stirn. Gucki seufzte und schlief in ihren Armen ein.

»Wo ist Maria?«, flüsterte Alma, um sie nicht zu wecken.

»Bei deinen Eltern. Dort ist sie besser aufgehoben.«

Alma nickte.

»Wir müssen uns schützen«, sagte Gustav, als sie abends beisammensaßen. Anna schlief in ihrem Bett.

»Was meinst du?«

»Wir haben vereinbart, dass Putzi bei deinen Eltern bleibt. Mama ist einverstanden. Und ich werde die nächsten Wochen im Hotel

Imperial wohnen. Nur, bis die Ansteckungsgefahr vorüber ist. Fanni habe ich zu ihren Eltern geschickt. Poldi bleibt hier bei dir.«

Alma nickte. Sie würde bei Anna bleiben.

In den nächsten Wochen rieb sie sich bis zur Erschöpfung auf, aber es fiel ihr nicht einmal auf. Sie fand Erfüllung in ihrer Aufgabe, sich um ihr krankes Kind zu kümmern. Sie versuchte das Fieber mit Wadenwickeln zu senken. Mitte Mai setzte eine wahre Hitzewelle ein, und sie glaubte in der Wohnung zu ersticken. Sie kochte Annas Lieblingsspeisen und fütterte sie, sie las ihr vor und erzählte ihr Geschichten. Als es Anna ein wenig besser ging, wagte sie es, die Fenster zu öffnen, damit sie frische Luft bekam. Poldi war da, um ihr zu helfen. Auch Gustav kam regelmäßig vorbei, um sich nach ihnen zu erkundigen, aber er blieb immer nur kurz, dann kehrte er zu seiner Arbeit und ins Hotel zurück.

Alle zwei Tage ließ sie Anna kurz allein und besuchte Putzi bei ihrer Mutter auf der Hohen Warte. Aber sie hatte dabei immer Angst, sie anzustecken. Es war ja durchaus möglich, dass sie Trägerin der Krankheit war, obwohl sie bei ihr nicht ausgebrochen war.

Eine wahre Hilfe und ein unerwarteter Segen war in diesen Wochen ihre Schwester. Margarethe war mit ihrem Mann Wilhelm Legler von Stuttgart zurück nach Wien übersiedelt. Die beiden hatten sich auch ein Haus auf der Hohen Warte bauen lassen. Kein Geringerer als Josef Hoffmann hatte es entworfen. Es machte Alma unsagbar froh, dass Gretl sich wieder gefangen hatte. Sie war fröhlich, und verbrachte viel Zeit bei Alma. Manchmal reichte es einfach, dass sie da war, um Alma die einsamen Stunden allein in der Wohnung zu vertreiben. Gretls Sohn, der nach seinem Vater hieß,

aber Willi gerufen wurde, war nur wenige Monate älter als Putzi. Gretl konnte Almas Sorgen um ihr krankes Kind verstehen.

»Ob wir auch einmal ein Haus haben werden?«, fragte sie Gustav an diesem Abend. Sie lag auf dem Sofa und hatte den Kopf in seinem Schoß gebettet. Sie war durch Guckis Pflege erschöpft und sehnte sich nach Ruhe. Gustav wohnte inzwischen wieder zu Hause, weil es Gucki besser ging und die Ansteckungsgefahr vorüber war.

»Aber wir haben doch schon unser Haus in Maiernigg«, rief er aus. »Und wenn wir bald nach Amerika gehen, brauchen wir doch in Wien gar kein Haus. Habe ich nicht recht?« Er sah zu ihr herunter.

»Natürlich hast du recht«, gab Alma zur Antwort, obwohl sie etwas anderes meinte. Sie meinte ein Zuhause, einen Ort, an dem sie sich daheim fühlen konnte, an dem alles in Ordnung war und sie als Familie beieinander waren.

In den folgenden Wochen suchte sie immer mehr das Zusammensein mit Gretl und war erstaunt, wie tröstlich es war, ihre Schwester in der Nähe zu haben. Sie verstanden sich ohne viele Worte, sie hatten dieselben Erinnerungen, waren sich trotz aller Verschiedenheit ähnlich. Beide waren mit einem Künstler verheiratet, und Gretl wusste, wovon Alma sprach, wenn sie sich über Gustavs Besessenheit für die Musik beklagte. Für Wilhelm stellten sich erste Erfolge als Maler ein, er gehörte zur Gruppe um Klimt und stellte mit ihnen aus. »Die Kunst geht bei unseren Männern vor, dann kommt lange Zeit gar nichts, und dann kommen wir«, sagte sie.

»Aber ohne uns sind sie nichts«, beharrte Alma.

»Das sage ich mir auch immer wieder.«

Als es Gucki besser ging, machten sie mit den Kindern Spaziergänge und kleine Ausflüge. Sie ließen die Kinder auf den Eseln im Park reiten, und am Sonntag fuhren sie mit ihnen die Kinderkarussells im Prater. Alma hatte diese Tage in schönster Erinnerung. Gucki ging es gut, sie kreischte vor Freude auf dem Karussell. Putzi war froh, endlich wieder bei ihrer Mutter zu sein. Der kleine Willi in seinem Anzug mit Schlips benahm sich wie ein kleiner Ritter gegenüber seinen Cousinen. Alma und Gretl saßen auf einer Bank vor dem Kettenkarussell und sahen ihren Kindern zu.

»Sie amüsieren sich«, sagte Gretl.

»Wie wir damals in Plankenberg«, gab Alma zurück.

Die Sommer in Plankenberg, als ihr Vater noch gelebt hatte, waren für sie beide die unbeschwerteste Zeit ihrer Kindheit gewesen. Sie riefen sich die Geschichten von dem Gespenst ins Gedächtnis, das ihnen so große Angst gemacht hatte und dann von einem Sommer auf den nächsten verschwunden gewesen war.

»Und weißt du noch, als Mama und Papa Besuch aus Wien hatten und du von der Götterspeise genascht hast, die es zum Nachtisch geben sollte, und alle haben das große Loch in der Mitte der Schale gesehen? Und dann bist du auf die Idee gekommen, einfach Vanillesauce drüberzukippen.«

»Ich? Das warst du!«, rief Gretl lachend aus. »Ich hätte mich das niemals getraut!«

Alma beobachtete ihre Schwester genau, aber sie konnte keine Anzeichen von Melancholie oder Verwirrtheit entdecken. Gretl war einfach gern Mutter und kümmerte sich sehr gut um ihren Willi.

Als sie am Abend mit Maria und Anna nach Hause kam, fühlte sie sich müde. Auf dem Heimweg hatte Gucki angefangen zu quen-

geln, ihre Wangen waren heiß gewesen, aber jetzt lagen die Mädchen im Bett und schliefen.

»Du siehst blass aus. Die Pflege von Gucki hat dich angestrengt«, sagte Gustav mit leichter Sorge.

Das stimmte. Die Farbe, die sie an der Adria bekommen hatte, war schon lange einer ungesunden Blässe gewichen. Das lange Eingesperrtsein in der Wohnung hatte ihr nicht gutgetan.

»Einer muss sich um Gucki kümmern.«

Gustav war geknickt. »Es wird bald alles gut, die Verhandlungen mit Conried sind fast abgeschlossen. Ich muss mich nur noch entscheiden: Entweder vier Jahre lang das Winterhalbjahr in New York für hundertfünfundzwanzigtausend Kronen im Jahr oder ein jährliches Gastspiel von sechs bis acht Wochen zu fünfzigtausend Kronen Honorar. Was soll ich tun?«

Alma freute sich darüber, dass er sie ernsthaft um Rat fragte. Sie selbst hatte sich bereits entschieden. Sie wollte den Sprung über den Atlantik wagen, weil sie sich davon erhoffte, dass viele Dinge sich ändern würden. Gemeinsam malten sie sich eine glänzende Zukunft in New York aus. Sie würden die Konflikte in der Oper und die Trauer um ihr ungeborenes Kind hinter sich lassen und endlich mehr Zeit füreinander haben. Gemeinsam würden sie New York entdecken.

»Wir gehen ins Theater, in die Museen! Wir sehen uns die modernen Gebäude an. Dort drüben ist alles so neu, nicht so mit Kitsch überfrachtet wie hier«, schwärmte Gustav.

Alma freute sich am meisten darauf, endlich wieder in Gesellschaft zu sein. Wenn Gustav davon erzählte, dass er mit Freunden in einem Restaurant gewesen war, oder von den Aufführungen in der Oper schwärmte, verstummte sie. Am liebsten hätte sie ihm ins Ge-

sicht gesagt, wie sehr sie das alles vermisste. Sie hatte über Wochen das Haus höchstens für einen Besuch bei ihrer Mutter verlassen. In der Oper war sie eine gefühlte Ewigkeit nicht mehr gewesen.

Am 21. Juni unterschrieb Gustav den Vertrag mit der Met. Im Herbst würden sie sich alle nach Amerika einschiffen. Gucki war inzwischen fast wieder gesund, und Alma fasste neuen Mut. Sie lebten wieder als Familie zusammen, wie es sich gehörte, und der Sommer in Maiernigg stand vor der Tür. Als die Opernsaison zu Ende war, fuhr Gustav allein voraus, denn Gucki war immer noch nicht kräftig genug für die Reise.

Als sie Anfang Juli endlich am Wörthersee vereint waren, war Alma geschwächt, aber zuversichtlich. Anna ging es wieder gut, und die Mädchen freuten sich auf ihren Spielplatz vor dem Haus. Und nach dem Sommer würde ein neues Leben in Amerika beginnen.

# Kapitel 37

Alma ging langsam durch die Zimmer der Villa Mahler, um das Haus wieder in Besitz zu nehmen. Schließlich war sie seit einem Jahr nicht mehr hier gewesen. Aber alles war unverändert und vertraut. Anton und seine Frau Hilde hatten alles geputzt und auf Vordermann gebracht. In ihrem Zimmer stand sogar ein großer Strauß Pfingstrosen, die sie von dem Strauch gepflückt hatten, der im Garten zur Straßenseite des Hauses wuchs. Den Duft der blassrosa Blüten hatte Alma gleich gerochen, als sie das Haus betreten hatte. Die kleine Geste der Aufmerksamkeit trieb ihr unerwartet Tränen in die Augen. »Na, na«, sagte sie zu sich selbst und wischte sich heimlich über die Wangen. Sie nahm sich vor, Hilde für diesen Willkommensgruß zu danken. Nicht zum ersten Mal stellte sie fest, dass sie in den letzten Wochen sehr empfänglich für derlei Dinge geworden war. Die Pflege von Gucki und das viele Alleinsein hatten sie empfindlich gemacht, sie war bedürftig und begierig nach den kleinen Beweisen, dass man an sie dachte. Sie hatte diese kleinen Dinge, die Freude machten, sehr vermisst, das wurde ihr in diesem Augenblick, beim Anblick der Päonien, schmerzlich bewusst. Gustav war wie immer mit seiner Arbeit beschäftigt, und die Vorbereitungen für sein Engagement in New York hielten ihn zusätzlich in Atem. Alma hatte Verständnis dafür, aber es tat ihr weh, zu sehen, dass eine Zugehfrau an sie dachte und mit ihr fühlte, ihr Mann hingegen nicht.

Sie öffnete die Terrassentür, um die Sommerluft hereinzulassen. Dann setzte sie ihren Rundgang fort. Hier und da nahm sie etwas in die Hand, zog eine Schublade auf und nahm ein Buch aus dem Regal. Sie freute sich auf lange Sommerabende, an denen sie mit Gustav im Garten sitzen oder eine ihrer geliebten Ruderpartien machen würde. Sie klappte den Deckel des Flügels auf und strich mit der Hand über die weichen Tasten. Sie würde Klavier spielen, wenn es Gustav nicht störte. Die Musik hatte sie in den letzten Wochen besonders vermisst, nachdem sie in Abbazio wieder einen Zugang zu ihr gefunden und erneut festgestellt hatte, dass das Klavierspiel ihr Leben war. Aber in Wien wollte sie mit ihrer Aufmerksamkeit ganz bei der kranken Gucki sein und hatte Angst, sie nicht zu hören, wenn sie weinte, während sie am Klavier saß. Sie schloss den Deckel wieder und trat auf die obere Terrasse hinaus, um sich an dem geliebten Blick über den See zu erfreuen. Tiefblau lag er vor ihr und beruhigte sie. Sie seufzte befreit auf, dann ging sie zu den anderen, die sie im Garten herumtollen hörte.

Später als gewöhnlich brachte sie die beiden Mädchen ins Bett, aber es war so schön und friedlich draußen gewesen. Als sie Maria ihr Nachthemd überziehen wollte, entdeckte sie die roten Flecken unter den Achseln.

»Gustav«, rief sie in Panik.

Ein herbeigerufener Arzt bestätigte am nächsten Morgen, was sie befürchtet hatte: Auch Maria war an Scharlach erkrankt.

Alma war beunruhigt, aber weil bei Gucki alles gut gegangen war, machte sie sich nicht allzu große Sorgen. Sie hoffte, die frische Luft in Maiernigg würde die Heilung beschleunigen. Am 7. Juli feierten sie Gustavs Geburtstag. Er wurde siebenundvierzig Jahre alt. Alma bereitete ein kleines Fest vor. Ihre Eltern kamen aus Wien und

brachten Alfred Roller und seine Frau Milewa mit. Sie verbrachten einen fröhlichen Tag, an dem viel Klavier gespielt, gesungen und gegessen wurde. Abends saßen sie im Garten, der durch bunte Lampions und zahllose Glühwürmchen illuminiert war. Die Luft war mild, über ihnen sang eine Nachtigall. Alle waren ganz verzaubert von der Schönheit dieser Nacht und wollten nicht ins Bett gehen.

Als Alma in der Nacht nach Putzi sah, rang die Kleine nach Luft.

»Mama«, klagte sie, aber sie war zu schwach, um die Arme um Alma zu legen. Ihr Hals war angeschwollen, und Alma konnte einen weißlichen Belag erkennen. Ihr Atem roch auf eine merkwürdige Art süßlich. Alma war sofort alarmiert.

Sie riefen wieder nach dem Doktor.

Nachdem er Maria untersucht hatte, bat er Alma und Gustav ins Nebenzimmer. Das konnte nichts Gutes bedeuten. Alma war vor Angst wie erstarrt.

»Ich habe schlechte Nachrichten. Das Kind hat nicht nur Scharlach, sondern auch Diphterie.«

Alma sah ihn ungläubig an. »Wie können Sie es wagen, etwas Derartiges zu sagen«, rief sie aus. In ihren Augen blitzte Hass auf.

Der Arzt hob beschwichtigend die Hände. »Frau Mahler, es tut mir aufrichtig leid. Ich kann verstehen, dass diese Diagnose furchtbar für Sie ist …«

Alma hörte ihm nicht mehr zu. Sie stürzte sich auf Gustav und begann, mit den Fäusten auf seine Brust einzuschlagen.

»Das stimmt nicht«, schrie sie immer wieder. »Sag, dass das nicht stimmt!«

»Alma, Almschi, bitte!« Gustav gelang es nur mit Mühe, Almas Arme festzuhalten. Er schlang die Arme ganz fest um ihren Ober-

körper, so dass sie sich nicht länger bewegen und auf ihn einschlagen konnte.

Alma sackte in seinen Armen zusammen, aber Gustav hielt sie immer noch fest. »Diphterie«, flüsterte sie. »Der Würgeengel der Kinder ...«

»Kein Zweifel?«, fragte Gustav schließlich in Richtung des Arztes und räusperte sich.

»Leider nein. Sie hat alle Symptome. Und im Rachen Ihrer Tochter habe ich den typischen gräulichen Belag deutlich sehen können.«

»Gut, was können wir tun?«, fragte Gustav.

Alma hob hoffnungsvoll den Kopf und sah, wie der Arzt bedauernd den Kopf schüttelte. »Ich fürchte, nichts. Wir können nur versuchen, ein weiteres Anschwellen der Luftwege zu verhindern. Kalte Wickel, Eiscreme ... Und dann bleibt uns nur noch zu hoffen.« Er zögerte. »Ich gebe Ihrer Frau ein Beruhigungsmittel, damit sie schlafen kann.«

Die Bemerkung ließ Alma ihre Kräfte wiederfinden. »Ich will kein Beruhigungsmittel«, sagte sie mit klarer Stimme und machte sich von Gustav los. »Keine Sorge, ich habe mich wieder beruhigt. Aber ich will nicht schlafen, ich muss bei Putzi bleiben.«

Nachdem der Arzt gegangen war, standen Alma und Gustav wie betäubt vor dem Kinderzimmer.

»Scharlach ist schon schlimm genug, aber auch noch Diphterie ...«, flüsterte sie.

»Wo kann sie sich denn nur angesteckt haben?«, fragte Gustav.

»Ich will einen anderen Doktor. Diesem Dorfarzt traue ich nicht über den Weg. Kalte Wickel und Eiscreme! Es muss doch noch etwas anderes geben.«

»Alma, du weißt, wie gefährlich diese Krankheit ist«, wandte Gustav ein. »Wir müssen hoffen.«

»Gerade weil ich das weiß, will ich nichts unversucht lassen. Du kennst doch Gott und die Welt. Du bist ein berühmter Mann. Tu etwas! Rette meine Tochter!« Ihre Stimme klang hart und unerbittlich. Das war keine Bitte, das war ein Befehl.

Gustav rieb sich die Stirn, während er überlegte. »Ich habe neulich, als ich in Berlin war, etwas in der Zeitung gelesen. An der Charité gibt es einen Arzt, der zur Diphterie forscht. Es war von einem Serum die Rede ...«

»Schreib heute noch nach Berlin!«, sagte Alma. »Jetzt gleich.« Aus dem Zimmer drang das Stöhnen von Putzi. Alma stürzte an ihr Bett. Gustav folgte ihr.

»Wir werden das schaffen, gemeinsam«, sagte er.

Alma antwortete nicht. Gemeinsam, dachte sie. So wie bei Gucki, als du ausgezogen bist und im Hotel gewohnt hast? Sie war erschrocken über ihre Kälte, aber sie konnte nicht anders. Jetzt zählte nur Putzi.

Während sie die Nacht am Bett ihrer kranken Tochter verbrachte, ging Alma alle Möglichkeiten durch, um ihr zu helfen. Und wenn sie sie nach Wien brächten, zu einem Spezialisten? Ein Blick auf Putzi sagte ihr, dass das wohl nicht möglich wäre. Putzis Fieber stieg immer noch, Alma maß jede Stunde die Temperatur. Eine Reise nach Wien wären viel zu gefährlich. Ihr Zustand verschlechterte sich am nächsten Tag weiter. Ihre Stimme wurde zu einem Krächzen, gegen Abend konnte sie gar nicht mehr sprechen und dämmerte vor sich hin. Draußen jagten Gewitter über den See und färbten den Abendhimmel blutrot.

*In diesem Wetter, in diesem Braus,*
*nie hätt' ich gesendet die Kinder hinaus.*

Alma schlug sich mit der Faust vor die Stirn, um diese Liedzeilen aus Rückerts *Kindertotenliedern* aus ihren Kopf zu hämmern, aber sie blieben darin und marterten sie.

*In diesem Wetter, in diesem Graus,*
*nie hätt' ich gelassen die Kinder hinaus;*
*Ich sorgte, sie stürben morgen,*
*Das ist nun nicht zu besorgen.*

Woher hatte Gustav nur die Grausamkeit genommen, diese Worte zu vertonen?

Der Alptraum setzte sich in den nächsten Tagen fort. Alma hatte das alles doch gerade erst mit Gucki hinter sich gebracht: die durchwachten Nächte, der schmerzende Rücken, die Angst, die Hoffnung, die aufflammte und durch einen neuen quälenden Hustenanfall wieder zerstob. Sie zogen einen weiteren Arzt hinzu, Doktor Blumenthal, den Distriktsarzt. Er verbarg seine Besorgnis nicht vor ihnen.

»Wir haben von einem Forscherteam an der Berliner Charité gehört. Dort hat man ein Serum entwickelt«, sagte Alma zu ihm.

»Sie meinen Doktor von Behring und Paul Ehrlicher?« Doktor Blumenthal runzelte die Stirn. »Hm, ich habe natürlich auch davon gehört. Aber ich rate dringend ab. Die Ergebnisse sind noch zu vage. Sie wollen Ihre Tochter doch nicht in Gefahr bringen.«

»In Gefahr bringen?« Alma schrie ihn an. »Ist meine Tochter denn etwa nicht in Gefahr?«

»Beschaffen Sie dieses Serum!«, sagte Gustav in einem Ton, der keinen Widerspruch zuließ.

Alma sah ihn dankbar an, dann setzte sie sich wieder ans Bett ihrer kranken Tochter.

Drei Tage später drohte Putzi zu ersticken. Jeder Atemzug bereitete ihr Qualen, das Rasseln war bis auf den angrenzenden Flur zu hören. Alma war wie versteinert. Ihre Erschöpfung ließ sie alles nur wie in einem dichten Nebel wahrnehmen. Aber die Aussetzer in Marias Atem drangen doch zu ihr durch. Sie durchlebte Höllenqualen, weil sie hilflos zusehen musste und ihr nicht helfen konnte. Sie war unendlich erschöpft. Tiefe Schatten lagen unter ihren Augen, sie hatte in den letzten Tagen kaum gegessen und noch weniger geschlafen. Aber sie weigerte sich, den Platz am Bett ihrer Tochter zu verlassen. Der pfeifende Atem und der hilflos flehende Blick von Maria verfolgten sie.

Anna Moll, die gekommen war, um zu helfen, flehte sie an, sich auszuruhen. »Es hat doch keinen Sinn, wenn du auch krank wirst.«

Aber Alma verließ ihren Platz an Marias Bett nicht. Und wenn sie hier vor Entkräftung zusammenbrechen würde, sie würde nicht von ihrer Seite weichen. Jedes Mal, wenn Putzi für einen Augenblick aus ihrem Dämmerschlaf erwachte, sah Alma die Panik in ihren Augen, weil sie nicht richtig atmen konnte. Dann war Alma sofort da, um sie zu beruhigen und ihr die Angst zu nehmen. »Ich bin da, Putzi. Ich gehe nicht weg. Du musst keine Angst haben. Bald geht es dir besser. Ich bin ja da ...«

Gustav setzte sich manchmal zu ihr, das waren die kurzen Momente, in denen sie sich erlaubte, die Augen zu schließen und in einen Halbschlaf zu fallen.

Am Abend wurde Marias Keuchen immer unerträglicher. Sie kämpfte buchstäblich um jeden Atemzug. Alma saß an ihrem Bett und hielt ihr den Kopf, um es ihr leichter zu machen. Sie sah nach draußen, und vor dem Fenster jubilierten Lerchen, und der Himmel strahlte blau. Es war ein Sommertag wie aus dem Bilderbuch. Wie geht das zusammen, dachte sie, hier drinnen der Todeskampf eines unschuldigen Kindes und draußen das pure Leben? Doktor Blumenthal betrat das Zimmer. Alma machte Platz, damit er Maria untersuchen konnte. Er erhob sich wieder und schlug einen Luftröhrenschnitt vor. »Ihre Tochter erstickt sonst«, sagte er. Alma starrte ihn hasserfüllt an. Putzi hatte schon lange nicht mehr die Kraft zu weinen. Ihr Atem kam röchelnd, ihr Gesichtchen war rot vor Anstrengung und Angst. Bevor Doktor Blumenthal das Messer ansetzte, um die Kanüle zu legen, die Putzi beim Atmen helfen sollte, schickte er Alma aus dem Zimmer. »Der Anblick ist nichts für eine Mutter, bitte gehen Sie«, sagte er. Alma blieb auf dem Flur stehen und hörte Marias Röcheln und Stöhnen. Es gellte Alma in den Ohren und ging über ihre Kräfte. Sie ging zu Gustavs Zimmer und dachte daran, ihn zu wecken. Sie hatte die Hand schon auf der Klinke, dann besann sie sich eines anderen. Sie rannte aus dem Haus und hinunter zum See, wo sie ihre Verzweiflung hinausschrie, bis sie heiser war.

Maria quälte sich noch den folgenden Tag und die Nacht. Dann, am frühen Morgen des 12. Juli, tat sie ihren letzten Atemzug.

Alma war wie versteinert. Sie hatte keine Tränen mehr. Sie saß einfach nur da und starrte vor sich hin, ohne etwas wahrzunehmen. Sie war auch nicht ansprechbar. Dieses Mal gab Doktor Blumenthal ihr eine Spritze, weil er ihren Zustand für besorgniserregend befand. Alma wehrte sich nicht, als man sie ins Bett trug.

Am nächsten Tag schickte Gustav Alma und ihre Mutter auf einen

Spaziergang zum See hinunter. Er jagte sie förmlich aus dem Haus. Alma fragte nicht, warum, sie gehorchte. Sie war immer noch in einem Zustand der Erstarrung und froh, wenn ihr jemand sagte, was sie tun sollte. Als sie am Ufer des Sees stand, blitzte in ihr ein Gedanke auf. Das tiefe Wasser bekam etwas Verlockendes. Sie ging noch einen Schritt dichter heran, das Wasser drang bereits in ihre Schuhe. Alma wollte einen weiteren Schritt machen, es würde ganz leicht sein, sie spürte keine Angst, und wenn sie jetzt weiterging, dann würde sie nie wieder Angst und Schmerz verspüren. Dann wäre alles vorüber. Da drang der Entsetzensschrei ihrer Mutter an ihr Ohr. Alma wandte den Blick und sah, was Anna Moll sah: Gustav kam vom Haus auf sie zu. Sie hatte ihn noch nie so gesehen. Sein Gesicht war geradezu entstellt vor Schmerz, es sah aus wie eine Maske. Und dann sah auch Alma, was ihre Mutter und ihren Mann so entsetzt hatte: Oben am Haus wurde der kleine weiße Sarg aus dem Haus getragen und in den Leichenwagen gehoben.

Alma sackte in sich zusammen. Sie stand schon so dicht an der Wasserlinie, dass ihr Rock sich mit Wasser vollsog.

Als sie wieder zu sich kam, lag sie auf dem Sofa im Wohnzimmer. Doktor Blumenthal beugte sich über sie. Gustav stand hinter ihr. Für einen Augenblick war sie verwirrt und hatte vergessen, dass Putzi gestorben war. Dann fiel ihr alles wieder ein, und sie sehnte die Ohnmacht zurück.

»Ihr Herz ist gesund, aber sie sind völlig erschöpft. Sie brauchen Ruhe.«

Alma winkte ab, doch Doktor Blumenthal blieb unerbittlich. »Sie dürfen sich nicht gehenlassen. Sie haben noch eine Tochter, die sie braucht.«

»Ist sie krank?«, rief Alma.

»Nein, ihr geht es gut, keine Sorge. Aber sie braucht Sie. Jetzt mehr denn je.«

»Untersuchen Sie meinen Mann«, sagte Alma in einem Anfall von plötzlicher Angst. Und wenn Gustav krank war? Wenn er sich angesteckt hatte? Sie wusste nicht, was sie auf diese Idee brachte. Ihr Gefühl sagte ihr, dass sie gesund war. Aber sie bekam plötzlich Angst um ihre Familie, um Gustav. Sie stand auf.

»O ja, machen Sie das. Meine Frau braucht gute Nachrichten«, sagte Gustav.

Er legte sich auf das Sofa, auf dem Alma eben noch gelegen hatte, und Doktor Blumenthal horchte ihn ab und untersuchte ihn. Es dauerte lange, er legte das Stethoskop noch einmal an, bat Gustav, ein- und auszuatmen, und runzelte die Stirn. Alma begann unruhig zu werden. Etwas stimmte nicht. Dann erhob sich der Doktor etwas schwerfällig und sagte: »Na, auf dieses Herz brauchen Sie aber nicht stolz zu sein.«

»Ach, was heißt schon stolz. Ich habe es ja auch schon ziemlich lange«, sagte Gustav in einem schwachen Versuch, die Stimmung zu heben.

Doktor Blumenthal räusperte sich umständlich. »Ich meine das durchaus ernst. Ich höre Herzgeräusche, die da nicht hingehören. Sie sollten sich umgehend von einem Spezialisten untersuchen lassen. Es tut mir leid, dass ich Ihnen keine besseren Nachrichten geben kann, besonders angesichts der Umstände.«

Alma warf ihm einen verzweifelten Blick zu. Sie fühlte sich innerlich absolut leer. Was hatten sie verbrochen, dass so viel Unglück sie traf?

Gustav nahm den nächsten Zug nach Wien, um Doktor Kovacs aufzusuchen, der schon Anna Moll untersucht hatte. Richard von Nepallec, ein guter Freund der Familie und Almas Wahlonkel, der in den schweren Tagen in Maiernigg gewesen war, um der Familie Beistand zu leisten, fuhr mit ihm.

Alma nahm diese Tage nicht richtig wahr. Sie funktionierte, bewegte Hände und Beine, versorgte Anna, aber sie war in Gedanken nicht dabei. Sie stand immer noch unter Schock. Erst Putzis Tod und jetzt Gustavs Diagnose und dazu ihre eigene Erschöpfung. Das alles war zu viel.

Von unterwegs und aus Wien schrieb Gustav Briefe. *Liebste! Wir sitzen hier im Speisewagen – mit obligatem Riesenappetit,* schrieb er noch im Zug. Am selben Abend meldete er die glückliche Ankunft im Hotel Imperial. Am folgenden Tag berichtete er, er habe famos geschlafen. *Ich fühle mich sehr wohl.* Zu anderen Zeiten wäre Alma angesichts dieser beinahe aufgekratzten Fröhlichkeit verstört gewesen, sie erreichte sie aber ebenso wenig wie alles andere. Sie zerknüllte die Briefe achtlos in der Hand. Es war Gustavs Art, ihr Trost zu spenden und mit seiner eigenen Angst vor der Konsultation bei Doktor Kovacs umzugehen. Diese Angst stellte sich als durchaus begründet heraus, denn der Herzspezialist diagnostizierte bei ihm einen doppelseitigen angeborenen Herzklappenfehler. Die vielen »Halsentzündungen«, die er über die Jahre immer mit Schwitzbädern und Tabletten bekämpft, aber nie richtig auskuriert hatte, hatten zudem die Herzwände geschwächt. Zu Gustavs Entsetzen verbot der Arzt ihm jede Art von Sport. Das Dirigieren sei anstrengend genug, und er würde seine körperlichen Kräfte dafür brauchen.

# KAPITEL 38

In den endlosen, traurigen Monaten, die zwischen dem Tod von Maria im Juli und der Abfahrt nach Amerika im Dezember lagen, fühlte sich Alma heimatlos. Sie hatten Hals über Kopf Maiernigg verlassen. Es war ihnen unmöglich gewesen, einen Tag länger in dem Haus zu bleiben, in dem Maria gestorben war. Stattdessen siedelten sie in ein Haus in Schluderbach in Tirol um. Die schöne Natur ringsum konnte für ein paar Augenblicke die Wunden heilen, aber der unermessliche Schmerz blieb.

Immer wieder kam es vor, dass Alma von Gustav dabei überrascht wurde, wie sie apathisch an einem Fenster oder vor dem Bücherregal stand und völlig in sich und ihre Trauer versunken war.

Erst wenn er sie vorsichtig ansprach, an der Schulter oder am Arm berührte, kam sie wieder zu sich. Doch schon kurze Zeit später war sie erneut in ihren düsteren Gedanken versponnen. Dann tauchte blitzartig der Moment am See wieder auf, als ihr ein rascher Tod so verlockend erschienen war. *Ich darf daran nicht denken, ich darf es nicht zulassen! Ich muss bei Anna und Gustav bleiben.* Aber es gab auch Situationen, in denen sie wieder Zuversicht spürte, die sie sogar als schön empfand, beim Anblick einer Naturschönheit oder wenn sie Guckis Lachen hörte. *Ich bin doch viel zu jung, um aufzugeben. Das Leben hält noch so viel für mich bereit,* dachte sie dann

mit einem zaghaften Lächeln. Ich bin nicht wie meine Schwester. Ich will nicht so sein, so schwach! Aber immer funktionierte dieses Ablenkungsmanöver nicht. In dunklen Momenten war ihr alles zu schwer und die Trauer über Marias Tod einfach übermächtig.

Gustavs Diagnose machte die Sache nicht leichter. Er bekam plötzlich Angst zu sterben. Der Arzt hatte ihm verboten, zu wandern, zu rudern oder Rad zu fahren. Stattdessen solle er das Gehen wieder neu erlernen, am Anfang fünf Minuten, dann zehn Minuten, bis er sich daran gewöhnt hätte, zu gehen. Alma machte das rasend. Er, der seine täglichen Märsche brauchte! Wenn er jetzt mit Alma spazieren ging, blieb er häufig abrupt stehen und kontrollierte ängstlich seinen Puls, und sie musste an seinem Herzen horchen, ob es normal schlug. An längere Ausflüge oder gar Bergwanderungen war nicht zu denken. Wie Alma befürchtet hatte, ließ die körperliche Untätigkeit Gustav verdrießlich werden, und, was noch schlimmer war, sie verhinderte, dass er arbeitete. Der Wechsel zwischen körperlicher Ertüchtigung bis zur Erschöpfung und dem kreativen Schaffen gehörte für ihn zusammen. Fehlte das eine, ging auch das andere nicht. Alma konnte diesen Anblick, wie er im Haus umherschlich, in schrecklicher Stimmung, unfähig, sich selbst oder gar ihr Trost zu spenden, immer weniger ertragen. Immer häufiger floh sie, machte lange, einsame Wanderungen, um sich abzulenken. Ihr allerbestes Heilmittel wäre wie immer die Musik gewesen, aber weil Gustav immer um sie herum war, war das unmöglich.

Sie brach an diesem Tag schon kurz nach Sonnenaufgang auf. Sie hatte nicht schlafen können und war kurzerhand aufgestanden. Als sie vor das Haus trat, ging die Sonne gerade über der Bergkette auf und überzog die Landschaft mit einem rosa Hauch. Leichter Frühnebel lag auf den Wiesen, es war noch angenehm kühl. Ohne nach-

zudenken, ging Alma auf die Sonne zu, unter ihren nackten Füßen spürte sie das feuchte Gras. Sie war schon eine gute halbe Stunde marschiert, da fuhr sie mit den Händen in die Tasche ihrer Jacke und entdeckte eine zusammengefaltete Partitur eines Klavierstücks von Johannes Brahms. Wie war die da hineingekommen? Sie blieb stehen und strich das Papier glatt. Sie erkannte Gustavs Schrift, der Anmerkungen dazugesetzt hatte, und jetzt fiel ihr wieder ein, dass er sich vor einiger Zeit intensiv mit dem Komponisten beschäftigt hatte, um seine Technik zu studieren. Alma sah sich nach einer Sitzgelegenheit um und fand einen großen abgerundeten Stein. Sie ließ sich nieder und begann die Noten zu lesen. In ihrem Kopf formte sich die Musik. Ohne nachzudenken, legte sie ihre Hände auf imaginäre Tasten und begann die Finger nach den Noten zu bewegen. Dann ließ sie sich ins Gras gleiten und benutzte den Stein als Tastatur. In ihrem Kopf entstand die Musik, sie spielte das Stück noch einmal schneller, weil Gustav eine entsprechende Anmerkung gemacht hatte. *Vivace*, stand dort mit einem Fragezeichen. Alma erhöhte das Tempo und fand, dass Gustav recht hatte.

Sie »spielte« einfach immer weiter. Nach dem Stück von Brahms spielte sie ihre eigenen Lieder, deren Noten sie auswendig kannte. Sie wiegte sich im Takt und sang dazu, nur für sich, allein, aber nicht einsam inmitten der grandiosen Natur an diesem leuchtenden Morgen.

Irgendwann tat ihr der Rücken weh, und sie kam wieder zu sich. Sie erhob sich mühsam und streckte sich. Vor ihr lag die majestätische Berglandschaft im sanften Morgenlicht, in ihr klang die Musik nach.

Was war das denn gerade, dachte sie glücklich. Sie war ganz erfüllt von dem Erlebten. Dieses stumme Spiel war zwar kein Ersatz

für ein richtiges Instrument, aber sie war ihrer Musik immerhin nahe gewesen.

Alfred Roller kam für einen Nachmittag zu Besuch und brachte Gustav Liedertexte vorbei. Es waren Gedichte aus dem Chinesischen, die der Deutsche Hans Bethge unter dem Titel *Die chinesische Flöte* übersetzt hatte. Die maßlos traurigen Gedichte berührten Gustav in seiner eigenen Trauer. Wieder und wieder las er sie Alma vor, und schließlich kam ihm die Idee, sie zu vertonen.

Darüber vergaß er wieder einmal ihren Geburtstag am 31. August. Er entschuldigte sich, er habe nicht die Zeit gefunden, ein Geschenk für sie zu kaufen, er würde es später wiedergutmachen. Alma seufzte ergeben. Sie würde ihn daran erinnern müssen, sein Versprechen einzulösen. Dann jedoch besann sie sich eines Besseren.

»Dein Geschenk an mich ist, dass du wieder komponierst. Du musst dein inneres Gleichgewicht wiederfinden«, sagte sie zu ihm.

Gustav küsste sie voller Dankbarkeit, bevor er in sein Arbeitszimmer ging. Kurz darauf hörte sie ihn am Klavier. Stundenlang blieb er dort, und ohne Unterlass hörte Alma ganz neue Melodien durch die dicke Eichentür dringen. Offensichtlich hatte Gustav eine Möglichkeit gefunden, seiner Trauer Gestalt zu geben. Seine Musik half ihm, den Verlust zu benennen und zu bannen. Zum ersten Mal seit Putzis Tod schöpfte Alma wieder Hoffnung. Zu anderen Zeiten übermannte sie die Trauer, aber auch die Wut. Warum gönnte er ihr nicht diese Art der Erlösung? Sie hätte sie so nötig gehabt. Nicht nur mit ihrem Schmerz musste sie umgehen, sondern sie musste auch die Trauer ihrer Tochter auffangen. Es zerriss ihr jedes Mal das Herz, wenn die kleine Anna nach ihrer Schwester rief. »Mahia?«

Gucki verstand nicht, was geschehen war, und Alma beneidete

sie darum. Manchmal konnte Alma ihr weismachen, sie würden Verstecken spielen und Maria würde gleich wiederkommen. Zu anderen Gelegenheiten brach sie einfach nur in Tränen aus, und Fanni musste kommen und Anna trösten.

An manchen Tagen spürte Alma den Schmerz beinahe körperlich. Die Brust war ihr eng, jeder Schritt kostete Kraft, die sie nicht hatte. Sie musste sich zu allem zwingen, zum Aufstehen, zum Essen, zum Leben. Ihre Mutter, die schon in Maiernigg an ihrer Seite gewesen war, kam für ein paar Tage aus Wien, um ihr beizustehen. Auch Gretl besuchte sie, aber diesmal war sie ihr keine Hilfe. Alma konnte keine Mutter in ihrer Nähe ertragen, deren Kinder noch lebten.

Sie hätte Gustav an ihrer Seite gebraucht, um sie zu stützen. Aber Gustav war in seine Arbeit vertieft. Wenn Alma ihn zum Essen rief, dann sagte er:»Ich komme gleich«, hatte es aber vergessen, sobald sie sich umgedreht hatte. Sie war ja froh, dass er wieder arbeitete, aber sie hätte sich so gewünscht, dass er auch ihren Schmerz sah und ihr beistand, jetzt, wo er selbst sich gefestigter fühlte. Aber so war Gustav. Er sah einfach nicht, was sie brauchte und wie elend es ihr ging.

So etwas wie Frieden fand sie auf ihren einsamen Wanderungen. Nach der Erfahrung, als sie die Brahms-Partitur in der Tasche gefunden hatte, hatte sie sich angewöhnt, Noten mitzunehmen, die sie dann im Kopf durchging. Sosehr sie diese Momente der Einsamkeit und des Eintauchens in die Musik auch schätzte, so sehr frustrierten sie sie auch. Wie hatte es so weit kommen können? Jeder von uns leidet für sich, dachte sie. Warum können wir uns denn nicht gegenseitig helfen?

An manchen Abenden saßen sie zusammen und schmiedeten Pläne für New York. Diese seltenen Gelegenheiten waren zu den einzigen Momenten geworden, in denen sie zueinanderfanden.

»Bist du zu einer Entscheidung wegen Gucki gekommen?«, fragte Gustav und nahm ihre Hand.

Alma seufzte. »Am liebsten würde ich sie bei Mama lassen. Sie vermisst ihre Schwester so sehr, und wenn wir sie dann auch noch in eine fremde Welt bringen, wo sie nicht einmal die Sprache versteht ...«

»Gut. Wir machen es so. Bei Mama hat sie wenigstens Maria.«

Alma zuckte bei der Erwähnung des Namens zusammen. Warum musste ihre Stiefschwester auch wie ihre tote Tochter heißen? Das hatte schon häufiger zu Verwirrungen geführt, und deshalb wurde ihre Maria auch meistens Putzi genannt. Sie begann zu weinen. Gustav nahm sie in die Arme und strich ihr über den Rücken. Das führte nur dazu, dass Alma anfing zu schluchzen. Ein Damm war gebrochen, und alle Tränen, die sie sich bisher versagt hatte, strömten aus ihr heraus. Gustav verstand ihre Gefühle und hielt sie einfach nur in den Armen.

»Meine Almschi«, sagte er voller Zärtlichkeit, »meine geliebte Almschi.«

Alma klammerte sich an ihn, immer noch weinend, sie nahm seinen vertrauten Geruch wahr und fühlte den Körper, den sie schon so lange kannte. Dann hob sie ihren Kopf und presste ihre Lippen auf seine. Er reagierte sofort, und sie küssten sich mit einer lange nicht mehr gekannten Erregung. Seine Küsse schmeckten salzig nach ihren Tränen.

»Almschi«, sagte Gustav noch einmal, aber diesmal klang es wie ein Stöhnen. Er suchte ihre Brüste unter der Jacke, und als er die

vielen kleinen stoffbezogenen Knöpfe nicht aufbekam, riss er ungeduldig an dem Stoff. Alma stöhnte auf und lehnte sich zurück, damit er ihr die Jacke ausziehen konnte. Er stürzte sich geradezu auf sie, und in einer leidenschaftlichen Umarmung fanden sie Vergessen und Trost.

# Kapitel 39

Gustav war schon zur Eröffnung der Opernsaison vorausgefahren. Anfang September kehrten auch Alma und Anna nach Wien zurück. Die Wohnung in der Auenbruggergasse war wie in jedem Sommer frisch gestrichen worden. Alma hatte nach der Notwendigkeit gefragt, denn sie würden ja nach Amerika gehen. Aber Gustav spielte mit dem Gedanken, sie für ihre Wien-Aufenthalte zu behalten. Und letztlich war es ihr egal, wie ihr so vieles egal war in dieser Zeit.

Ihr blieben noch drei Monate in Wien, bevor sie an Bord gehen würden. Alma war froh über jede Art von Beschäftigung, die sie von ihrer Trauer ablenkte. Sie tat das, was sie schon immer am besten konnte. Sie organisierte den Alltag, kümmerte sich mit Elan und Umsicht um alles, machte Pläne, vergaß nichts und sorgte dafür, dass Gustav ungestört seiner Arbeit nachgehen konnte. Sie fing an, lange Listen anzulegen, in die sie notierte, was mitsollte nach Amerika und was in Wien bleiben würde. Die Küche musste ausgeräumt und die Möbel abgedeckt werden. Sie traf sich mit einigen wenigen Freunden, die sie in ihrem Schmerz ertragen konnte. Und sie spielte Klavier. Sobald Gustav das Haus verlassen hatte, um an die Oper zu gehen, setzte sie sich an das Instrument. Sie spielte ihre Lieblingskomponisten, natürlich Wagner, häufiger aber noch die elegischen Lieder von Schumann und Schubert. Oft saß sie aber einfach da und

improvisierte traurige Melodien und Moll-Folgen. Sie verlor sich in ihre musikalischen Träumereien, die sie forttrugen von ihrem Schmerz. Sie achtete aber sehr darauf, dass Gustav davon nichts mitbekam. Sie hatte zwar kein schlechtes Gewissen, denn selbst wenn sie komponierte, hielt sie das nicht von ihren Pflichten ab. Zudem tat sie das nur für sich. Sie schrieb ihre Einfälle ja nicht einmal auf. Das konnte man doch gar nicht Komponieren nennen. Damit verletzte sie nicht das Versprechen, das sie ihm vor der Ehe gegeben hatte.

In der Morgenpost war ein Brief von Wilhelm. Alma öffnete ihn mit einem unguten Gefühl, denn normalerweise schrieb Gretl und nicht ihr Mann. Der Brief war nur wenige Zeilen lang, und Alma erfasste den Inhalt auf einen Blick, obwohl sie alles dafür gegeben hätte, die Nachricht nie zu erfahren. Gretl hatte versucht, sich umzubringen, und war in eine psychiatrische Anstalt gebracht worden. Es sei nicht sicher, ob und wann sie entlassen werden könne, weil die Gefahr eines erneuten Versuchs bestehe. Mehr stand dort nicht. Alma bedeckte die Augen mit den Händen. Aber Gretl hatte sich doch gefangen, sie war völlig normal gewesen, hatte sich um ihren Mann und den kleinen Wilhelm gekümmert. Sie hatte sogar die Kraft gefunden, Alma zu trösten. Sollte sie sich die ganze Zeit über verstellt haben, um ihre Familie in Sicherheit zu wiegen?

In Alma blitzte die Erinnerung an ihre eigene Anwandlung von Todessehnsucht kurz nach Putzis Tod auf. Auf einmal überkam sie namenlose Angst. Und wenn sie die Nächste sein sollte? Wenn sie dieselbe Krankheit hatte wie ihre kleine Schwester?

Alma nahm ihren Mantel und machte sich auf den Weg zur Hohen Warte, um mit ihrer Mutter zu sprechen. Diesmal war sie es, die einfach hereinplatzte. Ihre Mutter und Carl Moll saßen in einer

kleinen Runde im Wintergarten. Klimt und Alfred Roller waren da. Klimt sah sie erwartungsvoll an, aber Alma stellte verwundert fest, dass er keinerlei Reaktion in ihr auslöste. Roller sprang auf, um ihr seinen Stuhl anzubieten, aber Alma sagte: »Mama, ich muss mit dir reden. Jetzt sofort.« Ohne die Antwort ihrer Mutter abzuwarten, ging sie zurück ins Haus.

Anna folgte ihr und fing an, ihr Vorhaltungen wegen ihres ungebührlichen Benehmens zu machen, doch Alma ließ sie nicht zu Wort kommen. »Ich nehme an, Wilhelm hat euch auch geschrieben?«

Anna nickte.

»Stimmt es, dass Gretl diese … Neigung von unserem Vater hat? Das hast du immer gesagt«, platzte sie heraus.

Sie sah am erschrockenen Blick ihrer Mutter, dass sie den Nagel auf den Kopf getroffen hatte

Annas Augen flackerten nervös. »Wieso fragst du das?«

»Weil ich Angst habe, dass auch ich …«

Anna senkte den Blick.

»Mama?«

»Müssen wir ausgerechnet jetzt darüber reden? Ich habe Gäste. Du hast sie schon brüskiert.«

»Du hast Gäste? Hier geht es um mich, um deine Tochter! Bin ich nicht wichtiger als irgendwelche Gäste?« Alma sprach so laut, dass man es bestimmt im Wintergarten hörte. Carl Moll kam herein.

»Was ist denn los?«, fragte er.

Alma hörte nicht auf ihn. »Mama, jetzt sag mir, was los ist.«

Mit Carl an ihrer Seite fühlte ihre Mutter sich stärker. Ungehalten fuhr sie Alma an. »Ich weiß gar nicht, was du meinst. Deine Schwester ist krank, das ist sehr bedauerlich. Und dir geht es selbstver-

ständlich wieder nur um dich. Außerdem verstehe ich deine Frage beim besten Willen nicht, ob dein Vater etwas damit zu tun hat.«

»Mama, ich will wissen, ob ich eine Krankheit von ihm geerbt habe. Ich habe eine Tochter, für die ich sorgen muss. Ich bin manchmal so traurig, dass ich Angst vor mir selbst bekomme. Du musst mir sagen, was los ist. Gibt es etwas, vor dem ich mich fürchten muss?«

Carl Moll räusperte sich, als wollte er etwas sagen.

»Carl!«, sagte Anna scharf, doch er ließ sich nicht zum Schweigen bringen.

»Ich glaube, es ist unsere Pflicht, Alma endlich die Wahrheit zu sagen«, begann er. »Das hätten wir schon längst tun müssen.«

»Carl!«, versuchte es Anna noch einmal. »Das ist ganz allein meine Sache. Schweig!«

Doch Carl hieb mit der flachen Hand auf den Tisch. »Es reicht jetzt.« Dann wandte er sich Alma zu. »Ich sage dir jetzt etwas: Gretl und du, ihr habt nicht denselben Vater ...«

Alma schnappte nach Luft. »Was sagst du da?« Sie sah zu ihrer Mutter hinüber, die resigniert die Schultern hob. Auch Carl sah seine Frau an, aber es war offensichtlich, dass sie auch weiterhin schweigen würde.

Alma kam ein fürchterlicher Verdacht. »Willst du damit sagen, dass du mein Vater bist?«

»Nein, das bin ich nicht ...« Er wartete immer noch, ob Anna etwas sagen würde, aber die verschränkte die Arme vor der Brust und schwieg verbissen. »Also gut, dann sag ich es«, fuhr Carl fort. »Ich weiß nicht, ob du dich erinnerst, dass bei euch ein Mann gewohnt hat, als du noch klein warst. Dein Vater musste zur Kur, und in der Zeit hat deine Mutter ein Verhältnis mit diesem Mann ge-

habt. Gretl ist seine Tochter, nicht die von Emil Schindler. Und dieser Mann ...«, er suchte nach Worten, »es ist möglich, dass dieser Mann Syphilitiker war und seine Krankheit an deine Schwester vererbt hat.«

Alma sah ihn fassungslos an. Sie war ihm dankbar, dass er die Dinge so klar aussprach, ohne auszuweichen oder nach Entschuldigungen oder Erklärungen zu suchen. So fiel es ihr leichter, das Gesagte zu verstehen. Carl Moll griff nach der Hand seiner Frau, um sie zu besänftigen, doch Anna entzog sie ihm mit einer heftigen Bewegung.

Alma versuchte die Erinnerungen in ihrem Kopf zu ordnen. »Du meinst Julius Victor Berger?«

»Du kannst dich an ihn erinnern?«, fragte ihre Mutter. »Ich möchte aber darauf hinweisen, dass all diese Dinge keineswegs sicher sind. Das alles ist doch schon zwanzig Jahre her. Es ist genauso gut möglich, dass Emil auch der Vater von Gretl ist.«

»Anna! Du weißt, dass das nicht sein kann.« Carls Stimme war sehr bestimmt, aber ruhig.

»Aber, das bedeutet ja, dass Gretl diese Krankheit geerbt haben kann, aber ich nicht ...« In Almas Hirn arbeitete es. Dann fiel die Erkenntnis wie ein Fallbeil. »Du hast das die ganze Zeit gewusst und mir nichts gesagt. Obwohl du wusstest, wie große Sorgen ich mir gemacht habe, auch verrückt zu werden! Das ist unverzeihlich!« Alma sprang auf.

Carl versuchte sie zurückzuhalten. »Alma, das alles fällt deiner Mutter schwer, versuche sie zu verstehen.«

»Sie verstehen? Sie hat nicht nur meinen Vater betrogen, sondern auch Gretl und mich. Ich habe jahrelang gefürchtet, geisteskrank zu sein. Weiß Gretl denn überhaupt Bescheid? Wie konntet ihr nur!«

Sie rannte auf die Straße hinaus und in den auf der anderen Straßenseite beginnenden Park. Sie musste allein sein. In ihr stritten zwei Gefühle miteinander. Zum einen unendliche Erleichterung, weil sie nicht die Geistesschwäche ihrer Schwester geerbt hatte und weil nur sie die Tochter von Emil Schindler war. Zum anderen eine unauslöschliche Schuld über diese Erleichterung und ihren Dünkel. »Verzeih mir, Gretl«, flüsterte sie.

Als sie zwei Stunden später nach Hause kam, war sie immer noch erschüttert. Sie war erst durch den kleinen Wald auf der Hohen Warte gerannt, dann den ganzen Weg bis in die Auenbruggergasse hinunter, aber sie hatte sich nicht beruhigen können. Der Verrat ihrer Mutter war einfach ungeheuerlich. Wie hatte sie so lange schweigen können? Sie hatte doch bemerkt, dass Alma sich Sorgen machte, mehr als einmal hatte sie versucht, mit ihr über ihre Schwester zu reden. Außerdem hatte sie mit ihrer Geheimniskrämerei Gretl verunsichert. Womöglich wäre ihre Schwester seelisch ausgeglichener, wenn sie die Wahrheit gekannt hätte?

Als sie hörte, wie Gustav nach Hause kam, lief sie zu ihm und warf sich in seine Arme.

»Gustav«, rief sie. »Endlich bist du da!«

Er schob sie ein Stück weit von sich weg. Er war zerstreut und sah sie nicht einmal richtig an. »Ich muss gleich wieder los, Fürst Montenuevo wartet in der Oper auf mich. Es geht um meine Abschiedsvorstellung, und ich habe heute Morgen die Unterlagen vergessen. Mit der Gästeliste und so weiter. Hast du sie gesehen?«

Alma durchfuhr es kalt, sie wich zurück und straffte sich. »In deinem Arbeitszimmer. Rechts auf dem Schreibtisch. Warte, ich hole sie dir.«

Wortlos reichte sie ihm den Aktendeckel. »Danke«, sagte er. »Ich bin schon wieder weg. Es kann spät werden. Warte nicht auf mich.« Damit war er schon wieder aus der Tür.

In den nächsten Tagen suchte Alma immer wieder das Gespräch mit ihrem Mann. Sie brauchte jemanden, mit dem sie reden konnte, allein kam sie mit diesen Nachrichten nicht zurecht. Immer wieder ging ihr durch den Kopf, was ihre Mutter getan hatte. Aber Gustav war kaum zu Hause. Er war nur noch zwei Tage in der Stadt und brach dann zu seiner letzten Konzertreise in Europa auf. Drei Wochen würde er in Sankt Petersburg und Helsingfors in Finnland dirigieren.

Als er weg war, blieb Alma allein mit ihren Sorgen in Wien zurück. Gustav hatte sie gebeten, mit nach Russland zu kommen. Aber sie fürchtete sich davor, wieder in die Stadt zu fahren, wo sie ihre Hochzeitsreise mit Gustav verbracht hatte und wo sie mit Putzi schwanger gewesen war. Außerdem war noch so viel für die bevorstehende Übersiedelung nach Amerika zu erledigen.

Mit einem Seufzen schloss sie den Deckel der letzten Reisekiste. Dann öffnete sie ihn noch einmal, um zu überprüfen, ob sie wirklich alle Partituren, die Gustav auf einer langen Liste notiert hatte, eingepackt hatte. Wo waren denn jetzt noch mal die *Tristan*-Noten mit seinen Anmerkungen? Ach ja, da, zwischen den anderen Wagner-Partituren. Sie schloss den Deckel und nickte den Trägern zu, die die Kiste zu zweit anhoben. »Vorsicht, bitte. Diese Kiste ist die allerwertvollste.«

Der eine der beiden Träger, ein stämmiger kleiner Mann, der mit dem rollenden R des Böhmen sprach, nickte begütigend. »Ja, ja, Gnädigste, diese Kiste ist wertvoll. Genau wie die anderen.« Dann verschwanden sie durch die Tür.

Alma sah sich um und lehnte sich an die Wand. Die Wohnung sah entseelt aus ohne die vielen Dinge, die sie eingepackt hatte. Sie fühlte sich gar nicht mehr richtig wohl in ihren eigenen vier Wänden.

Sie war ganz allein in der Wohnung. Gucki war bei ihrer Mutter, weil Alma sich nicht um sie kümmern konnte. Was sollte sie mit dem Rest des Tages anfangen? Morgen würde Gustav wiederkommen und sie mit Beschlag belegen, wenn sie noch ein allerletztes Mal durch ihr geliebtes Wien gehen wollte, dann musste das jetzt geschehen.

Sie verspürte ein leichtes Herzklopfen, als sie ihren Mantel und die Pelzkappe nahm und die Treppe hinuntereilte.

Unten auf der Straße fröstelte sie, denn es herrschte feuchtkaltes Wetter. Kurz überlegte sie, ob sie einen Einspänner mieten sollte, aber das wäre nicht das Richtige gewesen. Entschlossen machte sie sich auf den Weg. Sie überquerte den Schwarzenbergplatz und bewunderte den riesigen Springbrunnen, der jetzt ohne Wasser war. Wie oft war sie diesen Weg früher gegangen, auf dem Weg zu ihren Klavierstunden bei Labor und später zu Alexander von Zemlinsky. Die Oper kam in ihren Blick, sie ging mit raschen Schritten daran vorbei, vorbei auch am Hotel Sacher. In der Kärntnerstraße waren trotz des Novemberwetters viele Menschen unterwegs, die an den Schaufenstern vorüberflanierten. Alma reihte sich in den Strom ein. Ob es in New York auch Geschäfte mit einer solchen Tradition gab, wie den Lobmeyr oder das Sacher? Ob man dort auch so zuvorkommend bedient wurde? Ob die Stadt auch solche majestätischen Brunnen, Standbilder, Kirchen und Adelspalais zu bieten hatte? Wahrscheinlich nicht, denn dafür war sie ja viel zu jung. Sie wandte sich nach links und kam am Palais Ferstel vorüber, dem Gebäude,

das sie in Wien am liebsten hatte. Allein schon, weil gegenüber das Schottenstift lag. Sie ging zwischen beiden hindurch und ließ sich von der plötzlichen Ruhe im Garten der Schottenkirche verzaubern. Die Sonne war herausgekommen und mit ihr die Spatzen, die in den umliegenden Bäumen tschilpten. Die Caféhäuser waren brechend voll, sie hörte das Gemurmel der Gäste und die Klaviermusik.

Nach einer Weile war sie im ältesten Teil der Stadt mit den engen Gassen angelangt, die einen starken Kontrast zu den großherrschaftlichen Palais der Ringstraße boten. Hier gab es noch mittelalterliche Torbogen und Treppen, die einzelne Straßen miteinander verbanden. Alma lief immer weiter, bis sie beinahe jede Straße hier abgelaufen war. Als wäre ich auf der Suche, dachte sie verwundert. Als suchte ich den perfekten Abschied von Wien.

Am nächsten Tag kam Gustav zurück und machte sie ganz verrückt, weil er ständig fragte, ob sie auch dies oder jenes eingepackt habe. Am 24. November fand die allerletzte Vorstellung in der Hofoper statt. »Schon wieder ein allerletztes Mal«, sagte Alma zu Gustav, bevor sie aufbrachen. Sie nahm seine Hand und drückte sie. Er würde die 2. Symphonie dirigieren. Die Reaktionen von Publikum und Presse waren gemischt. Viele Zeitungen nutzten seine letzte Vorstellung für eine Generalabrechnung mit seinen Leistungen an der Wiener Oper.

Schließlich stand der Abschied von Freunden und der Familie an. Sie gaben eine Gesellschaft in ihrer beinah fremd gewordenen Wohnung und besuchten ein letztes Mal den Salon von Berta Zuckerkandl.

Dann war es so weit. Ihr letzter Morgen in Wien brach an. Alma hätte sich so gewünscht, dass es schneien würde, bevor sie abfuhren.

Noch einmal die klare Luft atmen, wenn Schnee gefallen war, noch einmal diese Stille spüren! Sie wusste doch nicht, wie das Wetter in New York sein würde. Gab es dort überhaupt Winter und Schnee? Und wenn es Schnee gab, gab es Parks oder Hügel zum Schlittenfahren? Konnte man in der Stadt irgendwo Schlittschuh laufen? Wie gern wäre sie vor ihrer Abfahrt noch einmal mit Gucki durch den Schnee gestapft und hätte mit ihr dicke Schneebälle geformt. Aber der Winter ließ sich in diesem Jahr Zeit.

Um acht Uhr morgens kamen sie auf dem Westbahnhof an und fanden dort ungefähr zweihundert Freunde vor, die sie verabschieden wollten. Alma nahm Gustavs Hand, als sie die vielen Menschen, die Blumen und die Tränen in den Augen sah. Ihr Coupé war über und über mit Blumen geschmückt, Abschiedsbriefe wurden übergeben, letzte Umarmungen getauscht, gute Wünsche gerufen und Hüte in die Luft geworfen. Dann fuhr der Zug ab, in ein neues Leben.

In ihrem Abteil erster Klasse saßen sich Alma und Gustav gegenüber und warfen allerletzte Blicke auf Wien. Alma wurde das Herz schwer bei dem Gedanken an die letzte Umarmung, die sie mit Gucki getauscht hatte. Ob es die richtige Entscheidung gewesen war, sie bei ihren Eltern zu lassen? Die gestrige Abschiedsszene zog an ihrem inneren Auge vorbei. Ihre kleine Tochter, ihr einziges Kind, das mit ausgestreckten Ärmchen vor ihr gestanden hatte. Die Augen voller Tränen, obwohl sie noch gar nicht begreifen konnte, was dieser Abschied bedeutete. Alma hatte Gucki so fest in den Arm genommen, dass Gustav sie schließlich hatte von ihr wegziehen müssen. Ihr wurde ganz elend bei der Vorstellung, ihre Tochter vier Monate lang nicht zu sehen. In vier Monaten veränderte man sich so sehr in diesem Alter! Aber Gucki war in ihrer vertrauten Umgebung

in Wien besser aufgehoben. Alma wusste, dass Fanni und ihre Mutter sich gut um sie kümmern würden. Und wer konnte sagen, wie das Leben in New York sein würde?

»Sollte etwas mit Gucki sein, kannst du immer noch zurückfahren«, sagte Gustav, der ihre Gedanken erriet.

»Oder sie kommt mit Mama nach«, ergänzte Alma, und der Gedanke tröstete sie.

Am 10. Dezember trafen sie in Paris ein und gingen dort in die Oper. Eine Aufführung des *Tristan*, Almas Lieblingsoper, aber Gustav gefiel es gar nicht, er ging mitten in der Vorstellung. Sie trafen ihre französischen Freunde, die Clemenceaus und die Painlevés. Noch ein Abschied ... Bei ihnen war ein junger russischer Pianist, Ossip Gabrilowitsch, der sich Hals über Kopf in Alma verliebte und ihr seine Gefühle gestand. Alma war wie vor den Kopf geschlagen. Also war sie nicht hässlich und alt, wie sie geglaubt hatte? Also war sie würdig, dass sich ein junger Mann mit Zukunft in sie verliebte, obwohl sie eine verheiratete Frau war? Als sie nach der Begegnung mit Gabrilowitsch ins Hotel zurückkam, stellte sie sich seit Monaten zum ersten Mal wieder vor den Spiegel und überprüfte ihr Aussehen. Gabrilowitsch hatte ihre Hand gehalten, mehr hatte sie ihm nicht gestattet, mehr ließ auch seine Bewunderung für Gustav nicht zu. Aber das und seine Worte hatten ausgereicht, um ihr ein wenig Selbstvertrauen zurückzugeben.

Im Zug nach Cherbourg ertappte sie sich bei einem zuversichtlichen Lächeln.

# KAPITEL 40

Alma stand neben Gustav an der Reling an Bord der *Kaiserin Auguste Victoria* und sah mit gemischten Gefühlen dem Ablegemanöver zu. Das Schiff begann unter ihren Füßen zu zittern und zu dröhnen. Die *Marseillaise*, von einer Militärkapelle an Land gespielt, drang nur noch gedämpft zu ihnen herüber. Alma schob ihre Hand in seine. Er sah sie an und drückte ihre Hand aufmunternd.

»Sieh nur«, sagte er und wies in Richtung des Kais.

Bunte Papierbänder, die das Schiff mit dem Land verbanden, rissen eines nach dem anderen, als das riesige Schiff sich schwerfällig seitwärts bewegte. Das sah wunderschön aus, und Almas Herz wurde ein wenig leichter. Sie lehnte sich an Gustavs Schulter. Seine Gesichtszüge waren starr, die Linien, die sich von der Nase bis zum Mund in seine Wangen gruben, stachen hervor. Alma liebte sein klassisches Profil wie am ersten Tag: das gerade Kinn, der fein gezeichnete Mund, die hohe Stirn über der randlosen Brille. Sie fuhr ihm durch sein Haar, das in Wellen nach hinten gekämmt war und immer so aussah, als würde es hinter dem umtriebigen Mann her wehen und kaum Schritt mit seiner Geschäftigkeit halten können. Mit Rührung sah sie, dass er versuchte, seine Anspannung vor ihr zu verbergen. Für ihn würde es schwieriger werden, sich in der Neuen Welt zu Hause zu fühlen. Er war in der europäischen Kultur verhaftet, hier hatte seine Musik ihren Ursprung. Und er war immerhin

zwei Jahrzehnte älter als sie. Alma war noch nicht mal dreißig, sie war bereit für etwas Neues.

Aber auch sie fragte sich, was sie in New York erwarten würde. Wie würde die Arbeit an der Metropolitan Opera sein? Sicher würde es auch dort Eifersüchteleien, Streit um Besetzungen und Finanzen und den Spielplan geben. Wie würden die New Yorker sie aufnehmen? Für sie war die Oper eher ein Statussymbol der oberen Zehntausend. Eine eigene Loge zu haben war wichtiger als die Musik. Würden die Menschen in New York Eintrittskarten kaufen, um den Dirigenten aus Wien zu sehen, der zwar weltberühmt war, aber als schwierig und kompromisslos galt? Alma wusste, dass Gustav sich mit diesen Fragen herumschlug. Sie hatten oft genug darüber gesprochen, als es darum ging, ob er das Engagement annehmen sollte oder nicht.

Das letzte Band riss mit einem leisen Knall. Die Menschen am Kai schwenkten Hüte und Taschentücher, um sich von den Reisenden zu verabschieden, letzte Worte wurden herübergerufen, die schon kaum mehr zu verstehen waren. Die Schiffssirene brach los und ließ alle zusammenzucken.

»Komm«, sagte Gustav. »Lass uns mal nachsehen, ob unsere Kabine schon vorbereitet ist und das Mädchen alles ausgepackt hat.«

Ihre Fürstensuite auf dem Schiff bestand aus einem Wohn- und einem Schlafzimmer, einem Bad und einem Ankleidezimmer. Die Wände waren mit Tropenholz getäfelt, davor hingen Gemälde.

»Da hängt ein Gemälde meines Vaters!«, rief Alma aus.

Gustav trat näher an das Bild heran, das weißstämmige Birken im Frühlingslaub zeigte.

»Das ist im Garten von Plankenberg. Ach, das waren so schöne Zeiten. Die Sommer dort waren die schönsten meiner Kindheit.«

»Das hängt aber noch nicht lange da«, sagte Gustav und fuhr mit dem Zeigefinger über den hellen Rand rund um den Rahmen, der darauf hinwies, dass an dieser Stelle bis vor Kurzem ein größeres Gemälde gehangen hatte.

»Ist doch egal, jetzt haben sie es aufgehängt.«

»Dir zu Ehren!«

Alma sah sich weiter in dem Salon um. Vor den Fenstern waren Brokatvorhänge angebracht, eine Säule stützte den großen Raum ab. Von der Decke hingen Kristallleuchter.

»Hättest du gedacht, dass es hier so luxuriös ist?«, fragte sie. »Die Badewanne ist aus italienischem Marmor«, rief Gustav aus dem Badezimmer. »Fehlen nur noch die goldenen Wasserhähne.«

»Schöner als in jedem Luxushotel«, entgegnete Alma. Sie lehnte sich in einem der bequemen Sessel zurück. »Bitte bürsten Sie die Pelze aus. Ich hoffe, sie haben nicht allzu sehr gelitten«, wies sie das Mädchen an, das stumm neben der Tür wartete. Dann wandte sie sich den Telegrammen zu, die an Mahler gerichtet waren. Abschiedsgrüße und beste Wünsche von Freunden und Kollegen. Das Telegramm von Hauptmann las sie ihm vor: ... *Komme glücklich wieder ins geliebte Europa, das Männer wie dich mehr braucht wie das tägliche Brot. Dein Gerhart Hauptmann.*

Der Eindruck eines palastartigen Luxus wiederholte sich, als sie einige Stunden später die sich über drei Decks hinabwindende Treppe in den Speisesaal der ersten Klasse hinabstiegen, um das Diner einzunehmen. Das Ritz Carlton hatte auf diesem Schiff eine Dependance. Auch hier waren die Wände mit Kassetten und Bildern verziert, in der Mitte des Raumes erhob sich eine gläserne Kuppel. Die Tische glänzten von silbernen Leuchtern und Kristallgläsern. In der Mitte prangte üppiger Blumenschmuck. Und das Essen war

vorzüglich. Es gab Schildkrötensuppe und Gans in Champagner-soße, hinterher süße Canapés und Petit Fours.

An ihrem Tisch saßen neben dem Kapitän ein Ehepaar aus Amerika, das so gut wie kein Deutsch sprach und sich nicht an der Unterhaltung beteiligte, und ein anderes aus Hamburg. Damit hatten sie ein wunderbares, ergiebiges Gesprächsthema gefunden, denn Almas Mutter stammte ja aus einer Hamburger Brauereifamilie, und Alma war einige Male zu Besuch bei den Verwandten gewesen. Sie genoss den Abend und ließ sich von den Hanssens Neuigkeiten aus der Stadt erzählen. Der Kapitän wusste ebenfalls Interessantes zu berichten. In der Innenstadt wurden die schmutzigen alten Viertel abgerissen und an ihrer Stelle Kontor- und Kaufhäuser gebaut. »Die reinsten Konsumtempel, meine Liebe«, sagte Frau Hanssen zu Alma. »Wenn Sie das nächste Mal in unserer schönen Stadt sind, dann müssen Sie mich besuchen und ich zeige Ihnen alles.«

Gustav blieb während des Essens schweigsam.

»Wenn ich mich recht erinnere, haben Sie doch auch in Hamburg gewirkt«, sagte der Kapitän und versuchte damit zum wiederholten Male, ihn in das Gespräch einzubeziehen.

Gustav nickte nur zerstreut. Er war mit seinen Gedanken in einer Notenfolge, das sah Alma. Als er mit den Fingern einen Takt auf die Tischdecke klopfte und dabei die Gläser zum Klingen brachte, warf sie ihm einen mahnenden Blick zu.

»Ja, mein Mann war in den Neunziger Jahren Erster Kapellmeister am Stadttheater«, gab Alma an seiner Stelle zurück, um seine Unhöflichkeit zu überspielen.

Sie sah Gustav aufmunternd an. Aber er erhob sich und wollte in seine Kabine zurück. Er habe zu arbeiten.

Alma hob resigniert die Augenbrauen. Sie wollten sich gerade verabschieden, als der schwarz befrackte Oberkellner an den Tisch kam und die Hacken zusammenknallte.

»Der Küchenchef lässt die Herrschaften fragen, welches österreichische Gericht sie gern an einem der nächsten Abende genießen wollen.«

Gustav sah ihn mit gerunzelter Stirn an. Er legte nicht viel Wert auf gutes Essen. Er fühlte sich am wohlsten, wenn er Grahambrot und Äpfel vor sich hatte.

Alma beantwortete auch diese Frage: »Sagen Sie Ihrem Küchenchef, wir würden wahnsinnig gern Tafelspitz essen, wenn es nicht zu viel Mühe macht. Aber mit frischem Kren.«

Der Kellner sah sie mit einem charmanten Lächeln an. »Selbstverständlich mit frischem Kren aus Österreich. Etwas anderes würden wir niemals anbieten. Es wird uns eine Ehre sein.« Damit verbeugte er sich und ging.

Als sie wieder in ihrer Kabine waren, sagte sie: »Ich hätte meinen Hintern darauf verwettet, dass der Ober nicht weiß, was Kren ist.«

Gustav sah sie von der Seite an. »Das wäre aber schade um dein schönes Hinterteil gewesen.«


An einem der nächsten Morgen fühlte sich Gustav nicht wohl. Alma beschloss, einen Spaziergang an Deck zu machen.

Eiskalte Luft schlug ihr entgegen, als sie das Deck betrat. Sie war froh, ihre warme Pelzmütze zu tragen, und zog den Kragen ihres Mantels zusammen. Vor ihr, in der Mitte des überdachten Steuerborddecks, lag das Spielfeld für die Eisstockschießer. Die Spieler sahen sie an, als wollten sie sie auffordern mitzuspielen. Alma war es gewohnt, Aufmerksamkeit zu erregen. Sie war achtundzwanzig

Jahre alt und eine hinreißende Schönheit, sie war immer noch eine der schönsten Frauen von Wien. Obwohl Marias Tod allererste Fältchen in ihrem Gesicht hinterlassen hatte. Wie gern hätte sie ihre Schönheit hingegeben, wenn dafür ihre kleine Putzi noch am Leben wäre! In ihrem Inneren fühlte sie sich kein bisschen schön, eher hässlich, leer und heimatlos. Nach außen hin gab sie die junge, lebendige Frau, die mit einem der größten lebenden Musikgenies verheiratet und deren Leben voller Glanz war. Das wurde von ihr erwartet. Aber manchmal überstieg diese Pflicht einfach ihre Kräfte.

Sie zupfte ihre Handschuhe aus Kalbsleder mit dem Pelzbesatz zurecht und nickte den Spielern zu. Dann nahm sie die Treppe, die hinauf aufs Sonnendeck führte. Hier oben traf sie der aufkommende Wind mit aller Kraft. Alma achtete nicht darauf. Sie ging das Deck entlang in Richtung Bug. Im Windschatten an der Wand saßen einige besonders unerschrockene Passagiere, in dicke Decken gehüllt, und nahmen ein kurzes Frischluftbad. Die Bordkapelle spielte einen Walzer, aber die Geiger hatten schon rote Finger von der Kälte. Über Nacht war es empfindlich kalt geworden. Die Sonne zeigte sich nicht. Alma erwiderte zerstreut hier und da einen Gruß, aber sie blieb nicht stehen, um zu plaudern.

Ganz vorne am Bug nahm ihr der Wind beinahe den Atem. Obwohl sie fror, blieb Alma stehen. Sie wollte diese Kraft spüren. Es tat so gut, die Wucht der Elemente zu fühlen! Etwas anderes zu fühlen als Schmerz und Verlust!

Sie lehnte sich an die Reling und hielt ihr Gesicht in den böigen Wind.

Sie waren jetzt seit vier Tagen auf See und mussten sich ungefähr auf halbem Weg zwischen Europa und Amerika befinden. Rund um das Schiff gab es auf Hunderte von Meilen nichts als Wasser. Und

unter ihr auch. Wie tief mochte das Meer hier sein? Wie weit waren der nächste Mensch, das nächste Schiff wohl entfernt? Was, wenn sie plötzlich zu sinken begännen? Wer würde ihnen zu Hilfe kommen? In diesem Teil des Ozeans sollte es Eisberge geben, hatte sie gehört. Eisberge, die höher waren, als sie sich vorstellen konnte. Nur die Spitze ragte aus dem Wasser, der größte Teil dieser Kolosse, groß wie eine Kirche, lag unter Wasser, bereit, alles zu zermalmen, was sich ihnen in den Weg stellte. Alma suchte mit den Augen den Horizont ab, der in der aufgepeitschten See kaum auszumachen war. Himmel und Wasser schienen miteinander zu verschmelzen. Sie spürte das Auf- und Abwogen des Schiffs. Die Linie des Horizonts lag mal tief unter ihr, mal auf ihrer Höhe.

Sie klammerte sich an der Reling fest. Sie hatte das Gefühl, der Boden würde unter ihren Füßen weggleiten. Alles begann zu schwanken. In diesem Augenblick fühlte sie sich fern der Welt. Plötzlich wurde sie sich ihrer Verlorenheit bewusst. Sie befand sich in einer Art Zwischenreich. Wenn das Schiff untergehen und sie ertrinken würde, niemand würde je wieder eine Spur von ihr finden.

Sie beugte sich noch ein Stückchen weiter über die Reling, um direkt zum Wasser hinunterzusehen. Die Wellen wogten im aufkommenden Sturm. Weiße Schaumkronen bildeten sich auf den Wellenkämmen und klatschten an die Bordwand tief unter ihr. In den unteren Kabinen, wo die Passagiere der dritten Klasse fuhren, reichte das Wasser bestimmt schon bis an die Bullaugen. Plötzlich wurde ihr bewusst, dass ihr Oberkörper gefährlich zwischen Himmel und Wasser hing. Mit einem Ruck wich Alma zurück.

Sie sah noch einmal vor sich auf die unendlichen wogenden Wassermassen. Irgendwo dort, hinter dem Horizont, in New York, war-

tete ein neues Leben auf sie. Nicht nur auf sie, auch auf Gustav. Darauf musste sie sich jetzt konzentrieren. Die Gedanken an Wien, an all den Schmerz, den sie dort zurückgelassen hatte, schob sie von sich. Sie wollte jetzt nur noch die wunderschöne, tatkräftige Frau des Musikgenies Gustav Mahler sein, auf dem Weg nach New York, um auch die Neue Welt für sich zu erobern. Dafür würde sie strahlen und optimistisch sein und die anderen mit ihrem Charme einfach mitreißen. Gustav würde das amerikanische Publikum mit seiner Musik verzaubern, sie würde die menschliche Seite beisteuern.

Sie löste die Hände von der Reling und drehte sich um. Jetzt war sie richtig durchgefroren. Sie wollte zu Gustav, der in der Kabine auf sie wartete. Sie sehnte sich nach einer heißen Tasse Tee und einem wärmenden Benediktiner.

Inzwischen war fast niemand mehr auf dem Deck. Das Wetter war zu ungemütlich geworden. Die Stewards waren dabei, die Polster und Decken von den Liegestühlen einzusammeln. Einer von ihnen salutierte vor Alma. »Gehen Sie besser hinein. Ein Sturm zieht auf. Das wird ungemütlich heute Nacht.«

Er hielt ihr die Tür zum Abgang auf, der zu den Fürstenkabinen führte. Sie kam am Musiksalon vorbei. Überall weiße Schleiflackmöbel, auf Blumenständern und Tischen standen Palmen und blühende Pflanzen, dazwischen bequeme, ebenfalls weiße Lehnstühle, von denen aus die Passagiere die Blumen beim Wachsen beobachten konnten, wenn sie Lust dazu hatten. Von drinnen erklang Klavierspiel, und Alma verlangsamte ihren Schritt. Sie hörte ein Impromptu von Chopin. Sie hatte es selbst wohl hundertmal gespielt. Sie sah durch die gläserne Flügeltür in den Raum, öffnete sie leise und trat ein. Sie setzte sich in einen tiefen Sessel hinter einer großen Grünpflanze. Am Klavier saß eine junge Frau von vielleicht Anfang

zwanzig und beugte sich über die Tasten. Sie war so konzentriert auf die Noten, dass sie Almas Eintreten nicht bemerkte. Im Mittelteil wich sie plötzlich von Chopins Melodie ab. Alma hielt den Atem an, als sie sah, wie die Klavierspielerin sich umsah und, weil sie glaubte, allein im Raum zu sein, die Noten zuschlug und anfing zu improvisieren und eigene Noten zu spielen. Sofort bekam ihr Spiel eine andere Qualität, Alma hörte und spürte die Hingabe. Ihre Finger flogen über die Tasten, sie brauchte keine Noten mehr, ihre Wangen röteten sich vor Eifer.

Ohne es zu merken, legte Alma die Hand auf ihr Herz, das heftig schlug. Das war sie selbst dort am Klavier! Sie, Alma, mit achtzehn oder zwanzig Jahren. Damals hatte sie noch den Traum verfolgt, Komponistin zu werden. Sie hatte einen berühmten Lehrer gefunden, der ihr Talent bestätigte. Sie hatte geübt wie eine Verrückte, sie hatte erste Lieder geschrieben und trug sich mit dem Gedanken an ein eigenes großes Werk, eine Symphonie. Und wenn sie am Klavier saß, war sie immer ganz ruhig und glücklich gewesen, eins mit sich und der Welt.

»Mein Gott«, flüsterte sie, den Blick immer noch wie gebannt auf die Klavierspielerin gerichtet. »Damals habe ich noch geglaubt, die Welt der Musik würde mir offen stehen.«

Die Tür zum Musiksalon öffnete sich. Beide Frauen, Alma und die junge Klavierspielerin, zuckten erschrocken zusammen und fühlten sich ertappt.

»Hier bist du, meine Liebe«, sagte eine ältere Dame zu der Frau am Klavier, »das hätte ich mir denken können. Wir suchen dich überall. Die Wronskys erwarten uns zum Tee.«

»Ja, Maman. Ich komme.« Mit einem Ausdruck des Bedauerns schloss die Frau den Klavierdeckel und folgte ihrer Mutter.

Alma war unentdeckt geblieben. Die Szene ging ihr nahe, sie spürte Tränen in sich aufsteigen. Sie erhob sich und trat an das Instrument heran. Die Noten lagen noch auf dem Halter. Sie öffnete den Klavierdeckel, dann schloss sie ihn wieder. Sie verließ den Musiksalon und ging durch die langen mit dicken Teppichen ausgelegten Gänge zu ihrer Kabine. Sie hatte die Hand schon am Türknauf, verharrte aber in der Bewegung. Die eben beobachtete Szene mit der jungen Frau am Klavier ließ sie nicht los.

»Verzeihung.« Ein Paar wollte an ihr vorbei, Alma musste auf dem engen Gang Platz machen.

Sie schreckte aus ihren Gedanken auf. Sie stand immer noch vor ihrer Kabine, den Türknauf in der Hand.

Sie betrat ihre Kabine.

»Hast du dich amüsiert?«, fragte Gustav. Er lag auf einem der Sofas, den Unterarm über die Stirn gelegt, und rauchte, wobei die Hand mit der Zigarette wie ein Dirigentenstab durch die Luft tanzte.

»Ich habe beim Stockschießen zugesehen, bis es zu kalt wurde. Die Mannschaft sagt, ein Sturm würde aufziehen.«

Sie nahm ihre Pelzmütze ab, zog den schwarzen Mantel mit den in Glockenform gelegten Schößen aus und ließ beides auf einen Sessel gleiten. Dann ging sie ins Bad hinüber, um sich das zerzauste Haar zu richten.

Als sie zurück in den Salon kam, stand das Mädchen bereit. Sie hieß Lilly und bewunderte Alma, wie Gustav amüsiert festgestellt hatte. Almas Sachen waren schon ins Ankleidezimmer geräumt.

»Bringen Sie mir bitte einen Tee. Und einen Likör«, sagte Alma.

Auf einer Kommode im Louis-Seize-Stil standen schon seit der Abfahrt zwei wundervolle Blumenbouquets. Weiße Lilien und

langstielige rote Rosen. Die Lilien kamen von der Reederei, die Rosen von ihrer Mutter. Vor dem Sofa, auf dem Gustav lag, stapelten sich Partituren und Bücher auf dem Boden. Das Mädchen hatte sie wie alle anderen Gepäckstücke in den Ankleideraum schaffen wollen, aber Gustav hatte protestiert. Er brauchte seine Noten um sich herum.

Alma versenkte ihre Nase in die schweren Düfte. »Die Blumen beginnen zu welken. Wie schade. Für den Rest der Überfahrt wird es bestimmt keine frischen geben. Oder meinst du, sie haben auch eine Gärtnerei an Bord?«

»Aber gewiss, Almschi. Diese modernen Schiffe haben doch alles. Bestimmt gibt es hier auch eine Gärtnerei. Ich werde den Kapitän fragen und ihn bitten, dass du sie dir ansehen darfst.« Er stöhnte leise auf. »Wie das riecht! Ich bekomme davon Kopfschmerzen.« Er warf einen Blick auf die Bullaugen, die wie kleine Fenster waren. Offensichtlich machte er sich Sorgen, wie man hier Frischluft hereinlassen könnte.

»Soll ich sie wegräumen?«, fragte Lilly mit einem Knicks.

»Nur die Lilien«, sagte Alma. »Die Rosen lassen Sie stehen.«

Das Mädchen ging und nahm die Kristallvase mit. Alma setzte sich zu Gustav.

»Geht es dir nicht gut?«, fragte sie. »Vielleicht solltest du etwas frische Luft schnappen?«

»Ich glaube, ich vertrage die Seeluft nicht. Und von dem Gewoge wird mir übel.«

Es klopfte, und ein Kellner in schwarzer Uniform brachte ein Tablett mit einer Flasche Champagner und zwei Gläsern. »Mit den besten Empfehlungen der Direktion«, sagte er und stellte das Tablett auf einen der Tische. »Das vertreibt die Seekrankheit.«

Er war kaum gegangen, als Lilly mit dem Tee eintrat. Aber Alma hatte plötzlich mehr Lust auf Champagner.

Die letzten Tage der Überfahrt verliefen unproblematisch. Das Wetter beruhigte sich wieder. Gustav ging es besser, doch er zog es vor, viel Zeit allein in der Kabine zu verbringen, um zu arbeiten.

Am 18. Dezember gab Gustav abends ein kleines Konzert. Alma hatte das in einem Gespräch mit dem Kapitän angeregt. Es ging doch nicht an, dass Gustav Mahler an Bord war, und niemand bat ihn zu musizieren! An diesem Morgen hatte die Nachricht in der Schiffszeitung gestanden. Gustav würde zugunsten der Rentenkasse der Matrosen am Klavier sitzen. Der Kammersänger Alois Burgstaller, der ebenfalls an der Met arbeitete, würde Schubert-Lieder singen.

Sie betrat den Salon nach ihrem Mann. Er war die wichtige Person an diesem Abend. Doch Alma, in ihrem schlichten silberfarbenen Abendkleid mit den langen schwarzen Spitzenstulpen, spürte die Blicke der Männer auf ihren nackten Schultern. Den großen Auftritt beherrschte sie perfekt. Wenn sie einen Raum betrat, dann war sofort eine Art Elektrizität, um nicht zu sagen: knisternde Erotik, zu spüren. Als ob ein Leuchten von ihr ausginge. Die Gespräche verstummten für einen Augenblick, alle wandten sich zu ihr herum und sahen sie an, fasziniert von ihrer Präsenz. Die Männer reckten die Hälse und nickten kennerhaft, die Frauen verglichen sich und ihre Garderobe mit der von Alma.

Der Kapitän näherte sich, reichte Gustav feierlich die Hand und wandte sich dann ihr zu.

»Sie sehen hinreißend aus«, murmelte er, den Mund dicht über ihrer Hand.

Alma lächelte. Der Musiksalon war überfüllt, stellte sie befriedigt fest. Es waren mehr Menschen versammelt als an jedem anderen Abend, den sie hier verbracht hatte. Sie suchte mit den Augen die junge Frau, die sie so versunken am Flügel beobachtet hatte. Sie saß in der ersten Reihe, hoch aufgerichtet und erwartungsvoll. Jetzt hatte sie auch Alma entdeckt und sah sie voller Bewunderung an. Alma kannte diesen Blick. Die Leute glaubten, sie würde an der Seite des Genies Gustav Mahler ein ganz besonderes, glückliches Leben voller Musik führen. Die Schattenseiten sahen sie nicht.

Gustav nahm an dem weißen Flügel Platz. Für Alma war ein Stuhl in der ersten Reihe reserviert, aber sie zog es vor, sich schräg hinter Gustav zu setzen.

Sie liebte es, ihn von dieser Position aus beim Spielen zu beobachten. Dann war er in seiner eigenen Welt, fern von ihr, und doch verband sie beide die Musik. Sie fragte sich, ob jemand anderes ihn so gut verstehen würde wie sie. Wahrscheinlich nicht. Er warf ihr einen Blick zu, und sie wusste genau, dass er bei dieser langsamen Stelle an Putzi dachte, genau wie sie, und dass der Schmerz um die tote Tochter in die Musik einfloss. Ihm war dieser Weg geblieben, um sich zu trösten, ihr nicht! Sie warf ihm einen hasserfüllten Blick zu, korrigierte ihren Ausdruck aber gleich, als es ihr auffiel. Manchmal war das Leben an seiner Seite wie ein Kerker!

Nach dem letzten Akkord flammte Applaus auf, einzelne Zuhörer standen auf. Mahler verbeugte sich und lud den Sänger ein, neben ihn zu treten.

Später in der Kabine brachte er ihr ein Glas Champagner. Er kniete vor dem Sofa nieder, auf dem sie lag. Er hob sein Glas und prostete ihr zu. »Auf einen neuen Anfang.«

Alma nickte. Ja, sie würde New York als Neuanfang nehmen.

Dort musste alles anders, besser werden. »Auf einen neuen Anfang«, gab sie zurück und hoffte, dass sein Wunsch Wirklichkeit werden würde.

# Kapitel 41

Das Schiff legte am frühen Abend in New York an, es begann schon dunkel zu werden. Am Pier wartete Heinrich Conried auf sie. Er trug eine Knickerbockerhose und Gamaschen und seine unvermeidlichen roten Lederhandschuhe. Am Fuß der Gangway verhakte sich Almas Tasche an der seitlichen Begrenzung. Gustav wollte sich daran zu schaffen machen, doch ein Gepäckträger eilte ihm zu Hilfe mit den Worten: »Bemühen Sie sich nicht, ich helfe Ihrer Tochter.«

Die herzliche Begrüßung durch Conried ließ sie den peinlichen Moment schnell wieder vergessen. Der Direktor der Met geleitete sie zu seinem Auto, einem riesigen, glänzenden Schlitten. »Gustav, sieh nur«, flüsterte Alma. Dann ging die Fahrt los. Noch nie in ihrem ganzen Leben hatte Alma derart viele Menschen auf einmal gesehen. In den Häusern waren die Lampen eingeschaltet, in den Straßen brannten die Laternen. Alles war erleuchtet. Ich glaube, hier wird es nie richtig dunkel, dachte Alma. Und Autos, wohin sie sah! Auf den Straßen zischte manchmal Dampf aus den Gullys, es herrschte ein geradezu ohrenbetäubender Lärm. Ein Feuerwehrauto raste an ihnen vorüber und erschreckte Alma beinahe zu Tode. Wie hastig sich hier alle bewegten, auch die Frauen! In Wien wäre das ganz und gar unschicklich gewesen. Während der Fahrt sagten Alma und Gustav so gut wie nichts. Sie waren viel zu sehr damit beschäftigt, sich die Stadt anzusehen, die vorweihnachtlich glänzte

und glitzerte. Alma bekam fast eine Nackenstarre, weil sie immerzu nach oben sehen musste. Hier war alles ganz anders als in Wien, alles zog sich in die Höhe, es gab keine Bäume, kein Grün, dafür die alles überstrahlenden Lichter. Und dann hielt das Gefährt vor dem Hotel Majestic an der 71. Straße. Alma hatte noch nie ein derartiges Gebäude gesehen. Es war ein plumper Klotz aus sechs Hochhäusern, die miteinander verbunden waren.

»Mein Gott, ist das groß!« Alma schlug die Hände zusammen.

»Kein Wunder, das Haus hat ja auch sechshundert Zimmer«, sagte Conried stolz. »Und Sie wohnen selbstverständlich ganz oben, von wo aus Sie die beste Aussicht haben.«

Alma sah den großen Park, der vor dem Hotel lag, und atmete erleichtert aus. Also gab es in dieser Stadt doch Bäume.

»Das ist der Central Park«, erklärte Conried.

»Gibt es in New York eigentlich Schnee?«, fragte Alma.

»Mehr, als uns manchmal lieb ist. Warten Sie's nur ab. Warum fragen Sie?«

»Ich mag Schnee.«

Sie fuhren mit einem Fahrstuhl, vor dem ein Liftboy in Livree wartete, bis ganz nach oben in den elften Stock hinauf. Alma pfiff leise durch die Zähne, als sie aus dem Fenster sah. Von hier oben bot sich ihr eine phantastische Aussicht auf den unter ihr liegenden Park und die Hochhäuser jenseits davon. Conried hatte nicht zu viel versprochen. Sie hatte noch nie so weit oben gewohnt. Sie fand es vom ersten Moment an herrlich.

»Ich lasse noch rasch das Gepäck bringen, wir sehen uns dann morgen in der Met.« Mit diesen Worten wollte sich Conried verabschieden.

»Nein, nein, warten Sie. Ich komme mit. Bringen Sie mich in die

Oper!«, rief Gustav. »Ich will sofort mit der Arbeit beginnen. Was wird denn heute gegeben?!«

Alma sah ihn fassungslos an. Dann nickte sie ergeben. »Geh nur. Ich kümmere mich inzwischen um unsere Sachen.«

Als sie allein in der große Suite war, trat sie wieder ans Fenster. Sie war jetzt in New York, in einer fremden Welt, die sie nicht kannte. Gustav hatte ihr gerade eben gezeigt, dass sie auf ihn nicht zählen konnte, um sich hier zurechtzufinden und ihr Leben zu füllen. Na gut, dann würde sie eben allein zurechtkommen.

Bis Weihnachten waren es nur noch drei Tage. Das Fest verlief trostlos. Sie wollten weder einen Baum noch Geschenke. Sie blieben allein. Wie sollten sie das Fest auch begehen können, allein in einem fremden Hotelzimmer in einer fremden Stadt, ohne ihre Töchter, ohne Familie und Freunde? Gustav war tagsüber beschäftigt. Die Arbeitsbedingungen in New York waren anders als in Europa. Die Inszenierungen waren ein wenig schwerfällig und überladen, dafür waren die Sänger Weltklasse. Gustav musste sich an das neue Orchester und die fremde Sprache gewöhnen. Manchmal konnte er nicht auf Anhieb vermitteln, was er von den Musikern wollte. Und dabei hatte er für die ersten Proben nur neun Tage Zeit. Am 1. Januar 1908 sollte er sein Debüt mit einem *Tristan* geben.

Ein wenig verloren standen sie sich am Silvesterabend vor dem großen Panoramafenster gegenüber. Dann hob Gustav sein Glas.

»Auf ein besseres Jahr 1908«, sagte er.

Alma prostete ihm zu. Sie hoffte aus tiefstem Herzen, dass das neue Jahr besser werden würde.

Am Tag der Premiere war Gustav erschöpft, aber guter Dinge. Er hatte sein Bestes getan. Nach der letzten Probe kam er ins Hotel

zurück, um sich vor der Vorstellung umzuziehen. Dann wurde es Zeit, aufzubrechen.

»Komm, Alma, wir müssen gehen.«

Alma war nervös. Wie würden die New Yorker den neuen Dirigenten der Met aufnehmen? Während der Fahrt sprachen sie kaum, Alma drückte nur seine Hand. Sie war warm und trocken. Gustav war sich seiner Sache sicher, und schließlich beruhigte auch sie sich. Der Wagen hielt vor der Oper, und sie stiegen die Treppe unter dem gewaltigen Baldachin empor. Innen beeilten sich die letzten Besucher, ihre Plätze einzunehmen. Gustavs Gesicht war noch nicht aus den Zeitungen bekannt, und sie konnten unbehelligt durch die Halle gehen. Dann machte Gustav einen unbedachten Schritt zur Seite und trat auf die Schleppe ihres langen Kleides. Mit offenem Mund sah sie an sich herunter und entdeckte die abgerissene Spitze. So konnte sie sich nicht zeigen.

»Geh du schon vor, ich komme nach«, sagte sie.

Doch er blieb die Ruhe selbst. »Ich werde auf keinen Fall mein erstes Konzert in dieser Stadt geben, und du bist nicht dabei«, sagte er. »Sie können ja schlecht ohne mich anfangen.«

Almas Herz machte einen Hüpfer, fast war es so wie früher! Die vielen Konzerte kamen ihr in den Sinn, wo er nach dem Verklingen des letzten Tons nur Augen für sie gehabt hatte, in seinen Augen nur die eine Frage, ob er gut genug für sie gewesen war. Der Gedanke ließ ihr warm ums Herz werden. Sie nickte ihm dankbar zu, und er rief nach einer Garderobiere, die Nähzeug holte und die Spitze wieder annähte. Dann betrat Gustav das Dirigentenpult. Er zwinkerte ihr verschwörerisch zu, als er mit zehn Minuten Verspätung den Taktstock hob.

Am nächsten Tag beim Frühstück lasen sie die Besprechungen in den New Yorker Zeitungen, die durchweg positiv waren. Die Sänger wurden gelobt, und alle wiesen darauf hin, wie gut Gustav Mahler dieses Orchester im Griff hatte, das auf die kleinste Bewegung seines Taktstocks reagierte

∞

Einige Tage später spürte Alma morgens beim Aufstehen ziehende Schmerzen im Unterleib. Sie fühlte sich unendlich schwach, gleichzeitig von einer rasenden Nervosität befallen.

»Das vergeht schon wieder, nur eine Unpässlichkeit«, sagte sie zu Gustav. Sie redete ihm ein, am Tag zuvor etwas Falsches gegessen zu haben. Es sollte leichthin klingen, aber Gustav war alarmiert. Gegen Mittag bemerkte er, wie fahl sie aussah. Die Panik stand in ihrem Gesicht. »Mein Gott, Alma«, rief er.

Der eilig herbeigerufene Arzt bestätigte, was sie schon befürchtet hatte. Sie hatte eine weitere Fehlgeburt. Zum Glück war keine Operation notwendig, die Vorstellung, in einem fremden Land in einem Krankenhaus zu liegen, wo sie die Schwestern und Ärzte nicht richtig verstand, war ihr ein Gräuel. Als alles vorüber war, stürzte sie in einen Abgrund der Verzweiflung. Mit diesem Kind trauerte sie ein weiteres Mal um Putzi und um das andere Kind, das in ihrem Leib gestorben war.

»Was ist mit meinem Körper, was ist mit mir, dass ich keine weiteren Kinder austragen kann? Ist es die Sühne für etwas, das wir getan haben?«, fragte sie Gustav unter Tränen. »Sag es mir! Musste Putzi sterben, weil wir sie im Stand der Sünde gezeugt haben?«

»Alma, ich bitte dich. Putzi ist an Diphterie gestorben. Dieses Schicksal teilt sie mit vielen anderen Kindern.«

»Ich würde es nur so gern verstehen. Warum darf ich meine Kinder denn nicht behalten? Wofür ist es die Strafe?«

Gustav kümmerte sich hingebungsvoll um sie. Er kam früher aus der Oper nach Hause, mit wehendem Mantel und voll mit den Erlebnissen des Tages an der Oper, und brachte ihr Süßigkeiten mit. Er las ihr vor und erzählte ihr haarklein, was an der Met passierte.

Alma erholte sich langsam, irgendwann siegten ihre Jugend und ihr Optimismus. Sie begann tagsüber, während Gustav an der Met beschäftigt war, erste Ausflüge in der Stadt zu unternehmen. Pauline Strauss hatte ihr ausführlich von ihren Erfahrungen in Amerika berichtet, Alma musste aber feststellen, das New York nicht Amerika war.

Am ersten Tag erkundete sie nur die Straßen rund um das Hotel und die Anfänge des Central Park. Als direkt vor ihr eine Kohlelieferung unter Getöse und Staub mitten auf den breiten Fußweg geschüttet wurde, machte sie auf dem Absatz kehrt. Am Tag darauf stellte sie sich einfach an eine Straßenecke und sah dem Treiben um sie herum mit offenem Mund wie ein Kind zu, bis jemand sie unsanft anrempelte und sie rasch weiterging. Leider gab es hier keine Caféhausterrassen wie in Wien, die wären ein perfekter Beobachtungspunkt gewesen. Sie lachte in sich hinein. Als wenn die New Yorker sich Zeit für einen Plausch bei einer Tasse Kaffee nehmen würden! *Time is money* war hier ein oft gehörter Spruch. In Wien galten das Hudeln, die Hastigkeit und die unelegante Eile als unfein. Dieses Treiben machte sie sprachlos. Noch niemals in ihrem Leben hatte sie ein derart quirliges, buntes und lautes Straßenleben gesehen. Dagegen waren Neapel oder Rom Dörfer! Auch Paris konnte mit New York nicht mithalten. Hier war alles größer, lauter und schneller. Doch nach einer Woche stellte sie fest, dass sie sich an den

dröhnenden Verkehr, das Donnern der Subway unter ihren Füßen und die gellenden Pfiffe der Verkehrspolizisten, die versuchten, das Chaos zu bändigen, gewöhnt hatte.

Im Lauf der Zeit packte sie eine unbändige Lust auf dieses wilde Leben, und sie erweiterte ihren Radius nach und nach. In New York konnte sie sich nicht verlaufen, weil das Straßennetz wie ein Schachbrett angeordnet war und die Straßen nummeriert waren. Bald kannte sie sich auch mit den anfangs gewöhnungsbedürftigen Bezeichnungen nach den Himmelsrichtungen aus.

»Ich bin heute immer weiter den Broadway hinuntergelaufen. Wusstest du, dass weiter unten im Süden die Straßen keine Nummern haben, sondern richtige Namen?«, berichtete sie Gustav, als sie sich zum Abendessen im Hotel trafen.

Aber er hatte noch nicht einmal mitbekommen, dass die Met zwischen der 39. und der 40. Straße lag.

»Ich denke, die Adresse ist der Broadway«, sagte er verwirrt.

»Ach, Gustav, du kennst die Stadt kein bisschen, obwohl wir schon sechs Wochen hier sind«, gab Alma zurück. »Morgen mieten wir uns ein Fahrzeug, und ich führe dich herum.«

»Die Met ist eine Stadt für sich. Welches Opernhaus hat schon fünf Ränge!«

»Pah! Was sind fünf Ränge gegen sechsundzwanzig Stockwerke? Du musst dir mal diese Skyscrapers, diese Wolkenkratzer, ansehen. Da wird dir schwindelig.« Nie würde Alma den atemberaubenden Anblick von einer Dachterrasse im zwanzigsten Stock des New York World Building vergessen. Sie war am East River spazieren gegangen und hatte die Brooklyn Bridge bestaunt und nach einem Weg nach oben gesucht, um sie zu überqueren. Dabei war ihr das Hochhaus aufgefallen. Eine Zeitungsredaktion war dort untergebracht,

348

und Alma hatte das Gebäude einfach durch die Drehtür betreten und war auf einen der Fahrstühle zumarschiert. »Welches Stockwerk?«, hatte der Liftboy gefragt, und Alma hatte mit der größten Selbstverständlichkeit geantwortet: »Ganz nach oben.« Dort hatte sie den Ausgang zur Dachterrasse entdeckt und war hinausgetreten. Noch nie hatte sie etwas derart Beeindruckendes gesehen! Sie hielt die Luft an und trat an die Brüstung heran. Die Höhe ließ sie schwindlig werden. Unter ihr lag das Dächermeer der Stadt, aus den Kaminen quoll Rauch, die Straßen waren von hier oben nicht zu sehen, nur zu hören. Auf der einen Seite lag der Fluss, über den sich die Brücke spannte, am anderen Ufer verloren sich die Häuser im Dunst. Es war unglaublich schön. Und als sie den Blick hob, wurde ihr klar, dass es immer noch höher hinausging. Rings um sie herum erhoben sich noch höhere Gebäude, von denen zum Teil vorerst nur die Gerippe standen, weil sie sich im Bau befanden. Alma hatte eine ganze Stunde hier oben verbracht und sich fast eine Erkältung zugezogen, aber sie konnte sich einfach nicht sattsehen.

»Die haben hier ein Gebäude, das sie Flat Iron, Bügeleisen, nennen. An seiner Spitze ist es nur so breit wie ein Fenster. Da müssen wir morgen vorbeifahren. Es steht groß und schmal ganz allein da. Hier, sieh mal, ich habe eine Ansichtskarte des Gebäudes gekauft. Ich dachte, wir schicken sie an Roller.«

An Gustavs nächstem freien Tag mieteten sie ein Auto und einen Detektiv, um sich das chinesische Viertel und dann das jüdische Viertel anzusehen. Der Hoteldirektor Mr. Piwitt, der einen Narren an Alma gefressen hatte, hatte ihnen diese Besichtigungstour empfohlen, ihr aber auch dringend davon abgeraten, ohne bewaffneten Schutz dorthin zu fahren. In Chinatown konnten sie das Elend, den unbeschreiblichen Lärm und den Dreck noch als

irgendwie orientalisch abtun. Doch in den Straßen der Lower East Side sah es nicht anders aus. Die Menschen schienen auf der Straße zu leben, Matratzen und Möbel standen auf den Bürgersteigen, viele Kinder trugen trotz der Kälte keine Schuhe, der Geruch, der in den engen Straßen herrschte, war ekelerregend. Als sie ein totes Pferd auf der Straße liegen sahen, stieß Alma einen Schrei des Entsetzens aus.

Wie konnte man so leben? Sie sah Gustav aus den Augenwinkeln an. War dies sein Volk, waren das seine jüdischen Brüder? Hatte er als Kind ähnliche Szenen gesehen und erlebt? Fühlte er sich ihnen vielleicht sogar nahe? Sie wagte nicht, ihn zu fragen. Sie hätte es nicht ertragen, wenn er Ja sagen würde.

»Sind das nun meine Verwandten?«, fragte er in diesem Augenblick leise.

Alma gab keine Antwort.

Zum Glück endete dieser Tag versöhnlich. Einige Straßen weiter nördlich hielt der Fahrer vor einem jüdischen Lebensmittelgeschäft. Sie kauften dicke Pastramisandwiches mit Sauerkraut und süße Bagels und bissen wie alle anderen gleich an Ort und Stelle hinein. Niemals hatte Alma etwas Besseres gegessen. Gustav war von dem dunklen Brot begeistert, das seinem geliebten Grahambrot ähnelte und das er bisher in New York vermisste.

Anfang Februar gab es einen Schneesturm. Für Stunden war das Leben in der Stadt lahmgelegt, sogar der Strom fiel aus. Aber es war nicht so still wie in Wien bei Schneefall, denn der Sturm umtoste ihr Hotelzimmer im Majestic. Alma stand am Fenster und machte sich Sorgen um Gustav, der noch an der Met war. Mr. Piwitt kam persönlich, um sie zu beruhigen. Schneestürme gebe es immer wie-

der, die New Yorker seien an sie gewöhnt. Alma müsse sich nur gedulden, dann würde ihr Mann sicher nach Hause kommen.

Alma hatte es schon lange aufgegeben, New York mit Wien zu vergleichen. Die traditionssteifen k. u. k. Hoflieferanten hatten absolut nichts gemein mit den quirligen Delis oder mit Macy's, der Central Park nichts mit dem Belvedere, Coney Island nichts mit dem Prater. Es gab Gebäude mit einer europäischen Architektur, wie zum Beispiel die wunderschöne Ansonia-Hotelresidenz mit ihrer verzierten Fassade oder die City Hall. Schließlich arbeiteten auch Architekten aus der Alten Welt in Amerika, aber viele Häuser sahen auch ganz anders aus, so wie die Amerikaner es liebten: nüchtern, ohne Schnörkel, aber dennoch von einer ganz eigenen Schönheit.

Pauline Strauss hatte ihr natürlich von den großen Kaufhäusern erzählt. Neugierig ging Alma zu Macy's am Herald Square. Die roten Sterne, die die Fassade schmückten, waren nicht zu übersehen. Bevor sie eintrat, hatten die Sterne und besonders die Auslagen in den Schaufenstern sie erobert. Sobald sie die Tür durchschritten hatte, verschlug es ihr den Atem. Ein riesiger Raum, unterteilt durch breitere oder schmalere Gänge und an diesen Vitrinen und Verkaufstresen aus dunklem Holz. Und darauf und darin alles, was ein Frauenherz begehrte. Und alles hatte Stil und Eleganz. Wohin Alma auch sah, sie entdeckte etwas, von dem sie gar nicht wusste, dass ihr Herz es begehren könnte.

Sie flanierte an den Auslagen vorüber und entdeckte die rollenden Treppen mit den Holzgeländern, von denen sie schon gehört hatte. Vorsichtig setzte sie einen Fuß darauf und ließ sich nach oben tragen. Es machte so viel Spaß, dass sie immer weiter hinauffuhr, bis es nicht mehr weiterging. Dabei entdeckte sie eine ganze Etage mit

*351*

Kleidern und Röcken. Sie hingen auf Bügeln in langen Reihen oder waren an Puppen dekoriert, damit sie sich richtig gut vorstellen konnte, wie sie wohl an ihr aussehen würden. Alma ließ die Stoffe durch ihre Finger gleiten und war erstaunt: Ein Modell hing hier in vielen Größen und Farben. Sie hätte es gleich mitnehmen können. Ein Kleid kostete einen Dollar, viel weniger, als sie für eine Maßanfertigung bei einem der k. u. k. Schneider in Wien bezahlen müsste. In einer Etage gab es sogar so etwas wie ein Caféhaus, allerdings wurden hier kein Kaiserschmarren oder Marillenknödel angeboten, sondern dicke Sandwiches aus Weißbrot mit Speck und Bagels in allen Variationen. Erschöpft und restlos begeistert ließ sich Alma auf einen Stuhl sinken und bestellte Kaffee und einen Bagel mit Pflaumenmus. Dann begab sie sich durch die verschiedenen Etagen wieder nach unten. Sie schlenderte an Kleidern und Röcken, Mänteln und Blusen, Schmuck, Strümpfen und Hüten vorbei, dann kamen Haushaltswaren und Kosmetika. Hier gab es nichts, was es nicht gab, und alles war vor ihren Augen auf Ständern und in Vitrinen ausgebreitet, konnte angefasst, geprüft, begutachtet, sogar anprobiert werden. Alma konnte dem Angebot nicht widerstehen und kam mit Tüten beladen ins Hotel zurück.

Gustav lachte sie aus, als sie sagte: »Ich will nie wieder woanders leben als in New York. Und das liegt ganz allein an Macy's.«

Am nächsten Tag zog sie ihren neuen Mantel an, der der New Yorker Kälte ziemlich gut trotzte, legte zum ersten Mal in ihrem Leben Lippenstift auf – auch den hatte sie nach einer eingehenden Beratung bei Macy's gekauft – und fuhr zum ersten Mal mit der Untergrundbahn und war fest entschlossen, Courage zu zeigen. Sie machte eine Schiffstour rund um Manhattan und war überglücklich, als sie bei einem Spaziergang die Eisbahn im Central Park ent-

deckte. Gleich morgen würde sie Mr. Piwitt fragen, wo man in New York Schlittschuhe ausleihen oder kaufen konnte, und dann würde sie über das Eis fliegen wie in Wien.

Wenn sie nach einem solchen Tag abends zurück in ihre Suite im Hotel kam, war sie aufgekratzt und fröhlich. Sie nahm inzwischen ganz selbstverständlich den Fahrstuhl und ließ sich die Einkäufe vom Liftboy in ihre Suite tragen. Dort streifte sie die Schuhe ab und genoss die dicken Teppiche unter ihren Füßen.

Und am nächsten Tag machte sie sich wieder auf den Weg. Sie konnte von dieser Stadt einfach nicht genug bekommen. Es gab noch so viele Dinge, von denen sie gehört hatte und die sie auch noch sehen wollte! Sie war immer noch nicht über die Brooklyn Bridge spaziert, und ein Footballspiel wollte sie auch unbedingt sehen. In New York erlaubte sie sich all diese Dinge. Sie flanierte als alleinstehende Frau durch die Stadt und nahm dabei keine Rücksicht auf irgendwelche gesellschaftlichen Beschränkungen, denn hier wurde sie auf der Straße nicht erkannt. Abends gab sie die Frau des Operndirektors und schwelgte in musikalischen Genüssen. Sie verspürte im Gegensatz zu Gustav auch kein Heimweh. Sie nahm Englischunterricht bei einer netten jungen Dame, die Mr. Piwitt ihr empfohlen hatte, und kannte sich immer besser in diesem neuen Leben aus. Ich habe mich schon lange nicht mehr so wohl und so mit mir im Reinen gefühlt, dachte sie. Wenn sie abends in ihrer Badewanne unter einer duftenden Schaumschicht lag, wagte sie ihr Glück kaum zu fassen. Sie war wieder froh, sie genoss ihre Tage, das Leben hatte sie wieder.

Anders als in Wien gingen sie abends häufiger aus, sie nahmen Einladungen von Österreichern an, die in New York lebten. Gustav freundete sich besonders mit dem Sinologen Friedrich Hirth an,

mit dem er sich sofort in anregende Gespräche über chinesische Lyrik vertiefte. Er spielte immer noch mit dem Gedanken, die Gedichte der *Chinesischen Flöte* zu vertonen, mit denen er sich im vergangenen Sommer beschäftigt hatte. Außerdem wurden der Neurologe Joseph Fraenkel und der Bankier Otto Kahn ihre Freunde. Sogar Gustav fand Gefallen an solchen Abenden. Sehr angenehm fanden sie, dass die Einladungen gegen zehn Uhr abends endeten und sie rechtzeitig zurück im Hotel waren, aber noch nicht zu müde, um noch zu lesen oder sich zu unterhalten. An manchen Abenden, die Alma besonders liebte, spielten sie vierhändig Klavier und waren sich über die Musik ganz nahe.

»Wenn Gucki bei uns sein könnte, dann wäre New York die Erfüllung meiner Träume«, sagte Alma an einem dieser Abende zu Gustav. Sie hatten Brahms gespielt und sich während des Spiels immer wieder tief in die Augen gesehen. Gustav hatte ihr ein paar winzige Fehler mit einem Lächeln durchgehen lassen, und Alma musste an den Anfang ihrer Beziehung denken, als alles gut gewesen war.

»Dann nehmen wir sie in der nächsten Saison einfach mit«, erwiderte Gustav.

Ja, dachte Alma. Genau das würden sie tun, und New York würde noch schöner werden.

Leider zeichnete sich ab, dass der Vertrag mit Wilhelm Conried, der Gustav für die Met verpflichtet hatte, nicht verlängert werden würde. Conried war schwer krank. Man bot Gustav den Posten an, aber der lehnte vehement ab. Nie wieder wollte er Verwaltungsaufgaben wahrnehmen. Er machte sich keine Sorgen, als dann Giulio Gatti-Casazza, der Direktor der Mailänder Scala, verpflichtet wurde. In seinem Gefolge kam allerdings Arturo Toscanini, mit dem er sich

schnell überwarf. Zwischen beiden Männern entstand eine Konkurrenz, die Gustav das Leben schwer machte. Aber vorher, zum Ende seines ersten Aufenthalts in New York, brachte Gustav eine Neuinszenierung des *Fidelio* auf die Bühne. Er ließ dazu eigens die Bühnenbilder von Alfred Roller aus Wien nach Amerika schaffen. Das Publikum überschlug sich, die Kritiker jubelten. Er hatte seinen Pflock in Amerika eingeschlagen, andere Häuser und Mäzene wurden auf ihn aufmerksam.

Eines Abends, es war schon gegen Ende ihres ersten Aufenthalts in Amerika, lud der berühmte Sänger Fjodor Schaljapin Gustav und Alma zu einem Essen in seine Hotelsuite ein, bei dem Wodka aus Wassergläsern getrunken wurde. Zu vorgerückter Stunde setzte Alma sich ans Klavier, und Schaljapin sang abwechselnd mit Enrico Caruso. Beide lobten Almas Virtuosität am Klavier, und sie war selig, diese großen Sänger begleiten zu dürfen. Caruso wurde sogar so etwas wie ein Freund. Er brachte Gustav am nächsten Tag eine Zeichnung, die er am Vorabend von ihm gemacht hatte. Gustav war stolz darauf und ließ sie rahmen. Aber noch stolzer war er auf Alma. »Du warst einfach bezaubernd«, sagte er zu ihr, als sie in ihr Hotelzimmer kamen. Er kam auf sie zu und küsste sie zärtlich.

Alma und Gustav lernten auch den Pragmatismus der Amerikaner zu schätzen. Intrigen, Ränkespiele, dramatische Eifersüchteleien spielten hier keine Rolle wie in den verstaubten Kulissen der Wiener Oper. Hier kam es darauf an, eine gute Vorstellung abzuliefern, dem ordnete sich alles andere unter. Aus diesem Grund gab es auch keine Vorurteile. Hier wurde jeder nach dem beurteilt, was er konnte und schaffte. Woher er kam, war erst mal unwichtig. Gustav war erstaunt, dass er auch bei feindseligen Kritiken keine Anspielung auf seine jüdische Herkunft herauslesen konnte.

Die vier Monate in New York verflogen wie im Rausch. Die viele freie Zeit, die Alma ganz nach ihrem Gutdünken hatte verbringen können, hatte ihr gutgetan. In manchen Momenten war sie richtiggehend glücklich. Und zum ersten Mal überhaupt hatte sie es nicht vermisst zu musizieren. Auch ihre Beziehung zu Gustav hatte sich verändert. Sie waren in diesen Monaten aufeinander angewiesen und intensiver zusammen. Weil Gustav nicht auf Konzertreisen ging wie in Europa, waren sie nicht über Wochen getrennt wie in Wien. Alma gefiel das. Allerdings bekam sie auch keine Briefe von ihm, und seine humorvollen Spitzen und Liebeserklärungen vermisste sie schon, wenn sie ehrlich war. Er gehörte nicht zu den Männern, die einer Frau sagten, dass sie sie liebten. Er schrieb das lieber auf, wenn er getrennt von ihr war. Dennoch taten ihnen die Monate der Gemeinsamkeit, in denen nicht so viele andere Menschen Anspruch auf Gustav erhoben, gut.

Im April nahmen sie das Schiff nach Cuxhaven. Mit gemischten Gefühlen stand Alma an der Reling und sah die Freiheitsstatue langsam im Frühnebel verblassen. Sie freute sich auf Europa, auf Wien, und ihre Sehnsucht nach Gucki war in den Monaten der Trennung ins Unermessliche gewachsen.

Diese Monate in New York waren ein Geschenk, dachte sie, ein wunderbares, kostbares Geschenk. Weil dort alles so neu, so anders ist, konnte ich mich fühlen, als wäre ich aus der Zeit gefallen und hätte alles Leid hinter mir gelassen. In Amerika war ich seit langer Zeit wirklich unbeschwert und neugierig auf das Leben. Und ich werde alles dafür tun, dass dieses Gefühl auch in Wien weiter anhält.

# Kapitel 42

Meine Güte, Wien war aber auch rückständig, wenn man gerade aus Amerika kam! Alma stieg aus einem Einspänner, der sie in einer langsamen, ruckeligen Fahrt in die Auenbruggergasse gefahren hatte. Diese Umständlichkeit, mit der der Kutscher von seinem Bock stieg, ihr den Schlag aufhielt und sich in breitem Wienerisch verabschiedete. »Küss die Hand, meine Gnädigste. Richten S' dem Herrn Gemahl meine alleruntertänigsten Grüße aus und beehren Sie uns bald wieder.« Dazu ein Diener und noch ein Diener. In New York wäre der Kutscher schon längst wieder um die Ecke gewesen, auf der Suche nach dem nächsten Fahrgast. Ach was, in New York hätte sie wahrscheinlich ein Taxi genommen! Alles hier in Wien hinkte hinterher: die Gebäude waren verspielt, überall Gold und Putten, Kuppeln und Karyatiden. Die Mode sowieso, hier trugen die Frauen immer noch Korsett und die Männer Zylinder und Vatermörder! Und dann die technische Entwicklung. Alma vermisste den elektrischen Haartrockner, mit dem in New York ihr Haar auf angenehme Weise und sehr schnell in Form gebracht wurde. Als sie in die Wohnung in der Auenbruggergasse kam und die Spinnweben sah, die sich während ihrer Abwesenheit angesammelt hatten, musste sie an die elektrischen Staubsauger denken, mit denen das Zimmermädchen in New York sauber gemacht hatte. Mit dem wäre hier alles in wenigen Minuten wieder staubfrei gewesen. Vor allem vermisste

sie die grenzenlose Toleranz der Amerikaner. Hier in Wien musste sie als Frau der Gesellschaft wieder aufpassen, wohin sie ging und was sie sagte.

Das einzig wirklich Schöne in Wien war, Gucki wieder um sich zu haben, aber jedes Mal, wenn sie sie in die Arme nahm, wurde ihr schmerzhaft bewusst, dass Putzi nicht mehr da war. So viel erinnerte sie an ihre Tochter: die Wohnung mit ihren Sachen, ihr Bettchen mit dem Steiff-Teddy, viele Plätze in Wien, Menschen, die sie gekannt hatten. Sie gab sich Mühe, Gucki diesen Schmerz nicht sehen zu lassen. Gucki brauchte sie. Sie war die Tochter, die lebte, sie hatte ein Recht auf eine fröhliche Mutter. Auch das war ihr in Amerika deutlich geworden: viele Frauen dort gingen neben der Mutterschaft einer beruflichen Arbeit nach. Alma war nicht entgangen, dass sich dadurch die Beziehung zwischen Männern und Frauen änderte. Amerikanische Frauen waren nicht ausschließlich auf ihre Familie fixiert, und Alma hatte bei einigen ihrer amerikanischen Bekanntschaften feststellen können, dass die Frauen entspannter waren. Wenn sie nur an die vielen Frauen dachte, die bei Macy's arbeiteten, junge, hübsche, selbstbewusste Frauen, die nach der Arbeit Arm in Arm über den Broadway flanierten, die Zigarettengirls in den Kinos, die vielen Sekretärinnen oder die erfolgreichen Geschäftsfrauen wie Elizabeth Arden mit ihren Kosmetiksalons. Sie hatte ihnen immer ein wenig neidisch nachgesehen.

Alma war voller Elan, als sie im Juli in ihr neues Feriendomizil nach Toblach im Pustertal in Südtirol fuhren, denn an diesem Ort gab es keine bösen Erinnerungen. Alma hatte ein altes Bauernhaus außerhalb des Ortes, also ruhig gelegen, mit elf Zimmern und zwei Badezimmern gefunden. Das Haus nannte sich Trenkerhof. Als sie es im

Mai, gleich nach ihrer Rückkehr, besichtigt hatte, hatte dort noch Schnee gelegen. Jetzt war alles grün und sonnenbeschienen. Gustav gefiel es. Dennoch engagierte er als Erstes einen Zimmermann, der ihm eine Hütte zum Komponieren bauen sollte. Bei Alma schrillten alle Alarmglocken.

An dem Tag, als er dort mit seinen Klavieren und seinen Büchern einzog, war sie traurig und wütend zugleich. Aber wie hätte sie auch darauf hoffen können, dass sich diese Seite an Gustav in Amerika verlieren könnte? Er brauchte diese zwei Sommermonate, um seine Werke zu schaffen. Während der intensiven Gespräche mit Friedrich Hirth über chinesische Lyrik hatten sich Ideen in seinem Kopf festgesetzt. Jetzt konnte er es kaum erwarten, sie umzusetzen.

Alma versuchte sich das, was sie insgeheim ihr »amerikanisches Gefühl« nannte, zu bewahren. Sie widmete sich ihren Pflichten als Ehefrau, Mutter und Gastgeberin, dennoch spürte sie Bitterkeit. War nicht im letzten Jahr genug geschehen, hatten die Monate in New York nicht gezeigt, dass es in ihrer Ehe auch anders gehen konnte? Hatte Gustav denn gar kein Bedürfnis nach Zweisamkeit mit ihr? Um sich zu trösten, ging sie zur Anrichte und goss sich einen Benediktiner ein. Der kleine Schnaps tat ihr gut, er war wie eine Auszeit. Als nach der ersten Woche die Flasche leer war, bestellte sie gleich nach. Es war beruhigend, diesen Tröster immer zur Hand zu wissen.

Ich vermisse die Freiheiten, die ich in New York hatte, dachte sie an diesem Morgen und war überrascht von dieser Erkenntnis. Aber es stimmte. In Amerika gab es so viel zu sehen, alles war so neu, dass sie beinahe jeden Tag etwas ausprobieren oder zum ersten Mal machen konnte. Der immer gleiche Alltag in Toblach ließ sie in eine

lähmende Langeweile verfallen. Gustav tat nichts, um sie aufzumuntern. Im Gegenteil.

»Ich kann nicht arbeiten«, schimpfte er, nachdem er Stunden in seinem Komponierhaus verbracht hatte.

Alma ahnte das, denn sie hatte ihn dort gehört, wie er immer wieder dieselbe Notenfolge spielte, ohne voranzukommen.

»Lass uns einen Spaziergang machen«, schlug sie vor. »Gucki ist mit Fanni unterwegs.«

Gustav fuhr sie wütend an. »Ich hasse diese lahmen Spaziergänge, als sei ich ein alter Mann. Ich muss mich bewegen, mich erschöpfen.«

»Das hat der Arzt dir verboten«, sagt Alma müde. Wie oft hatten sie diese Diskussion schon geführt. Sie konnte doch nichts dafür. Sie nahm doch schon Rücksicht auf ihn, indem sie selbst auf Wanderungen verzichtete. Sie spürte, dass da noch mehr in ihm gärte. Schließlich brach es aus ihm heraus.

»Ich habe jetzt acht Symphonien geschrieben. Aber wie kann ich eine neunte komponieren?«, rief er. »Beethoven, Schubert und Bruckner, sie alle sind nach Beendigung ihrer 9. Symphonie gestorben.«

»Dann nenn sie doch anders.«

Gustav sah sie überrascht an. »Ja. Ja! Das mache ich. Warte ... Ich habe auch schon eine Idee. Ich werde meine Symphonie *Das Lied von der Erde* nennen. Danke, Almschi.« Er drehte sich um und lief zurück zu seinem Klavier. Alma blieb allein zurück.

Ihr Blick fiel auf den Brief, den Gustav seinem Freund, dem Komponisten Bruno Walter, geschrieben hatte und den sie dem Postboten mitgeben sollte. Weil sie in ihren Briefen noch nie Geheimnisse voreinander gehabt hatten, las Alma die Zeilen, und ihr Herz wurde

ihr schwer. Warum schüttete Gustav Bruno sein Herz aus, aber nicht ihr? Sollte auch diese letzte Gemeinsamkeit zwischen ihnen nicht länger Bestand haben?

»Morgen kommen Alfred und Milewa«, sagte sie abends harmlos zu ihm. »Sie bleiben ein paar Tage.« Sie ging fest davon aus, dass Gustav sich über den Besuch des Bühnenausstatters, der längst ein Freund geworden war, freuen würde.

Doch er war ungehalten. »Warum hast du mich nicht gefragt? Warum müssen ständig Leute herkommen? Reicht dir meine Gesellschaft etwa nicht aus?« Seine Stimme klang vorwurfsvoll.

Alma bemühte sich, ruhig zu bleiben, doch dann siegte ihr Zorn. Ihre Stimme klang feindseliger, als sie beabsichtigt hatte. »Ob mir deine Gesellschaft nicht ausreicht, fragst du? Welche Gesellschaft denn? Ich sehe dich doch kaum, und wenn, dann bist du ziemlich unausstehlich. Kannst du eigentlich nur und ausschließlich an dich denken? Erst ziehst du dich stundenlang in deine Hütte zurück, wo man dich nicht stören und um Gottes willen bloß keinen Lärm machen darf, nur um dann mit schlechter Laune wiederzukommen und mir vorzujammern, dass dir nichts einfällt?«

»Aber Alma ...«, sagte er.

Sie schnitt ihm mit einer Handbewegung das Wort ab. »Ich bin noch nicht fertig. Und wenn ich mir dann jemanden einlade, um hier vor Langeweile nicht umzukommen, dann nimmst du mir auch das übel? Kannst du dich nicht einmal, nur ein einziges Mal fragen, wie es mir geht?«

Während sie sprach, waren ihr die Tränen gekommen. Sie hasste es, wenn sie sich so wenig im Griff hatte. Aber noch mehr war sie über die Heftigkeit ihrer eigenen Gefühle erschrocken. Diese Dinge einmal laut auszusprechen, zeigte ihr, wie tief die Kränkungen gin-

gen, die Gustav ihr täglich zufügte, wie sehr sie sich zurückgesetzt fühlte. Was musste eigentlich geschehen, damit er auch einmal ihre Seite sah?

Gustav wollte auf sie zugehen und sie in die Arme nehmen, aber sie stand so abrupt auf, dass der Stuhl hinter ihr umfiel, und verließ das Zimmer und das Haus.

# Kapitel 43

Nach ihrer zweiten Saison in New York kehrten sie im April nach Europa zurück. Sie reisten über Paris, wo der Bildhauer Auguste Rodin eine Büste von Gustav fertigen sollte.

Ihr Hotel befand sich in der Nähe der Oper, Rodins Atelier lag hinter dem Invalidendom, auf dem anderen Seine-Ufer. Alma hatte vorher auf dem Stadtplan nachgesehen, der Weg war zwar weit, aber er führte durch zwei der schönsten Grünanlagen von Paris. Und weil Gustav im letzten Jahr seine Angst vor körperlicher Anstrengung abgelegt hatte, beschlossen sie, zu Fuß zu gehen. Sie gingen bis zur Rue de Rivoli und bestaunten die majestätische Fassade des Louvre, dann gingen sie im Sonnenschein durch die Tuileriengärten, von dort über die Seine, wo sie die Fronten der Gare d'Orsay und die goldene Kuppel des Invalidendoms bewundern konnten. Den ließen sie rechts liegen und kamen in Rodins Atelier. Gustav musste still sitzen, während Rodin arbeitete, was ihn schnell langweilte. Alma gab sich Mühe, ihn durch Plaudereien bei Laune zu halten, denn Rodin war eher wortkarg und arbeitete konzentriert. Er schuf erst glatte Flächen, dann formte er kleine Kügelchen, die er mit den Fingerspitzen aufsetzte. Er benutzte fast nie ein Werkzeug. Während Alma ihm bei der Arbeit zusah, erzählte sie mit leichter Wehmut von ihrer ersten Begegnung mit Rodin. »Damals waren wir gerade verheiratet.« Anlass war das Beethovenfest gewesen, das die Seces-

sion ausgerichtet hatte. Max Klinger hatte damals, 1902, seine Büste des Genies geschaffen, Gustav Klimt seinen Beethovenfries, und Gustav dirigierte eine eigens geschriebene Bläserbearbeitung aus der 9. Symphonie Beethovens. Sie hatten im Prater gefeiert, und Rodin war so glücklich gewesen. »Wissen Sie noch, was Sie zu Gustav Klimt gesagt haben?«, fragte sie Rodin. »›Ihre Beethoven-Freske, die so tragisch und so selig ist; eure tempelartige, unvergessliche Ausstellung und nun dieser Garten, diese Frauen, diese Musik! Und um euch, in euch diese frohe kindliche Freude. Was ist das nur? So etwas habe ich noch nie gefühlt.‹ Und Klimt hat Ihnen ins Ohr geflüstert: ›Das ist Österreich.‹ Danach sind wir alle in die Oper gegangen und haben *Die Hochzeit des Figaro* gesehen. Gustav hat dirigiert.«

Rodin hob den Kopf und unterbrach seine Arbeit. »Damals war ich voll des Glücks. Was für ein Traum! Ich erinnere mich genau an diese himmlische Musik. Ich hatte zum ersten Mal wirklich Mozart gehört … Seitdem sehe ich Mozart in Ihrem erhabenen Kopf«, fügte er in Gustavs Richtung hinzu. Gustav lächelte ein wenig gequält, man merkte ihm an, dass er jeden einzelnen Knochen von dem langen Sitzen spürte.

»Deshalb wollten Sie meine Büste anfertigen?«

Rodin nickte.

Gustav war ein wenig versöhnt, wie er Alma hinterher gestand, dennoch hasste er das stundenlange Sitzen.


Im Mai waren sie dann wieder in Wien.

Alma fühlte sich schon seit einiger Zeit nicht gut. Die Beschwerden hatten ihr schon in New York zu schaffen gemacht, aber sie hatte nicht darauf geachtet. Aber jetzt fehlte ihr die Kraft, ihr Herz kam manchmal aus dem Rhythmus und klopfte ihr bis in den Hals

hinauf. Dabei war sie doch noch viel zu jung für derartige Altersbe-
schwerden.

Als Doktor Kovacs ihr auf den Kopf zusagte, ihr schlechter Zustand sei auf ihren Alkoholkonsum zurückzuführen, war Alma
empört. Die paar Liköre, die sie manchmal trank, um das Leben ein
bisschen leichter zu ertragen! Aber wenn sie ehrlich mit sich war,
dann waren es viele Liköre am Tag, von dem Champagner und dem
Wein, wenn sie ausgingen oder Gäste hatten, gar nicht zu reden.

»Denken Sie darüber, wie Sie wollen«, sagte der Arzt zu ihr. »Ich
rate Ihnen, sich in Kur zu begeben und während der Zeit auf Alkohol zu verzichten. Ich würde Levico vorschlagen.«

»Fahr nach Levico«, sagte Gustav am Abend zu ihr, als sie ihm
von dem Besuch bei Doktor Kovacs berichtete. Auch die Sache mit
dem Alkohol verschwieg sie nicht. Gustav wies sie ja selbst manchmal darauf hin. Er selbst trank so gut wie nie »Ich habe nur Gutes
von dort gehört. Ich fahre euch hin, und Gucki und Miss Turner
kommen mit.« Miss Turner war die neue Kinderfrau, die sie für ihren zweiten Aufenthalt in Amerika engagiert hatten. Fanni hatte
sich geweigert, die Fahrt über den Atlantik anzutreten.

Am 9. Juni fuhren sie in den Kurort, der ungefähr zwanzig Kilometer östlich von Trient lag. Gucki war bei ihr. Auch die Kleine
konnte ein bisschen Aufpäppeln gebrauchen. Vielleicht lag es daran,
dass Alma diese Kur nicht ganz freiwillig unternahm. Auf jeden Fall
konnte sie sich mit dem Ort nicht anfreunden. Er lag nicht am Meer,
er war viel zu klein und provinziell, ihm fehlte die italienische Leichtigkeit. Da half es auch nicht, dass sie im Grand Hotel abstieg.

»Aber du bist hier ja auch zur Kur. Du sollst gesund werden, nicht
tanzen«, mahnte Gustav, bevor er wieder abfuhr.

Alma lief in ihrem Zimmer hin und her. Sieben Schritte bis zur Tür, umdrehen, sieben Schritte bis zum Fenster, umdrehen ... Das Zimmer war außerordentlich schön, denn es hatte eine kuppelförmige Decke, deren Stuck mit Goldlack gestaltet war. Aber Alma hatte keinen Sinn dafür. Sie war so missgelaunt, dass sie am liebsten jemanden geschlagen hätte. Wie üblich schrieb Gustav ihr täglich aus Toblach, und seine Briefe machten sie eher noch unruhiger. Er stritt mit den Dienstboten herum, denen er vorwarf, ihm ungenießbares Essen zu servieren. Oder er beklagte sich auf höchst sarkastische Weise über die Mitbewohner und Nachbarn, deren einziges Anliegen es zu sein schien, möglichst lautstarken Beschäftigungen nachzugehen, herumzukrakelen oder irgendwelche motorbetriebenen Maschinen anzuwerfen. Es sollte witzig klingen, verfehlte bei Alma aber den Effekt. Es war ganz offensichtlich, dass Gustav den Sommer ohne Alma nicht genießen konnte. Um ihr eine Freude zu machen, überlegte er, im ersten Stock ein Zimmer für sie einzurichten und ihr sogar ein Klavier zu kaufen. Alma konnte sich nicht darüber freuen, und sie hatte erst recht keine Kraft dazu, Gustav zu bemitleiden.

Je länger ich hier bin, umso schlechter fühle ich mich, dachte sie. Sie war lustlos, grundlos traurig, ihr Herz raste, sie fühlte sich schwach. Außerdem hatte sie etliche Kilogramm zugenommen. Ihre Kleider passten nicht mehr richtig. Der Arzt in Levico hatte ihr eine Trink- und Badekur verordnet. Trinkkur, das war doch zum Lachen!, dachte Alma bitter. Der Doktor meinte damit natürlich muffig schmeckendes Heilwasser in rauen Mengen. Wie hatte sie nur in diese missliche Lage kommen können? Was war mit ihrem amerikanischen Gefühl passiert? Irgendetwas war in ihrem Leben wieder in Schieflage geraten. Das war ihr am Vortag schlagartig deutlich ge-

worden, obwohl sie es fast vergessen oder verdrängt hatte. Sie war auf dem Weg zu ihrem Zimmer an einem Salon vorbeigekommen, in dem jemand am Klavier saß. Sie war an der Tür stehen geblieben und hatte die Augen geschlossen, um besser zuhören zu können, nur einen kurzen Moment lang hatte sie sich der Musik hingegeben, aber dieser Moment hatte ausgereicht, um ihr zu zeigen, dass es immer noch die Musik war, die verdammte, geliebte Musik, die ihr fehlte. Ruckartig hatte sie die Augen aufgerissen und sich gezwungen weiterzugehen. Diese Krankheit konnte der Arzt in Levico nicht heilen. Niemand konnte das. Das musste sie selbst tun.

Als sie ein paar Stunden später wieder auf ihr Zimmer kam, fühlte sie sich besser. Sie hatte nach den Anwendungen einen Spaziergang mit Gucki und Miss Turner gemacht. Sie hatten Eis gegessen und miteinander gelacht. Auf ihrem Tisch lag ein weiterer Brief von Gustav. Er machte sich ernstliche Sorgen um sie und flehte sie an, die Kur nicht abzubrechen, was sie zwischenzeitlich erwogen hatte. Er beschrieb ihr das Zimmer, das er für sie eingerichtet hatte, und betonte immer wieder, wie schlecht das Wetter in Toblach sei, nur Regen und Kälte, und sie solle bitte in Levico bleiben, wo es sommerlich warm war.

Nach dem Ende der Kur blieben ihr noch einige Wochen in Toblach, dann ging es zurück nach Wien, und dann war es auch schon wieder so weit, die Koffer und Kisten für die neuerliche Übersiedelung nach Amerika zu packen. Almas Gesundheit war auch nach der Kur weiterhin labil. Sie fürchtete sich vor den Anstrengungen des Packens.

Gustav war in Amsterdam, um zu dirigieren, und beschwor sie in

seinen Briefen, es doch langsam angehen zu lassen. Ärgerlich zerknüllte Alma das Blatt. Und wer sollte die Arbeit dann, bitte schön, machen? Er etwa? Entnervt schüttelte sie den Kopf. Ihr Mann hatte von den Notwendigkeiten des Alltags einfach nicht die geringste Ahnung. Er verlangte, dass alles zu seiner Zufriedenheit und Bequemlichkeit geordnet war, aber wie es dahin kam, war ihm völlig egal.

Seufzend ging sie zu dem Regal mit den Partituren und suchte die aus, die äußerst sorgfältig für Amerika eingepackt werden mussten. Keine durfte vergessen werden. Alma las die Titel, und sofort stellten sich die Melodien in ihrem Kopf ein. Es waren aber einige Stücke dabei, die sie nicht kannte. Wann hatte Gustav sich zum Beispiel mit dieser Klaviersonate von Alban Berg beschäftigt? Voller düsterer Gedanken schlug sie die Partitur in Wachspapier ein. Nicht nur ihre eigene Musik geriet immer mehr in den Hintergrund, sie wusste auch nicht mehr, welche Stücke Gustav studierte. Sie fühlte sich, als sei ihr ein Stück ihres Lebens abhandengekommen.

# Kapitel 44

Wo ist meine Musik hingegangen?, dachte Alma. Wo ist mein Leben hingegangen? Sie stand in ihrer Hotelsuite in New York und packte die letzten Partituren ein, weil sie in zwei Tagen die Rückreise nach Europa antreten würden. Hatte sie die nicht gerade erst in Wien für die Überfahrt eingepackt? Nun stand sie schon wieder zwischen vollen Kisten und Stapeln von Dingen, die darauf warteten, dass sie sie einpackte. Sie hatten inzwischen ihre dritte Saison in Amerika hinter sich. Vieles hatte das Zimmermädchen bereits in die großen Schrankkoffer geräumt, aber die Noten waren nach wie vor Almas Angelegenheit. Wo ist mein früheres Leben geblieben, meine Leidenschaft für das Klavierspiel? Immer wieder stellte sie sich die Frage und geriet darüber fast in Panik. Mit Tränen in den Augen sah sie sich in dem Zimmer um, das ohne ihre persönlichen Habseligkeiten unpersönlich und kalt wirkte, obwohl im Kamin ein Feuer loderte. Ihr kam der Gedanke, Gustavs Noten in einem Akt der Raserei zu verbrennen wie auf einem Scheiterhaufen. Warum durfte er das haben und sie nicht? Und er hatte ihr nichts anderes dafür gegeben! Vergebens versuchte sie, sich ihre schönen Erlebnisse vor Augen zu führen, den Spaziergang in Maiernigg, als er ihr die Fünfte vorgesungen hatte, das Konzert in Sankt Petersburg, als sie erfahren hatte, dass sie schwanger war, und er nur für sie dirigiert hatte. Die Bilder verschwammen vor ihren Augen, sie weinte.

Sie konnte sich ja nicht einmal mehr an ihre Hochstimmung nach ihrer ersten Saison in New York erinnern, obwohl das erst drei Jahre her war. Wenn sie ehrlich war, dann lebten Gustav und sie im Grunde nur noch nebeneinander her. Wie Freunde, aber nicht einmal wie beste Freunde, und schon gar nicht wie Liebende. Denn die körperliche Liebe, die so viel Trost geben konnte, vermisste sie inzwischen auch. Dem ersten Mal in Rom, als Gustav ihren Verführungsversuch zurückgewiesen hatte, waren viele weitere gefolgt. Wenn sie es wagte, Annäherungsversuche zu machen, weil sie sich einsam fühlte, dann wies Gustav sie ab, bisweilen auf eine ziemlich verletzende Art. Und nur noch ganz selten kam er in ihr Bett, und auch dann suchte er nur hastig und ungeschickt seine eigene Lust und ließ sie unbefriedigt zurück. Alma hatte ihn im Verdacht, wegen seiner Herzschwäche Angst vor leidenschaftlichen Umarmungen zu haben. Grimmig dachte sie an Burckhards Ausdruck von der demi-vierge. Die war sie schon lange nicht mehr. Sie spielte auch nicht mehr vierhändig Klavier mit Gustav, eine andere Sache, bei der sie sich früher im Gleichklang gefühlt hatten. Wie schön waren diese Abende in diesem Zimmer gewesen! Alma wusste nicht, woran es lag. Ein paarmal hatten sich andere Hotelgäste beschwert, wenn sie spätabends in ihrer Suite musiziert hatten, und Gustav hatte das zum Anlass genommen, gar nicht mehr zu spielen. Er benutzte das Instrument in der Oper.

Zwischen Gustav und ihr war so etwas wie ein stiller Frieden eingekehrt. Er liebte sie nach wie vor über alles, er brauchte sie in seiner Nähe, um komponieren zu können, und ihr Urteil war ihm noch immer das Wichtigste nach einer Aufführung. Wenn der Beifall verklungen war, ging sein unruhiger Blick immer gleich zu ihr. Hatte es ihr gefallen? Alma war bei allen Entstehungsschritten seiner Werke

dabei. Sie wusste, was er während der Zeit gefühlt, was ihn umgetrieben hatte. Sie kopierte die Partituren und sprach sie mit ihm durch, hörte alle Fassungen und Entwürfe hundertmal. Sie war der Mensch, der ihn und seine Symphonien am besten kannte. Zusammen waren sie eine schöpferische Einheit. Aber leider keine leidenschaftliche mehr. Und Alma reichte das einfach nicht länger aus. Sie fühlte sich um ihre Gefühle betrogen.

Als sie zwei Tage später die Überfahrt nach Europa antraten, quälte sich Alma immer noch mit diesen düsteren Gedanken. Vielleicht lag es an ihrer seelischen Verfassung, dass ihre Gesundheit labil war. Einen konkreten Befund gab es nach wie vor nicht, organisch war alles in Ordnung, aber da war etwas in ihr, das ihr das Leben zur Bürde machte. An manchen Morgen fiel es ihr schwer, aufzustehen. Die Beine fühlten sich an wie Blei, ihr Herz raste. Wie oft haderte sie in solchen Momenten mit sich. Der Tag würde wenig bringen, das ihr sinnvoll erschien oder auf das sie sich freute.

Nach der anstrengenden Saison in New York war auch Gustav erschöpft. Zehn Konzerte hatte er monatlich gegeben, im März war noch eine Neuinszenierung von Tschaikowskys Oper *Pique Dame* gefolgt. Leider waren die Säle nicht immer ausverkauft, die Mäzene mussten mehr Geld zuschießen, als ihnen lieb war. Gustav machte sich Sorgen, wie sein Engagement in New York weitergehen würde. Auch das beunruhigte Alma.

Schon von Amerika aus hatte sie einen Kuraufenthalt organisiert. Sie würde nach Tobelbad fahren. Ein weiteres Kurbad, aber Alma war fest entschlossen, etwas für sich zu tun, um auf andere Gedanken zu kommen. Während dieser Kur würde sie einmal nicht an Gustav denken. Sie war zu jung, um sich wie eine alternde Frau zu

fühlen. Und sie war zu jung, um ihrem Mann täglich Opfer zu bringen. Manchmal fragte sie sich, ob all das sich eines Tages Bahn brechen würde. Ob ihre jahrelange Selbstverleugnung sich eines Tages rächen musste. So konnte es jedenfalls nicht weitergehen.

Sie gingen in Cherbourg von Bord und fuhren wie in den letzten Jahren über Paris, wo Gustav Konzerte dirigierte. Doch der Anfang der Konzertreise in Paris war unglücklich. Gustavs Kollege Claude Debussy verließ während der Vorführung seiner 2. Symphonie demonstrativ den Saal. Gustav war tief getroffen. Dabei hatte er Debussy in Amerika ins Programm genommen! Von Paris aus fuhren sie für drei Konzerte nach Rom und kamen erst Anfang Mai endlich in Wien an, wo sie vorerst bei Almas Eltern einzogen, denn die Wohnung in der Auenbruggergasse hatten sie aufgegeben. Gustav war auf die Idee gekommen, ein Haus oder ein Grundstück in der Umgebung von Wien zu suchen, wo sie die Sommer verbringen wollten, wenn sie nicht in Amerika waren. Er träumte von einem ruhigen Flecken, an dem er ungestört komponieren konnte. So fuhr er mit Carl Moll in der Gegend umher und sah sich Häuser an. Dazwischen hetzte er zwischen Wien, München und Leipzig hin und her, um Konzerte vorzubereiten. Mit seiner Unruhe, dem ständigen Reisen und Kofferpacken, rieb er Alma auf. Sie fing an, dieses Leben zu hassen, das so vielversprechend begonnen hatte: die Winter in Amerika, die Sommer in Europa, keine Konzertreisen mehr. Aber sie kam nicht zur Ruhe. Statt überall war sie nirgendwo zu Hause. Und nun hatte er auch noch die Wohnung in Wien aufgelöst, und sie wohnten wieder bei ihren Eltern.

Auch sonst wurde es ein trauriger Sommer. Im Mai starb Emil Zuckerkandl an Krebs. Alma musste auf ihre Vertraute Berta ver-

zichten, die in ihrer Trauer verstummte. Wie gern hätte sie mit ihrer Freundin gesprochen, ihr ihr Leid geklagt und sie um Rat gefragt. Vielleicht hätte sie einen Weg gewusst, wie sie und Gustav wieder zueinanderfinden könnten.

Und auch von Gretl kamen schreckliche Nachrichten. Nach einem weiteren Selbstmordversuch hatte Wilhelm sie wieder in eine Nervenheilanstalt gebracht. Diesmal war es offensichtlich, dass ihre Schwester nicht länger imstande war, ein normales Leben zu führen und sich um ihren Sohn zu kümmern. Sie würde das Sanatorium nie wieder verlassen, weil sie eine Gefahr für sich selbst darstellte. Die Ärzte diagnostizierten eine Dementia praecox, sie litt unter Verfolgungswahn, bekam unvermittelt Schreikrämpfe und schlug Fensterscheiben ein, um sich mit den Scherben zu verletzen.

Alma saß mit ihrer Mutter in dem blauen Salon mit den großen Fenstern ins Grüne, als Anna ihr die schlechten Nachrichten mitteilte. Sie stand auf und nahm einen Brief aus dem kleinen Sekretär.

»Hör mal, was Wilhelm aus dem Sanatorium geschrieben hat«, sagte sie und faltete das Blatt auseinander. »Er wirft mir vor, dich immer Gretl vorgezogen zu haben. Unsere ganze Liebe habe immer nur dir gegolten, obwohl du ohnehin die Schönere und Lebenstüchtigere warst. Wir hätten uns mehr um deine Schwester als um dich kümmern sollen. Gretl hätte unsere Fürsorge viel nötiger gehabt.« Sie faltete das Blatt wieder zusammen und sah Alma voller Empörung an. »Das ist doch absolut lächerlich! Wilhelm macht sich Sorgen um seine Frau, und da fällt ihm nichts Besseres ein, als in uns beiden den Sündenbock zu suchen.«

Alma brauchte einen Moment, um die Perfidie ihrer Mutter zu durchschauen. Anna versuchte, sie auf ihre Seite zu ziehen und einen Keil zwischen sie und Gretl zu treiben. Sie verriet ihre Tochter

ein weiteres Mal. Denn Wilhelm hatte recht mit seinen Vorwürfen, das sah Alma jetzt ganz deutlich, und das musste auch ihre Mutter wissen. Für Anna war Margarethe der lebende Beweis für ihre eheliche Untreue, ein Bastard, um genau zu sein. Und als ihre geistige Schwäche sich schon früh andeutete, ahnte sie, dass der Grund in der Syphilis ihres Vaters lag, der sie vererbt hatte. Dieses Wissen vergiftete das Verhältnis weiter. Ein krankes Kind passte nicht in das Weltbild einer Anna Moll. Und dann hatte Alma einen berühmten Mann geheiratet, dessen Glanz auch auf sie fiel, und Gretl nicht. Alma schluckte, als ihr all das bewusst wurde. Aber sie fühlte auch selbst ein schlechtes Gewissen. Hatte sie nicht immer mit Gretl in Konkurrenz gestanden, hatte sie nicht die Anzahl der Tanzkarten, der Bouquets und der Verehrer verglichen und es als selbstverständlich genommen, dass sie immer die Schönere, Charmantere, Erfolgreichere war? Plötzlich fühlte sie, wie sehr Gretl sie geliebt und zu ihr aufgesehen hatte. Und sie, Alma, hatte ihr diese Liebe nicht im selben Maße zurückgegeben.

Sie sah ihre Mutter zornig an. »Du hast Gretl doch immer spüren lassen, dass sie nicht so geliebt wurde, nicht so viel wert war wie ich. Damit hast du mich zu deiner Komplizin gemacht. Du wusstest, dass ich mich nicht dagegen wehren konnte, ich war schließlich noch ein Kind! Und auch mich hast du mit deinem Schweigen belastet. Ich habe doch gesehen, dass mit Gretl etwas nicht stimmt. Und ich hatte immer die Angst, dass sie diese Krankheit von unserem Vater geerbt hat und dass ich sie auch früher oder später bekommen würde. Und alles nur, weil du zu feige gewesen bist, deine Verfehlung zu gestehen. Das ist abscheulich!«

Sie sprang auf und rannte in den Garten. Sie hasste ihre Mutter aus tiefstem Herzen! Und jetzt war sie auch noch gezwungen, mit

ihr unter einem Dach zu leben. Sie musste so schnell wie möglich dieses Haus verlassen!

Arme Gretl, dachte sie dann. Das schlechte Gewissen nagte an ihr. Ihre kleine Schwester hatte immer voller Zärtlichkeit an ihr gehangen, und Alma war böse auf sie gewesen, als sie sie nicht in ihre Heiratspläne mit Wilhelm eingeweiht hatte. Womöglich war sie nicht immer so schwach und unselbstständig gewesen, wie alle gedacht hatten. Auf jeden Fall passte der Kleinmädchenname Gretl nicht mehr zu ihr. Ich werde sie ab jetzt nur noch Margarethe nennen, beschloss Alma.

# KAPITEL 45

Vielleicht würden die sechs Wochen in Tobelbad, ganz in der Nähe von Graz, ihr die notwendige Ruhe verschaffen, um nachzudenken. Gucki und Miss Turner waren bei ihr. In Tobelbad wurde eine ganzheitliche Kur nach dem Leipziger Naturarzt Doktor Lahmann angeboten. Eine diätische Ernährung, viel Bewegung im Freien, Licht- und Luftbäder, Gymnastik und Trinkkuren sollten geschwächte Nerven wieder auf Vordermann bringen. Gustav brachte sie hin und fuhr einen Tag später wieder zurück nach Wien. *Nie hast du mir besser – ja vielleicht so gut gefallen wie eben jetzt ... als ich dich so ungemein lieb und anmutig daherkommen sah.* Diese Zeilen schrieb er ihr nach seiner Rückkehr aus Wien, um sie aufzumuntern.

Alma freute sich nur halbherzig über sein Kompliment. Eher lustlos richtete sie sich in ihrem Zimmer ein. Die Leere, die sie fühlte, war inzwischen einfach zu groß, um sie aus eigener Kraft zu füllen. Der Leiter der Anstalt musste ihr gut zureden und sie zu den Anwendungen überreden.

»Wissen Sie, ich werde Sie mit einem jungen Mann bekannt machen. Er ist aus Berlin. Ich glaube, er wird Sie aufheitern können.«

Zwei Tage später kam der Direktor, Professor von Düring, in Begleitung eines jungen, äußerst attraktiven Mannes an ihren Tisch. Der Mann stellte sich selbst mit einer knappen Verbeugung vor.

»Guten Tag, mein Name ist Walter Gropius. Darf ich Sie auf Ihrem heutigen Spaziergang begleiten?«

Alma sah zu ihm auf. Vor ihr stand ein Bild von einem Mann, groß und kräftig. Neben ihm musste Gustav wie ein Knabe wirken. Seine Männlichkeit schlug Alma sofort in ihren Bann.

»Herr Gropius ist ein guter Wanderer«, sagte von Düring. »Ich glaube zu wissen, dass auch Sie kräftige Märsche vorziehen. Und sie würden Ihnen guttun.«

»Wenn das ein ärztlicher Rat ist, dann kann ich mich ihm wohl kaum verschließen«, sagte sie und sah Freude in Gropius' grauen Augen aufblitzen.

Gleich nach dem Essen machten sie sich auf einen Spazierweg am Fluss entlang.

»Warum sind Sie in Tobelbad?«, fragte Alma.

Gropius winkte ab. »Ach, nur eine verschleppte Grippe. Das habe ich zumindest den Ärzten erzählt. Aber es ist wohl eher so, dass ich mir eine kleine Auszeit genehmige, bevor ich meine berufliche Laufbahn beginne.«

Alma sah ihn verstohlen an. Er war völlig unbefangen und begann geistreich und mit vielen Anekdoten von seinem Studium zu erzählen. Sie wurde immer neugieriger auf diesen Mann. Er war Architekt in Berlin, siebenundzwanzig Jahre alt, also fast vier Jahre jünger als Alma, die im August einunddreißig wurde. Walter Gropius hatte mit dem Jugendstil-Architekten Peter Behrens gearbeitet und wollte jetzt sein eigenes Büro in Babelsberg gründen. Alma war fasziniert. Dieser Mann hatte sein Leben noch vor sich, er war so jung, so voller Pläne und Energie!

»Was werden Sie tun, wenn Sie Tobelbad verlassen?«, fragte er.

Sie waren an einer Flussbiegung angekommen, wo große Steine

am Ufer lagen. Sie waren darauf herumgeklettert, und er hatte ihr den Arm gereicht, damit sie ihre zierlichen Stiefeletten nicht ruinierte. Jetzt standen sie am Wassersaum, und er ließ Steine über die Oberfläche springen.

»Ich gehe von hier aus mit meinem Mann nach Toblach, dort verbringen wir immer unsere Ferien. Und im Herbst begleite ich ihn nach New York, wo er über den Winter Konzerte an der Philharmonie gibt.«

Er drehte sich zu ihr herum. »Aber ich habe doch nach Ihnen gefragt. Ich will wissen, was Ihre Pläne sind, nicht die Ihres Mannes.« Er klang fast ein wenig unhöflich.

Alma starrte ihn an. Er hatte ja so recht! Er hatte sie gefragt, als Alma Mahler, nicht als Ehefrau des großen Gustav.

»Ich bin es nicht gewohnt, mich als jemand anderes als die Frau meines Mannes zu sehen«, sagte sie schließlich und biss sich auf die Lippen.

»Na, dann wird es aber Zeit, dass Sie eigene Interessen entwickeln«, rief er.

Sie musste lachen. »Gut. Zeigen Sie mir für den Anfang, wie Sie das machen, mit den Steinen?«

Sie ließen die Steine flitzen, und Alma stellte sich geschickt an. Nach einer Weile gingen sie zurück zum Weg und setzten ihre Wanderung fort.

Sie hatten sich ziemlich weit vom Hotel entfernt, der Weg wurde steinig, aber es machte ihnen nichts aus. Er reichte Alma wieder den Arm, und sie gingen mit schnellen Schritten weiter. Er sprach höchst interessant über seine Pläne und von seinen Ideen für völlig neuartige Häuser, die mehr der Funktion als der Form dienen sollten. Alma verstand ihn gleich und erzählte von ihren Erfahrun-

gen mit der Secession und ihrer Bekanntschaft mit Josef Hoffmann.

»Erzählen Sie! Ich will alles wissen!«, forderte er.

Als sie nach Stunden wieder vor dem Hoteleingang standen,
kannte Alma sich in ihren Gefühlen nicht mehr aus. Die Begegnung
mit Walter Gropius hatte sie aufgewühlt. Sie hatte sich schon lange
nicht mehr so gut unterhalten. Sie hatte immer sofort gewusst, wenn
sie einen genialen Menschen vor sich hatte, und dieser Gropius war
einer von ihnen. Das machte ihn zu einem überaus interessanten
Gesprächspartner. Aber da war mehr. Sie hatte sich so wohl mit ihm
gefühlt, sie hatte es genossen, wie er sich um sie bemühte. Natürlich
hatte sie ganz genau seine Blicke auf sich gespürt, und auch sie selbst
verspürte das Bedürfnis, ihn anzusehen. Am liebsten wäre sie ihm
mit beiden Händen durch das dichte Haar gefahren.

Du meine Güte, ich verhalte mich wie ein verliebter Backfisch!,
dachte sie und wusste nicht, ob sie sich darüber freuen oder entsetzt
sein sollte.

Ein wenig unschlüssig stand sie vor ihm. Sie suchte nach einem
Weg, sich von ihm zu verabschieden. Aber eigentlich wollte sie bei
ihm bleiben.

»Sehen wir uns nachher beim Essen?«, fragte er in diesem Augenblick und nahm ihre Hand, um seine Lippen darüberzubeugen.
Im letzten Moment überlegte er es sich aber anders und berührte
mit seinem Mund ihre Haut. Das war ziemlich kühn, aber Alma
überließ ihm ihre Hand. Seine Berührung kribbelte ihren Unterarm
hinauf.

»Gern«, sagte sie.

Beschwingt stieg sie die Treppen in ihr Zimmer hoch, ein Lächeln auf dem Gesicht. Die Stunden mit Walter Gropius hatten et-

was in ihr ausgelöst. Er hatte Gefühle in ihr geweckt, die in den letzten Jahren verschüttet worden waren. Lägen ihre Tagebücher nicht eingelagert in den Kisten im Keller der Villa Moll, dann würde sie jetzt nachlesen. Aber sie konnte sich auch so an den Überschwang der Gefühle erinnern, den sie während ihrer Zeit mit Klimt und dann mit Alexander von Zemlinsky empfunden hatte: Leichtigkeit, Übermut, eine Lust, die ganze Welt zu umarmen. Genauso fühlte sie jetzt. Noch eine andere Erinnerung überkam sie. Die an ihre Kur in Abbazia und an den jungen Painlevé, der in sie verliebt gewesen war. Damals wäre sie nie auf den Gedanken gekommen, seinem Werben nachzugeben. Aber was, wenn diese Episode so etwas wie eine Generalprobe gewesen war für das, was zwischen ihr und Walter Gropius passierte? Sie war sich nicht sicher, ob sie auch dieses Mal widerstehen wollte.

Sie machte ein paar Tanzschritte im Zimmer, und als Gucki und Miss Turner sie dabei überraschten, lachte sie laut heraus und nahm ihre Tochter auf den Arm, um sich mit ihr im Kreis zu drehen.

»Und jetzt muss ich mich für das Abendessen umziehen«, sagte sie dann.

# Kapitel 46

Walter Gropius starrte sie an, als sie quer durch den Raum an seinen Tisch kam. Sie hatte sich sorgfältig zurechtgemacht und strahlte vor Schönheit. Und sie sonnte sich in seinem Blick.

Er räusperte sich, als er ihr den Stuhl zurechtrückte.

»Frau Mahler ...«, sagte er.

Alma war entzückt davon, dass er einen Augenblick brauchte, um sich wieder in der Gewalt zu haben. Dann fing er erneut an, sie auszufragen, er wollte alles über sie wissen.

Sie erzählte ihm vom Secessionsgebäude, beschrieb ihm die Bauarbeiten am Postsparkassengebäude, das Otto Wagner errichtete.

»Er hat übrigens auch das Haus gebaut, in dem ich wohne.«

Walter Gropius war fassungslos. »Kennen Sie ihn etwa?«

Alma nickte. »Aber ja. Wie gesagt, Josef Hoffmann und die anderen.«

»Erzählen Sie!«, rief er wieder.

Dann kamen sie auf die Musik zu sprechen. Alma beschrieb ihm die Lieder, die sie komponiert hatte, und summte ihm einige Themen daraus vor. Meine Güte, wie lange hatte sie das nicht getan! Und wie lange hatte sich niemand dafür interessiert! Allein dafür hätte sie sich in Walter Gropius verlieben können.

Er sagte sogar, er würde sie gern hören. »Ich verstehe zwar nicht viel von Musik, aber wenn sie von Ihnen kommt ...«

Der Abend verging wie im Flug, und auf einmal waren sie die letzten Gäste im Saal, aber sie hatten sich immer noch so viel zu erzählen. Die Kellner wollten schließen, also setzten sie sich auf die überdachte Veranda des Kurhauses. Erst spät in der Nacht trennten sie sich. Alma wohnte im Haupthaus, Gropius in einer der Villen, die in der weitverzweigten Parklandschaft verstreut lagen.

Lange nach Mitternacht lag Alma im Bett und dachte über den Abend nach. Sie rief sich alle schönen Einzelheiten ins Gedächtnis. Am Ende, bevor sie sich getrennt hatten, hatte er wieder ihre Hand genommen und sie lange gehalten und schließlich seine Lippen daraufgepresst. »Frau Mahler, Sie haben mir mein Herz geraubt«, hatte er geflüstert. Dann war er in der Dunkelheit verschwunden. Almas Herz pochte. Ich habe mich in ihn verliebt, dachte sie. Innerlich jubelte sie, hatte sie vor Kurzem nicht noch geglaubt, für die Liebe sei es zu spät in ihrem Leben? Dieses Kribbeln noch einmal zu spüren, dieses Erschauern bei der Erinnerung an seine Berührung, das war einfach nur herrlich. Wie hatte sie so lange darauf verzichten können? Es waren nicht nur Walters Männlichkeit und seine jugendliche Intelligenz, die sie zu ihm hinzogen: Am meisten mochte sie an ihm, dass er sie *sah* und sie unwiderstehlich fand. Den ganzen Abend über machte er ihr Komplimente. Über ihr Aussehen, über ihr perlendes Lachen, über ihre Intelligenz und ihren Witz. Er hing an ihren Lippen, und wenn er sich nicht im Griff hatte, dann bekam sein Blick etwas Sehnsüchtiges. Wie zufällig berührte er ihre Hand, als sie beide nach dem Salzfass griffen, dann zuckte er zurück und stammelte eine Entschuldigung. Er war völlig verwirrt, wie Alma amüsiert feststellte. Sie fühlte seinen Blick auf sich ruhen und wurde sich ihrer eigenen Verführungskraft bewusst. Sie provozierte ihn durch ihr Lachen und durch Blicke. Sie war wie ein Fixstern, um den

er kreiste. Er brachte ihr seine ungeteilte Aufmerksamkeit entgegen. Er nahm die schmachtenden Blicke der Frauen an den Nebentischen nicht wahr, denen der gut aussehende Mann ebenfalls aufgefallen war. Aber Alma sah sie ganz genau und war entzückt, weil er nur Augen für sie hatte. Walter Gropius gab ihr das Gefühl, der einzige Mensch zu sein, den er um sich haben wollte. Es war ein wenig wie ihre Begegnung mit Ossip Gabrilowitsch, der ihr nach Jahren der Entbehrung das Gefühl gegeben hatte, eine Frau zu sein. Nur dass Walter Gropius jung und schön war. Mehr als einmal hatte sie den Wunsch verspürt, die glatte Haut seiner Unterarme zu berühren und ihm mit der Hand durch das dichte Haar zu fahren. Verwundert stellte Alma fest, dass sie ihn begehrte.

Auch in seinen Augen hatte sie Begehren gelesen. Er war vorhin so schnell verschwunden, weil er sich sonst nicht hätte zurückhalten können und sie geküsst hätte, dessen war sie sich sicher. Sie hatte die Erregung in seinen Augen gelesen, seine Faszination von ihrer Reife und ihrer Berühmtheit. Und er hatte sich in ihre üppige Schönheit verliebt. Alma war in den letzten Jahren rundlicher geworden, aber ihr Teint war rosig, sie warf den Kopf beim Lachen zurück, ihre Augen blitzten verführerisch. Unter Gropius' bewundernden Blicken fühlte sie sich jung und unwiderstehlich. Dass sie mit ihrem selbstbewussten Auftreten, ihrem Charme und ihrer umfassenden Bildung früher Männer betört hatte, wusste sie nur zu gut. Aber dass es immer noch funktionierte … Sie lächelte bei dem Gedanken daran, wie sie mehrfach den Kopf schief gelegt hatte, um besser zu hören, was Walter Gropius sagte. Sie hatte dabei die Linie ihres Halses gezeigt und war mit den Fingerspitzen über die Haut gefahren. Er hatte dabei regelmäßig heftig geatmet.

Bevor sie mit einem Lächeln einschlief, hatte sie beschlossen, Wal-

ter Gropius unbedingt wiederzusehen. Er tat ihr gut, viel besser als jede Kur.

Es war allerdings gar nicht so leicht, ihn unter vier Augen zu treffen. Im Hotel und auch in dem kleinen Kurort waren sie ständig unter Beobachtung. Sie war schließlich die Ehefrau des ehemaligen Hofoperndirektors, und jeder kannte sie. Außerdem waren da noch Gucki und Miss Turner. Und ihre Mutter hatte sich zudem angesagt. Gropius und sie nahmen gemeinsam die Mahlzeiten ein und machten Spaziergänge, aber immer war jemand in ihrer Nähe. Alma musste beinahe konspiratives Geschick beweisen, um ungestört mit ihm zusammen sein zu können.

Zwei Tage später organisierte sie es so, dass Miss Turner und Gucki einen Ausflug machten. Sie selbst gab vor, einen Termin mit dem Klinikdirektor zu haben. Als die beiden mit einem Picknickkorb bepackt losgezogen waren, schickte sie Walter über ein Hausmädchen eine Nachricht mit der Bitte, in ihr Zimmer zu kommen.

Kurze Zeit später klopfte es, und ihr Herz begann zu rasen, als sei sie siebzehn und zum ersten Mal verliebt. Sie nahm den kleinen Parfumzerstäuber aus geschliffenem violetten Glas, den sie nur benutzen durfte, wenn Gustav nicht in der Nähe war, denn er hasste Parfum, und spritzte noch einen Tropfen *L'Heure est Venue* in ihren Ausschnitt. Die Stunde ist gekommen. Sie lachte übermütig auf, als ihr die Bedeutung des französischen Namens bewusst wurde. Ein letzter Blick in den Spiegel, dann öffnete sie die Tür.

Er lächelte sie an und blieb dicht vor ihr stehen. Dann trat er wieder einen Schritt zurück.

»Ihr Zimmer ist schöner als meines«, sagte er mit einem Blick in die Runde. »Aber das muss auch so sein. Sie sind ja auch schöner als ich. Schöner als jede Frau, der ich bislang begegnet bin.«

Alma erwiderte sein Kompliment mit einem Lächeln.

»Wo ist denn Ihre entzückende Tochter?«

»Mit der Gouvernante auf einem Ausflug.«

Er fuhr herum. »Heißt das, wir sind allein?« Seine Stimme war plötzlich heiser.

»Ja, das sind wir.« Und in ihren Augen stand zu lesen, wie sie das meinte.

Er kam auf sie zu und küsste sie. Er nahm sich nicht die Zeit, sich heranzutasten, er suchte sofort ihre Lippen und presste sie an sich.

Alma hatte sich das schon so oft vorgestellt, jetzt konnte sie ein Stöhnen nicht unterdrücken. Sie hielt sich an ihm fest, und er umschlang sie mit seinen Armen.

»Alma«, flüsterte er an ihrem Hals. Dann küsste er sie erneut.

Als er Stunden später gegangen war, mit unendlichem Bedauern, aber eilig, weil Gucki und Miss Turner jeden Augenblick wiederkommen mussten, blieb Alma einfach auf dem Bett liegen. Sie war so erfüllt von dem, was sie erlebt hatte, dass sie unfähig war, aufzustehen. Sie atmete immer noch schwer. Noch nie hatte sie so gefühlt. Sie musste dreißig Jahre alt werden, um endlich zu erleben, wie die Liebe zwischen Mann und Frau sein konnte. Eine Ahnung hatte sie bei Alexander von Zemlinsky bekommen, mit dem sie aber nicht bis zum Letzten gegangen war. Mit Gustav war die Liebe am Anfang anders gewesen, romantischer, aber nicht mit dieser verzehrenden Leidenschaft. Mit Walter hingegen hatte sie gerade eben Stürme der Lust erlebt, sie hatte sich ihm völlig hingegeben, gestöhnt und einmal sogar aufgeschrien. Niemals hätte sie geglaubt, zu solchen Ausbrüchen fähig zu sein. Ihre Lust schlug über ihr zusammen und riss sie mit sich fort. Was hatte sie nur bisher alles versäumt!

Und hatte sie nicht ein Recht darauf? Hatte das nicht jede Frau? Sie drehte sich auf die Seite und presste dabei die Beine zusammen. Sofort pulste die Lust wieder in ihr auf. Sie musste kichern, gegen ihren Willen, und streckte sich wohlig aus.

Dann kam der Gedanke an Gustav. Wie sollte sie ihm gegenübertreten? Würde er die Veränderung in ihr nicht auf den ersten Blick bemerken? Wie sollte sie die Beziehung zu Walter Gropius aufrechterhalten – denn das wollte sie, dessen war sie sich sicher –, ohne Gustav zu verletzen? Er durfte niemals davon erfahren, das würde ihn zerstören.

Wie war man eine Ehefrau, die einen Geliebten hatte? Die Bemerkungen Berta Zuckerkandls kamen ihr in den Sinn. Wie hatte sie noch gesagt? Man müsse als Frau einen Preis dafür zahlen, mit einem Genie verheiratet zu sein, aber es gebe Mittel und Wege, um auch in einer nicht perfekten Ehe eine Art Ausgleich zu finden. Wichtig seien Loyalität und absolute Diskretion. Dann würden beide zu ihrem Recht kommen, und niemandem würde Schaden zugefügt.

Alma hätte nie gedacht, dass diese Worte einmal sie selbst betreffen würden, aber in diesem Augenblick schickte sie einen stummen Dank an ihre Freundin in Wien, die ihr einen Ausweg aufgezeigt hatte.

Sie sah auf die Uhr und bemerkte, dass sie sich nun wirklich beeilen musste. Rasch stand sie auf, zog sich an und ordnete das Bett.

In den nächsten Tagen traf sie sich mit Walter, sooft es ging. Sie schob Kopfschmerzen oder ärztliche Termine vor, um Zeit für ihn zu haben. Die gemeinsame Zeit mit ihm wurde ihr das Wichtigste, das Einzige, was zählte. Sie lebte einen wahren Rausch der Leiden-

schaft, und sie verschwendete dabei keinen Gedanken an die Folgen, an ihr schlechtes Gewissen oder an Gustav. Sie liebte einfach und genoss dieses Gefühl, das Walter ihr gab. Und als ihre Mutter kam, spannte sie sie rücksichtslos ein, um noch mehr Zeit mit ihm verbringen zu können.

Anna Moll stellte sich ihr nicht in den Weg. Alma hätte sie notfalls erpresst und sie an ihre eigenen Verfehlungen erinnert, wenn sie sich geweigert hätte, aber Anna verstand ihre Tochter und war bereit, ihr zu helfen. Und Alma war zu verliebt, um dieses ein wenig befremdliche Verhalten zu hinterfragen.

# Kapitel 47

Sogar aus der Ferne merkte Gustav, dass etwas nicht in Ordnung war.

Alma verbrachte inzwischen jede freie Minute mit Walter, nachts schlich sie heimlich in sein Zimmer, weil sie befürchtete, Miss Turner und Gucki zu wecken, die nebenan schliefen, wenn er zu ihr käme. Sie verbrachten Nächte voller Zärtlichkeit, in denen Alma alles um sich herum vergaß. Wenn sie sich tagsüber begegneten, war es für beide eine Qual, dass sie sich nicht berühren durften. Walter erzählte ihr von den Häusern, die er bauen, und von der Kunstschule, die er gründen wollte.

Mit dieser Idee verführte er sie ein weiteres Mal. Atemlos hörte sie zu, als er ihr von seinem Plan erzählte:

»Irgendwann werde ich eine Schule oder eine Universität gründen, nein, nicht irgendwann, schon bald, in ein paar Jahren. Dort werden alle Kunstrichtungen gleichberechtigt gelehrt. Auch Kunsthandwerk wird dazugehören: Weben, Tischlern, Grafik, Töpfern ... Alle Gewerke, die man für den Bau eines Hauses, eines schönen, funktionalen Hauses braucht.«

»Das geht noch weiter als das, was die Wiener Secession will«, warf Alma ein, aber sie verstand immer noch nicht die Bedeutung dessen, was Walter ihr erzählte.

»Das ist aber noch nicht alles: In meiner Schule werden auch

Frauen Zutritt haben, als Schülerinnen und als Lehrerinnen. Die Hälfte der Schüler sollen Frauen sein.«

Alma starrte ihn an. Eine Frau sein und trotzdem künstlerisch arbeiten, gleichberechtigt mit Männern. Aber genau davon hatte sie doch immer geträumt! Gropius fand es ganz selbstverständlich, dass auch eine Frau, auch eine verheiratete Frau, eine Künstlerin und kreativ sein konnte. Er traf sie mitten ins Herz.

»Wie soll deine Schule heißen?«, fragte sie.

»So weit habe ich noch nicht gedacht. Wie gesagt, es ist bisher eine vage Idee. Aber ich habe schon einige Mitstreiter.«

»Alle Gewerke, die man für einen Hausbau braucht, und alle in einem Haus vereint …«, überlegte Alma.

Gropius schlug sich mit der Hand vor die Stirn. »Das ist es. Ich werde es Bauhaus nennen. Alma, du bist grandios. Ich liebe dich.« Er nahm ihr Gesicht in beide Hände und küsste sie.

»Wird es auch eine Musikklasse in deiner Schule geben?«, fragte sie übermütig, als er sie wieder losließ. »Dann werde ich eine deiner Schülerinnen.«

Das Zusammensein mit Walter Gropius gab Almas Leben einen neuen Sinn. Sie fühlte sich um Jahre jünger, schön, leidenschaftlich geliebt. Alles war so leicht mit ihm. Alle Sorgen fielen von ihr ab. Sie erlaubte sich zu träumen: von einem Leben, in dem ihre Musik wieder eine Rolle spielen würde, in dem sie ihre künstlerische Seite ausleben würde. Sie fragte von Düring nach einem Klavier, und der Direktor verwies sie auf einen Flügel, der in einem der Pavillons stand. Alma begann wieder regelmäßig zu spielen. Ein Leben voller Liebe und Musik. Wenn sie nicht mit Walter Gropius zusammen war, dann träumte sie von ihm. Sie war in jedem Fall viel zu beschäftigt,

um Briefe an Gustav zu schreiben. Sie dachte ja auch kaum an ihn. Sie brachte es höchstens auf ein paar eilige, nichtssagende Zeilen. Gustav wurde nervös, dann ungehalten. Warum schrieb sie nicht? Fand sie denn nicht die Zeit, ihm wenigstens ein paar Zeilen zukommen zu lassen? Musste er sich Sorgen machen? Wie ging es Gucki? War sie ernsthaft krank, und die Kur schlug nicht an? Schließlich schlich sich eine andere Befürchtung in seine Briefe ein: *Verbirgst du mir etwas? Denn ich glaube immer etwas zwischen den Zeilen herauszufühlen.*

Bei diesen Zeilen bekam Alma einen gehörigen Schrecken. War sie zu leichtsinnig? Gustav durfte auf keinen Fall etwas bemerken, das würde einer Katastrophe gleichkommen. Ihr wurde schlagartig bewusst, dass sie mit dem Feuer spielte. Sie hätte damit rechnen müssen, dass Gustav bemerkte, dass etwas mit ihr nicht stimmte. Aber aufgeben werde ich Walter nicht, dachte sie trotzig. Ich muss einfach vorsichtiger sein. Oder ...? Was würde denn passieren, wenn Gustav von meiner Untreue erfahren würde? Wenn er mit ansehen müsste, dass ich von einem anderen geliebt werde, nicht von irgendeinem Mann, sondern von Walter Gropius?

Sollte sie eine Entscheidung herbeiführen? Nein, eine Entscheidung vielleicht nicht, aber einen Eklat, einen Knall, der Gustav aufwecken würde. Ein Gedanke kam ihr, der sie nervös auflachen ließ. Was, wenn sie von Walter schwanger wäre. Was würde sie dann tun? Unbewusst strich sie mit der Hand über ihren Bauch. Sie rechnete nach, wann ihr letztes Unwohlsein gewesen war. Dann schlug sie sich selbst auf die Finger. »Jetzt ist es aber genug!« Sie nahm ihren Hut und verließ ihr Zimmer. Sie brauchte frische Luft, um nachzudenken.

Am späten Nachmittag saß sie vor ihrem Toilettentisch. Walter war vor einer halben Stunde erst gegangen. Sie hatten eine wunder-

schöne Stunde miteinander verbracht, Alma war noch ganz erfüllt davon. Vorher, auf ihrem Spaziergang, hatte sie noch geglaubt, Walter verlassen zu können, wenn das Verhältnis ihre Ehe gefährden sollte, aber sobald sie ihn sah, mit ihm sprach, ihn berührte, war klar, dass sie dazu nicht die Kraft haben würde. Sie konnte ohne Walters Liebe nicht länger leben. Wenn sie ihn verließe, dann könnte sie sich auch gleich einen Arm abhacken.

Es klopfte an der Tür. Alma sprang auf. Bestimmt war er zurückgekommen, um sich noch einen Kuss abzuholen. Sie riss die Tür auf und prallte zurück.

»Gustav!«, rief sie.

»Almschi. Ich habe es nicht mehr ausgehalten. Ich musste einfach kommen und nachsehen, ob bei euch alles in Ordnung ist. Was ist los? Warum schreibst du nicht?«

»Aber ... was tust du hier? Warum hast du nicht telegrafiert? Ich hätte dich vom Bahnhof abgeholt.«

Er sah, dass sie sich nicht freute, und ließ die Schultern fallen. Enttäuscht sagte er: »Offensichtlich versäumst du es nicht nur, mir zu schreiben, sondern du liest auch meine Briefe nicht.«

Alma sah sich schuldbewusst im Zimmer um. Lagen dort etwa ungeöffnete Briefe herum? Sie konnte nichts entdecken.

»Was tust du hier?«, fragte sie noch einmal zögernd.

Er drehte den Hut in der Hand. »Ich wollte nach dir sehen. Ich habe mir Sorgen gemacht. Wo ist denn Gucki?«

»Sie ist mit Mama und Miss Turner unterwegs. Ich glaube, sie wollten zum Ponyreiten.«

»Du glaubst?« Er sah sie forschend an.

»Ja, das haben sie zumindest heute Morgen gesagt. Vielleicht haben sie es sich aber auch anders überlegt.«

391

»Alma?«

»Ach, das ist doch auch einerlei. Hauptsache, du bist da. Wie lange kannst du bleiben? Wollen wir einen Spaziergang machen? Oder willst du dich ausruhen und dich umziehen? Wie war denn die Reise?« Sie plapperte in einem fort, um Zeit zu gewinnen.

»Lass uns nach Gucki sehen. Ich habe sie vermisst. Und dich auch«, sagte er. Das war typisch Gustav. Kaum war er irgendwo angekommen, da war er schon wieder auf dem Weg, zur Probe oder auf eine Promenade.

Alma nahm ihren Hut und folgte ihm.

Auf dem Weg zu der kleinen Umfriedung, in der die Kinder reiten durften, rasten die Gedanken in ihrem Kopf. Was wollte er hier? Wie lange würde er bleiben? Und vor allem: Wie würde die Begegnung zwischen Gustav und Walter, die ja zwangsläufig erfolgen musste, ablaufen? Würde sie kaltblütig genug sein, um ein Treffen der beiden zu überstehen, ohne dass Gustav Verdacht schöpfte? Und wie würde Walter reagieren? Er konnte so jugendlich aufbrausend sein. Um Himmels willen, er wäre imstande, alles zu verderben. Während sie entschlossen war, ihre Beziehung zu ihm geheim zu halten, war Walter ganz anderer Meinung. Er hatte sie schon mehrfach aufgefordert, Gustav alles zu sagen und ihn zu verlassen. Sie musste unbedingt mit ihm sprechen und ihn schwören lassen, dass er alles tat, damit Gustav nichts merkte. Fieberhaft suchte sie nach einer Möglichkeit, ihn vorzuwarnen. Ihre Hände waren schweißnass vor Nervosität.

Sie fand den Rest des Tages keine Gelegenheit, mit Walter zu sprechen, denn Gustav belegte sie mit Beschlag.

Beim Abendessen war es dann so weit. Alma ging an Gustavs Arm in Richtung des Speisesaals, Walter wartete vor dem Eingang wie an

jedem Abend, denn sie speisten immer am selben Tisch. Als er Alma sah, erstarrte er.

Alma beeilte sich, etwas zu sagen, bevor einer der Männer Fragen stellen konnte.

»Gustav, das ist Walter Gropius, ein Architekt. Er vertreibt mir hier die Zeit.« Als ihr die Doppeldeutigkeit ihrer Bemerkung bewusst wurde, flammte Röte auf ihren Wangen auf. »Walter, das ist mein Mann, Gustav Mahler«, fügte sie hastig hinzu.

»Sehr erfreut, Sie kennenzulernen«, sagte Gustav.

»Ich freue mich, einen berühmten Mann wie Sie zu treffen«, gab Walter steif zurück.

Alma kicherte nervös. Die erste Begegnung war glimpflich abgelaufen. Aber daran, dass Gustav von einem Fuß auf den anderen trat, merkte sie, dass etwas nicht stimmte.

Die beiden Männer standen sich gegenüber. Der Unterschied zwischen ihnen war auffällig. Gustav klein, schmächtig, darum bemüht, seinen Zuckfuß unter Kontrolle zu halten, Walter einen guten Kopf größer, stattlich, keinen Funken Nervosität zeigend, eher offene Feindseligkeit. Almas Nervosität wuchs. Wie sollte sie diese Begegnung nur heil überstehen?

»Dürfen wir Sie an unseren Tisch einladen?«, fragte Gustav.

Gropius nahm mit einem Kopfnicken an, während Alma Gustav fassungslos ansah. Wieso tat er das? Wusste er doch Bescheid?

Unter den Blicken der anderen Gäste gingen sie zu dritt durch den Saal auf ihren Tisch zu. An einigen Tischen wurde es still, als Alma mit den beiden Männern an ihnen vorüberging. Bewunderung stand in den Gesichtern. Sie wusste, dass sie nie schöner gewesen war, geradezu strahlend schön in ihrem lindgrünen, ärmellosen Spitzenkleid mit langen Handschuhen, zwischen ihrem Ehemann, einem weltbe-

rühmten Musikgenie, und einem unglaublich gut aussehenden jungen Mann, der vor Selbstbewusstsein strotzte. Und beide ließen die Blicke nicht von ihr.

Sie setzten sich. Die Männer saßen sich gegenüber, Alma zwischen ihnen am Kopfende des Tisches. Walter hatte nichts Besseres zu tun, als ausführlich zu berichten, was sie in den letzten Wochen alles gemeinsam unternommen hatten. Gustav musste die Vertrautheit zwischen Alma und diesem fremden Mann auffallen. Er wurde zunehmend unwirsch, während Alma versuchte, Walter mit Blicken zum Schweigen zu bringen.

»Sie haben eine ganz wunderbare Frau«, sagte Walter schließlich zu Gustav.

Ich muss jetzt unbedingt eingreifen, dachte Alma. »Mama war oft dabei, und Gucki natürlich auch. Wir haben tüchtig die Gegend erkundet«, sagte sie rasch, obwohl das nicht stimmte. Anna Moll hatte eher dafür hergehalten, ihre Liaison mit Gropius zu verschleiern. Mehr als einmal hatte sie als Alibi gedient. Anna Moll war der Meinung, dass dieser Mann ihrer Tochter guttat. Und ein kleiner Flirt während der Kur tat niemandem weh, wenn man es richtig machte. Das hatte sie zu ihr gesagt.

»Ach, meine Schwiegermutter und meine Tochter kennen Sie auch bereits?«, fragte Gustav scharf.

Gropius hielt seinem Blick stand.

Alma wurde unruhig. Dies hier schien auf einen offenen Machtkampf hinauszulaufen. Fieberhaft überlegte sie, wie sie die Situation entschärfen könnte. Sie nahm den letzten Schluck Champagner und hielt ihr leeres Glas in die Höhe. Der Kellner, der die ganze Zeit um ihren Tisch herumscharwenzelte, war nicht schnell genug. Beide Männer griffen nach der Flasche, die in einem Eiskübel neben dem

Tisch stand. Alma befürchtete schon, sie würden ihn umstoßen, doch dann hatte Gustav die Flasche in der Hand und schenkte ihr nach.

»Danke, mein Lieber«, sagte Alma, ohne nachzudenken.

Erst Walters empörter Blick zeigte ihr, wie gefährlich das Terrain war, auf dem sie sich bewegte.

»Morgen zeige ich dir die Kurhalle. So ein schöner Bau, vor allem die große Veranda mit den Holzschabracken und den Begrenzungen. Dort duftet es herrlich nach Flieder und Oleander. Wäre so etwas nicht auch etwas für unser neues Domizil? Wir suchen nämlich nach einem neuen Zuhause irgendwo vor den Toren von Wien«, fügte sie, an Gropius gewandt, hinzu. Sein Blick verfinsterte sich. Alma hatte schon wieder eine falsche Bemerkung gemacht. »Wie gesagt, das Kurhaus ist ein einladender Platz, aber leider muss man dort Unmengen von diesem Wasser trinken. Da lobe ich mir doch den Champagner.« Sie hob erneut ihr Glas. Während sie trank, musste sie daran denken, dass sie ihren ersten Abend mit Walter auf ebendieser Veranda gesessen hatte. Verflixt, gab es denn kein einziges unverfängliches Gesprächsthema? Sie wünschte sich inzwischen, dass der Abend möglichst rasch vorüber wäre, aber gleichzeitig fürchtete sie sich vor dem Alleinsein mit Gustav.

»Ja, Champagner. Ist zwar ein wenig mondän, ich habe es lieber leichter und einfacher«, sagte Gropius.

»Zum Erholen darf's dann aber doch ein bisschen üppiger sein, nicht wahr?« Gustav wies auf den prunkvollen Saal. Silberne Leuchter und geschliffenes Glas überall, Kronleuchter an der Decke, und die Damen trugen teure Garderobe und kostbaren Schmuck. »Ich glaube nicht, dass jeder einfache Mann sich diese Kur leisten kann. Aber es macht sich immer gut, das einfache Leben zu predigen.« Der

Sarkasmus in seiner Stimme war unüberhörbar, und Alma warf einen besorgten Blick zu Walter. Wie würde er reagieren?

Gropius runzelte die Stirn. Er wollte etwas erwidern, aber Gustav lenkte plötzlich ein. »Nichts für ungut. Ab und zu muss man sich einfach etwas leisten. Dafür schaffen wir zu anderen Zeiten. Erzählen Sie mir von Berlin. Ich war schon länger nicht mehr dort.«

»Das war 1907, in deinem letzten Jahr als Hofoperndirektor«, sagte Alma, die erleichtert war, dass das Gespräch sich endlich einem unverfänglichen Thema zuwandte.

Der Kellner brachte die Vorspeisen. Grüner Spargel mit Forelle. Alma nahm einen Bissen von der Gabel und ließ dabei ihre weißen Zähne sehen. Sie fing Walters begehrlichen Blick auf. Als hätte Gustav das auch bemerkt, legte er seine Hand auf Almas und strich mit dem Daumen darüber. Alma sah, wie Walter die Zähne zusammenbiss, aber sie wollte Gustav nicht ihre Hand entziehen. Sie streckte ihren Fuß aus und suchte unter dem Tisch Walters Wade. Die Tischdecken reichten bis auf das blank polierte Parkett, niemand würde etwas bemerken. Gustav strich nach wie vor mit dem Daumen über ihre Hand. Gropius sog scharf die Luft ein. Alma suchte seinen Blick und bewegte ihren Fuß weiter unter dem Tisch. Er erstarrte, als sie leicht an seine Wade stieß. Alma richtete sich auf und legte die Linke an ihre Wange. Sie tat, als würde sie den Männern aufmerksam zuhören. Sie hatte nur Walter davon abhalten wollen, aus Eifersucht einen Eklat zu provozieren. Aber jetzt kam etwas anderes, Unerwartetes hinzu: Sie genoss das Gefühl, diese beiden Männer in ihrem Bann zu haben. Ihr wurde warm. Wie weit würde sie das Spiel noch spielen? Wie kühn durfte und wollte sie sein? Sie stieß einen ganz leichten Seufzer aus, und Gustav und Walter sahen sie erwartungsvoll an. Alma lächelte unschuldig.

»Guten Abend. Gustav, wie schön, dass du da bist und uns Gesellschaft leistest.« Anna Moll stand plötzlich an ihrem Tisch. Alma
zog ihre Hand und ihren Fuß zurück und setzte sich kerzengerade
hin. Die Männer sprangen auf, um sie zu begrüßen. Anna ließ sich
von Gustav zur Begrüßung auf die Wange küssen, dann wandte sie
sich an Gropius und Alma. »Entschuldigt die Verspätung. Aber
Gucki wollte nicht von mir lassen.«

Alma atmete aus. Der Augenblick war vorüber. Sie hätte nicht sagen können, wie weit sie ihre Verrücktheit noch getrieben hätte. Sie
war dankbar für die Anwesenheit ihrer Mutter, die die Männer so-
gleich in eine Plauderei verwickelte.

Nach dem Essen kam der Moment, vor dem Alma sich gefürchtet
hatte. Sie musste sich von Walter Gropius verabschieden und mit
ihrem Mann auf ihr Zimmer gehen. Sie ahnte, dass Walter das nicht
so einfach hinnehmen würde.

»Gute Nacht«, sagte sie zu ihm und flehte ihn mit den Augen an,
nichts zu sagen.

Sie spürte seinen brennenden Blick auf ihren nackten Schultern.
Er atmete mühsam beherrscht, denn Gustav stand neben ihr, den
Arm um Almas Taille gelegt.

»Walter, seien Sie doch so gut und begleiten Sie mich auf einen
kleinen Verdauungsspaziergang im Garten. Sie wissen doch, dass
sich dort in der Dunkelheit immer so viel Getier herumtreibt.«
Anna lächelte Walter Gropius an und hielt ihm ihren Arm hin.

Alma nickte ihrer Mutter dankbar zu. »Gute Nacht, Mama.«

Sie wandte sich ab und ging mit Gustav in Richtung der Treppe,
die zu ihrem Zimmer hinaufführte. Zwischen ihren nackten Schul-
terblättern prickelten Walters Blicke. Sie bekam eine Gänsehaut,
fast wäre sie gestolpert. Gustav bemerkte das und nahm ihren Arm.

Als sie in ihrem Zimmer ankamen, schloss er die Tür und begann sofort zu fragen.

»Was geht hier vor?«

In Almas Kopf zuckten die Gedanken. Also hatte Gustav doch etwas bemerkt. Sie ging im Zimmer herum und legte ihre seidenen Handschuhe mal hierhin, mal dorthin.

»Was meinst du?«, fragte sie.

»Was ist das mit diesem Gropius?« Er nahm die Brille ab und rieb sich mit Daumen und Zeigefinger die Nasenwurzel.

Alma entschloss sich, in die Offensive zu gehen und so viel wie nötig von der Wahrheit preiszugeben. »Er ist in mich verliebt. Er ist ja nicht der Erste.«

Gustav stand auf und kam auf sie zu. »Das ist unübersehbar. Aber bloß weil ein Mann in dich verliebt ist, schreibst du mir nicht? Was ist mit dir? Muss ich mir Sorgen machen?«

»Aber nein«, sagte sie und meinte es in diesem Augenblick auch so. Er trat einen Schritt auf sie zu. »Du bist verändert«, sagte er. »Du bist so ... so jugendlich. Und schöner denn je. Das habe ich dir schon nach meiner Abreise geschrieben, aber in der Zwischenzeit ist noch etwas mit dir geschehen. Ich kann es nicht erklären. Du strahlst eine ungeheure Erotik aus. Ein Wunder, dass nicht mehr Männer dir den Hof machen.« Er legte die Hand an ihre Wange. »Almschi, du bist die schönste Frau, die ich je getroffen habe. Und du bist meine Frau. Manchmal kann ich mein Glück gar nicht fassen.«

Er zog sie an sich und legte die Arme um sie. Sie streichelte seinen Rücken, dann machte sie sich los, um ins Bad zu gehen.

Als sie im Bett lag, kam er zu ihr. Sie ließ ihn gewähren, und es fühlte sich gut an. Und außerdem: was hätte sie sonst tun sollen?

Gleich nach dem Frühstück am nächsten Tag reiste Gustav wieder ab. Alma und Gucki brachten ihn zum Bahnhof.

»Wir sehen uns dann in zwei Wochen auf dem Trenkerhof. Ich werde alles für dich herrichten. Aber vorher achtest du gut auf dich und erholst dich einmal richtig«, sagte er zu ihr. Dann beugte er sich zu Gucki hinunter, um sie auf den Arm zu nehmen.

Alma hatte ein schlechtes Gewissen. Sie sehnte den Moment herbei, an dem der Zug endlich abfuhr und Gustav mit ihm. Sie versteckte ihre Gefühle unter der breiten Krempe des Sommerhutes.

Dann kam der Zug, Gustav suchte sein Abteil, sie winkte ihm nach und hatte es eilig, ins Hotel zurückzukommen. Sie wusste, dass Walter ungeduldig auf sie wartete.

Alma brachte Gucki zu Miss Turner, damit sie mit ihr in den Speisesaal zum Mittagessen ging.

»Ich bin noch nicht hungrig«, sagte sie. Dann lief sie durch den Park zum Zimmer von Walter Gropius.

Sie klopfte, und augenblicklich öffnete er die Tür und riss sie in seine Arme. Sie küssten sich, als hätten sie sich wochenlang nicht gesehen. Wie Verdurstende.

»Mein Gott. Ich bin letzte Nacht ohne dich fast verrückt geworden.« Er küsste sie noch einmal. »Was ist gestern zwischen euch passiert?«

»Zwischen wem?« Alma versuchte ihn abzulenken, indem sie ihre Kostümjacke mit dem Hahnentrittmuster auszog, das jetzt so en vogue war. Darunter trug sie eine Bluse mit vielen kleinen Knöpfen, die sie jetzt einen nach dem anderen öffnete. Walter war übernächtigt, sein Gesicht war ganz starr vor Anspannung. Er sah aus wie ein Mann, der Qualen litt. Aber jetzt trat Begehren in seinen Blick. Wie

am Abend vorher, als sie mit den beiden Männern im Speisesaal am Tisch gesessen hatte, fühlte Alma, wie sehr Walter sie liebte und wie groß ihre Liebe zu ihm war. Ein Schauer des Glücks überlief sie. Und dann dachte sie an Gustav und dass sie diese Glück nicht haben durfte.

»Lenk nicht ab! Was ist zwischen deinem Mann und dir passiert? Ich habe die halbe Nacht wach gelegen und mir vorgestellt, was er mit dir tut.«

»Er ist mein Mann«, sagte sie.

Er sah sie entsetzt an. »Du hast mit ihm geschlafen?«

Himmel, manchmal war ihr sein jugendliches Ungestüm zu viel. Er machte es sich zu leicht, aber er war ja auch nicht verheiratet, er hatte keine Kinder, er war frei, sie zu lieben. Wieder überkam sie die Befürchtung, er könnte zu Gustav gehen und ihm alles erzählen. »Aber Walter«, sagte sie dann, »was glaubst du denn? Er wäre misstrauisch geworden, wenn ich ihn zurückgewiesen hätte. Sollte ich ihm sagen, dass ich meine ehelichen Pflichten leider nicht erfüllen kann, weil ich einen Geliebten habe? Sei doch bitte nicht albern.«

»Das darfst du nie wieder tun.« Er machte einen Schritt auf sie zu, als wollte er sie packen, doch Alma hielt ihn mit einem Blick zurück.

»Er ist mein Mann«, wiederholte sie. »Er ist Guckis Vater. Ich liebe ihn. Anders als dich, aber ich liebe ihn. Wenn ich ihn verlasse, wird ihn das umbringen.«

»Was sagst du da?« Er ließ sich auf einen Stuhl sinken und starrte sie an.

Alma ging zu ihm und berührte ihn an der Schulter. »Sei doch vernünftig. Wir kennen uns gerade mal vier Wochen. Du kannst doch nicht verlangen, dass ich einfach alles aufgebe, mein ganzes bisheriges Leben. Wir werden eine Lösung finden. Aber ich brauche

Zeit. Und falls es dich beruhigt: du bist eindeutig der bessere Liebhaber.«

Er sah sie entschlossen an. »Ich werde dich davon überzeugen,
dass du ohne mich nicht leben kannst.«

# KAPITEL 48

Alma stellte in den folgenden Tagen fest, dass Gropius es ernst meinte. Er war charmant, aufmerksam, unterhaltsam. Und nachts war er ein phantasievoller Liebhaber, der Alma in Entzücken versetzte. Gustavs Briefe konnten da nicht mithalten. Täglich brachte ihr der Concierge die weißen Umschläge. Gustav beklagte sich wie üblich über die Bauersfamilie, die im Erdgeschoss des Trenkerhofs wohnte und zu laut war. *Wenn die Bauern doch taubstumm zur Welt kämen!* Und er schimpfte, weil Alma nach wie vor nicht schrieb, und trug ihr auf, was sie ihm alles besorgen solle: Äpfel, Leuchter für das Klavier, die Schlüssel für die Geldkassette und Strümpfe. Alma stöhnte entnervt auf: Sie war dabei, ihre Ehe aufs Spiel zu setzen, und ihm fiel nichts Besseres ein, als sie zu fragen, wo denn seine Strümpfe seien, und ihr von seiner Verdauung zu berichten.

Am 7. Juli wurde Gustav fünfzig Jahre alt. Er legte keinen Wert auf eine Feier, also hatte Alma kein schlechtes Gewissen, weil sie nicht bei ihm war. Sie schrieb ihm und legte Zeichnungen von Gucki bei. Wenn sie daran dachte, wie oft er ihren Geburtstag vergessen hatte! Meistens war es ihm erst am Morgen des Tages eingefallen, und er war zerknirscht gewesen, weil es zu spät war, um noch ein Geschenk zu besorgen.

Am Tag nach seinem Geburtstag schrieb er ihr und bat sie, unbedingt so lange in Tobelbad zu bleiben, bis sie ganz genesen sei. *Alm-*

*scherl! Bitte Dich inständigst, bleibe, so lange als möglich! Schau, Du bist so auf gutem Wege. Bringe wenigstens noch Dein nächstes Unwohlsein dort zu!* Alma schluckte, als sie das las. War er tatsächlich ahnungslos? Seine Bemerkung über ihre Monatsblutung verunsicherte sie. Warum erwähnte er das? Weil er wusste, dass sie sich an diesen Tagen immer so schlecht fühlte und alles andere als verführerisch war?

Auch an einem der folgenden Tage gab ihr der Concierge den täglichen Brief von Gustav, als sie gerade auf dem Weg zu einem ihrer Lieblingsplätze war, einer Wegkreuzung mit weitem Blick, wo sie mit Walter verabredet war. Sie nahm den Brief an sich und steckte ihn in ihre Tasche. Weil sie zu früh am Treffpunkt war, öffnete sie ihn und begann zu lesen.

*Liebste! Das waren drei bängliche Tage für mich. – Ich weiß nicht, dass Du Dich nicht einmal zu einer Karte rechtzeitig aufschwingen kannst! – Wenn ich Ressentiment üben wollte und könnte, so sollte ich Dir überhaupt nicht mehr schreiben ...*

Pah, dachte Alma. Es steht ja ohnehin immer dasselbe in deinen Briefen! Widerstrebend las sie weiter.

*Aber was soll man mit so einem »Kind und Weib« zugleich anfangen? Schreiben und dulden! Wo die Schlüssel zur Wertheimkasse sind, konnte ich von Dir nicht erfahren. Und es wäre so wichtig für mich! Nun bitte, teile mir umgehend Tag und Stunde Deiner Ankunft mit. Auch Trenker will es wissen wegen des Wagens. Dem wirst Du sicher antworten ... Hier ist viel Kindergeschrei – das Kleine an der Brust scheint bereits Sauerkraut und Schweinernes essen zu müssen. Denn der Jammer ist wirklich nicht auszuhalten. – Dieses Getier sollte geprügelt werden ...*

Er versucht mich zum Lachen zu bringen, dachte sie. Zu anderen

Zeiten hätte das auch funktioniert, aber heute war ihr nicht danach. Ihre Gedanken waren bei Walter. Sie sah auf, und da kam er auf sie zu. Die Sonne stand in seinem Rücken, dennoch sah sie das Lächeln auf seinen schönen Lippen. Sie stand auf, um ihm entgegenzugehen. Er sah das Blatt in ihrer Hand. Das Lächeln verschwand aus seinem Gesicht. »Von deinem Mann?«, fragte er feindselig.

»Nichtssagend«, gab sie zurück und zerknüllte den Brief. Sie hatte das alles so schon oft gelesen. Es langweilte sie. Dann ließ sie sich von Gropius küssen.

»Ich kann nicht ohne dich sein. Du musst deinen Mann verlassen. Er macht dich nicht glücklich. Nicht so, wie ich es kann. Wir gehen zusammen nach Berlin. Wir bauen uns ein gemeinsames Leben auf! Wir gründen gemeinsam die Schule.« Walter lag neben ihr im Bett. Sein Zimmer lag unter dem Dach, es war heiß hier oben, sie hatten die Fenster geöffnet, warme Nachtluft drang zu ihnen herein, die leichten Gardinen bauschten sich. In den hohen Bäumen draußen raschelte es leise.

Alma war noch ganz träge von seinen Liebkosungen. Walter hatte es wie immer verstanden, ihren Körper in Flammen zu setzen. Sie glaubte sich aufzulösen und brauchte ein paar Minuten, um wieder zu sich zu kommen. Sie spürte seine Hände, die zärtlich über ihre Hüften strichen. Sie wollte darauf nicht mehr verzichten, nie mehr. Auch nicht, wenn sie zu Gustav zurückging. Aber wie sollte das gehen? Sie schloss die Augen, um sich den Zärtlichkeiten zu überlassen. Das war im Moment das Einzige, was sie wollte.

In den ersten Wochen nach ihrem Kennenlernen hatte sie sich der Hoffnung hingegeben, mit ihrer Abreise würde auch die Liebesbeziehung zu Walter Gropius enden. Sie hätte eine kurze, heftige

Liaison mit ihm, die niemandem wehtat, ihr aber bewies, dass sie immer noch begehrenswert war. Aber sie musste sich eingestehen, dass es dafür zu spät war. Gegen ihren Willen hatte sie sich ernsthaft verliebt. Sie wollte Walter nicht verlieren. Ein Leben ohne ihn, ohne seine Umarmungen, seine Zuwendung und die gemeinsamen Zukunftspläne konnte und wollte sie sich nicht vorstellen.

»Ich möchte ein Kind von dir«, sagte sie plötzlich und öffnete die Augen.

Walter hielt in seiner Bewegung inne. Ein Lächeln ging über sein Gesicht. »Ist das dein Ernst?«

»Mein heiliger Ernst.«

»Du musst es ihm sagen. Oder ich sage es ihm!«

Sie setzte sich auf, obwohl sie nackt war. Mit Walter hatte sie jede Prüderie abgelegt. »Um Gottes willen, nein!«, rief sie. »Versprich mir das. Ich muss behutsam vorgehen. Vor allem darf Gustav nicht das Gefühl haben, ich hätte ihn hintergangen. Wenn er erfahren würde, dass ich vor und nach seinem Besuch hier mit dir … Ich muss offen zu ihm sein. Er muss mir vertrauen können. Das ist das Wichtigste. Alles andere würde ihn zerbrechen. Ich brauche Zeit.«

»Wie lange?«, fragte er.

Alma schüttelte den Kopf. Sie wusste es ja selbst nicht.

»Verlass ihn und komm zu mir. Wir gehören zusammen«, sagte er ihr zum Abschied.

Es begann schon hell zu werden, als Alma sich endlich von ihm losmachte und in ihr eigenes Zimmer schlich.

Alma schmiegte sich ein letztes Mal an ihn, spürte seinen Körper und sog seinen Duft ein.

Am nächsten Mittag nahm sie den Zug nach Toblach. Sie vereinbarten, dass Walter ihr postlagernd dorthin schreiben würde. Er

kam nicht mit zum Bahnhof, das hätte vielleicht Anlass zum Tratsch gegeben. Sie waren in den letzten Wochen ohnehin nicht immer sehr diskret gewesen, und das gemütliche Nichtstun an einem Kurort verführte mehr als einen Gast zum Spekulieren.

Während der Zugfahrt war sie abwesend. Das Geplapper von Gucki und Miss Turner ging ihr auf die Nerven. Sie sehnte sich danach, allein zu sein und in Ruhe nachzudenken. Sie vermisste Walter schon jetzt. Wenn sie an ihn dachte, an seine Küsse in ihrem Nacken oder seine Hände auf ihrem Körper, dann hätte sie vor Sehnsucht schreien können. Wie sollte sie ohne das die nächsten Tage überstehen? Wie sollte sie ohne ihn sein? Ohne seine Liebe und ohne die Aussicht auf ein neues Leben, das er ihr bot? Sie starrte aus dem Zugfenster und zählte die Telegrafenmasten, weil sie sonst vor Angst gezittert hätte. Und wie würde es sein, wieder an Gustavs Seite zu leben? Würde er bemerken, dass ihre Liebe nicht mehr ausschließlich ihm gehörte? Sie atmete scharf ein, als ihr der Gedanke kam, ob sie seine Zärtlichkeiten ertragen würde. Wäre sie stark genug für das alles? Sie stand abrupt auf, weil sie ein nervöses Schluchzen in sich spürte, das sie nicht unterdrücken konnte.

»Mir ist nicht gut. Ich gehe ein wenig auf dem Gang hin und her«, sagte sie zu Miss Turner, die sie fragend ansah.

Als sie unbeobachtet war, fing sie hemmungslos an zu weinen.

Als der Zug einige Stunden später in Toblach hielt, hatte sie sich wieder in der Gewalt. Aber sie fühlte sich innerlich wie tot und war so verkrampft, dass ihr alle Glieder wehtaten. Gustav holte sie am Bahnhof ab, auf der Fahrt zum Trenkerhof sagte sie fast nichts. Sie hatte Angst, dass sie in Tränen ausbrechen und nie wieder aufhören würde zu weinen, wenn sie jetzt plaudern müsste. Zum Glück war

Gustav mit Gucki beschäftigt, die begeistert von ihren Erlebnissen berichtete.

In den nächsten Tagen bekam sie sich wieder in die Gewalt, der Alltag mit Gustav holte sie ein, und sie war dankbar dafür, denn die Beschäftigung lenkte sie von ihrer Sehnsucht nach Walter ab. Gustav wollte, dass sie sich um die Sachen kümmerte, die er in Wien vergessen hatte. Er wollte, dass sie mit der Köchin redete, damit er endlich sein gewohntes Essen bekam, außerdem hatte er gearbeitet und wollte ihr alles vorspielen, um ihre Meinung zu hören. Erst nachts im Bett erlaubte sie sich, ihre Fassade fallen zu lassen, und ließ ihrer Sehnsucht nach Walter freien Lauf.

An diesem Tag war kein Brief für sie angekommen. Sobald sie sich am Vormittag freimachen konnte, lief sie zum Postamt, um nachzusehen, ob Walter geschrieben hatte. Aber heute hatte der Schalterbeamte keinen Brief für sie. Enttäuscht machte sie sich auf den kurzen Heimweg. Am Tor kam ihr der Postbote entgegen. Alma erwiderte seinen Gruß und setzte ihren Weg fort. Sie dachte sich nichts dabei, für Gustav kam jeden Tag Post aus aller Welt. Als sie das Haus betrat, fiel ihr die merkwürdige Stille auf. Und dann hörte sie Gustavs erstickten Schrei aus seinem Zimmer.

»Mein Gott! Was ist das?«

Etwas in seiner Stimme ließ Alma das Blut gefrieren. Sie befürchtete, er habe einen Herzanfall, so fremd klang seine Stimme. Oder war Gucki etwas passiert? Sie schrie auf, dann stürzte sie die Treppe hinauf zu ihm. Er sah sie nicht an, aber er hielt ihr einen Brief hin, ohne ein Wort zu sagen.

Alma nahm ihn und brauchte einen Augenblick, um zu begreifen, dass er von Walter Gropius stammte. *Alma, innigst Geliebte*, las sie und erschrak. Walter pflegte in seinen Briefen sehr deutliche An-

spielungen auf ihre sexuellen Genüsse zu machen. Hatte Gustav auch das gelesen? Alma begann vor Angst zu keuchen.

»Wie kommst du zu diesem Brief?«, fragte sie. Sie hatte ihre Stimme nur mühsam im Griff. »Er ist an mich gerichtet.«

Er zeigte auf den dazugehörigen Umschlag, immer noch wortlos. *An Herrn Direktor Mahler* stand dort.

Alma ließ sich auf einen Stuhl sinken.

Gustav starrte sie nur an, vernichtend. »Ich habe den Brief nicht zu Ende gelesen. Er ist ja offensichtlich an dich gerichtet. Die Anrede sagt aber alles. So beginnt ein Liebesbrief.«

Alma überflog die ersten Sätze und wurde über und über rot. Wenn Gustav das gelesen hätte, nicht auszudenken! Sie zerriss das Papier, ohne es zu Ende gelesen zu haben. Niemand sollte das lesen! Sie nahm die Schnipsel und warf sie in den Ofen. Gustav sah sie fragend an.

Für ein paar Augenblicke war es totenstill.

Und dann brach es aus Alma heraus. Sie konnte später nicht mehr sagen, ob es eine Flucht nach vorn war, weil sie Gustavs Vorwürfen zuvorkommen wollte. Oder ob einfach ein Damm in ihr brach. In jedem Fall war jetzt nicht die Zeit für Schuldgefühle oder Reue. Gustav saß stumm vor ihr. Jetzt hatte sie endlich die Gelegenheit, ihm einmal alles zu sagen, was sie in den letzten Jahren verschwiegen hatte oder was er nicht hatte hören wollen. Jetzt musste Gustav ihr *ein Mal* zuhören.

»Ich bin froh, dass jetzt endlich alles ans Licht kommt. Ich habe lange genug in deinem Kerker gelebt«, sagte sie zunächst noch ruhig. Doch dann schrie sie alles hinaus: »Jahrelang habe ich mich nach deiner Liebe gesehnt, ich habe alles für dich aufgegeben. Ich war das schönste Mädchen von Wien. Die Stadt lag mir zu Füßen!

Ich konnte alles haben, was ich wollte! Ich habe dich gewählt. Aber nachdem ich dich geheiratet hatte, hast du mich einfach übersehen. Du hattest immer dein ungeheures Missionsgefühl. Aber deine Mission war immer die Musik. Niemals ich!« Das Wort »Mission« spuckte sie förmlich aus, als würde sie sich davor ekeln. »Bei dir konnte es ja um nichts weniger gehen, als den Besitz der Menschheit zu mehren. Ja, erinnerst du dich? Diese Worte hast du mir in diesem verhängnisvollen Brief vor unserer Verlobung geschrieben. Ich hätte besser hinhören sollen, dann hätte ich schon damals merken müssen, dass ich gegen die ganze Menschheit nichts ausrichten konnte. Meine Schuld! Ich bin nun mal nicht Cosima, die Heilige, die sich für ihren Mann aufopfert und sogar ihre Töchter aus dem Haus treibt, um mehr Zeit für ihren Richard zu haben. Und, mit Verlaub, du bist nicht Wagner!« Sie war immer lauter geworden, und jetzt standen Tränen in ihren Augen.

Gustav sah sie an, sein Gesicht war grau. »Mein Gott, Alma«, warf er ein.

»Ich bin noch nicht fertig! Ich habe dich so sehr geliebt, aber zu einer Liebe gehören immer zwei. Es kann nicht sein, dass der eine nur gibt, der andere nur nimmt. Erinnerst du dich, wie du mir einmal gesagt hast, du würdest dir wünschen, ich hätte die Blattern im Gesicht und sei entstellt, weil du mich erst dann richtig lieben könntest? Ich habe lange gebraucht, um zu verstehen, wie du diesen ungeheuerlichen Satz meintest. Du hast damit zum Ausdruck gebracht, dass du nie mich gesehen hast, so, wie ich wirklich bin. Du hast immer nur ein bestimmtes Bild von mir sehen wollen. Du hast dich niemals gefragt, wer hinter diesem Bild steht. Wer ich noch alles bin. Du hast große Teile meiner Seele, meines Selbst ... amputiert!« Erregt sprang sie auf und ging im Zimmer umher. »Und dann kam

Putzis Tod. Ich war wie gestorben, während du deine Musik hattest. Ich hatte gehofft, in Amerika würde alles besser werden, fern von Wien, von unserem eingefahrenen Leben. Vergebens! Es ist alles geblieben, wie es war. Und dann kam die Zeit, in der du mich nicht einmal mehr begehrt hast. Du hast mich sogar zurückgewiesen!« Die Erinnerung an diese Demütigung ließ sie aufschluchzen. »Ich bin jung, Gustav, ich bin schön, du bist doppelt so alt wie ich. Du hattest Erfahrung, ich nicht. Du hättest das wissen müssen. Du hättest auf mich zugehen müssen. Du hast mir doch schon meine Musik genommen. Am Anfang hoffte ich, ich würde etwas anderes dafür bekommen, aber du hast mir nichts dafür gegeben. Erinnerst du dich überhaupt noch an den Brief, den du mir vor unserer Verlobung aus Dresden geschrieben hast?«

Gustav nickte. »Selbstverständlich.«

»Ich habe ihn in den letzten Jahren immer wieder gelesen. In diesem Brief hast du mir ein Versprechen abgenommen, das ich gehalten habe. Aber du hast mir in diesem Brief auch etwas versprochen. Du wolltest mich glücklich machen. Ich habe dir geglaubt und dir vertraut. Ich war doch noch so jung! Aber du hast dein Versprechen gebrochen. Du hattest eine Verpflichtung mir gegenüber, der du nicht gerecht geworden bist.« Die letzten Worte waren ganz leise aus ihrem Mund gekommen. Sie war auf einmal zu Tode erschöpft.

Gustav hatte sie während der ganzen Zeit nicht angeschaut, und auch jetzt redete er mehr zu sich selbst, seine Stimme war kaum zu hören. Alma musste sich vorbeugen, um zu verstehen, was er sagte. »Ich habe es von Anfang an gewusst. Der Herbst, der den Frühling an sich kettet, der große Altersunterschied. Jetzt rächt sich das alles. Ich hätte viel früher auf meine Zweifel hören müssen.« Dann wandte

er sich an Alma: »Aber Alma, warum hast du nie etwas gesagt?« Er saß vornübergebeugt am Klavier, ein gebrochener Mann.

Alma lachte bitter auf. »Hätte es denn etwas genützt? Sei doch ehrlich, Gustav. Hätte es etwas genützt? Du bist so daran gewöhnt, dass die Welt dir zu Füßen liegt. Du bist der umjubelte Maestro, wenn du dich einmal herablässt, einen Salon mit deiner Anwesenheit zu beehren, dann dreht sich alles nur um dich, die Frauen reißen sich um deine Aufmerksamkeit. Du bist doch immer davon ausgegangen, dass ich zufrieden bin, solange du es nur bist.«

Gustav war bei ihren Worten aschfahl geworden. »Aber dieser Gropius … Musste es denn ein anderer Mann sein? Und dann jemand, der so viel jünger ist als ich, jünger sogar als du?«

»Willst du mir das vorwerfen?«

»Nein, ich … ich werfe dir nichts vor. Ich weiß nicht, was ich denken soll.« Er wendete sich ab, hob die Hände, dann ließ er sie kraftlos wieder sinken. Er sah sie an, sein Gesicht war gequält. »Alma, warum hast du mir nicht gesagt, was dich bedrückt? Wir hätten doch darüber reden können. Warum muss ich das auf eine so unwürdige Weise erfahren?« Er sackte noch mehr in sich zusammen.

Alma setzte sich neben ihn und nahm ihn in die Arme. »Es tut mir leid«, flüsterte sie. »Es tut mir aufrichtig leid. Ich habe das nicht gewollt. Nicht diese Beziehung zu Gropius und auch nicht, dass du es auf diese Weise erfahren musst.«

»Wirst du mich verlassen?«

In seiner Frage lag sein ganzes Elend.

Alma fühlte plötzlich unendliches Mitleid, aber auch Liebe für ihn. »Nein. Ich will dich nicht verlieren«, sagte sie, und sie spürte, dass es die Wahrheit war.

Gustav hob den Blick, und Alma sah die Hoffnung darin.

»Wir werden einen Weg finden. Gemeinsam«, sagte er. Dann stand er auf und ging aus dem Zimmer.

Alma blieb aufgewühlt zurück. Woher hatte sie die Kraft genommen, Gustav alles zu sagen, was sie bedrückte? Ohne Ausflüchte und ohne ihn zu schonen? War sie zu weit gegangen? Oder war es ihr gelungen, Gustav endlich aufzurütteln und ihn zum Umdenken zu bewegen?

Dann flammte Zorn auf Walter in ihr auf. Wie konnte er es wagen, einen Brief mit einem solchen Inhalt an Gustav zu adressieren? Er musste doch wissen, dass er damit eine Katastrophe auslöste. Wollte er sie vor vollendete Tatsachen stellen? Aber er hatte sie hintergangen und gegen ihre Abmachung gehandelt.

Gustav und sie unternahmen in den folgenden Tagen lange Spaziergänge und Wanderungen in den Bergen, um sich auszusprechen. Mal gingen sie ruhig nebeneinander, mal rannten sie förmlich voreinander davon und schrien sich ihre Vorwürfe ins Gesicht, bis sie erschöpft und weinend wieder zu Atem kommen mussten. Sie verbrachten so viel Zeit miteinander wie schon lange nicht mehr. Alma brachte noch einmal alles vor, was ihr auf der Seele lag. Gustav hörte ihr aufmerksam zu, und er gestand ihr, dass er sich schuldig fühlte, weil er sie in den Jahren ihrer Ehe ständig hinter seine eigenen Bedürfnisse zurückgesetzt hatte. Was er sagte, ermutigte sie, von dem großen Verlust, den sein Komponierverbot für sie bedeutet hatte, zu erzählen. Und sie erwähnte die Lieder, die sie vor ihrer Hochzeit geschrieben hatte und die in der grünen Mappe lagen. Er war völlig überrascht.

Am nächsten Tag, als sie von einem Spaziergang zurückkam,

schwebte eine Melodie durch den Garten. Alma erkannte sofort eines ihrer Lieder. Sie rannte ins Haus und fand Gustav am Klavier.

»Ich wusste das nicht«, sagte er. »Bitte verzeih mir, ich wusste nicht, wie gut sie sind. Ausgezeichnet! Ich verlange, dass du sie überarbeitest. Und dann werden wir sie drucken lassen. Und ich werde sie aufführen.«

# Kapitel 49

Draußen prasselte ein Sommerregen nieder und brachte wohltuende Abkühlung. Die Hitze hatte sich in den letzten Tagen im Tal gestaut und ihre Wanderungen mit Gustav zu schweißtreibenden Angelegenheiten gemacht. An solchen Tagen vermisste Alma den See vor der Tür in Maiernigg. Bei weit geöffnetem Fenster saß sie an ihrem Schreibtisch, vor sich eines der schmalen Hefte, die sie schon seit ihrer Jugend für ihre Tagebuchaufzeichnungen verwendete. Sie hatte diese Gewohnheit in den Jahren mit Gustav so gut wie aufgegeben. Warum eigentlich? Früher hatte sie täglich geschrieben, meistens mit lila Tinte in ihrer ausladenden, schwer lesbaren Schrift, über die Gustav sich immer beschwerte. Gut zwanzig Hefte waren in den Jahren zusammengekommen. In diesen Heften hatte sie ihr Innerstes festgehalten, undenkbar, dass jemand sie las! Vieles, was darin stand, wäre ihr peinlich gewesen. Sie lagen sicher verwahrt im Keller in der Hohen Warte. Dieses Heft war noch jungfräulich, sie hatte es am Morgen zufällig in einer Lade gefunden und an sich genommen.

Sie drehte den Stift in ihren Fingern und suchte nach Worten. Beim Schreiben hoffte sie ihre Gedanken ordnen zu können. Früher hatte das geholfen. Sie setzte zum Schreiben an, aber die Hand mit dem Stift verharrte. Wie sollte sie ihre innere Zerrissenheit in Worte fassen? Im Grunde lief es auf einen Gedanken hinaus: Sie konnte sich nicht zwischen Gustav und Walter, zwischen ihrem

Ehemann und ihrem Geliebten, entscheiden. Weil sie beides wollte. Die Vertrautheit, die Sicherheit, die sie mit Gustav verband. Seit all den Worten, die sie auf ihren Spaziergängen gewechselt hatten, fühlte sie sich ihm wieder näher. Sie wollte das Leben an der Seite eines Genies, eines gestandenen Mannes, der der Welt etwas zu geben hatte. Außerdem fühlte sie die Verpflichtung, die sie ihm gegenüber hatte. Wenn sie ihn verließe, würde ihn das zerbrechen und er würde wahrscheinlich nicht mehr komponieren. Das konnte sie nicht verantworten.

Bei Walter Gropius suchte sie etwas anderes: Bestätigung, Bewunderung, Jugend, Leidenschaft. Und vor allem anderen die Aussicht auf eine gemeinsame Zukunft, in der sie an seiner Seite ebenbürtig wäre und ihre Musik leben könnte. Vielleicht war es dafür bereits zu spät, weil sie die zehn Jahre, in denen sie nicht komponiert hatte, nicht wieder aufholen könnte. Aber Walter hatte großes Vertrauen in ihre Fähigkeiten. Wie hatte er ganz am Anfang ihrer Beziehung gesagt? Er wollte nicht wissen, was die Frau von Gustav Mahler tat, sondern was sie, Alma, tat. Wenn sie daran dachte, dann fühlte sie ein unbekanntes Ziehen in ihrer Brust, ihr Magen zog sich aus lauter Sehnsucht zusammen. Walter liebte sie, verehrte sie, war verrückt nach ihr. Und die körperliche Liebe mit ihm hatte etwas in ihr zum Klingen gebracht. Sie wollte darauf nicht verzichten müssen. Aber Walter war noch sehr jung, er war zwar vielversprechend, das sah sie, denn sie hatte immer schon ein untrügliches Gespür dafür gehabt, ob jemand etwas in sich trug oder nicht, und an einen mittelmäßigen Mann würde sie sich niemals binden. Aber wie lange würde es dauern, bis man Gropius als Architekten ernst nehmen würde? Würde er diese Schule wirklich gründen? Und bis dahin?

*Warum kann ich nicht beide haben?* Unbewusst schrieb sie diesen Satz in großen Lettern in ihr Tagebuch. Sie hielt inne. Ja, warum eigentlich nicht? Sie wäre nicht die erste Frau, die einen Geliebten hätte. Ihre eigene Mutter hatte ihr das vorgelebt. Und wenn sie alle Vorsichtsmaßnahmen träfe? Sie würde niemanden verletzen. Nein, das stimmte nicht. Walter war außer sich gewesen, weil sie mit Gustav geschlafen hatte. Und Gustav ahnte, dass sie weiterhin mit Walter korrespondierte. Er beobachtete sie auf Schritt und Tritt. Es war alles zum Verrücktwerden! Was sollte sie denn nur tun? Eines kam jedenfalls nicht infrage: Sie würde sich nicht scheiden lassen. Als geschiedene Frau wäre ihr der Zugang zur Gesellschaft versperrt. Und womöglich würde Gustav Gucki behalten. Nein, eine Scheidung war unmöglich.

Vorerst blieb ihr nur die Musik. Gustav traktierte sie geradezu mit ihren Liedern. Er spielte sie den ganzen Tag über und vernachlässigte darüber sogar seine eigene Arbeit. Er lag ihr damit in den Ohren, welche Änderungen für eine Drucklegung zu machen seien. Er schlug sogar schon Sänger vor, die sie interpretieren sollten. Alma war das alles zu viel. Sie war unsicher geworden, was ihre eigenen Kompositionen anging. Sie vertraute ihrem Urteil nicht mehr. Wenn Gustav eine Änderung vorschlug, wusste sie nicht, ob sie gut war oder nicht. Sie wusste gar nichts mehr.

Wer bin ich eigentlich? Und was will ich?, fragte sie sich.

Sie stöhnte auf und starrte auf die Seite, auf der neben dem einen Satz *Warum kann ich nicht beide haben?* nichts stand.

Als Gucki weinend ins Zimmer platzte, weil sie sich das Knie aufgeschlagen hatte, war Alma froh, dass sie ihren Grübeleien entfliehen konnte.

Einige Tage später kamen sie und Gustav von einer ihrer Wanderungen zurück. Sie waren beide erschöpft, nicht von der Anstrengung des Laufens, sondern von den zermürbenden Wortgefechten. Immer wieder hatte Gustav sie gefragt, ob sie ihn noch liebe.

»Wirst du bei mir bleiben?«

Alma blieb entnervt stehen. Wie oft wollte er das denn noch fragen? »Ich bin doch bei dir. Ich habe Walter Gropius seit Toblach nicht mehr gesehen, und ich wollte nicht, dass du diesen Brief liest. Was willst du denn noch?«

»Aber er schreibt dir, nicht wahr? Warum sonst deine täglichen Gänge zum Postamt? Da holst du doch Briefe von ihm ab, oder? Wärst du lieber bei ihm? Ich sehe doch, dass du dich von mir entfernst.«

»Gustav, hör jetzt auf damit. Du treibst mich von dir weg. Lass mir meine Ruhe, damit ich nachdenken kann. Ich ertrage deine Eifersucht nicht länger!«

Den letzten Teil des Weges gingen sie schweigend, beide in düstere Gedanken versunken.

Sie bogen gerade in den Weg ein, der durch die Wiesen zum Trenkerhof führte, als sie eine Gestalt unter einer Brücke stehen sahen. Die Dämmerung hatte schon eingesetzt, und Alma brauchte einen Moment, um den Mann zu erkennen. Sie blieb stehen und schlug die Hände vor den Mund, um nicht aufzuschreien. Aber da war es schon zu spät. Auch Gustav hatte ihn gesehen. Es war Walter Gropius. Almas erster Impuls war es, zu ihm zu laufen und sich in seine Arme zu werfen. Sie musste all ihre Kraft aufbieten, um sich selbst aufzuhalten.

»Gustav«, flehte sie. »Ich schwöre dir bei allem was mir heilig ist, ich hatte keine Ahnung.« Wie konnte Walter es wagen! Erst schrieb

417

er diesen Brief, und dann kam er auch noch persönlich? In Panik sah sie zwischen den beiden Männern hin und her.

»Geh du schon ins Haus. Ich gehe zu ihm und lade ihn ein«, sagte Gustav. Seine Stimme war absolut ruhig, und Alma bewunderte ihn dafür, wie er die Situation im Griff hatte. »Ich werde mit ihm reden.«

Es war dunkel geworden, als sie das Haus betrat. Alma wartete in ihrem Zimmer, während die beiden Männer miteinander sprachen. Sie hatte Angst. Sie horchte auf laute Stimmen, auf Geschrei, womöglich auf die Geräusche einer Prügelei. Die Minuten zogen sich. Dann kam Gustav.

»Geh zu ihm«, sagte er.

»Wie meinst du das?«, fragte sie verunsichert.

»Geh einfach zu ihm. Er hat mich in aller Form und mit Respekt gebeten, dass ich mich von dir scheiden lasse. Er will dich heiraten. Das ist jetzt deine Entscheidung.«

Alma wurde für eine Sekunde schwarz vor Augen. Wie ruhig Gustavs Stimme klang. Aber als sie ihn ansah, war da nur schiere Verzweiflung in seinen Augen. Die Zähne hatte er so stark aufeinandergepresst, dass die Linien um seinen Mund zu tiefen Furchen geworden waren. In diesem Moment spürte sie unendliches Mitleid und, ja, auch Liebe für ihn. Sie machte einen Schritt auf ihn zu, um ihn zu umarmen. Er hielt sie mit einem Blick zurück. Da verstand sie, dass er seine allerletzte Kraft zusammennahm, um seine Würde zu wahren. Wenn sie jetzt nicht auch stark war, dann würde er zusammenbrechen und sich und auch ihr das nie verzeihen.

»Ist gut«, sagte sie mit einer brüchigen Stimme. »Ich rede mit ihm.« Ihr Herz hämmerte in ihrer Brust, als sie Walter im Wohnzimmer stehen sah. »Was ist in dich gefahren?«, schrie sie ihn an.

»Was soll das? Ich hatte dich angefleht, nicht zu kommen. Der Brief war schon schlimm genug!« Sie spürte nicht wie noch vorhin den Wunsch, sich in seine Arme zu werfen. Wie hätte sie das tun können, mit der Erinnerung an Gustavs brennenden Blick auf ihren Wangen? Sie war sich deutlich bewusst, dass er im Nebenzimmer war und sein Schicksal in ihre Hände gelegt hatte. Walter kam auf sie zu und nahm sie sacht in die Arme, aber er wagte nicht, sie zu küssen. Einen Augenblick standen sie so, als Alma plötzlich eine merkwürdige Furcht überfiel. Wieso war es so still? Wo war Gustav? Sie machte sich los und stürzte in sein Zimmer. Während der wenigen Schritte, die sie dafür brauchte, flehte sie stumm: Lass alles gut werden. Mach, dass es ihm gut geht. Sie befürchtete das Schlimmste. Aber er saß zusammengesunken am Tisch und starrte in die Dunkelheit.

Als er sie hörte, hob er den Kopf. »Tu, was du für richtig hältst«, sagte er dann. »Ich werde deine Entscheidung akzeptieren.«

Alma ging mit hängenden Schultern zurück zu Walter. Der Weg kam ihr unendlich lang vor. Was sollte sie tun? Diese Entscheidung würde ihr Leben für immer verändern, egal, was sie tat. Sollte sie mit Gropius gehen, jetzt sofort? In ihrem Kopf warf sie ein paar Sachen in einen Koffer. Nein! Das brachte sie nicht über sich. Gustav war der Mann ihres Lebens, und gerade jetzt bewies er, was für ein großartiger, würdevoller Mensch er war. Sie würde ihn nicht verlassen.

Sie machte wieder kehrt und ging zurück in Gustavs Zimmer. »Schick ihn fort. Ich bleibe bei dir«, sagte sie.

Er sah sie eindringlich an, ohne etwas zu sagen. Er forschte in ihrem Gesicht, während ihr die Tränen hinunterliefen. Dann stand er auf, und kurz darauf hörte sie, wie die Haustür geöffnet wurde

und wieder ins Schloss fiel. Gustav brachte Walter Gropius hinunter ins Dorf.

Als er zurückkam, lag Alma bereits im Bett. Gustav sah zu ihr herein und ließ dann die Tür zwischen ihren Zimmern offen stehen. »Ich will deinen Atem hören«, sagte er, wieder mit dieser seltsamen brüchigen Stimme, die ihr das Blut in den Adern gefrieren ließ. Er war ein geschlagener Mann, der seine letzte Kraft verbraucht hatte. In diesem Augenblick machte sie sich große Sorgen um ihn. Er sah aus, als würde er jeden Moment zusammenbrechen.

Sie hörte ihn nebenan hin und her gehen, stöhnen, mit sich selbst reden. Seine Erschütterung drang durch die Wände zu ihr durch. Lange konnte sie keinen Schlaf finden. Als sie mitten in der Nacht aufwachte, stand er an ihrem Bett und starrte sie an. Er sah aus wie ein Geist. Mein Gott, was habe ich getan?, dachte sie entsetzt.

Und dennoch ... und dennoch vermisste sie Walter. Gustav hatte endlich Schlaf gefunden, sie hörte seinen gleichmäßigen Atem im Nebenraum, aber sie wagte nicht, die Tür zu schließen, in der Angst, ihn zu wecken. Gleich nachdem sie am nächsten Morgen aufwachte, setzte sie sich an ihren Schreibtisch, um Walter zu schreiben. Hastig reihte sie die Wörter aneinander, denn sie fürchtete, Gustav könnte jeden Moment aufwachen und nach ihr sehen. *Ich will mit dir leben, weil ich dich liebe*, schrieb sie. *Du musst wissen, dass ich dich liebe – dass du mein einziger Gedanke bei Tag und Nacht bist – dass ich für meine Zukunft nichts anderes ersehne, als Dein zu werden und zu bleiben.* Sie flehte ihn an, geduldig zu sein und auf sie zu warten. Gustav sei wie ein krankes Kind, wenn sie ihn jetzt verließe, käme das einem Todesstoß gleich. Dann unterschrieb sie mit *deine Braut*. Sie verschloss den Umschlag und versteckte ihn in ihrer Rocktasche. Nach dem Frühstück brachte sie ihn eigenhändig zur Post. Sie musste

noch vorsichtiger sein als vorher, es wäre eine Katastrophe, wenn Gustav herausfinden würde, dass sie ihm einen Brief geschrieben hatte. Sie hatte ihm schließlich am Abend zuvor gesagt, sie würde bei ihm bleiben. Aber ich habe nicht gesagt, dass ich Walter verlassen würde, dachte sie, um ihr Gewissen zu beruhigen.

Nach einer halben Stunde kam sie aus dem Ort zurück. Sie hörte Gustav am Klavier. Er arbeitete an seiner 10. Symphonie. Erleichtert atmete sie auf, weil er trotz allem die Kraft zum Komponieren fand. Als sie jedoch nach dem Mittagessen, als Gustav sich hingelegt hatte, die Partitur zur Hand nahm, erschrak sie zutiefst. Er hatte Anmerkungen und Ausrufe an den Rand geschrieben: *Erbarmen! O Gott! O Gott! Warum hast du mich verlassen! Dein Wille geschehe!* Und auf einer anderen Seite: *Der Teufel tanzt mit mir. Wahnsinn, fass mich an, Verfluchter!* Ein Eintrag brachte sie zum Weinen: *Leb wohl leb wohl Ach Ach. Für dich leben! Für dich sterben! Almschi!*

Am liebsten hätte sie die Seiten zerrissen, so sehr schnitten sie in ihr Herz. Was hatte sie ihm nur angetan! Er würde sterben, wenn sie ihn verließe! Das durfte sie niemals zulassen! Genauso wenig, wie sie zulassen durfte, dass Gustavs Kreativität wegen seiner Seelenpein versiegte. Sie musste bei ihm bleiben. Vorsichtig, beinahe zärtlich legte sie die Seiten der Partitur zurück. Dann verließ sie den Raum, ratlos und verzweifelt.

Gustavs Angst, sie zu verlieren, nahm in den folgenden Tagen seltsame Formen an. Er überschlug sich mit Liebesbeweisen. Sie fand Gedichte und kleine Nachrichten auf ihrem Nachtschrank. Aber es waren nicht die unschuldigen Gedichte, die er ihr nach ihrem Kennenlernen geschrieben hatte. Der Inhalt verstörte sie, ähnlich wie die Anmerkungen auf dem Partiturentwurf, es ging um Schmerz und um Tod. Nach wie vor musste die Tür zu ihrem Zim-

mer offen bleiben. Nachts kam er an ihr Bett und starrte sie an. Sie fand ihn weinend auf dem Boden liegend, einmal war er sogar ohnmächtig. Als sie ihn dabei ertappte, wie er ihre Pantoffeln küsste, fing sie an, um Gustavs Verstand zu fürchten.

Es muss etwas geschehen, dachte sie, sonst werden wir beide verrückt oder zerstören uns gegenseitig.

Alma war erleichtert, als ihre Mutter kam. Sie wüsste vielleicht, was zu tun war. Alma war inzwischen aufs Höchste beunruhigt und machte sich solche Vorwürfe, dass sie einfach nicht mehr weiterwusste. Als Anna sah, was vor sich ging, alarmierte sie ihren alten Freund Richard Nepallek. Nepallek, der Freund der Familie und Schüler Freuds, kam am nächsten Tag auf den Trenkerhof. Onkel Richard, wie Alma ihn nannte, hatte ihnen bereits nach Putzis Tod wertvolle Dienste geleistet und ihnen in der größten Not beigestanden. Alma erzählte ihm alles und beschönigte nichts.

»Das hört sich so an, als liege die Ursache in seiner Seele«, sagte er dann langsam und schlug vor, dass Gustav eine Analyse bei Sigmund Freud machte.

Alma stutzte, dann keimte Hoffnung in ihr auf. »Du meinst, dieser Freud kann Gustav helfen?«

»Die Psychoanalyse ist inzwischen eine anerkannte Form der Heilung. Sie verzeichnet ganz erstaunliche Erfolge. Ich werde Freud fragen und einen Termin vereinbaren.«

Natürlich hatten Alma und Gustav schon von dieser neuen Wissenschaft gehört. Einige ihrer Bekannten hatten die Hilfe von Doktor Freud bereits in Anspruch genommen. In gewissen Kreisen galt es sogar als schick, sich in seine Hände zu begeben. In seiner Praxis in der Berggasse im 9. Wiener Bezirk ruhte man auf einem roten

Diwan und ließ die Augen über afrikanische Kunst und die vielen Diplome schweifen, während man frei vor sich hin redete und der Doktor unsichtbar hinter einem saß.

»O ja, bitte, sprich mit Doktor Freud«, bat sie Richard von Nepallek. »Ich mache mir wirklich Sorgen. Ich weiß nicht mehr, was ich tun soll. Und sprich auch mit Gustav. Du musst ihn überzeugen, dass er zu diesem Arzt geht.«

Gustav war zu Almas großer Erleichterung einverstanden. Allerdings befand sich Freud auf Reisen in den Niederlanden. Also sandte Gustav ein Telegramm in sein Hotel in Leiden. Freud antwortete und schlug einen Termin vor, den Gustav jedoch verschob. Freud schlug einen zweiten Termin vor, auch den sagte Gustav im letzten Moment ab. Damit hatte er offensichtlich Freuds berufliche Neugierde geweckt. Außerdem wusste Freud natürlich, dass Gustav Mahler nicht irgendjemand war. Er stellte ihm ein Ultimatum: Entweder Gustav kam jetzt sofort nach Leiden in Holland, wo er Ferien machte, oder er müsse die Behandlung ablehnen, weil er dann weiter nach Sizilien reise und keine Zeit mehr habe.

»Fahr zu ihm, ich bitte dich«, flehte Alma ihn an. »Wenn dir etwas an uns, an mir, liegt, dann fahr.« Das Argument überzeugte ihn endlich. Am 25. August nahm er den Zug. Am folgenden Tag wollte er bei Sigmund Freud vorstellig werden.

Alma blieb zurück, in Gedanken bei ihm und voller Angst und Sorge.

# Kapitel 50

*bin fröhlich unterredung interessant aus strohhalm balken geworden reisefertig nach toblach*

Alma schluchzte vor Erleichterung auf, als sie das Telegramm las, das Gustav ihr kurz vor seiner Abreise aus Leiden geschickt hatte. Also musste das Treffen mit Freud gut verlaufen sein, Gott sei Dank! Endlich hatten die unerträgliche Anspannung und Unruhe der letzten Tage ein Ende! Alma hörte, wie ein Stoff riss, und sah auf ihre Hände. Sie hatte schon wieder eines der zarten Spitzentaschentücher zerrissen, die sie in den letzten Tagen vor lauter Nervosität in ihren Händen knetete. Anna sah sie mit hochgezogenen Augenbrauen an, dann nahm sie ihr das fein bestickte Stück aus der Hand und legte es zu den anderen, die zu flicken waren. Nach Gustavs Abreise waren Alma Zweifel gekommen, denn sie hatte sich inzwischen näher über die Art und Weise informiert, in der Sigmund Freud seine Patienten behandelte. Er sprach über einen längeren Zeitraum, manchmal Monate oder gar Jahre, regelmäßig mit ihnen, um den Grund für ihr Unglück oder ihre seelische Störung herauszufinden, den er häufig in der frühen Kindheit vermutete. Alma wusste nicht viel von Gustavs Kindheit in Böhmen, denn er sprach nur ungern über diese Zeit. Sein Vater war brutal gewesen, seine Mutter hatte still gelitten, er war der Zweitälteste von dreizehn Geschwistern gewesen, von denen sechs früh gestorben waren. Mit elf

oder zwölf Jahren hatte er die Familie verlassen, um bei einem Verwandten zu leben und in die Schule zu gehen. Mit fünfzehn war er dann nach Wien ans Konservatorium gekommen.

Wie viel hatte er Freud an nur einem Nachmittag erzählen können, fragte sich Alma. Und was war mit den unangenehmen Dingen, die man nicht einfach so jemandem erzählte, den man nicht kannte? Dass der Vater die Mutter geschlagen hatte? Den Tod der kleinen Geschwister? Wie hatten sie in dieser kurzen Zeit alles ansprechen können? Aber aus Gustavs Nachricht las sie Zuversicht heraus, und sie begann Hoffnung zu schöpfen.

Sie grübelte noch über den Inhalt des Telegramms nach, als ein zweites eintraf, das Gustav im Zug nach Köln geschrieben und an irgendeinem Bahnhof aufgegeben hatte. Es war ein Gedicht, dessen letzter Absatz lautete:

> Ich liebe dich! – *war meines Lebens Sinn*
> *Wie selig will ich Welt und Traum verschlafen.*
> O liebe mich! – *du meines Sturms Gewinn!*
> *Heil mir – ich starb der Welt – ich bin im Hafen.*

Im Hafen! Gustav bezeichnete sie als seinen Hafen. Das hatte er vorher noch nie zu ihr gesagt. Alma flüsterte die Worte vor sich hin. In einem Hafen fühlte man sich wohl, fühlte man sich zu Hause, war man sicher vor dem Sturm. Die Worte machten ihr Mut. Gustav schien gefestigt zu sein. Sie dankte im Stillen diesem Doktor Freud. Er würde ihnen beiden das Leben leichter machen. Sie lächelte zuversichtlich. Dann nahm sie ein neues Taschentuch aus der Kommode und wischte sich die Tränen aus dem Gesicht.

Sie hörte Gustav die Treppen heraufstürmen, dann riss er sie auch schon ungestüm in seine Arme. »Almschi, meine Almschi ...«, flüsterte er wieder und wieder. »Wenn ich das alles gewusst hätte. Bitte verzeih mir.« Er bedeckte ihr Gesicht mit Küssen, riss sie an sich, um sie gleich wieder loszulassen und erneut an sich zu ziehen.

Alma barg ihr Gesicht an seiner Schulter und fühlte die Feuchtigkeit in seinem Mantel, denn draußen regnete es. Für einen Augenblick lehnte sie sich an ihn und ließ sich von ihm umfangen. Aber dann wurde sie unruhig. Was sollte er gewusst haben? Und warum musste sie ihm verzeihen?

»Weißt du, was der Freud, der Sigi, gesagt hat?« Gustav hielt sie auf Armeslänge von sich weg, um ihr in die Augen zu sehen.

»Der Sigi?«

»Ja, wir sagen uns du. Wir sind uns sympathisch.«

»Was hat er gesagt? Was hättest du wissen sollen?«

»Er hat gesagt, wenn du den Ehebruch nicht tatsächlich vollzogen hättest, dann hättest du ihn erfinden müssen.«

»Das verstehe ich nicht.« Alma schüttelte heftig den Kopf. Was hatte dieser Freud mit ihrem Mann angestellt?

»Na, weil mir diese Geschichte die Augen geöffnet hat. Damit ich begreife, was mit dir los ist!«

»Mit mir?« Jetzt war Alma ernsthaft beunruhigt. Es ging doch um Gustav. Er brauchte Hilfe, doch nicht sie! Hatte sie seine Nachrichten falsch interpretiert? Hatte er etwa die ganze Zeit nur über sie gesprochen und nicht über sich selbst? Was hatte er diesem Freud erzählt?

»Mit uns. Dass sich was ändern muss!« Er kniete vor ihr nieder und legte seine Wange an ihren Bauch. »Es wird sich was ändern zwischen uns, das verspreche ich dir.«

Im Laufe des folgenden Gesprächs erfuhr Alma, was sich an diesem Nachmittag zwischen Gustav und Sigmund Freud ereignet hatte, und ihre Sorge legte sich. Sie hatten sich anfangs in dem Hotel getroffen, in dem Freud wohnte, dann waren sie über vier Stunden entlang der Kanäle durch die Stadt gelaufen, und Freud hatte Fragen gestellt. Aus Gustavs Antworten hatte er geschlossen, dass seine Mutter wohl Marie geheißen habe und dass er einen ausgeprägten Mutterkomplex habe. In Alma habe er eine Art Mutterersatz gesucht und übersehen, dass sie ja eine junge Frau und dafür völlig ungeeignet war.

»Es war eine Offenbarung. Was dieser Mann alles aus meinen wenigen Worten herausgelesen hat! Wir waren gerade an einem Kanal angelangt, und ich war mir sicher, dass wir diesen Kanal schon einmal überquert hatten. Ich erkannte die Brücke wieder, in deren Mitte ein Kandelaber stand. Mir war warm, und ich ging mit ausgreifenden Schritten. Freud hat mich mehr als einmal gebeten, doch etwas langsamer zu gehen. Eine Gruppe angetrunkener Männer kam uns entgegen, wir mussten ausweichen, umrundeten die lärmende Gruppe, einer rechts, einer links, und fanden uns dann in unserem Gleichschritt wieder. Und genau in dem Moment sagte er zu mir: ›Ihre Mutter hieß Marie, nicht wahr?‹ Und warum ich keine Frau geheiratet hätte, die auch Marie heißt. Ich würde in meiner Frau, in dir, Alma!, meine Mutter suchen. Ich bin stehen geblieben, so verblüfft war ich. Woher wusste Freud das? Freud war auch stehen geblieben und zog energisch an seiner dünnen Zigarre. ›Wie war Ihre Mutter?‹, hat er mich dann gefragt. ›Ich nehme an, sehr mütterlich, immer in Sorge um ihre Lieben, nie an sich selbst denkend. Ein gebender Engel.‹ Und dann hat er sich vorgebeugt, um die Wirkung seiner Worte zu beobachten.«

»Und wie hast du reagiert?«, fragte Alma.

»Ich habe gestutzt, und dann habe ich einen Lachanfall bekommen. Weil mir eingefallen ist, dass du ja Maria mit zweitem Namen heißt.«

»Du hast mich am Anfang unserer Ehe sogar so genannt, aber mir hat es nicht gefallen.«

Gustav sah zu Boden. »Meine Mutter war immer vergrämt und kränklich, und genauso habe ich mir meine Ehefrau gewünscht. Und du hast diese Rolle in deiner Jugend und Unreife natürlich nie ausfüllen können. Das war ungerecht von mir. Freud hat mich gefragt, wie ich dich überhaupt habe heiraten können. Ich habe ihm auch von meiner Angst erzählt, dass ich zu alt für dich sei, aber da hat er mich beruhigt.«

»Was hat er gesagt?«

»Dass du deinerseits eine Vaterfigur in mir gesucht hast, weil du den frühen Tod deines Vaters nie richtig verwunden hast.«

Alma nickte. Das alles hatte dieser Freud in einem einzigen Gespräch herausgefunden? Darüber musste sie nachdenken. Aber sie hatte das Gefühl, dass der Arzt recht haben könnte: Auch Klimt und Burckhard waren wesentlich älter als sie. Aber wie passte Walter Gropius da hinein?

»Da ist noch etwas«, sagte Gustav vorsichtig.

»Ja?«

»Freud hat mich gefragt, ob wir miteinander schlafen …«

Alma senkte den Blick.

»Man schläft ja auch nicht mit seiner Mutter, obwohl der Wunsch vorhanden sein mag«, sagte Gustav, und Alma fragte sich, ob das seine Worte oder die von Freud waren.

»Auch das wird sich ändern«, sagte er. »Ich habe schon während

der Fahrt angefangen, mich auf dich zu freuen. Damit meine ich nicht die Freude, die ich immer empfinde, wenn ich auf dem Weg zu dir bin ...« Er sah sie zögernd an, und Alma verstand, was er sagen wollte. »Ab jetzt soll unser Leben wie ein einziger Akkord klingen. Ich werde mehr Zeit für dich haben, das verspreche ich dir. Lass uns gemeinsam Freuds Bücher lesen. Der Mann ist ein Genie! Oh, da fällt mir ein, dass er kein Honorar gefordert hat. Na, das wird schon noch kommen.«

Er redete noch lange über seine Begegnung mit dem Arzt. Alma behielt nur im Kopf, was er über ihre Ehe gesagt hatte: dass sich von nun an alles ändern würde.

Als Gustav an diesem Abend an ihre Schlafzimmertür klopfte, war sie noch wach. Sie wartete auf ihn, nach dem, was er am Nachmittag zu ihr gesagt hatte. Aber sie konnte den Gedanken an Walter nicht vertreiben. Es war stickig in ihrem Zimmer, der Sommerregen hatte am Nachmittag nur eine kurze Abkühlung gebracht. Die Augusthitze lag über Toblach. Sie trug nur ein leichtes, ärmelloses Nachthemd und stand am Fenster, in der Hoffnung auf einen kühlen Abendhauch. Gustav trat hinter sie und liebkoste ihre Brüste. Ihr erster Gedanke war, ihn einfach wegzuschicken. So lange hatte ihr Körper ihn nicht mehr reizen können, und jetzt gab es da Walter Gropius, der es nicht ertrug, wenn sie mit Gustav das Bett teilte. Sie drehte sich zu Gustav herum, wollte etwas sagen, aber er küsste sie und drängte sich an ihren Körper. Alma fühlte sich an ihre Anfangszeit erinnert. Und sie spürte ihre aufkommende Sinnlichkeit. Wie lange hatte sie das entbehren müssen! Sie war eine junge Frau mit körperlichen Bedürfnissen, und Walter hatte ihre Lust neu entfacht.

Ohne zu überlegen, erwiderte sie Gustavs Berührungen. Wie sollte

sie ihm jetzt noch klarmachen, dass sie ihn nicht wollte? Und dann wollte sie nicht mehr zurück.

Am nächsten Morgen blieb sie lange im Bett. Gustav war längst zurück in sein Zimmer gegangen. Sie hörte ihn auf und ab gehen. Mit einem Seufzer drehte sie sich um. Sie war durcheinander. Was war da in der letzten Nacht passiert? Eigentlich etwas ganz Normales, ein Ehemann war ins Bett seiner Frau gekommen. Es war schön gewesen, schöner als sie es in Erinnerung hatte. Sie fühlte sich jung und lebendig. Gustav hatte ihr ins Ohr geflüstert, dass er sie liebe. Musste sie deshalb ein schlechtes Gewissen gegenüber Walter haben? Sie lächelte in sich hinein. Er würde es ja nicht erfahren.

Gustav hatte ihr versprochen, dass sich die Dinge zwischen ihnen ändern würden, und er hielt Wort. Einige Tage nach seiner Rückkehr aus Leiden saßen sie sich an dem großen Arbeitstisch gegenüber. Vor ihnen lagen die Blätter der 8. Symphonie ausgebreitet, die demnächst in Druck gehen sollte. Gustav nahm sich einzelne Notenblätter vor, um allerletzte Korrekturen und Randnotizen zu machen. Die Blätter waren übersät mit seiner hastigen Schrift, ein Laie würde meinen, eine Schar Singvögel sei durch eine Tintenlache gelaufen und dann über das Papier gehüpft und habe die Abdrücke der zierlichen Krallen dort hinterlassen. Die Ränder der Partitur waren mit Notizen, Gedankenfetzen und mit Liebeserklärungen an Alma fast zur Gänze beschrieben.

Es war Almas Aufgabe, diese Kritzeleien ins Reine zu schreiben und dabei möglichst keinen Fehler zu machen und die Notizen, die niemanden etwas angingen, wegzulassen, damit die Partitur von den Musikern und den Musikverlegern gelesen werden konnte.

Sie zog das nächste Blatt von dem Stapel, den er bereits bearbeitet

hatte, zu sich heran. Ihre Augen folgten den Noten, entzifferten die Melodie. Sie ließ den Stift sinken und las die Zeilen ein weiteres Mal. Ihre Hände fuhren beinahe zärtlich durch die Luft, als würde sie ein Orchester dirigieren. Die Melodie nahm sie gefangen. Sie berührte ihr Innerstes. Ihre nackten Arme hoben und senkten sich, die Hände folgten der zarten Bewegung, als würde sie mit einem Seidenschal winken.

Durch plötzliche Stille spürte sie, dass Gustav seine Arbeit unterbrochen hatte und ihren Bewegungen voller Faszination zusah. Er nahm die randlose Brille ab und beobachtete sie, folgte mit den Augen dem fließenden Auf und Ab ihrer Hände. Sie hatte die Augen geschlossen und neigte den Kopf im Takt, folgte den verhaltenen, mystischen, hundertfachen Stimmen der Sänger im Abschlusschor. Ihr Oberkörper begann sich leicht zu wiegen, so als sei sie eine Tänzerin, die die Musik anbetete. Der Träger ihres Sommerkleides verrutschte und gab die Rundung ihrer Schulter frei. Einzelne Tränen bildeten sich unter ihren Wimpern und liefen ihre Wangen hinab. Gustav stieß einen rauen Laut aus, und als sie die Augen wieder öffnete, sah sie, dass er die Hände vor das Gesicht geschlagen hatte.

Alma suchte seinen Blick. »Das ist das Schönste, was du je komponiert hast«, sagte sie dann.

»Es ist für dich, Almschi«, gab er zurück. »Nur für dich.« Er nahm den Stift und schrieb in großen Lettern auf die erste Seite: MEINER LIEBEN FRAU / ALMA MARIA. »Ich werde sofort in der Druckerei Bescheid sagen, dass sie ein loses Blatt mit dieser Widmung in den Klavierauszug einkleben. Ich möchte sie dir widmen.«

Zu ihrem einunddreißigsten Geburtstag machte Gustav ihr ein weiteres Geschenk. An diesem Morgen war sie schon wach. Sie konnte

nicht wieder in den Schlaf finden, denn in ihrem Kopf kreisten die Gedanken. Was würde das neue Lebensjahr bringen? Würde sie sich mit Gustav wieder versöhnen können? Würde sie Walter Gropius wiedersehen? Und wenn ja, wie würde sie die lange Trennung während des Winters überstehen, wenn sie in Amerika wäre? Sie fand keine Antworten auf ihre Fragen. Plötzlich wünschte sie sich nichts mehr, als dass Walter kommen und sie in seine Arme schließen würde.

Es klopfte leise an ihre Tür, und Alma zuckte zusammen. Sollte ihr geheimster Wunsch etwa in Erfüllung gegangen sein? Aber es war Gustav.

»Darf ich?«, fragte er.

Alma richtete sich in ihren Kissen auf.

Er kam auf sie zu und überreichte ihr ein kleines Päckchen. Alma erkannte am Dessin des Papiers, dass es sich um etwas aus den Wiener Werkstätten handeln musste. Sie wickelte es aus, und zum Vorschein kam ein kostbares Diadem. In einer Fassung aus vergoldetem Silber sah sie ovale und runde Perlmuttschalen und Zuchtperlen. Auf der Rückseite waren Ösen angefügt, um einen Steckkamm oder zwei Erbsketten anzubringen, damit sie den Schmuck auch als Collier verwenden könnte.

Alma schnappte nach Luft. »Gustav«, sagte sie. »So etwas Schönes!«

»Ich habe es bei Josef Hoffmann in Auftrag gegeben.«

Als Alma das hörte, fing sie haltlos an zu weinen.

Gustav verstand das nicht. »Aber Almschi, gefällt es dir nicht? Dann kaufe ich dir etwas anderes ...« Hilflos strich er ihr über die Arme.

Alma schluchzte. »Nein, das ist es nicht. Ich finde es wunder-

schön, es ist nur … Dass du an meinen Geburtstag gedacht und Hoffmann beauftragt hast.«

Gustav sah sie schuldbewusst an. »Ich habe viele Fehler gemacht. Aber ich will das ändern.«

Alma stand auf und stellte sich vor den Spiegel. Sie steckte das Diadem ins Haar. Das Weiß der Perlen schimmerte in ihrem dunklen, üppigen Haar. Sie war überwältigt. »Es ist wunderschön«, sagte sie noch einmal. Aber mehr noch war sie gerührt von Gustavs Geste.

»Ich ziehe mich rasch an. Dann komme ich«, sagte sie zu ihm.

»Ich warte mit dem Frühstück auf dich«, gab er zurück. Er trat hinter sie und hauchte ihr einen Kuss in den Nacken.

Alma blieb allein zurück und betrachtete sich im Spiegel. Hatte Gustav am Ende doch verstanden, dass er sich um seine Frau bemühen musste? War dies ein neuer Anfang? Kämpfte er um ihre Liebe? Sie ließ das Diadem in ihrem unfrisierten Haar, weil sie es tragen wollte. Dann ging sie hinunter.

# Kapitel 51

Eine Woche nach seiner Rückkehr musste Gustav nach München, um die Uraufführung der 8. Symphonie vorzubereiten. Er wollte sich eine ganze Woche Zeit nehmen, um dieses außerordentlich schwierige Musikstück mit den vielen Mitwirkenden in den Griff zu bekommen. Die drei Chöre kamen aus Leipzig, Wien und München, und er wollte zuerst einzeln mit ihnen proben. Alma würde zur Premiere nachkommen und vorher ihren Sommeraufenthalt in Toblach beenden und den Umzug nach Wien regeln.

»Ich will nicht fahren«, sagte er zu Alma. »Ich will dich nicht allein lassen.«

»Natürlich wirst du fahren«, sagte sie. »Du musst dir keine Sorgen machen. Es ist alles in Ordnung. Und du musst doch dabei sein, wenn deine Achte aufgeführt wird. Du kennst deine Musik am besten und weißt, wie sie zu spielen ist. Außerdem komme ich doch nach. Ich will dieses Ereignis doch auch mit dir teilen.«

Schließlich brachte Alma ihn zum Bahnhof. Wie üblich schrieb er schon im Zug an sie. Er bezeichnete sich selbst mehrfach als Gymnasiast und sie als seinen Heiland und seine Göttin. Alma las das mit einer Mischung aus Befriedigung und Befürchtung. Wenn sie früher in ihrer Ehe die Unterlegene gewesen war, so hatte sich dieses Verhältnis seit seiner Rückkehr aus Leiden umgekehrt. Sie wusste nicht, was sie davon halten sollte. Gustav erschien ihr so schwach, so

labil. Am nächsten Tag kamen beunruhigende Nachrichten von ihm: Ein neuerlicher Anfall von Halsentzündung hatte ihn während der Proben niedergestreckt. Er hatte Fieber. Weil er auf keinen Fall die Proben verpassen wollte, machte er eine seiner Schwitzkuren. Das halbe Hotelpersonal war eingespannt, um Decken herbeizuschaffen und ihm den Schweiß, der in Strömen floss, aus dem Gesicht zu wischen.

Vor allem Anna Moll war besorgt über seine neuerliche Krankheit.

»Du mutest ihm zu viel zu«, mahnte sie. »Er ist am Ende. Er hat Angst, dich zu verlieren. Das alles nimmt ihn zu sehr mit. Seine wiederholten Halsentzündungen machen mir wirklich Sorge. Sie werden mit jedem Mal bedrohlicher. Eines Tages wird ihn das umbringen.«

»Ich weiß, er müsste sich schonen. Aber das würde er niemals tun, solange es um seine Musik geht. Er hat schon zu oft erlebt, dass fremde Dirigenten seine Symphonien verhunzen. Und die Achte liebt er besonders, da will er nichts dem Zufall überlassen.«

»Eben deshalb darfst du ihm keinen weiteren Kummer machen. Es ist deine Pflicht, ihn zu unterstützen, so wie du es die letzten Jahre getan hast. Alma, pass auf, was du tust. Wenn er erfährt, dass du ihm nach wie vor untreu bist …« Sie sprach den Satz nicht zu Ende. Anna Moll wusste genauestens Bescheid über Almas Beziehung zu Walter, denn sie fungierte inzwischen als Postillon d'amour. Die Briefe zwischen Walter und Alma liefen über ihre Adresse. Alma hatte versucht, die Verbindung zu Walter Gropius zu beenden, aber es war ihr nicht gelungen; dafür liebte sie ihn zu sehr. Und seit er in Toblach aufgetaucht war, schrieben sie sich ja auch nur Briefe.

Dennoch nagte ein schlechtes Gewissen an ihr. Die Briefe, die

Gustav ihr schrieb, offenbarten seine Qualen. *Freud hat ganz recht – du warst mir immer das Licht und der Zentralpunkt. Freilich das innere Licht … Aber welche Qual und welcher Schmerz, dass du es nicht mehr erwidern kannst. Aber so wahr als Liebe wieder Liebe erwecken muss, und Treue wieder Treue finden wird, so lange Eros Herrscher unter den Menschen und Göttern sein wird, so wahr will ich mir wieder Alles zurückerobern, das Herz, das einst mein war …* Noch am selben Tag war ein weiterer Brief von ihm gekommen: *Seit Samstag 1 Uhr lebe ich nicht mehr. Gott sei Dank – jetzt habe ich eben deine Brieferln bekommen. Nun kann ich atmen … Almschi – wenn du damals von mir weggegangen wärst, so wäre ich einfach ausgelöscht, wie eine Fackel ohne Luft.*

Alma legte den Brief zu den anderen auf ihren Schreibtisch und strich ihn vorsichtig glatt. Gustav machte den Eindruck eines geschlagenen Mannes, und dass er jetzt so krank war, war kein gutes Zeichen. Alma fühlte mit ihm. Das schlechte Gewissen nagte an ihr.

Und doch war das nur die eine Seite der Medaille. Es war nicht allein ihre Schuld! Sie begann im Zimmer auf und ab zu gehen. Hatte nicht sie in den letzten Jahren gelitten? War es nicht nur gerecht, wenn jetzt er einmal leiden musste? Und hatte dieser Doktor Freud ihm nicht auf den Kopf zugesagt, dass er in ihr eine andere Frau gesehen hatte, eine Mutterfigur? Ob er Freud auch den Satz mit den Blattern erzählt hatte? Dass er sich wünschte, sie hätte ein von Blattern entstelltes Gesicht? Das war doch monströs! Wenn er ihr doch wenigstens das Komponieren gelassen hätte, das doch ihr Ein und Alles gewesen war. Vielleicht hatte sie sich ja nur aus diesem Grund überhaupt einem anderen Mann zuwenden können, weil Gustav ihr die Musik, die Kreativität genommen hatte? Weil Gustav ihr alles andere genommen hatte und sie nie die sein durfte,

die sie eigentlich war? Freud hatte doch sogar gesagt, dass sie diesen Ehebruch hätte erfinden müssen, wenn sie ihn nicht begangen hätte. Um Gustav die Augen zu öffnen.

Sie ging zurück an ihren Schreibtisch und nahm den Brief noch einmal zur Hand. Am Ende hatte Gustav geschrieben:

*Ist es wahr? Hab' ich dich wieder? Kann ich es fassen? Endlich! Endlich! ... Dein heutiger Brief war so lieb und zum ersten Mal seit acht Wochen – eigentlich in meinem ganzen Leben fühle ich dieses selige Glück, das einem die Liebe verleiht, wenn man von ganzer Seele liebt und sich wiedergeliebt weiß.*

Das Wichtigste war jetzt, dass er wieder gesund wurde und sein Konzert geben konnte. Und sie würde ja morgen zu ihm fahren. Alles andere würde sich finden.

∞

Als der Hausdiener des Grand Hotel Continental sie in das Zimmer führte, fielen ihr als erstes die roten Rosen, vermischt mit weißen Nelken, auf, die überall in hohen Vasen aus Muranoglas standen.

»Hoffentlich gefällt es der gnädigen Frau«, sagte der Diener. »Ihr Mann hat genaueste Anweisungen gegeben.«

Gustav kam einige Minuten später hereingestürzt, er hatte eine kurze Pause während der Probe angeordnet, um sie begrüßen zu können. Alma erschrak, als sie ihn sah. Er war geradezu ausgemergelt. Sein Haar stand wild um seinen Kopf. Die Augen waren fast schwarz und glänzten fiebrig. Aber er lächelte.

»Almschi«, sagte er und bedeckte ihr Gesicht mit Küssen. Sie spürte die Hitze, die von ihm ausging. Hatte er Fieber? Sie ließ sich seine Liebkosungen gefallen, innerlich aber raste sie vor Ungeduld.

»Wann musst du wieder auf die Probe?«, fragte sie ihn.

»Gleich. Ich hoffe, du begleitest mich. Es ist wirklich eine Herkulesarbeit, die da zu leisten ist. Diese vielen Akteure! Aber der Eindruck ist einfach nur großartig!«

Alma schüttelte den Kopf. »Nein, heute nicht. Lass mich erst mal ankommen. Ich fühle mich nicht wohl nach der Reise. Der Zug hat mich völlig durchgerüttelt, ich habe Kopfschmerzen. Lass mich hier ein wenig zur Ruhe kommen, wir reden heute Abend, wenn du wieder da bist.«

Sie sah die Enttäuschung in seinem Blick und bereute bereits, was sie gesagt hatte, aber er fing sich. »Sicher. Entschuldige, natürlich willst du dich von der Reise erholen. Wir sehen uns dann nachher.«

Alma konnte von oben auf die Straße hinuntersehen. Sie wartete, bis sie Gustav um die Ecke biegen sah. Dann blickte sie in den Spiegel. Ihre Augen waren von Traurigkeit umschattet. War es richtig, was sie vorhatte? Durfte sie das? Doch dann siegte ihre Sehnsucht. Sie griff nach ihrem Hut und der Tasche und verließ das Zimmer. Sie hatte sich vorher genau informiert, welchen Weg sie nehmen musste, denn sie wollte nicht das Risiko eingehen, den Portier im Hotel fragen zu müssen. Er könnte durch einen Zufall Gustav erzählen, dass sie auf dem Weg ins nahe gelegene Hotel Regina war, wo Walter auf sie wartete.

Es gelang ihr, unerkannt zu seinem Zimmer zu kommen. Sie hatte kaum die Hand ausgestreckt, um zu klopfen, da riss er schon die Tür auf.

»Alma«, rief er und zog sie an sich.

Als sie seinen Körper endlich wieder spüren und riechen durfte, brachen bei Alma alle Dämme. In ihren Briefen hatten sie sich ziemlich freizügig von ihren erotischen Wünschen und Sehnsüch-

ten geschrieben, und die hatten sich in den Wochen der Trennung aufgestaut. Auf der ganzen Reise hatte Almas Körper vor Sehnsucht nach Walter gebebt. Sie konnte sich an seinem jungen Körper nicht sattsehen, und seine Bewunderung für ihren Körper fachte ihre Lust an. Brennend vor Leidenschaft warf sie ihren Hut in die Ecke und zerrte an den Knöpfen seines Hemdes.

Aber es blieb so wenig Zeit! Kaum hatten sie sich gefunden, sich atemlos geküsst und geliebt, musste Alma schon wieder aufbrechen, um rechtzeitig zurück im Grand Hotel zu sein, bevor Gustav von der Probe kam. Sie zog sich vor dem Spiegel an und richtete ihren Hut. Walter lag noch auf dem Bett. Voller Verlangen sah Alma ihn an. Sie würde sich so gern wieder in seine Arme flüchten. Er spürte das und stand auf, um sie mit seinen Armen zu umfangen.

»Geh nicht«, murmelte er.

»Ich muss«, gab sie zurück. Ihre Stimme ließ keinen Widerspruch zu. Sie sah ihn im Spiegel an. Sein Blick verdunkelte sich.

»Du hältst mich hin«, sagte er laut und ließ sie abrupt los.

Alma ließ die Arme hängen, sie fühlte sich schutzlos ohne seine Umarmung.

Er bedrängte sie weiter: »Du musst endlich reinen Tisch machen! Sag deinem Mann, dass du ihn verlässt.«

Sie drehte sich zu ihm herum. »Du weißt, dass ich das nicht kann. Du weißt es, seit du in Toblach warst. Damals habe ich dir meine Entscheidung mitgeteilt. Ich liebe dich, aber ich kann Gustav nicht verlassen. Nicht jetzt. Es würde ihn umbringen.«

Walter begehrte auf. »Und was ist mit mir? Wie lange soll ich denn noch warten?«

Alma seufzte. »Ich muss jetzt gehen. Ich muss da sein, wenn Gustav kommt.« Sie sah, wie er bei der Nennung des Namens die

Mundwinkel nach hinten zog. Sie küsste ihn zum Abschied. »Mach es mir nicht so schwer.«

Auf dem Weg zurück ins Grand Hotel, den sie halb im Laufschritt nahm, grübelte sie vor sich hin. Sie hatte Walter vorhin eigentlich sagen wollen, dass ihnen nicht einmal mehr sechs Wochen blieben, bevor sie sich mit Gustav am 20. Oktober wieder nach Amerika einschiffen würde. Angesichts seines Zorns hatte sie der Mut verlassen. Wie sollte sie ihm erklären, dass sie monatelang fort sein würde? Ganz abgesehen davon, dass sie selbst sich vor der langen Trennung fürchtete. Ihr musste etwas einfallen, damit sie ihn vorher noch einmal treffen konnte.

Am folgenden Tag ging Alma zur Generalprobe und sah Gustav bei der Arbeit zu. Sie fühlte unbändigen Stolz auf ihn. Er hatte diese Menschenmenge, unter denen viele Künstler mit, vorsichtig ausgedrückt, schwierigem Charakter und ausgesprochene Diven waren, vollständig in der Hand. Er machte hier einen Witz, lobte dort, mahnte an anderer Stelle. Die Musiker, besonders die Kinder des Chors, schienen ihn sehr zu mögen. Noch während der Generalprobe änderte er ständig Nuancen an der Darbietung, hob eine Posaune hervor, ließ die Streicher leiser werden. Dabei riss er die Musiker mit seiner Begeisterung einfach mit, er konnte ihnen überzeugend vermitteln, wofür ihre Anstrengungen gut waren, er hatte sie völlig im Griff. Er verausgabte sich, rannte hin und her, mischte sich unter das Orchester, um den Klang von einer anderen Stelle aus zu hören, stellte einzelne Musiker an einen anderen Platz und eilte dann wieder an sein Dirigentenpult, um den Unterschied zu hören, und stellte alles noch einmal um.

Sie hörte die Umstehenden wispern und seine Arbeit kommen-

tieren. Nur wenige verstanden, was er dort tat und warum es notwendig war, um das für seine Ohren optimale Klangergebnis zu erhalten. Sie hätte ihnen seine Arbeitsweise erklären können. Wie er bis zum letzten Moment, zum Teil sogar während der Vorführung, eingriff, weil er meinte, ein Klang, ein Kontrapunkt müsse doch noch anders herauskommen. So kam es, dass seine Aufführungen sich nie glichen, immer ganz neu und frisch waren.

»Das ist wirklich ein starkes Stück. Tausend Mitwirkende«, sagte ein Mann neben ihr.

»Eine Symphonie der Tausend. Man könnte meinen, Mahler will das Publikum durch die schiere Masse beeindrucken.«

Alma hatte das schon häufiger gehört. »Symphonie der Tausend« wurde das Stück tatsächlich in der Presse genannt, aber Gustav mochte die Bezeichnung nicht.

Alma ging ein paar Schritte weiter. Das Gerede störte sie, sie wollte sich auf die Musik konzentrieren. Die 8. Symphonie hatte einen ganz besonderen Stellenwert für sie. Nicht nur, weil Gustav sie ihr gewidmet hatte. Er hatte sie auch in dem Sommer geschrieben, als ihr Leben noch in Ordnung war, als Putzi noch lebte. Da, jetzt kam das Faust-Thema, das sie hier zum ersten Mal komplett instrumentiert hörte. Sie sah zu Gustav hinüber. Auch er hatte die Orchesterfassung ja bisher nur in seinem Kopf gehört. Er hob die Hand, ballte sie zur Faust und schüttelte sie, um das Letzte aus den Musikern herauszuholen. Die Klangfülle überwältigte sie förmlich. Die Töne kamen so kraftvoll, dass sie für eine Sekunde den Eindruck hatte, auf ihnen durch den Saal zu schweben wie auf einem Schiff. Tränen liefen ihr über die Wangen. Jetzt wummerten die Pauken und brachten ihr Inneres zum Schwingen, aber Gustav war es immer noch nicht genug. Der Mann an der Pauke holte aus und schlug so kräftig er konnte auf

sein Instrument ein. Die Klangwellen prallten an ihr Ohr, sie spürte es körperlich. Es war herrlich, das Bewegendste, was sie bisher an Musik erlebt hatte. Als der letzte Ton verklungen war, sahen die Musiker und Sänger sich mit großen Augen um, als könnten sie selbst nicht glauben, was sie da eben geschaffen hatten.

Gustav sank am Pult leicht in sich zusammen, dann straffte er seinen Körper wieder und applaudierte seinem Orchester. Jeder konnte sehen, wie viel ihn diese Herkules-Leistung gekostet hatte und wie er in dieser Musik aufging. Er verließ das Pult, und Alma ging ihm entgegen, um ihn in die Arme zu nehmen.

»Ich bin so stolz auf dich«, flüsterte sie ihm ins Ohr. Sie hatte noch immer Tränen in den Augen.

Als sie sich später am Tag für eine Stunde davonstahl, um Walter zu sehen, war sie noch ganz gefangen von dem Erlebnis.

»Was ist mit dir?«, fragte er. »Du bist so abwesend.«

Aber mit Walter konnte sie dieses Erlebnis nicht teilen. Er wäre zu Recht eifersüchtig gewesen, zudem fehlte ihm der Zugang zur Musik.

Alma wurde sich wieder einmal schmerzhaft bewusst, wie unterschiedlich die beiden Männer in ihrem Leben waren. Und dass sie beide haben wollte – und brauchte.


Am nächsten Tag war dann die Uraufführung. Viele von Gustavs Kollegen und Bewunderern waren gekommen. Alma schüttelte die Hände von Richard Strauss, den Clemenceaus, die extra aus Paris angereist waren, von Siegfried Wagner und der Sängerin Lilli Lehmann, von Max Reinhardt und Hans Pfitzner. Auch Thomas Mann war anwesend. Nachdem der letzte Ton verklungen war, war es wie am Tag der Generalprobe: Stille, Verwunderung, und dann setzte ein Sturm

der Begeisterung unter den Tausenden Zuschauern, aber auch unter den Musikern ein. Mahler musste sich x-fach verbeugen, dann ging er die Reihen der Sänger ab und gab jedem einzelnen die Hand.

Alma stand in der Gruppe von Mahler-Freunden. Noch stärker als am Vortag war sie gefangen von dem, was sie eben erlebt hatte. Da fiel ihr siedend heiß ein, dass auch Walter Gropius irgendwo im Saal war. Unter dem Eindruck von Gustavs Werk hatte sie ihn für einen Moment vergessen. Jetzt sah sie sich unruhig um. Er durfte sich ihr auf keinen Fall nähern.

»Alma, sehen Sie ...« Sie vernahm den französischen Klang in der Stimme von Sophie Clemenceau.

»Ja?«

Sophie macht eine Bewegung mit der Hand. Alma folgte ihr mit den Augen und sah Gustav am Bühnenrand. Er war umringt von Bewunderern und Darstellern, aber sein Blick glitt suchend über das Publikum. Er suchte sie, Alma. Er wehrte die anderen ab, um besser sehen zu können. Andere Blicke folgten ihm, wollten wissen, was oder wen er so dringlich suchte. Alma hob die Hand, um auf sich aufmerksam zu machen. Jetzt entdeckte er sie, seine Miene hellte sich ganz kurz auf und fiel dann in sich zusammen. Alma erschrak über den Ausdruck in seinen Augen. Sein Blick flackerte. Sie las Sorge und, viel schlimmer, die Hoffnung auf Gnade darin.

Sie hob das Kinn und lächelte ihm zu.

Sophie Clemenceau war nicht die Einzige, die diese befremdliche Szene beobachtet hatte.

»Sie sollten zu ihm gehen«, wisperte sie. »Er braucht Sie. Unter all diesen Menschen, die ihn in diesem Augenblick für einen Schöpfergott halten, braucht er nur Sie. Sie sind zu beneiden.«

# Kapitel 52

Zwei Tage später waren Alma und Gustav wieder in Wien. Sie wohnten wie üblich bei Anna und Carl Moll, denn eine Wohnung in der Stadt hatten sie nicht mehr. Aber immerhin hatten sie ein Grundstück in Breitenstein am Semmering gefunden. Dort würden sie ein Haus bauen. Dass Gustav es jetzt schon seinen Alterssitz nannte, gefiel Alma überhaupt nicht.

»Ich bin einunddreißig Jahre alt, ich fühle mich ein bisschen zu jung für einen Alterssitz«, schleuderte sie ihm entgegen. Als sie seinen erschrockenen Blick sah, tat es ihr leid. Aber sie war aufs Äußerste gereizt, weil sie Walter vermisste. Noch am Abend der Uraufführung waren sie im Streit auseinandergegangen, seitdem hatte sie nichts von ihm gehört.

Nach der Aufführung, als er sie gesucht hatte, war Alma zu Gustav gegangen, und er hatte sie untergehakt und sie nicht wieder losgelassen, während die Zuhörer vorbeidefilierten, um ihm zu gratulieren. Dann hatte sie aus den Augenwinkeln Walter gesehen, der in der Nähe eines Ausgangs stand und ihr Zeichen gab. Nur mit Mühe hatte sie sich von Gustav losgemacht. Sie hatte behauptet, Sophie Clemenceau würde sie zu sich winken. Walter hatte von ihr verlangt, dass sie am Abend zu ihm ins Hotel kam. Aber das war unmöglich, sie musste Gustav zur Premierenfeier begleiten. Und am nächsten Morgen würden sie ganz früh den Zug nach Wien neh-

men. Walter hatte sich wütend auf dem Absatz umgedreht und war ohne Abschied gegangen.

In den nächsten Wochen tat sie, was sie schon so oft getan hatte und worin sie eine Meisterin war: Sie packte die Kisten für die Übersiedelung nach Amerika. Wieder waren es über vierzig Gepäckstücke, gefüllt mit Kleidung für Gustav, sie und Gucki. Daneben Bücher, Manuskripte und Partituren, Hutschachteln, Toilettenartikel, Spielzeug für Anna, Wintermäntel und tausend andere Dinge. Gustav hatte ihr allen Ernstes vorgeschlagen, auch sein geliebtes Grahambrot und die Tiroler Äpfel mitzunehmen, aber sie hatte sich geweigert. Wie sollte sie die heil über den Atlantik transportieren? Viele Dinge, die sie einpackte, wurden um diese Jahreszeit in Wien noch nicht gebraucht, wie Wintermäntel und Fellschuhe. Aber sie wusste inzwischen aus eigener Erfahrung, dass die Winter in New York bisweilen eiskalt waren.

Sie war gerade dabei, die Pelzkragen, die den ganzen Sommer über bei ihrem Kürschner eingelagert gewesen waren, aufzuschütteln und für die Reise auszuwählen. Dann schlug sie sie in frisches Seidenpapier ein und legte sie in einen Schrankkoffer, wo sie genügend Platz hatten, um keinen Schaden zu nehmen. Eigentlich könnten diese Kleidungsstücke der Einfachheit halber gleich in New York bleiben, dachte sie, wenn wir zurück in Europa sind, ist es hier viel zu warm. Diese ewige Packerei war wirklich lästig. Natürlich hätte sie Poldi bitten können, aber Gustav bestand darauf, dass sie seine Sachen persönlich einpackte. Sie ließ das unglaublich weiche Fell einer langhaarigen Silberfuchsstola durch ihre Finger gleiten. Gustav hatte sie während ihrer Hochzeitsreise in Russland gekauft, und Alma trug sie sehr gern, weil sie ihre Augen so gut zur Geltung

brachte. Das Diadem, das er ihr zum Geburtstag geschenkt hatte, müsste perfekt dazu harmonieren. Sie hatte noch keine Gelegenheit gehabt, beides zu tragen. Sie legte den Fuchs probehalber um, und der leichte Geruch nach Naphthalin stieg ihr in die Nase. Sie sah ihr Konterfei im Spiegel, und plötzlich wurde ihr bewusst, dass Walter sie nie in diesem Silberfuchs sehen würde, weil sie die Winter in New York verbrachte. In drei Wochen ging ihr Schiff. Sie würde Walter über Monate nicht sehen. Diese Aussicht ließ sie schier verzweifeln. Die gestohlenen Stunden in München waren erst einige Tage her, und sie hatten mit einem Streit geendet. So konnte sie ihn nicht verlassen! Die Sehnsucht nach ihm überwältigte sie. Sie nahm den Pelz von den Schultern und legte ihn zu den anderen. Sie musste sich etwas einfallen lassen, um ihn vor der Abfahrt noch einmal zu sehen.

Gustav hatte den Plan, vor der Abreise noch nach Berlin zu fahren, um dort Freunde zu treffen. Er ging davon aus, dass Alma und Gucki ihn begleiteten. Am 18. Oktober stach in Bremerhaven die *Kaiser Wilhelm II.* in See. Wie üblich hatte er bereits alles geplant und die Zugfahrkarten bestellt.

Als er Alma davon erzählte, wurde sie nervös. Wenn sie die ganze Zeit mit Gustav in Berlin zusammen wäre, hätte sie keine Gelegenheit mehr, sich von Walter zu verabschieden. Dann schoss ihr eine Idee in den Kopf: Was Gustav konnte, das konnte sie auch. »Immer musst du alles planen und über meinen Kopf hinweg bestimmen!«, rief sie zornig.

»Aber ... was meinst du?« Er war konsterniert.

Alma steigerte sich absichtlich in ihre Wut hinein. »Warum hast du mich nicht gefragt? Ich hatte andere Pläne.«

»Was für Pläne?«

Sie lenkte ein. »Ich würde dich ja gern nach Berlin begleiten, aber ich hatte gehofft, vor unserer Abreise nach Amerika noch ein paar Tage in Paris zu verbringen.« In ihrer Stimme klang Entmutigung. »Ich war schon lange nicht mehr dort und will die Clemenceaus besuchen. Wenn wir erst wieder in New York sind, bekomme ich sie monatelang nicht zu Gesicht.«

Gustav sah sie an, und sie wartete unruhig auf seine Reaktion.

»Aber du hast Sophie doch gerade erst in München gesehen, bei der Uraufführung«, wandte er ein.

»Ja, das stimmt. Aber ich habe trotzdem Sehnsucht nach Paris. Fährt unser Schiff nicht von Bremerhaven über Cherbourg? Dort könnte ich zusteigen. Gucki und Miss Turner kommen selbstverständlich mit mir.« Sie nahm seine Hand. »Wir werden doch in New York immer zusammen sein. Mir liegt wirklich viel daran.«

»Ich würde meine Berliner Pläne aber nur ungern umstoßen«, sagte er.

»Aber das sollst du doch gar nicht! Du fährst übermorgen nach Berlin, ich nach Paris, und zwei Tage später treffen wir uns in Cherbourg wieder. Genau so machen wir es!« Sie konnte nicht verhindern, dass eine leichte Röte ihre Wangen überzog. »Ich nehme einen Teil deines Gepäcks mit, dann hast du es leichter. Oh, ich freue mich, Sophie zu sehen. Und dann werde ich noch ein paar Einkäufe erledigen. Was meinst du?«

»Wie du willst.«

Alma atmete befreit aus.

Sobald es ohne Aufsehen möglich war, zog sie sich in ihr Zimmer zurück und nahm Briefpapier zur Hand. Sie musste sich beeilen, um Walter ihren Plan zu unterbreiten. Mit zitternden Fingern schrieb sie ihm eine Nachricht.

*Rendezvous wäre München. Ich reise Freitag den 14. Oktober um 11.55 Uhr vormittags mit dem Orientexpress von hier ab. Mein Coupé-Bett Nr. 13 ist im zweiten Wagon-Schlafwagen.*

Sie legte den Stift zur Seite und schob ein Buch über den Briefbogen, weil sie Gustavs Schritte vor der Tür hörte.

Er sah zu ihr herein. »Denkst du daran, meine warmen Stiefel einzupacken?«, fragte er. »Wir bekommen bestimmt wieder einen dieser hässlichen Schneeblizzards in New York.«

Sie nickte.

Er sah sie abwartend an, und sie meinte Misstrauen in seinen Augen aufblitzen zu sehen, aber sie sagte nichts. Schließlich verließ er ihr Zimmer, und Alma schrieb weiter. Sie riet Walter, ein Billett auf den Namen Walter Grote zu reservieren. Es wäre immerhin noch möglich, dass Gustav seine Reisepläne umstellte und auch nach Paris fuhr. Er würde dann zwei Tage später den gleichen Zug nehmen und sich vielleicht die Liste der Reisenden zeigen lassen. Meine Güte, ich fange schon an, unter Verfolgungswahn zu leiden, dachte sie bei sich. Sie unterschrieb den Brief mit *Deine Braut*. Bei diesem Wort gab sie sich Mühe, die Buchstaben schön und rund und charaktervoll zu schreiben. Sie sprühte einen Hauch ihres Parfums auf den Bogen und schrieb Walters Adresse auf den Umschlag.

»Ich gehe aus«, rief sie Gustav durch die geschlossene Tür des Arbeitszimmers zu. »Ich bin gleich zurück.« Sie würde den Brief eigenhändig zur Post bringen, den Dienstboten konnte man nicht trauen.

»Aber was ist mit unserem Spaziergang?«, rief er ihr nach.

»Bis dahin bin ich zurück. Ich muss nur schnell etwas besorgen.« Damit war sie schon aus der Tür geschlüpft, bevor er etwas entgegnen konnte.

Sie hatte Gropius gebeten, seine Antwort postwendend in einem unverfänglichen Brief an ihre Mutter zu schicken, ohne zu wissen, ob die Zeit reichen würde. Das Codewort lautete »A.M. 50«. Er durfte auf keinen Fall anrufen, Gustav würde es erfahren. Genug, dass er diesen vermaledeiten Brief gelesen hatte. Als sie den Brief einwarf, schickte sie ein kleines Stoßgebet hinterher. »Bitte lass Walter den Brief rechtzeitig erhalten. Und bitte mach, dass er kommt.«

Die Schlafplätze im Orientexpress waren gebucht. Zwei Kabinen, die in verschiedenen Waggons lagen. Alma hatte einfach behauptet, nebeneinanderliegende Coupés seien nicht mehr verfügbar gewesen. Denn es durfte auf keinen Fall passieren, dass Gucki oder Miss Turner Walter im Zug begegneten.

Auf dem Weg zum Westbahnhof überkam Alma so etwas wie Fatalismus. Sie hatte alles so gut wie möglich organisiert und vorbereitet. Jetzt kam es nur noch auf Walter an. Hatte er ihren Brief rechtzeitig bekommen? Würde er im Zug sein? Sie achtete nur halbherzig darauf, ob der Schaffner ihr Reisegepäck auch sorgfältig behandelte und in das richtige Abteil brachte. Oder ob die Überseekoffer im Gepäckabteil transportiert und gleich nach Cherbourg weitergeschickt wurden. Sie dachte nur an Walter.

Während der Fahrt von Wien bis München hatte sie kaum Augen für den unbeschreiblichen Luxus, den der Orientexpress bot. Sie war schon öfter damit gefahren. Eher widerstrebend ließ sie sich von Gucki in den Salonwagen ziehen, der es mit jedem großen Hotel aufnehmen konnte: dicke Teppiche, Lalique-Gläser, bestickte Servietten. Sie hatte keinen Hunger, leistete aber Gucki und Miss Turner Gesellschaft. Ein Pianist begleitete sie während des Essens auf dem

Flügel. Ein Flügel in einem Zug! Allerdings war der Musiker nur zweiter Klasse. Das hätte Alma besser gekonnt. Das Essen war dagegen hervorragend.

Gleich nach dem Essen schickte sie Gucki mit Miss Turner zum Schlafen. Als sie in ihr eigenes Abteil zurückkam, hatte der Schaffner schon die Betten gerichtet. Alma sah auf die Uhr. In einer guten Stunde würden sie München erreichen. Sie betete, dass Walter am Bahnhof sein würde. Nervös ließ sie sich in die weichen Polster fallen. Auch die Schlafwagen ließen keinen Komfort vermissen. Die Bänke waren petrolfarben mit einem Muster im Jugendstil bezogen, die Lampenschirme an der Decke und auf dem kleinen Tisch vor dem Fenster sahen aus wie anmutige Blütenkelche. Es klopfte, und sie fuhr zusammen. Etwa Gucki? Nein, es war der Schaffner, der eisgekühlten Champagner und gebrannte Nüsschen in einem silbernen Schälchen brachte.

»Wir erreichen München pünktlich«, sagte er und legte die Finger an die Mütze. Dann schloss er geräuschlos die Tür hinter sich.

Unruhig ging Alma in den angrenzenden Waschraum. Auch hier leuchteten die Edelhölzer, als wären sie mit Öl eingerieben. Sogar das Waschbecken war in Mahagoni eingelassen. Ein feiner Haarriss zog sich durch den Marmor des Beckens. Alma fuhr ihn mit dem Zeigefinger nach, wieder und wieder, während sie sich langsam beruhigte. Sie lauschte auf das Schnaufen des Zuges, das nur ab und zu von einem Pfeifen der Lokomotive durchbrochen wurde. Alma ging wieder in das Abteil hinüber und sah aus dem Fenster. Draußen wurde es bereits dunkel.

Je näher sie München kamen, umso unruhiger wurde sie. Walter hatte nicht mehr genügend Zeit gehabt, ihr auf ihren Vorschlag zu antworten. Sie wusste, er würde Himmel und Hölle in Bewegung

setzen, um dieses Rendezvous möglich zu machen, aber es wäre ja immerhin möglich, dass er es nicht schaffte. Und wenn er immer noch böse auf sie war wegen München und deshalb nicht kam? Der Gedanke versetzte ihr einen Stich. Wenn sie ihn mit ihrer Weigerung, Gustav zu verlassen, vertrieben hätte? Das käme einer Katastrophe gleich. Sie betrachtete sich im Spiegel. Ein erwartungsvolles Lächeln umspielte ihre Lippen. Wenn alles glattging, dann würde Walter in ein paar Minuten bei ihr sein. Die Nacht würde ihnen gehören. Sollte sie doch noch etwas zum Essen kommen lassen? Ach was, er würde keinen Hunger haben. Jetzt konnte sie nur noch warten. Sie fühlte sich flattrig und nervös wie ein Backfisch. Sie stellte sich vor, wie er die Tür aufreißen und sie in seine Arme nehmen, ihr Dekolleté mit Küssen bedecken würde. Die Betten im Zug waren nicht sehr breit, aber Walters unbedingter Wille, ihr jeden Wunsch zu erfüllen, und ihre Leidenschaft würden das hundertmal wettmachen. Er wäre ausgehungert nach ihr, nach der langen Zeit, in der sie sich nicht gesehen hatten. Mein Gott, wie sie diese Leidenschaftlichkeit vermisste!

Sie zupfte an ihrem Kleid herum und tupfte einen Tropfen Parfum in ihr Dekolletee. Der Zug verlangsamte die Fahrt und kam zum Stehen.

Jetzt waren es nur noch fünf Minuten bis zur Abfahrt. Jetzt würde Walter jeden Moment kommen.

Sie trat ans Zugfenster heran, öffnete es und sah auf den Bahnsteig hinaus. Wo war er?

Da sah sie ihn. Mit langen Schritten ging er an den Waggons entlang. Er suchte nach der richtigen Wagennummer. Alma wagte nicht, ihn anzurufen. Sie schloss das Fenster wieder und wartete auf ihn. Dann klopfte es an der Tür, und er war da.

# Kapitel 53

Gustav war mit Gucki zu einem Spaziergang in den Central Park aufgebrochen. Den hatte er ihr schon seit Tagen versprochen, aber ihre Tochter war krank gewesen, und Alma wollte sie nicht den unbarmherzigen Temperaturen aussetzen. Vor ein paar Tagen hatte ein Schneesturm New York heimgesucht, und seitdem herrschten tiefe Minusgrade. Aber heute hatte sich der Wind gelegt, und Gustav hatte die Gelegenheit wahrgenommen. Vorhin am Frühstückstisch hatte er sich rührend um seine Tochter gekümmert.

»Das sind Toastsoldaten«, hatte er gesagt und ihr in feine Streifen geschnittenes weiches Brot hingehalten. »Die tunkst du jetzt in dein Eigelb.«

Gucki hatte begeistert gelacht. Und jetzt waren die beiden unterwegs. Bei den Philharmonikern waren heute keine Proben, also hatte Gustav frei. Er arbeitete schon im zweiten Jahr nicht mehr für die Met, sondern für die New Yorker Philharmoniker. Keine Opern mehr, nur noch Konzerte. Dass er nicht mehr mit dem Theater zu tun hatte, hatte ihn nachsichtiger gemacht. Über Bühnenpannen konnte er sogar lachen. Er rieb sich nicht mehr auf bis zum Letzten und ging mehr unter Menschen. Manchmal kroch bittere Angst in Alma hoch, weil sie fürchtete, es seien seine schwindenden Kräfte, die ihn milder machten. Dennoch: Auch in dieser Saison bewältigte er ein immenses Programm. Er kam auf fast hundert Konzerte, von

denen viele Gastspiele mitsamt nervenaufreibenden Proben mit einem fremden Orchester waren. Obwohl er immer mehr populäre Stücke aufführte, waren die Zuschauerzahlen leicht rückläufig, die Zeitungen konzentrierten sich jetzt mehr auf die Aufführungen von Gustavs Konkurrenten Toscanini. Die Mäzene des Orchesters begannen nervös zu werden. Gustav unternahm noch größere Anstrengungen. Alma wusste nicht, was sie davon halten sollte. Wenn Gustav im nächsten Winter eventuell nicht wieder in Amerika arbeiten würde, wäre sie näher bei Walter. Aber würde er anderswo ein passendes Engagement finden? Man würde sehen.

»Pass gut auf sie auf«, bat sie Gustav, als die beiden aufbrachen. Sie hatte Anna warm eingepackt und sie ermahnt, ja nicht die Mütze abzusetzen. »Sie ist gerade erst wieder einigermaßen auf den Beinen. Und auf dich pass auch auf.«

Gustav hatte schon immer dazu geneigt, Krankheiten einfach wegzulachen. Er hielt Abhärtung für die beste Vorbeugung. Nach der Diagnose von Doktor Kovacs vor drei Jahren hatte er einige Zeit auf Bewegung verzichtet und schnell festgestellt, dass es ihm damit noch schlechter ging. Seit er wieder lange Märsche unternahm, ging es ihm besser, und er fühlte sich bestätigt. »Mach dir keine Sorgen«, sagte er nun. »Frische Luft wird Gucki guttun.«

Sie hörte die Tür zuschlagen und atmete auf. Endlich hatte sie einen Moment für sich allein. Sie ging über den dicken Teppich zum Fenster und sah auf die verschneite Stadt und den Park hinaus. Draußen türmte sich der Schnee auf den Gehsteigen. Nur wenige Menschen waren zu sehen. In zwei Wochen war Weihnachten, schon ihr viertes Weihnachten in Amerika. Und ihr erstes ohne Walter. Sie las noch einmal seinen letzten Brief aus Berlin, in dem er von den Plänen für seine Schule schrieb und seine Sehnsucht nach ihr beschwor,

dann schrieb sie ihm eine Antwort. Sie sehnte sich nach seinem Körper, und die Idee, eines Tages ein Kind mit ihm zu haben, nahm immer konkretere Gestalt an. Sie hatte sich angewöhnt, in ihren Briefen so zu tun, als ob sie nur durch eine kurze Reise voneinander getrennt seien. So war es leichter. Aber zwischen ihnen lag ein Weltmeer, und die Post brauchte mindestens vierzehn Tage. Bis ihn dieser Brief erreichte, wäre Weihnachten schon vorüber. Sie fühlte sich weiter entfernt von ihm als je zuvor. Sie verschloss den Umschlag und klingelte nach dem Zimmermädchen, damit es den Brief abholte. Als sie wieder allein war, setzte sie sich an das Klavier, von dem aus man auf die verschneite Stadt hinuntersehen konnte. Sie nahm die grüne Mappe mit ihren Liedern, die auf dem Notenständer stand, und blätterte darin. Ach, diese Momente, in denen sie selbstvergessen spielen konnte, waren viel zu selten. Im ersten Jahr in Amerika hätte sie die Zeit gehabt, aber da war sie nicht auf den Gedanken gekommen. Doch jetzt, nachdem Gustav in Toblach ihre Lieder entdeckt und für gut befunden hatte, hatte sie wieder begonnen zu komponieren. Ganz langsam tastete sie sich an ihre frühere Leidenschaft heran. Ihre Finger fanden die Tasten wie von selbst, aber sie hatte das Vertrauen in ihre Fähigkeiten über die Jahre verloren. Sie hätte mehr Zeit gebraucht, aber Gucki verlangte nach ihrer Aufmerksamkeit.

Und dabei gab es unbestreitbare Erfolge zu verzeichnen: Die Sängerin Frances Alda plante auf einem Liederabend ein Lied von ihr vorzutragen. Die *Laue Sommernacht* nach dem Text von Otto Julius Bierbaum. Gustav war vor einigen Tagen ganz aufgeregt mit der Nachricht hereingeplatzt. Alma wusste nicht recht, was sie davon halten sollte. Das alles war so lange her. Zum letzten Mal hatte sie dieses Lied Hans Pfitzner vorgespielt, wie viele Jahre waren seitdem vergangen? Damals war sie ihren Kompositionen noch näher, sie

waren noch ein Teil von ihr gewesen. Vor einigen Jahren hätte sie vor Glück gejubelt, wenn eines ihrer Lieder öffentlich aufgeführt worden wäre, aber jetzt? Sie hatte so viele andere Sorgen, und in ihrem Herzen war die Sehnsucht nach Walter Gropius. Aber Gustav hatte über ihren Kopf hinweg bestimmt. Er übertrieb es geradezu mit seiner Begeisterung und bedrängte die Alda, weitere Lieder von Alma zu singen. Das ging aber nicht, denn das Programm war bereits gedruckt. Alma war nicht allzu traurig darüber. Ihr Kopf war mit anderen Dingen beschäftigt. Sie ging hinüber ans Bücherregal und nahm einen Band mit neueren deutschen Gedichten zur Hand. Sie suchte nach einem Text, der ihre Sehnsucht, ihre unglückliche Liebe zu zwei Männern zum Thema hatte, damit sie die passenden Noten dazu finden könnte.

Nach zwei Stunden waren Gustav und Gucki immer noch nicht zurück. Nach einer weiteren Stunde machte sie sich ernsthaft Sorgen und überlegte, ob sie nach ihnen suchen sollte.

Als sie dann endlich kamen, machte sie Gustav Vorwürfe. »Wo wart ihr so lange? Gucki ist ja ganz durchgefroren. Wie konntest du sie so lange dieser Kälte aussetzen?«, rief sie.

Gustav lächelte geheimnisvoll und schwenkte eine Tüte. »Wir waren ja gar nicht die ganze Zeit draußen. Wir haben ein paar Einkäufe gemacht. Schließlich ist bald Weihnachten.«

»Aber … das hast du doch sonst nie getan. Du hasst es doch, einzukaufen!«

»Du wirst schon sehen.«


Am Weihnachtsabend überraschte er sie mit einer gespenstischen, weil für ihn so unüblichen, Szenerie. Alma musste das Zimmer verlassen und in einem Nebenzimmer warten. Drinnen hörte sie ihn

rumoren. Dann rief er sie herein. Vor ihr stand ein Tisch, über den eine Spitzendecke gebreitet war. Alles war über und über mit Rosen bedeckt. Unter der Decke waren ihre Geschenke, darunter Gutscheine für einen Einkaufsbummel und ein Schmuckstück im Wert von tausend Dollar.

Alma wusste nicht, was sie sagen sollte. All das passte nicht zu Gustav. Er verbog sich, um ihr entgegenzukommen. Er hatte ihr Parfum geschenkt, und im Dezember hatte er sie sogar zu einem Ausflug an die Niagarafälle eingeladen. Früher hätte er so etwas nicht getan. Doch dann freute sie sich an den vielen schönen Dingen, die er für sie ausgesucht hatte.

Zwei Tage später schwenkte er einen Brief, als er ins Zimmer kam.

»Den hat mir der Concierge eben gegeben. Er ist für dich.«

Alma wurde vor Angst blass. Der Concierge hatte Gustav einen Brief gegeben? Etwa von Walter? Sie hatte ihm doch eingeschärft, auf keinen Fall an die Adresse des Hotels zu schreiben. Aber dann hätte Gustav wohl anders reagiert, oder? Sie räusperte sich.

»Von wem ist er denn?«, fragte sie möglichst beiläufig.

»Aus Wien. Von Flora Berl.« Er kam zu ihr herüber und küsste sie auf die Wange. »Ist etwas?« Er sah sie durchdringend an. »Hast du einen anderen Absender erwartet?«

»Nein, alles in Ordnung«, gab sie betont lässig zurück. »Flora wollte mir von den Weihnachtsbällen in Wien erzählen. Du weißt doch, wie sehr sie Klatsch liebt.« Aber innerlich zitterte sie vor Anspannung. Sie spürte, dass Gustav immer noch Angst hatte, sie könnte ihn verlassen. Seine Antennen waren offensichtlich viel stärker, als sie dachte.

Silvester verbrachten sie in ihrem Appartement. Zu Gast war ihr Freund, der Arzt Joseph Fraenkel. Sie wollten das Feuerwerk aus den drei Riesenfenstern sehen, die den Erker bildeten. Um fünf Minuten vor Mitternacht begannen sämtliche Glocken zu läuten, die Sirenen sämtlicher Schiffe und Fabriken zu tuten. In dem milchigen Licht, das in der Stadt herrschte, klang das wie eine überdimensionale Orgel. Dann stiegen die ersten Raketen in den Himmel auf. Alle drei waren ergriffen. Sie fassten sich an den Händen und wünschten sich ein glückliches neues Jahr 1911.

Sie hoben ihre Champagnergläser und prosteten sich zu. Aber Almas Unbeschwertheit war gespielt. Etwas bedrückte sie. Walters Briefe wurden in den letzten Wochen seltener, und auch sie schrieb ihm nicht mehr so häufig. Eine diffuse Furcht überkam sie, ähnlich wie am Weihnachtsabend, als sie Gustavs Inszenierung ihrer Geschenke gesehen hatte. Und dann wieder, als er ihr den Brief gebracht hatte. Sie ahnte, dass etwas geschehen würde. Sie sah es in Gustavs Gesicht, der ebenfalls so tat, als sei alles in bester Ordnung.

# Kapitel 54

Zu dem Liederabend am 3. März 1911, an dem auch Almas *Laue Sommernacht* vorgetragen wurde, konnte Gustav sie nicht begleiten. Er war krank. Das war im Grunde nichts Außergewöhnliches, aber dieses Mal war Alma sehr beunruhigt, denn anders als sonst erholte er sich nicht wieder. Er war so schwach, dass er es nur vom Bett auf das Sofa schaffte. Alle Proben waren abgesagt, Gustav konnte das Hotelzimmer nicht verlassen. Krankheiten in ihrer Familie ließen Alma nach Putzis Tod immer gleich das Schlimmste befürchten. Gerade waren Gucki und sie wieder einigermaßen gesund, da hatte es Gustav erwischt.

Es hatte Ende Februar wie immer mit einer Halsentzündung und Fieber begonnen. Gustav bestand darauf, dennoch am Abend zu dirigieren. Fiebergeschüttelt stand er auf dem Podium. Am folgenden Tag hatte sich sein Zustand verschlechtert. Es folgte ein Auf und Ab der Fieberkurve. Doktor Fraenkel machte ein sorgenvolles Gesicht, als er ihn untersuchte. Seine Diagnose war niederschmetternd: Eine Endokarditis, eine Entzündung der Herzinnenhaut, die er wohl schon über Jahre mit sich herumtrug. Es kam noch schlimmer: Fraenkel zog einen Spezialisten hinzu, der seinen Verdacht auf Streptokokken bestätigte.

»Gegen diese Bakterien gibt es kein Heilmittel. Einem Gesunden können sie nichts anhaben, aber Ihr Mann ist geschwächt ...«

»Was wollen Sie damit sagen?«, entfuhr es Alma. »Was passiert, wenn er diese Bakterien nicht besiegen kann?«

Fraenkel gab keine Antwort.

Gustav hatte sich noch nie geschont, doch als er sie allein zum Liederabend in der Mendelssohn Halle gehen ließ, auf dem Frances Alda ihr Lied sang, da stieg Almas Sorge ins Unermessliche. Sie saß in der ersten Reihe des Konzertsaals und hörte ihre eigene Musik, aber sie war nicht richtig bei der Sache. Ihre Gedanken waren bei Gustav.

»Wie war es?«, fragte er, als sie nach Hause kam. Er wollte jede Einzelheit wissen, besonders, wie die Zuhörer Almas Lied aufgenommen hatten. Mit fieberglänzenden Augen ließ er sich jede Einzelheit beschreiben, und sein Stolz auf Alma ließ seine Wangen noch mehr glühen. Er war während ihres Berichts so bewegt, als handele es sich um seine eigene Komposition. Sein übertriebener Eifer machte Alma Angst.

Am nächsten Tag gab er vor, sich besser zu fühlen, aber Alma sah ihm an, dass das nicht stimmte.

»Wen wirst du heiraten, wenn ich nicht mehr bin?«, fragte er scherzhaft, als sie zusammen auf dem Sofa saßen. Gustav war in eine dicke Wolldecke gehüllt, aber er fror trotzdem.

Alma erstarrte.

»Zemlinsky? Ist schon verheiratet. Burckhard? Ebenso. Der gute Doktor Fraenkel? Zu alt …« So ging es weiter, bis er schließlich sagte: »Ach, es ist wohl besser, wenn ich bei dir bleibe.«

Alma verließ unter einem Vorwand den Raum. Erst vor der Tür gestattete sie sich zu weinen.

Sie war inzwischen von Gustavs Pflege völlig erschöpft. Sie schlief viel zu wenig, kam kaum noch aus ihren Kleidern. Sie engagierte

verschiedene Pfleger, doch Gustav konnte sie nicht ertragen. Der eine quietschte mit den Sohlen, der nächste schnarchte, und eine Frau durfte es auf keinen Fall sein, weil ihm seine Schwäche peinlich war. Schließlich rief Alma ihre Mutter zu Hilfe. Anna Moll nahm das nächste Schiff, und beide Frauen wechselten sich am Bett des Kranken ab.

Auch Gustav merkte, dass es ernst war. Er wollte nach Europa zurück. Doktor Fraenkel befürwortete das. In Europa gab es Spezialisten, die ihm vielleicht helfen konnten.

Am 8. April verließen sie New York. Der Direktor des Hotels, ein großer Bewunderer Gustavs, ließ die Lobby räumen, damit niemand den kranken Mahler zu Gesicht bekam. Obwohl er sehr schwach war, weigerte er sich, auf einer Trage transportiert zu werden. Alma stützte ihn auf der einen Seite, auf der anderen ging Doktor Fraenkel. So betraten sie den Aufzug. Während sie hinunterfuhren, sagte niemand ein Wort. Nur Gustavs rasselnder Atem war zu hören. Der Liftboy hatte Tränen in den Augen. Auch der Kapitän des Schiffs wusste Bescheid. Gustav wurde diskret in seine Kabine gebracht. An Deck wurde eine Ecke abgesperrt, damit er unbehelligt an der Luft sein konnte.

Alma nahm an den Aktivitäten an Bord nicht teil. Keine Kapitänsdinner, keine Spiele an Deck, auch keine Konzerte. Dazu war sie viel zu erschöpft. Sie und Anna Moll wechselten sich nach wie vor am Bett von Gustav ab. Und Gucki war ja auch noch da, die dem Verfall ihres Vaters voller Angst zusah und beruhigt und abgelenkt werden musste. Als einzige Abwechslung gönnte sie sich ab und zu einen Spaziergang an der frischen Luft. An manchen Tagen war Gustav am Morgen kräftig genug, um mit ihr an Deck zu gehen. Bei einer dieser Gelegenheiten machte Alma ein Foto von ihm. Er stand mit

dem Rücken zur Reling. Einen Ellenbogen hatte er darauf abgelegt. Mit der anderen Hand stützte er sich schwer auf einen Spazierstock. So als würde er nicht allein auf eigenen Beinen stehen können. Das linke Bein hatte er um das rechte gewickelt, um es festzuhalten, damit es nicht unkontrolliert zuckte. Als ihr der Ausdruck »Totatscheln« in den Sinn kam, stiegen Tränen in Alma auf. Tiefe Falten hatten sich neben dem Mund in seine Wangen gegraben, der Blick war resigniert.

»Sieh zu mir herüber«, rief sie ihm zu, doch sein Blick ging ins Leere. Sie konnte den Gedanken nicht verhindern, dass er aussah wie jemand, der sich keine Illusionen machte und dem Tod ins Auge sah. Entsetzt ließ sie den Apparat sinken. Wollte sie ihn so aufnehmen? Sollte dies sein letztes Foto werden? Gustav bemerkte ihr Zögern und sah sie fragend an, und Alma hob die Kamera wieder vor die Augen, in denen sich Tränen sammelten. Er war in diesem Augenblick wunderschön mit seinen schwarzen Augen und Haaren, der blassen Haut und den blutroten Lippen. Es war unübersehbar, dass Gustav ein todkranker Mann war. Und dennoch machte er übermenschliche Anstrengungen, um seine Würde zu wahren. Alma drückte einige Male den Auslöser und bemühte sich, zuversichtlich zu wirken.

Aber ihre Mutter, die neben ihr stand, bemerkte ihre Bestürzung.

»Lass ihn deine Angst nicht spüren«, sagte sie leise.

»Es ist nicht nur Angst, es ist auch Bewunderung«, gab Alma zurück. Dann ging sie auf Gustav zu, um ihn zu einem der Deckstühle zu führen und ihm eine Decke überzulegen.

Am Abend war Gustav guter Dinge, beinahe lebhaft. Vielleicht hatte ihm der Vormittag an Deck gutgetan, vielleicht spürte er auch Almas

Zuneigung und Liebe. Er lag auf dem Sofa und hielt eine brennende Zigarette in der Hand. Er winkte sie zu sich.

»Unsere gemeinsame Reise geht zu Ende …«, begann er.

»Ja, wir sind bald wieder in Europa«, sagte Alma möglichst heiter, obwohl sie wusste, dass er nicht die Schiffsreise meinte.

Gustav reagierte nicht auf ihre Worte. »Erinnerst du dich an unseren Ausflug an die Niagarafälle?«

Alma nickte. »Wie könnte ich das vergessen. Das war im letzten Dezember und wunderschön. Wir haben oben über dem donnernden Wasser gestanden und die haushohen Eiszapfen bewundert. Später hast du gesagt, dass die Natur zwar grandios ist, dass aber allein die Kunst wirkliche, perfekte Schönheit schaffen kann. Ich bin allein nach New York zurückgefahren, und du hast mir für die Zugfahrt *Die Brüder Karamasow* zum Lesen gegeben. Dostojewski, dein Lieblingsdichter.«

Ein dankbares Lächeln ging über sein Gesicht, weil sie beide dieselben Erinnerungen tauschten. »Du hat mir ein Telegramm geschickt, dass du dich prachtvoll mit Aljoscha unterhalten hättest.«

»Ja, und du hast mit einem Sprachspiel geantwortet. *Meine Reise mit Almioscha ist noch prachtvoller.* Du bist damals noch in Syracuse geblieben. Ihr hattet ein Konzert. Wie könnte ich das vergessen? Ich habe das Telegramm noch.« Wieder überkam sie diese Angst, weil von einer Reise die Rede war. Und noch etwas ging ihr durch den Sinn, sie wunderte sich, wieso sie ausgerechnet jetzt daran denken musste. Aber es war eine Tatsache, dass entscheidende Einsichten in ihre Ehe offensichtlich auf hoher See zu ihr durchdrangen.

Seine Miene belebte sich sichtlich. Er nahm ihre Hand, dann wurde er ernst. Er schien sich zu konzentrieren, dann begann er zu sprechen: »Alma, du warst meine einzige Liebe.«

»Ich bin es immer noch«, warf sie ein und legte den Finger auf seine Lippen in einem Versuch, ihn vom Sprechen abzuhalten, denn sie wusste nicht, ob sie hören wollte, was er zu sagen hatte. Es klang so endgültig.

Gustav ließ sich nicht unterbrechen. »Ich verdanke dir alles, was ich bin. Ich bewundere deine Schönheit, deine Klugheit, dein Verständnis meiner Musik. Ohne dich hätte ich nicht den Mut gehabt, die Fünfte und die Achte und vor allem *Das Lied von der Erde* zu schreiben. Du bist meine Muse gewesen, immer, vom ersten Tag an.

Ich weiß, dass ich dir in vielem unrecht getan habe. Es ist nicht leicht, an meiner Seite zu bestehen, und ich fürchte, ich habe dich beschädigt und verletzt.

Aber, geliebte Almschi, ich bin dir von Herzen dankbar für alles, was du für mich getan hast. Du hast mir zehn Jahre deines Lebens geschenkt, die die schönsten in meinem Leben waren. Du hast mir zwei wundervolle Töchter geschenkt. Du hast mir einen Weg in die neue Literatur und vor allem in die Malerei geebnet. Ohne dich hätte ich Roller und sein Genie nicht kennengelernt. Während der ganzen Jahre hattest du stets mein Wohlbefinden im Sinn. Du hast dich nie vom äußeren Glanz meiner Stellung blenden lassen und hast nie den Verlockungen des Luxus nachgegeben. Du warst nicht nur meine liebende Frau, sondern gleichzeitig eine tapfere, an allem Geistigen teilnehmende Freundin. Du warst der Kamerad, den ich mir immer gewünscht habe.«

Alma liefen bei seinen Worten die Tränen über die Wangen. Sie versuchte nicht mehr, sie zurückzuhalten. Sie spürte, dass ihr Mann ihr mit diesen Worten sein Vermächtnis übergab. »Danke«, flüsterte sie.

Er richtete sich halb auf, und sie sah, wie viel Kraft ihn diese kleine Bewegung kostete. Sie wollte ihn stützen, doch er hielt sie mit einer Handbewegung auf.

»Ich bin noch nicht fertig, Alma. Wenn ich noch einen Wunsch hätte, so wäre es, mit dir nach Ägypten zu reisen. Nichts als blauen Himmel sehen! Nur wir zwei. Und ohne Arbeit. Wir würden nur tun, was du willst! Ich fürchte aber, dass es dazu nicht mehr kommen wird, und das bedauer ich unendlich. Ich weiß, wie gern du eine solche Reise mit mir unternommen hättest ...« Er nahm ihre Hand. »Ich möchte dich freigeben. In dir steckt so viel Kraft, so viel ansteckender Lebensmut. Wenn ich nicht mehr bin, dann lebe, such dir einen anderen Mann. Du bist viel zu jung, um allein zu bleiben.«

»Aber Gustav ...«, sie war jetzt richtiggehend entsetzt, »so weit wird es nicht kommen.«

Er ließ sie nicht ausreden. »Ich meine es ernst. Ich will, dass du wieder heiratest. Du hast einem Mann so viel zu geben. Ich weiß nicht, ob es dieser Gropius sein muss, aber auch damit wäre ich einverstanden.« Er nahm ihre Hand. »Almschi, ich liebe dich. Und weil ich dich liebe, will ich, dass du glücklich bist. Du bist nicht dafür geschaffen, allein durchs Leben zu gehen.« Er lehnte sich erschöpft zurück und war wenig später eingeschlafen.

Alma presste die Faust vor den Mund, damit ihr Schluchzen ihn nicht weckte. Gustavs Worte wühlten sie zutiefst auf. Sie musste nachdenken. Ganz automatisch fanden ihre Füße den Weg an Deck und zum Bug des Schiffes. Als sie dort stand und auf das Meer unter sich sah, kam ihr eine andere Schiffsreise in Erinnerung: ihre erste Überfahrt nach Amerika. Auch damals war etwas Entscheidendes passiert. Putzi war gestorben, und sie und Gustav waren auf dem Weg in ein neues Leben in Amerika gewesen.

Alma umklammerte die Reling mit beiden Fäusten, so fest sie konnte. Ihr ganzer Körper spannte sich an. Wieder stand sie vor einem Wendepunkt in ihrem Leben. Ein Leben ohne Gustav. Würde sie das schaffen? Und wer würde statt seiner an ihrer Seite sein? Walter Gropius?

»Nicht jetzt!«, sagte sie plötzlich mit lauter Stimme.

Sie musste einen Moment überlegen, was sie damit meinte. Dann wusste sie es. Sie würde diese Entscheidung nicht jetzt treffen. Nicht, solange Gustav noch da war. Sie hatte vorhin, als er ihr seine Liebe und seine Dankbarkeit erklärt hatte, auch das Begehren, die Sehnsucht nach Zärtlichkeit in seinem Blick gesehen. Kam es jetzt nicht darauf an? Ihn glücklich zu machen, wie sie es vor ihrer Hochzeit geschworen hatte? Plötzlich hatte sie es eilig, zu ihm zu kommen. Sie eilte das Deck entlang.

Als sie in die Kabine trat und die Freude in seinem Blick las, wusste sie, dass sie das Richtige tat.

# KAPITEL 55

Die Reise ging zuerst nach Paris. Beim Ausschiffen in Cherbourg verlor Alma Gustav aus den Augen, weil sie sich um das Gepäck kümmerte. Als sie alles abgefertigt hatte, lief sie am Zug entlang, aber Gustav und ihre Mutter waren nirgendwo zu sehen. Eine abgrundtiefe Panik erfasste sie. War sie am falschen Zug? War der Zug mit Gustav bereits abgefahren? Sie hastete weiter, völlig erschöpft und weinend. Zwei betrunkene Träger traten ihr in den Weg und forderten Geld von ihr, weil sie Gustav in den Zug getragen hatten. Sie wiesen auf den allerletzten Waggon. Alma warf ihnen ihre Börse vor die Füße und hastete weiter. Endlich fand sie das Coupé, in dem Gustav bereits bequem gebettet war. Bevor sie eintrat, musste sie minutenlang stehen bleiben, um sich zu fassen und sich die Tränen abzuwischen.

In einem Krankenhaus in Neuilly konnten die Ärzte nichts weiter tun, als die Diagnose von Doktor Fraenkel zu bestätigen. Eine Aussicht auf Heilung hatten sie nicht.

Alma hatte es geahnt. Sie machte sich schon lange keine Hoffnungen mehr. Für sie war es nur eine Frage der Zeit, bis Gustav die Kräfte verlassen würden. Schon jetzt gab es Tage, die er verdämmerte. Er hatte keine Kraft mehr, aufzustehen. Alma nahm diese Tage und Wochen wie durch eine Nebelwand wahr. Sie fragte sich nicht, was passieren würde, wenn Gustav sterben würde. Sie tat einfach nur,

was getan werden musste, kühlte ihm die Stirn, saß bei ihm, hielt ihn im Arm und las ihm vor, sorgte dafür, dass er etwas zu sich nahm.

Als sie es nicht mehr aushielt, schrieb sie an Walter. Sie flehte ihn an, nach Paris zu kommen, weil sie ihn so sehr an ihrer Seite brauchte.

Dazu kam es aber nicht mehr, denn es wurde beschlossen, Mahler nach Wien, »nach Hause«, zu bringen. Die Aussicht schien ihn zu beleben, deshalb setzte Alma alles daran, die Reise so schnell wie möglich anzutreten.

Sie nahmen den Orientexpress, und Alma verbot sich jeden Gedanken an ihre letzte Fahrt mit diesem Zug. Sie kam auch kaum dazu, einen klaren Gedanken zu fassen, denn bei jedem Halt des Zuges bestürmten sie Journalisten aus aller Welt nach Neuigkeiten zu Gustavs Gesundheitszustand. Am 12. Mai kamen sie am Wiener Westbahnhof an, von wo sie so oft aufgebrochen waren. Man brachte Gustav in das renommierte Sanatorium Loew.

Als sie dort ankamen, waren das Zimmer und sogar die Flure über und über mit Blumenkörben und Sträußen vollgestellt. Gustav nahm all das kaum wahr, und Alma ordnete an, dass wenigstens sein Zimmer frei geräumt wurde, weil der Geruch der vielen Blumen ihn stören könnte.

Sie fragte die Ärzte nicht mehr, wie es Gustav ging. Der Arzt in Paris hatte ihr jede Hoffnung genommen. Die Bakterieninfektion breitete sich immer weiter in seinem Körper aus. Jeder konnte sehen, dass es ihm schlecht ging und dass er sterben würde. Sie konnte nur bei ihm bleiben und ihm den Abschied leicht machen.

Am Ende fiel er ins Koma. Er erwachte nicht wieder und starb am 18. Mai 1911 kurz vor Mitternacht.

Alma blieb einfach an seinem Bett sitzen, über Stunden. Jetzt, wo

Gustav nicht mehr da war, hatten sie alle Kräfte verlassen. Sie hatte nicht einmal die Kraft, aufzustehen. Wozu auch? Wo sollte sie denn hingehen? Ihr Platz war doch immer an seiner Seite gewesen, sie hatte für ihn gelebt. Und nun war er nicht mehr da, und sie wusste nicht, wohin sie gehörte. Ein paarmal kamen Schwestern und Ärzte, die sie baten, doch das Zimmer zu verlassen, damit man Gustav waschen und ankleiden könnte. Alma schickte sie fort. Schließlich kam Carl Moll. Sanft kniete er neben ihr nieder und blieb wortlos für ein paar Augenblicke neben ihr. Dann nahm er ihren Ellenbogen, zog sie hoch und führte sie aus dem Raum. Alma bemerkte es kaum. Auf dem Flur kam sie aber zu sich, und als sie Gustav nicht mehr sah, brach sie zusammen. Die Erschöpfung der letzten Wochen und die Hoffnungslosigkeit forderten ihren Tribut. Als sie nach Stunden aus ihrer Ohnmacht erwachte, glaubte sie einen Moment, Gustav wäre noch bei ihr. Dann fiel ihr alles wieder ein, sie fühlte sich wie tot. Sie war so schwach, dass die Ärzte ihr verboten, an der Beerdigung teilzunehmen. Sie fügte sich. Sie verdämmerte den stürmischen, regnerischen Tag, an dem Gustav auf dem kleinen Friedhof in Grinzig beigesetzt wurde.

Er hatte sich Musik und Reden verboten. Als der Sarg zum Friedhof gefahren wurde, wütete der Himmel.

Erst am folgenden Tag kam Carl Moll, um ihr das alles zu berichten. Der Sturm hatte Regenschirme davongetragen, Mäntel durchnässt. Die Ärzte hatten Gustavs Herz durchstochen, weil er das verlangt hatte. Alma schluchzte auf, als ihr Stiefvater ihr das erzählte. Carl beichtete auch, dass es böse Stimmen in Wien gab, weil sie nicht an Gustavs Grab gestanden hatte.

Alma war es egal, was die Leute sagten. Sie fühlte sich wie zerschmettert. Ihre Trauer zeigte sich in körperlichen Schmerzen. Alle

Glieder taten ihr weh, sie war unfähig, sich zu bewegen oder aufzustehen. Gustav, ihr Gustav, war nicht länger an ihrer Seite. Dieser
große Mann, der die Musikwelt revolutioniert und ihr so viele unvergessliche Werke geschenkt hatte. Das Ausmaß ihres Verlustes
wurde ihr erst nach und nach deutlich. Ich habe das Leben eines Genies geteilt, eines großherzigen, charmanten Mannes, den seine Vi-
sion vor sich hergetrieben hat, dachte sie voller Stolz und Liebe. Und
er hat mich gewählt, um dieses Leben mit ihm zu teilen. Er hat mich
mit ganzem Herzen geliebt, er hat alles mit mir geteilt.

In ihr blitzte ein Gedanke auf, der sie tröstete und mit Frieden erfüllte. Zum ersten Mal seit Gustavs Tod fühlte sie, wie ein Teil ihrer
Last von ihrem Herzen fiel. »Ich werde dir geben, was du dir von mir
gewünscht hast«, flüsterte sie, und ein Lächeln überzog ihr Gesicht.
»Deine Musik war immer viel wertvoller als meine. Sie ist ein Geschenk an die Menschheit. Um dein Erbe zu ehren, werde ich nie
wieder komponieren. Und ich werde immer deine Frau bleiben, immer Alma Mahler.«

# Epilog

Alma kam von einer Probe der New Yorker Philharmoniker nach Hause. Als Witwe des ehemaligen Leiters hatte sie dort ungehinderten Zutritt. Sie bewohnte zwei Zimmer im dritten Stock eines Apartmenthauses in der 73. Straße auf der noblen Upper East Side. Sie atmete schwer, als sie an ihrer Wohnungstür anlangte. Längere Wege und Treppen wurden ihr zunehmend beschwerlich. Immerhin war sie im letzten Monat dreiundsiebzig Jahre alt geworden.

Auf dem Klavier, immer in ihrem Blickfeld, standen die Fotos von Gustav, die 1907, vor einem halben Leben, in der Wiener Oper aufgenommen worden waren, und seine Partitur der 10. Symphonie mit seinen verzweifelten Anmerkungen. Sie hatte Angst, dass das Papier verblasste. Und sie war sich nicht sicher, was nach ihrem Tod damit geschehen sollte. An der Wand hingen Gemälde ihres einstigen Geliebten Oskar Kokoschka, auf denen sie als Windsbraut zu sehen war. Von Walter Gropius gab es nichts in diesen Räumen. Er hatte sich von ihr losgesagt, nachdem sie in ihren Memoiren über ihn und die gemeinsame Tochter Manon geschrieben hatte. Manon, das engelsgleiche Kind, war schon lange tot, sie war nur achtzehn Jahre alt geworden. Bei ihrem Tod war Alma schon lange von Walter geschieden gewesen.

Walter ... Wie sehr hatte sie ihn geliebt, als sie noch mit Gustav verheiratet gewesen war. Doch nach Gustavs Tod hatten sie sich

voneinander entfremdet. Dennoch hatte sie ihn geheiratet. Dann war der Krieg gekommen, wohlgemerkt: der Erste Weltkrieg, so lange war das alles jetzt schon her, und Oskar Kokoschka war in ihr Leben getreten, die Liebe zu ihm war noch wilder, noch rauschhafter gewesen als die zu Walter. Zerstörerisch, am Rande des Abgrunds. Nachdem sie sich von ihm getrennt hatte, hatte er eine lebensgroße Alma-Puppe herstellen lassen, mit der er in einer Kutsche herumfuhr. Und irgendwann hatte er dieser Puppe den Kopf abgeschlagen. Nur so hatte er sich von ihr befreien können. Drei Jahre hatte diese unmögliche Liebe gedauert, sie war sogar schwanger geworden, hatte das Kind aber nicht behalten wollen.

All ihre toten Kinder: Maria, ihre kleine Putzi, dann ihr kleiner Martin, der nie richtig gelebt hatte, sein Vater war der Dichter Franz Werfel gewesen, obwohl sie da noch mit Walter verheiratet gewesen war. Und schließlich, die größte aller Tragödien, Manons Tod in Wien.

Drei Ehen, drei tote Kinder, die Flucht gemeinsam mit Franz vor den Hitlerschergen aus Frankreich, zu Fuß über die Pyrenäen, ins sichere Amerika. Da war sie schon über sechzig Jahre alt gewesen! Nach dem Krieg war sie wieder in Wien gewesen, sie wollte ihren Besitz zurück, das große Haus, die Bilder, den Munch, die Kokoschkas …

Sie saß in ihrem Apartment, sorgfältig zurechtgemacht, das Licht hinter ihr, damit ihr Gesicht in weiches Licht getaucht war. Sie wartete auf einen Journalisten.

Sie würde ihm ihr Leben erzählen. Hauptsächlich von Gustav Mahler, dessen Witwe sie immer noch war. Gustav Mahler, den sie mehr geliebt hatte als all ihre anderen Männer. Der ihr den Himmel auf Erden versprochen hatte. Und dann waren die Träume an den

Klippen des Alltags zerschellt. Fast hätten sie einander verloren, doch dann hatte ihm ihre Affäre mit Gropius die Augen geöffnet. Nach der Analyse bei Freud hatte er endlich begriffen, dass auch sie Rechte in dieser Ehe hatte. Denn die größte Angst in seinem Leben war es doch, dass sie, die wie keine andere die Kunst beherrschte, geliebt zu werden, ihn verlassen würde. Sie waren auf einem guten Weg gewesen, wieder zusammenzukommen, ihre frühere Liebe wieder aufleben zu lassen. Mahlers früher Tod hatte das verhindert. Eine unsterbliche Liebe war viel zu früh zu Ende gegangen, und sie war in ihrem Herzen auf ewig seine Witwe geblieben.

Das war die Geschichte, die sie erzählen würde, ihre Geschichte.

# NACHWORT

Alma Mahler ist eine dieser Frauen, von denen es nur eine Handvoll gibt und die uns mit ihrem außergewöhnlichen Leben den Atem nehmen und zum Träumen bringen.

Über Alma Mahler zu schreiben, war ein großes Glück. Es gibt ganze Regalmeter Literatur über sie und Gustav Mahler. Almas Tagebücher sind publiziert, die Passagen, die sie vor der Veröffentlichung gestrichen oder verändert hat, sind in Archiven einsehbar, wenn sie sie nicht völlig unkenntlich gemacht hat. Ihre Briefe an Gustav Mahler hat sie allerdings nach seinem Tod vernichtet. Sie hat eine Autobiographie und eine Biographie über Gustav Mahler geschrieben. Dazu kommen ungezählte Biographien Dritter.

In vielen dieser Bücher wird Alma Mahler als kaltherzige, männermordende Femme fatale dargestellt, die womöglich durch ihre Untreue für den frühen Tod von Gustav Mahler verantwortlich war. Im Laufe der Arbeit hat sich dieses Bild für mich gewandelt. Alma Mahler war eine starke Frau, die sich ein Recht auf Glück und Selbstverwirklichung herausnahm, die aber in einer Zeit lebte, in der das nicht vorgesehen war – zumindest nicht für Frauen. Alma Mahler hatte eine hohe Meinung von sich selbst, eine ungewöhnliche Einstellung für Frauen, die meistens mit Argwohn betrachtet wird. Alma Mahler war keine Heilige, sie war eine Frau, die sehr stark lieben konnte, ihre Männer, aber auch sich selbst. Alma Mahler hat

sich wiederholt antisemitisch geäußert, auch schriftlich, aber sie war mit zwei Juden verheiratet und hat sich auch in größter Gefahr nicht von ihrem jüdischen Ehemann Franz Werfel losgesagt, sondern ist mit ihm vor den Nationalsozialisten quer durch Europa und bis nach Amerika geflohen.

Alma Mahler war eine Frau, die sehr stark polarisierte. Entweder man liebte sie und lag ihr zu Füßen, oder man hasste und verachtete sie.

Vor ihrer Ehe mit Gustav Mahler hat sie ihre eigenen künstlerischen Ambitionen aufgegeben, weil er das von ihr verlangt hat. Sie hat sehr darunter gelitten, nicht mehr selber zu komponieren. Hat sie deshalb ihr Leben vergeudet? Wer weiß, wohin sie ihre Kompositionen geführt hätten, wie gut sie geworden wären?

Das Glück beim Schreiben eines Romans, auch wenn er von einer realen Person in ihrem historischen Umfeld handelt, ist, dass Phantasie erlaubt und notwendig ist. Ich habe mich an die Begebenheiten und die Fakten gehalten, Almas Leben aus den Quellen herausgearbeitet und aus den Briefen und Tagebüchern zitiert (siehe dazu den Anhang auf der Seite 477). Darüber hinaus habe ich mir aber die Freiheit genommen, zu fabulieren, Gespräche und Begebenheiten zu erfinden und die Chronologie an einigen Stellen aufzuweichen. So ist zwar bekannt, dass Alma Fehlgeburten und auch mindestens eine Abtreibung hatte, aber die genauen Daten sind nicht bekannt. Ich habe eine Fehlgeburt zeitlich so in den Roman eingefügt, dass sie den Spannungsbogen strafft. Es hätte durchaus so passiert sein können. Belegt ist eine Fehlgeburt nach ihrer ersten Ankunft in New York, Ende 1907.

Für die erste Begegnung zwischen Alma und Gustav Mahler im

Salon von Berta Zuckerkandl sind, je nach Quelle, unterschiedliche Beteiligte genannt. Max Burckhard fehlt in einigen, dafür ist von Sophie Clemenceau die Rede, der Schwester von Berta. Sie soll auch am nächsten Morgen mit in der Oper gewesen sein. Die Besichtigung des Kellers der Oper ist reine Phantasie.

Eine Begebenheit aus dem Jahr 1907, nämlich die Verlegung der Haltestelle der Tram vor das Hotel Sacher, habe ich ins Jahr 1901 vorverlegt. Fakt ist, dass der Bürgermeister der Stadt, Karl Lueger, mit Anna Sacher eine Fehde hatte und ihr mit dieser Haltestelle wirtschaftlich schaden wollte.

Alma Mahlers Leben war so reich, dass ich in diesem Roman nur ihre erste Ehe, die mit Gustav Mahler, und ihre Lebensgeschichte bis zum Alter von Anfang dreißig erzählt habe. Nach dem Tod von Mahler hatte Alma aber noch weitere Beziehungen und war noch zweimal verheiratet, jedes Mal mit Genies, auf die sie eine unwiderstehliche Anziehungskraft hatte und die sie zu ihren schönsten Werken inspirierte. Auf Alma Mahler trifft der Begriff »Muse« wirklich zu. Sie war Ehefrau und Muse eines Musikers, eines Architekten, eines Malers und eines Schriftstellers. Nach Gustav Mahler kam Oskar Kokoschka, der von ihr seine berühmtesten Bilder malte. Danach ging sie zu Walter Gropius zurück, mit dem sie schon während ihrer Ehe mit Gustav Mahler ein Verhältnis hatte, heiratete ihn sogar. Mit Gropius hatte sie eine Tochter, Manon, die mit achtzehn Jahren an Kinderlähmung starb. Und noch während sie mit Gropius verheiratet war, hatte sie eine Liebesbeziehung mit Franz Werfel, zu seiner Zeit einer der berühmtesten und erfolgreichsten Dichter Österreichs. Werfel war Jude, und nach dem Anschluss Österreichs an Nazideutschland mussten beide das Land verlassen. Sie flüchteten nach Paris und Sanary-sur-Mer. Als die Deutschen auch Frankreich

besetzten, gerieten sie in Lebensgefahr und flohen zu Fuß über die Pyrenäen nach Spanien und von dort aus weiter nach Amerika.

Franz Werfel starb 1945, und die letzten Jahrzehnte ihres Lebens bis zu ihrem Tod am 11. Dezember 1964 verbrachte Alma Mahler-Werfel damit, die Nachlässe ihrer Männer zu ordnen und zu pflegen. Gustav Mahler stand dabei für sie immer an erster Stelle. Sie gab ja auch nie seinen Namen auf.

Nach ihrem Tod wurde sie einbalsamiert und in einem Kupfersarg nach Wien überführt, wo sie auf dem Grinzinger Friedhof, auf dem auch Gustav Mahler liegt, bestattet wurde. Der Sarg war allerdings so schwer und groß, dass er nicht in die Grube passte. Die Totengräber mussten am nächsten Tag wiederkommen und die Grube vergrößern. Die Episode zeigt einmal mehr Almas Geschick, sich in Szene zu setzen. Ihr Grab liegt Rücken an Rücken mit dem von Gustav Mahler. Auch im Tod war es ihnen nicht möglich, ganz zueinanderzufinden.

*Caroline Bernard, im Januar 2018*

# Anmerkungen zu den Quellen

Die Zitate aus den Tagebüchern von Alma Mahler sind entnommen aus *Alma Mahler-Werfel, Tagebuch-Suiten 1898–1902*, herausgegeben von Anthony Beaumont und Susanne Rode-Breymann, Frankfurt am Main 1997.

Im Text auf Seite: 133, 134.

Die Briefe Gustav Mahlers sind zitiert nach *Ein Glück ohne Ruh'. Die Briefe Gustav Mahlers an Alma*, herausgegeben und erläutert von Henry-Louis de La Grange und Günther Weiß, Berlin 1997.

Im Text auf Seite: 124, 149, 153–157, 161, 309, 376, 390, 402, 403, 425, 436, 437.

Das Gedicht auf Seite 31 entstammt dem Buch: Heinrich Heine, *Neue Gedichte*, Hamburg 1844, S. 93.

Die Liedzeile auf S. 183 stammt aus: Richard Wager, *Tristan und Isolde*, 1885.

Das Gedicht *Liebst du um Schönheit* auf Seite 218 stammt von Friedrich Rückert, *Liebesfrühling*, Leipzig, o. D.

Der Text des Liedes auf Seite 253 *Laue Sommernacht* stammt von Otto Julius Bierbaum.

Der Text auf Seite 253 stammt aus dem Lied: *In meines Vater Garten* von Otto Erich Hartleben.

Der Text des Liedes auf Seite 304 stammt von Friedrich Rückert: *Kindertodtenlieder und andere Texte des Jahres 1834*, Historisch-kritische Ausgabe, herausgegeben von Hans Wollschläger und Rudolf Kreutner, Göttingen 2007.

Das Zitat auf Seite 420 stammt aus einem undatierten und unveröffentlichten Brief von Alma an Walter Gropius, Bauhaus-Archiv, Berlin.

Gustav Mahlers Anmerkungen in der Partitur auf S. 421 sind zitiert nach *Ein Glück ohne Ruh'*, a. a. O.

Almas Telegramm an Walter Gropius auf S. 447 ist zitiert nach *Ein Glück ohne Ruh'*, a. a. O.

Einen guten Überblick über Gustav Mahlers Aufenthaltsorte, Briefe, Kompositionen, Freunde usw. bietet die Seite: www.gustav-mahler.eu Hier findet man auch viele Fotos.

Aus der zahlreichen Literatur möchte ich nur drei Werke anführen:

Einen guten, knappen Überblick über das Leben von Alma Mahler gibt Astrid Seele, *Alma Mahler-Werfel* (rowohlts monographien), Hamburg 2014 (5).

Bereits der Titel *Witwe im Wahn* zeigt die Vorbehalte, die Oliver Hilmes gegen Alma hat – obwohl sein Buch exzellent recherchiert und gut lesbar ist. Oliver Hilmes, *Witwe im Wahn. Das Leben der Alma Mahler-Werfel*, München 2004.

Susanne Rode-Breymann, *Alma Mahler-Werfel. Muse. Gattin. Witwe*, München 2014. Ein sehr lesbares Buch, das Alma als Komponistin würdigt und sie in einzelnen Kapiteln u.a. als Leserin, als Theatergängerin und als Freundin zeigt.

LESEPROBE

# 1

## Die Farben der Berge

KOCHEL, ANFANG SOMMER 1902

Das Licht der Morgensonne breitete sich rosig über die Berghänge aus. Ella blieb stehen und lauschte. Hatte sie sich den Pfiff seiner Trillerpfeife nur eingebildet? Sie lehnte ihr Fahrrad an einen Baum und wartete. Ihr Blick fiel auf den Phlox zu ihren Füßen, den der Wind zerzauste. Im frühen Licht des Tages waren die Blüten zartlila, gegen Mittag leuchteten sie blau, und wenn es dämmerte, färbten sie sich dunkelviolett. Aber niemand trillerte, es waren auch keine Schritte zu hören. Er musste hinter ihr sein, sich leise lachend verbergen. Ella fuhr herum, dachte, sie würde noch einen Zipfel von ihm erhaschen. Doch da waren nur die leere Wegbiegung, Lavendelbüsche auf dem sonnenglänzenden Hang, moosbewachsene Felsen. Nun gut, der Tag hatte mehr als einen Pfiff zu bieten. Sie stellte ihre Staffelei zwischen kleinen Büscheln Edelweiß auf. Die Sonne stieg höher und tauchte die Landschaft in pfirsichfarbenes Licht. Schon wenig später nahmen die Schattierungen des Sommermorgens Ellas Aufmerksamkeit so ge-

fangen, dass kein Raum blieb, um nach Pfiffen zu lauschen. Sie begann mit der Arbeit.

Unten, jenseits der Felsen, glänzte der Kochelsee silbrig, als hätte die Sonne ihn poliert. Eine leichte Bö löste sich, fuhr durch die Heliotrope am Ufer und weiter den Hang hinauf unter Ellas Hut. Sie verknotete das Band unter ihrem Kinn und befestigte ihr Zeichenpapier mit einer Klammer an der Staffelei. Sie wollte die Formen der Wolken zwischen zwei Bergen wiedergeben. Dunkelgrün erhoben die Berge sich über dem hellen See, doch auf diesem Bild würden sie nur in groben Zügen mit kräftigen Schrägstrichen skizziert werden. Ella ging es vor allem um die Wolken. Sie sollten zu etwas Leichtem, Vergänglichem werden. Deshalb durften sie auch keine festen Formen haben, sondern mussten Luft-gebilden gleichen, so schwerelos, dass man sie wegpusten konnte. Wolkenblasen. Nein, das auch nicht. Noch formlo-ser. Vielleicht lag es an ihren Augen, aber die Wolken woll-ten ihr einfach nicht gelingen. Sie stiegen kaum merklich höher, verdichteten sich, wurden wieder lichter, zerfaserten. Und noch immer hatte sie keinen Pfiff vernommen. Sie rich-tete ihr Gehör mal auf den Hang, mal in den Wald hinein. Der Pfiff der Trillerpfeife blieb aus.

Als das Licht des Tages allmählich verblasste und die späte Nachmittagssonne sämtliche Wolken vertrieben hatte, rollte Ella das Zeichenpapier zusammen, legte die Zeichenkohle in das Blechkästchen und wischte ihre geschwärzten Finger am Gras sauber. Sie streifte ihren Kittel ab, drehte ihn von

innen nach außen und faltete den Stoff ordentlich zusammen. Dann schob sie die Staffelei zusammen, vorsichtig, um die zerbrechlichen Giraffenbeine nicht zu beschädigen, und packte alles in ihren Rucksack. Mit ihm auf dem Rücken radelte sie zum Gasthof zurück.

Gepfiffen hatte niemand.

Als Ella im Gasthof ankam, war der Speiseraum mit den dunklen hölzernen Deckenstreben leer. Doch kaum saß sie an ihrem gewohnten Platz, da stürmten die anderen Schüler herein. Laut klappernd hantierten sie mit Gläsern, Wasserkaraffen und Besteck.

»Gabriele«, sagte einer der jungen Männer. »Wir haben Sie heute gar nicht gesehen.«

»Dieses Fräulein Münter«, schaltete sich ein anderer ein und lächelte anzüglich. »Nie weiß man, wo sie steckt.«

»Ich war an einem Hang über dem See.« Sie wandte sich zu ihrem Tischnachbarn um und achtete darauf, nicht zu interessiert zu klingen. »War Professor K bei Ihnen?«

»Nein, er ist zum Bahnhof gefahren, um seine Frau Gemahlin abzuholen. Wussten Sie das nicht? Im Moment ist sie dabei, oben in ihrem Zimmer den Koffer auszupacken.«

In Ella verkrampfte sich etwas. *Nein*, wollte sie sagen. *Bitte nicht.* Ihr Tischnachbar musste etwas missverstanden haben. Oder sie hatte sich verhört.

»Seine Frau Gemahlin?« Sie umklammerte ihre Serviette.

»Ja, sie bleibt den ganzen Sommer bei uns.« Doncker, der ihr gegenübersaß, grinste.

»Eine gutaussehende Frau.« Palme zwinkerte ihr zu.

»War auch nicht anders zu erwarten.« Mühlenkamp schlug einen kleinen Trommelwirbel auf den Tisch.

Ella drückte die Serviette auf ihren Mund und entschuldigte sich. Sie stolperte die Treppe hinauf und über den engen Flur, eine Hand auf dem Mund, mit der anderen stützte sie sich an der holzgetäfelten Wand ab. Dann war sie in ihrem Zimmer und musste sich beherrschen, um nicht laut aufzuschluchzen. Sie kroch in ihr Bett, zog sich die kalte weiße Steppdecke über den Kopf und ließ ihren Tränen freien Lauf. Ein einziges Wort hatte es vermocht, sie in jemand anderen zu verwandeln.

*Gemahlin.* Er war verheiratet, und sie, Ella, war nicht die, für die sie sich noch vor wenigen Minuten gehalten hatte. Vor wenigen Minuten war sie eine junge Frau gewesen, die auf den trillernden Pfiff ihres Verehrers gewartet hatte, die von einem berühmten Mann erwählt worden war – eine junge Frau, die dieser Mann vielleicht heiraten würde. Mit einem Mal war sie eine Närrin. In den vergangenen Wochen – nein, vorher schon – hatte sie einen Mann geküsst, von dem es nun hieß, dass er eine Gemahlin habe. Und nicht nur geküsst hatte sie ihn. Sie war bereit gewesen, sich ihm ganz und gar hinzugeben. Um ein Haar wäre es auch dazu gekommen. Sie hatte es sich sogar gewünscht.

Aber war es denn ein Wunder, dass sie sich in einem

Mann getäuscht hatte? Mit Menschen hatte sie sich noch nie ausgekannt. Sie verstand nicht, was sie sagten, hatte nicht gelernt, wie man ihre Worte zu interpretieren hatte. Wie viele Dummheiten hatte sie in ihrem kurzen Leben schon begangen, wie oft sich geirrt, und wie viele Fauxpas waren ihr unterlaufen! Nie wusste sie, wie sie sich ausdrücken sollte. Schon als kleines Schulmädchen hatte sie gespürt, wie unbeholfen sie war. Die Bestätigung erhielt sie eines verregneten Nachmittags, als sie zu Hause an der angelehnten Tür des Salons horchte.

»Meinst du, mit Ella stimmt etwas nicht?« Das war Emmy. »Ich weiß, dass sie sprechen kann. Aber sie ist immer so verschlossen. Das ist doch nicht normal. – Bitte, reich mir das blaue Garn.«

»Das würde ich so nicht sagen«, antwortete ihre Mutter. »Papa hat gedacht, das gibt sich, sobald sie in die Schule geht. Aber ich werde unseren Arzt konsultieren, obwohl Papa der Ansicht ist, dass …« Der Rest war zu leise, Ella verstand nichts mehr. »Ella«, rief ihre Mutter. »Bist du das da draußen? Komm, setz dich doch zu deiner Schwester und mir.«

Sie hatte nie jemandem erzählt, was sie an jenem Tag aufgeschnappt hatte, und konnte sich auch an keinen einschlägigen Arztbesuch erinnern, doch die Worte *Mit Ella stimmt etwas nicht* klangen ihr ein Leben lang in den Ohren. Sie selbst hatte erkannt – schon im Alter von acht oder neun Jahren –, dass sie weder wusste, wie man lachte, noch wie

man spielte. Auf dem Heimweg nach der Schule trödelte sie nicht mit den anderen Mädchen und nahm auch nicht an ihren Streichen teil. Sie hatte keine Ahnung, wie man kicherte, andere neckte oder jemandem etwas ins Ohr flüsterte. Sie wusste nicht, dass sie einsam war.

An ihrem neunten Geburtstag schenkte ihr Vater ihr ein Kästchen Zeichenkohle und einen dicken Block Zeichenpapier. Ella wunderte sich darüber. Das neue Kleid von ihrer Mutter und die Bücher von Emmy und Carl hatte sie erwartet, doch was sie mit der Zeichenkohle und dem Block anfangen sollte, war ihr schleierhaft. »Das sind Zauberstifte«, sagte ihr Vater. »Wenn du sie anweist, werden sie sprechen.« Er hob Ella auf seinen breiten Schoß. »Schau dir den Baum am Tor an oder den Weg zu unserem Haus. Ist der Baum tapfer? Lächelt der Weg dich an? Ist unser Haus starrköpfig? Die Stifte sollen uns zeigen, was du siehst.«

Anfangs wusste Ella nicht, was sie sah und was die Stifte zeigten. Doch die Kohle fühlte sich gut an, als wäre der schwarze Stift noch ein Finger, der sich zu den anderen gesellt hatte und in der Lage war, mit dem Daumen, dem Zeigefinger und dem Mittelfinger zu kooperieren. Sie erkannte, dass sie mit dem Kohlestift in der Hand angefangen hatte, sich auszudrücken.

Eine Zeitlang war das Malen für sie, als hätte sie endlich Freunde. Wenn sie an einem Bild arbeitete, war sie ganz und gar konzentriert. Sie tauchte ein in das Bild, als hätte sie die Tür zu einem Zimmer geöffnet, in dem sie sich zwischen

Formen und Figuren bewegte, eine Choreographin unter Tänzern. Stell dich so, konnte sie einem Strich sagen, dem sie den Arm um die Schultern gelegt hatte. Jetzt beugen, konnte sie einem anderen befehlen. Nur dass sie nie Wörter verwandte. Solange sie arbeitete, war sie unerreichbar, sogar für ihr Bewusstsein. Bis sie Professor K begegnete – und den Fehler machte, zugänglich zu werden.

Wütend trat sich Ella die Stiefel von den Beinen und schlug die Steppdecke zur Seite. *Dummkopf.* Er war elf Jahre älter als sie, ein anerkannter Künstler, maßlos attraktiv, großartig. Natürlich war so jemand verheiratet. Und war es nicht bekannt, dass Männer von Frauen nur das Eine wollten? Professor K war gewiss nicht der erste verheiratete Mann, der versucht hatte, eine alberne junge Frau zu verführen. Es war ihre Schuld. Er hatte ihr Beachtung geschenkt, und sie hatte nicht gewusst, wie man darauf reagierte. Aber welche Eitelkeit hatte sie denn glauben lassen, dass sie sein Interesse verdient hatte? Ausgerechnet sie. Wieder stiegen ihr Tränen auf. Sie kniff die Augen zusammen. Sie hatte tatsächlich gedacht, wenn sie sich von ihm küssen ließe, würde er sie heiraten.

Und wie viele Küsse es gewesen waren! Allein in München hatte sie drei gezählt, obwohl jene Abende so oft vor ihrem inneren Auge abgelaufen waren, dass sie nicht mehr ganz sicher war.

LESEPROBE

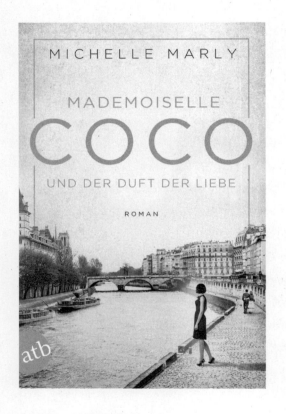

ERSTER TEIL
1919–1920

# KAPITEL 1

Die gelben Scheinwerfer durchschnitten den Nebel, der von der Seine aufstieg und Eschen, Erlen und Buchen an der Uferstraße umhüllte wie ein weißes Tuch aus Leinen. Wie ein Leichentuch, fuhr es Étienne Balsan durch den Kopf.

Vor seinem geistigen Auge formte sich das Bild eines aufgebahrten Toten: zerschmetterte Glieder, verbrannte Haut, von Linnen bedeckt. Zu Füßen des Verstorbenen lag ein Buchsbaumzweig, auf seiner Brust ein Kruzifix. Neben seinem Kopf stand eine Schale mit Weihwasser, das den Geruch des Todes dämpfte. Das Licht von Kerzen warf gespenstische Schatten auf die Leiche, die von Nonnen so hergerichtet worden war, dass der Anblick nicht allzu verstörte.

Unwillkürlich versuchte sich Étienne vorzustellen, wie das schöne Gesicht seines Freundes entstellt sein mochte. Er kannte es fast ebenso gut wie sein eigenes.

Wahrscheinlich ist nicht viel übrig geblieben von den ebenmäßigen Zügen, den elegant geschwungenen Lippen und der geraden Nase, beantwortete er sich seine Frage. Wenn ein Auto-

mobil ungebremst eine Böschung hinabraste, gegen eine Fels-
wand schlug und Feuer fing, blieben nicht viele Knochen an
Ort und Stelle. Es bedürfte gewiss einiger Kunstfertigkeit, die
Ansehnlichkeit des tödlich Verunglückten wiederherzustel-
len.

Er spürte ein feuchtes Rinnsal seine Wange hinablaufen.
Regnete es in den Wagen? Er wollte den Scheibenwischer ein-
schalten, wobei er so hektisch danach suchte, dass das Automobil seitlich ausbrach. Als er panisch auf die Bremse trat,
spritzte Matsch gegen das Seitenfenster. Endlich quietschte
das Gummi über die Scheibe. Es regnete nicht. Tränen ran-
nen aus seinen Augen, eine Welle der Müdigkeit und Trauer
lastete auf ihm, drohte über ihm zusammenzubrechen. Wenn
er jedoch nicht enden wollte wie sein Freund, musste er sich
auf die Straße konzentrieren.

Der Wagen stand quer zur Fahrbahn. Étienne zwang sich
zu einem ruhigen Atemrhythmus, schaltete den Scheibenwischer ab, umfasste das Steuerrad mit beiden Händen. Der Mo-
tor heulte auf, als er auf das Gaspedal trat, die Räder drehten
durch. Nach einem Rucken fand das Automobil in seine Spur
zurück. Er spürte, wie sich sein Herzschlag normalisierte. So
spät nach Mitternacht gab es glücklicherweise keinen Gegen-
verkehr.

Er zwang sich, den Blick starr auf die Straße zu richten. Hof-
fentlich kreuzte kein Nachttier seinen Weg. Er hatte keine
Lust, einen Fuchs zu überfahren, wenn, dann entsprach die
Fuchsjagd hoch zu Ross schon mehr seinem Naturell. Ge-

nauso hatte sein Freund gefühlt, die Liebe zu Pferden hatte sie verbunden. Arthur Capel, der ewig Jugendliche, der seinen kindlichen Spitznamen *Boy* niemals hatte ablegen können, war ein phantastischer Polospieler – gewesen. Boy war ein Bonvivant gewesen, ebenso intellektuell wie charmant, durch und durch Gentleman, ein britischer Diplomat, im Krieg zum Hauptmann befördert und ein Typ, den jeder gern seinen Kameraden nannte. Étienne konnte sich glücklich schätzen, einer seiner ältesten und besten Freunde zu sein. Gewesen zu sein …

Wieder rollte eine Träne über Étiennes sonnengegerbte Wange. Doch er nahm seine Hand nicht vom Lenkrad, um sie wegzuwischen. Er sollte sich nicht mehr ablenken lassen von den eigenen Gedanken, wenn er mit heiler Haut in Saint-Cucufa ankommen wollte. Diese Fahrt war der letzte Dienst, den er dem Toten erweisen konnte. Er musste Coco die furchtbare Nachricht überbringen, bevor sie es morgen aus den Zeitungen oder durch den Anruf einer Klatschbase erfuhr. Es war wahrlich keine schöne Aufgabe, aber eine, die er mit dem Herzen erledigte.

Coco war Boys große Liebe – gewesen. Daran bestand kein Zweifel. Für niemanden, und für Étienne schon gar nicht. Er hatte die beiden bekannt gemacht. In jenem Sommer auf seinem Anwesen. Boy war wegen der Pferde nach Royallieu gekommen – und mit Coco gegangen. Dabei war sie eigentlich Étiennes Freundin. Na ja, genau genommen war sie damals nicht einmal das. Sie war ein Mädchen, das in der Garnisons-

stadt Moulins mit zweideutigen Liedern im Tingeltangel auf-
trat und tagsüber die Hosen der Offiziere flickte, mit denen
sie sich nachts vergnügte. Zart, knabenhaft, bildhübsch, le-
bensfroh, zerbrechlich und dabei unfassbar mutig und energisch. Das genaue Gegenteil jenes Typs der *grande dame*, den
so viele junge Frauen der Belle Époque anstrebten zu sein.

Étienne hatte sich mit ihr amüsiert und sie aufgenommen,
als sie unerwartet vor seiner Tür stand, hatte aber ihretwegen
nichts in seinem Leben geändert. Anfangs wollte er sie nicht
einmal um sich haben, aber sie war stur und einfach geblieben. Ein Jahr, zwei Jahre ... Er konnte sich nicht einmal erinnern, wie lange sie an seiner Seite gelebt hatte, ohne dass er sie
als Gefährtin wahrnahm. Eigentlich hatte ihm erst Boy die
Augen für Cocos innere Schönheit und Stärke geöffnet. Doch
da war es schon zu spät. Da hatte er seine Mätresse, die nicht
einmal seine ständige Geliebte war, abgetreten, wie man das
in seinen Kreisen in der Zeit vor dem Großen Krieg eben so
machte. Aber er war ihr Freund geworden. Und würde es über
Boys letzten Atemzug hinaus bleiben. Das schwor er sich.

\* \* \*

Sie musste endlich aufhören, sich verrückt zu machen.

Seit Stunden warf sich Gabrielle in ihrem Bett herum. Hin
und wieder fiel sie in einen scheinbar tiefen Schlaf, aus dem
sie bald wieder aufschreckte, verwirrt und noch in einem
Traum gefangen, an den sie sich nicht erinnern konnte. Dann

tastete sie nach der anderen Bettseite, um den vertrauten Körper zu fühlen, der ihr so viel Geborgenheit schenkte. Doch das Kissen war leer, das Lager unberührt – und Gabrielle wieder hellwach.

Natürlich. Boy war nicht da. Er hatte sich gestern – oder war es schon vorgestern? – auf den Weg nach Cannes gemacht, um ein Haus zu mieten, in dem sie gemeinsam die Feiertage verbringen wollten. Es war eine Art Weihnachtsgeschenk. Sie liebte die Riviera, und es bedeutete ihr unendlich viel, dass er Weihnachten mit ihr und nicht mit seiner Frau und seiner kleinen Tochter verbrachte. Er hatte sogar davon gesprochen, sich scheiden zu lassen. Sobald er eine geeignete Villa gefunden hatte, sollte sie nachkommen. Aber er hatte noch nicht angerufen, nicht einmal ein kurzes Telegramm aufgegeben und sie auf diese Weise wissen lassen, dass er wohlbehalten in Südfrankreich eingetroffen war.

Hatte er es sich womöglich anders überlegt?

Seit seiner Hochzeit vor rund eineinhalb Jahren nagten immer wieder Zweifel an Gabrielle.

CAROLINE BERNARD
Die Muse von Wien

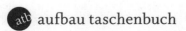